全新譯校 經典新版世界名著 35

Dodd, Mead and Company

復活

〔俄〕L・托爾斯泰 著
鄭君 譯

經典新版　世界名著

閱讀經典名著確實是不一樣的宴饗。人們對於經典名著，不會只說「我讀過」，而是說「我又讀了」。事實上，我每次去讀它，都會讀出新的東西，新的精神。

——當代義大利名作家、後設小說大師卡爾維諾（Italo Calvino）

真正的光明，絕不是永遠沒有黑暗的時候，只是永不被黑暗掩沒罷了。真正的英雄，絕不是永遠沒有卑下的情欲，只是永不被卑下的情欲所征服罷了。閱讀經典名著，永遠可以使人自我昇華，不陷於猥瑣。

——法國名作家、諾貝爾文學獎得主羅曼羅蘭（Romain Rolland）

閱讀文學經典、世界名著，能夠滋潤現代人的心靈，使人對世事、愛情與人性重新有一番體悟。

——美國現代名作家、諾貝爾文學獎得主海明威（Ernest Hemingway）

台灣曾出版的世界名著與文學經典可謂汗牛充棟，然而，細察譯文品質與內容，大多是三十至五十年代大陸譯者的手筆，其行文用語的方式與風格，早已與當代讀者的閱讀習慣、閱讀趣味脫節，以致不再能喚起讀者的關注。這一套「經典新版　世界名著」是全新譯本，行文清晰、流暢、優雅，用語力求充分符合當代人的品味。故而，是「後真相時代」中尋求心靈滋養者最適切的選擇。

譯者序

鄭君

托爾斯泰，一八二八年九月九日出生於俄國，是俄國著名的小說家、評論家、劇作家和哲學家，同時也是非暴力的基督教無政府主義者和教育改革家。他是在托爾斯泰這個貴族家族中最有影響力的一位，著有《戰爭與和平》、《安娜・卡列尼娜》和《復活》這幾部被視作經典的長篇小說，被認為是世界最偉大的作家之一。高爾基曾言：「不認識托爾斯泰者，不可能認識俄羅斯。」在文學創作和社會活動中，他還提出了「托爾斯泰主義」，對很多政治運動有著深刻影響。

《復活》是托爾斯泰的傑作，是世界文學的不朽名著之一，它是托爾斯泰思想探索和藝術探索的一個新的里程碑，它代表了托爾斯泰創作的最高成就。這部小說通過地主家的養女卡秋莎・瑪絲洛娃的受辱、墮落以及被下獄、被流放的悲劇，表現了對被侮辱、被損害者的深切同情，對沙皇俄國的專制國家機器、官僚制度、教會、法庭、監獄以及土地私有制等等的無情嘲諷、揭露和批判，鮮明地體現了托爾斯泰「撕毀一切假面具」的「最清醒的現實主義」。

涅赫柳多夫公爵是莫斯科地方法院的陪審員，一次他參加審理一個毒死人的命案。不料，從妓女瑪絲洛娃具有特色的眼神中認出，原來她是他青年時代熱戀過的卡秋莎。於是十年前的往事一幕幕展現在涅赫柳多夫眼前：當時他還是一個大學生，暑期住在姑媽的莊園裡寫論文。他善良，熱情，充滿理想，熱衷於西方進步思想，並愛上了姑媽家的養女兼婢女卡秋莎，他們一起玩耍談天，感情純潔無瑕。

三年後，涅赫柳多夫大學畢業，進了近衛軍團，路過姑媽莊園，再次見到了卡秋莎。在復活節的莊嚴氣氛中，他看著身穿雪白連衣裙的卡秋莎的苗條身材，她那泛起紅暈的臉蛋和那雙略帶斜眼的烏黑發亮的眼睛，再次體驗了純潔的愛情之樂。但是，這以後，世俗觀念和情欲占了上風，在臨行前，他佔有了卡秋莎，並拋棄了她。後來聽說她墮落了，也就徹底把她忘卻。現在，他意識到自己的罪過，良心受到譴責，但又怕被瑪絲洛娃認出當場出醜，內心非常緊張，思緒紛亂。其他法官、陪審員也都心不在焉，空發議論，結果錯判瑪絲洛娃流放西伯利亞服苦役四年。等涅赫柳多夫搞清楚他們失職造成的後果，看到瑪絲洛娃被宣判後失聲痛哭、大呼冤枉的慘狀，他決心找庭長、律師設法補救，名律師告訴他應該上訴。

涅赫柳多夫懷著複雜激動的心情按約去米西（被認為是他的未婚妻）家赴宴，本來這裡的豪華氣派和高雅氛圍常常使他感到安逸舒適。但今天他彷彿看透了每個人的本質，覺得樣樣可厭：柯察金將軍粗魯得意；米西急於嫁人；公爵夫人裝腔作勢，他藉故提前辭別。回到家中他開始反省，進行「靈魂淨化」，發現他自己和周圍的人都是「又可恥，又可憎」：母親生前的行為；他和貴族長妻子的曖昧關係；他反對土地私有，卻又繼承母親的田莊以供揮霍，這一切都是在對卡秋莎犯下罪行以後發生的，他決定改變全部生活，第二天就向管家宣布：收拾好東西，辭退僕役，搬出這座大房子。涅赫柳多夫到監獄探望瑪絲洛娃，向她問起他們的孩子，她開始很驚奇，但又不願觸動創傷，只簡單對答幾句，把他當作可利用的男人，向他要十盧布煙酒錢以麻醉自己，第二次涅赫柳多夫又去探監並表示要贖罪，甚至要和她結婚。這時卡秋莎發出了悲憤的指責：「你今世利用我作樂，來世還想利用我來拯救你自己！」後來涅赫柳多夫幫助她的難友，改善她的處境，她也戒煙戒酒，努力學好。

涅赫柳多夫分散土地，奔走於彼得堡上層，結果上訴仍被駁回，他只好向皇帝請願，立即回莫斯科準備隨卡秋莎去西伯利亞。途中，卡秋莎深受政治犯高尚情操的感染，原諒了涅赫柳多夫，為了他的幸福，同意與尊重她體貼她的西蒙松結合。涅赫柳多夫也從《聖經》中得到「人類應該相親相愛，不可仇視」的啟示。這兩個主人公的經歷，表現了他們在精神上和道德上的復活，小說揭露了那些貪贓枉法的官吏，觸及了舊社會制度的本質。

《復活》是托爾斯泰的晚期代表作，這時作家世界觀已經發生激變，拋棄了上層地主貴族階層的傳統觀點，用宗法農民的眼光重新審查了各種社會現象，通過男女主人公的遭遇，淋漓盡致地描繪出一幅幅沙俄社會的真實圖景：草菅人命的法庭和監禁無辜百姓的牢獄；金碧輝煌的教堂和襤褸憔悴的犯人；荒蕪破產的農村和豪華奢侈的京都；茫茫的西伯利亞和手銬腳鐐的政治犯。托爾斯泰以最清醒的現實主義態度對當時的全套國家機器進行了激烈的抨擊。然而在《復活》中，托爾斯泰雖然對現實社會做了激烈的抨擊，揭露了社會制度的本質，但是小說結尾，仍然把改革社會的希望寄望於基督教，又把自己的宗教觀強行植入小說當中，並且幾乎否定了資本主義一切國家機器的作用，不得不說是小說思想境界上的一個遺憾。《復活》中各個階級所代表的人物的心理特點，還需讀者在閱讀本書的過程中慢慢體味。

目錄
Contents

出版緣起／3
譯者序／5

chapter
第一部

1 瑪絲洛娃／17
2 身世／21
3 涅赫柳多夫／27
4 難題／33
5 法院／35
6 名律師／38
7 開庭／42
8 陪審團／45
9 被告們／48
10 起訴書／53
11 重大案件／56
12 往事／64
13 軍隊生活／69
14 舊情重燃／73
15 基督復活了／78
16 風暴／83
17 是幸還是不幸？／87
18 驚人偶遇／91
19 證人／94
20 驗屍報告／97

21 副檢察官／101
22 總結發言／105
23 需要討論的問題／107
24 判決結果／117
25 錯誤審判／121
26 顛倒是非／124
27 遺傳學／129
28 甦醒／136
29 一個念頭／142
30 女囚犯們／146
31 遭遇／150
32 牢房裡的貴族／155
33 贖罪／160
34 滑稽的喜劇／165
35 古怪的來訪者／169
36 不速之客／173
37 回憶／176
38 教堂／181
39 禮拜／184
40 大騙局／188
41 探監（一）／191
42 探監（二）／196
43 懺悔／200
44 人生觀／207
45 好機會／210
46 故事／218

目錄

Contents

47 棘手差事／222
48 求婚／226
49 慘狀／231
50 許可證／235
51 典獄長家／241
52 敏紹夫／246
53 複雜感情／250
54 政治犯／254
55 薇拉／258
56 到底是怎麼了／261
57 顯赫人物／264
58 骯髒職務／270
59 宿命論／275

第二部 chapter

1 地主和農奴／283
2 舌戰／289
3 惆悵／294
4 巡視／297
5 誰家最窮／303
6 土地的安排／309
7 人性／314
8 舊地重遊／318
9 亨利·喬治的方案／321
10 以前的我／329

11 哲學問題／334
12 好生意／337
13 聯結／340
14 三件事／346
15 察爾斯基伯爵／353
16 等待答覆／358
17 毀滅／362
18 沃洛比奧夫男爵／364
19 老將軍／368
20 樞密院／374
21 上訴駁回／379
22 告御狀／383
23 謝列寧／386
24 迷惑／389
25 舒斯托娃的家人／396
26 坐牢經歷／402
27 訴狀／405
28 獸性／411
29 惡與善的鬥爭／416
30 五種人／423
31 姐姐和姐夫／429
32 顛撲不滅的論調／432
33 新鮮的觀點／439
34 出發／443
35 讓人畏懼的隊伍／448
36 出事／450

目錄
Contents

37 瘋子／455
38 車廂動靜／461
39 丈夫的奴隸／466
40 同情心／473
41 聰明人／477
42 上流社會／483

第三部

chapter

1 政治犯的隊伍／491
2 犯人們的怨聲／494
3 瑪麗婭／498
4 影響／500
5 變化／502
6 革命者／506
7 夜霧／511
8 坦白／514
9 五號牢房／518
10 秘密／521
11 老本行／524
12 重新分配／528
13 複雜的戀愛關係／533
14 白日做夢／536
15 混帳的思維方式／540
16 好事／543

17 與眾不同的愛情／549
18 吃驚的消息／553
19 必然結果／557
20 三個天體／562
21 上帝在哪兒／566
22 小沙皇／570
23 回信／576
24 家宴／580
25 我們分手吧／586
26 分發福音書／591
27 無解／595
28 一生的事業／599

第一部

《馬太福音》第十八章第二十一至第二十二節：「那時彼得走上前來，對耶穌說：『主啊，我弟兄得罪了我，我應當饒恕他幾次好呢？到七次可以了嗎？』耶穌說：『我對你說，不是到七次，而是該到七十個七次。』

《馬太福音》第七章第三節：「為什麼看見你弟兄眼中有刺，卻不想到你自己的眼中有梁木呢？」

《約翰福音》第八章第七節：「……在你們中誰是沒有罪的，誰就可以先拿石頭打她。」

《路加福音》第六章第四十節：「學生不能高過先生；凡學成了的，最多也不過和先生一樣。」

chapter 1 瑪絲洛娃

雖然幾十萬人聚居在一塊不算大的地方，費盡心力將他們所居住的那個地方糟蹋得不像樣子，把石塊埋進土裡，什麼也不讓生長，儘管長出的青草被清除得一乾二淨，空氣中還殘存著煤炭和石油的氣味，煙霧騰騰，儘管濫伐草木，驅散鳥獸，但是在這樣的城市裡，春天終究也還是春天。溫暖的陽光照耀著大地，青草肆意生長，映入眼簾的都是一片翠綠，無論是花草、鳥兒、昆蟲，還是那些快樂的孩子們，全都歡歡喜喜，而成年人卻一直都在自欺欺人、折騰自己和相互折騰。

人們認為神聖和重要的並不是這個春光明媚的早晨，也不是上帝為了賜福於所有的生靈而創造的這個人間美景；相反的，人們認為真正神聖而且極為重要的，卻是他們自己創造的那些用於人統治人的各種手段。

譬如，在省立監獄的辦公室裡的官吏們一致認為神聖和重要的，不是那些飛禽走獸，也不是所有人都在感受著春天的那份暖意，而是昨天收到的那編了號碼、蓋了官印、標明案由的公函，那上邊指明在今天——四月二十八日上午九點前，把那三個關在監獄裡已經受過一次審訊的罪犯，兩女一男，一起送去法庭受審。

在這兩名女犯中的一個還是一個重刑犯，需要單獨押解送審。由於接到這張傳票的時候是四月二十八日上午的八點，看守長極不情願地走進女監裡那條又暗又髒的過道。緊跟在他身後的是個女人，面容疲憊，長著一頭鬈曲的白色的頭髮，身上穿著監獄裡統一的制服，袖口上鑲金條的女褂，腰裡紮著一條鑲著藍邊的腰帶，這個是監獄裡的一名女看守。

「您這是要帶瑪絲洛娃嗎？」她一面問道，一面和正在值班的看守長一起朝過道上的一間牢房門口走去。

看守長匡噹一聲開了鐵鎖，打開牢房門，馬上就有一股比過道裡的空氣更加惡臭的味道從裡面散發出來。他大聲喊道：

「瑪絲洛娃，過堂去！」

他說完又把牢門給掩上，等著。

牢房裡傳來一陣慌亂的響聲：幾個女人的講話聲與幾雙赤腳在地上走動的聲音。

「你快一點兒，瑪絲洛娃，磨蹭什麼呢？」看守長衝著牢門大聲地喊道。

約莫過了一兩分鐘，一個身穿白衣白裙、外面套著灰色囚服、個子不高、胸部極其豐滿的年輕女囚大步從裡面走了出來，靈敏地轉過身子，站在了看守長的身邊，這女子腳上穿著一雙麻布長襪，外套著一雙囚犯們穿的棉鞋，頭上包著一塊白色的頭巾，顯然有意地讓幾縷烏黑捲曲的秀髮從白頭巾裡滑出來。正如其他長期坐牢的人們一樣，這女子整個臉上也帶著那種病態的蒼白，白的就像地窖裡馬鈴薯發的新芽。

她那雙不大卻很寬的手以及從囚衣寬大的領口露出來的豐滿的白脖子也是如此。在這張臉上，特別是在那蒼白黯淡的臉色的襯托下，她的雙眼看起來卻分外地烏黑發亮，雖然眼皮稍稍有些浮腫，但看上去卻顯得十分靈活有神，令人驚異，其中有一隻眼睛還稍微帶點兒斜睨的神色。她高聳著豐滿的胸脯，筆直地站在那兒。她來到走廊上，微微抬起頭來，停下腳步來，對直地朝看守長的眼睛看了看，表現出一副任人宰割的樣子。

看守長正要動手去關牢門，這時竟有一位沒戴頭巾的白髮老太婆從牢門裡探出了她那張滿是皺紋的老臉。老太婆剛對瑪絲洛娃說了幾句話，看守長就用牢門把老太婆的頭抵回去，白頭就消失了。牢房裡傳來了女人們的哄笑聲，瑪絲洛娃也微微笑了笑，轉過臉對著牢門上方那扇裝著鐵柵欄的小窗子。

老太婆從裡面跑到窗邊，啞著嗓子說：

「最要緊的，能說的說，不能說的別說，說過的別改口，就行了。」

「只要有一個結果就好，反正也不會有比現在更糟的情形啦。」瑪絲洛娃搖搖頭說。

「那是，結果肯定只能有一個，不可能有第二個。」看守長帶著長官神氣的口吻說道，很顯然自認為自己說的很幽默。「跟我走！」

瑪絲洛娃走到過道的中央，緊緊跟在看守長身後。他們順著一道石砌的樓梯下了樓，路過了比女監的氣味更難聞、更嘈雜的男監，這兒的每扇門上的小窗口都有眼睛盯著他們，然後他們進到了辦公室，那兒早就有兩個持槍的押解兵在等著了。坐在桌邊辦公的文書官把一份煙味很濃的公文交給了其中的一名士兵，並用手指了指女犯說：

「她歸你管了。」

那個士兵把公文放進他那軍大衣的外翻的袖子裡，瞟著女犯，笑嘻嘻地對他的同伴——一個顴骨很高的楚瓦什人[1]擠了擠眼睛，這兩個士兵就帶著那名女犯下了臺階，一直朝監獄的大門走去。

大門上的一道小門打開了，兩個士兵帶著被押解的女犯跨過小門的門檻，走進了小院子，接著走出院牆，來到石頭鋪砌的大街上。車夫、店夥計、廚娘、工人和官吏紛紛停下來，好奇地看著那個女犯。

女犯覺察到人們的一道道目光全都朝她射來，但她並沒轉過頭，只是不動聲色地瞟著那些看她的人。許多人對她這樣的關注，讓她覺得高興。這帶著春天氣息的空氣，比起監獄裡的來要清新太多了，這自然也讓她十分高興，可是由於她很久沒有在石子路上走路了，而且又穿著那雙笨重的囚犯棉鞋，讓她的腳覺得十分疼痛，於是她看看自己的腳，盡可能走得輕巧一些。

他們經過一家麵粉鋪時，看見門口有幾隻鴿子在來回踱步，大搖大擺的，好像沒人敢欺負牠們一樣。女犯的腳卻差點兒踩到一隻瓦藍色的鴿子，那隻鴿子煽動翅膀呼啦啦地擦著女犯耳邊飛過，給她帶來一陣清涼的風。女犯微微地笑了笑，接著想起了自己眼下的處境，沉重地長嘆了一口氣。

1 俄國的居住在歐俄東北部的一個少數民族。

chapter 2 身世

女犯瑪絲洛娃身世十分平常，她原本是個未婚女農奴的私生女，她母親和飼養牲口的外祖母住在兩個地主老小姐的莊子裡。這個沒有出嫁的女人每年都生下一個孩子，並且按鄉下習慣，給孩子行洗禮，然後，做母親就不再給這孩子餵奶，這樣一來，不受歡迎、不需要、而且妨礙她們幹活的孩子沒多久就餓死了。

她生過的前五個孩子全都是那樣死掉的，第六個孩子是跟一個過路的茨岡[2]男人私通以後生下來的，是個女孩兒。她的命運本該像她之前出生的五個孩子一樣，可是事出偶然，那兩個老小姐中的一個來到牲口棚裡，訓斥飼養牲口的女工們不應該把奶油做得帶有牛臊氣。那時產婦和那個挺好看的胖胖的小女娃兒就在牲口棚裡躺著。老小姐大罵完剛準備離開，卻突然看見了那個孩子，陡生愛憐之情，所以小女孩就這樣勉強活了下來。小女孩三歲那年，她母親因病去世了，外祖母覺得撫養這外孫女十分困難，兩個老小姐就把小女孩帶回自己家裡撫養，這個眼睛烏黑的小女孩長得非常活潑可愛，給兩個老小姐的生活帶來了很多樂趣。

那對老處女是一對姐妹，妹妹索菲婭・伊萬諾夫娜較為善良，給小姑娘受洗的就是她；姐姐

2也可譯作吉普賽，一個古老的遊牧民族。

瑪麗婭・伊萬諾夫娜心腸比較硬，索菲婭總是喜歡把小女孩打扮得漂漂亮亮的，還教她讀書認字，一心想讓她成為自己的養女，瑪麗婭卻認為應該把她栽培成一個能幹好活兒的女工，一個出色的侍女，所以對她非常嚴厲，心情不好的時候就常常拿小女孩大罵一通，有時候還會打她。小女孩就是在這樣兩種矛盾的環境下成長的，就連她的名字的叫法也是不親也不卑，不叫卡特卡，也不叫卡金卡，而是叫作卡秋莎[3]。

她縫縫補補，收拾房間，用白粉把聖像的銅框擦亮，燒菜，推磨，煮咖啡，洗衣服，有時又去陪伴那兩個老小姐，為她們讀書解悶兒。也曾經有人向她求婚，可是她誰都不願意嫁，覺得和那些幹力氣活兒的人一起過日子，她受不了。

她就過著這樣的生活一直到十六歲。等她過了十六歲生日，那兩個老小姐的上大學的侄子——富有的公爵少爺，來到她們家，卡秋莎對他一見鍾情，卻沒有勇氣向他表白。

在那之後又過了兩年，老小姐們的那個侄少爺在遠征的途中順道到姑姑們家裡住了四天，臨行的前一天晚上，他勾引了卡秋莎，第二天塞給她一張一百盧布的鈔票就離開了。他走了五個月之後，她才確定自己真的有了身孕。

從那時候開始，她對一切都覺得厭惡，一門心思在如何擺脫馬上必須面對的羞辱上。她不僅服侍老小姐們又勉強又馬虎，而且連她自己都沒料到竟然會無緣無故地發起了火。她對老小姐們講了很多無禮的話，而那之後又感到懊悔，於是就要求辭工。

兩位老小姐對她也非常不滿，就把她放走了。從她們家離開後，她去了一位縣警察分局局長家

3 她的全名是葉卡捷琳娜，卡特卡是這個名字的卑稱，卡堅卡是比較高貴的愛稱，而卡秋莎則是比較普通的愛稱。

裡做侍女，可是在那裡只待了三個月，因為那位局長雖然已經年過半百了，卻經常想方設法地調戲她。有一次，他死皮賴臉的糾纏她，把她逼得發火了，罵他是「混蛋」、「老色鬼」，用力推他的胸部，還把他推倒到地上。由於她的粗暴無禮，她立刻就被解雇了。

那時她已經不能再去找活兒幹了，因為她很快就要生孩子了，於是她寄居在一位寡婦家裡，那人是個接生婆，還兼職販賣私酒。她的生產進行得很順利，可是那接生婆剛給村子裡一個患病的女人接生過，就把產褥熱傳染給了卡秋莎，她生下來的那個小男孩不得不被送去育嬰堂，據負責送孩子去的老太婆說，孩子一到那兒就死了。

卡秋莎住進接生婆家裡時，身上一共有一百二十七盧布：其中的二十七盧布是她自己做工賺來的，一百盧布是勾引她的那個少爺給她的。可是她從接生婆家裡離開時，身上卻只剩下六個盧布了。她一點兒都不懂得節省，該花就花，而且不管誰來要錢她都給。接生婆跟她要了四十盧布作為兩個月的生活費。為了送走那個可憐的孩子，她花掉了二十五盧布，接生婆後來又從她那兒借了四十盧布買了一頭牛，除此之外，還有二十盧布是被她做了幾件衣服，買了些禮品花掉了。所以當卡秋莎身體恢復的時候，她已經身無分文了，不得不找份活兒幹。

她在林務官家找了份兒活兒，和那個警察分局局長一樣，林務官雖然已有妻子，可是打從第一天起就開始糾纏她。卡秋莎非常討厭他，拚命躲開他，可是他還是比她經驗老道，而且更富有心機，關鍵是在於他是老闆，可以任意支配她，讓她去哪兒她去哪兒，所以還是找到一機會佔有了她。林務官的老婆得知了這件事，有一次遇到丈夫獨自和卡秋莎在房間裡，就撲過去揍她。卡秋莎也不甘示弱，於是兩人就廝打了起來，結果這戶人家沒給她一分工錢就直接把她轟出了門。百般無奈，卡秋莎只能進到城裡，住到了她姨媽家裡。

她的姨媽開了一間小小的洗衣坊，靠這些養活一大群孩子，還要供養她潦倒的丈夫，姨媽要瑪絲洛娃去她的作坊裡幹活兒，可是瑪絲洛娃看到那裡的洗衣女工所幹的活兒太艱苦，就不想幹。

可事有湊巧，瑪絲洛娃再次去了那個傭工介紹所，在那裡和一位太太恰巧遇到了，那位太太雙手戴著鑽石戒指，肥胖圓滑的胳膊上還戴著鐲子。當她知道前來找活兒的瑪絲洛娃的遭遇之後，就把自己的住址給了她，還請她到家裡去。瑪絲洛娃果真去了她家裡，那位太太很是殷勤地接待了她，請她吃了餡餅，還喝了些甜酒，並讓自己的侍女送了一封信到什麼地方去。

黃昏時候便有一位身材高大的男人來到這裡，他留著一頭長長的白髮和白鬍子。這位老人一來就靠著瑪絲洛娃坐下，雙眼閃閃發光，笑呵呵地打量起她，和她說笑。那位太太把他叫到另外一個房間裡。瑪絲洛娃聽到那位太太說：「是個雛兒，剛剛從鄉下來的。」接著，那位太太把瑪絲洛娃叫去，說他是一位有名的作家，有很多很多錢，如果她可以讓他開心，他什麼都會捨得的。

她果真贏得了作家的歡心，於是他給了她二十五盧布，並承諾說會時常和她相會的。那筆錢沒多久就花完了，其中一部分用來支付她住在姨媽家時的生活費，此外還剩的一些買了新衣服、帽子和緞帶。過了幾天，作家又一次派人來請她，她也去了，他又給了她二十五盧布，並且要她搬到一處單獨的房子裡去。

瑪絲洛娃在作家租下的房子裡住了下來，可是她卻愛上了住在同院的一個討人喜歡的店員。她主動向作家說明了這事，然後就搬到另一個更小的單獨的公寓裡住了下來。那個店員一開始還說要和她結婚，可後來卻一聲不響地就走了，很顯然她被拋棄了，瑪絲洛娃從此便又孤身一人。

她本來打算繼續住在這間房子裡的，可是別人不同意，派出所所長告訴她，只有領到黃色執照[4]，經過檢查，她才可以單獨居住，於是她再次回到姨媽家。姨媽發現她穿戴著新潮的衣服、披肩和帽子，認為她現在身分高了，就畢恭畢敬地接待她，再也不敢叫她做洗衣婦了。

對瑪絲洛娃來說，她壓根就沒考慮過去當洗衣女工，現在她無比同情地看著那些臉色蒼白、胳膊乾瘦的人，那裡的窗戶一年四季都是敞開著的，而她們必須在三十度[5]的肥皂水蒸汽中洗熨衣服，一想到她自己也有可能幹這樣的苦役，就心裡發怵。就在這個時候，就在瑪絲洛娃無依無靠而且變得非常困難的時候，一名給妓院物色姑娘的牙婆找到了她。

牙婆為姨媽擺了一桌酒席，在瑪絲洛娃酒足飯飽之後，向她提議去本城一家最好的上等妓院當妓女，並向她說出了許多幹那種事的好處。瑪絲洛娃面臨著一次非常殘酷的選擇：要麼選擇處於女僕這樣卑賤的處境，但這也肯定逃避不了男人的糾纏；要麼選擇取得有保障的、穩定而且合法、為法律許可、報酬豐厚、長期賣身的營生。最終，她在兩者中選擇了後者。

另外，她想用這樣的方法來報復那個曾經勾引她的公爵少爺，報復那個跑了的店夥計，及所有曾經欺負過她的男人。此外，還有一個對她來說極富誘惑力的條件，並且也成為她下定決心的最大理由：那就是牙婆告訴她，不管她想要做什麼樣的衣服都可以，不論是絲絨的、費伊綢[6]的、綢緞的衣服抑或是袒胸露臂的舞服，想要什麼有什麼。瑪絲洛娃一想到自己身上穿上一件黑絲絨滾邊的鵝

4 指帝俄時代政府發出的賣淫許可證。
5 這裡是指列式溫度。列氏三十度相當於攝氏三十七點五度。
6 一種正反面都有明顯橫條紋的平紋絲織品。

黃色袒胸的綢緞衣服時，再也無法控制自己，就交出了自己的公民證去換黃色執照[7]。當天晚上牙婆就叫了一輛馬車，把她帶到了有名的基塔耶娃妓院。

從那時候開始，瑪絲洛娃就開始過上了這種長期違背上帝意志和人類訓條的生活，她們在午夜縱情狂歡，行歡作樂，白天卻昏睡不醒。下午三四點鐘，才慵倦無力地從骯髒的床上爬起來，全身上下只穿件罩衫、短上衣或是睡衣，在幾個房間裡懶散地來回走動，撩起窗簾望望窗外，無精打采地相互爭吵對罵。然後梳洗、塗脂抹粉、往身上和頭髮上噴香水，試衣服，為了衣服和鴇母爭吵，照鏡子，畫眉毛，吃油膩膩的甜點，然後穿上袒胸露臂的亮麗綢衫，來到燈火輝煌的華麗大廳。

客人們三三兩兩地到來了，他們中有年輕的，有中年的，有半大孩子的，有風燭殘年的老頭；有單身漢，也有有家有室的；有商人，店員；有亞美尼亞人，有猶太人，有韃靼人；有富得流油的，也有窮得叮噹響的，有健壯的，也有疾病纏身的；有酒鬼，也有不喝酒的；有粗魯的，也有溫柔的；有軍人，有文官，有大學生，也有中學生。反正不同階層、不同年齡、不同性格的男人應有盡有。嚷嚷聲、調笑聲，打鬧聲摻雜著奏樂聲，抽煙喝酒，喝酒抽煙，音樂從黃昏響到天亮。只有到了上午，她們才可以脫身去昏昏沉睡。每天都是如此，每個星期也是如此。

瑪絲洛娃就一直過著這樣的生活整整七年，在這期間，她換了兩家妓院，還因病住過一次醫院。在她進妓院的第七個年頭，也就是在她失去童貞之後的第八年，在二十六歲的時候，她出了事，並因此進了監獄，在監獄裡，她和殺人犯、小偷一起過了六個月之後，現在要被押解出庭受審了。

7目的是要換取上文提到的黃色執照。

chapter 3

涅赫柳多夫

就在瑪絲洛娃隨著押解兵走了很長的路，好不容易終於走到地方法院那座大廈門前時，她養母的侄子德米特里・伊萬諾維奇・涅赫柳多夫公爵，那個曾經誘姦她的人，還躺在一個很高的、鋪著羽絨褥墊、被單被揉得很皺的彈簧床上，身穿乾淨的、前襟上的皺褶被熨得很平整的荷蘭式細麻布睡衣，敞著領口，抽著香煙。他眼光呆滯地望著前方眼睛一動不動，思索著今天需要做的事情以及昨天發生過的事。

他憶起昨天是在那個富貴的柯察金家裡度過的一個黃昏，想到人們都覺得他一定會和他們家的小姐結婚，不由自主的長嘆了一口氣，扔掉煙蒂，還想從銀製的煙盒裡再拿一根煙出來，可是他改變了主意，把兩條光滑的白腿從床上耷拉下來，用腳去摸索拖鞋，抓起一件絲綢製的晨衣披在豐滿的肩上，邁著快速而悶重的步子，朝臥室旁邊的洗漱間走去。

他在裡面用特製的牙粉反覆刷他那一口已經鑲補過很多次的牙齒，用芳香的漱口劑漱過口後，就開始仔細地擦洗身體，之後又用不同的毛巾擦乾。涅赫柳多夫從十幾條領帶和胸針裡面隨手各挑出了一件，接著把僕人已經洗乾淨放在椅子上的那套衣裳穿好，便走了出來。

他走進長長的飯廳裡，餐桌上鋪著一塊被漿得筆直的、繡有一個很大的家徽的桌布，上面擺放著裝滿香氣撲鼻的咖啡的銀壺、銀糖缸、裝有奶油的奶油罐，和剛剛烤好的新鮮麵包、餅乾的籃子。

這些食具旁邊放著剛送來的信件、報紙以及最新出版的法文雜誌「Revue des deux mondes」[8]。涅赫柳多夫正準備拆閱信件來看的時候，從通向走廊的那個門裡，走進來一個體態豐腴的老婦人，身穿著喪服，頭上紮著飾有花邊的頭帶來遮住她那日漸變寬的頭髮間的縫隙。她是涅赫柳多夫母親的女僕阿格拉費娜・彼得羅夫娜，不久前，他的母親在這幢房子裡去世了，她就待在這裡給少爺當女管家。

阿格拉費娜幾次跟隨涅赫柳多夫的母親去國外，待了大概有十個年頭，也頗有些貴婦的氣派。她打小就生活在涅赫柳多夫家裡，在德米特里・伊萬諾維奇還叫小名米堅卡[9]的時候就已經熟悉他了。

「早上好，德米特里・伊萬諾維奇。」

「您好，阿格拉費娜・彼得羅夫娜，有什麼新鮮的事嗎？」涅赫柳多夫用開玩笑的口吻問道。

「有一封信，不知道是公爵夫人還是公爵小姐寫的，她們的女傭人早就送來了，現在還在我屋裡等回信呢。」阿格拉費娜說著，把信遞給了他，臉上露出意味深長的笑容。

「好，我這就看。」涅赫柳多夫接過信，察覺到阿格拉費娜的笑意，禁不住皺了下眉頭。

阿格拉費娜微笑的含義是，那封信是公爵小姐寫給他的，她以為涅赫柳多夫已經準備和公爵小姐結婚了，然而那微笑所表示的這種推斷卻讓涅赫柳多夫感到不快。

8《兩世界雜誌》，從一八二九年起在巴黎開始出版發行的文藝和政論的法語雜誌，在俄國貴族知識份子當中廣泛流行。

9 德米特里的小名。

「那我就去讓她再等一會兒吧。」阿格拉費娜說著，然後才輕輕地離開飯廳。

涅赫柳多夫打開阿格拉費娜交給他的帶著香味的信，信是寫在一張灰色厚信紙上的，那字跡尖細而稀疏，他開始讀信。

既然我已經承擔了要替您記住全部事情的義務，那麼我現在不得不提醒您：今天，四月二十八日，您應該出庭去做陪審員，所以不論怎樣，您也不可以像昨天那樣，用你慣有的那種隨便的態度答應的那樣，陪我們與科洛索夫去看畫展了，a moins quevous ne soyez disposé á Payrt á la vout d' assises ls 300 roublesd' amende, que vous refusez pour votre cheval，[10] 為的是您沒有按時出庭。昨天您一離開，我就想起了這件事情，所以這次您可千萬不要忘了。

公爵小姐瑪‧柯察金

信的背面還附上了兩句：

Maman vous fait dire que votre couvety vous attendra jusqu' à lanuit. Venezab solument à quelle heure que cela soit.[11]

瑪‧科

10 法語：除非您同意向地方法院交一筆三百盧布的罰金，也就相當於您捨不得買的那匹馬的價錢。

11 法語：媽媽要我告訴您，為您準備的餐具會一直等您到深夜。請您務必要來，不管有多晚。

涅赫柳多夫犯愁了。這封信是公爵小姐柯察金兩個月以來巧妙地在他身上下功夫的另一手段，目的就是用無法用眼睛看到的那種千絲萬縷的線把他和她緊密地綁到一起。可是對於過了青春年少而又不再癡心的男人來說，結婚往往是前瞻後顧，猶豫不決。

此外，涅赫柳多夫還有一個更重要的理由，讓他即便下定了決心，也不可能馬上求婚。這並不是因為十年前他誘姦過卡秋莎，並且把她棄之不管；那件事他早就已經忘得乾乾淨淨了，而且他並不認為那會妨礙他的結婚。這原因僅僅是他和一個已婚女人有私情，雖然對他來說，現在這種關係已經結束，可那個女人卻並不這麼認為。

那個女人是某縣的首席長官的老婆，那個縣每次貴族進行選舉時，涅赫柳多夫都會去，那個女人終於勾引他發生了男女關係，一次又一次，這樣的關係使涅赫柳多夫一天比一天更迷戀她，同時一天比一天厭惡她。剛開始，涅赫柳多夫無法抗拒她的誘惑，之後又會對她感到內疚，所以無法不經過她的同意就單方面結束這樣的關係。就是因為這樣，才使得涅赫柳多夫以為即使他心裡願意，也無權向柯察金求婚。

桌上剛好還放著一封那個女人的丈夫給他寫的信，涅赫柳多夫一看見他的筆跡和郵戳，就滿臉通紅，頓時感到精神緊張起來，這是他在面臨危險時經常會感到的。可是他的緊張是不必要的。那個丈夫，涅赫柳多夫的主要田產所在縣的首席長官，來信通知涅赫柳多夫，五月底將要召開地方自治局特別會議，請涅赫柳多夫到時務必出席，以便在地方自治局會議上討論關於學校與車馬大道等當前重大問題時 **donner uncoup d' épaule**[12]，因為預計在討論這些問題的時候，可能會遭到反動派的強

12 法語：助以一臂之力。

烈反對。

首席貴族是一個自由派人士，他和一些志同道和的人一起反對亞歷山大三世執政後[13]出現的氣焰囂張的反動勢力，並且一心一意地參加這次鬥爭，絲毫沒有意識到他家庭生活中的變故。

「我現在可不能去那邊找她，而且在她沒有答覆我之前，我不可以採取任何措施。」涅赫柳多夫心想。

另一封信是負責管理他田產的總管寫來的。總管在信裡請求涅赫柳多夫一定要親自回鄉一次，以便辦理他的遺產繼承手續，同時還要解決今後如何繼續經營的問題：究竟是按照已經去世的公爵夫人在世時的方法經營，還是按照總管曾經向公爵夫人提起過的，現在又向這位公爵少爺提出的方法來管理呢？也就是把租給農民的土地全部收回來，並且添置農具，由自己來雇人耕種呢。

總管在信中說，這樣的經營方法要更加划算。同時總管也表達了自己的歉意，說是原定一號前，應該寄給他三千盧布，多少有些延遲了，這筆錢將會隨下一班郵車匯出。他寄遲了的原因，是因為收不齊農民欠的租，他們很不老實，以至於不得不求助於官府，強迫他們繳納租金。

這封信對涅赫柳多夫來說，既是高興的，又是不高興的。高興的是，他認為自己已經擁有了大量的家業；不高興的是，以前自己年輕的時候曾經是赫伯特・斯賓塞[14]的忠實信奉者，而且因為他自

13 亞歷山大三世（執政時期一八八一──一八九四）在他父親被民意黨人刺殺後登基，極力鎮壓革命，鞏固專制政權，限制地方自治的改革。

14 赫伯特・斯賓塞（一八二〇──一九〇三），英國資產階級社會學家和哲學家。在《社會的有機理論》一書中，為階級的不平等和資產階級社會關係的矛盾進行辯護，把它們比做對於有機體的生存和活動同等必要並執行各種生物學職能的生理器官的相互作用，同時他站在抽象的「正義」立場是上主張無政府主義的、人人擺脫政府的自由，主張人人有權不加限制地享用一切天然的福利。

己是大地主，斯賓塞在「Social Statics」[15]一書中關於正義不允許土地私有這樣的論點讓他感到震動。他曾經憑藉著年輕人的坦率與豪爽，不但在口頭上贊成土地不該私有化的觀點，也不僅僅在大學裡寫過文章對此進行論證，而且那時真的把小部分土地（那一部分土地不屬於母親，而是他自己從父親名下繼承的）分給了農民，因為他不願意違背自己的意志去佔有土地。現在他繼承了母親的遺產成了大地主，就必須要在這兩種做法中進行選擇：要麼像十年前處理他父親的兩百俄畝[16]土地時一樣，放棄自己應得的私有財產，要麼就默認自己以前的那些思想都是錯誤和荒謬的。

第一種方法他做不到，因為除了土地外，他就沒有任何其他生活來源了。他不願去當官，可是他又已經養成了奢華的生活習慣，要放棄這樣的生活已經是不可能了。至於第二種方法，關於土地私有制不合理的道理，是他以前從斯賓塞的《社會靜力學》中汲取來的，後來又在亨利・喬治[17]的著作中找到了光輝論證，現在想要摒棄，否定這一明確無誤、顛撲不破的道理，對他來說也是無法做到的。由於這一原因，總管這封信讓他覺得很不高興。

15 英語：《社會靜力學》，斯賓塞最早和最著名的作品之一，一八五〇年出版。
16 俄畝約合我國的十七畝。
17 亨利・喬治（一八三九—一八九七），美國小資產階級經濟學家和社會活動家，主要著作有《土地問題》、《偉大的社會形態》、《進步與貧困》等。

chapter 4 難題

喝完咖啡後，涅赫柳多夫便朝書房走去，要看看時間表，確認他應該幾點出庭，此外，他還要給公爵小姐寫封回信。

他悶悶不樂地走到書房，立刻就在大寫字檯上一個標著「急件」的抽屜裡找到了那份時間表，知道自己應該在十一點的時候出庭。然後他就坐下來開始給公爵小姐寫回信，可是他剛寫完了信就又把它撕了，認為寫得太過親密了。他又重寫了一封，這一次又感覺太過冷淡了，幾乎是辱罵的語調，他又撕碎了，並按了一下牆上的電鈴。

一名上了年紀、面色沉鬱的家僕走了進來。

「派人雇一輛馬車來。」

「好的，老爺。」

「對了，您再去給柯察金家那個在等回信的人說一聲，說我非常感謝，並且我會儘量前去的。」

「是。」

他換好衣服後，來到臺階上，一個熟識的馬車夫已經坐在馬車上等著他了。涅赫柳多夫又想起最近總在他腦海裡浮現卻至今還沒有得到解決的那個問題：到底該不該和柯察金結婚呢？他對這個問題就像對當前他所面臨的其他問題一樣，不論怎樣都無法找到解決的方法，覺得這樣或那樣都不行。

具體地說，他同意和米西（柯察金家小姐本名瑪•柯察金，正如一切名門世家的小姐，她還有別號）結婚的理由是：首先，她是名門貴族之後，從衣著到音容笑貌、走路風度，就是和一般人不一樣，這倒並不是因為她有什麼特殊之處，而是因為她的確「雍容華貴」；其次是她對他的評價比她對別人的評價要高，所以他覺得只有她才真正地瞭解他。這樣的瞭解對於他來說，也是對他崇高價值的承認，同時也證明了她的聰明才幹、獨具慧眼。

然而，不想和米西結婚的原因，首先是他興許還會遇到一個比米西有更多長處，跟他更般配的小姐；其次是她今年已經二十七歲了，理所當然肯定曾經戀愛過，這樣的想法讓涅赫柳多夫非常不好受。他想起以前她愛的並不是自己，就算那已經是過去的事，他的自尊心受挫，也無法容忍。就這樣，同意的原因和反對的原因雖然相去甚遠，然而這兩種原因是勢均力敵，不相上下的。涅赫柳多夫禁不住嘲笑自己，稱自己是布里丹的驢子[18]。而且他至今仍然是驢子，不知道在兩捆乾草中應該選擇哪捆好。

「反正這些事，我過些時候會考慮好的。」他又自言自語地說。這時候，他坐的四輪輕便馬車無聲地來到法院門前的柏油路上了。

「現在我要憑著良心盡點自己對社會的職責了。」他經過看門人的身旁，進入法院的門廊。

18 據傳是十四世紀法國哲學家布裡丹所寫的一個故事：一匹驢子因為看到兩捆外形和品質完全一樣的乾草而猶豫不決，不知道該選哪一捆，最終被餓死了。

chapter 5 法院

涅赫柳多夫走進法院時，過廊裡的人們已經緊張地來回走動了。

法警們手裡拿著很多文件來回走著，去辦理上面交代下來的各項公事，庭警、律師和法院職員，來來往往，時而朝這邊來，時而朝那邊去。原告們或是沒有被拘押的被告們，全都非常沮喪地貼著牆踱步，有些則是坐在那裡等。

「請問地方法庭在哪裡？」涅赫柳多夫問一名法警。

「您要找的是哪一個？這裡有民庭和高等審判庭之分。」

「我是陪審員。」

「那應該是刑事庭，從這裡向右走，然後在向左拐，第二個門就是了。」

涅赫柳多夫照著他說的朝前走去。

在法警告訴他的那個門前，有兩個人站在那裡等著：一個是高高胖胖的商人，面容和善；另外一個是猶太血統的店員。涅赫柳多夫走到他們面前，問這個地方是不是陪審員的議事廳時，他們正在討論羊毛的價格。

「是的，先生。就是這兒，您和我們一樣，也是陪審員吧？」面容和善的商人愉快地眨了眨眼，問道。

「啊，那我們將要一起工作了。」他聽見涅赫柳多夫肯定的回答後，又補充道：「我是二等商人[19]巴克拉紹夫。」他說著，伸出一隻寬大柔軟而且非常肥厚的手，「請問您尊姓大名？」

涅赫柳多夫說了自己的名字，然後就走進了陪審員的議事廳。

雖然這些人中有很多都是放下本職工作來做陪審員，並且反覆抱怨說陪審員這份工作很麻煩，可是大家都覺得自己是在做一件很重要的社會工作，於是臉上露出幾分得意的神氣。

陪審員中有一位是涅赫柳多夫的熟人，他就是彼得・格拉西莫維奇，曾經當過涅赫柳多夫姐姐的孩子們的教師。這個彼得・格拉西莫維奇大學畢業後做了中學教員。

彼得・格拉西莫維奇對涅赫柳多夫高聲大笑著說：「您也沒有躲掉嗎？」

「我並沒有想躲。」涅赫柳多夫嚴肅而陰沉地說。

「嗯，這倒算得上是公民的獻身精神，但是您不要著急，等您吃不上飯，或是累得想睡覺卻睡不成時，您就不會繼續唱這樣的高調啦！」彼得更響亮地哈哈大笑著說。

「這個大司祭的兒子馬上就會稱呼我為『你』了。[20]」涅赫柳多夫心裡想，臉上表現出一種極其陰沉的神情，這種神情只有用在在他剛剛知道自己所有的親人同時去世的噩耗時才會比較恰當。

他撇下這個人，走到一群人跟前。這些人正圍著一個高高的、長相俊俏、鬍子刮得很乾淨的上流社會的人，他正有聲有色地說著一件什麼事。

19俄國的大商人同業公會中，商人按資本的大小分為一、二、三等。小商人無權參加公會。

20意思是：他馬上就要對我不分彼此，不講禮貌了。在俄國，通常互稱「您」以示尊敬。

這個上流社會的人說的正是現在民事庭裡將要審理的那樁案件，一副對案情瞭若指掌的樣子，叫得出法官和一些著名律師的教名和父名[21]。他正在說那個著名的律師是多麼的厲害，竟然把那樁案件出人意料地打贏了，讓訴訟方的那個老太太即使非常有道理，也還是要白白掏出一大筆錢來付給對方。

「實在是一位難得的天才律師呀！」他說。

大家畢恭畢敬地聽他說著，有的人很想要插進去說幾句自己的看法，不過都被他給打斷了，似乎只有他一個人瞭解全部底細。

涅赫柳多夫雖然來晚了，但仍然需要等很久，法庭的一位法官直到現在還沒到，所以只好延遲開庭。

21在俄國，稱呼教名和父名是表示尊敬。

chapter 6 名律師

這個法庭的庭長一大清早就來到了法院。庭長是一位個子高大、體態稍胖的人，蓄著一大把花白的絡腮鬍子。他有妻室，卻過著一種非常放蕩的生活，他的妻子也是如此。他們之間互不干涉。今天早上他收到一封一個瑞士女人的來信，她在信裡說，三點到六點，她會在本市的「義大利旅館」等他。就是因為這個原因，他希望今天能早點兒開庭，早點兒結束這場審判，以便可以騰出時間，爭取在六點之前去和那位紅頭髮的克拉拉・瓦西里耶夫娜相會。

他走進辦公室，反鎖上房門，從文件櫃的最下層抽屜裡拿出一副啞鈴來，向上，向前，向兩邊，向下各做了二十個動作，然後又把啞鈴舉到頭頂，身子輕巧地蹲下去三下。

一位法官走進房間，戴著一副金絲眼鏡，聳著肩，滿臉的不高興。

「馬特維・尼基季奇又還沒到。」這位法官不高興地說。

庭長一邊穿好他的制服，一邊答道：「他經常遲到的。」

「真是的，他怎麼就不知道害臊！」這位法官無比氣憤地坐下來，伸手掏出一根香煙來抽。

書記官進來，手上拿著一份卷宗。

「非常感謝。」庭長說著，點上一根香煙，「要先審理哪樁案子？」

「哦，我想，不如就審那個投毒害人的案子吧。」書記官似乎漫不經心地說。

「好，投毒害人案就投毒害人案吧。」庭長說，心理盤算著這個案子不複雜，可以在下午四點鐘前結束，他就可以離開這裡了。

「馬特維・尼基季奇到現在還沒到嗎？」

「還沒到。」

「那布雷威已經到了嗎？」

「他到了。」書記官回答道。

「好吧，如果您看到他，請跟他說，我們將會先審理那樁投毒殺人案。」

布雷威是副檢察官，在這次審訊中負責提出公訴。書記官走到長廊上，剛好碰到了布雷威。布雷威高聳著雙肩，腋下夾著一個公事包，沿著走廊幾乎像跑步一樣急急忙忙地走來。

「米哈依爾・彼得羅維奇讓我問問，您是否已經準備好了？」書記官問他道。

「當然，我一直都準備的妥妥當當，」副檢察官說：「先審理哪樁案件？」

「投毒殺人案。」

「那太好了。」副檢察官說。

實際上他一點兒也不認為這有什麼好，因為他整夜都沒睡覺。他們給一位即將離開的同事餞行，喝了很多的酒，而且還打了牌，一直玩到凌晨兩點，接著去找了女人尋歡作樂，他們去的地方剛好就是瑪絲洛娃半年前待過的那家妓院，所以他還沒時間去仔細閱讀投毒殺人案的卷宗，現在正想草草翻看一下。

書記官其實是故意刁難，明知道他根本就沒有看過投毒殺人案的案卷，還向庭長建議先審理這個案子。就思想方式而言，書記官是個十足的自由派，甚至還可以說是個激進派。而布雷威卻恰巧是個保守派，正如所有在俄國政府任職的日耳曼人[22]一樣，特別篤信東正教，所以書記官非常討厭他，而且還覬覦他的職位。

「那麼關於閹割派[23]教徒的那個案件怎麼樣啦？」書記官問。

「我已經說過了，這個案子我不能負責起訴，」副檢察官說：「因為缺少證人，我要向法庭如實說明這點。」

「實際上那沒有什麼關係嘛……」

「我沒法審理。」副檢察官說，仍然擺動著雙臂，朝自己的辦公室跑去。

此時的走廊裡人來人往，非常熱鬧。

在審訊休息的時候，從民事庭走出一個老太婆，那個天才律師就是從她身上敲一筆錢給一個商人，而實際上，那個商人本不應該得到這筆錢的。這一點，在場的法官們也是非常清楚的，原告和他的律師當然就更清楚了，可是律師想出的這一招太厲害了，最後把案件打到了這樣一種情況，即使不能判那個老太婆賠款，也不能不把它判到商人手中。

那位有名的律師就跟在老太婆的後面，快步從民事庭的門裡走了出來。就是他要了花招，讓那

22 從布雷威這個姓可知其祖籍應為德國。
23 基督教派的一種，為了信仰、道德純潔而閹割自己。

個頭上戴花的老太婆傾家蕩產，而那個付給了他一萬盧布做酬勞的商人卻意外獲得了十萬多。

大家的眼光都聚集在這位律師的身上，他自己也感覺到了這一點，但他的那副神氣似乎在說：「絲毫用不著表示崇拜。」快速地從大家身邊走了過去。

chapter 7 開庭

馬特維・尼基季奇終於到了。然後一個身材瘦削、脖子很長、走路歪歪斜斜、下嘴唇歪向一邊的庭警也走進了陪審員議事室裡。

「怎麼樣，各位先生，都到齊了嗎？」他一面說著，一面戴好自己的夾鼻眼鏡，從眼上方打量著。

「咱們現在來核對一下人數。」庭警說著，從口袋裡掏出一張名單，開始點起名來。除了兩個人之外，全都到了。

「各位先生，現在請都到大廳裡去吧。」庭警用愉快的手勢指向門口說。

大家都紛紛起身，你謙我讓地走出門去。

法庭是一個很大的房間。房間的一端是一座高臺，還有三級臺階通向這高臺。高臺中央擺著張長桌，桌上鋪了塊帶深綠色流蘇的綠呢桌布。長桌子後面擺著三把橡木雕花高背椅。椅子後邊的牆上掛著一副鍍金的相框，裡邊是一位將軍的全身肖像，將軍身穿軍服，披掛綬帶，一隻腳往前跨了一小步，一隻手按在佩刀柄上。右面牆角處掛著一個神龕，裡面是頭上戴著荊冠的基督聖像，神龕前邊是一個誦經臺。右邊放著檢察官們用的斜面高腳寫字檯。左邊，也就是寫字檯對面，遠遠地放著書記官用的小桌子，靠近旁聽席的是一道光滑的橡木欄杆，裡面放著供被告坐的長凳，此刻還是空蕩蕩的。高臺的右邊擺放著兩排為陪審員們準備的椅子，高臺下面的幾張桌子，是供律師們用的，後半部分擺滿了一排排長凳子。

在法庭的後半部，有四個女人在前排的長凳子上坐了下來，看樣子像是工廠的女工或是女僕。另外還有兩個男人，看起來也像是工人。這些人顯然被法庭莊嚴肅穆的氣氛給震懾住了，都只是在怯生生地低聲談論著。

陪審員們一落座，庭警走到大廳中央，像是想威嚇在座的人似的，故意放開嗓門大聲喊道：

「開庭！」

全體起立。法官們紛紛登上法庭的高臺上。走在最前面的是庭長，身材魁偉，蓄著好看的絡腮鬍子，緊隨其後的是面色陰鬱，戴著金絲眼鏡的法官，此刻他的臉色更加陰沉了，因為就在開庭之前，他碰見了當見習法官的內弟，這個內弟對他說，剛才他到姐姐那兒去了，姐姐說以後家裡不做飯了。

「看來我們以後只好到小酒館裡去吃飯了。」他的內弟笑嘻嘻地說。

「這有什麼好笑的？」面色陰沉的法官說過這話，他的面色更加陰沉了。

最後上去的是第三位法官，也就是經常遲到的那個馬特維・尼基季奇。他蓄著一縷長髯，長著一雙溫和的大眼睛，眼角微微向下垂。這位法官長期患胃炎，聽從醫生的建議，從今天早上開始實行一種新的療法。就因為這種療法，使他今天在家裡耽誤的時間比平時更長了一些。

庭長和兩位法官一登上高臺上，在繡金領制服的襯托下，甚是威嚴。他們自己也意識到了這一點，都像是對自己展現出來的威嚴不好意思一樣，這三個人趕緊謙遜地垂下眼瞼，來到鋪著綠呢子的長桌子後邊，各自的雕花靠背椅上坐了下來。

副檢察官也和法官們一同進來了。他還是那樣匆忙，腋下依舊夾著公事包，一隻胳膊依舊那樣擺動著。他快步走到靠窗那兒自己的位子上，馬上埋頭翻閱那些文件，分秒必爭地為提出公訴做準備。

書記官坐在高臺的對面一端，因為已把可能需要由他來宣讀的文件都準備好了，所以現在他正在看一篇被查禁的文案，這是他昨天才搞到手的，已經讀過幾遍了。他很想跟那個蓄著大鬍子、和他觀點相同的法官討論一下，想在討論之前把這篇文章再好好看一遍。

chapter 8 陪審團

庭長翻閱過卷宗後，向庭警和書記官問了幾個問題，而且也都得到了他們肯定的回答，於是就傳帶被告出庭。一會兒，欄杆後邊的那道門被打開了，兩名頭戴軍帽的憲兵拿著出鞘的佩刀走了進來，後邊跟著三個被告，最前面的一個是留一頭紅髮、臉上長滿雀斑的男人，在他背後進來的是一個並不年輕的女人，也穿著長囚衣。頭上還包著囚犯戴的三角頭巾，面色灰白，看不見她的眉毛和睫毛，但是她的眼睛紅紅的。

下一個被告就是瑪絲洛娃。她剛一走進來，法庭上的每一個男人的目光都齊刷刷地轉向她，久久難以離開她那張白嫩的臉蛋兒、水汪汪烏溜溜的大眼睛和長囚衣下那高高凸起的胸部。甚至就連那個憲兵，當她從他身邊走過時，也目不轉睛地看著她，直到她走過去坐下為止。等她坐下時，他彷彿才意識自己的失態，急忙扭過臉去，振作起精神，目光直勾勾地望著窗外。

庭長等待著被告們坐定，等瑪絲洛娃一坐下來，庭長就把臉轉向書記官去。

例行的審訊程序開始了：核對陪審員的人數，討論缺席陪審員的問題，決定對他們給予罰款，處理請假的陪審員的問題，由候補人員來補缺席的陪審員們。然後庭長折起幾張小紙片，放到其中一個玻璃缸中，稍微挽了挽制服的繡花袖口，露出了他那長滿濃密汗毛的手腕，像魔術師那樣摸出一張張紙條打開來，讀出上邊的姓名，然後又放下袖口，請一位司祭帶著陪審員們來宣誓。

司祭是個小老頭，臉上有些浮腫，蒼白中透點兒黃色，穿著棕色的法衣，胸前佩戴著金十字架，還有一枚小小的勳章別在法衣的側面。他慢騰騰地邁著法衣下的浮腫的兩條腿，走到聖像下的誦經臺前。

陪審員們也都一齊起立，擁擠著向誦經臺那邊走去。

「請。」司祭說過這話，用他那一隻浮腫的手撫摸著胸前的金十字架，等待所有的陪審員們都走過去。

這位司祭做神職工作已經有四十六個年頭了，他準備再過三年，就要像大司祭不久前慶祝自己任職五十周年那樣了。從法院公開審判的那天開始[24]，他就在地方法庭裡擔任司祭，並且感到非常驕傲，因為由他帶領宣誓的人已有好幾萬，現在到了晚年仍然能繼續為教會、祖國和家庭效力。

等到所有的陪審員們都沿著臺階走到了高臺上時，司祭就朝一側歪著他那白髮稀疏的禿頭，將頭套進油乎乎的法巾開口，然後理了理他那稀疏的白髮，轉過臉去對著那些陪審員。

「請舉起右手，把自己的手指像這樣捏起來。」他用蒼老的聲音緩慢地說道，舉起他那每個手指上都露出小窩的浮腫的手，將手指頭撮成就像捏東西那樣。

「現在請大家跟著我來宣讀，」他說著，就宣誓道：「當著萬能的上帝，在他神聖的《福音書》前，在主賦予生命的十字架前，我保證並且宣誓，在審理案子時……」

宣誓之後，庭長提出要陪審員們選出一名首席陪審員來。陪審員們又一齊起立，相互簇擁著

24 指俄國在一八六四年的司法改革，根據這次改革建立起了陪審員法庭，刑事案件自此以後實行公開審判。

走到議事室裡。一切都在迅速而順利地進行著，沒有任何的耽誤，而且相當隆重莊嚴。這樣有條不紊、正正規規、莊嚴肅穆，使參加者都覺得很滿意，使他們更深一步意識到自己是在做一件很嚴肅而且非常重要的公共事業。涅赫柳多夫也有這樣的感覺。

待陪審員們全都坐好以後，庭長就開始對他們發表講話，陳述他們的權利、職責和義務。根據他所發表的講話，陪審員的權利是：可以通過庭長來向被告提問，可以使用鉛筆和紙，也有權察看物證。他們的職責就是：審判一定要公平公正，不能背離實情。他們的義務就是：保守會議秘密，若有人洩露了會議的機密，和外界私通消息，則嚴懲不貸。

大家都非常認真地用心聽著。

chapter 9 被告們

庭長講完話之後，便轉身對著被告們。

「西蒙・卡爾京金，站起來。」他說。

「你叫什麼名字？」

「西蒙・卡爾京金。」他又快又利索地答道，很顯然已經提前準備好了答辭。

「是幹哪一行的？」

「我在茅利塔尼亞旅館裡當茶房。」

「你以前受過審判嗎？」

「願上帝保佑，從來都沒有。」

「收到起訴書的副本了嗎？」

「收到了。」

「坐下吧，葉夫菲米婭・伊萬諾娃・博奇科娃。」庭長叫了第二個被告的名字。可是西蒙依然一動不動地站在那兒，擋住了博奇科娃。

「卡爾京金，你坐下。」

可是卡爾京金還是站在那兒一動不動。直到庭警跑過去，側歪著腦袋，極其不自然地睜大雙眼，用悲愴的語調小聲說：「坐下吧！」他才坐了下來。

卡爾京金像站起時那樣快得坐下去，將身上的長囚衣掩了掩，又開始無聲地抽動他臉上的筋肉。

「你叫什麼名字？」庭長很是疲勞地嘆著口氣，問第二個被告，眼睛也沒有看她，而是在他面前的卷宗中尋找什麼。這種工作對庭長而言已經習以為常了，若要加快審訊進程，他甚至可以一次審理完兩個案件。

博奇科娃四十三歲，是科倫納城的小市民出身，也是在茅利塔尼亞旅館中做茶房。

博奇科娃的回答特別大膽，而且語調強硬：「是的，我是葉夫菲米婭，也就是博奇科娃，我收到了副本，並為此覺得自豪，不許任何人嘲笑我。」

等問完話，博奇科娃沒等任何人讓她坐下，便自己坐下了。

「您叫什麼名字？」貪戀女色的庭長非常親切地問第三個被告。「您應該要站起來才對。」

瑪絲洛娃敏捷地站了起來，挺起高高的胸脯，帶著任由擺佈的神氣，用她那雙有點兒斜視的笑盈盈的黑眼睛直盯著庭長，並不回答。

「您叫什麼名字？」

「柳博芙。」她迅速地說。

這時候涅赫柳多夫已經戴好了他那副夾鼻眼鏡，看著依次被審問的被告。

「啊，這怎麼可能，」他的眼光盯著這第三個女被告的臉，心裡想道：「可是，她怎麼也叫柳博芙呢？」他聽到她的答案後，心裡暗暗地思忖著。

庭長正準備繼續往下問的時候，戴眼鏡的法官怒氣衝衝地朝他低聲嘟噥了兩句，把他打斷了。

庭長點點頭表示贊同，又來問被告。

「你怎麼會叫柳博芙呢？」他說：「你登記的不是這個名字啊，我現在問的是你的真實姓名。」

「我以前的名字是葉卡捷琳娜[25]。」

「啊，這不可能。」涅赫柳多夫依然在心裡自言自語說，其實現在他已經確信無疑地知道這個人就是她，就是那個一半養女一半女僕的姑娘，當時他曾經愛過她，卻在情欲的衝動下誘姦了她，之後又拋棄了她。從那以後，他就再也沒有想起過她，因為這件事回憶起來使他格外痛苦，讓他對自己看得格外清楚，他這個以正直自詡的人不但不正直，反而是用無恥卑鄙下流的行為對待過這個女人。是的，這個人就是她。

「您早就應該這樣說了，」庭長依然非常溫柔地說：「那你父親的名字是什麼呢？」

「我是私生女。」瑪絲洛娃說。

「那麼依照教父的姓名該怎麼稱呼呢？」

「米哈伊洛娃。」

「她能做出什麼壞事呢？」涅赫柳多夫仍然在心裡琢磨著，喘氣也漸變得吃力起來。

「你的姓是什麼，大家通常怎麼叫你？」庭長接著問。

「按我母親的姓，叫瑪絲洛娃。」

「職業呢？」

25 即葉卡捷琳娜，乃是卡秋莎的大名。

瑪絲洛娃又不再說話了。

「你從事的工作是什麼？」庭長又重複了一遍。

「我在一個院子裡。」她說。

「什麼院子？」戴眼鏡的法官厲聲問道。

「您知道那是什麼院子。」瑪絲洛娃說著微微一笑，然後迅速地向周圍看了看，馬上又把眼睛盯向了庭長。

她臉上的表情有一種極不尋常的意味，在她話語的蘊意裡、她的微笑裡及快速環顧法庭的目光中，都含著一種可怕而又可憐的意味，這使得庭長垂下了頭，法庭裡頓時鴉雀無聲。這種寂靜被旁聽席裡某個人的笑聲給打破了，有人向他吹口哨發出噓聲。庭長抬起頭，繼續問她：

「你以前沒有受過審判和偵訊嗎？」

「從來沒有。」瑪絲洛娃嘆著氣低聲說道。

「起訴書的副本收到了沒有？」

「收到了。」

「請坐下吧。」庭長說。

接下來就開始檢查證人是否到齊，然後請證人退庭，接著又確定法醫，請法醫出庭。然後書記官起立，開始宣讀起訴書。他讀得清晰而響亮，但是速度非常快，並且Л和 p這兩個字母的音分得也不清楚，因而他的聲音變成一片嗡嗡聲，使人昏昏欲睡。

瑪絲洛娃時而紋絲不動地望著書記官，聽他的宣讀，時而渾身發顫，似乎想反駁什麼，臉漲得通紅，過一會兒又深深地嘆口氣，換了換雙手的姿勢，再向周圍掃了一眼，然後又繼續盯著書記官。

涅赫柳多夫坐在第一排靠邊第二把高背椅子上，摘下他那夾鼻眼鏡，望著瑪絲洛娃，內心展開了一場複雜而又痛苦的活動。

chapter 10

起訴書

起訴書上如是說：

一八八×年一月十七日茅利塔尼亞旅館裡有一名旅客猝死，經查證，此人是庫爾岡[26]行業二等商人費拉蓬特・葉米利亞諾維奇・斯梅利科夫。

經過本地警察局第四分局法醫驗證，斯梅利科夫是由於飲酒過量引起心臟衰竭所致的。斯梅利科夫的屍體被當場埋葬了。

事過數天之後，斯梅利科夫的同鄉好友，一個名叫吉摩辛的商人，從彼得堡回來，獲悉斯梅利科夫死亡的情況後，提出了疑問，聲稱好友的死肯定是有人謀財害命引起的。

經法醫對斯梅利科夫的屍體進行解剖檢查，並且化驗其內臟，查明死者身體器官裡確實有毒藥，據此足以判定此人的確是中毒身亡。

被告瑪絲洛娃、博奇科娃、卡爾京金在受審的時候，均否認犯有如此罪行。瑪絲洛娃供稱：斯梅利科夫在她「工作」的妓院裡，確實曾經叫她到茅利塔尼亞旅館為他提過款，她用該商人交給她的鑰匙打開皮箱，按照商人的吩咐取了四十銀盧布，並未多取分文，博奇科娃和卡爾京金都能為她

26 西伯利亞的一個城市。

證明，因為她開箱、取錢、鎖箱的時候，她們兩人均在現場。

她還供稱：她第二次去商人斯梅利科夫房間時，的確是受到卡爾京金的教唆，把摻了若干白色藥末的白蘭地酒給商人喝了，因為她以為該粉末是安眠藥，商人喝了後就能入睡，她也就可以趁機儘快逃脫。而那一枚鑽石戒指，確實是斯梅利科夫親自送給她的，因為他喝酒之後曾經打過她，她就放聲痛哭，且要離開，該商人就把戒指送給了她。

「根據葉夫菲米婭・博奇科娃供稱，關於丟錢這事，她毫不知情，她從來沒有走進過商人的房間，出入那個房間的只有柳博芙一個人，所以如果該商人的財物丟失了，那也肯定是柳博芙拿著商人的鑰匙提款時趁機拿走了。」

書記官念到這裡，瑪絲洛娃不禁打了個哆嗦，還張大嘴巴，轉過身去看了看博奇科娃。

書記官接著又念道：「至於葉夫菲米婭・博奇科娃向銀行存入的那一千八百銀盧布以及這筆錢的來源，她供稱那是她同西蒙・卡爾京金十二年的積攢所得，她已經打算和西蒙結婚了。又根據西蒙・卡爾京金在首次受審的時候供稱：瑪絲洛娃從妓院帶著鑰匙來旅館的時候，他和博奇科娃兩人都受到過瑪絲洛娃的教唆，一起偷走了那些錢，然後又和博奇科娃、瑪絲洛娃三人一起平分了贓款。」

瑪絲洛娃聽到這裡，又不禁哆嗦了一下，甚至跳了起來，滿臉漲得通紅，還開口講了句什麼話，但是被庭警立刻制止了。書記官接著讀道：

「後來，卡爾京金還供認他曾經把白色藥末交給瑪絲洛娃以便使商人安眠；可是他在第二次受審的時候，卻對前供全部予以否認，說自己從來沒參與偷過什麼錢財，也沒給過瑪絲洛娃藥末，很顯然是想把全部的罪責都推到瑪絲洛娃一個人身上。至於有關博奇科娃向銀行存入的那筆錢，他的供詞和博奇科娃的完全一樣，說那是兩人在旅館裡工作十二年的積蓄，即旅客由於其服務周到而賞賜的一些小費。」

起訴書在此之後綜述了被告對質的記錄、證人的證言、法院鑑定人意見等。

最後起訴書是這麼結尾的：

「綜上所述，西蒙・彼得羅夫・卡爾京金，年三十三歲；葉夫菲米婭・伊萬諾娃・博奇科娃，年四十三歲；葉卡捷琳娜・米哈伊洛娃・瑪絲洛娃，年二十七歲，被指控在一八八×年一月十七日合夥預謀，偷盜了商人斯梅利科夫的現金共計二千五百銀盧布以及戒指一枚，並且故意謀害了商人斯梅利科夫，以讓其喝下毒酒致使該他中毒身亡。此項罪行觸犯了《刑法典》第一千四百五十三條第四款和第五款，根據《刑事訴訟程序條例》第二百零一條規定，把西蒙・卡爾京金、市民葉夫菲米婭・博奇科娃和市民葉卡捷琳娜・瑪絲洛娃交給地方法院法官會同陪審員進行審理判決。」

書記官就這樣讀完了這份長長的起訴書，然後又把它放好，坐了下來，用雙手梳理他那長長的頭髮。人們都輕鬆地舒了一口氣，為審訊馬上就要開始而感到高興，一切都會真相大白的，正義將得到伸張。

只有涅赫柳多夫一個人完全沒有這樣的感覺。他心裡想到十年前他所結識的那個天真美麗的姑娘瑪絲洛娃竟然會做出這樣的事情，不禁打了一個寒顫。

chapter 11 重大案件

起訴書讀完之後，庭長和兩名法官商量了一下，然後回過頭來對著卡爾京金說話，臉上露出的表情像是說的很清楚：現在開始我們必定會弄清案件的來龍去脈，還原事件真相，把案情弄它個水落石出。

「農民西蒙・卡爾京金。」他把身子向左邊歪了歪說道。

西蒙・卡爾京金站了起來，整個身子向前傾，臉上的筋肉在無聲地抽動著。

「你被指控於一八八×年一月十七日夥同葉夫菲米婭・博奇科娃和葉卡捷琳娜・瑪絲洛娃，偷竊了商人斯梅利科夫皮箱中的現款，之後又拿來砒霜，唆使葉卡捷琳娜・瑪絲洛娃放到酒裡，讓商人喝下，導致斯梅利科夫中毒斃命。你承認自己有罪嗎？」他說完，又把身子向右邊歪了歪。

「絕對沒有這回事呀，大人，我們的工作僅僅是服侍客人……」

「其他的話以後再講，您承認自己有罪嗎？」庭長鎮靜但口吻強硬地重複了一遍。

「我可不會幹出這樣的事，因為……」

庭警又跑到西蒙・卡爾京金面前，用悲愴的語調小聲制止了他。

庭長臉上露出審訊現在宣告結束的神氣，把拿案卷的那隻胳膊肘換了個地方，便開始對著葉夫菲米婭・博奇科娃進行審問。

「葉夫菲米婭・博奇科娃，你被指控於一八八×年一月十七日，在茅利塔尼亞旅館中和西蒙・卡爾京金及葉卡捷琳娜・瑪絲洛娃合謀偷竊了商人斯梅利科夫箱子中的現款和戒指一枚，並相互平分了所竊的財物，之後你們為了掩飾罪行，讓斯梅利科夫喝下毒酒，致使他喪命。你承認自己有罪嗎？」

「我什麼罪都沒有，」那個女被告態度強硬地說：「我連那個房間都沒有進去過……既然那個下賤女人進去過，那這事肯定就是她幹的。」

庭長又是那樣柔和而堅定地說：「這麼說，你是不承認自己有罪了？」

「錢我沒有拿，酒也不是我灌的，我根本就沒有進去過那個房間。如果我去過的話，肯定會將她趕走的。」

「那你不承認自己有罪了？」

「我從來沒犯過罪。」

「那好吧。」

「葉卡捷琳娜・瑪絲洛娃，」庭長開始對第三個被告進行審問，問道：「你被指控帶著斯梅利科夫皮箱的鑰匙，從妓院到茅利塔尼亞旅館的房間，偷竊了那只皮箱內的現金與戒指一枚。」他就像是在背課文一樣說著，同時側過耳朵聽左邊的法官說話，那位法官跟他說，從提供的物證清單來看，少了一個酒瓶。

「我沒有犯過任何罪，」她趕緊說：「我沒有拿過錢，沒拿就是沒拿，我什麼都沒有拿過，戒指是他自願送給我的……」

「這麼說，你不承認您偷盜二千五百盧布現款的罪行是嗎？」庭長問。

「我已經說過了，除了那四十盧布，我什麼都沒有拿過。」

「那你承認是你給商人斯梅利科夫喝的酒裡下毒的罪嗎？」

「這件事情我從來沒有否認，但是我以為就像別人對我說的那樣，那只是安眠藥，服下它不會有事的。我從來都沒想過他會死，我可以在上帝面前起誓：我從來沒有起過那種歹意。」她說道。

「這麼說，你否認自己犯了偷竊商人斯梅利科夫的現款與戒指的罪行囉？」庭長說：「然而你承認自己在他的酒裡下了藥，是嗎？」

「算是承認吧，但是那時我真的以為那就是安眠藥，我讓他喝下去，只是想讓他入睡罷了。我從來沒有過什麼惡意，我也從來沒有想過要把他給害死。」

「很好，」庭長很明顯對得到的結果非常滿意。「那麼請你講一下整件事情的經過吧，」他說，把身子靠到了椅背上，雙手放在桌上。「只要你誠實招供，就會得到寬大的處理。」

「您是問事情的整個過程？」瑪絲洛娃說：「那時我乘著馬車來到旅館，是別人把我帶到他的房間，他已經酩酊大醉了，我想離開，但是他一直不讓我走。」

她住了口，好像忽然斷了思路似的，或是想起了其他事情。

「嗯，那麼後來呢？」

「後來還有什麼可講的？後來，我就在那裡待了一些時候，就回家去了。」

這時，那位副檢察官很不自然地把一個胳膊肘支在桌上，半欠起身子。

「你是要準備提問嗎？」庭長問道。在得到副檢察官確定的回答後，庭長就向他打了個手勢，表示給他提問的權利。

「我想提個問題：在那之前，這名被告和西蒙・卡爾京金認識嗎？」副檢察官說，眼睛並不看瑪絲洛娃。

庭長將這個問題又重複了一遍。瑪絲洛娃用驚恐的眼光盯著那副檢察官。

「西蒙嗎？以前就認識他。」她說。

「我現在想知道的是，被告和卡爾京金的交情怎麼樣？他們是不是經常見面？」

「他總是讓我去接待客人，這算不上有什麼交情。」瑪絲洛娃一面回答，一面惶恐不安地把視線從副檢察官身上轉到庭長身上，接著又轉過臉來看這位副檢察官。

「我很好奇為什麼卡爾京金總是找瑪絲洛娃去接客，而不找其他的姑娘呢。」副檢察官瞇著眼睛，帶著輕佻刻薄而又狡黠的笑容說道。

「我不知道。我怎麼會知道呢？」瑪絲洛娃一面答道，一面驚慌地向周圍掃了一眼，有那麼一瞬間，她的目光停留在涅赫柳多夫身上。「他願意找誰就找誰。」

「難道被她認出來了？」涅赫柳多夫驚恐地想著，感到一股血液不停地往臉上湧。事實上，瑪絲洛娃根本沒有把他認出來，她又立即轉過臉去，仍然帶著驚慌的神色盯著副檢察官。

「那麼被告是不承認她和卡爾京金有過某種親密的關係了，是嗎？很好，那我也沒什麼其他的要問了。」

副檢察官立刻把自己的胳膊肘從寫字檯上放下來，用筆迅速地在做記錄。事實上，他什麼都沒有記，只是用筆描著筆記本上的字母。

「之後怎麼樣了？」庭長接著問。

「我回到家裡，」瑪絲洛娃已經比較大膽地只看庭長一個人，繼續說：「我把錢交給老鴇，就上床睡覺了。我剛剛睡著，一個叫別爾塔的姑娘就又把我叫醒。她說：『快去，你那個商人又來了。』我不願出去，但是老鴇非要我去不可。他就在那裡，」她又露出那種很明顯的恐懼神情說出「他」這個詞兒，「他一個勁兒地給姑娘們灌酒，後來他還想派人再去買酒，但是他身上的錢都花光了，所以他才打發我到他住的旅館房間去。他告訴我錢放在什麼地方，讓我取多少。我就乘馬車去了。」

這時庭長正在和左邊的法官低聲講話，根本沒有聽見瑪絲洛娃說了些什麼，但是為了表示他都聽清楚了，就把她最後那句話重複了一遍。

「你就乘車去了。噢，那後來又怎樣了呢？」他說。

「我到了那裡以後，完全是按照他說的辦，進了他的房間。並非只有我一個人進去，我還叫了西蒙和她。」她用手指著博奇科娃說。

「她說謊，我根本就沒進去過……」博奇科娃剛想再說下去，就有人立刻阻止了她。

「我當著他們的面拿出了四張紅票子[27]。」瑪絲洛娃眼睛也不看博奇科娃，繼續說。

「那麼，被告拿出四十盧布的時候，你有沒有看到那裡面到底有多少錢？」副檢察官接著又問。

副檢察官對瑪絲洛娃一提出這個問題，她身子就哆嗦了一下，她也不知道這到底是怎麼回事，但是她覺得他對她心懷不軌。

27俄國的票面為十盧布的票子。

「我沒有數過，我只看到那裡面全都是些面值一百盧布的現鈔。」

「被告看到了那些一百盧布的現鈔，我沒有別的什麼話要問了。」

「那，接下來又怎樣了呢，你把錢拿回去了嗎？」庭長看著自己的懷錶接著問。

「拿回去了。」

「那麼，後來呢？」庭長問。

「後來他又把我帶回到他住的旅館裡。」瑪絲洛娃說。

「那你是怎樣把藥末放到酒裡，讓他喝下去的？」庭長問。

「如何讓他喝下去的？我把藥粉撒在那杯酒裡，就讓他喝下去了。」

「那您為什麼要讓他喝呢？」

「他一直不肯讓我離開，」她沉默了一下，然後又說：「我被他折騰得很難受。我就去了，對西蒙說：『希望他可以放我走，我實在是太累了。』西蒙說：『他鬧得我們也快煩死了，我們打算給他吃點兒安眠藥。他睡著了以後，你不也就可以離開了嗎？』我就說：『那好吧。』，他真的就給了我一個小藥包。我就又回到了房間，他正在屏風後面躺著，還讓我馬上給他倒一杯白蘭地，我就從桌上選了一瓶上好的白蘭地，倒了滿滿的兩杯，一杯是給他的，一杯是我自己喝的。我在他的杯子裡放了些藥粉，讓他喝了，如果當時我知道那是毒藥，說什麼也不會讓他喝的。」

「那麼，那枚戒指您又是怎麼得到的呢？」庭長問。

「戒指是他送給我的。」

「什麼時候送給您的？」

「我和他一回到他旅館的房間裡，我就想離開，他就朝我的頭上打了一下，連梳子都給打斷了。我發火了，轉身就要走人，他就摘下自己手上的那個戒指送給我，請我不要走。」她說。

這時候，副檢察官再次微微欠了欠身，請求庭長允許他再提幾個問題，獲得准許之後，就又歪了歪繡花領子上面的頭，問道：

「我想知道，被告在商人斯梅利科夫的房間裡一共待了多久？」

瑪絲洛娃又露出驚慌失措的神色，焦慮不安地把自己的目光從副檢察官臉上又轉到庭長臉上，趕緊說：

「我記不太清在那裡待了多長時間。」

「那麼，被告是否記得她在離開斯梅利科夫的房間之後，還到旅館中其他的什麼地方去過嗎？」

瑪絲洛娃想了一下。

「我到過旁邊的一個空房間裡。」她說。

「你到那裡想要幹什麼？」副檢察官聚精會神，竟忘記了通過庭長，直接向她問話。[28]

「我是去那兒整理一下自己的頭髮和衣服，順便等待馬車來。」

「卡爾京金去過那個房間，和被告待過一陣兒嗎？」

「他也去過。」

「他去做什麼？」

「那個商人喝剩下的一瓶上好白蘭地，我們就一起把它喝完了。」

28在帝俄法庭裡，檢察官無權直接審問被告，必須經由庭長提問。

「噢，一起喝了，很好……那麼，被告和西蒙說過話嗎？說了些什麼？」

瑪絲洛娃滿臉漲得通紅地說道：「說過什麼？我什麼也沒有說過。當時的情況我都已經交代了了，其他的我什麼都不知道，您想拿我怎麼辦就怎麼辦吧，反正我沒有罪，就是這樣了。」

「我沒有其他的問題要問了。」副檢察官對庭長說道，接著又裝模作樣地聳了聳肩，在自己的發言大綱裡迅速地記下被告自己供認的事實：她和西蒙一起到一個空房間裡去過。

「你還有什麼話要說嗎？」

「我全都說完了。」她嘆著氣說過這話，就坐了下來。

隨後庭長便在一張紙上記下了點兒什麼，聽到左邊的法官對他小聲講的話後，就宣布休庭十分鐘，站起了身，走出法庭。

庭長和左邊那個身材高大、留著大鬍子的法官所商量的是這樣一件事：那個法官覺得胃裡有點兒不適，想自己按摩一會兒，再喝些藥。他就把這件事情跟庭長說，庭長就根據他的請求宣布休庭。

陪審員們、律師和幾個證人緊隨法官們站了起來，大家似乎意識到已經審完了這樁重大案件的一大部分，於是都愉悅地來回走動著。

涅赫柳多夫走進陪審員議事室後，在窗前坐了下來。

chapter 12 往事

沒錯，她就是卡秋莎。

涅赫柳多夫和卡秋莎的關係原本是這樣的。

涅赫柳多夫第一次見到卡秋莎，是他還在念大學三年級的時候。那年夏天他在自己的姑姑們家裡居住，準備寫一篇有關土地所有制的論文。往年一到夏季，他總是會和母親以及姐姐一塊兒住到莫斯科近郊他母親的那所大莊園裡。但是那年他姐姐結了婚，母親又去了國外溫泉地療養了，涅赫柳多夫於是就決定去姑姑們家。她們的莊園很偏僻，但十分清靜，不受到任何干擾。

那年，他在大學裡讀了斯賓塞的《社會靜力學》，斯賓塞關於土地私有制的論述在他心中留下了十分深刻的印象，尤其是他作為一個大地主的兒子。雖然他的父親並不是那麼的有錢，但是他的母親曾擁有差不多一萬俄畝土地的陪嫁。當時，他第一次懂得了土地私有制的各種殘酷與不公，恰好他又是這樣一種十分看重道德的人，所以他決定要放棄土地的所有權，立即把自己從父親名下繼承的土地交給了農民。眼下他就是要關於這個問題寫一篇論文。

那年，他在姑姑們家裡的日子是這樣度過的：他早早地就起床，有時是在三點鐘，都還沒有日出，就去山腳下的一條河裡洗澡。洗完澡往家走的時候，青草和花朵上都還滾動著露珠。早上喝完咖啡之後，他有時坐下來寫自己的論文，或是翻看與論文相關的各種資料，但是多半情況是既不讀書，也不寫作，而是乾脆走到戶外，到田野上和林子裡散步。

午飯之前，他總是會在花園裡找個地方打個盹兒，然後在吃午飯的時候，他那股活潑勁兒，逗得姑姑們哈哈大笑。吃完飯後，他就去騎馬或是去划船，到了黃昏時分又是讀書，或是坐下來，陪姑姑們玩玩紙牌，算算卦。

他在姑姑家裡第一個月的生活就是這麼幸福和平靜得度過的，根本沒注意到姑姑家裡還有那個半養女半奴婢、有著烏黑眼睛、步履輕盈的卡秋莎。

那時涅赫柳多夫才十九歲，一直在母親的呵護和教育下成長，是個十分純真的年輕人。如果他夢想有一個女人的話，只是想有一個妻子。所以在他的心目中，凡是不可能做他妻子的女人，對他而言就不能稱為女人，只是一般人而已。

然而，事有偶然，就是在那年夏季的升天節[29]裡，姑姑家的一位女鄰居領著自己的兒女們，到姑姑的家裡來做客，他們中有兩個小姐、一個男中學生和一個寄居在他們家的農民出身的青年畫家。

喝過茶，吃過點心之後，大家來到正房前面一小塊已修剪得很平坦的草場上玩「捉迷藏」的遊戲。於是把卡秋莎也叫去了。他們玩了幾次之後，輪到涅赫柳多夫與卡秋莎一起跑了。平常涅赫柳多夫看見卡秋莎，都會覺得很高興，但是在他的腦海中，卻從來沒有想過他和她之間可能有什麼特殊的關係。

「哈哈，這下可是不管怎樣都抓不住他倆了，」那個輪到「捉人」的快樂的畫家說著，邁動那農

29基督教節日，復活節後的第四十天，慶祝耶穌的升天。

民的短而有力的羅圈腿卻跑得飛快，「除非他們自己絆倒了。」

「哪兒的話，別想抓住我們！」

卡秋莎連忙和涅赫柳多夫換了個位置，伸出她那不光滑但十分有勁的小手握住了他的大手，邁步向左邊跑去。

涅赫柳多夫不願被畫家抓到，於是就拚命向前奔跑。後來他轉過身去看了看，卻看到那個畫家正在追趕卡秋莎，但是她敏捷地邁開她那雙年輕而矯健的兩條長腿，漸漸撇開畫家，徑直向左側跑去。前面是一個丁香花壇，沒有人跑到那後邊去過，但卡秋莎回頭望了望涅赫柳多夫，點頭示意，讓他跑到花壇後邊去與她會合。

他領會了她的意思，就往花壇後邊跑了去。誰知道花叢後邊有一條小溝，溝內到處都長著帶刺的蕁麻，涅赫柳多夫不知情，一腳踩空，掉進了溝裡。他的雙手被蕁麻刺破了，又被夕露給弄濕了。但是他一面笑自己，一面迅速地爬起來，拍了拍身上的衣服，跑到了一個乾淨的地方。

卡秋莎眨動著她那雙亮晶晶的、像醋栗一樣黑溜溜的眼睛，笑盈盈地朝他跑了過去。他們緊緊地握住了彼此的手[30]，以示勝利。

「我看，您的手一定是被刺破了。」她一面用那隻空著的手整理了一下鬆開的髮辮，一面呼哧呼哧地喘著氣，從下到上打量著他說。

「我不知道這裡有一條小溝。」他說，也露出了一絲微笑，但沒有鬆開她的手。

她往他身旁靠了靠。他自己也不知道怎麼搞的，竟把自己的臉朝她湊了過去。她沒有躲開，於

30在「捉人」遊戲中，被追的兩人在某一地點會合，相互握手則為勝出。

是他就更緊地握住了她的手，吻了吻她的嘴唇。

「哎喲，您這是幹什麼呀！」她說，急忙掙脫了他的手，跑掉了。

從那以後，涅赫柳多夫與卡秋莎之間的關係發生了很大的變化，變成了年輕純真的男子與同樣純真的姑娘之間互生愛慕的那種特殊關係。

只要卡秋莎一進入他的房間，或者甚至涅赫柳多夫只是老遠的看到她的白圍裙，他就覺得似乎所有的事物都變得光輝燦爛，一切都變得更有趣。

卡秋莎在家裡要做很多事情，但是她能把每件事情都做好，還能抽出時間來讀書。涅赫柳多夫就把他自己剛看完的陀思妥也夫斯基和屠格涅夫寫的書送給她看。她最喜歡的是屠格涅夫的《靜靜的洄流》[31]那本書。他們倆人只是偶爾見面說上幾句，有時在過道裡，有時在陽臺上，或是在院子裡，有時還會在姑姑們的老女僕馬特廖娜・帕夫洛夫娜的屋子裡，因為卡秋莎和那老女僕住在同個房間裡，有時涅赫柳多夫就到她們的房間裡就著糖塊兒和她一起喝茶。

涅赫柳多夫第一次在姑姑們家裡住的那段時間，他與卡秋莎一直維持著這樣的關係。姑姑們發現他們的這種關係後，有點害怕，甚至寫信把這件事情告訴了涅赫柳多夫住在國外的母親葉連娜・伊萬諾夫娜公爵夫人。姑姑瑪麗婭・伊萬諾夫娜十分擔心德米特里會和卡秋莎發生曖昧關係。然而她的這種擔心是沒有必要的。因為純真的人們最是多情，涅赫柳多夫連自己都不知道他愛上了卡秋莎，也正是這種純潔的愛，成了他們不至於墮落的重要保證。他不僅壓根就沒想過要在肉體上擁有她，而且一想起可能會和她產生那種關係就膽戰心驚的。

31 屠格涅夫的中篇小說。

然而，具有詩人氣質的姑姑索菲婭・伊萬諾夫娜的擔憂就切實多了，她害怕德米特里愛上那位姑娘之後，會憑著自己那敢作敢為的果斷性格，不考慮她的身分和地位，毫不猶豫地和她結婚。

假如涅赫柳多夫那時能清楚地意識到自己愛上了卡秋莎，尤其是假如那時會有人告訴他，絕不能也不應該把自己的命運和這樣的一位姑娘結合在一起，那就不難發生這樣的事了，他就會憑藉自己直率處理一切事務的性格毫不遲疑地作出決定，一旦他愛上那位姑娘，那麼無論她是個什麼樣的人，他都會毫無理由地和她結婚。但是姑姑們沒有把自己的憂慮告訴他，他一直都沒有意識到自己已經愛上卡秋莎了，就那樣離開了那裡。

「再見，卡秋莎。」他一面坐上馬車，一面隔著索菲婭姑媽的包髮帽看了過去，說。

「再見，德米特里。」她用親切而動聽的聲音說過這話，便強忍著滿眼的淚水，朝門廊裡跑去，只有在那裡，她才可以放聲大哭出來。

chapter 13

軍隊生活

從那時開始，涅赫柳多夫一連三年都沒跟卡秋莎見面。直到他剛剛升為軍官，要動身奔赴部隊，途經姑姑們的家時，才又再次和她相見。但這時，他和三年前那個在她們那裡度假的年輕人比起來，已經是一個完全不同的人了。

那時的他還是個誠實而頗有自我犧牲精神的年輕人，隨時願意將自己獻給所有崇高美好的事業。現在，他卻變成了一個迷戀酒色的徹頭徹尾的利己主義者了，只貪圖個人的享樂。

那時他不需要什麼錢，母親給的那些錢，他可能連三分之一都花不了，他也可以放棄父親名下的田產而將它分給他的佃戶。但是現在，母親一個月給他一千五百盧布，他都不夠花，為了錢，他已經和母親發生過幾次不快的交談。那時他覺得精神生命才是真正的我，現在，他卻覺得他那強壯而精力充沛獸性的他，才是他自己。

他之所以會發生這麼可怕的變化，僅僅是因為他已經不再堅持他原來的信念，而開始相信其他人的觀念了。他之所以不再堅持自己的信念而開始相信其他人觀念，那是因為如果堅持他的信念，就會經常遭到別人的譴責和非議，而如果相信其他人的觀念，就會得到周圍人的讚美和吹捧。

譬如，涅赫柳多夫要思考上帝、真諦、錢財、貧困等問題，看與這些問題有關的書籍，談及這些問題時，他周圍的一些人都會覺得這不是時候，甚至有點兒荒謬可笑，他的母親和姑姑們也帶著一種善意的嘲諷口吻稱他為**notre cher philosophe**。[32]但是如果他閱讀長篇小說，講述淫穢的笑話，到法國劇院去看幽默的輕鬆喜劇，並且對劇中的情節津津樂道，大家就都會讚揚他，鼓舞他。如果他覺得一定要降低自己的需求，縮減用度，穿舊大衣，不喝酒時，別人就會覺得這是怪癖，甚至有點兒標榜自己，但是當他花很多錢在打獵，或是在佈置非同一般的豪華書房方面，人們倒都讚揚他風雅，並送給他很多貴重的禮品。

他原本純真無瑕，是個保持童貞的青年，準備一直這樣保持到結婚的時候，可是他的親人卻為他的健康擔心。後來他從自己的同事那兒奪得了個法國女人，成為真正的男人後，他母親知道後不僅不傷心，反而非常開心。這個公爵夫人每每想到他和卡秋莎的那段戀情，再想到他可能想和她結婚，就不禁感到十分的憂慮。

從那以後，這件事情就成了他所有親戚們經常責怪與嘲弄的口實了。有些人會一遍又一遍地告訴他，農民得到土地之後不僅不能發財致富，反而更窮了，因為他們開了三家小酒店，乾脆就不幹活了。但是等涅赫柳多夫加入了近衛軍，和那些出身高貴的同僚們一塊又是花天酒地，又是賭博，花錢如流水，迫使葉連娜・伊萬諾夫娜不得不動用存款的時候，她卻滿不在乎，認為這是正常的，甚至認為在年輕時就這樣種種牛痘，在上層社會裡適應適應，也未必是件壞事。

一開始的時候，涅赫柳多夫也掙扎過，可是這種鬥爭是十分艱難的，因為凡是他始終堅持他的信念，認為是好的事物時，其他人則認為是壞的；或者相反，只要是他在堅持認為是壞的事物時，

32 法語：我們親愛的哲學家。

他身邊所有的人卻都認為是很好的。最終涅赫柳多夫屈服了，也不再繼續堅持他的信念轉而相信其他人的觀念了。這樣的自我否定，在開始的一段時間裡是令他感到很沮喪的，但是這種感覺並沒有持續多久。就在這時，涅赫柳多夫開始抽煙喝酒，不久便不再感到有什麼不高興的了，甚至反倒覺得十分輕鬆了。這個變化自從他來到彼得堡之後便開始了，他跨入軍界以後便徹底完成了。

軍隊生活本來就容易讓人頹廢墮落，因為一進入軍隊，就終日置於無所事事，也就是既不從事合理而有益的勞動，又不擔負人類所要承擔的義務，遊手好閒照例能享受軍隊、軍服和軍旗的榮耀。而且，一進入軍隊，一方面擁有無限支配他人的權力，另一方面，卻又使他們在面對比自己地位更高的長官時，始終保持奴顏婢膝、唯命是從的態度。

不過，除去軍人的職銜和軍服、軍旗的榮譽，以及公開獲得允許的暴行和屠殺所導致的一般墮落之外，還有另外一種墮落，那就是：在經過精心挑選的，並且只有富家子弟、門第高貴的軍官才能進入的近衛軍團中，由於財富與接近皇室所造成的墮落。如果這兩種墮落加在一起，便使人變成完全瘋狂的個人主義者。自從涅赫柳多夫獲得軍職，並開始像自己的同僚們那樣生活之後，他就陷入了這種瘋狂的利己主義的泥沼之中。

他們覺得又好又重要的事情，就是到軍官俱樂部或是最豪華的飯館裡去吃飯，尤其是喝酒，縱情揮霍一大筆根本不知道是從哪裡弄來的金錢，然後又去劇場看戲、跳舞、玩女人。然後再是騎馬，舞刀，奔馳，又是揮霍金錢、喝酒、打牌、玩女人。

這種生活對軍人的腐蝕作用頗為強大，因為一個平民要是過這種生活，他肯定會在內心深處感到羞恥。但軍人卻覺得過這樣的生活是理所當然的，並且還自吹自擂，為此而感到驕傲，戰爭期間，這種情況就更嚴重了，涅赫柳多夫恰好就是在向土耳其宣戰[33]之後擔任軍職的。「我們早就準備著在戰爭中犧牲自己了，所以過這種花天酒地的快活日子對我們來說，不僅是可以寬恕的，甚至是有必要的。因此我們才過這種生活。」

三年之後，他上姑姑們家去的時候，就是處於這樣的精神狀態之中。

33 指一八七七年至一八七八年的俄土戰爭。

chapter 14

舊情重燃

涅赫柳多夫這次來到姑姑們家裡，是由於他正準備趕到已經開赴前線的部隊裡去，還因為她們曾誠懇地邀請他再來一趟，但是他這次來，最主要還是想見見卡秋莎。

也許在他的靈魂深處，他聽從了自己如今已脫韁的獸性的人性的慫恿，對卡秋莎產生了罪惡的想法。只是他自己並沒有意識到這一點而已，他只是想舊地重遊，看看自己曾經無比留戀過的地方，看看那兩位有點兒荒唐而又十分可親的、善良的、總是使他在無意識中處於愛撫和讚揚的氣氛中的姑姑們，見一見那個可愛的、曾給他留下非常快樂回憶的卡秋莎。

他是在三月末的聖星期五[34]，沿著泥濘不堪的道路，冒著瓢潑的大雨到達這兒的，所以到時他已渾身濕透了，被凍得瑟瑟發抖，但是精神上仍然朝氣蓬勃，情緒振奮，就和他那個時候常常感覺到的一樣。

「她還在這兒嗎？」他心裡想著，這時他乘的雪橇已經來到了他熟悉的姑姑們家的老式地主莊園的院子裡，院裡堆滿了從屋頂散落到地上的積雪，周圍還砌著一堵不高的磚牆。他想著她聽到雪橇上鈴鐺響的聲音，便會跑到外面門廊的臺階上來的，但他看到的只是兩個赤腳的女人掖著裙子出

34 即耶穌受難日，復活節前的最後一個星期五。

現在女僕房間門前的臺階上，手裡提著水桶，顯然是在擦洗地板什麼的。正門的門廊裡也沒有看到她，只見聽差吉洪繫著圍裙獨自一人走了出來，看來也在幹著擦洗的活兒。

索菲婭・伊萬諾夫娜穿著一件絲綢連衣裙，頭上戴著一頂包髮帽子來到前廳。

「啊，你終於來了，太好了！」索菲婭・伊萬諾夫娜一面叨叨地念著，一面吻了他一下。「瑪申卡[35]身體有點兒不舒服，估計是去教堂的時候累著了，我們去領聖餐了來著。」

「恭喜[36]您領聖餐，索尼婭[37]姑姑。」涅赫柳多夫一面說，一面吻了一下索菲婭的手，「真對不起，我把您的衣服弄濕了吧。」

「快到你自己的屋裡去吧，瞧你渾身都透濕了，你都長鬍子啦……卡秋莎！卡秋莎！快點兒給他拿杯咖啡來吧。」

「這就來！」過廊裡傳來那個熟悉而又動聽的聲音。

涅赫柳多夫的心歡快地怦怦亂跳。「她還在這裡！」此刻太陽似乎從滿天烏雲裡露出了笑臉。涅赫柳多夫便開心地隨吉洪一起到他曾住過的那個房間裡去換衣服。

涅赫柳多夫脫下了身上的濕衣服，剛準備換上乾淨衣服時，就聽到一陣輕快的腳步聲，接著就是敲門的聲音。

涅赫柳多夫馬上就聽出了這是誰的腳步聲，是誰在敲門，這樣走路和敲門的，就只有她。

35 瑪麗婭的愛稱。
36 按俄國宗教習俗，對領過聖餐的人要道喜。
37 索菲婭的愛稱。

他披上他那潮濕的軍大衣，快步向門那邊走去。

「請進來！」

果真是她，卡秋莎。她仍然和原來一樣，只是比以前嬌媚了許多。她那雙笑盈盈的、純真的又稍稍有點斜視的黑眼睛依舊是從下朝上地打量人。她身上也和過去差不多，依然圍著一條潔白的圍裙。姑姑讓她送來一塊剛拆開包裝紙的香皂和兩條毛巾：她那兩片動人的、輪廓鮮明的紅唇，還是像以前看見他時那樣，無法壓抑心中的喜悅，抿得緊緊的。

「歡迎您的到來，德米特里・伊萬諾維奇！」她好不容易才說出了這句話，同時臉上泛起一片紅暈。

「你好……您好。」他說，不知道和她談話應當用「你」好還是用「您」好，也像她一樣臉紅了。「您身體可好？」

「感謝上帝……這是您姑姑讓我給您送來的您喜歡的玫瑰香皂。」她說著，便把香皂放到了桌上，又把毛巾往圈椅的把手上一搭。

「麻煩您替我謝謝姑姑。我到這兒來，簡直太高興了。」涅赫柳多夫說著，感到自己的內心一下子變得像上次來時那樣豁亮而又溫暖了。

聽到這番話時，她只是笑了笑，接著便離開了。

姑姑們一向寵愛涅赫柳多夫，這次看見他來，比往常更加高興了。德米特里現在是要去打仗，可能會受傷甚至是陣亡。一想到這，姑姑們就頗為感傷。

涅赫柳多夫這次出行，原先只準備在姑姑們家裡逗留一天一夜，但是見到卡秋莎之後，就答應姑姑們在這兒多待上兩天，一起過復活節，於是便拍了電報給他先前約好在奧德薩會合的朋友和同事申伯克，現在邀請他也到姑姑們家裡來。

涅赫柳多夫自看到卡秋莎的第一天開始，就又燃起了曾經對她的那份情感。他如今也還像以前那樣，一看到卡秋莎的白圍裙就心中蕩漾；一聽到她走路的聲音、說話聲、笑聲就抑制不住地開心；他見到她的臉色變得通紅就心慌意亂。

他覺得自己已經愛上了她，但和以前不一樣，以前的那種愛戀對他來說是個謎，而且他自己都不肯承認自己愛上了她，並且，那是他認為人的一生只能愛一次。如今他又在戀愛了，而且明確意識到了這一點，因此而感到無比興奮，雖然想隱瞞自己，但卻隱隱約約地已懂得了愛情是怎麼一回事，將來會有怎樣的結果。

在他的內心深處，他知道自己應該走了，他知道再這麼住下去也不會有什麼好事。但是他實在是太開心，太快活了，所以他不顧這些，鬼使神差地就留了下來。

在基督復活節前一天，星期六黃昏時分，一個司祭帶了一個助祭與一個執事，乘著雪橇趕到這裡來做晨禱，正如他們所說的，他們的雪橇是歷經千辛萬苦穿過水塘與田野，才走完了從教堂到姑姑家的這三俄里路程。

涅赫柳多夫和姑姑們、僕人們站在一起做晨禱，一面眼睛目不斜視地盯著站在門口，手提香爐的卡秋莎。做完晨禱，他按照復活節的習俗與司祭和姑姑們彼此吻了三下，便想回房睡覺，卻突然聽到瑪麗婭・伊萬諾夫娜的老女僕馬特廖娜・帕夫洛夫娜在外邊過道裡說話，她們打算和卡秋莎去教堂，給復活節時用的甜麵包與甜奶渣糕受淨化禮。

「我也去吧。」他暗暗地在心裡打定了主意。

在姑姑們家，他就像在自己家一樣可以發號施令，於是他讓人把那匹叫「老兄」的馬備好了鞍子，他不再想去睡覺了，而是穿上帥氣的軍服和緊身馬褲，披上軍大衣，跨上那匹膘肥體重、不停地嘶鳴的老公馬，摸黑踏著水塘和積雪向教堂跑去了。

chapter 15 基督復活了

這一次晨禱，後來成了涅赫柳多夫一生中最愉快、印象最深刻的一次美好的回憶。

他騎著馬，踏著雪水，走完黑漆漆的、稀稀落落散佈著幾堆白雪的道路，他那匹馬一見到教堂附近的燈光，便豎起了耳朵。等他騎馬進了教堂的院子，禮拜已經開始了。

有幾個農民認出他是瑪麗婭・伊萬諾夫娜的侄子，就把他帶到乾燥的地方下馬，牽過馬拴好，便領他走進教堂。教堂裡已經擠滿了過節的人。

涅赫柳多夫朝前面走去。上等人都站在教堂的中央：其中有一個地主帶著他的妻子和身穿水兵制服的兒子，有警察分局局長，有電報員，有一個腳穿高筒皮靴的商人，還有戴著徽章的村長。誦經臺右側，在地主太太的背後，站著的是馬特廖娜・帕夫洛夫娜，她身穿一件閃亮的淺紫色連衣裙，披著一件帶流蘇的白色披肩。卡秋莎就站在她的旁邊，穿了一件胸前有褶皺的白色的連衣裙，腰上繫一條淺藍色的帶子，烏黑的頭髮上還綁了一個鮮紅色的蝴蝶結。

一切都是那麼的愉快、隆重、莊嚴、歡樂而且美好。不論是穿著銀光閃閃的絲線法衣、胸前掛著金十字架的司祭，不論是身著過節時才穿的銀絲線和金絲線的漂亮祭服的助祭和誦經士，不論是穿著節日的盛裝，頭髮抹得油亮的業餘歌手，不論是節日讚美歌那歡快聽上去就好像舞曲一樣的旋律，不論是司祭們舉起插了三根蠟燭、飾有花卉的三燭燭架，不停地為人們祈福，反覆歡呼著：「基督復活了！基督復活了！」一切都是那麼的美好，當然最美好的還是身穿白色連衣裙、腰繫淺藍色帶子、烏黑的頭髮上綁著鮮紅色蝴蝶結、眼睛閃爍著快樂光芒的卡秋莎。

涅赫柳多夫覺得，儘管她並沒轉過頭來，可是她已經看到他了。這是他在經過她身邊，向祭壇那兒走去時看到的。他本來沒有任何話想要對她說，但是他想了一會兒，在經過她身旁時說道：「姑姑說，做完晚午禱後就開齋。」

就像平時她看到他時一樣，她那青春的血液又湧上了她那可愛美麗的臉蛋。她那烏黑的眼睛稍稍抬起，閃爍著笑容，開心地，天真爛漫地從下朝上打量著涅赫柳多夫。

「我知道了。」她笑了笑，說道。

就在這時，一個執事手裡拿著銅質咖啡壺[38]，從人群裡擠過來，經過卡秋莎的身旁時，因為眼睛並沒有看她，祭服的下擺卻觸到了她。

這個執事顯然是出於對涅赫柳多夫的尊重，想從他身邊繞過去，結果卻不小心碰到了卡秋莎。可是涅赫柳多夫卻暗暗覺得奇怪：他，這個執事，為什麼不懂得這裡存在的一切，甚至整個世界上一切，全都是為卡秋莎一個人而存在的，人們對世界上一切都可以忽視，唯獨不能怠慢了她，因為她才是世界上一切的中心。有了她，聖像壁的金光才閃耀，枝形大燭架與燭臺上的燭光才通明；有了她，人們才高聲歌唱：「主的復活節到了，歡樂吧，世人們。」世界上一切美好的事物，皆是為她而存在。他覺得卡秋莎好像也明白這一切都是為她而存在的。這種感覺是涅赫柳多夫舉目望見她那

38 在俄國教堂裡，銅咖啡壺用來裝聖水。

穿著有皺褶的白色連衣裙的頎長身軀，看見她那張全神貫注的喜氣洋洋的臉蛋時產生的。從她的面部表情可以看出，她的內心深處和他所唱的是同一首歌。

在早禱與晚禱之間的休息時候，涅赫柳多夫暫時走出了教堂，大家見他來了紛紛給他讓路，向他行禮。有些人認識他，有些人卻在問：「這是誰家的人？」

他在教堂門廊裡停了下來，乞丐們就把他團團圍住，他就把自己的錢袋中所有的零錢全都散給了他們，然後才走下臺階。

天色雖然已經亮了，什麼都能看得清楚了，但是太陽還沒有升起。大家分散在教堂四周的墓地上坐下來，卡秋莎依舊在教堂裡，涅赫柳多夫就停下來等她。

瑪麗婭・伊萬諾夫娜的製作糖果點心的廚子老態龍鍾，這時正顫動著腦袋，攔住涅赫柳多夫，按照復活節的習俗和他彼此吻了三下。

他的妻子是個老太婆，頭上包著一塊絲綢三角巾，頭巾底下露出她那皺巴巴的喉結，這時她從手絹裡拿出一個染得橙紅色的雞蛋，送給了涅赫柳多夫。接著，一個體格健壯、面帶笑容的年輕漢子身穿一件簇新的外衣，腰上束著一條綠色寬腰帶，滿面春風地走過來。

「基督復活了！」他眼裡含著一絲笑意的說過這話，便走到涅赫柳多夫跟前，給他送來一股農民身上所獨有的好聞的味道，用自己那結實而又鮮嫩的嘴唇對著涅赫柳多夫的嘴唇吻了三下，他那捲曲的大鬍子扎得涅赫柳多夫的臉癢癢的。

就在涅赫柳多夫和這個年輕農民互吻，並且接過他送來的一個暗褚色雞蛋時，馬特廖娜・帕夫洛夫娜那閃光的連衣裙和那個黑髮上紮了紅色花結的、美麗的可愛的頭也出現了。

她立刻從走在她前面的許多人的頭頂上看到了他。他也看到了她那張容光煥發的臉。她和馬特廖娜・帕夫洛夫娜一起走了出來，站在門廊裡，施捨了乞丐們一些錢。其中一個乞丐的鼻子已經爛掉了，痊癒後留下了一塊紅斑，他來到卡秋莎的面前。她從手帕裡拿出了什麼東西送給了他，緊接著靠近他的臉，跟他互吻了三下，沒有露出一丁點兒討厭的神色，反之，她的眼睛依然閃爍著快樂的光芒。

就在她和那個乞丐互吻的時候，她的目光和涅赫柳多夫的目光撞到了一起，她似乎在問：這件事我這樣做好嗎，做得對嗎？

「對，對，親愛的，一切都對，一切都很好，我愛你。」他在心裡說。

她們兩人一走下臺階，他就走到跟前。

「基督復活了！[39]」馬特廖娜・帕夫洛夫娜說這話的時候，垂下了頭，面帶笑容，她的聲調彷彿是在說：今天大家都是平等的。她把手絹捲成很小的一團，像小老鼠一樣的並用它擦了擦嘴角，便把嘴唇向他湊了過去。

「真的復活了。」涅赫柳多夫一面跟她互吻，一面說。

他回頭看了看卡秋莎。她的臉蛋立即漲得通紅，並且立即朝他走過來。

他們彼此吻了兩下，似乎做不了決定是否應該再吻一下，最後好像又都決定了應當再吻一下才對，於是他們就接著吻了第三下，並且兩人都笑了笑。

「你們是要去找司祭嗎？」涅赫柳多夫問道。

39 正教徒的見面套語。一個說「基督復活了」，對方就要回答「真的復活了」。

「不是，我們在這兒坐一下好了，德米特里．伊萬諾維奇。」卡秋莎說這話時，整個胸脯還在起伏不定，深深地呼吸著，並且她抬起那雙溫柔的、純潔的、情意綿綿的而又微微有點兒斜視的眼睛，目不轉睛地盯著他的眼睛。

男女之間的愛情通常都會有到達頂點的一刻，那時候，這愛情就完全沒有有意識的、理智的因素，也沒有絲毫肉欲的因素了。在這個基督復活節的夜晚，對於涅赫柳多夫而言，就是這樣的時刻。儘管他在各種各樣的場合看到過卡秋莎，但是如今每當他回憶起她時，總是首先想起這最鮮明的一刻。

啊，如果這一切就停留在那天晚上出現的那種感情上，該多麼美好呀！「沒錯，那件可怕的事情，就是在復活節的那個夜晚之後才發生的！」此刻，他靜靜地坐在陪審員議事室的窗戶前，默默地回憶著。

chapter 16

風暴

涅赫柳多夫從教堂回來後，便和他的姑姑們一起開齋，並且就像在部隊裡所習慣的那樣，為了提神，還喝了點兒白酒和葡萄酒，接著又返回了他自己的房間，連衣服都沒有脫，就立即睡著了。突然，一陣敲門聲把他驚醒了。他從那敲門聲裡很容易地就辨認出來是她，於是坐起身來，揉揉眼睛，還伸了個大大的懶腰。

「卡秋莎，請問是你嗎？如果是就請進吧。」他說著下了床。

她把房門稍微推開了一點兒。

「該吃飯了。」她說。

她身上仍舊穿著那件白色的連衣裙，可是頭髮上的蝴蝶結卻不見了。她看了看他的眼睛，滿臉放光，似乎她是在告訴他一件非同尋常的喜事一樣。

「我這就過去。」他回答著，就拿起梳子，想梳一下自己的頭髮。

她還站在那兒並沒有離開，他發現後，就扔下梳子，向她走去。可就在這時，她卻突然轉過身去，邁著她那一如既往的輕盈快捷的步伐，踩著過道裡的長地毯向前走去。

「我太傻了，」涅赫柳多夫自言自語，「我為什麼不留住她呢？」

他拔腿跟了過去，在過道裡追上了她。

「卡秋莎，請你等一等。」他說。

「您還有什麼事嗎？」她問著，步子也漸漸慢下來。

「沒什麼，只是……」

他再次鼓起勇氣，意識到在這樣的場合，所有處在他這樣的境況下的男子都會做的事情，於是他就伸出胳膊摟住了卡秋莎的腰。

她站在那兒，一動不動地盯著他的眼睛。

「別這樣，德米特里，請您不要這樣。」她滿臉通紅地說，接著，她用她那有些粗糙卻非常有力的手把他的胳膊推開了。

涅赫柳多夫放開了她。有那麼一瞬間，他不光覺得不好意思，很彆扭、害羞，更覺得很憎惡自己。他本來應該相信自己的，可是，他並不知道這樣的彆扭和害羞，正是他內心深處最高尚的情感在流露，相反，他覺得這證明了他的愚蠢，他應當像普通的男人那樣做才對。

他就又一次追趕上她，又抱住她，吻她的脖子。這次的吻已經全然不同於前兩次的吻，也就是曾經在丁香花叢後面那情不自禁的一吻與今天早上在教堂裡的吻。這一吻是火辣辣的，這一點她也感覺到了。

「您這是在做什麼？」她驚叫起來，聽她的聲音，彷彿是他打破了一件無比珍貴的器物，再也無法補救了似的。她躲開他，一路快步跑掉了。

當他走到飯廳時，他的兩位身著盛裝的姑姑、一名醫師和一位女鄰居，都已經站在一張擺著一碟碟冷葷菜的桌子旁了。一切都和平常一樣，可是涅赫柳多夫的心裡卻掀起了一場大風暴，其他人對他說的話，他一點兒都沒有聽進去，他的回答也是牛頭不對馬嘴。心裡念念不忘的是卡秋莎，回味著剛才他在過道裡追上她時的那個吻。他沒有心思去想別的事了。每次她走進屋裡，他不必看她，卻總是能真切地感覺到她的到來，而且必須盡力克制住自己，才能不去抬頭看她。

吃完飯後，他馬上回到了自己的屋裡，心猿意馬地在屋裡來回走動，一面留意著家裡的一切聲響，急等著她的腳步聲。那個恐怖的獸性的人現在已經獨自佔據著他的內心。雖然他一整天都在等候著她，但他都沒能找到機會和她單獨見面。

也許是她在故意躲著他。但是到了傍晚時候，湊巧有事，她必須要到他隔壁的房間裡去。醫生留下來過夜了，她要為這位客人收拾一下床鋪，涅赫柳多夫聽到了她走路的聲音，就躡手躡腳，屏息靜氣，似乎準備做什麼違法的事，尾隨她走進了那個屋裡。

她已經把自己的兩隻手伸入了一個乾淨的枕頭套中，抓著枕頭的兩角，此時她轉過身來看看他，笑了笑，但這並不是先前那種快活而又高興的微笑，而是帶著膽戰心驚、可憐巴巴的笑。這個微笑像是在告訴他，他接下來想做的事情是很不好的。

他剎那間呆住了。這時他對她真正的愛的聲音，儘管微弱，但還是能聽見，這聲音正在對他講，講她的感情，講她的生活。但是，還有一個聲音卻在告訴他：注意，千萬不要錯過自己的享樂、自己的幸福。這後面的聲音就把前面的聲音壓了下去，於是他堅定地來到她的面前，恐怖的和按捺不住的獸性情感已經佔據了他。

涅赫柳多夫緊緊抱住她不肯鬆手，強行按她坐到了床上。

「德米特里，好少爺，請把您的手放開吧。」她用哀求的語氣說：「馬特廖娜要來了！」她一面嚷著，一面掙扎。這時真的有人向門口這邊走來了。

「那我夜裡再去找你，」涅赫柳多夫說：「你是自己一個人在房間裡吧？」

「您說什麼呀？千萬不要這樣啊！」她其實只是嘴上這麼說，她那激動不安而慌亂的內心卻說了另一番話。

向門口這邊走來的，真的是馬特廖娜，她胳膊上搭了一床被子走進房裡來，用責怪的眼光瞧了瞧涅赫柳多夫，便責怪卡秋莎拿錯了被子。

涅赫柳多夫一聲不吭地走了出去。

整個黃昏他都魂不守舍的，一會兒上姑姑們的房裡去，一會兒又離開，回到他自己的房間，最後又走到門廊，心裡只想著一件事情：那就是怎樣才能和她單獨見面。不過，不僅她在躲著他，連馬特廖娜・帕夫洛夫娜也寸步不離地跟定了她。

chapter 17 是幸還是不幸？

整個黃昏就這樣過去了，夜晚已經來臨。醫師已經睡覺去了，姑姑們也已經躺下休息了，涅赫柳多夫知道此刻馬特廖娜還在姑姑們的臥室裡，只有卡秋莎一個人待在女僕的住處，於是他就又走出房間，在門廊裡停了下來。

涅赫柳多夫走下門廊後，踏著結了冰凌的殘雪，跨過一個個水窪，來到了女僕住處的窗前。他的心在胸腔裡怦怦亂跳，連他自己都能聽得到。他時而屏住呼吸，時而又狠狠地喘氣。

女僕屋裡亮著一盞小小的燈。卡秋莎獨自一人坐在桌子旁邊，一副滿懷心事的樣子，眼睛傻傻地瞪著前方。涅赫柳多夫一動不動地看了她好一陣子，想知道在她認為沒人看到的時候她會做些什麼。有兩分鐘左右的樣子，她都坐在那裡紋絲不動，然後抬起眼皮，微微笑了笑，好像是在責怪自己一樣搖了搖頭，又換了個姿勢，猛地把兩條胳膊擱在了桌上，眼睛又直直地盯著正前方。

他站在窗口盯著她，不自覺地同時聽到了自己的心跳聲以及從河邊傳來的某種奇怪的聲音。那裡，濃霧彌漫的河上，正在發生某種連續不斷卻又很緩慢的變化，不知道是種什麼東西時而呼哧呼哧地喘息著，時而喀嚓地在開裂，時而又突然嘩啦一下子倒塌了，時而薄冰會像玻璃一樣會發出叮叮亂撞的響聲。

他站在那裡，看著卡秋莎那若有所思的、很苦惱想心事想得很苦惱的臉，他不由自主地又可憐起她來，但是，真是怪事，這樣的可憐卻點燃了他佔有她的欲火。

他身上的欲火越燃越旺，一發不可收拾。他不禁敲了一下窗戶。她像是遭到電擊一樣，渾身打了個哆嗦，面部露出恐懼的神色，接著她騰地就站了起來，來到窗邊，把臉貼在了玻璃上，甚至當她伸出雙手，像一副眼罩那樣放在自己的眼睛兩邊認出他的時候，那種驚恐的神色絲毫沒有從她臉上消失。

涅赫柳多夫在房子的牆角後面來回地踱了兩趟，有好幾次不小心一腳踏進了泥水裡，後來又回到女僕房屋的窗戶前面。燈仍然還亮著，卡秋莎又是一個人坐在桌旁，好像有什麼事拿不定主意。他剛走到窗戶前面，她就朝他看了一眼。

他敲了一下窗戶。她也沒有仔細看是誰敲的，就立即從女僕的住處跑了出去。他聽到門鉤喀嚓地響了一聲，接著外門吱嘎一聲開了，這時他已經在門道裡等她，於是一聲不響地立即伸出胳膊把她給抱住了。

她緊緊依偎著他，抬起了頭，用她的雙唇湊上去來迎接他的吻。他們站在門道的一個拐彎處，那兒的雪已經化淨了，地面是乾的。他渾身被一種尚未得到滿足的欲望折磨著，十分難受。

這會兒，外門喀嚓一聲響，然後咯吱咯吱地被打開了，就聽見馬特廖娜怒氣衝衝地喊道：

「卡秋莎！」

她掙開了他的雙手，返回到女僕的屋裡。他聽到門鉤響了一下，然後就扣上了。接著一切都安靜了下來，窗戶裡面的那紅紅的燈光不見了，只剩下一片迷霧和那河發出的喧鬧聲。

涅赫柳多夫向窗戶那走了過去，但一個人都看不到，他又敲了敲窗戶，也無人應答。涅赫柳多夫又從正門的門廊裡，回到了自己的房間，但卻一直無法入睡。

他脫下靴子，光著腳，沿著過道朝她的房間門口走過去，旁邊就是馬特廖娜的房間。起初他聽到馬特廖娜平靜的打鼾聲。他正要走過去，誰知馬特廖娜突然咳嗽了起來，又翻了翻身，弄得她的床咯吱響了一陣子。

他屏住呼吸，佇立不動，就這樣站了大約有五分鐘。當一切又安靜下來之後，平靜的鼾聲又再次響起，他盡可能地將自己的腳踩在不會咯吱發響的地板上，繼續往前移動，一直走到她的門前。什麼聲音也聽不到了。

她顯然沒有入睡，因為沒有聽到她的鼾聲，他剛剛壓低聲音喊了一聲：「卡秋莎」，她就霍地跳了起來，走到房門口，並勸他走開，語氣在他聽來似乎是在生氣。

「這算什麼呀？唉，這怎麼行啊？您的姑姑們會聽到的。」她雖然嘴上這麼說著，但她的全部身心好像在說：「我整個人都是你的。」

「喂，你就開開門吧，就一會兒，我求求你了。」他語無倫次地說著。

她不做聲了，過一會兒，他聽到一隻手摸索去開門的聲音。門扣喀嚓一響，他便順勢溜進了打開的房門。

他伸手一把就摟住了她，當時她只穿了一件非常粗糙的布襯衣，露著兩條胳膊，他把她打橫抱了起來。

「喂，您不要這樣，請您放開我。」她嘴裡這麼說著，可身子卻緊緊地依偎在了他身上。

……

待她渾身哆嗦著，一言不發，也不理會他，從他房裡走出去的時候，他也來到了門廊裡，站在那兒，用心想著剛才發生的這整件事情的意義。

「這到底是怎麼回事，我究竟是得到了巨大的幸福，還是巨大的不幸？」他這樣問自己，「這樣的事是常有的，大家都這麼做。」他自問自答，然後就回到房間裡去睡覺了。

chapter 18 驚人偶遇

第二天，衣冠楚楚的申伯克就來到涅赫柳多夫的姑姑們家中來找他了。申伯克憑藉自己的瀟灑、熱情、痛快、慷慨大方和對德米特里的友愛，很快就把姑姑們完全吸引住了。他的瀟灑大方儘管很是討姑姑們的喜歡，但大方的有點兒過分，搞得她們困惑莫解。門口來了幾個瞎乞丐，他一掏就是一個盧布。給僕人們發賞錢，他一出手就達十五盧布之多。

申伯克只逗留了一天時間，第二天晚上就和涅赫柳多夫一同動身離開了，他們不能再停留了，因為已經到了軍隊報到的最後期限。

涅赫柳多夫在姑姑們的家中度過的最後一天裡，那天晚上發生的事情還歷歷在目時，他有兩種心情在他的心裡此起彼伏：一種是獸性的戀情所引起的那種火熱的、充滿激情的回味；另一種是他意識到他自己幹了一件很壞的事，並且對於這件不好的事他應當給予補救，補救卻並非是為了她，而是為了他自己。

他覺得申伯克已經猜到了他和卡秋莎的關係，這讓他的虛榮心得到了極大的滿足。

「難怪你對你姑姑們這麼留戀，還在她們這兒住了一周呢。」申伯克看到卡秋莎後，對他說：「要是換了我，我也不願意離開了，她可真迷人啊！」

他還想到，應該給她一些錢什麼的，這並不是為了她，而是因為大家一般都會這樣做，如果他在玩弄了她之後，又不付給她一些報酬，別人會覺得他是個小人。

他離開前的那天，吃過午飯，就在門廊裡等她。她一看見他，臉刷地一下子就紅了，她想從他身邊走過去，還給他使了個眼神，讓他注意女僕房間打開著的房門，但是他硬是把她給攔住了。

「我要離開了。」他說，一面在手裡揉著一個信封，裡面裝的是一百盧布。「這是我……」

她猜到了那是什麼，緊皺著眉頭，搖了搖頭，推開了他的手。

「不，你拿回去吧。」他嘟噥著，把信封塞到了她懷裡。他像是突然被火給燒疼了似的，皺起眉頭，呻吟般地跑回自己的房間。

隨後他在屋裡來回踱了好一會兒，一想到剛才那一幕，就全身抽搐，甚至要跳起來，而且想大聲呻吟，就彷彿他的肉體感到了痛苦似的。

在他的內心裡面，在心靈的最隱秘的深處，他明白自己所做的事十分的卑劣、無恥、殘酷，他對自己的所作所為一旦有了這種認識，不僅無顏議論別人，而且也沒有勇氣正眼看別人，更不用說像以前那樣自認為是個體面、善良、高尚而又胸懷坦蕩的年輕人了。但是，為了今後能仍滿懷信心、快活地生活，他又不得不認為自己就是這種人，而為了做到這點，只有一個辦法，那就是不再去想這些，他也真的就這樣做到了。

他那時投入的那種新生活，那種新環境、新同事與戰爭，對做到這一點很有幫助。他這種生活過得越久，遺忘得也就越多，到後來就真的徹底地忘記了。

有一次，那是在戰爭結束後，他希望看到卡秋莎，就又到姑姑們家裡去了，才知道她已經離開了。聽說在他走後不久，她就離開了姑姑們的家到外面去生孩子了，在某個地方生下了一個孩子。然後，聽姑姑們說，她已經完全墮落了。他聽了之後，心裡十分難過，如果按照分娩的時間來推算的話，她生的那個孩子很可能就是他的，但是也有可能不是他的。

姑姑們說她墮落了，而且說她和她的母親一樣生性放蕩，姑姑們的這種說法，他聽了後很是舒服，因為這似乎說明罪責不在於他。剛開始他還總想著尋找她與孩子，但是到了後來，正由於一想起這些，他的內心深處就感到很悲痛，很恥辱，很慚愧，漸漸地他也就不再做什麼努力了，反倒把他的罪責忘得一乾二淨，索性不再去想它了。

但是如今，這樣驚人的偶遇又讓他回想起了一切，讓他不得不承認他自己沒有良心、殘忍、無恥，卑鄙，也正是因為這樣，他才有可能在良心上背著這種罪孽而心安理得地過了十年。不過，要讓他承認這些，還為時尚早，現在他所想的只是千萬不能讓別人知道全部真相，但願她或者她的辯護人不要把所有的事情都說出來，千萬不要讓他當眾出醜。

chapter 19 證人

涅赫柳多夫正是懷著這樣的心情走出法庭，進入陪審員議事室的。他在窗戶前坐了下來，聽著周圍人的交談，不停地抽著煙。

庭警步履蹣跚地走了過來，請求陪審員們再次返回法庭，此刻涅赫柳多夫卻感到膽戰心驚，就像他不是去陪審，而是自己將要被押上法庭受審一樣。在內心深處，他已經覺得自己是個大壞蛋了，應該沒臉正眼看人才對，但是照樣用那一連串充滿自信的動作登上台，緊靠著首席陪審員，在他自己的位子上坐了下來，把一條腿擱到了另外一條腿上，手中還玩弄著他那夾鼻眼鏡。

被告們剛才也被帶出去了，不知道被帶到哪裡去了，此時又剛剛被押送回來了。

法庭裡添了幾張新的面孔，都是當時的幾個證人。涅赫柳多夫發現，瑪絲洛娃三番四次地抬眼注視那個穿著非常漂亮、滿身是綢緞和絲絨的胖女人，似乎她的目光再也離不開她似的。那個女人頭戴著一頂高高的帽子，上面裝飾著很誇張的花結，整個手肘都露出來了的手臂上，拎著一個很漂亮的手提包，坐在欄杆前面第一排的位置上。涅赫柳多夫後來才知道那個女人也是個證人，就是瑪絲洛娃所在的那個妓院的老鴇。

法官開始審問證人，問他們的名字、宗教信仰等。接著，庭長問兩邊的法官們是否需要證人們宣完誓之後再進行審問，於是之前的那個老司祭再次走了過來，又是那樣心安理得地帶著證人與鑑定人一起宣誓。

等到宣誓完畢，證人們都被帶走了，只剩下一個人，那就是妓院老鴇基塔耶娃。法官讓她講一下她所知道跟此案有關的一切情況，基塔耶娃臉上擠出一堆假笑，夾著日耳曼人的口音，詳細而有條不紊地講述著，每講一句話就把那戴帽子的頭往下一縮。

先是她熟識的那個旅館茶房西蒙到妓院裡來找她，說是要給一個西伯利亞的有錢商人找一個姑娘，她就讓柳博芙去了，過了一陣子，柳博芙就和那個商人一起回來了。

「那個商人已經被她迷得神魂顛倒了，」基塔耶娃還微微笑著說：「他在我們那裡喝了很長時間的酒，還很大方地請姑娘們喝，可是他身上的錢不夠了，就派這個柳博芙去他的旅館房間裡拿錢，他對這個姑娘已經另眼相看了。」她說著，瞧了女被告瑪絲洛娃一眼。

涅赫柳多夫感覺到瑪絲洛娃聽到這兒好像微笑了一下，但這樣的笑容令他非常厭惡，他心裡無端地出現了這種奇怪而又朦朧的厭惡，當中也摻雜著一些同情。

「那麼您覺得瑪絲洛娃怎麼樣？」一個由法庭指派擔任瑪絲洛娃辯護人的候補法官滿臉通紅，怯生生地問道。

「她很好啊，」基塔耶娃回答說：「這個姑娘還受過教育，也很文雅，又有氣質，她可是出身於好人家，懂得法文，就算是有時候她多喝點兒酒，可從來都不會放肆的，完全是個好姑娘。」

卡秋莎朝老鴇看了看，可是後來卻突然把視線轉到陪審員的那邊，停留在涅赫柳多夫身上，她的表情開始變得嚴肅甚至冷漠了。

「她認出來了！」他心想。

他似乎感到有人從頭到腳地在打量他，於是就把身子縮成一團，等待著當頭棒喝。

但事實上，她並沒認出他來，她靜靜地嘆了一口氣，又看了看庭長。涅赫柳多夫也嘆了口氣。

「哦，但願快點兒結束吧，我的天哪。」他心想。這一刻，他產生了一種像在打獵時必須把一隻負傷的鳥兒弄死的感覺：又嫌惡，又可憐，又悔恨，又難過。那隻沒死的鳥兒還在獵物袋中掙扎：又令人厭煩，又可憐兮兮的，讓人想把牠快點兒弄死，快點兒忘記。

現在，涅赫柳多夫正聽著法官詢問證人，他的心裡就懷著這種複雜的心情。

chapter 20 驗屍報告

可是，就像是故意和他過不去似的，這個案子一直審了好長時間。首先是法庭逐個詢問證人和鑑定人，然後副檢察官和辯護人照例一本正經地提出很多不必要的問題，之後庭長又請陪審員們輪流查看了物證，其中有一隻大尺寸的戒指，很明顯應該是戴在很粗的食指上的，上面還鑲嵌著一顆梅花形的鑽石。另外還有一個篩檢程序，裡面盛有化驗出來的毒藥，這些物證都蓋上了紅紅的火漆印，還在上面貼了標籤。

陪審員們正準備去查看這些東西的時候，副檢察官又欠起身來，要求法庭在讓陪審員們查看那些物證之前，先把醫師的驗屍報告宣讀一遍。

庭長正想快點兒結束此案，然後好去拜訪他那心愛的瑞士姑娘，雖然他非常清楚即使是宣讀這種驗屍報告也不可能有其他的什麼結果，只會讓人更加厭煩，推遲吃飯的時間，而且也知道副檢察官要求宣讀這份報告，無非是因為他有權可以要求這麼做而已，可是他仍然無法拒絕，只能表示贊成。

書記官就拿出那個驗屍報告來，又用那悶悶不樂而且又分不清捲舌音Л和 p 的聲音開始宣讀起來：

外部檢查結果表明：

（一）斯梅利科夫身高二俄尺十二俄寸[40]。

（二）依據外貌推測，此人年齡在四十歲左右。

（三）屍體外形浮腫。

（四）全身皮膚的顏色呈淡綠色，並雜有若干黑色的斑點。

（五）屍體表面隆起若干水泡，大小不一，而且數處皮膚脫落並懸垂，形狀很像一大塊破布。

（六）頭髮呈深棕色，極為濃密，一經觸摸，就很容易脫落了。

（七）眼球從眼眶裡向外凸出，角膜渾濁。

（八）從鼻孔、兩耳、口腔等部位有泡沫狀膿液流出，嘴半張開。

（九）臉部與胸部有腫脹，導致脖子幾乎看不到了。等等，等等。

就這樣，四頁公文紙上寫了二十七條，詳細地描述了這個在城裡尋歡作樂的商人那驚人的、高大的、肥胖的、浮腫而且正開始腐爛的屍體的外部檢查結果。

等到外部檢查報告最終讀完的時候，庭長便長長地舒了一口氣，仰起頭來，指望宣讀就此結束。不料，書記官又立刻接著開始宣讀屍體內部檢查報告。

庭長就再次垂下了頭，用一隻手托著自己的下巴，閉上了雙眼。坐在涅赫柳多夫身邊的商人好不容易才忍住了睡意，身子還時不時左右晃動一下，被告們坐在那兒，像他們背後的憲兵那樣都紋絲不動。

40 一俄尺相當於中國二點一尺，一俄寸相當於中國一點三寸。

內部檢查結果證明：

（一）頭蓋骨表皮極易與頭蓋骨分離，均無發現任何淤血跡象。

（二）頭蓋骨具有中等的厚度，完好無缺。

（三）腦膜堅硬，但有兩塊區域已經變色，每處長近四英寸，腦膜是混沌的白色。等等，等等，還有十三條。

接著是現場見證人的名字以及各自的簽字，然後是醫師們的結論，結論表明：確定斯梅利科夫是中毒身亡，是毒藥和酒一起灌進胃裡造成的。根據腸子和胃裡目前發生的變化，還很難斷定灌入胃裡的究竟是什麼毒藥；只可以肯定的是，毒藥一定是和酒一起進入胃裡的，因為在斯梅利科夫的腸胃裡尚有大量的酒液。

「看來，他倒真是海量啊。」瞌睡醒來的商人又低聲咕噥了一句。

宣讀完這份報告，大概花了一個小時的時間，然而這並沒有使副檢察官感到滿足。當這份報告宣讀完之後，庭長就轉過身去對他說：

「我想內臟檢查的報告就不用繼續讀下去了吧。」

「可是，我仍然想要求讀讀這些檢查結果。」副檢察官只是稍稍欠了欠身子，看都沒看庭長，但很嚴厲地說。他說話的語氣讓人覺得：他是有權利要求宣讀的，並且他是無論如何也不會放棄這個權利的，若是拒絕他的要求，他就會有理由上訴的。

留著大鬍子、身患老胃病、長著一雙慈善又有些下垂的眼睛的法官，覺得有些體力不支，就轉過身去對庭長說：「又何必要宣讀這些呢？這根本就是在浪費時間嘛。」

戴著金絲邊眼鏡的法官卻什麼都沒說，只是陰鬱而果斷地看著前方，不管是對自己的妻子還是對生活，他都不再抱有任何希望。

接著，宣讀記錄開始了，書記官帶著堅決的口吻，提高了嗓門，像是要驅散全場人的睡意似的，又繼續宣讀下去：

一八八×年二月十五日，本人受醫務署的委託，根據第六三八號指令，並有副醫務督查官到場監督，對下列內臟做了檢查：

（一）右肺和心臟（在六磅玻璃瓶內）。

（二）胃裡雜物（在六磅玻璃瓶內）。

（三）胃髒本身（在六磅玻璃瓶內）。

（四）肝臟、脾臟和腎臟（在三磅玻璃瓶內）。

（五）腸（在六磅陶罐內）。

庭長從這次宣讀一開始，就向一位法官俯過身去，低聲地和他說了些什麼，然後又轉向另一位法官，在得到了他們的贊同以後，就在這時候把宣讀打斷了。

「法庭認為宣讀這些記錄是沒有任何意義的。」他說。

書記官就一下子住了口，然後把文件整理好，副檢察官氣沖沖地拿筆寫著什麼。

「各位陪審員先生們現在可以去查看那些物證。」庭長宣布。

首席陪審員便與其他幾個陪審員站了起來，束手束腳地走到桌子跟前，依次查看了戒指、玻璃瓶和篩檢程序。

chapter 21

副檢察官

物證查看完之後，庭長宣布法庭調查結束。副檢察官慢條斯理地站起身來，開始發言。

「各位陪審員先生們，呈現在諸位面前的這個案子，」他開始發表這篇在別人宣讀種種報告與記錄時就已經準備好了的演說，「是一種典型的犯罪案件，如果可以這麼說的話。」

「各位陪審員先生們，你們都看到了，這是一種世紀末的典型犯罪，如果可以這麼說的話。可以說，這樣的罪行本身具有所謂的悲哀的腐化墮落的特徵。在我們這個時代，我們社會中的一些分子就是在這種墮落風氣的嚴重影響下，已深受其害……」

副檢察官嘮嘮叨叨了好半天，如滔滔不絕的流水。他的發言中引用了許多當時他那個圈子裡流行的最新理論，那些理論不僅在當時，就算是現在也仍然被看成是學術上的新成就。這裡面包括了遺傳學，先天犯罪論、龍布囉嗦[41]、塔爾德[42]、有進化論、有生存競爭論、有催眠術、有暗示論、有沙爾科[43]、有頹廢論。

41 龍布羅梭（一八三五—一九〇九），義大利極端反動的犯罪學家，精神病學者，所謂義大利學派的創始人，提出先天犯罪說。

42 塔爾德（一八四三—一九〇四），法國唯心主義社會學家，犯罪學家。

43 沙爾科（一八二五—一八九三），法國神經病理學家，寫過關於催眠術的著作。

依據副檢察官的判斷，商人斯梅利科夫是個強壯、淳樸、且心地寬厚的俄羅斯人，性格憨厚，因為他輕信別人，也因為他的慷慨大度和心胸坦蕩而落入無恥的人們手中，成了他們的犧牲品。西蒙・卡爾京金是農奴制隔代遺傳的產物，是個遭受過摧殘，缺乏教養，不講原則，甚至也不相信什麼宗教的人，葉夫菲米婭是他的情婦，同樣也是遺傳的犧牲品，但是罪魁禍首是瑪絲洛娃，她是頹廢派最低級的代表人物。

「這個女人，」副檢察官說著這話，眼睛並不去看她，「是受過教育的，因為我們剛剛在這裡，在這個法庭上都聽到老鴇的證詞了。她不僅能讀書寫字，還懂法文。她，作為一個孤女，大概生來就帶有犯罪的胚胎，她在有教養有知識的貴族家庭中長大成人，原本可以憑藉正當勞動過活，可她卻拋棄自己的恩人，放縱自己的情欲，並且為了滿足這樣的情欲而進了妓院。在那兒，她比其他姑娘顯得出眾得多，受歡迎得多，這是因為她受過教育，但是更重要的卻又是因為，各位陪審員先生們，就像你們方才在這兒聽老鴇講過的那樣，她善於運用一種無法琢磨的本領，來控制她的嫖客們，而這種本領最近已經由科學家，尤其是夏爾柯學派研究出來的，被稱為『暗示』。她就是憑藉這種暗示控制了那個富有的俄羅斯壯士，那個好心腸、輕信別人的客人，利用他的信任，先是偷竊了他的錢財，然後又喪盡天良地對他下了毒手。」

「哦，他這是怎麼回事，說得似乎離譜了點兒。」庭長轉回身去，對那個嚴謹的法官小聲地說。

「十足的笨蛋。」嚴謹的法官說道。

「各位陪審員先生們，」這時，副檢察官又接著往下說，姿態優美地扭動了一下他的細腰，「這些人的命運現在就掌握在你們的手中，甚至連社會的命運也多少被你們掌控著，因為你們的裁決將會影響到社會，你們必須深入瞭解這種罪行的危害性，瞭解像瑪絲洛娃這樣的病態人物將會給社會帶來的危害，要使這個社會純潔、健康的分子免受其污染，避免數見不鮮的毀滅。」

副檢察官帶著顯然完全陶醉於自己演說的神氣，帶著似乎親身體會到這次判決的重要性的表情，一屁股坐在了椅子上。

若是剝去那些華麗的廢話，他演說的中心意思就是：瑪絲洛娃騙得了那個商人的信任，用催眠術將他迷暈，拿了鑰匙到他的旅館房間中拿錢，原本打算把錢一把拿走，但是被西蒙和葉夫菲米婭撞見了，所以不得不和他們分贓。此後，為了掩飾自己犯罪痕跡，她就又和商人一起返回了旅館，在那裡毒死了他。

副檢察官發言結束之後，便有一個中年人從律師席上站了起來，他穿著一件燕尾服，胸前露出寬大的、上漿的半圓形白色硬襯，口若懸河地開始發言，為卡爾京金與博奇科娃辯護。這是他們花了三百盧布請來的辯護律師，他為他們兩人開脫，把一切罪責全部推到了瑪絲洛娃一個人身上。

他否認了瑪絲洛娃所講的她在拿錢時，博奇科娃與卡爾京金都和她在一起的供詞，堅持說她既然是一個歸了案的投毒害人的命犯，她的供詞也就絲毫不靠譜了。至於那二千五百盧布這筆錢，律師說，那兩個正直勤勞的僕人是可以賺到的，光是從客人那裡得到的賞錢，他們每個人有時候一天就會有三到五個盧布。至於商人的錢那是瑪絲洛娃偷的，然後又轉交給了另外一個人，或者甚至丟失了，因為她那個時候不是十分清醒，投毒害人完全是由瑪絲洛娃一個人所為。

出於這個原因，他懇求陪審員們判定卡爾京金和博奇科娃在偷竊錢財上是無罪的。就算他們判定這兩個被告是犯了偷竊罪，那麼至少不能判定他們參與了投毒害人，也不能判定他們事先參與了預謀。

然後，瑪絲洛娃的辯護律師就站了起來，結結巴巴地說了一下自己的辯護詞。接著，法庭讓被告們為自己辯護。博奇科娃堅持說自己什麼事都不知道，什麼事都沒有參與過，而且一口咬定是瑪絲洛娃一個人犯下這所有罪行。

西蒙只是反覆地說：

「你們想怎麼辦就怎麼辦吧，反正我是沒罪的，我是無辜的。」

但瑪絲洛娃卻什麼都沒說。庭長告訴她，她有權為自己辯護，她只是抬起眼來望了望他，又望了一眼大家，就像是一隻被包圍了的野獸似的。接著，她便垂下了眼睛，開始只是嗚嗚咽咽，最後便放聲痛哭起來。

「您怎麼啦？」坐在涅赫柳多夫身邊的商人，聽到從涅赫柳多夫嘴裡突然發出古怪的聲音，就問道。那是受到了抑制的痛哭聲。

涅赫柳多夫為了掩飾淚水，戴上了夾鼻眼鏡，然後又取出手絹來擤了擤鼻涕。

他害怕的是，如果法庭上所有的人都知道了他的行為，他就會丟人現眼，這樣的恐懼壓倒了在他內心深處原本進行的鬥爭。在剛開始時，這種恐懼的心情比任何都要強烈得多。

chapter 22 總結發言

被告們最終陳詞之後，各方面對提出問題的方式又商量了好一陣之後，所有的問題最終確定了下來，庭長便開始做簡短的總結發言。

「本案的具體情況是這樣……」他開始講了起來，把辯護人、副檢察官和證人們已經講過很多次的話又重複了一遍。

庭長在發言的時候，兩邊的法官都帶著沉思的神氣聽著，偶爾也看一看懷錶。他們覺得他的發言雖然很不錯，或者說是一絲不苟，但還是太長了一些。所有的法庭工作人員以及每個在法庭上的人也都是這麼認為的，副檢察官也不例外。最後，庭長終於結束了對這個案子的總結發言。

瑪絲洛娃從庭長一開始講話，就目不轉睛地盯著他，像是害怕聽漏一個字似的，因此涅赫柳多夫不用擔心會和她的目光再相遇，也就一直看著她。他心裡產生了一種常見的情形：初看到一個自己心愛的人很久不見的面容，在分別期間所發生各種外貌變化感到非常驚訝；然後，那張臉慢慢變得和很多年前一模一樣，所有的外部變化都消失了，於是，在他心靈深處呈現的只是那個舉世無雙的、無與倫比的、精神上的人的主要風貌。

涅赫柳多夫的內心就是在產生這種感覺。是的，雖然她穿著長囚衣，整個身體也已發福了，胸部高高聳起，儘管她的下半張臉也變寬了，前額和鬢角上都出現了一些細紋，儘管她的眼睛略顯浮腫，可是這絲毫不用懷疑，她就是當年的那個卡秋莎；就是她在復活節的那個星期天的早晨，那樣深情地抬起眼睛看著他，看著她心愛的人，她那雙熱戀中的眼睛始終是笑盈盈和充滿活力的，就那樣很真誠地從下朝上看著。

「這世上竟然有這樣驚人的巧遇啊！無論如何也不曾想到過，這樁案件偏偏安排在輪到我參加陪審時開審！我已經有十年沒在任何地方遇到過她了，可今天卻在這裡，在被告席上遇見了她！這件事到底該如何落幕啊？但願能快一點兒，快一點兒審完才好！」

chapter 23

需要討論的問題

庭長終於結束了自己的發言，用優美的姿勢拿起了那張問題徵詢表，交到正向他走來的首席陪審員的手中。陪審員們紛紛起立，他們一個接著一個走進了議事室。

等他們走進去剛一關上門，就有一個憲兵來到門前，並從刀鞘裡抽出了軍刀，把刀擱在了肩上，在門口站崗。法官們也站起身來，走了出去。三名被告同時也被帶走了。

陪審員們進入議事室後，分散到議事室的各個角落，馬上就興高采烈地開始高談闊論起來。

「那個姑娘沒有什麼罪，她只是一時鬼迷心竅，」心地善良的商人說：「應該從寬處理。」

「這就是我們要討論的內容，」首席陪審員說道：「我們不應該只憑藉個人印象來處理事情。」

「庭長的總結發言說得很不錯，很到位。」那個上校說。

「如果瑪絲洛娃沒有和那些茶房們勾結，他們就不可能知道有那麼一筆錢，這才是關鍵所在。」長著猶太人臉型的店夥計說道。

「那麼，依您看，錢是她偷的了？」一個陪審員先生問道。

「反正我是不相信這話的，」那位心地善良的商人喊了起來，「所有的事都是那個紅眼睛的妖婆幹的。」

「他們全都不是什麼好貨。」上校說。

「可是要明白，她說她根本就沒有進過那個房間嘛。」

「您再信任她說的話就完了，我是無論什麼時候都不會相信那個賤貨的。」

「可話又說回來，您只是不相信她，也還是無法解決問題的呀。」店夥計說。

「鑰匙就是她拿著的啊。」

「鑰匙她拿著又怎樣？」商人辯駁道。

「那麼戒指又是怎麼回事呢？」

「那個戒指，她不是反覆解釋過了嗎，」商人又嚷道：「那個高個兒商人本來就脾氣暴躁，又喝了很多酒，還把她狠狠地揍了一頓。之後呢，當然就不用說了，他又開始憐憫起她來，『喏，這個賞給你吧，』他說，『別哭啦。』那人可是個大塊頭，剛才我聽到他好像有二俄尺十二俄寸高，有八普特[44]重呢！」

「這些都不是緊要的，」彼得．格拉西莫維奇打斷了他的話，插嘴說道：「關鍵問題是：這件事到底是由她教唆策劃的呢，還是那兩個茶房？」

「僅有那倆茶房是不可能辦成這件事的，鑰匙畢竟是她拿著的嘛。」

就這種七嘴八舌的爭論持續了好長一段時間。

「非常抱歉，各位先生，」首席陪審員說：「咱坐到桌子旁邊討論吧，請。」他說著，坐到了主席的座位上。

44沙皇時期俄國的主要計量單位之一，一普特約合一六點三八千克。

「那些窯姐兒都不是什麼好東西！」店夥計又說。為了肯定他認為瑪絲洛娃是主犯的觀點，他又提到一個這樣的姑娘是怎樣在街心公園裡偷走他一個朋友的懷錶的，那位上校也借此機會說出了一件更加驚為天人的偷盜銀茶具的事件。

「各位先生，請你們就問題來討論吧。」首席陪審員手裡拿著鉛筆敲打著桌子說。

大家頓時都安靜了下來，需要討論的問題有以下這麼幾個：

（一）西蒙．彼得羅夫．卡爾京金，克拉皮文縣博爾基村農民，現年三十三歲。他是否犯了以下罪行：在一八八×年一月十七日，在某某城，為了達到謀取商人斯梅利科夫的錢財的目的，他和別人勾結，把毒藥放進白蘭地酒裡，引誘其喝下，以致使斯梅利科夫死亡，謀害了商人的性命，並且偷走他的大約二千五百盧布的現金與鑽石戒指一枚？

（二）葉夫菲米婭．伊萬諾娃．博奇科娃，市民，現年四十三歲。她是否犯了第一個問題中所列舉的罪狀？

（三）葉卡捷琳娜．瑪絲洛娃，市民，現年二十七歲。她是否也犯了第一個問題中所列舉的罪行？

（四）如果被告葉夫菲米婭．博奇科娃沒有犯第一個問題中所列舉的各種罪狀，那麼她是否犯了以下罪行：在一八八×年一月十七日，在某某城的茅利塔尼亞旅館當茶房時，從旅館客人，即商人斯梅利科夫居住的房間裡的一隻上了鎖的皮箱裡偷盜了現款二千五百盧布，而且為了達到這個罪惡的目的，隨身攜帶了提前配好的一把鑰匙打開那皮箱？

首席陪審員把第一個問題念了一遍。

「怎麼樣，各位先生？」

這個問題很快就得到了陪審員們的回答。他們一致同意說：「是的，他犯了罪」，一致認定他不僅參與了投毒害人，而且還參與了偷盜，只有一個年長的勞動組合成員不同意認定卡爾京金有罪。

至於跟博奇科娃有關的第二個問題在經過長時間的討論和解釋之後，人們做出的決定一致是：「她沒有犯罪」，因為沒有確鑿的證據來證明她參與了投毒害人，在這一點上，她的律師也曾特別強調過的。

對於同博奇科娃有關的第四個問題，大家都回答說：「沒錯，她是犯了這種罪。」不過後來，根據勞動組合老成員的意見，又加了一句：「但是應當從輕處罰。」

但是，和瑪絲洛娃有關的第三個問題竟然引起了一番激烈的爭論，首席陪審員堅持認為她不僅犯了投毒害人罪，還犯了偷盜罪。但是商人卻堅決不同意他的看法，站在商人一邊的還有上校、店夥計。其他人好像都在猶豫，但是首席陪審員的觀點漸漸開始占了上風，尤其是因為陪審員們個個都疲憊了，所以也都願意附和那種可以快點統一起來的看法，好使大家儘快解脫。

涅赫柳多夫依據法庭審問的情況以及自己對瑪絲洛娃的瞭解，堅信她不管是在投毒害人方面還是在偷竊錢財方面都是無罪的。此刻，涅赫柳多夫原本也打算反擊他們來著，可是他害怕為瑪絲洛娃多說話，他覺得那樣的話，大家就會立刻發現他跟她的那層關係了，但是同時他也覺得，他不能讓這個案件就這樣了結，必須進行反駁。他臉色時紅時白，剛想開口說話時，一直默不作聲的彼得・格拉西莫維奇此刻卻被首席陪審員那驕傲自大的語氣給激怒了，突然開口對他進行反駁，正好講出了涅赫柳多夫內心想要講的那些話。

「請讓我問幾句，」他說：「您說錢是她偷竊的，只是因為鑰匙在她手中，難道那兩個茶房就不能在她走開後，另外配一把鑰匙來打開那只皮箱嗎？」

「哦，對呀，哦，對呀。」商人連聲附和道。

「還有，她也不可能會拿那些錢，因為就她的情況而言，她也無法處置那筆錢。」

「我剛也這樣說的啊。」商人支持說。

「也許是因為她到旅館中去了一次，使得那兩個茶房產生了歹意，他們就利用了這個機會，事情發生後，就趁勢把所有的罪責都推到了她一個人身上。」

彼得・格拉西莫維奇說得異常氣憤。他的怒氣惹得首席陪審員也感到很窩火，所以他還是非常頑固地堅持著相反的觀點。但是彼得・格拉西莫維奇說得很有道理，大部分人都贊成了他的觀點，認為瑪絲洛娃並沒有參與偷竊錢財和戒指的事情，戒指是那人送給她的。等到他們談論到她是否參與了投毒害人的時候，那個熱心替她辯護的商人說道，一定要認定她沒有犯這種罪，因為她完全沒有把他毒死的動機，不過首席陪審員卻說不能認定她沒罪，因為她自己也承認她在酒裡撒過藥粉。

「她就算是撒過，也只不過是她認為那是鴉片。」商人說。

「她用鴉片也能置人於死地。」老愛打岔的上校又說。並且借機說起了他內弟的妻子怎麼服鴉片自殺的事，倘若不是附近有醫生，立即採取了搶救措施，她早就死了。

「此外，有些人已經習慣了服用鴉片，」他開口講了起來，「一次就能服用四十滴，我有一個親戚……」

然而上校不容許別人打斷自己的話，又接著講述鴉片對他內弟的妻子所造成的惡果。

「嗯，各位先生，現在已經四點多了。」一個陪審員說。

「那麼應該怎麼辦呢，各位先生，」首席陪審員說了，「我們就認定她犯過那樣的罪吧，但並非是有意搶劫錢財，也沒有偷盜他的現款。就這樣行不行啊？」

彼得・格拉西莫維奇對於自己取得的勝利感到很是滿意，就表示了贊同。

「但是應當從輕處理。」商人又補充了一句道。

大家都表示贊成。

「總之、結果就是這個樣子，」首席陪審員闡釋道：「她並非有意搶劫，也沒有偷盜現款。這麼一來，她也就沒什麼罪了。」

「那就這樣辦吧，並且應該要求從輕處理，這就把問題全都解決了，沒什麼可說的了。」商人興高采烈地說。

大家都已經很疲憊了，又被這次爭論弄得頭昏腦脹，所以也沒有誰想到在答案上要加上一句：她有罪，不過並非蓄意殺人。

涅赫柳多夫當時難掩心中的激動之情，因此連他自己都沒有覺察到這一點，答案就按這樣被記錄了下來，並被送到法庭上。

拉伯雷[45]曾寫過有一名律師，有人請他辦案，他就在辦案時援引各種各樣的法律條款，讀了二十頁毫無相關的拉丁文法律條文，接著便建議法官們投骰子，看拋出的點子是單數還是雙數。倘若是雙數，就說明原告是有理的；倘若是單數的話，那就說明被告有理。現在這種情況也是如此。

45 拉伯雷（一四九〇—一五五三），法國諷刺作家，人文主義作家，著有長篇小說《巨人傳》。

陪審員們搖了一下鈴。原先站在門外，手中拿著已經出鞘的軍刀的憲兵，此時便把軍刀插進了刀鞘裡，閃到了一邊去。法官們各就各位。陪審員們一個接一個地走了出來。

首席陪審員神情莊重地拿著一張問題徵詢表格，他來到庭長面前，把表格遞給了他。庭長看完表格，顯然覺得十分驚訝，把雙手一攤，就回過頭和兩位法官商量去了。庭長覺得驚訝的是，陪審員們附帶著說明了第一個保留條款：「並非有意搶劫」，卻沒有附加說明第二個保留條款：「並非蓄意害命」。按照陪審員們的裁決，只能得出這樣的結論：瑪絲洛娃既沒有偷盜，也沒搶劫錢財，同時也沒什麼動機可言就把人給毒死了。

「您看，他們送來的這是何等荒謬的答案呀，」他對左側的一位法官說道：「要知道這就等於要她去服苦役啊，但她又沒有什麼罪。」

「哼，她怎麼可能會沒罪呢。」那個義正詞嚴的法官說。

「她真的沒罪啊。依我看，這種情況應當援引第八百一十八條。」（第八百一十八條規定：若法庭認為定罪不當，可取消陪審人員的決定。）

「您認為應當怎樣呢？」庭長回過頭去，對那位和善的法官說道。

那位和善的法官並沒有立刻做出回答，他看了看擺在眼前的那份公文的號碼，把那些數字加在一起，最後的總和卻沒能被三除盡。他原本在打算：如果能被三除盡，他就贊成。可現在雖然沒被三除盡，但他這人由於心地善良，也就贊成了。

「我也覺得應該這樣辦。」他說。

「那麼您呢，怎麼看？」庭長回過頭去，對那個滿面怒氣的法官說。

「不管怎樣都不行，」他毅然決絕地回答，「報紙上原本就在說，陪審員們經常為罪犯們開脫；倘若法官也為罪犯開脫，那麼報紙又會怎麼說呢？反正不管怎樣，我都不會贊成的。」

庭長看了看自己的懷錶。

「很遺憾。但是有什麼別的辦法嗎？」他說過這話，就把那張問題表格又遞給了首席陪審員，讓他當眾宣讀一遍。

全體起立了。首席陪審員清了清嗓子，來回倒換著雙腳，將那些問題與答案都宣讀了一遍。法庭上的所有工作人員，包括書記官、律師們甚至副檢察官在內，全都表露出了驚訝的神色。

三名被告都坐在那裡紋絲不動，顯然他們並不清楚答案的利害關係。所有人又都重新坐下，庭長就問副檢察官，覺得應當判被告們什麼刑。

副檢察官就瑪絲洛娃方面的意外成功，心裡當然是十分痛快的，並把這次成功都歸功於自己雄辯的口才。他查看了一下相關條款，於是微微欠身站了起來，說：

「我認為應當依據第一千四百五十二條和第一千四百五十三條第四款處分西蒙・卡爾京金，應當依據第一千六百五十九條處分葉夫菲米婭・博奇科娃，應當依據第一千四百五十四條處分葉卡捷琳娜・瑪絲洛娃。」

這些懲罰都是根據法律所能判處的最重的懲罰。

「暫時休庭，由法官們去商議判決。」庭長站了起來說。

大家也跟著他站了起來，懷著做成了一件好事的輕鬆愉快心情紛紛離開法庭，或者在法庭裡來回走動。

「老兄，要是知道我們都弄錯了，那就太丟人了。」彼得・格拉西莫維奇來到涅赫柳多夫的面前說，這時首席陪審員正和涅赫柳多夫講一件什麼事。「要知道，我們這是要送她去服苦役啊。」

「您說什麼？」涅赫柳多夫嚷了起來，這一次，他倒完全沒有計較那位教師令人討厭的不拘禮節的態度了。

「那當然了，」他說：「我們在答案中不曾注明：『她犯了這種罪，但並非蓄意殺人。』剛才書記官告訴我，副檢察官要判她十五年的苦役。」

「但是原先我們就是這麼裁定的呀。」首席陪審員說。

彼得・格拉西莫維奇又開始爭辯了起來，他說既然她沒有偷錢，也就不會去蓄意殺人，這是理所當然的。

「但是要知道，我在離開議事室之前，已經把答案讀過一遍了，」首席陪審員辯解道：「誰都沒有表示反對啊。」

「當時我從議事室裡出來了，」彼得・格拉西莫維奇說：「但是，您為什麼沒有注意到那呢？」

「我根本就沒有想到會那樣啊。」涅赫柳多夫說。

「好你個沒想到，但現在真的出事了。」

「但這事還能補救的吧。」涅赫柳多夫說。

「唉，不行，如今已是板上釘釘的事了。」

涅赫柳多夫看了看那三名被告。他們這幾個命運已經被決定的人，仍然紋絲不動地坐著。瑪絲洛娃不知道為什麼在微笑。

此時涅赫柳多夫的心中有一種卑鄙的感情在蠢蠢欲動。在此之前，他曾預料她將會被無罪釋放，並將會繼續留在城裡，他還在為此感到尷尬，不知道應當怎樣對待她才是比較好的；而且，不管和她保持什麼樣的關係都是很為難的。但事到如今，她去服苦役，而且是到西伯利亞去，就一下子打消了他同她有某種牽連的可能性了：那隻負了傷還沒死去的鳥兒，不會再在獵物袋中掙扎了，也不會讓人記起牠了。

chapter 24 判決結果

彼得・格拉西莫維奇的推斷一點兒也沒錯。

庭長從會議室裡回來，拿起一張判決書，就開始宣讀道：

一八八╳年四月二十八日，本地方法院刑事庭遵照皇帝陛下的詔諭，根據陪審員先生們的認定，根據刑事訴訟程序法第七百七十一條第三款、第七百七十六條第三款及第七百七十七條判決如下：西蒙・卡爾京金，年三十三歲，葉卡捷琳娜・瑪絲洛娃，年二十七歲，剝奪他們的一切公民權，將被送往西伯利亞服苦役，卡爾京金八年，瑪絲洛娃四年，二人並都要接受刑法典第二十八條所列的後果；葉夫菲米婭・博奇科娃，年四十三歲，剝奪其個人以及根據其社會地位所應享有的一切權利和特權，沒收其財產，判處有期徒刑三年，並接受刑法典第四十九條所列的後果。本案訴訟費用由三名被告平均分擔，倘若他們無力繳納，則由國庫來支付。本案各項物證應一律給予變賣，戒指追回，玻璃瓶銷毀。

卡爾京金站在那裡，依舊挺直身子，把叉開的手指頭緊貼在褲縫線上，面頰上的肌肉仍然在不停地抽動著，博奇科娃看上去卻相當平靜，瑪絲洛娃聽到判決，臉色漲得通紅。

「我沒有罪，沒有罪！」她突然朝著整個法庭嚷嚷起來。「你們這是冤枉人，我沒有犯罪。我從來沒希望過那樣，我連想都沒想過，我說的都是真話，真話啊！」她說完，便頹然地坐在了長凳上，放聲痛哭起來。

等卡爾京金和博奇科娃都已經離開了法庭，她卻還坐在那裡痛哭，憲兵只好拽了拽她那囚衣的衣袖。

「不行，不能讓這案件就這麼結束掉！」涅赫柳多夫自言自語地說道，已然全忘了他剛才那種卑鄙的感情了，他自己也不知道是什麼原因，便不由自主地匆匆忙忙地趕到過廊裡想再看她一眼。門前圍著一幫在那說笑，對案子的結果很滿意的陪審員們與律師們，使得涅赫柳多夫不得不在門口耽誤了幾分鐘。等他來到過道裡時，她已經走得很遠了。

他加快了腳步趕上去，直到追上她並且繞到她前頭才停了下來。她已經不再哭泣了，只是抽抽搭搭地哽噎著，用頭巾擦拭著她那張有幾處變紅了的臉。她從他的身邊經過，但並沒有回頭瞧他一眼，等她經過了之後，涅赫柳多夫又匆匆轉身往回走，有必要再去見見庭長，但是庭長也已經走了。

涅赫柳多夫一直追到法院門房那兒才追上了庭長。

「庭長先生，」涅赫柳多夫走到他跟前說，這時庭長已經穿好了他那件淺色的大衣，正要從看門人手裡接過一根帶銀頭的手杖，「我可以跟您談一下今天剛才判決的那個案件嗎？我是陪審員。」

「喔，當然沒問題，您就是涅赫柳多夫公爵吧？那太高興了，我們之前見過面的。」庭長一面說，一面和涅赫柳多夫握了握手，「有什麼事是我能為您效勞的嗎？」

「關於瑪絲洛娃的那件案子發生了點兒誤會，她並沒有犯投毒害人的罪，但是她卻被判處要去服苦役。」涅赫柳多夫一臉憂鬱的說道。

「法庭是根據你們所提交的答案而做出判決的啊，」庭長說著，就朝大門那邊走去，「儘管就連法官們也認為你們的答案與案情不太相符。」

庭長這才記起他本想向陪審員們闡釋的，假如他們回答：「沒錯，她是犯了這種罪！」但沒有否定蓄意殺人，那這個答案就是肯定了蓄意殺人，可是那時候他由於急著結束這個案件，竟沒有這麼辦。

「是的，但是難道就沒有別的辦法糾正這個錯誤了嗎？」

「上訴的理由真的要找，總是能找到的，這事應該和律師商量一下。」庭長說，一面稍微歪著頭把帽子戴在了頭上，一面繼續朝門口那邊走去。

「但是這也未免太糟糕了。」

「是的，您要明白，擺在瑪絲洛娃面前原本就有兩種可能。」庭長說，很明顯是想盡可能地奉承涅赫柳多夫，希望能贏得他的喜歡，才百般對他表示尊重。他又把在大衣領子外面的絡腮鬍子整了整，伸出手去輕輕挽著涅赫柳多夫的胳膊，一面一起向門口走去，一面說道：「您不也是想走？」

「是的。」涅赫柳多夫說道，也連忙穿好衣服，和他一起走了出去。

他們一起來到使人歡快的明媚的陽光下，馬上就得提高嗓門說話，這樣才能壓下車水馬龍的聲音。

「這種情形，您該知道，是有那麼一點兒奇怪，」庭長提高了嗓門，接著說：「因為她，因為這個瑪絲洛娃要面臨兩種可能的未來，也許可以無罪釋放，可能要坐一陣子的牢，其中還包括她已被監禁的那些時間，甚至只是短期的拘留；或者就是要去服苦役。折衷的辦法是沒有的。倘若你們加上了一句：『但並非有意謀殺』，那她就可以無罪釋放了。」

「哎，我千不該萬不該忽略這一點啊。」涅赫柳多夫說。

「問題就出在這裡啊。」庭長笑著說，一面看了看懷錶。

此刻離跟克拉拉約好的最後時間就只剩下三刻鐘了。

「如果您願意的話，現在還可以去找一下律師，一定要找到能夠上訴的理由，這通常是可以找到的。到德沃里安斯卡亞街去，」他對街頭的馬車夫說：「三十戈比，不能再多了。」

「老爺，您請上車。」

「再見。要是您有什麼事情需要我幫忙的話，請到貴族大街德沃里安斯卡亞街的德沃爾尼柯夫的家裡來找我。」

他很親切的微微鞠了一躬，乘著馬車便離開了。

chapter 25

錯誤審判

涅赫柳多夫和庭長談了一番話，又呼吸到這新鮮的空氣，心裡才稍稍平靜了一些。現在他心裡再想，正是因為整個上午都是在這種極其不習慣的環境裡度過的，也就是這無疑加重了他難受的程度。

「我一定要想盡一切辦法來減少她的苦難，而且必須馬上採取行動，立刻開始。是的，我現在就應該在這裡，在這個法院裡，打聽清楚法納林或米吉欣都住在哪裡。」他腦海裡浮現了那兩位著名的律師。

涅赫柳多夫於是又折回法院裡，脫下自己的大衣，朝樓上走去。他一進第一條走廊恰巧就碰上了法納林。他攔住了法納林，說有件很重要的事要跟他請教。法納林是認識他的，也知道他叫什麼名字，就說非常樂意能夠為他效勞。

「儘管我已經有點兒累了……可是，如果不需要佔用太長時間的話，那就請您把事情跟我說說吧。我們到這邊來。」

接著法納林把涅赫柳多夫帶進了一個房間。

「請問，您有什麼事情要跟我說呢？」

「首先，我想懇求您一件事，」涅赫柳多夫說：「請不要讓任何人知道我在參與這個案件的審理。」

「噢，那是當然的。那麼……」

「今天我第一次當陪審員，我們大家就把一個無罪的女人判去服苦役了，這件事情讓我坐立不安。」

涅赫柳多夫不由自主地漲紅了臉，再也無法繼續說下去。

法納林瞟了他一眼，又低下了眼睛，耐心地傾聽著。

「哦。」他只是簡單地應了一聲。

「我們把一個原本沒有罪的女人判成了有罪，我很想撤銷這個判決，並把這個案子轉送到更高一級的法院去。」

「應該是要轉到樞密院去。」法納林糾正道。

「這也正是我想要懇求您辦的事。」

涅赫柳多夫想盡可能快的把那最不好意思說出口的話趕緊一次說完，於是他立刻又接著說道：「至於上訴這個案子的酬勞以及其他的一切開銷，不管多少錢，全都由我來承擔。」

「噢，這事我們可以放到以後討論。」律師看到涅赫柳多夫很幼稚，毫無經驗可言，便寬厚地笑著說：「那麼問題究竟是出在哪兒了呢？」

涅赫柳多夫便把事情的始末向他說了一遍。

「那好吧，明天我就著手來辦理這個案子，仔細看看那些卷宗。後天，不，還是星期四吧，星期四晚上六點，請您去我家找我，我會給您一個明確的答覆的。就這樣，可以嗎？那我們走吧，我還有些問題需要在這裡查一下。」

涅赫柳多夫和他告了別，走了出去。

他已經同律師談論過，再加上他已經採取措施維護瑪絲洛娃了，這讓他感到了些許的寬慰。他走到外面，天氣晴朗，他愉快地深吸了一大口春天裡特有的清新的空氣。街頭馬車夫們都趕來渴望為他效勞，可是他卻更願意徒步行走。

很快，種種關於卡秋莎，關於他和她過往的思緒和回憶，又浮現在了他的腦海中，因此他又開始覺得愁悶，所有東西看上去都是那麼黯淡無光。

「不行，這些事還是放到以後再思考好了。」他自言自語地說：「現在，恰恰不應該這樣，我應該立刻擺脫這些煩惱，好好去散散心才對。」

他想起了柯察金家的那個宴會，就看了看懷錶，時間還不算很晚，他還能趕得上晚宴。一輛公共馬車叮噹響著從旁邊駛了過來。他迅速跑了幾步過去，跳上了馬車，來到廣場上，然後跳下車，又雇了一輛體面的街頭馬車坐了上去。十分鐘後，他的馬車就來到了柯察金府邸的大門前了。

chapter 26 顛倒是非

「老爺快請進，他們都在等您呢，」柯察金府邸的那和藹可親的胖門房一邊說一邊打開了那扇橡木大門，門上裝的是英國製的鉸鏈，開關的時候都沒有一點兒聲音。「他們現在都已經入席了，說是等您一到就請您進去。」

「都有什麼人啊？」涅赫柳多夫一邊脫衣服，一邊問道。

「有柯羅梭夫先生和米哈依爾・謝爾蓋耶維奇，其他的都是些家裡人了。」門房回答道。

樓梯上，一個穿著燕尾服，戴著白手套，長得漂亮的聽差，朝下瞧了瞧。

「請上去吧，老爺。」他說道。

涅赫柳多夫上了樓梯以後，接著穿過他熟識的一個富麗堂皇的大堂，來到飯廳裡。在那裡，全家人都已經圍坐在飯桌旁了，除了從來都不離開自己房間的母親索菲婭・瓦西里耶芙娜公爵夫人之外。老柯察金坐在飯桌的上座。左邊挨著他坐的是醫師。右面緊挨著的則是客人伊萬・伊凡內奇・柯羅梭夫，這個人曾經是省裡的首席貴族，現在是銀行的董事，他是柯察金自由派思想的朋友。左邊其次是米西小妹妹的家庭女教師雷德爾小姐，她身邊坐的就是那個四歲的小妹。

飯桌的右邊，在她們對面坐著的是米西的弟弟，柯察金家中獨苗，六年級的學生——彼佳，一家人是因為要等他考試而待在了城裡沒有離開。彼佳的旁邊坐的是為他補習功課的一名大學生。而飯桌左面，接著就是四十歲的老姑娘葉卡捷琳娜・阿歷克賽耶芙娜，她的對面坐的是米哈依爾・謝爾蓋耶維奇，或稱他為米沙・捷列金，他是米西的表哥。飯桌的下座是米西小姐本人；她的身邊還放著未曾動用過的餐具。

「請坐下吧，我們才剛剛開始吃魚呢。」老柯察金一面說話，一面正在用假牙小心翼翼地咀嚼著，並抬起佈滿血絲的、看不見眼皮的眼睛望了望涅赫柳多夫。「斯捷潘。」他的嘴裡含著的全是食物，並用眼睛示意那份空著的無人用過的餐具，對一個肥胖而莊重的飯廳僕役說道。

「這就弄好了，老爺。」斯捷潘說著，從擺滿銀盤子的食器櫃裡拿出了一把大湯匙來，向那個留著絡腮鬍的長得俊俏的聽差點頭示意，那個聽差便馬上動手把米西身旁沒有人動用的餐具給擺好了，那上面原本蓋著一塊上漿過的餐巾，它被折疊得非常巧妙，恰好露出了餐巾上面繡著的家徽。

涅赫柳多夫就圍著整個飯桌走了一圈，並與大家依次握了握手。當他走過的時候，除了老柯察金和女士們以外，所有人都紛紛站了起來。

「哎，怎麼樣啊，你們顛倒是非了吧？」柯羅梭夫挖苦似的口氣引用一家所謂反動報紙上面抨擊陪審制度的說法說道：「將有罪的人判成無罪，將沒罪的人判成有罪了，對不對啊？」

「完全顛倒是非了……完全地顛倒是非了……」公爵笑著重複道。他素來非常佩服他這個自由派的同事和博學多才的朋友的。

涅赫柳多夫不怕自己這樣算不算失禮，並不答理柯羅梭夫，便坐了下來，對著一盤剛剛端上桌還熱氣騰騰的湯菜，繼續狼吞虎嚥起來。

「哎，你們就讓他吃吧。」米西笑呵呵地說道，用「他」這個代名詞來暗示別人注意她和他之間那種親密的關係。

米西跟平常一樣非常distinguée[46]，穿著講究卻又並不高調。

「想必您一定是累壞了，也餓壞了吧。」她等涅赫柳多夫吃完以後，對他說道。

「不，沒什麼，不算非常的累和餓。那麼您呢？去看過那個畫展了嗎？」他問。

「沒有去，我們準備改天再去，我們在薩拉馬托夫家裡打lawntennis[47]了。說真的，柯盧克斯先生打得特別漂亮。」

「那可真是一項最無趣的運動了，」柯羅梭夫在談到網球的時候，說道：「我們在童年時代玩的那種棒球可要有意思的多了。」

「不是的，您並沒有嘗試玩過，那樣的球可好玩了呢。」米西反駁他的說法。涅赫柳多夫卻覺得「可好玩了」這幾個字的發音是那樣的做作。

「總是沒完沒了的鬥嘴！」老柯察金哈哈大笑地說著，他一面拉出掖在背心裡的餐巾，一面從飯桌的後面站了起來，嘩啦啦地將自己的椅子又往後推開，一個聽差立刻就去把椅子給扶住了。其餘的人也都跟著他紛紛站起立，並來到一張小桌子的前面，那兒擺著些漱口盅，裡面還裝滿了清香的溫水。他們一面漱口，一面繼續進行著那沒人感興趣的交談。

「難道不是這樣的嗎？」米西扭過頭來對涅赫柳多夫說道，她是想要他來贊成她的意見：人的

---

46 法語：雅致。
47 英語：草地網球。

性格所在再沒有比在運動玩樂中表現的更徹底的了，但是她從他的臉上見到了，她以前最害怕從他臉上看到那心事重重的、不以為然的，而且在她看來又是責怪的神色，她想知道那究竟是由什麼事引起的。

「實際上我也不知道，我從來都沒有想過這一類事情。」涅赫柳多夫回答她。

「您去看一下媽媽吧？」米西問。

「好啊，好啊。」他一邊說著，一邊卻拿出一支香煙來，可是他的語氣很明顯表示出他並不想要去。

她默不作聲地用困惑的目光看了看他，他覺得怪不好意思。「真是的，到人家的家裡面來，又讓人家掃興。」他暗自想道。他就努力表現得熱誠一些，說如果公爵夫人願意接見他的話，他是很樂意去的。

「那是當然的，媽媽一定會很樂意和您見面的，您在那兒也可以吸煙。伊萬・伊凡內奇也在那裡。」

這一家的女主人索菲婭・瓦西里耶芙娜公爵夫人，長期臥病在床，她這樣躺著接見客人已經有七年多了，她身上總是穿著花邊和緞帶，周圍全是天鵝絨、鮮花和鍍金的擺設、象牙的器皿、銅器、漆器。她從來沒有坐車外出過，並只接見她所說的「自己的朋友」，也就是說她認為在某些地方是出類拔萃的年輕人。涅赫柳多夫也在被接待的朋友當中，因為她認為他是一個很聰明的年輕人，也因為他的母親也曾經是這家人的老朋友，也還因為要是米西能和他結婚，那自然再好不過了。

索菲婭・瓦西里耶芙娜公爵夫人的居室在大客廳和小客廳的後面。米西本來是走在涅赫柳多夫前面的，但是一進入大客廳中，她卻果斷停了下來，雙手扶在一把鍍金的小椅子的把手上，朝他瞧了一瞧。

「我看出來了，您肯定是遇到什麼事情了，」她說：「您到底是怎麼了呀？」

他想起了他在法庭上遇到卡秋莎的事，便緊皺雙眉，臉也漲得通紅。

「的確，我的確是遇到了一件事，」他想做個誠實的人，就實話實說道：「而且是一件很古怪的、不同尋常的、且非常重要的事情。」

「究竟是什麼事情呀？您可以和我說說嗎？」

「現在我還不能說，請您原諒我。關於遇到的這件要事，我還沒時間好好考慮呢。」他說著，臉色紅得更厲害了。

「您對我都不能講嗎？」她臉上的肌肉不由得微微顫了兩下，手扶著的小椅子也動了一動。

「不能，我不能夠講。」他回答她。

「好吧，那麼我們走吧。」

她搖了搖頭，彷彿想要驅散那些沒有必要的念頭一樣，接著便邁著比平常更快的步子朝前走去。

他感覺得到她似乎很不自然地緊咬著嘴唇，並強忍著不讓眼淚流下來。他看見是自己讓她很難過，覺得又非常不好意思又很傷心，但是他知道，只要稍微有一軟弱，自己也就玩完了，也就是說，他將自己捆住了。可是如今，他所擔心的也正是這一點，於是他一聲不吭，一直跟她一起走進了公爵夫人的房間。

chapter 27

遺傳學

這個時候，索菲婭・瓦西里耶芙娜公爵夫人剛剛享用完自己的那頓烹調精細、營養豐富的午餐飯。她的躺椅旁邊放著一張小桌子，桌子上邊放著咖啡，她在抽著一支用玉米葉子製成的很平和的紙煙[48]。

米西跟涅赫柳多夫一起走進了她母親的屋裡，可是她卻沒有在屋裡留下來。

「等到媽媽感覺疲倦了，要趕你們走的時候，你們就去我那兒找我。」她回過頭去跟柯羅梭夫和涅赫柳多夫說道，從她的語氣上來判斷，她和涅赫柳多夫之間好像並沒有發生過什麼事一樣。她快活地笑了一笑，在厚厚的地毯上邁著輕盈的步子悄無聲息地走了出去。

「噢，您好，我的朋友，過來坐吧，來跟我們講一講吧。」公爵夫人說著，臉上展開了她一副美好的、虛情假意的、簡直可以亂真的微笑，同時露出了一口做得異常漂亮的長牙，這一口假牙做得十分精緻，幾乎能以假亂真。「他們跟我說您才從法院出來，情緒非常低落。我知道，這種事情對一個好心腸的人來說是很痛苦的。」她用法語說。

「是的，這話說的沒錯。」涅赫柳多夫說道：「一個人總是會認為自己沒有……認為自己無權審

48 這種紙煙的煙味比較淡。

判其他人……」

「Comme c'est vrai。[49]」她叫了一聲，裝出彷彿被他這句話的正確性給驚呆了的樣子，像往常那樣巧妙地阿諛奉承與她交談的人。

「哦，那麼，您的那幅畫怎麼樣了？我對它很感興趣。」她接著說道：「倘若不是因為我有病了，我早就應該到您家中去欣賞欣賞了。」

「我將它丟在一邊了。」涅赫柳多夫冷漠地回答說，今天她的假意恭維在他看來就像她想百般掩飾自己的衰老一樣，讓人一眼就能看穿。他怎麼也沒有辦法裝出自己來獻殷勤了的神氣。

「這樣可不行！您要知道，列賓本人跟我說過的，他真的很有才氣。」她轉過身去和柯羅梭夫說。

「她這個樣子撒謊，怎麼就不知道難為情呢。」涅赫柳多夫皺緊了眉頭，暗暗地思忖。

等到索菲婭・瓦西里耶芙娜確實知道了涅赫柳多夫心情不佳，沒有任何心思參與這快樂而機智的談話中去，於是她便把身子轉向了柯羅梭夫，問他對於那齣新上演的戲有什麼看法，從她說話的語氣聽上去，倒很像是柯羅梭夫的看法一定會解決所有的疑問，那看法中的每句話都會成為金科玉律。

柯羅梭夫將這齣戲大大地指責了一通，並借此機會把自己的藝術觀點說了一番。索菲婭・瓦西里耶芙娜公爵夫人被他的精闢的見解所震驚了，竭力要為這齣戲的作者辯護幾句，可是立刻就表示認輸了，或者只是說出了幾句折衷的看法。涅赫柳多夫在一旁看著，聽著，可是他所看到和聽到的根本跟他眼前的情景完全不一樣。

49 法語：這句話多麼真實啊。

首先，不管是索菲婭・瓦西里耶芙娜或者是柯羅梭夫，他們對這個劇本都絲毫不感興趣，他們之間其實也是互不感興趣的，他們之所以在說話，也不過是為了滿足每次吃完飯以後，想活動活動舌頭和喉嚨肌肉的生理需要罷了；其次，柯羅梭夫之前喝過白酒、葡萄酒和甜酒，稍有幾分醉意了；第三，索菲婭，瓦西里耶芙娜公爵夫人在說話的時候，也總是心神不定地望著窗戶，因為那裡有一縷斜射的陽光從窗口那兒射了進來，這會將她的衰老照得格外清楚。

「這話說得多到位啊。」她就柯羅梭夫的某個見解評論道，然後便按了按她躺椅邊上的電鈴的按鈕。

這時醫師站了起來，就像家裡人一樣，什麼也沒有說就走出了房間，可索菲婭・瓦西里耶芙娜還在繼續說著話，並且目送他離去。

「菲力浦，請你把這個窗簾放下來吧。」等到那個長得不錯的聽差聽見鈴聲走進來，她便用眼神瞟著窗戶上的那個簾子說。

「不，不論您怎麼說吧，其中總還是有些神秘的地方的，沒有神秘也就算不上是詩了。」她說道，並斜著一隻黑眼睛，滿面怒容地注視著那個放下窗簾的聽差的動作。

「倘若神秘而沒有詩意，那神秘主義就是迷信，而沒有了神秘的詩也就成了散文。」她說著，憂鬱地微笑著，同時目光依然不曾離開那正在拉窗簾的聽差。

「菲力浦，不是讓你放那個窗簾。」索菲婭・瓦西里耶芙娜帶著痛苦的表情說道，為了安慰一下自己，便立即抬起她那戴滿寶石戒指的手來，把那支冒著煙的、散發出香味的紙煙又送到了嘴上。

那個有著寬闊的胸膛、肌肉發達的漂亮男子菲力浦，好像表示歉意一樣稍微鞠了個躬，邁開自己那兩條有力的腿在地毯上面輕輕地走動著，一聲不吭，順從地走到另一個窗戶那兒，留神看著公爵夫人，並動手認真地拉動窗簾，不讓任何一束光線照到她身上。可儘管這樣，他還是做得不對，於是遭受著痛苦的索菲婭・瓦西里耶芙娜就不得不再去指責那個頭腦不太靈光、並殘酷地折磨她的菲力浦。菲力浦頓時也怒火中燒，不過那怒火只存在那一剎那。

「『鬼才知道你到底想怎麼樣！』他在心裡一定會這麼說。」涅赫柳多夫在旁邊目睹了這一場面，自顧自地在心裡想著。可是，菲力浦，這位漂亮的男子與大力士，馬上掩蓋住了自己那不耐煩的態度，又開始心平氣和地照著那筋疲力盡、嬌弱不堪、處處虛情假意的索菲婭・瓦西里耶芙娜公爵夫人的命令去做了。

「當然不用說，達爾文的學說中有很大一部分還是有道理可言的，」柯羅梭夫說著，無精打采地靠在一把矮圈椅子上，同時睡眼惺忪地盯著索菲婭・瓦西里耶芙娜公爵夫人，「可是他有點過頭了。是的。」

「哦，那您相不相信遺傳學啊？」索菲婭・瓦西里耶芙娜公爵夫人對涅赫柳多夫的沉默寡言感到有些難受，就向他問道。

「您是在說遺傳嗎？」涅赫柳多夫反問道：「不，我並不相信。」他說。

索菲婭・瓦西里耶芙娜拿眼睛把他打量了一遍。

「米西可是在等著您呢，」她說道：「您到她那裡去吧，她要為您彈奏舒曼[50]的一個新曲子……那個曲子挺不錯的。」

50 舒曼（一八一〇—一八五六），德國作家。

「其實她不想彈任何曲子，她這是在為什麼事撒謊。」涅赫柳多夫暗自思忖道，然後站了起來，握了一下索菲婭・瓦西里耶芙娜那蒼白的、枯瘦的、滿是戒指的老手。

他在客廳中碰到了葉卡捷琳娜・阿歷克賽耶芙娜，她立刻和他就聊了起來。

「說實在的，我可以看出那陪審員的差事確實是把您給累壞了。」她就像平常那樣，用法語說道。

「不過，請您諒解，今天我的情緒確實不太好，我沒有權利讓其讓他人也跟著苦惱。」涅赫柳多夫說。

「您為什麼心情不好呢？」

「請您寬恕我，別讓我說為什麼。」他一面說，一面在找自己的帽子。

「您應該記得，您以前曾經說過的，人不管在什麼時候都應該講真話的，而且那時候，您還曾對我們大夥兒說了很多掏心掏肺的真話，可是為什麼現在就不想說了呢？你還記得吧，米西？」葉卡捷琳娜・阿歷克賽耶芙娜轉過身子去對走到他跟前的米西說。

「這是因為那個時候我們都是在玩兒啊，」涅赫柳多夫則一本正經地說道：「在玩兒的時候是可以講真話的，但在實際生活中，我們可都是那麼糟糕，我的意思是說我自己是那樣的糟糕，起碼我沒有辦法說出真話。」

「您別再改口了，您最好還是講一下我們在哪些地方都很糟糕的吧。」葉卡捷琳娜・阿歷克賽耶芙娜抓住話柄不放說，彷彿沒有察覺到涅赫柳多夫那嚴厲的神色。

「再也沒什麼事情比承認自己的心情不好會更加糟糕的了。」米西說：「我就從來都不願意承認自己的心情不好，所以我的心情總是都還不錯。好吧，咱們到我的屋裡去吧，我們會想盡辦法驅散您的**mauvaise humeur**[51]。」

涅赫柳多夫此時覺得自己好像是一匹被人撫摩著的馬一樣，準備為牠戴上籠頭、拉去套車。可是今天他比什麼時候都特別不情願去拉車。於是他深表歉意地說他必須要回家了，便向大家握手告別。米西跟他握手的時間比往常握的時間更長。

「您要記住，對您來說非常重要的事情，對您的朋友而言也同樣是重要的。」她說：「明天您還會來嗎？」

「不確定。」涅赫柳6　多夫說過這話，感到很難為情，可是他自己都弄不清這是替自己難為情呢，還是在替她感到難為情。他滿臉通紅，連忙走了出去。

「這到底是怎麼一回事啊?·**Comme cela m'intrigue**，[52]」葉卡捷琳娜・阿歷克賽耶芙娜等涅赫柳多夫離開以後，說：「我一定得弄明白了，這可能是一件**affaire d'amour-propre:il est très susceptible,notre cher**[53]，米佳[54]。」

「**Plutot une affaire d'amour sale**[55]。」米西本來想這樣說的，可是卻沒有說出口。她目光呆滯地望著前方，臉色和剛才她看著他時已完全不一樣了，變得十分陰沉。可是，她甚至連對葉卡捷琳娜・阿歷克賽耶芙娜都沒有講出這種格調低俗的俏皮話，而只是說道：

---

51 法語：惡劣的心情。
52 法語：這件事讓我很感興趣。
53 法語：有關體面的事：他很生氣嘛，我們的親愛的。
54 聶赫留道夫的名字德米特裡的愛稱。
55 法語：倒不如說是一件有關骯髒的戀愛的故事。

「我們每個人都會有心情不好的時候和好的時候。」

「難道是我看錯他了？」她心裡面在想，「早知今日，何必當初，要是他再這麼做可就太差勁了。」

若是要讓米西說明一下她所說的「當初」到底是怎樣的話，她一定也說不出個所以然來。可是她又毫不懷疑地明白，他不但讓她心中存在著希望，而且幾乎已經承諾過她了。這一切倒並不是因為有過什麼明確的語言，而是通過那些目光、笑容、暗示和默許揣摩出來的。可是她依然覺得他是屬於她一個人的，因此，對她來說失去他將是非常痛苦難耐的。

chapter 28
甦醒

「既可恥又討厭，既討厭又可恥。」涅赫柳多夫在順著他所熟悉的街道徒步回家的一路上，心裡都在反覆地想著。剛才他和米西談話時所勾起的沉重心情到現在仍然沒有消失。他覺得如果能夠單從表面形式上來講，他對她是沒有什麼過錯的。他從來都沒有對她講過什麼能夠約束他自己的話，也從來沒有向她求過婚，但是事實上，他覺得自己已經是和她束縛在一起的了，已經是答應她了。可是今天他又從心裡面實實在在地感覺到他不能夠和她結婚。

「既可恥而又討厭，既討厭而又可恥。」他不斷地跟自己說這樣的話，這不但是指他對待和米西之間的關係的態度，而是指對所有的事情。「一切都是卑鄙而又可恥的。」他來到了自家的大門口時，又暗自重複了一道。

「晚餐，我不吃了，您去吧。」他對跟在他身後進入飯廳的聽差柯爾內說道，飯廳裡已經擺好餐具和茶了。

「是。」柯爾內說著，開始拾掇起飯桌上的那些東西。

涅赫柳多夫瞧著柯爾內，覺得他實在太沒眼色了，他非常希望任何人都不要來打擾他，好讓他獨自清靜一會兒，可是他覺得大家似乎又都故意在跟他作對似的，偏偏都把他纏住不放。等到柯爾內端著那些餐具走開後，涅赫柳多夫剛想要走到茶炊前面去倒茶，卻聽見阿格拉費娜·彼得羅夫娜走路的聲音，他便匆匆進了客廳，又順手帶上了背後的房門以免看見她。

這個客廳就是在三個月前他母親去世的地方。這會兒，他進入了這個被兩盞反光燈照得通明的客廳，其中一盞在他父親的畫像邊上，而另外一盞在他母親的畫像邊上，觸景生情，他想起了他在母親最後的那段時間內，對待母親的態度，他覺得他的態度是極其不自然、讓人憎惡的。這也是既討厭而又可恥的。他想到了在她生病的最後那段日子裡，他真的恨不得她死掉。他也曾經告訴過自己，他恨不得她死掉是為了能讓她早日擺脫那疾病帶來的痛苦，而實際上他希望她死，卻是為了避免自己再看到她那副痛苦的樣子。

他希望能夠在自己的心中喚起對她的美好的憶，就看起了她的畫像，這是花了五千盧布請了一位著名的畫家來完成的。在畫中，她身穿著黑天鵝絨的連衣裙，裸露著前胸，畫家顯然是刻意描繪乳房和那兩個乳房中間的肌膚以及美麗迷人的肩膀和脖頸。這真的是無比的可恥而又討厭的，他竟然就這樣把他的母親畫成了半裸美女。然後他還想起了就在她臨終前一天，伸出那隻枯瘦發黑的手來，抓住他結實而白淨的手，看著他的眼睛說：「若是我有什麼不對的地方，請你原諒我。」她那雙因為痛苦而失去了光澤的眼中竟湧出了淚水。「多麼卑鄙啊！」他看著那個半裸體的女人，還有十分美麗的、像大理石一樣圓潤的雙肩和胳膊、帶著得意的微笑，再一次在心中自言自語地說道。

這幅畫像裡袒露胸的部分，讓他想起了另外一個年輕的女人，幾天前他看到她也是這樣裸露過胸部和胳膊的。這個女人便是米西，有一天黃昏她找了一個理由，要他晚上到她的家裡去找她，為的是讓他去看一看她去參加舞會時穿上舞服的樣子，於是他帶著厭惡的心情想到了她那白嫩的且豐潤的雙肩與胳膊。另外還有她那個粗暴的、像野獸一樣的父親及其經歷和殘酷，還有她的那個bel esprit[56]的母親，她的名聲也很是可疑。這所有的一切都令人反感，同時又讓人感到可恥。既可恥而又討厭，既討厭而又恥辱。

「不可以，不可以，」他暗自想著，「我一定要擺脫掉這一切，必須要斬斷和柯察金一家人，和瑪麗婭・瓦西里耶芙娜一切虛偽關係，斬斷同遺產，還有所有這些不應有的關係……是的，必須要自由自在地呼吸。那我到國外去吧，到羅馬去，可以去從事自己的繪畫職業……」

他又想起了自己曾經對自己的繪畫才能產生過質疑。「嗯，那也沒有什麼關係，只要能自由自在地呼吸就行，那就先去君士坦丁堡[57]，然後再去羅馬，只是必須要儘快地辭去陪審員的職務才行。還要和那律師一起把那個案件商量妥當。」

於是忽然間，在他的想像當中，非常鮮明地浮現出了那個女犯的影子與那雙稍稍有點兒斜視的烏黑的眼睛。在被告們做最後陳述的時候，她哭得是那麼的傷心！他急忙把吸完的香煙撚滅在煙灰缸裡，然後又另外點上一根，就開始在屋子裡面來回踱步。接著，他與她一塊兒度過的那些美好的時光，又開始一個接一個地浮現在他的腦海中。

「要知道，我確實愛過她，在那天夜裡我是真的愛她，我曾用我最美好純真的愛真誠地愛過她，而且之前在我第一次在姑姑們的家裡住下寫論文的時候，我就已經深深地愛上她了！」緊接

56 法語：自以為聰明。

57 土耳其的大城市和港口伊斯坦布爾的舊稱。伊斯坦布爾在一九二三年以前是土耳其的首都。

著，他又想起了自己當時是個什麼樣的人。當時的他煥發著朝氣、風華正茂、生活充實。想到這裡，他情不自禁地為自己感到萬分的難過。

應該怎樣來了結他與瑪麗婭・瓦西里耶芙娜之間的這層關係，以及他與她的丈夫之間的關係，才能夠使他不至於害臊得沒有勇氣去正眼瞧那個丈夫和他的孩子們？怎樣才能用不虛偽的方式來結束他跟米西的關係呢？他一面承認土地私有制不合理，可一面又繼承了母親的遺產，擁有了土地，怎樣才能夠從這矛盾當中自救呢？應該怎麼做才能彌補他對在卡秋莎的犯下的罪孽呢？他不能夠棄她不管不顧，絕不能就這樣算了。

「我不能夠再次拋棄我曾經愛過的女人，不能只滿足於出錢請一請律師，使她從原本就不應該承受的苦役當中解救出來。我也不能夠僅僅用金錢贖罪，不能夠像我當年給她那筆錢時那樣自以為自己幹了一件了不起的事。」

於是他相當真誠地記起當時他在過道中追趕上她，把那筆錢硬塞到她的手裡，接著便從她身邊跑開的情形。

「哼，那些錢！」他回憶起那時候的情形，感到又是恐慌又是厭惡的，就跟當時塞給她錢時的心情是一模一樣的。「哼，哼！真是卑鄙無恥！」他也像那時候一樣高聲地喊了出來。

他依然在深層次地揭發自己。「難道你跟瑪麗婭・瓦西里耶芙娜還有她丈夫的關係就不卑鄙，不下流了嗎？還有你對財產的態度呢？你認為私有財產不合理，可是又藉口說錢是你母親遺留下來的，不用白不用。還有你那無所事事又卑鄙無恥，尋花問柳的整個生活。而最糟糕的，也正是你對卡秋莎的所作所為。你這個無賴，你這個流氓！隨他們喜歡怎樣評論我就怎樣評論好了，我能夠欺騙他們，可是我卻無法再欺騙我自己了。」

他恍然大悟，原來最近這段時間他對別人所產生的反感，尤其是今天對公爵，對索菲婭・瓦西里耶芙娜，對米西，對柯爾內所產生的這些反感，實際上，他真正反感的是他自己。可說來也很奇怪，這種自認為墮落的感受，雖然難免讓人難過，但同時又讓人高興和感到寬慰。

往往在這種覺醒以後，涅赫柳多夫總是會為自己制定一些規則來，並且打算從此以後將永遠遵守，比如說寫日記，開始過新的生活，而且希望這種生活能永遠這樣堅持下去，也正是如他自己所講述的那樣，tuminganewleaf[58]。可是每一次，他往往抵擋不住這塵世的引誘，又不知不覺地再次墮落了下去，而且會陷得越來越深。

他已經有相當長的時間沒有對自己的靈魂進行過大掃除了，所以他從來都不曾如此骯髒過，以至於他良心上的要求與所過的生活之間，也從來不曾像現在這樣不協調過。他看到了這種矛盾後，不由自主地膽戰心驚。

「要知道，你已經嘗試過了道德方面的自我完善，打算變得更好了，可是結果也不怎麼理想。」誘惑的聲音在他的心裡說：「那麼你就算重新試一次又能夠怎麼樣？何必呢？並不是只有你一個人這樣，大家不都是這樣的嘛，人生原本不就是這個樣子的嗎？」可是，自由的、不受任何擺佈的精神上的人已在涅赫柳多夫的身上覺醒了過來，而只有他才是真實的、唯一正確的，唯一強有力的、唯一永恆的。涅赫柳多夫不能不相信它，雖然他這個實際上的人跟他想要成為一個怎樣的人之間的差距有多大，對於已經覺醒的精神上的人來說，什麼事情都是能夠辦得到的。

58 英語：翻開新的一頁。

「不管讓我花多大的代價，我也要把束縛著我精神的虛偽羅網給撕破，我必須要承認這一切，對一切人都講實話，做老實事。」他毅然決然地對著自己出聲說道：「我必須要對米西老老實實地講出真話，我要跟她說明白我是一個生活放蕩的人，我配不上她，我只不過是白白地給她添了麻煩而已，我必須要對瑪麗婭・瓦西里耶芙娜（首席貴族的妻子）也講真話。可是，我對她已經無話可說了，我必須要對她的丈夫說，我自己是個無賴，我曾經欺騙了他，而對於遺產，也必須要處理得恰當。我必須要對她，對卡秋莎說，我是一個無賴，對她犯了罪，對她感到非常內疚，必須要竭盡我的能力來減輕她所遭遇的痛苦。是的，我必須要去見見她，請求她的原諒。」

「是的，我必須要像個孩子一樣請求她的饒恕。」他停下了腳步站了起來，「如果需要的話，我就索性跟她結婚得了。」

他停了下來，像他小時候常做的那樣，把雙臂交叉放在胸前，抬眼往上看著，貌似對著某個人說道：「主啊，請幫助我，教導我吧，到我的心裡面來住下，並清洗我身上所有的污垢吧！」

他感到自己全身發熱，於是就來到一個已經卸下冬天套窗的窗口前，把那扇窗戶打開。涅赫柳多夫看著月光下的花園和屋頂，看著楊樹的陰影，吸著沁人心脾的空氣。

「多好啊！多麼好啊，我的上帝，這實在是太爽了！」他說的是他內心深處的此時的狀態。

chapter 29 一個念頭

瑪絲洛娃直到傍晚六點才返回到自己的牢房裡。她已經不大習慣走路了，可如今卻在石頭路上一口氣竟然走了十五俄里，已經疲憊不堪、兩腿酸痛；而且那個可怕得出乎意料的判決如晴天霹靂，再說她太餓了，快忍受不了了。

她感到渾身無力，輕飄飄的。在這種狀態之下，她聽到了那個出乎意料的判決。剛開始的時候她還以為是自己聽錯了，沒有辦法立刻相信她所聽見的那些話，沒有辦法把她自己和服苦役這事聯繫在一起。可是當她看到法官與陪審員的面孔，安然若素、一本正經，顯而易見，他們把這個判決視為一件極其普通的事，這個時候她憤怒了，朝整個法庭喊冤，可是她又發現甚至連她的喊冤，也被他們視做一件再正常不過的、意料之中的事情，而且沒有辦法改變局面的事實了，她這才真正感受到必須要服從這種強加在她身上的殘酷的讓她感到驚異的不公正的判決，想到這，她便失聲痛哭了起來。

而尤其讓她驚訝的是，給她如此殘酷判刑的，都是一些年輕及並不年老的狠心男人，可他們平時都在用和藹可親的目光在打量著她。在她看來，只有一個人，也就是那位副檢察官，心情是完全不一樣的。

當她坐在犯人候審室裡等待開庭審訊的時候，還有後來審訊暫停時，她也看到那些男人們如何假裝來辦其他事，其實是在她的門前來回地走著，或者乾脆進到她的屋裡，只是為了要好好地看一看她。可是忽然間，儘管她在指控她的那個案件中是無罪的，可就是那些男人不知怎地就莫名其妙地判處她服苦役。

剛開始她就哭了起來，可是後來她安靜下來不哭了，呆呆地坐在犯人候審室中，等待著被押回監獄。這個時候她只有一個念頭：抽支煙。當博奇科娃和卡爾京金在被審判後也帶到這個屋裡來時，剛好遇到她正處於這種精神狀態當中。博奇科娃立即瑪絲洛娃對著大罵起來，稱她為苦役犯。

「怎麼樣，你贏了嗎？你沒有罪了嗎？現在看來，你大概也逃不干係了吧，你這個下賤的窯姐兒。你那是罪有應得，等到你服了苦役，也許你就是再想賣俏也沒有辦法賣成了。」

瑪絲洛娃在那兒坐著，將雙手揣在長囚衣的袖口裡，垂下頭，木木地望著前方兩步遠的地方，那塊踩得很髒的地板，只是說道：「我並沒有惹到您啊，您也別再糾纏我了。的確，我沒有惹過您啊。」她重複說了好幾次，然後就再也不吭聲了。直到卡爾京金和博奇科娃被押走以後，一個法警給她送來了三個盧布，她這才稍微有了一點兒精神。

「你就是瑪絲洛娃吧？」他問：「拿著這個，這是一位太太送給你的。」他說著，要把錢交給她。

「哪一位太太？」

「你拿著就是了，哪來那麼多話。」

這些錢是妓院的老鴇吉塔耶娃派他送過來的，她離開法庭的時候找到了庭警，問她是否能給瑪絲洛娃送點兒錢，那名庭警說可以。在她獲得了許可之後，便摘下釘了三個鈕扣的麂皮手套，露出了她那白胖的手指，從綢裙子後面的皺褶裡掏出一個非常時髦的錢包來，那裡面還裝有非常厚的一疊息票[59]，那都是她剛剛從妓院掙得的那些證券上面剪下來的。她從裡面抽出了一張兩盧布五十戈比的息票，再加上兩枚二十戈比的硬幣和一枚十戈比的硬幣，並將它們交給了庭警，庭警又叫來一名法警，當著女施主的面把這些錢交給了法警。

「請您必須要把這些錢交給她。」吉塔耶娃對那名法警說道。

法警看到她有點兒不相信他，十分氣憤，因此才那樣怒氣衝衝地對瑪絲洛娃說話。

瑪絲洛娃接到錢也很高興，因為有了這些錢，就可以滿足她此時一心希望要得到的一種東西了。「要能弄到一支香煙抽抽，就好了。」她暗自思忖道，她把一切的思想都集中在了抽煙的這種願望上。

終於，到四點多鐘之後，她才終於被押解回獄了。押解她的兩名士兵，那個尼日尼人和楚瓦什人，把她從法院的後門帶了出來。在她還沒有完全離開法院，剛剛走到法院的門道中，就把二十戈比交給了他們，請求他們幫忙買兩個麵包和一包香煙。

楚瓦什人笑了一下，接過錢說：「哦，好吧，我這就去給你買吧。」他說完，果真如數將白麵包和紙煙全都給她買來了，並且把找的零錢又交給了她。

因為在路上不可以吸煙，所以瑪絲洛娃只好依舊帶著沒有獲得滿足的抽煙的願望一直走到了監獄大門口前。就在她剛剛被帶進門的時候，正好碰到了從火車站押送來差不多一百個犯人。犯人在經過瑪絲洛娃身邊的時候都貪婪地盯著她看，有些人帶著一臉饞相走到她的面前，從她的身旁擦過去。

59在帝俄時代，從有息證券上剪下來的息票可以當現錢使用。

「看，這兒有個小妞兒，長得真俊俏啊。」其中的一個犯人說。

「小姑娘，你好啊。」另外一名犯人向她擠了擠眼兒說。

一個面孔黝黑，後腦殼被剃得發青，臉上的鬍子刮得精光，臉上留著小鬍子的犯人，腳上拖著「匡啷匡啷」響的腳鐐，跑到她的面前，一把摟住她。

「呦，難道連你的老朋友都不認識了？算啦，裝什麼裝啊！」等她把他推開，他嚷著，咧開嘴笑了，眼睛都在閃著光。

「流氓，你這是幹什麼？」副典獄長從後面走了過來，呵斥道。

那個犯人趕緊把身子縮了一下，連忙跑了回去，副獄長轉過身來又罵瑪絲洛娃道。

「你還在這兒呆著幹什麼？」

瑪絲洛娃本來想要說她剛剛才從法院回來，可是她實在是太累了，懶得和他說話。

「她剛剛從法院回來，長官。」為首的押解兵從那群經過的人當中走了過來，把手放到帽檐上說。

「哦，那就把她交給看守長吧，在這兒實在是太不像話了！」

「是的，長官。」

「索柯羅夫！把她帶走。」副典獄長喊道。

看守長走過來，怒髮衝冠地推了一下瑪絲洛娃的肩膀，又向她點點頭，便帶著她往女監的長廊那兒走去。在女監的長廊中，把她的全身上下摸索、搜查了一下，沒有發現任何異物（她已經把那包煙夾到麵包裡），便又把她送回了早上她從那出來的那間牢房裡。

chapter 30 女囚犯們

關押瑪絲洛娃的那間牢房是一個狹長的房間，九俄尺長，七俄尺寬，有兩扇窗戶，有一個半露在牆外的灰泥已經剝落了的大壁爐，房間中放著的那幾張已經乾裂了縫的板床，占去了房裡三分之二的空間。在牢房的正中間對著門口的地方，掛了一張發黑的聖像，聖像旁邊插著一支蠟燭，下面則吊著一束積滿塵土的蠟菊，左側房門後面的地板上面擱著一隻臭烘烘的木桶。

這時看守剛剛點完名，女犯們便被鎖在屋裡過夜了。

這個牢房裡總共關著十五個人：十二個女人與三個小孩子。

此時的天還很亮，因此只有兩個女人躺到了板床上。這其中有一個還是傻子，因為沒有身分證便被逮捕了，這婆娘幾乎一天到晚都在睡覺，用一件長囚衣把腦袋也給蒙住了。另一個便是患有肺癆病的女人，她是因為盜竊而被判刑的，這個女人並沒有睡覺，只是枕著囚服躺在了那兒，瞪大雙眼，為了忍住咳嗽，使勁兒強壓下一口已經湧上了喉嚨而令她發癢的黏痰。其他的女犯人則都披頭散髮，沒有裹頭巾，只穿著一件粗布襯衣。有的還坐在板床上面縫縫補補，有的站在窗口瞧著穿過院子的男犯人。

在做針線活的那三個女人當中，有一個就是今天早上送過瑪絲洛娃的老太婆柯拉布列娃，她一臉憂愁，緊蹙著眉頭，滿臉的皺紋，下巴底下的皮膚鬆弛得耷拉了下來，就像一個口袋一樣。她的身材高大而且強壯，淺褐色的頭髮被編成一條短短的辮子，兩鬢已經斑白，面頰上面有一個長毛的疣子。這個老太婆已經被判處服苦役了，由於她拿斧子劈死了她的丈夫，而她之所以要劈死他，是因為丈夫引誘她的女兒。她是這個牢房的犯人頭，依然做著販賣私酒的生意。

她的旁邊坐著一個面貌和善的嘮嘮叨叨的女的，也在做著針線活，她是在縫一隻帆布口袋。這個女犯人的皮膚有點兒黑，個子不高，長著翹鼻子，眼睛小而黑。她是鐵路上的一個道口工，被判了三個月的監禁，因為她沒有拿著旗子出來迎接那班火車，結果沒有想到那班火車就出了車禍。

第三個做針線活的那女人叫菲多霞，夥伴們都管她叫費尼琪卡。她是一個非常年輕又漂亮的女人，她的皮膚白裡透紅，氣色紅潤，長著稚氣而又明亮的淺藍色的大眼睛，兩條淺褚色的長辮子盤在她那不大的腦瓜兒上。

她被關押是因為她投毒謀殺了自己的丈夫未遂。她剛一結完婚就立即想毒死她的丈夫，那個時候她還只是一個十六歲的小姑娘。但在她保釋出獄等候開審的八個月中，她不但已經和丈夫和解，而且還深深地愛上了他，等到法庭開庭審訊的時候，她卻和丈夫十分恩愛地住到了一塊兒了，雖然她的丈夫與公公，尤其是已經喜歡上她並且十分疼惜她的婆婆，竭力在法庭上想要為她辯解，可是她仍然被判處要到西伯利亞去服苦役。

這個善良、樂觀、經常笑呵呵的菲多霞的板床，恰好跟瑪絲洛娃挨著，她不但喜歡瑪絲洛娃，而且把關心她、為她做事看成是自己的義務。除此之外，還有兩個女人坐在板床上面無所事事。

其中一個的年齡在四十左右，她的臉看上去又蒼白又精瘦，也可能以前長得很漂亮，但是現如今卻又消瘦又慘白。她的懷裡還抱著一個娃娃，露出一個又白又長的乳房在給娃娃餵奶。她犯的罪是：有一次，她那個村子中有一個人被抓去當新兵，村裡的人覺得這個人是被非法抓去的，於是便阻攔警察分局局長，把那個人又搶回來。這個女人恰好是非法被抓去的那個小夥子的姑母，她是第一個抓住了那個新兵所騎的馬韁繩，而另外那個在板鋪上無所事事的女人，是一個身材不高、滿臉皺紋、相貌和善的老太婆，她的頭髮已經花白，腰也彎了，背也駝了。

這個老太婆端坐在那火爐旁邊的板床上面，裝作要抓住那個發出清脆的笑聲在她身邊跑來跑去的男孩兒，那個四歲的小男孩頭髮短短的，肚子大大的。小男孩只穿了件小小的褂子，在她的身旁來回跑著，總是在嚷著一句話：「嗨，你逮不著我！」這個老太婆跟她的兒子一塊被指控犯了縱火罪，她現在心平氣和地忍受著她的監獄生活，覺得無所謂，只不過常常為和她一起被捕的兒子難過，可是她最擔憂的還是她的那個老頭子，害怕她若是不在了，老頭子很可能會生出一身的蝨子來，因為她的兒媳婦已經跑掉了，沒有人可以再幫他洗澡了。

除去這七個女人，還有另外的四個女人站在一扇打開的窗戶跟前，一隻手抓著窗子上的鐵柵欄，跟剛才瑪絲洛娃在大門口遇到的此刻正從院子中經過的男犯人又是打手勢、又是叫嚷的，在跟他們交談。這幾個女人當中，有一個是正在為偷盜罪服刑，她長得五大三粗的，滿身鬆肉，並且有著火紅的頭髮，臉和雙手都白裡透黃的而且還長滿了雀斑，脖頸子也很粗，從大開著的衣領口中露了出來，她用嘶啞的語調朝窗外拚命地喊著不中聽的話。

其中還有一個女犯與她並肩站著，個子就像一個十來歲的小女孩兒那樣矮小，膚色發黑，相貌很難看，她的上身比較長，可是腿卻很短。她的臉色通紅，長著一臉斑斑點點，一對黑眼睛彼此相距得也很遠，嘴唇又短又厚，連齜著的白牙都遮蓋不住。她對著院子裡發生的情景，時不時地發出一陣尖利的笑聲。這個女犯人因為實在太喜歡賣俏而得了個綽號叫「美人兒」，她是因為偷盜和縱火而被判刑的。

她們的身後站著一位大肚子孕婦，她穿著骯髒的灰布襯衫，面黃肌瘦、青筋畢露的，看樣子非常可憐。她是由於窩贓而被判刑。這個女人並不太愛說話，可她對院子裡發生的事一直抱以讚揚和動情的笑容。站在窗子跟面的第四個女人是因為販賣私酒而被判刑的，這是一個矮壯的農村婦女，長著一雙圓圓的凸在外面的眼睛，面容倒還和善。這個女人就是和老太婆鬧著玩的那小男孩兒的母親。她還有一個剛滿七歲的小女兒，由於沒人照料，也和她一起在坐牢。她也和其他的三個女人一樣也在望著窗子的外面，但是她手中還繼續在織著襪子，聽到穿過院子的男犯人所講的話，便反感地蹙起眉頭閉上了雙眼。

而她的那個小女兒，披散著淺黃色頭髮的七歲小女孩，身上只穿著一件小褂，在火紅頭髮女人的身旁站著，用一隻瘦瘦的小手抓著她的裙子，目光呆滯地用心望著那些女犯人跟男犯人之間你來我往的叫罵，並且她也在嘴裡輕聲學說這些話，似乎要把它們記住一樣。第十二個女犯人是一名教堂執事的女兒，她把自己的私生子扔到井裡活活地給淹死了。

這本是一位身材高挑兒、非常美麗的姑娘，淡褚色的頭髮從一條短短的粗髮辮裡鬆開來，披散著。她那雙凸出的眼睛一動不動。她對於周圍發生的一切都漠不關心，身上只穿了一件很髒的灰色襯衫，赤著腳在牢房空出來的地上踱來踱去，等走到牆根下面，便驟然轉過身來。

chapter 31 遭遇

等到鐵鎖嘩啦的響了一聲，瑪絲洛娃又被押送到牢房中來了。大夥兒都轉過身去看她。甚至連教堂執事的女兒一時間也停下腳步了，揚起來眉毛，瞧了瞧進來的這個女犯人，可是她仍舊默不作聲，立即又邁開那堅定有力的大步子來回走起來。柯拉布列娃把針插在棕色的粗麻布上，透過眼鏡上方用疑惑的目光望著瑪絲洛娃。

「哎呦！你回來了呀。我還以為將你無罪釋放了呢。」她用嘶啞深沉像男人一樣的嗓門說道：「看來，他們是要你坐牢了。」

她摘下了鼻樑上的眼鏡，將手中的針線活兒都擱在了旁邊的板鋪上。

「難不成你真的被判了刑啦？」菲多霞帶著十分同情親熱的表情，用她那雙稚氣清澈而又亮閃閃的淡藍色眼睛望著瑪絲洛娃問道，她的那張快樂活潑而又富有青春活力的臉，整個的變了樣兒，彷彿立刻就能哭出來。

瑪絲洛娃什麼話都沒說，靜靜地朝著自己的床位走去，然後在床板上坐了下來。她的床是靠邊第二個，緊緊靠著柯拉布列娃。

「看來，你應該還沒有吃飯吧。」菲多霞一面說著一面站了起來，走到瑪絲洛娃的面前。

瑪絲洛娃沒有回答，卻把兩個白麵包擱在床上，然後就開始脫衣服。她脫下那落滿了塵土的囚服，從彎曲的黑髮上取下頭巾，然後又坐了下來。

那個駝背的老太婆原本是在板鋪的另一頭和男孩兒玩耍，這時也朝這邊走過來，站到瑪絲洛娃的跟前。

「嘖，嘖，嘖！」她憐憫地搖了一下頭，咂著舌頭說。

那個小男孩也跟著老太婆走了過來，瞪大著雙眼，翹起嘴唇，撅成三角形，盯著瑪絲洛娃拿回來的那兩個白麵包。瑪絲洛娃這一天經歷過所發生的事以後，看到這些滿懷憐憫的面孔，不由自主地又想大哭一場，因此她的雙唇已經顫抖了起來，但是她還在竭力忍住不哭。可是當她聽到老太婆那種善良而同情的咂舌聲，特別是看到小男孩專注的目光從那白麵包上轉到她身上，她便再也憋不住了！她的整個面孔開始抽搐起來，最終她「哇」的一聲痛哭出來。

「我跟你講過：你要找一個好律師才行。」柯拉布列娃說道：「怎麼，法庭要把你流放了嗎？」她問。

瑪絲洛娃想要回答，可是又泣不成聲。她哭哭啼啼地從白麵包那裡拿出那包香煙，煙盒上印著一個面色白裡透紅的太太，梳著高高的髮髻，裸露出了一塊三角形的胸部，瑪絲洛娃就把那包香煙遞給了柯拉布列娃。

柯拉布列娃瞧了瞧煙盒上面的那幅畫像，不置可否地搖了搖頭，多半是不同意瑪絲洛娃這樣亂花錢。她拿出來一根煙，就著燈將它點燃，自己先吸了一口，然後又遞給了瑪絲洛娃。瑪絲洛娃還沒有停止哭泣，如饑似渴地一口接一口拚命地吸著那根煙，然後又把吸進肚子裡的煙吐出來。

「服苦役。」她哽咽著回答道。

「他們根本就不敬畏上帝，這些該死的惡棍、吸血鬼，」柯拉布列娃恨恨地說道：「他們莫名其妙地就將這姑娘給判了刑。」

在這當口兒，那些仍然站在窗口前的女人們發出一陣響亮的哄笑聲，連那個小女孩也都在笑，她那孩童般的尖細的笑聲和另外三個大人們嘶啞尖利的笑聲匯合成了一片。院子裡有個男犯人做了一個什麼動作，惹得窗前的看客們都禁不住哄笑起來。

「哎呀，這個剃光頭毛的公狗！他這是在幹什麼呀？」那個紅頭髮的女人說，笑得她渾身肥肉都在顫動。她把臉緊貼在鐵柵欄上，胡亂講了幾句毫無意義的下流話。

「真是一個沒有良心的狗東西！有什麼好笑的啊！」柯拉布列娃說，對著那個棕紅頭髮的女人搖了搖頭，然後又轉過身來問瑪絲洛娃：「多少年？」

「四年。」瑪絲洛娃說著眼淚又止不住地奪眶而出，有一滴都落在了香煙上面。

瑪絲洛娃氣憤地把那根煙揉成一團扔掉了，又抽出一根來。

道口工雖然不會吸煙，卻立刻撿起了那煙頭，將它擼直，口中還不停地在說著：「好姑娘，俗話說得好，」她說：「公正都讓豬狗給吃光了，他們想要幹什麼就幹什麼吧。馬特維耶芙娜[60]大媽剛才還說什麼來著，他們會把你放了呢，可是我就說，這是不可能的，我的心就能感覺出來，他們不把你折騰的夠嗆，是不會甘休的，結果就是這樣，不幸的姑娘啊。」她說道，得意地聽著自己發出的聲音。

60 柯拉布廖娃的父名（含尊敬意味）。

這時，那些經過院子的男犯人都已經走掉了，跟他們搭話的那幾個女人也都離開了那個窗口，向瑪絲洛娃那裡走去。頭一個走過來的，便是那個長著暴突眼睛的私酒販子，還帶著她的小女兒。

「怎麼能判得那麼重呢？」她靠著瑪絲洛娃坐了下來，說道，而且還在繼續利索地織著她的襪子。

「就是因為沒錢才被判得那麼重，若是有了錢，雇了一個有本事的律師，她一定會沒事的。」柯拉布列娃說：「那個傢伙……他叫什麼來著？……蓬頭散髮，鼻子大大的……我的媽呀，那個傢伙一定能夠把你從水裡頭撈起來，還會讓你的身上不沾一點水。若是能把他找來就萬事大吉了。」

「能請到當然是最好不過了，」美人兒在她們的跟前坐了下來，齜著牙冷冷地一笑，說：「花一千盧布都不見得能夠請得動他。」

「哎呀，照這看來，也是你命該如此啊。」因縱火罪而被捕的老太婆插嘴進來說道：「我的命也真是苦啊，別人把我孩子的老婆給搶走了，又把我的孩子蹲進監牢來餵蝨子，我這麼大的年紀也被關了進來。」她又開始講述起了她那曾經講過百遍的遭遇，「看來，這監牢和要飯是怎麼也躲不掉了啊。不是他媽的要飯就是去坐牢。」

「看上去，他們那些人都他媽的是一路貨。」販賣私酒的女犯說道。她仔細看了一下她那小女兒的頭，就把手中的襪子放在了身邊，拉過小女孩來並夾在她的兩腿中間，伸出靈活的手指頭開始在她的頭髮中捉蝨子，「他們問我：『你為什麼要販賣私酒呀？』要不然，我要用什麼來養活我的孩子們啊？」她一邊說著，一邊繼續做著自己所習慣了的事。

那販賣私酒女犯的這番話讓瑪絲洛娃也想到了酒。

「這時，要有酒就再好不過了。」她一面對柯拉布列娃說道，一面拿襯衫袖子拭乾了淚水，只是有時抽泣一下。

「要喝酒嗎？那好辦啊，拿錢來吧。」柯拉布列娃說道。

chapter 32

牢房裡的貴族

瑪絲洛娃從那個白麵包裡掏出自己的錢來，把那張息票遞給了柯拉布列娃。柯拉布列娃拿過息票瞅了瞅，雖然不識字，卻無比相信這個無所不知的美人兒，聽她說這張票子可以值兩盧布五十戈比，便攀到了爐子的通氣口那裡去，拿出了藏在那兒的一瓶酒。女犯人看到這種情況，除了瑪絲洛娃的鄰床，和瑪絲洛娃離得比較遠的，就離開這兒回到自己的板床上去了。這個時候，瑪絲洛娃抖了抖她的頭巾與長囚袍上的塵土，爬到了自己的板床上，開始吃起那個白麵包來。

「我還給你留著茶呢，不過恐怕已經涼了。」菲多霞跟她說著，就從擱板上拿下了一個用包腳布包著的白鐵茶壺與一個有把兒的杯子。

那茶的確已經涼了，而且白鐵味倒比茶味還要濃烈，但瑪絲洛娃還是倒了一杯，就著茶水把白麵包吃完。

「菲那施卡，給你。」她呼喚著，又撕下了一片麵包來，遞給了那個一直盯著她嘴巴看的那個小男孩。

這時柯拉布列娃就把一瓶酒和杯子遞給了瑪絲洛娃，瑪絲洛娃就讓柯拉布列娃和美人兒一起來喝。這三個女犯人是這個牢房裡的貴族，因為她們有錢，並且把她們自己不管有什麼東西都會拿出來一起分享。

過了幾分鐘，瑪絲洛娃就開始變得活躍了起來，滔滔不絕地說起了法庭上的情景，還模仿著副檢察官說話的那腔調和動作，還說到了一件在法庭上特別叫她吃驚的一件事情。她說，法庭裡所有的人都很明顯地帶著很喜歡的神情在瞧她，還常常為此特意走進犯人候審室裡來。

「甚至連那個押解我的士兵都說：『這些人都是來看你的。』時不時就有個什麼人跑過來，到這兒來找一份什麼文件，或者說別的什麼東西在那裡，但我看得出來，他們根本不是在找什麼文件，而是想用眼睛把我吞下去罷了。」她笑呵呵地說道，又搖了一下頭，似乎又有所不解，「也有這樣演戲的。」

「這話說得可是一點都不假。」道口工接過話附和著說道，馬上又用她那歌唱般的聲音立即侃侃談起來，「這就好比是蒼蠅看到了糖，他們做別的什麼事都會沒精打采的，只要是見了女人那算是沒了魂了，他們這些男人人寧願不吃飯都行……」

「在這兒也是一樣，」瑪絲洛娃打斷她的話說道：「在這兒我又不是沒遇到過那種事。我剛剛被帶進來時，就有一幫傢伙從火車站趕到這兒來了。他們死乞白賴地纏著我不放，把我弄得都不知道該怎麼辦才能脫身了，幸好那個副典獄長把他們給攆走了。有一個傢伙死纏住我就是不放，我好不容易才把他掙脫了。」

「是誰啊？」

「就是謝戈羅夫咯，這個人剛剛從這兒走過去。」

這個時候，火紅頭髮的女犯人把那長滿雀斑的雙手，伸到那蓬亂又濃密的紅髮中去，用指甲撓著頭皮，走到正在喝酒的這三個貴族跟前。

「我把該做的事情都給你說說吧，葉卡捷琳娜，」她開口說道：「開頭第一件事就是，你需要寫一個呈子，上面寫明你對判決的不滿，然後你就要去找檢察官並向檢察官們提出你的不滿。」

「跟你有關係嗎？」柯拉布列娃氣沖沖地用粗嗓門對她說道：「你這是聞到了酒味吧，這事不用你多嘴了。你不說，人家也都知道該怎麼做，這兒不用你囉嗦。」

「我又沒有跟你說話，你管得著嗎？」

「我看你是想喝點兒酒吧？借此你才湊過來的。」

「好了，那就讓她喝一點兒吧。」瑪絲洛娃說。她一向都是這樣慷慨地把自己的東西分給大家。

「我就是要讓她嘗嘗厲害……」

「哼，好啊，你來呀！」紅髮女人說著，向柯拉布列娃跟前走了過來，「我才不怕你呢！」

「你個騷娘兒們！」

「我是騷娘兒們？那你呢，你這個苦役犯，殺人犯！」紅頭髮女人嚷道。

「我跟你說，我叫你滾啊。」柯拉布列娃神色陰鬱地叫著。

可是紅髮女人反倒走得離她更近了，柯拉布列娃便伸出手猛然地在她那敞開的胖胖的胸部上推了一把。紅髮女人好像就是在等她來這一招，她以迅雷不及掩耳之勢一下子就抓住了柯拉布列娃的頭髮，又舉起另一隻手要揍她的臉，可是柯拉布列娃及時地又抓住了這隻手。

瑪絲洛娃和美人兒極力想要抓住那紅頭髮女人的兩條胳膊，使勁兒要把她拉開，但紅髮女人的手抓住那條髮辮就是不肯鬆手。她也只在短時間內把頭髮鬆了一下，但那時為了能把頭髮纏在自己的拳頭上。柯拉布列娃歪著腦袋，伸出一隻手來去打紅頭髮女人的身體，並且還用牙齒去咬她的手。

那幾個女犯人都圍在那兩個打架的女人周圍，勸阻著，叫嚷著，甚至連那個患肺癆病的女人也來到她們的身邊，一面咳嗽一面看著那兩個女人打成一團，兩個孩子也都緊緊依偎在一起啼哭了起來。

女看守聽到喧鬧聲，把一名男看守帶了過來，他們才把扭打的兩個女人狠狠地拉開。柯拉布列娃鬆開她那灰白色的頭髮辮子，將幾縷揪下來的頭髮拔了出來，紅髮女人拉扯著徹底扯破的襯衫，蓋住她那黃色胸脯。這兩個女人一起叫喊著解釋情況，訴說著她們各自的委屈。

「好了，我知道了，這全部是酒惹出來的，明天我就去把這報告給典獄長，他會過來整治你們的，我聞到了，這兒果真有酒味。」女看守說：「你們都給我當心點，把這些東西統統給我收拾好了，不然沒你們好果子吃。我們可沒功夫來給你們講道評理，你們全都給我各就各位，保持安靜。」

可是，很長時間之後，這兩個女犯人都沒有住嘴，又彼此罵了好久，相互搶著訴說這場架是怎麼開頭的，到底是因為誰造成的，等等。後來，男看守和女看守都走了，這兩個女人們開始慢慢安靜下來，躺下來打算睡覺，而那個老太婆卻在聖像跟前跪下，開始做起了禱告。

「這下你們兩個苦役犯是聚到一起了。」那紅髮的女人在房間另外一端的板床上忽然用嘶啞的聲音說道，每一句話裡都帶著刁鑽古怪的罵人的髒話。

「你給我小心點兒，別自討沒趣。」柯拉布列娃立即回應道，也摻雜了一些類似罵人的話。

「若不是他們過來拉住我的話，我早就把你的眼珠子給摳出來了……」紅髮女人又鬧了起來，過了沒多久，柯拉布列娃立即又反駁了她一句。

然後又沉默了下來，這一回靜默的間隔稍微長了一些，接著又是相互謾罵。不過後來，間隔的時間越來越長，最後兩個人便徹底安靜了下來。

大家也都上床睡了，甚至有幾個已經發出了鼾聲，只有那個老太婆一直在禱告，她已經禱告了很長時間，此時依然跪在聖像跟前對著聖像磕頭。還有那個教堂執事的女兒，等到女看守一離開，她就立刻從床上跳了下來，又在牢房裡面踱來踱去。

其實瑪絲洛娃並沒有睡著，她的頭腦裡仍對她已經成了苦役犯念念不忘，而且別人都已經叫她苦役犯兩次了了：博奇科娃叫過一次，紅髮女人叫過一次，可是她仍然不甘心承認這件事，不習慣她們這麼叫她，柯拉布列娃原本是背對著她躺在那裡的，這時轉過身來。

「我真是沒想到啊，真的是一點兒都沒有想到，」瑪絲洛娃小聲地說道：「其他人做了壞事，一點兒關係都沒有，可偏偏我卻要莫名其妙地忍受這份苦難。」

「別傷心了，姑娘。就算是在西伯利亞，人也都照樣能活下去。你到了那兒也絕不會完蛋的。」柯拉布列娃安慰她說道。

「我知道是不會完蛋的，可是我還是覺得我太冤了，我一向都安安分分的在過日子，我不該有這樣的下場啊。」

「人總是抗拒不過上帝的。」柯拉布列娃也嘆了口氣說。

chapter 33

贖罪

當涅赫柳多夫第二天醒過來的時候，首先就是意識到了發生了一件什麼樣的事情。甚至他還沒有回想起到底是怎麼回事，就斷定那應該是一件非同小可的大好事了。

「卡秋莎，審判。」的確，還有今後不僅不應該再撒謊，還應實話實說才行。

說來也實在是巧了，就在這一天的早上，首席貴族的妻子瑪麗婭・瓦西里耶芙娜的來信總算是送到了，這是涅赫柳多夫已期待了好久，而且是他現在特別需要的一封信，她給了他完全的自由，並且祝福他今後的婚姻美滿幸福。

「婚姻！」他帶著嘲弄的口吻說道：「我現在離那種事是越來越遠啊！」

他想起來前一天，他還打算將這一切都告訴她的丈夫，並向他道歉，還表示說他願意滿足他提出的所有要求。可是今天早上，這件事在他看來卻沒前一天想得那麼簡單了。

「再說，既然這個人對那件事一無所知，那又何必非要讓他難堪傷心呢？倘若他問了起來那還好，那我就把一切都告訴他。要主動去告訴他嗎？不能，也沒這必要啊。」

「我這就準備去監牢，把一切都告訴她，請求她原諒我。如果必要的話，是的，如果有必要的話，我就索性跟她結婚算了。」他想道。

在今天早上，這種為了道德上的完善而不惜犧牲一切同她結婚的念頭，特別使他動情。

他已經好久沒有這樣精神抖擻地迎接新的一天了，他看到阿格拉費娜走進屋裡來見他，就立刻帶著意想不到的果斷勁兒發表聲明說，以後再也不需要這座住宅了，再也用不著人來伺候他了。本來他們彼此之間是心照不宣的：他保留這個租金很貴的大住宅，本來是為了在這裡結婚用的，因此，交出這座住宅也是有特殊含義的。阿格拉費娜非常驚訝地看著他。

「我非常感謝您，阿格拉費娜，感謝您對我無微不至的照顧。可是現在我再也不需要這所大住宅了，再也不需要什麼僕人了。若是您願意幫助我，那麼就麻煩您幫我整理一下這些東西，暫時把它們都收拾起來，就像我母親在世的時候經常做的那樣，等娜塔莉婭過來，她會把一切都處理好的。」娜塔莉婭是涅赫柳多夫的姐姐。

阿格拉費娜搖了搖頭說道：

「這些東西該怎麼處理啊？要知道這些東西是不是都用得著啊。」

「不，用不著了，大多數都用不著啦。」涅赫柳多夫說，這個是回答她搖頭所表示的意思，「還得麻煩您跟柯爾內也說一聲，我要額外付給他兩個月的工資，以後我也就用不著他了。」

「您這樣做可不太好，」她說：「嗯，就算您有可能出國，可是您以後回來總還得需要一所房子吧！」

「您不能這麼想，我不是要到國外去，倘若我真的要走的話，那也只是要到別的地方去。」

他的臉忽然一下子又變紅了。

「是的，確實應該要告訴她。」他心裡想著，「也沒什麼不好講的，應該將全部真相統統告訴所有的人才是。」

「前一天，我遇到了一件意想不到的很重要的事情，您還想不想得起來我姑姑瑪麗婭・伊萬諾芙娜家裡的那個卡秋莎啊？」

「當然想得起來啊，我還曾經教她做過針線活兒呢！」

「是啊，前一天這個卡秋莎在法庭上接受審判了，正好當時我是陪審員。」

「哦，我的上帝啊，那太可怕了！」阿格拉費娜說道：「她因為什麼接受審判啊？」

「殺人，可這一切都是由我造成的。」

「但是這又怎麼會是您造成的呢？您這話我怎麼聽不太明白啊。」阿格拉費娜那雙衰老的眼中閃現出戲謔的光芒。她知道他跟卡秋莎的事。

「確實是這樣的，我就是那個罪魁禍首；正是因為這件事，我才把我所有的計畫都給改變了。」

「可是這件事能讓您怎樣改變你的計畫呢？」阿格拉費娜抑制住了笑容說道。

「變化是這個樣子的，既然是我害她走上那條路的，那麼我就應該傾盡我的所有去彌補她。」

「那是因為您很善良，可是在那件事上，您犯的錯誤也沒什麼大不了的啊，那種事情是所有人都難免的，若是冷靜的好好想想，這一切也會隨著時間的流逝漸漸被沖淡和忘記的，人還不就照樣過下去了。」阿格拉費娜一本正經地說道：「您沒有必要把所有的過錯都算在你自己頭上，我之前就聽說她走上了歧途，那又怪得了誰呢？」

「的確怪我啊，所以我才想要彌補。」

「嗯，這事可是不太好彌補的。」

「那就是我的事了，可是，如果您在考慮您自己的話，那麼，請想一想我母親的曾經的一個願望……」

「我並不是光想著我自己，過世的夫人對我恩重如山，如今我也不再有什麼奢望了。我的莉贊卡一直讓我去她那兒（莉贊卡是她的一個已經出嫁的侄女），等這兒再也不需要我的時候，我就去她那兒了。可是您不應該老把這種事放在心上，這種事情都是在所難免的。」

「嗯，我並沒有這麼想呀。但是，我還是要再麻煩您，請幫我把這座住宅給退了，把東西收拾一下。還有，請您千萬不要生我的氣，我十分感謝您為我所做的一切，十分感謝。」

真的是太奇怪了，自從涅赫柳多夫認識到了自己不好而且厭惡起來他自己的那一刻開始，別人也就不再讓他覺得反感了，恰巧相反的是，他對阿格拉費娜也好，對柯爾內也罷，都產生了一種從未有過的很親切並且很尊敬的情感。他本來也很想向柯爾內懺悔他自己犯下的錯誤，可是看到柯爾內還是對自己那麼畢恭畢敬的，讓他也不好意思那麼做了。

在去法院的路上，涅赫柳多夫坐著原來的那輛街頭馬車，經過那些曾經走過的街道，可是他覺得自己很奇怪，已經明顯感覺到今天的他完完全全成了另外一個人。

跟米西結婚，這在昨天看來還是易如反掌的事，現在，他卻覺得那根本是天方夜譚。昨天他是這個樣子看他自己的處境的，地位優越，她跟他結婚也無疑是會幸福的，可現在他卻認為他不僅覺得自己配不上她，而且自己連接近她的資格也沒有了。

「一旦她知道我是個什麼樣的人以後，她就不管怎樣也不會再接受我的，可我卻還埋怨她不該跟那位先生打情罵俏。確實不能，即使她現在要嫁給我，可我卻知道那個女子就被關在這兒的監獄裡，明天或者後天就要和一大批犯人流放出去服苦役了，暫且不說我是不是能夠幸福，想到她那樣，我能安得了心嗎？那個女人，那個曾被我傷害過的女人，她就要去服苦役了，可是我在幹嘛呢，我卻在這兒接受人家的祝福，要不然就去出席什麼會議，或者跟那個首席貴族，那個曾經受到我和他的妻子無恥欺騙的人，要一同出席會議，一同在會上統計票數，看看由地方自治局監督學校機構的決議等能夠得到多少人的贊成票，和多少人的反對票。在這之後呢，再跑去跟他的妻子相會（多麼卑鄙啊）。」他自言自語地在心裡說道，不停地為他的內心所發生的變化暗自慶幸。

他心想：「現在我就要去找律師，去問問他的意見，然後……然後就到監獄裡去看一下她，看一看昨天的那個女犯人，將一切統統都告訴她。」

他想像著他怎樣去和她相見，怎樣把這一切和盤托出，怎樣去對她懺悔，怎樣跟她表明為了贖罪，他可以做一切力所能及的事，即使是跟她結婚，他也在所不惜。一想到這，立刻就有一種異常激動的心情攫住了他，眼淚也不由自主地奪眶而出。

chapter 34 滑稽的喜劇

涅赫柳多夫到了法院以後，在長廊裡便碰到了昨天那位庭警，所以就向他打聽昨天被法院審判過的犯人都被關在了哪兒，想要探視這種犯人需要得到誰的批准。庭警告訴了他，這種犯人被關在很多不同的地方，又說在最終判決沒下來之前，探視這種犯人必須要得到檢察官的批准。

「等到庭審結束以後，我會過來告訴您，並且親自把您帶去。到現在檢察官都還沒有來，只能等審訊結束以後再說了，現在就請先出庭吧。馬上就要開庭了。」

涅赫柳多夫對他的盛情表示了感謝，接著就向陪審員們的議事室走去。

當他剛走到那個房間的門口時，沒有料到此時陪審員們已經都從裡面紛紛走出來，正要進審判的法庭上去了。那個商人依舊如昨天一樣那麼快活，還是那樣的酒足飯飽，看見涅赫柳多夫就像老朋友那樣地和他打招呼。彼得·格拉西莫維奇那過分隨意的態度與哈哈大笑的聲音也再沒有讓涅赫柳多夫感到反感了。

今天審訊的是一樁溜門撬鎖盜竊案件。一個二十來歲的小夥子被兩個手持拔出鞘的軍刀的憲兵押到了庭上，這個被告長得消瘦，雙肩很窄小，面色灰白，毫無血色可言，身穿著灰色囚衣。他獨自地坐在被告席的板凳上，皺著眉頭打量著陸陸續續走進大廳的人們。

這個男孩被控告跟另外一個同夥一起撬開了一個倉庫的鎖，並從那裡面偷走了幾條破舊的長條地毯，一共價值三盧布六十七戈比。從起訴書裡的控告看來，這個男孩與肩扛著毛毯的同夥正在一起走路，卻被一個警察給截住了，這個男孩跟他的同夥就當場認罪了，於是兩人都被關進了監獄。這個男孩的同黨是一個鉗工，已經死在牢獄中了，所以現在只剩下這個男孩一人受審了。物證臺上放著那幾條破舊的粗地毯。

此案的審判工作和昨天絲毫沒有任何區別，有物證，也有人證，還有人證進行宣誓，有審問，也有鑑定人，還有交相訊問，言而總之，也就是說，各種項目都應有盡有。而那個警察作為證人，在每次庭長、公訴人[61]、辯護人進行提問的時候，總是很彆扭地回答道：「是的，老爺」，或者「我不知道，老爺」，或者又是「是這樣的，老爺」……但是，即使他具有士兵的呆滯和古板，大家還是能夠看得出來他是在憐憫那個小夥子，並且不情願說出他抓住那小夥子的經過。

另外的一個人證則是失主，是一位年邁的房東，也就是那幾條粗地毯的主人。他分明是個脾氣暴躁的人，法庭上問道那幾條粗地毯是否是他的，他很不高興地承認這就是他的，但是等副檢察官開始問他用那些粗地毯來做什麼，他是不是非常需要那些地毯的時候，他的火爆脾氣就爆發了，回答道：

「去他媽的吧，我根本就不需要這幾條破地毯，若是我早知道它們會給我帶來那麼多的麻煩，我非但不會尋找它們，反而寧可倒貼一張紅票子，兩張也行，免得被人死拉硬拽地非要我到這裡來受審。不過是乘了一下馬車，就花了我大約五個盧布了，更何況我的身體也不怎麼好，我還有疝氣

61 檢察官。

病和風濕病呢。」

證人們就說了這一番話，而被告自己倒是爽快，對一切的罪行都供認不諱。

案情是在清楚不過的了，可副檢察官依然像昨天一樣聳聳肩，並提出了一些稀奇古怪的問題，還是想要引誘狡猾的犯人上鉤。他在自己的發言當中提出了那次盜竊案是發生在一個有人居住的房屋裡，而且把門鎖撬了才進去的，所以那個男孩才該受到最嚴厲的懲罰。

通過審訊，可以知道這個男孩原本被他的父親送進一家捲煙廠裡去當學徒的，在那兒生活了五年。這一年，廠主和工人們發生糾紛以後，他便被廠主解雇了，一直閒著沒有找到活兒幹，在城裡瞎逛著，將餘下的錢也都拿去買酒喝了。他在特拉克吉爾小酒館裡遇到了那個像他一樣的鉗工，比他更早些丟掉工作，酒喝得也更加兇。

有一天深夜，他們兩人喝得醉醺醺的，趁著酒勁兒，便撬開了門鎖，從那兒把首先摸到的東西都拿出來扛到肩上就走了。就這樣，他們便被逮住了。他們都供認了罪行，被送進了監牢裡，鉗工沒等到審訊就已經死了，現在這個男孩便被當作了必須要和社會隔離的危險分子而受到審訊。

「其實，事情顯而易見，這個男孩並不是什麼十足的壞人，他只是極其普通的一個人，這是大家都看得非常清楚的，而他之所以會落到現在這步田地，只不過是因為他處於產生這類人的大環境之下罷了。因此，看樣子事情是一目了然，為了不至於再會出現這類似的男孩子，就應該竭力消滅產生這種這類人的環境才對。

「可是我們現在又對環境做了什麼呢？我們雖然明明知道還有數千個這種人並沒有被逮住，仍然逍遙法外，這次我們只不過碰巧抓住這個男孩子罷了，然後我們只是把他關進監獄，讓他終日無所事事，或者讓他去從事那些對健康不利而且極無聊的勞動，隨後便由國庫出資將他和最墮落的人摻雜在一塊兒，從莫斯科省給流放到了伊爾庫茨克省[62]去。

涅赫柳多夫異常激動而且思路非常明瞭，此時的他坐在上校旁邊的椅子上，聽著辯護人、副檢察官和庭長發出的各種各樣的聲音，看著他們那自以為是的表情。

「嘿，是那樣的虛偽，那得花費他們多少緊張的心思呀！」涅赫柳多夫繼續想著，一面環顧了一下這個大廳裡，看了看那些畫像、燈、圈椅、軍服和那一面面厚牆壁及窗戶，還有這個機構的建築是何等的宏偉，想到這個機構本身更是龐大得多，想到了官吏、書記員、看守和差役等等組成的龐大的隊伍，這種人不僅在這兒存在著，而且在整個俄國各地都有這種機構，隊伍浩浩蕩蕩，他們按時領取俸祿，就是因為要表演這種滑稽的喜劇。

涅赫柳多夫一門心思地在思考這些問題，對眼前的審訊一點兒都沒再聽進去。思考的這些讓他本人也感到了害怕。他很納悶，不明白他以前怎麼就沒有注意到這種情況呢，也很納悶其他的人為什麼也和他一樣也沒有注意到呢。

62 在西伯利亞東部。

chapter 35

古怪的來訪者

等到剛剛法庭第一次宣布庭審休息時，涅赫柳多夫就立即起身朝走廊裡走去，打定主意再也不回法庭去了，他們想怎麼處置他就怎麼處置他吧，反正，他是再也不能參與這種既可怕又可憎的傻事了。

涅赫柳多夫打聽到檢察官的辦公室在哪裡以後，就直接奔那兒去了。有個差役不肯放他進去，說是檢察官此時正在忙著呢。可是涅赫柳多夫理都不帶理他的，逕自往門口走去，恰巧有一個官吏迎面走了過來，涅赫柳多夫和他打了聲招呼，便讓他向檢察官通報一聲，表明他是陪審員，有一件十分重要的事必須要見到他。

公爵的封號以及講究的衣著真的給涅赫柳多夫幫了大忙，文官馬上就去通報了檢察官，便放涅赫柳多夫進去了。

檢察官站著接待了他，看得出來他對涅赫柳多夫如此急切地要見他感到非常的不滿。

「你有什麼事嗎？」檢察官冷漠地問他。

「我是陪審員，姓涅赫柳多夫，我有重要的事想要見一見那個女被告瑪絲洛娃。」涅赫柳多夫快速而又堅定地說，此時他的臉漲得通紅，覺得自己正在做著一件能對他的一生起決定性作用的事。

檢察官是一個個頭兒不高、面色黝黑的人，有短短的花白的頭髮，一對眼睛倒是十分靈活，炯炯有神，突出的下巴上面留著修剪得整齊的山羊鬍。

「你是說瑪絲洛娃？當然，這個我知道，就是被指控犯了投毒害人罪的那個女的。」檢察官若心平氣和地說：「但是，到底是什麼事讓你非得要和她見上一面啊？」然後，他彷彿想要緩和一下氣氛似的，接著說道：「若是我不弄清楚你為什麼要見她，是不能夠批准你去探視她的呀！」

「我真的有事要見她，這事對我來說非常重要。」涅赫柳多夫說，臉立即又漲得很紅。

「哦，是這樣啊。」檢察官抬起眼睛，認真審視著跟前的這個涅赫柳多夫，「她的案子審理過了沒有？」

「她是昨天受的審，並且非常不公正地被判了四年的苦役。實際上，她是無罪的。」

「哦，原來如此啊，既然在昨天她被判的刑，」檢察官說，並不理會涅赫柳多夫聲稱瑪絲洛娃是無罪的那些話，「那麼，在正式公布宣判之前，她仍然必須得關在拘留所裡。在那兒，只能在規定的時間之內才被允許探望。我勸你最好還是到那兒去問一問。」

「可是，我需要儘快見到她呀。」涅赫柳多夫說道，並顫抖著他的下巴，感覺關鍵性的時刻就要到了。

「你到底為什麼非得要見她啊？」檢察官有點兒煩躁地擰起了眉毛問道。

「她是無罪的，卻被判處要去服苦役，而這一切都是由我造成的。」涅赫柳多夫用發顫的嗓音說。

「你說這話是什麼意思？」檢察官又問道。

「意思就是：她會落到現在這步田地，是因為我曾經引誘過她。若不是我害她成為這種人，她也就不至於受到什麼指控了。」

「我還是沒明白你說的，可這關探監什麼事啊？」

「有關，就是我想要跟她去，甚至……和她結婚。」涅赫柳多夫努力地說了出來。像平時那樣，他一說到這話，淚水便奪眶而出。

「噢，是這個樣子啊，原來如此！這倒真的是一件非常稀奇的事情，你似乎是克拉斯諾彼爾斯克縣的地方自治會的議員吧？」檢察官望著此刻說出這種奇怪決定的涅赫柳多夫，想到貌似在哪兒聽到過這個人的名字。

「非常抱歉，我想這跟我的這個要求沒什麼關係吧。」涅赫柳多夫又是臉色通紅、氣憤地回答道。

「當然沒有關係，」檢察官一點兒也沒生氣，微笑著說道：「可是你的想法未免也太與眾不同了吧……」

「怎麼樣，我能夠獲得許可嗎？」

「好吧，我馬上開出許可證給你，請你稍等一下。」他走到了桌子前面就坐了下來，然後開始動手寫起來。

檢察官開好許可證以後，把它遞給了涅赫柳多夫，並好奇地望著他。

「我還需要聲明一件事，」涅赫柳多夫說：「我不能夠再參加庭審了。」

「你是知道的，這個要向法庭說出正當理由的。」

「理由就是，我覺得所有的審判不僅是沒有好處的，而且還是很不道德的。」

「原來是這個樣子啊。」檢察官說道，仍然帶著似有似無的那種微笑，似乎要用這種微笑表示他對這類聲明是再熟悉不過的了，而且正如他所知道的荒誕滑稽的謬論一樣。「是這個樣子啊，可是想來你一定也清楚，我作為法院的檢察官，是不能夠贊成你的意見的，因此我建議您還是去向法庭申請一下吧，法庭會裁決你的申請是否是正當的，若是不正當，還會要你交出一筆錢作為罰款。那麼就請你去找法庭吧！」

「我已經說過了啊，我那兒也不去了。」涅赫柳多夫憤怒地說。

「再見。」檢察官一邊說著一邊鞠躬，顯然是很想儘快擺脫這個稀奇古怪的來訪者。

chapter 36 不速之客

涅赫柳多夫從檢察官那裡走出來以後，乘上馬車徑直奔向拘留所，但是那兒竟然沒有叫瑪絲洛娃的，所長跟涅赫柳多夫說，她應該還在關押解送犯人的老監獄[63]裡，於是涅赫柳多夫便乘上馬車又直奔那裡去了。

確實是，瑪絲洛娃正被關押在那裡。檢察官忘了大概在六個月前，本地曾經發生過一起政治案件，這很顯然是被憲兵們煽動起來並且誇大到了最大限度，因此拘留所裡到處關滿了大學生、醫師、工人和高等女校學生、女醫士。

拘留所跟羈押犯人的監獄離得非常遠，以至於涅赫柳多夫快到黃昏時分才來到那監獄。他想要走到那座陰森森的高大樓房的門口，可是崗哨卻不允許他過去，只是拉了一下門鈴，一個看守聽到鈴聲就走了出來。

涅赫柳多夫把許可證出示給他看，但看守卻說他沒有典獄長的准許還是不能放他進去，於是涅赫柳多夫就又要去找典獄長。

涅赫柳多夫剛爬上樓梯，就聽到從房門後邊傳來的一支繁雜而雄壯的樂曲，那是有人在用鋼琴

63 這種監獄所關的犯人已經由法庭判決，但是必須解往外地去服刑，暫時關在這兒等候解送。

彈奏。一隻眼睛上還蒙著紗布的使女怒氣衝衝地走過來為他開門。這是李斯特[64]的一首他聽煩了的狂想曲，彈得倒是還不錯，可是只彈到一個地方就停下來；這首曲子只要一彈到那個地方，就總是又重頭開始再彈一遍，涅赫柳多夫問那個眼睛上面蒙著紗布的使女，典獄長在不在家。

使女回答說，不在家。

「那他很快就能回來了嗎？」

那首狂想曲又停了下來，接著又從頭彈起來，聲音洪亮而又動聽，可是這美妙的聲音只持續到那個有魔力的地方。

「我給你去問一下。」於是使女便去了。

那首狂想曲剛剛熱情奔放地彈奏了起來，還沒有彈到那個有魔力的地方時就戛然而止了，接著就聽到一個人的說話聲。

「你去跟他說一聲，典獄長並不在家，而且今天他是不會回來的，他出門訪客去了。這些人為什麼老是來糾纏他還不肯走。」這是屋子裡一個女人的聲音，接著狂想曲又響了起來，可是又忽然停了下來，接著聽到挪動一把椅子的響聲。顯而易見，肯定是彈鋼琴的那個女人發火了，想要親自出來斥責一下這個糾纏不止的不速之客。

「爸爸不在家。」一個頭髮蓬鬆、臉色慘白，憂鬱的雙眼還帶著發青的眼圈的小姑娘從裡面走了出來，氣憤地說道。

當她看到來客竟然是一個衣飾講究的年輕人，態度才緩和了下來，說：「您請進吧……您有什麼

64李斯特（一八一一—一八八六），匈牙利鋼琴家及作曲家。

事嗎？」

「哦，我要到這個監獄裡去探視被囚禁的犯人。」

「想必是個政治犯吧？」

「不，她不是政治犯，我這兒有檢察官的許可證。」

「嗯，爸爸不在家。不過，您請進來吧，」她在狹小的前堂裡說道：「要不，您就去找找副典獄長吧，他現在正在辦公室裡，您不妨跟他談談。您貴姓啊？」

「多謝。」涅赫柳多夫沒有回答她問的問題，便轉身走出去了。

他剛離開，房門都還沒有關上，之前的那種熱情歡快的琴聲就又傳了出來。

涅赫柳多夫在院子裡碰見一個年輕軍官，他留著兩撇翹起來、塗了染鬚劑的唇鬚，便問這個人副典獄長在哪裡。剛好，他便是副典獄長。他接過許可證看了一下，說這個是專供去拘留所裡探監用的，他不便憑著這個讓涅赫柳多夫進監獄，更何況天也已經不早了……

「請您明天再過來吧，明天十點鐘的時候，人人都是可以探監的。您就到那時再來吧，典獄長那時候也會在家，這樣您就可以在公共的大房間裡探望她，如果獲得典獄長許可的話，也可以在辦公室裡面和她見上一面。」

涅赫柳多夫這一天探監也沒能探到，便只能回家了。

涅赫柳多夫走在大街上，一想到第二天就要和她見面了，內心就不由自主地激動起來，久久無法平靜。

chapter 37 回憶

那天夜裡，瑪絲洛娃久久無法入睡，她睜著眼睛躺在那兒，聽著紅髮女人所發出的鼾聲，心裡卻一直在想自己的事情。

她想的是，到了庫頁島[65]以後，她無論如何都不能嫁給苦役犯，好歹也要另行安排，比如嫁給個什麼長官，嫁給個什麼文書，最不濟也得嫁一個看守長之類的，或者是副看守的吧。反正他們都是色鬼。

然後她想起了辯護人看她的眼神，庭長看她的眼神，那些在法庭中迎面碰到她和故意從她面前走過的男人看她的眼神。她回想起了曾經來監獄探視她的別爾塔，告訴她，當初她在吉塔耶娃的妓院裡愛上的那個大學生，後來又來過妓院了，還打聽過有關她的情況呢，對她的不幸遭遇深表同情。

她想起了許多事，可是唯獨就沒想到過涅赫柳多夫。她自己的童年與少女的時代，尤其是她對於涅赫柳多夫的愛，她壓根就沒有再想到過，因為想起來太讓人傷心欲絕了。她已經把那些回憶按照原樣埋葬在她的內心深處了，她甚至從未夢到過那個涅赫柳多夫。

今天她在法庭中並沒有把他認出來，如果說是因為她最後一次和他見面的時候，他還是一個軍

65在西伯利亞東面鄂霍次克海中，在帝俄時期苦役犯常被流放到這裡做苦工。

人，沒有留鬍子，只是留著短小的唇髭，捲曲的頭髮雖然短而濃密，而現在的他卻顯得老成多了，關鍵還是她從來都不曾想起過他。她已在那個可怕的黑漆漆的夜裡，就是他從軍隊回來，卻沒有順路到他姑姑家裡去的那個黑夜裡，把她以前和他曾經發生過的事情全部都給埋葬在心底了。

在那個黑夜以前，她還盼望著他能回來一次的，因此她對她心臟下面的那個小傢伙一點兒也不討厭，而且每當他在她的身體裡溫柔地蠕動一下，偶爾也很劇烈地動一下時，她就常常十分激動。可是從那個夜晚開始，一切都不同了。未來的孩子對她來說已是一種負擔。

姑姑們原本也在盼望著涅赫柳多夫，請他順道再過來一趟，但他卻拍來兩封電報，說他來不了了，因為他必須要如期趕回彼得堡去。卡秋莎得知這消息之後，便下定決心準備親自去火車站見他一面。他坐的那趟火車會在夜裡兩點路過當地的車站。卡秋莎把兩個老小姐伺候上床睡了之後，說動了廚娘的女兒瑪什卡跟她一起去。她穿上了高筒皮靴，圍上頭巾，提著衣裙，悄沒聲息地朝火車站奔去。

那是一個秋夜，到處漆黑一片，並且風雨交加，天上大大的雨點一陣又一陣的傾注下來。在田野裡是看不到腳下的路的，樹林裡也像爐膛一樣黑。卡秋莎雖然很熟悉那條路，可是仍然在樹林裡迷了路。那列火車在那個小站上只停留三分鐘，她原本希望在火車抵達以前提前來到車站上，但是等她奔到那兒時，鈴聲已經響過了第二遍。

卡秋莎跑到了月臺上，立即就在頭等車廂的窗口那看到了他。這個車廂裡的燈光特別明亮。有兩位沒有穿長禮服的軍官坐在絲絨靠背椅上玩著紙牌。挨著窗口的一張小桌子上，點著幾根淌油的粗蠟燭，他穿著緊腿馬褲與雪白的襯衫，在靠椅的扶手上坐著，把胳膊肘支在椅背子上，不知道在笑著什麼。

她一認出他來，就用凍僵的手去敲打窗子。可是偏偏就在這時，第三遍鈴聲響了起來，火車緩緩地啟動了，剛開始是往後一退，然後那些連接在一起的車廂相互碰撞著，一節緊跟著一節地往前移動起來。

在兩個玩紙牌的軍官當中，有一個軍官手裡拿著紙牌站了起來，向窗外望去。她又敲打了一下窗戶，並且將臉貼在窗戶上。這時，她跟前的車廂也猛地一晃，移動了起來。她便跟著車廂又向前走，眼睛巴巴地向窗戶裡面望著。那名軍官想要把窗子打開，但是卻怎麼也打不開。於是涅赫柳多夫便站起身來，推開那名軍官，動手來開窗子。這時火車加快了速度，她也加快了腳步跟上去，可是火車的速度越來越快，就在窗子被打開的時候，一名列車員走過來把她推開了，然後自己跳進了車廂。

卡秋莎一下子就落在了後面，可是她依然順著月臺一個勁兒地跑著，一直到月臺的盡頭。她好不容易支撐著沒有摔倒，但是那輛車的頭等車廂卻已經遠遠地跑到前面去了。迎面刮來的風，吹起了她頭上圍著的頭巾，吹得她迎風那一面的衣服裹緊了她的雙腿，她的頭巾被大風吹掉了，但她仍然在一個勁兒地跑。

「阿姨！」那個小姑娘很吃力地跟在她後面跑著，嚷了起來，「您的頭巾掉啦！」

「他在燈光照亮的車廂裡面，坐在絲絨靠椅上吃喝玩樂，有說有笑，而我卻在黑暗的泥濘地裡被風吹雨打著，站著哭泣。」卡秋莎心中想道，便停下了腳步，將她的身子向後一仰，雙手抱住自己的頭，嚎啕大哭了起來。

「他走了！」她大喊道。

小姑娘被嚇了一大跳，摟住了她那濕淋淋的連衣裙說。

「阿姨，咱們回家吧。」

「再有一列火車駛過來，我索性就往車輪下面一鑽，就結束了。」卡秋莎這時候暗暗地想道，並沒有理睬那小姑娘的話。

她下定了決心要這麼做，但是此時，如同平常人在激動之後突然安靜下來那樣……她肚子裡的孩子；他的孩子突然動了一下，用力地一蹬，緩緩地張開了四肢，不知道他用什麼又細又軟又尖的東西又撞了一下，於是乎，就在一分鐘以前，她還感到萬分悲痛，感到無法活下去的那種種苦惱，她對涅赫柳多夫的滿腔怨恨，還想要用死來報復他的念頭……一切頓時煙消雲散了。她很快平靜下來，整理了一下自己的衣服，又把頭巾包好，便快速朝家裡走去了。

她渾身都濕透了，並且沾滿了泥汙且疲憊不堪地回到了家，從那一天開始，她的心靈就發生了變化，正是由於這種變化在造就了現在的她。從那個駭人的夜晚開始，她就再也不相信什麼善了。以前她自己也相信善，而且相信其他的人也相信善，但是從那一天夜晚開始，她斷定沒人會相信善，大家嘴裡都說著上帝，都說著善，他們這麼做無非只是為了欺騙別人罷了。

她愛過他，他也曾經愛過她，這一點她也是知道的，可是他卻玩弄了她，捉弄夠了她的感情以後便拋棄了她。在她瞭解的人裡面，他還算得上是當中最優秀的那個，別人就更不用提了。而她後來遇到的事情，每一個都證明了這一點。

他的那兩位姑姑，那兩名虔誠的老姑娘，看到她無法再像從前一樣伺候她們的時候，就把她趕了出來。後來她遇到的所有人，只要是女人，就都想方設法地通過她來賺錢；只要是男人，從年邁的警察分局局長開始，一直到監獄裡面的男看守，每一個都把她看成是享樂的玩物。

大家都只是為了自己而活著，為了自己的享樂而活著，一切與上帝和善有關的那些話，都是騙人的。每當她感到煩悶的時候，就抽抽煙，或者是喝喝酒，或者是找一個男人去幹點兒風流事，這樣一來，那種煩悶也就統統忘記了。

chapter 38 教堂

翌日是星期天，早上五點鐘，監獄裡女監的長廊裡又響起了慣常的哨子聲，此時早已經睡醒的柯拉布列娃把瑪絲洛娃喚醒了。

「我是一個女苦役犯。」瑪絲洛娃揉一揉眼睛，禁不住呼吸著一大早便臭得讓人窒息的空氣，在心中恐懼地想道。

她很想再昏昏睡去，到那茫茫的夢鄉中去，可是心驚膽戰戰勝了睡意，她便直起身來，然後盤腿坐正，朝四周打量了一番。這時女犯人都已經起床了，只剩下那些小孩子們還在睡覺。賣私酒的女人瞪著她那雙暴突的眼睛，小心翼翼地從她的孩子們的身子底下抽出她那件長囚衣來，生怕把他們給吵醒了。

走廊裡傳來穿著棉靴子走路的「啪噠啪噠」的腳步聲，鐵鎖嘩啦地一響，走進來的是兩個倒馬桶的男犯人，他們倆都穿著短上衣，下身穿著褲腳距離腳脖子很遠的灰色的褲子，露出嚴厲而又怒氣衝衝的臉色，拿扁擔挑起那臭氣熏天的便桶，把它弄到牢房的外邊去。女犯人紛紛走出去到長廊裡的水龍頭下面洗臉。紅髮女人在水龍頭旁邊，跟隔壁牢房中走出來的一個女犯人爭吵了起來，又是一陣謾罵，叫嚷，怨訴……

「你們是不是想去禁閉室啊！」一名男看守吆喝道，並且狠狠地打了一下紅髮女人的那肥胖的後背，聲音很響亮，整個長廊都能夠聽見了。「不要讓我再聽到你的說話聲。」

「瞧，你看，這老頭玩得多帶勁啊。」紅髮女人把這種拍打當成撫愛，說道。

「喂，快點！收拾好了就去做禮拜吧。」

瑪絲洛娃還沒有梳完頭髮，典獄長便帶領一名隨從進來了。

「要點名了！」男看守吆喝道。

從另一間牢房中又走出另外一些女犯人。於是所有的女犯都在長廊中站成了兩排，而且後一排的女犯人還需要把手搭在前一排女犯人的肩上。所有的女犯人都已經被點過了。

點完名以後，女看守也走過來了，她帶著女犯人往教堂走去，從各個牢房裡走出來一百多名女犯人排成一個縱隊。瑪絲洛娃和菲多霞站在隊伍的正中間，她們每個人都包著白色的頭巾，穿著白上衣跟白裙子，只有少數幾個女人穿著自己的花衣服。

這是那些帶著孩子跟著丈夫一起去流放的妻子，這個隊伍把整個樓梯都給塞滿了。此時人們只聽到她們穿著厚棉靴子走路的嚓嚓的腳步聲和講話聲，偶爾還會有嬉笑聲。

在拐彎的地方，瑪絲洛娃看到了自己的仇敵博奇科娃在前面走著，臉上還露出一副兇狠的表情，便指給菲多霞看。這些女人來到了樓下以後便不再做聲了，都在胸前畫著十字，鞠著躬，並從一扇打開的門口走進那空無一人的、富麗堂皇的教堂。

緊跟在女犯人後面進來的，是那些身穿灰色長外衣的男犯人，他們有的是押解犯，有的則是坐監犯，還有的是經過村社所判決的流放犯，他們大聲地咳嗽著，在教堂的右邊和中間站著。

在上面的長廊上，很多先被帶到的男犯已經在那裡站著了，在另一邊站著的是苦役犯，他們剃著陰陽頭，鐵鍊的嘩啦聲表明了他們的身分；而另一側站著的，是沒有剃頭也沒戴腳鐐的尚未判刑的候審犯人。

這所監獄教堂是由一個富有的商人花了幾萬盧布給重建與裝飾過的，整座教堂中色彩鮮豔金碧輝煌。

教堂裡一片肅靜，人們只能夠聽到擤鼻子聲和咳嗽聲、孩子的哭聲，偶爾還有鐵鍊的響聲。可這種肅靜持續了一陣子後，在教堂中間站著的那些男犯人忽然向兩邊挪動身子，彼此推搡著，就這樣在中間讓出一條道來。典獄長就是順著這條道走過來的，走到教堂的正中央，站到所有人的前面。

chapter 39

禮拜

禮拜開始了。

禮拜儀式是照這樣進行的：一位司祭身穿著奇特的、古怪的、行動不方便的絲織衣裳[66]，在碟子中將一片麵包切成很多小方塊，一一擺好，然後把它們擱在盛著葡萄酒的杯中，並且口中念著各種各樣的名字和祈禱詞。與此同時，執事也是不停嘴地先念各種各樣的斯拉夫語的祈禱詞，然後和由犯人組成的唱詩班輪流歌唱祈禱詞，不過這些祈禱詞原本就晦澀難懂，再加上念的和唱的速度很快，就難上加難了。

祈禱詞的主要內容是祈求皇帝與皇室福壽康寧，大家跪著念了許多遍這種祈禱詞。司祭也讀了《馬可福音》裡的一段文字，他倒是讀得十分清晰，內容講的是基督復活了之後，在飛到天上坐到他父親的右首前方之前，是怎樣先在抹大拉的馬利亞的面前顯現，又是怎樣從她的身上驅掉了七個魔鬼；之後他又是怎樣向十一個使徒顯現，如何命令他們向各種人傳播福音，與此同時還宣稱，只要是不相信的人都要被定罪，只要是信而且接受洗禮的人必然能夠獲救，另外還能把鬼給攆走，還能夠將手在病人的身上一放能就治好他們的疾病，還能夠講各種新的方言，還能夠捉蛇，並且就是

66東正教舉行領聖餐的儀式時，主持禮拜的教士所穿的法衣。

喝下了什麼毒物也不會死去，反而會更健康地活著。[67]

禮拜的實質是這樣的：據說，由司祭切成小塊之後放在葡萄酒中的小麵包，經過一些操作和祈禱以後，就變為了上帝的身體和血。具體操作是這樣的：儘管司祭身上穿的那件像是口袋一樣的錦緞法衣行動起來不太方便，可他仍然鎮定自若地向上高舉起兩隻胳膊，就這個樣子一直舉著，然後跪下來，吻聖壇和聖壇上面放著的那些東西。但是最主要的動作則是司祭伸出雙手來，拿起一塊餐巾，在碟子和金杯[68]中慢條斯理搖來晃去，據說，麵包與酒就在這時變成了肉體和血。也正是因為這個原因才格外隆重地舉行禮拜的這一部分儀式。

「盡情地祝福至聖、至潔、至美的聖母呀！」司祭做完這些儀式以後，在一個隔板[69]的後邊又大喊了一聲。於是唱詩班便很莊重地歌唱起來，唱的是：

「盡情歌頌馬利亞吧，她生下了基督，卻沒有失去童貞，她理應比某些司智天使享有更多的榮耀，比某些六翼天使獲得更大的聲譽。」

在這之後，據說，轉變便已經完成了，於是司祭取下碟子裡的餐巾，把碟子中間的那一小塊麵包又切為四塊，先在酒裡面蘸一下，然後放到嘴裡。大家便認為他吃下的是上帝身上的一小塊肉，喝下的是上帝身上的一口血。之後，司祭把帷幕拉開，打開隔板中間的一道門，手裡拿著金杯從門裡走了出來，請那些自願者也過來享用放在杯裡的上帝的這些血和肉。

67 見馬可福音第十六章。
68 聖靈杯。
69 聖障。

幾個孩子願意這樣做。司祭先問清了孩子們的名字，然後用小勺子小心翼翼地從杯中取出一小塊蘸過酒的麵包，依次將一小塊麵包放到每個孩子的嘴中。這時，執事再給孩子擦擦嘴巴，並用歡快的聲音唱了起來：這些孩子吃下的是上帝的肉呀，喝下的是上帝的血呀。然後司祭把杯子到放隔板的後面，在那兒喝光杯中盛著的上帝的血和肉，再用心地把他的小鬍子添淨，擦乾淨嘴巴和金杯子，興高采烈地邁著矯健的步伐，從隔板的後面走了出來，他的那雙小牛皮靴子的薄薄的後跟，踏出了一串吱吱的聲音。

這個基督教禮拜的主要儀式進行到這裡就算是結束了。但是司祭還有意安慰那些可憐的囚犯，就在通常的禮拜以外，又增加了一項特別的禮拜儀式。那個特別的禮拜儀式是這樣的：司祭站在一個用鑄鐵造成的、鍍金的、由十根蠟燭照亮的聖像（臉和雙臂是黑的）面前，大家以為，司祭剛才吃下去的那個上帝就是這個聖像。接著，他就開始以一種怪聲怪氣的、不知道是唱歌還是講話的聲音說出下面的這段話來：

造福萬代的耶穌呀，使徒的光榮、我的耶穌呀，殉道者的讚美、萬能的主耶穌呀，拯救我、我的救主耶穌呀，我至美的耶穌呀，拯救去投奔你的人吧、救主耶穌呀，寬恕我吧、所有聖徒、所有先知祈禱產生的耶穌呀，我的救主耶穌啊、賜下天堂的愉悅吧、愛人類的耶穌呀！

讀到這兒他停了一下，喘了一口氣以後，在胸前畫一個十字，跪到地上叩了個頭，人們也都照著他的樣子這麼做了。典獄長、看守們和犯人都跪下叩了頭。在上面，那些鐐銬發出的響聲特別緊密了。

最後他終於停下來了，不過反反覆覆地呼喊著「耶穌」的聲音越喊越大。隨後，而且他用一隻手稍微微撩起他法衣的綢裡子，跪下了一條腿，叩起頭來。唱詩班便接著唱他最後的那句話：「耶穌，上帝之子呀，寬恕我吧！」犯人便跪在地上，又站起來，將沒剃去的那半邊頭髮甩來甩去，那些擦傷了他們細腿上的腳鐐便不住地嘩啦嘩啦地響了起來。

就這樣持續了很久。開始的時候總是一些讚美詞，結束的時候始終是那句話：「寬恕我吧。」然後又換上了一套新的讚美詞，結尾那句換成另外幾個字：「阿利路亞[70]」。緊接著犯人就在胸前畫著十字，跪拜在地上。開頭是每讚頌一次，犯人便跪拜一次，後來他們隔一次跪拜，再到後來隔兩次跪拜。等全部讚頌結束以後，司祭輕鬆地長舒一口氣，合起書本，走到隔板的後面去了。大家都很興奮。

接下來要進行的是最後一項儀式了，那就是司祭從一張大桌子的上面，拿起四端鑲有圓形琺瑯飾物的鍍金的十字架，舉著它走到教堂的中央停下來。先是典獄長走到司祭面前，吻一下那個十字架，接著就是副典獄長，然後就是看守們，這之後就是犯人，他們擁擁擠擠著，小聲地罵罵咧咧著，挨個地朝司祭走過去。司祭一邊跟典獄長說話，一邊將十字架與他的手杵到那些走到他跟前的犯人的嘴上，偶爾也杵到他們的鼻子上。犯人竭力地又吻十字架又吻司祭的手。這次專門為了撫慰和開導迷途的兄弟們的基督教禮拜儀式，就這樣結束了。

70希伯來語，讚美或感謝上帝的歡呼。

chapter 40

大騙局

在場的所有人，從司祭、典獄長一直到瑪絲洛娃，誰也不曾想到過，這裡所進行的一切，恰恰就是對神明的最大褻瀆，所有這些以基督的名義做出來的事，恰好就是對基督本人最大的嘲諷。誰也不曾想到過，司祭舉著讓人們親吻的各個尖端都鑲有琺瑯質圓形飾章的那鍍金的十字架，不是別的什麼，正是基督在受刑時那個絞架的形象，並且正是因為他反對此刻以他的名義所做的這一切，他才被害的。

誰也不曾想到過，這些自認為吃麵包與喝酒，就是吃基督的肉體與喝基督的血的司祭，他確實就是在吃基督的肉和血，這並不是因為他們吃喝掉了代表基督的肉和血的麵包塊和葡萄酒，而是因為他們不僅蠱惑那些被基督視為彼此一體的「小人物」，而且剝奪他們最大的幸福，讓他們遭受到最冷酷的磨難，而不讓人們知道基督為他們帶來的福音。

而司祭之所以心安理得地幹他所幹的那一切，是因為他自幼便受到這種教育，形成了一種觀念，認為這是唯一的正確的信仰，從前的聖徒都信過它，現在的教會和世俗的長官們也都在信奉它。他不是相信麵包可以變成什麼肉，不是相信說很多的空話會對靈魂有什麼好處，或者他的確吃了上帝的一小塊肉，這種事情是不足信的，可是他堅持理應相信的是信奉這種教。他之所以這樣相信，最主要的是，這十八年來，他靠著履行這種教的各種儀式，能夠得一筆可觀的收益，並借此得以養家糊口，供他的兒子上中學讀書，又讓他的女兒進了宗教學校。

執事也是這樣的信仰，而且比司祭信得更加堅定，因為他已經完全忘掉了這種信仰的教義的實質，只知道教徒所繳納的香火、追薦亡靈的法事、誦經、做一般的祈禱、做伴有頌歌的祈禱等等，都是有一定價錢的。只要是真正的基督徒，他們都會樂意出錢的，所以每當他呼喊著「寬恕吧，寬恕吧」，歌唱和朗誦所規定的經文的時候，心中十分安寧，堅信這樣的事情是有必要做的，就像人們必須要買木柴、買麵粉、買土豆的時候一樣。

至於監獄的長官跟看守們儘管從來都不知道，而且也不研究這種信仰的教義是什麼，以及教堂裡所幹的事有什麼意義，可他們卻認定必須要信這個教因為最高的當局者和沙皇本人都是信奉這種教的。況且，他們有一種感覺，雖然這種感覺模模糊糊的（他們怎麼也解釋不清楚這是怎麼一回事），但總感覺到這樣的教在為他們殘酷的行為辯解。假如沒有這樣的信仰，他們不僅很難，也許根本不可能像如今這樣心安理得地用盡所有的力量去折磨他們。

典獄長是一個心地非常善良的人，假如不是在這樣的信仰中尋找到了支持的力量，他根本不可能這麼生活下去。也正是出於這樣的原因，他才站得筆直，一動也不動，並虔誠地跪拜著，在胸前畫著十字，等到人們唱起《那些司智天使們》便竭力讓自己的情緒激昂，等到開始給孩子們授聖餐，就走到前面去，親手抱起了一個領過聖餐的小男孩兒，將他高高地舉起。

在那些犯人當中，只有少數人看出了這純粹是個大騙局，是用來愚弄有這種信仰的人的，因而在心中對這暗暗嘲笑，大部分的犯人卻都相信那些鍍金的聖像、蠟燭、杯子、法衣和十字架，那些被一再重複的卻晦澀難懂的話：「賜福萬代的耶穌」和「寬恕吧」，都披上了神秘的力量，人們依靠這種力量，能夠在今世和來世的生活裡獲得些許的好處。雖然他們大部分人都曾經嘗試過，試圖借祈求、禱告、蠟燭等方式，在現世的生活裡獲得好處，可最後卻什麼也沒得到，雖然他們的禱告一直不曾如願，可是，每個人都深信這種失敗只不過是偶然的，相信這一套機構既然已經得到了有學問的人和總主教的讚許，可以看得出來依然是十分重要的，就算對現在的生活來講是沒有用的，但對來世的生活必定是有用的。

瑪絲洛娃也是這樣相信的，做禮拜的時候，她和其他人一樣感受到一種既虔敬又煩悶的複雜心情。她起初站在隔板後邊的人群中央，除了同牢房的女犯，看不到任何人。等那些領聖餐的人們往前移動，她和菲多霞也一起向前挪動，這才看到了典獄長，還看到了典獄長背後的那些看守當中有一個年輕的、個子很矮的農民，這個長著淡褐色頭髮，留著很小的淺黃色鬍子的人就是菲多霞的丈夫，正目不轉睛地看著他的妻子。在唱讚美歌德時候，瑪絲洛娃一直在瞧著他，跟菲多霞竊竊私語，直到人們在胸前畫著十字，跪下時，她才跟著一起這麼做。

chapter 41

探監（一）

涅赫柳多夫一大早就出門了。這個時候，巷子裡還有一個鄉下農民駕駛著一輛馬車，怪腔怪調地喊道：

「賣牛奶啦，賣牛奶啦！」

涅赫柳多夫雇用的那輛街頭馬車沒有到監獄跟前，而是在通向監獄去的路口停了下來。

在距離監獄大概還有一百步遠的路口上，有一群男人和女人站在那裡，手裡大都拿著小包袱。右邊是幾座不高的木房子，左邊是一座兩層的樓房，門口還掛了一個招牌。監獄這座磚石結構的巨大建築就在前方，那是不准探監的人走近的。有一個持槍站崗的哨兵前前後後地走著，誰要是想從他身邊繞過去，他就會厲聲吆喝。

右邊木房子的小門旁邊，有一個身穿鑲絲條制服的看守，手裡拿著記事本，坐在哨兵對面的長凳子上。探監者走到他面前，報出他們所要探視的犯人的名字，他就在記事本上記錄下來。涅赫柳多夫也走到他面前，報出了瑪絲洛娃這個名字，看守也記了下來。

「為什麼到現在還不讓人進去呢？」涅赫柳多夫問。

「那兒正做禮拜呢。等過會兒禮拜結束以後，就會讓你們都進去的。」

涅赫柳多夫離開他，回到等待探監的人群那兒。這時有一個人，穿著破爛的衣服，頭上戴著皺巴巴的帽子，光腳上穿著一雙舊鞋子，滿臉都是一道道紅色的傷痕，從人群中走出來朝監獄那邊走去。

「你往哪兒溜？」持槍的哨兵向他吆喝道。

「你瞎嚷嚷什麼啊？」那個穿破衣服的人一點兒也沒被哨兵的喊聲嚇倒，還頂了他一句，然後又走了回來。「你不要我進去，我就等著唄，這麼大聲吵吵幹什麼啊，像個軍人似的。」

人群中傳來了贊同的哄笑聲。探監者大多數都穿得很差勁，甚至是破衣爛衫，不過也有一些男人和女人衣著講究。涅赫柳多夫的身旁就站著這樣的一個男人，他的服飾講究，鬍子被剃得光光的，人長得胖胖的，臉色紅潤，手中還提著一個小小的包袱，顯然裡面裝的是內衣。涅赫柳多夫便問他是不是第一次來這兒。提小包袱的男子回答道，他每個星期天都要到這裡來的，於是他們便聊了起來。

原來這人是一家銀行的看門人，他到這兒來，是探視他那個因偽造證件而正在受審的弟弟的。這個和善的人將他的身世一五一十地全都告訴了涅赫柳多夫，剛想要問一下涅赫柳多夫，可這時卻駛過來一輛由一匹良種的高頭大馬拉著的輕便馬車，車裡坐著一個大學生和一位蒙著面紗的小姐，他們的注意力都被吸引了過去。大學生雙手抱著一個很大的包袱。他來到涅赫柳多夫的面前，問他是否能夠把施捨物，即他拿過來的麵包交給犯人，若是這麼做的話，應該要辦什麼手續。

「這是按照我未婚妻的心願來辦的，這個就是我的未婚妻，她的父母囑咐我們將這些東西都發給犯人。」

「我也是第一次來這裡，不太知道，不過我覺得您應當問一問那個人。」涅赫柳多夫說道，用手指了一下在右面坐著的穿著制服，手裡拿著記事本的看守。

就在涅赫柳多夫跟大學生談話的時候，正中間開有小窗口的監獄大鐵門便打開了，從大門裡面走出來一個身穿軍服的軍官和另外一個看守。那個手拿記事本的看守就宣布，開始讓探監者進入。哨兵就退到了一邊，所有探監的人彷彿怕晚了就不能進去一樣，一起爭先恐後地朝監獄的大門口衝去。

大門口站著的那位看守，隨著探監者陸續地從他身邊走過去，他便大聲地報著數：「十六個，十七個……」

監獄裡面另外一個看守，用手拍打著每個人，也同樣在數著走過下一道門的人數，為的是在放出的時候好核實一下人數，好讓探監的人一個都不會落在監獄裡，但也絕不讓一個犯人跑出去。這個點數的人並不看走過去的都是誰，一下子就打在涅赫柳多夫的肩背上。看守的這一個巴掌，有那麼一瞬間讓涅赫柳多夫覺得自己受到了侮辱，可是他馬上想到他是為什麼到這裡來的，便為這種不愉快和受侮辱的心情而感到不好意思起來。

進門後首先映入眼簾的，是一個拱頂的大屋子，有幾扇不大的窗戶，上面也都安裝著鐵柵欄。在這個叫做聚會室的屋子裡，涅赫柳多夫無論如何都沒有想到，還能夠看到壁龕中有耶穌被釘在十字架上的巨大畫像。

「為什麼在這兒掛著這個畫像呢？」他在心裡面想著，總是情不自禁地在他的心中把基督的形象和自由人而不是和囚犯聯繫在一起。

涅赫柳多夫慢吞吞地朝前走著，好讓性急的探監人走到自己前邊去。此時他的心情也很複雜，想到關押在這兒的惡人就感到害怕，然後又想到那些無罪卻被囚禁在這裡的人，比如昨天的那個男孩子和卡秋莎，又感到了同情，再想到馬上就要和卡秋莎會面了，卻又不禁感到了膽怯和動情。

在走出第一個房間的時候，有一名看守在房間的那一頭不知道講了一句什麼話。可滿懷心事的涅赫柳多夫並沒有注意到看守在說什麼，繼續向大部分探監的人所走的那個方向走去，也就是往探視男犯人的那個方向走去，卻沒有走向去探視女監的地方。

他讓所有性急的人最先走到了那個規定做探視用的地方，自己則是最後一個走到那裡。等到他打開門走進屋裡面時，第一件讓他感到驚訝的事，就是匯合成一片轟轟聲的上百人震耳欲聾的呼喊聲。直到涅赫柳多夫走到很多人跟前，看到他們都像是蒼蠅叮在糖上一樣，緊靠著一道把屋子隔成兩部分的鐵絲網，他這才知道是怎麼回事。

這個在後牆上開著幾扇窗子的屋子中，原來並不是一道鐵絲網，而是由兩道鐵絲網分隔成兩個部分，鐵絲網從屋頂一直掛到了地板上。在這兩個鐵絲網之間，看守們來來回回地走著，鐵絲網的一邊是犯人，另一邊是探監的人。這兩組人之間隔著兩道鐵絲網，中間相距約有三俄尺，因此兩方不僅不能夠傳遞什麼東西，甚至連對方的臉都不能好好地看清，尤其是對近視者而言，更是難上加難。談話也十分費力，必須卯足了勁大喊大叫，才能夠讓對方聽得到。

等到涅赫柳多夫明白過來，他也必須在這樣的環境下說話的時候，不僅湧起滿腔憤怒，憎恨那些有權創造並且推行這套辦法的人。而讓他感到更加驚奇的是這種可怕的狀況和對人情感的這般褻瀆，竟然沒有任何人認為這是屈辱，那些兵也好，那個典獄長也罷，探監的人也好，犯人也罷，都按照著平心靜氣地在這樣做著，好像認為原本就應該這麼做一樣。

涅赫柳多夫在這個屋子中大概只待了五分鐘，一股莫名的苦悶便湧上心頭，覺得自己無能為力，覺得自己和整個世界都無法融合。因此一種精神方面的厭惡感攫住了他，這種感覺的和暈船的感覺十分相似。

chapter 42 探監（二）

「可是，我是來做什麼的，還是要做什麼。」他鼓舞起自己來說道：「但是這又該怎麼辦呢？」他開始四下張望著尋找那些長官們。他看見了一個佩戴軍官的肩章的人，這個人身材矮小，面容憔悴，留著小鬍子，在人群後面踱來踱去，就湊了過去對他說：

「先生，您能告訴我女的被關在什麼地方，准許在什麼地方探視她們呢？」他用格外拘謹的畢恭畢敬的態度問道。

「您是想要探視女犯人？」

「是的，我要探視一個被監禁在這裡的女人。」涅赫柳多夫仍然用那拘謹而謙遜的態度回答道。

「剛才在聚會室裡的時候，您就應該說明白。那您想要探視誰呢？」

「我想要見見葉卡捷琳娜・瑪絲洛娃。」

「她是政治犯嗎？」副典獄長問。

「不是的，她只是……」

「噢，那她已經被判刑了嗎？」

「是的，她是在前天被判的刑。」涅赫柳多夫恭順地回答他說道，生怕一不小心破壞了似乎很同情他的副典獄長的情緒。

「若是您想要去探視女犯人，那麼就請您朝這邊走好了。」副典獄長說道，很明顯他已經從涅赫柳多夫的外表上認定，這個人應該是值得關注的。「希德洛夫，」他對一個留著很長的鬍子、胸前佩戴著幾枚獎章的士官說道：「把這位先生帶到探視女犯人的屋裡去。」

「是的，長官。」

這個時候，鐵絲網附近傳來了撕肝裂膽的嚎啕大哭聲。

在涅赫柳多夫看來，這一切都是十分古怪的，最古怪的是他竟然感激副典獄長和看守長，竟然感覺自己欠了他們的情似的，而他們卻在這所房子中幹著各種慘不忍睹的事情。

看守長帶著涅赫柳多夫走出那個男犯人的探監室，來到了長廊中，打開對面的一扇房門，把他帶進一個和女犯人見面的屋子裡。

這間屋子也跟男監探望室一樣，有兩面鐵絲網分隔成三個部分，可是地方要小很多，這裡的探監人和女犯人也都比較少，不過叫喊聲和喧嚷聲卻和男監探望室一模一樣。兩面鐵絲網之間也有長官來來回回走著。

這裡的長官是一個女看守，她身穿制服，袖子上面飾著絲條，滾藍邊，也跟男看守一樣繫著寬寬的腰帶。和男監探望室一樣，兩邊的鐵絲網跟前也都擠滿了人，這一邊是城裡的居民，他們身上穿著各式各樣的衣服，那一邊是女犯人，有的身穿雪白的衣服，有的則穿著自己的便服，整個鐵絲網前面都貼滿了人。有一些人踮著腳好站得高點，以便能夠越過其他人的頭頂把話傳過去，使對方能聽得到，有的人則坐在地板上與對方談話。

其中有一個女犯人特別引人注意，她的叫喊聲和模樣也都與眾不同。那是一個頭髮蓬亂、面孔消瘦的茨岡女犯，她的頭巾已經從捲曲的頭上滑落了下來。她在對面鐵絲網的那一面，幾乎站在了房間的中央，她靠近柱子，正在和一個身穿藍上衣、腰裡面緊緊地繫著皮帶的茨岡男人喊叫著什麼，同時還敏捷地比劃著動作。

茨岡男人的旁邊，有一個士兵蹲在了地板上面，同一個女犯人在談話。再往那邊一點是一個蓄著淡色小鬍子的年輕的、矮個子的農民，他腳上穿樹皮鞋，緊挨著鐵絲網，滿臉漲得通紅，顯然是好不容易才憋住眼淚。同他談話的是一個相貌好看、頭髮淡黃的女犯人，正用一雙明亮的藍色大眼睛看著說話的人。這就是菲多霞與她的丈夫。

在他們的身邊站了一個衣衫襤褸的男人，正在同一個頭髮蓬鬆、寬臉膛的女人講著話。再往那邊一點就是兩個女人，一個男人，然後又是一個女人，他們每個人都在跟對面的女犯人說話。而女犯人中間卻沒有看到瑪絲洛娃。可是，在那一邊，在那些女犯人的後邊還站著一個女犯人，於是涅赫柳多夫馬上就明白了，那就是她，他立刻就覺得自己的心在怦怦直跳，氣都喘不過來了。關鍵性的一刻就要到來了。

他向鐵絲網的那邊走過去，認出那就是瑪絲洛娃。

她站在長著淡藍色眼睛的菲多霞的身後，笑瞇瞇地在聽她們講話。她並沒有像前天那樣穿著長囚袍，而是穿了一件白色的女褂，腰上緊緊地束著腰帶，胸脯高高聳起，她的頭巾裡露出來一縷鬈曲的黑髮，就像在法庭上那樣。

「這正是關鍵時刻。」他心裡在想：「我應該怎麼和她打招呼呢？也許她會自動走過來吧？」

可是她卻沒走過來，她怎麼也不會想到這個男人是來探望她的。

「您要探視誰呀？」在兩面鐵絲網中間來回走動的那女看守走到了涅赫柳多夫的跟前，問道。

「葉卡捷琳娜・瑪絲洛娃。」涅赫柳多夫費了很大的勁兒才開口說話。

「瑪絲洛娃，有人來找你！」女看守叫道。

chapter 43 懺悔

瑪絲洛娃轉過頭來看了看，便抬起頭來，挺起胸脯，用涅赫柳多夫十分熟悉的那種溫順的表情，走到鐵絲網跟前，擠在兩個女犯人中間，驚奇而疑問地盯著涅赫柳多夫，卻還是沒有把他給認出來，可是她從他的衣著看得出來他是個非常闊綽的人，於是就對他嫣然一笑。

「您是來找我的嗎？」她問道，將她那副長著斜視眼的笑盈盈的臉貼到鐵絲網上。

「我想看看……」涅赫柳多夫不知道怎麼稱呼她才好，到底是稱「您」，還是稱「你」呢。不過，最終他還是決定稱「您」。他說話的聲音並不比平常高出多少。「我想要和您見一面，……我……」

「你別和我支支吾吾的！」他身邊那個衣衫襤褸的人高聲叫道：「你到底拿過沒有？」

「我跟你說吧，他快要死了，你還想怎麼樣啊？」另外一面有個人在喊道。

瑪絲洛娃聽不清楚涅赫柳多夫講的是什麼話，可是他說話時的面部表情一下子讓她想起了他，可是她卻不敢相信自己的眼睛。不過，她臉上的笑容一下子就消失了，眉頭也很痛苦地皺了起來。

「我聽不清楚您說的什麼！」她高聲嚷道，瞇起了她的雙眼，眉頭皺得越來越緊了。

「我是來……」

「是的，我是來做我應該做的事情呢，我是來向您懺悔的。」涅赫柳多夫思忖著。他剛一想到了這兒，淚水便奪眶而出，這使得他的嗓音哽咽了，於是他用手指頭緊緊地抓著鐵絲網沉默了，同時他努力地控制住自己，免得放聲大哭出來。

瑪絲洛娃看到他激動的神情，才把他認出來。

「您好像是……但我不敢確定。」她叫道，眼睛也不看他。而且她那一下子漲紅的面孔變得更加陰鬱了。

「我來是想請求您饒恕我的！」他像是在背書一樣毫無抑揚頓挫地大聲叫道。

她站在那一動不動，她那斜視的眼睛這下死死地盯住了他。他再也說不下去了，便從鐵絲網那兒走開，走到一邊去，竭力忍住激蕩著胸膛的痛哭。

副典獄長派人把涅赫柳多夫帶到女犯人的屋子裡以後，明顯對他有了一些好感，這時，他自己也來到這個房間中。他看到涅赫柳多夫沒有在鐵絲網跟前，便向他詢問為什麼不和他要見的女犯人說話。涅赫柳多夫擤了擤鼻涕，提起精神，竭力裝出鎮定的模樣，回答道：

「隔著鐵絲網沒有辦法講話呀，什麼都聽不見。」

副典獄長沉思了一下。

「嗯，那這樣吧，先把她暫時帶到這裡來，你在這兒等一會兒。」

「瑪麗婭·卡爾羅芙娜！」他轉過身對一個女看守說道。「請把瑪絲洛娃帶到這邊來吧。」

過了一會兒，瑪絲洛娃就從側門那兒走了出來。她邁著輕盈的步子一直走到涅赫柳多夫的面前才站住，她皺著眉頭看了看他。她那烏黑的髮髮還像前天一樣，彎曲著一圈一圈地垂在了前額上，她那張有一點病態的臉稍微有些浮腫並且慘白，可是卻還是很漂亮，也非常安詳，只是那雙烏黑發亮的、斜視的眼睛在浮腫的眼皮下顯得格外明亮。

「你們可以在這兒說。」副典獄長說過這話就離開了。

涅赫柳多夫走到靠牆放著的一條長凳跟前。瑪絲洛娃帶著詢問的眼神看了看副典獄長，然後好像感到很驚訝的樣子，她聳了聳肩膀，就撩了撩裙子，坐在他的旁邊。

「我知道，讓您饒恕我是很難的。」涅赫柳多夫張嘴便說，但他覺得喉嚨哽咽，妨礙說話，就停住了，「但是，以前的事既然已經無法挽回，那麼現在我願做我所能做到的一切事情。請您說說吧……」

「您是怎麼找到我的啊？」她沒有理會他的話，只是問道。她那雙斜視的眼睛似乎在看著他，可是又似乎沒在看他。

「前天您受審的時候，」他說：「我是陪審員。您沒有認出我來嗎？」

「沒有，我並沒有認出來，我也沒有時間認人，再說我根本也沒有好好看。」她說。

「您不是曾經有過一個孩子嗎？」他問道，感到自己的臉紅了。

「謝天謝地，他一生下來就死掉了！」她簡單而憤恨地回答了他，並移開目光不再去看他。

「怎麼死的？為什麼啊？」

「那個時候我自己也在生病，還差點死了。」她說，還是連眼睛都沒抬。

「可是我的姑姑們怎麼會讓您走的？」

「誰會把一個帶著孩子的女僕留在家裡啊？她們一發現我懷孕就把我趕出來了。可是，現在再講這些還有什麼意義嗎？我什麼都想不起來了，全部都忘記了，那事早就過去了。」

「不，並沒有過去，我不能夠把那件事丟下不聞不問，不能就這樣算了，儘管事到如今，我還是想要贖回我自己的罪過。」

「沒什麼好贖罪的，以前的事是以前的事，都已經過去了。」她說過這話之後，他怎麼也沒想到她忽然瞟了他一眼，笑了一下，那是一種讓人厭惡的、妖媚的笑。

瑪絲洛娃做夢也沒想到還能再看到他，尤其是在此時此地，因此，他的出現從一開始就讓她感到十分的震驚，這迫使她想起了她之前從來都沒有去回憶過的往事。乍見到他那一會兒，她隱隱約約地記起了一個充滿了新奇和美好的感情及理想的天地，那是那個曾經愛過她而又被她所愛的英俊青年為她所創造出來的。後來她又想起了那令人難以理解的殘忍，想起了那接踵而來的侮辱和痛苦，而這一切遭遇都是在那種神仙般的幸福之後所降臨的。

如今面前這個衣著整潔、細皮嫩肉、鬍子上噴著香水的老爺，對她來說，已經不再是當初那個她曾經愛過的涅赫柳多夫了，而只不過是許多男人中的一種，這樣的男人在需要的時候就玩弄一下她這種人，而她這種人也應該盡可能地利用他們來為自己謀到更多的好處，因此，她才朝他露出妖媚的一笑。她沉默了一會兒，心裡想著應該怎麼利用才好呢。

「那件事早就已經過去了。」她說：「現在我已經被判了刑，這就要去服苦役了。」當她講出這句可怕的話的時候，嘴唇也哆嗦了起來。

「這個我知道，我相信您是無罪的。」涅赫柳多夫說。

「我當然無罪了，難道我還能是賊或者是強盜嗎？據我們這裡的人講，一切全在於律師。」她繼續說道：「人們都說，像我這種情況是應該上訴的，可是聽說這得要花很多錢……」

「是的，必須得上訴。」涅赫柳多夫說道：「我已經去找過律師了。」

「不用心疼錢，一定要請一個好點的律師。」她說。

「只要是我能夠做到的，我都會盡力去做。」

接著又是一陣沉默。

「我想向您要一點兒……錢，若是您願意的話，不多……十個盧布就行了。」她忽然說道。

「行，行。」涅赫柳多夫窘態畢露地說著，就伸出手拿出了他的錢包。

她迅速地看了一眼副典獄長，他正在牢房中踱來踱去。

「您不要當著他的面給我，要等到他走開以後再給，不然就都會被他拿走的。」

等到副典獄長剛一轉過身去，涅赫柳多夫便掏出錢包，但還沒有來得及把一張十盧布的票子遞過去，副獄長就又朝著他轉過身來，臉朝著他們。他趕緊把鈔票握在了手裡。

「難道這已經是一個沒有了靈魂的女人嗎？」他望著那張從前曾是那麼嬌豔可愛，可現在卻流露著十足的庸俗神氣的浮腫的臉，以及緊緊盯著副典獄長和涅赫柳多夫握著那鈔票的手的那一雙妖裡妖氣的斜視的黑眼睛，心中忍不住在想。剎那間，他的內心有一些動搖了。

昨天晚上迷惑過他的那個魔鬼，現在又在涅赫柳多夫的心裡面講話了，和往常一樣想方設法地勸阻他不要去思考應該怎樣行動的問題，要他只去思索其他的問題：他的行動會帶來什麼樣的後果，怎樣做才能對他自己有利。

「這個女人已經無可救藥了！」那個魔鬼跟他說：「你無非就是把一塊石頭拴在了自己的脖子

上，這個石頭會把你活生生地墜死的，還會阻礙你去做對其他人有利的事。對別人也是無益的。你還不如給她一些錢，將此刻你身上所帶的錢全部都給她，然後就和她告別算了，從此以後跟她斷絕關係，這樣做豈不更好嗎？」

可是他立刻又感覺到，此時此刻，他的心靈正在發生著一件非常重要的變化。他感覺到他的精神世界現在好像被擱到了搖晃不定的天秤上面，只要稍微用一下力，就能夠讓天平偏向這一邊或那一邊。他真的便使了一下力，向前一天他感覺到的存在他心裡的那上帝呼救，上帝果真立刻在他的心裡做了回應。他便下定決心向她說出所有的話。

「卡秋莎！我是來向您請求饒恕我的，可是你還沒回答我是否饒恕我了，或者你今後是否有一天會饒恕我？」他說著，忽然改變用「你」來稱呼她了。

她並不聽他說的話，卻一會兒看一下他的那隻手，一會兒又看一下副典獄長，等到副典獄長轉過身去的時候，她便立馬伸過手來，抓住那張鈔票，將它塞在了自己的腰帶底下。

「您說的可真是奇怪。」她笑著說，他覺得那笑裡有不值得聽的意思。

涅赫柳多夫感覺到了，她的心中有一種公然與他作對的水火不相容的東西，這個東西讓她保持現在這種樣子，阻止著他闖進她的心裡。可是說來也怪，這不但沒有使他更加疏遠她，反而給了他一種特殊的、新的力量，更有力地驅使著他去靠近她。

他覺得自己應該讓她在精神上蘇醒過來，又覺得這個是非常不容易的事情，可正是這件事的困難本身又深深地把他吸引了。他現在對她產生的這種感情，是他之前不管對她或者對其他人都不曾有過的，而且其中並不摻雜絲毫的私心。他不希望從她的身上得到什麼，只是希望她不要再是現在這種樣子了，希望她能夠醒悟過來，恢復她自己的原來的秉性。

「卡秋莎，你怎麼這麼說呢？要知道，我是很瞭解你的，我記得你在帕洛伏那時候的樣子……」

「何必再提那些舊事呢？」她冷冷地說。

「我說起這些事情是為了要彌補我過去犯下的錯誤，並贖回我的罪，卡秋莎。」他開口說起來，原本想說他要跟她結婚的，可是他遇到她的眼神後，看出了這個眼神中有一種那麼可怕的、粗野的、拒人於千里之外的神氣，他便沒有再說出口。

這時探監的人們開始紛紛地往外走了。副典獄長來到涅赫柳多夫的跟前，告訴他探監的時間已經結束了。瑪絲洛娃便站了起來，順從地等待著他們將她帶回監獄去。

「再見吧，我還有許多話要對您說，可是，您瞧，現在是不行了。」涅赫柳多夫說著，對她伸出了一隻手。「我以後還會再來的。」

chapter 44

人生觀

在第一次重逢的時候，涅赫柳多夫本來以為卡秋莎看到他後，聽到他有意要為她竭盡全力，聽到他的懺悔，一定會高興和感動起來的，因此又會變成原來的那個卡秋莎。可是讓他感到心寒的是，他看到那個卡秋莎已經不存在了，只剩下一個現在的瑪絲洛娃了。這使他又是吃驚又是恐懼。

而讓他感到吃驚的主要是瑪絲洛娃不但對她的身分並不感到羞恥（不是指她的囚犯身分，她覺得當囚犯是可恥的，是指她的妓女身分），甚至好像感到很得意，似乎以此為榮。可是話又說回來，她不這樣也不行啊，任何人只要是為了想要活下來，就必須把自己的所作所為看作是既重要又有益處的。因此，無論一個人是什麼身分，一定要對人生各方面形成與自己相應的觀點，有了這樣的觀點，就會覺得自己的所作所為是重要的和有益的。

往往人們總是以為強盜、兇犯、間諜、妓女會承認自己的職業是很卑賤的，並且會為此感到羞恥。而事實上正好相反。不論是因為命運的捉弄還是因為自己造了孽，而進入了某種行當的人們，不論這種行當是多麼的卑賤，但他們卻會始終對人生抱著一種足夠能讓他們的地位在自己的心中看起來既正當又受人尊重的看法。

為了保持這樣的觀點，他們本能地依附某一方面的人，這方面的人承認他們形成的有關人生和他們在生活中的身分觀點，如果事情涉及到了強盜誇讚自己的狡猾，妓女誇讚自己的放蕩，而凶手誇讚自己的殘忍的時候，就常常會讓我們感到吃驚。

可是，這之所以會讓我們覺得非常吃驚，無外乎是因為這些人的生活範圍跟生活習氣都有一定的局限性，而且更主要的是因為我們是局外人。可是，如果富翁誇讚著他們的財富，也就是他們的巧取豪奪，軍事長官誇讚著他們的勝利，也就是他們的血腥屠殺，統治者誇讚著他們自己的威風，也就是他們的強暴殘忍，這難道不都是同一類的現象嗎？

我們之所以看不出這些人歪曲了的有關人生的概念，看不出他們為了說明自己的行當正當而歪曲了善和惡的概念，無疑是因為具有這種不正常的概念的人的範圍比較大，而且我們自己也在其中罷了。

瑪絲洛娃就是對自己的生活與對自己在社會上的地位形成了與自己相應的觀點，她是一個妓女，被判處要去服苦役了，雖然如此，她卻有著她自己的世界觀，有了這個世界觀，她就可以自我讚賞，甚至可以在其他人的面前誇耀自己的身分。

這種所謂的世界觀就是這個樣子的：凡是男人，無論是年邁的也罷，年輕的也好，中學生也罷，將軍也好，接受過教育的人，沒有文化的人，無一例外，都認為最大的享樂就是與富有魅力的女人性交，因此所有的男人儘管裝模作樣地在忙其他的事情，其實也不過是想幹這種事罷了。她是一個富有魅力的女人，既能夠滿足也能夠不滿足他們的這種欲望，於是她就成了一個舉足輕重的，不可或缺的人物，她過去的和眼前的生活都向她證實了這個觀點是正確的。

這十多年來，不論她在哪個地方，處處都可以看到這種現象：所有的男人，從涅赫柳多夫與年邁的警察分局局長開始，再到監獄裡的看守們，每一個人都需要她。她沒有看到也沒有發現不需要她的男人。因此在她的眼中，整個世界只不過就是一幫好色之徒的彙聚地而已，他們從各個方向來窺視她，而且不擇手段，比如誘騙、暴力、金錢的賄賂和詭計等等，千方百計要佔有她。

瑪絲洛娃便是這樣來看待人生的，正因為她的這種人生觀，她就不僅不是一個無足輕重的人，而是一個非常重要的人。瑪絲洛娃把這種人生觀看得高於人世間的一切，她也不得不看重它，因為她一旦拋棄了這種人生觀，便失去了這種人生觀賦予她生活在人世間的意義。為了不失去她在生活當中的意義，她便本能地去依附那些對待人生與她抱著相同觀點的人。

可是她覺得涅赫柳多夫要把她帶到另外的一個天地裡去，她便加以抗拒了，因為她可以預見到，他要帶她去的那個天地裡，她一定會失去她在生活中的地位，以及由此而來的自信心和自尊心。也正因為如此，她才不願意去回想她少女時代的往事，也不再去回想她和涅赫柳多夫的初戀。因此，現在的涅赫柳多夫對她而言，已經不再是她以前癡心熱愛過的那個人了，他只不過是一個她能夠並且應當利用的闊老爺罷了，她跟他也只能有她和其他男人一樣的關係而已。

「是的，我沒有把最要緊的話講出來，」涅赫柳多夫隨著人們一塊兒朝大門口走去的時候，心裡想著，「我沒有跟她說我要和她結婚。雖然沒說出來，可是我以後會這麼做的。」他心想。

那兩個門口看守在放人出去的時候，又用手逐個拍打探監的人，以此來點數目，恐怕多放出一個人，或者多把一個人留在監牢中。這次在他們拍打涅赫柳多夫的背部時，不但沒有讓他感到惱火，而且他甚至都沒察覺到這件事。

chapter 45 好機會

涅赫柳多夫很想要改變自己的生活條件：退掉了這座大住宅，辭掉了他的僕人，自己搬到旅館去居住。可是阿格拉費娜・彼得羅夫娜又反覆跟他說明，毫無理由在冬季之前忽然改變生活上的任何安排，因為夏季沒有人來租住大住宅的，而且總也需要有個地方居住和放傢俱雜物什麼的才行吧。這樣，涅赫柳多夫想要改變他的生活方式（他想過大學生那樣簡樸的生活），一股勁頭的又全部都化成了泡影。

不僅一切都跟往常一樣，而且家裡更起勁地忙活起來。他們將所有毛料的和皮毛的衣物等全部都拿出來晾曬，掛得哪兒都是，不停地撣去塵土。參加這項工作的人有打掃院子的僕人，以及他的下手，廚娘，甚至連聽差柯爾內本人也加入了進來。

涅赫柳多夫穿過院子，或者從窗口中向外望，常常為之驚奇：這些東西有那麼多，並且毋庸置疑都是毫無用處的。「這些東西唯一的用途與意義，」涅赫柳多夫心裡想著：「就是給阿格拉費娜・彼得羅夫娜、柯爾內、掃院子的僕人、他的下手和廚娘等人，提供一個活動筋骨的好機會罷了。」

「現在既然瑪絲洛娃的事情還沒有確定下來，那就用不著急著改變我的生活方式了。」涅赫柳多夫心裡想道：「況且這麼改變也實在是很難辦，總之，等她被釋放出來以後，或者是被流放，我都會跟隨著她去的，到時候，這一切自然而然便會改變的。」

到了跟法納林律師相約的那一天，涅赫柳多夫坐便坐著馬車去找他。

這位律師的私人住宅富麗堂皇，這種佈置只有在暴發戶的家中才會看到。涅赫柳多夫一走到這座房子裡，就看到接待室中有許多來訪者排著次序等候，就像在醫師的候診室裡一樣，一個個神情沮喪地坐在幾張桌子旁，翻看著專供他們消閒解悶的報紙。

律師的助手也在一張高大的斜面辦公桌旁邊坐著，他一認出涅赫柳多夫，便走過來與他寒暄，說他馬上就去通報主人。可是律師的助手還沒等走到辦公室門口，門就開了，傳出了洪亮而興奮的說話聲，那是個不太年輕、又矮又胖、面色紅潤、留著濃密的唇髭、身穿嶄新的衣服的男人在與法納林本人交談，兩個人的臉上都露出了一種很特別的表情。有些人剛剛辦完一件有利可謀而又不太正當的事情，往往會流露出的這樣的神情。

「怪您自己呀，老兄。」法納林笑哈哈地說。

「我倒是願意升天堂，但是罪孽太重啦，天理不容啊。」

「好了，好了，我們都知道了。」

兩人便不自然地笑了起來。

「啊，公爵，請進。」法納林看到涅赫柳多夫以後說。他向那個已經走出去的商人又點了點頭，便把涅赫柳多夫帶進了他那風格異常氣派的辦公室。「請問抽煙嗎？」律師說著，在涅赫柳多夫的對面坐了下來，竭力忍著剛才談成的那樁交易引起的得意的笑。

「謝謝，我是過來問問瑪絲洛娃的案子的。」

「哼，那些大財主全部都是車頭車尾的大騙子！」他說：「您看到剛才那個人了嗎？他有一千二百萬盧布的家產呢。可是說起話來，卻說什麼『上天不容』。唉，要是他能從您身上撈到一張二十五盧布的票子，他就算用牙咬也要將它弄到手的。」

這會兒涅赫柳多夫對這個肆無忌憚的人產生了一種難以遏制的厭惡，儘管這個人想要通過他講話的腔調來暗示他和涅赫柳多夫是同一個營壘裡的人，而至於那些來委託他辦案的人和別的人，卻是屬於另外一個和他有天壤之別的那個營壘裡的人。

「他幾乎就要把我給糾纏死了，這個大壞蛋啊，我真想鬆一口氣。」律師說這話，彷彿在為他不談案情辯解一樣。「那好吧，現在就來談談您的案子吧……我已經仔細地把案卷查閱了一遍，可是就像屠格涅夫的小說裡所說的那樣，『它的內容我並不贊同』[71]，就是說，那個該死的辯護律師太沒本事了，以至於失去了上訴的一切理由。」

「那麼您覺得應該怎麼辦才好呢？」

「請等一等，請您告訴他，」他轉過身去對進來的助手說：「就說，我怎麼說的，就要怎麼辦，假如他覺得可以那就好，如果他覺得不可以，那就算了。」

「可是他不同意呢。」

「哼，那就算了嘛。」律師說道，他那和顏悅色的臉一下子變得陰鬱、可怕了。

他接著說：「情況十分不妙，已經沒有很充足的上訴理由了，可是呢，說到上訴嘛，試一下總還是可以的。這不，我寫了一個這樣的訴狀。」

71引自屠格涅夫的中篇小說《多餘人的日記》。

他拿來了一張寫著密密麻麻的字的紙讀了起來，把某些枯燥無味的公文套話迅速地念了過去，然後特別鏗鏘有力地念著另外一些文字。他開始讀道：

送呈刑事案上訴到部門，等等，等等。申訴事情緣由，等等，等等。該案經過某某裁決，等等，等等，做出裁決，等等，等等，某某瑪絲洛娃犯了使用毒藥並毒死商人斯梅利科夫罪，根據刑法典第一千四百五十四條等等，判處該罪犯服苦役刑，等等，等等。

他念到這兒停了下來。顯然，儘管他辦這種案件已經成了家常便飯了，可是依然還是還得意地欣賞自己的大作。

「『此項判決，是由於訴訟程序上被嚴重破壞以及錯判的結果，』」他繼續生動有力地往下念著，「『因此這項判決應當予以撤銷。第一，在庭審時，斯梅利科夫內臟檢查報告剛開始宣讀，就被庭長阻止了。』這是第一點。」

「可是，要知道，那是公訴人要求宣讀的呀！」涅赫柳多夫驚訝地說道。

「那也是一樣的，辯護人本來也是可以要求宣讀這種玩意兒的。」

「但是要知道，這個報告實在是毫無宣讀的必要啊。」

「但這總是一個上訴的理由。再者：『第二，瑪絲洛娃的辯護人，』」他繼續讀道：「『在發言的時候有意講明了瑪絲洛娃為人，進而又說到她墮落的內在緣由，卻被庭長給阻止了，理由則是辯護人的發言似乎和案情並沒有什麼關係。但根據樞密院多次訓示，在刑事案件中，查明被告的品德與總的道德面貌，都具有頭等重要的意義，至少會有利於正確判斷責任歸屬的問題。』這是其二。」他說著，看了看涅赫柳多夫。

「但是要知道，他說得實在太糟糕了，簡直讓人聽不出一點兒道理來。」涅赫柳多夫更驚訝地說著。

「那個人完全是個笨蛋，當然講不出什麼有用的話來。」法納林笑著說道：「不過這總是一個理由哇，您聽著，還有哩。『第三，庭長在總結發言的時候，竟然違反了《刑事訴訟程序法》第八百零一條第一款的明確規定，沒有跟陪審員們解釋，犯罪概念是出於哪一種法律因素構成的，而且也並沒有對他們解釋即使他們認定了瑪絲洛娃對斯梅利科夫的投毒事實確鑿，可是若是她沒有蓄意謀害，仍然有權認定這種行為不是有罪的，從而再認定她沒有犯刑事罪，只不過是一種過失，是一時疏忽，而至於它的結果即商人死亡，對於瑪絲洛娃來說，他的死是出乎意料的。』這就是主要的一點了。」

「但是我們自己也應該能明白這個道理。這要怪我們自己。」

「『最後，第四，』」律師繼續念了下去，「『陪審員們對於法庭上提出的有關瑪絲洛娃犯罪問題而所做出的回答，任何人一眼就可以看出其中有十分明顯的矛盾。瑪絲洛娃被控只是因為貪圖錢財而故意毒死斯梅利科夫，由此可以看出她謀財乃是她殺人的唯一動機，可是陪審員們在其答案中否認瑪絲洛娃有掠奪錢財的意圖，也否認了瑪絲洛娃曾參與過偷盜珍貴財物的行為，由此顯而易見：他們本意就是想要否定被告有害人性命的動機，只不過是因為庭長的總結發言不完善，而產生了誤解，導致陪審員們在答案中才未能用上應有的方式表達出這一方面的意見，因此，針對陪審員們的這一種答案，無疑是需要引用《刑事訴訟程序法》第八百一十六條和八百零八條來辦理。也就是說，庭長應當向陪審員們說明他們所犯的錯誤，並駁回答覆，以便他們重新進行討論，重新對被告的犯罪問題做出新的答覆。』」法納林讀到了這兒就停住了。

「那麼庭長究竟為什麼沒有這樣做呢？」

「我也很想知道究竟為什麼呀。」法納林微微一笑道。

「樞密院會糾正這個錯誤嗎？」

「這要看到那個時候主持審理案件的是哪幾個老廢物了。」

「我倒是認得幾個人。」

「那就必須要抓緊了，要不然他們就會都出去治療痔瘡了，那就得再等三個月……嗯，還有就是，萬一這樣不成，還可以把訴狀呈給皇上，這也要取決於幕後的行動了。在這方面我也準備為您效勞，不是說在後面活動方面，而是說在寫訴狀方面。」

「太感謝您了，那麼您的報酬……」

「我的助手會把一份謄寫清楚的訴狀交給您，他會跟您說的。」

「我還有一件事要請教。檢察官給了我一張許可證，准許我到監獄裡去探視當事人，可是監獄裡的人又告訴我，如果在規定的日子外探監的話，還必須得經過省長的批准。真的需要辦這個手續嗎？」

「哦，是的，我想是需要的。可是現在省長不在，都是由副省長代管工作，但這個人是個不折不扣的渾蛋，就算您找到他，也不見得能辦成什麼事。」

「您說的這個人是麥斯連尼科夫嗎？」

「是的。」

「我認識他。」涅赫柳多夫說著，站起了身準備告辭。

這時候，有個身體矮小、奇醜無比、生著翹鼻、面色發黃的枯瘦如柴的女人，快速地闖進接待室裡來。她是律師的妻子，她得意洋洋地闖進了這個接待室裡來，身後還跟著一個身材瘦長、笑容滿面的男人，那人面色土黃，穿著絲綢翻領的禮服，繫著一條白領結。他是一位作家，涅赫柳多夫曾見過他。

「阿納托爾，」她推開門進來說道：「你來一下。你瞧，謝苗・伊凡內奇答應為我朗誦他的詩了，你呢，一定要朗讀迦爾洵[72]的作品哦。」

涅赫柳多夫正想著要走，可是律師的妻子和她丈夫說了幾句悄悄話之後，立刻又轉過身來對他說：「抱歉，公爵，我認識您，就用不著再介紹了，請您光臨我們的文學早會，那將會非常有意思的，阿納托爾朗讀得動聽極了。」

「您瞧，我有多少雜七雜八的事呀。」阿納托爾攤開了雙手，笑呵呵地說，一面指著自己的妻子，以此來表示他無法抗拒這樣一個天仙般美人兒的旨意。

涅赫柳多夫帶著陰鬱而嚴肅的表情，彬彬有禮地跟律師的妻子表示了感謝，說是承蒙相邀，他感到榮幸之至，可惜實在無法參加，只好拒絕了，說罷，他便走出辦公室，來到接待室。

「真是一個裝腔作勢的傢伙啊！」律師的妻子等他走出去以後，如此說道。

72 迦爾洵（一八八五—一八八八），俄國作家。

在接待室裡，助手將一份已經謄清好的訴狀轉交給了涅赫柳多夫，等談到報酬的問題，他表示阿納托爾・彼得洛維奇[73]定的是一千盧布，與此同時還解釋說阿納托爾・彼得洛維奇原本是不接收這樣的案子的，這一次是看在了涅赫柳多夫的面子上，才特別來接受這個案子的。

「應該怎麼簽署這個訴狀呢？應該以誰的名義呢？」涅赫柳多夫問。

「這個可以以被告本人的名義，如果這樣做有困難，那麼彼得洛維奇也可以接受她的委託，以他的名義代簽。」

「不用了，我去她那兒一趟吧，讓她自己簽字好了。」涅赫柳多夫說道這裡，暗暗地高興起來，因為這是一個可以不必等到在規定的日期見到她的好機會。

73律師的本名和父名。上文的「阿納托爾」是法國人名，相當於俄國人名阿納托利。

chapter 46 故事

監獄裡一到規定的時間，看守們就在各條走廊裡吹起哨子。鐵鎖鐵門「嘩啦啦」地響了起來，走廊的門跟牢房的門紛紛打開了，那赤著的腳板與棉靴子的後跟在地上發出啪啪的響聲，倒便桶的男犯人穿過走廊，使得空氣中充溢著難聞的臭氣。男犯人與女犯人去洗好臉、穿好衣服，然後走到走廊裡來點名，點完名以後就去打開水泡茶。

這天喝茶的時候，監獄的每個牢房中都在興致勃勃地議論著，原來今天有兩個男犯人要被施笞刑。

這兩個男犯人當中，有一個是很有文化素養的年輕店夥計瓦西里耶夫，他因為吃醋而一時心血來潮打死了自己的情婦。同牢房的犯人都非常喜歡他，因為他的生性開朗，慷慨大方而又大度，對監管人員卻態度強硬。他懂法律，凡事都要求依法辦事，所以監管人員們都很討厭他。

三個星期之前，有一名看守毆打了一個倒便桶的犯人，因為那個犯人把糞水濺到他的新制服上了，瓦西里耶夫就挺身而出替那倒便桶的犯人打抱不平，他說沒有任何一條法律規定准許他們毆打犯人。

「我倒要讓你看看什麼是法律！」那個看守說著，就把瓦西里耶夫給臭罵了一通。瓦西里耶夫同樣也回敬了他。看守就想要揍他，可是瓦西里耶夫又一把抓住了他的雙手，使勁兒地捏了大概有三分鐘，然後就扭著他的手讓他轉過身去，將他推出了門外。看守上告，典獄長便下令將瓦西里耶夫給帶到單身牢房裡關了起來。

單身牢房是一排昏暗的小黑屋子，是從外面上鎖的。在單身牢房裡又黑暗又陰冷，既沒有床，也沒有桌子，更沒有椅子，因此關在這裡的人，只能在髒兮兮的地板上坐著或者是躺著，任憑老鼠在他們的身體上或者是在他們身前身後跑來跑去。單身牢房裡到處都是老鼠，並且牠們膽子也都大得很，在昏暗之處連一塊麵包也休想保住。

牠們常常跑到囚徒的手上來搶麵包吃，如果犯人一動不動，則索性撲上來就咬犯人的肉體。瓦西里耶夫不願意去蹲單身牢房，因為他沒有罪。幾名看守強行拉他去。他便開始反抗，有兩名犯人幫助他從看守的手中掙脫了出來。許多看守就一起跑了過來，這當中有一個姓彼得洛夫的，是出了名的大力士。犯人都敵不過他，都被關進了單身牢房。

省長立刻接到報告，說是發生了一件類似暴亂的事情。省裡發下公文，命令對兩位主犯瓦西里耶夫和流浪漢涅波姆尼亞希，各用樹條抽打三十下。

這項刑罰指定在女監探望室當中執行。監獄裡的全體囚徒從昨天黃昏就開始聽說了這件事，因此各間牢房裡正興致勃勃地談論著那場就要執行的刑罰。

柯拉布列娃、美人兒、菲多霞合瑪絲洛娃都坐在她們的那個角落中，已經喝過了酒，全都臉色通紅，精神振奮。現在瑪絲洛娃總是要買酒喝，而且總是很慷慨地請她的女友們一起喝。這會兒她們正在喝茶，也在談論這件事情。

「他又不是搗亂或者幹別的什麼壞事，」柯拉布列娃用滿口堅固的牙齒嚼著小小的糖塊，說著瓦西里耶夫的事，「他不過就是為他的夥伴打抱不平而已啊，因為現在已經不准許打人了嘛。」

「聽說他是一個很不錯的人呢。」菲多霞插嘴說。

「我說，最好告訴他這件事，米哈伊羅芙娜。」看道口的女人對瑪絲洛娃說道，這個「他」指的就是涅赫柳多夫。

「我一定會跟他說的。他為了我什麼都願意去做的。」瑪絲洛娃笑瞇瞇地晃著頭回答說。

「可是那也得等他來了才行啊。不過，聽說，馬上就要去折騰他們了。」菲多霞說：「這可不得了了。」她又嘆著氣說。

「有一回啊，我在鄉公所裡面看到他們在揍一個莊稼漢。那是我公公打發我去找鄉長的時候，我就去了，到那兒一瞧，他呀……」看道口的女工開始講述起了一個很長的故事。

她的故事還沒講完，就被樓上走廊裡的腳步聲與說話聲給打斷了。

樓上慢慢地安靜了下來。看道口的女人於是就接著講她的那個長故事，講在鄉公所裡她怎麼看到那個農民在一個大棚裡遭到了毒打，她又怎樣被嚇得魂不附體的，她的五臟六腑又是怎樣被翻了個兒的。可是美人兒說起謝戈羅夫怎樣挨鞭子的，他連一聲都不吭。然後菲多霞將茶具收拾起來，柯拉布列娃跟看道口的女人開始做起了針線活兒。瑪絲洛娃卻抱著雙膝坐在板床上，覺得煩悶而又無聊。她正想要躺下來睡一會兒，女看守卻忽然跑來了，讓她到辦公室裡去會見一個探視她的人。

「你一定要告訴他我們的事。」老太婆梅尼紹娃趁著瑪絲洛娃正對著那剝落了一半水銀的鏡子理自己的頭巾時，對她說道：「又不是我們放的火，是那個壞蛋自己幹的嘛，有一個工人曾目睹過，他絕不會昧著良心胡說八道的。你跟他說，讓他去找米特利。米特利會把事情從頭到尾一五一十地告訴他的。不然的話，這算怎麼回事啊：我們平白無故地被關在這監獄裡；而他呢，那個壞傢伙，卻獨佔著別人的老婆，安安穩穩地坐在酒店裡面喝酒。」

「簡直是無法無天了！」柯拉布列娃附和說道。

「我會說的。我一定會告訴他的。」瑪絲洛娃回答道：「要不然，再喝一點兒酒壯壯膽子。」她擠擠眼睛，補充說。

柯拉布列娃便為她又斟了半杯酒。瑪絲洛娃一飲而盡，擦了擦嘴巴，興高采烈地一再重複著她剛剛說過的那些話：「壯壯膽子。」然後她就搖頭晃腦，笑盈盈地跟在女看守的後面，順著長廊走去了。

chapter 47 棘手差事

涅赫柳多夫已經在監獄的門廊裡等了好一陣子了。之前，他一來到監獄裡，就在大門外拉了門鈴，並且把檢察官所給的許可證遞交給了值班的看守。

「您想要見誰？」

「我要見犯人瑪絲洛娃。」

「現在不行，典獄長正忙著呢。」

「他在不在辦公室裡呀？」涅赫柳多夫問。

「不在，他在這兒，在探監室裡面呢。」看守回答他，涅赫柳多夫覺得他的神情很慌張。

「難道今天是探監的日期嗎？」

「不是，有一件特殊的事情。」他說：「那麼，我怎樣才能見到他呢？」

「他一會兒便會出來的，您自己跟他談談您的事吧。您再稍等一下就好啦。」

這時，司務長從側門裡走了過來，他的臉上油光發亮，唇髭被煙草的煙熏得有點發黑，制服上面的絲條閃閃發光。厲聲對看守說道：

「怎麼把人帶到這兒來了？……把他帶到辦公室裡去吧……」

「是我聽說典獄長就在這裡的。」涅赫柳多夫看見司務長也有一些惶惶不安，感到非常奇怪，就解釋說。

這個時候，裡面的一道門被打開了，大汗淋漓、渾身發熱並且神情激動的大力士看守彼得洛夫走了出來。

「這回他該記住了。」他轉過身對司務長說。

司務長給他使了個眼色，讓他注意有涅赫柳多夫在這裡，於是彼得洛夫便不再做聲了，他蹙起眉頭朝後門走去。

「他是說誰該記住呀？他們這些人為什麼都如此慌張？為什麼司務長跟他使了個眼色？」涅赫柳多夫在心裡嘀咕著。

「您不能在這裡等，請到辦公室等去吧！」司務長再次轉過身來，對涅赫柳多夫說道。涅赫柳多夫正想要走，典獄長卻從後門走出來了，他的神色顯得比自己的下屬更加慌張。他不停地嘆氣。一看到涅赫柳多夫，就轉過身去對看守說話。

「費多托夫，把五號女監的瑪絲洛娃帶到辦公室裡去。」他說。

「請您跟我來。」他跟涅赫柳多夫說道。他們便登上一道很陡的樓梯來到一個很小的屋子裡，這裡只有一扇窗戶，裡面擺了一張寫字檯和幾把椅子。典獄長坐了下來。

「這個差事很棘手啊！」他一邊跟涅赫柳多夫說著，一邊掏出一根粗粗的香煙來。

「您看上去很疲憊。」涅赫柳多夫說。

「我幹膩了這個差使，這個差事太不好幹了，我本來想要減輕犯人的苦難，可是適得其反，我真是恨不得早點兒離開這裡。這個差事確實是棘手啊，真棘手。」

涅赫柳多夫並不知道獄長感到特別為難的到底是什麼事情，可是今天他看得出典獄長有一種特別的，讓人心生同情的灰心絕望的情緒。

「是啊，我想，這是非常棘手的。」他說道：「可是您又何必幹這種差事呢？」

「我沒有家產，要養家糊口呀。」

「但是，您既然覺得很棘手……」

「不過，我仍然可以告訴您，我在盡力地給他們做一些好事，我仍然在盡我的所能減輕他們這些人的苦難。若是別人在我這個位子，一定不會這麼做的。要知道，這兒的事情哪兒有那麼容易呀：這裡有兩千多號人呢，而且都是些什麼樣的人啊，必須知道應該怎麼對付他們才行。他們同樣也都是人，要可憐他們。可是也不能放縱他們。」

典獄長便開始說起了不久前發生的那件事：有一些男犯人打架，到最後都弄出人命來了。

這時候，一個看守帶著瑪絲洛娃走了進來，打斷了典獄長的話。

瑪絲洛娃走到屋門口，還沒有看到典獄長，涅赫柳多夫就已經看見了她。她的面色通紅，在看守的後面帶勁兒地走著，並且不停地笑著，搖頭晃腦的。她一看到典獄長，就露出了惶恐的神情，緊緊地盯著他，可是立即就又恢復了常態，大膽而又愉快地轉過身來跟涅赫柳多夫打招呼。

「您好！」她拉長了聲音說，並笑盈盈地使勁握他的手，跟上一次完全不同。

「哦，我給您拿來了這個訴狀，請您過來簽個字吧。」涅赫柳多夫一面說，一面看著她今天迎接他的那種帶勁兒的樣子，感到有點兒奇怪。「律師寫了一張訴狀，需要你簽名確認，然後就可以把它寄到彼得堡去了。」

「好啊，簽字也可以啊。做什麼都可以的。」她瞇起了一隻眼睛，笑呵呵地說道。

涅赫柳多夫從口袋中掏出了一張折疊好的訴狀，走到桌子跟前。

「她可以在這兒簽字嗎？」涅赫柳多夫問典獄長。

「你到這兒來坐下。」典獄長說道：「給你一枝筆，你認識字嗎？」

「我原來識字。」她說過這話，便笑盈盈地撩了撩她的裙子，挽起袖子，在桌旁坐了下來，伸出她那一隻有勁兒的小手笨拙地拿起筆，並微微一笑，回頭看了涅赫柳多夫一眼。

他告訴她應該怎麼簽，簽在哪兒。她十分用心地拿筆蘸了蘸墨水，輕輕地抖了一下筆，簽上了她的名字。

「不需要再寫其他的了嗎？」她忽而看看涅赫柳多夫，忽而看看典獄長，忽而把它放在墨水瓶上，忽而放到紙上，一面問道。

「我想跟您說幾句話。」涅赫柳多夫一邊說，一邊接過了她手中的筆。

「好的，您請說吧！」她說過這話，忽然彷彿又想起了什麼心事或想睡覺一樣，臉色一下子變得陰沉起來。

典獄長站起身來走出了房門，於是剩下涅赫柳多夫和她兩個人待在了屋子裡。

chapter 48

求婚

帶瑪絲洛娃到這兒來的那個看守，坐在了距桌子遠些的那個窗臺下面。對涅赫柳多夫而言，關鍵性的時刻到了，他一直不停地在責備著自己，在第一次見面的時候沒有對她說出主要的話，也就是沒說出他要跟她結婚，現在他已經下定了決心，必須要對她說出這些話。

她坐在桌子的這面，涅赫柳多夫坐在那面，與其相向而坐。這間屋子裡的光線很亮，涅赫柳多夫第一次近距離地看清楚了她的面孔、看到了她眼睛上和嘴唇周圍的皺紋和浮腫的眼皮，他比以前更加憐憫她了。

他稍稍地將身子湊近了她，把兩個臂肘放在了桌子上面，這樣說話就只有她能聽見，免得被那個長著猶太人臉型、蓄著灰白的絡腮鬍子、坐在窗戶旁邊的那個人聽到他說的話。

他張嘴說：「要是這個訴狀不管用，那我們就去告御狀。只要是能做的，我們都要去做。」

「是啊，要是以前有一個好律師就好了……」她插嘴說著，「可是我請的那個辯護人是一個十足的笨蛋。他總是跟我說肉麻話。」她說著就笑了起來。「倘若當時他們知道我跟您認識的話，就大不一樣了，可是結果呢？大家都把我當成小偷了。」

「今天她可真奇怪！」涅赫柳多夫心裡面在想，他正想說出心裡話，沒想到又被她說起來了。

「我有件事要跟您說。我們這裡有一個老太婆，她的人品挺好的，說真的，大家都覺得很驚訝。這樣好的老太婆，現在卻平白無故地坐起牢來，她和她的兒子都關在這裡。大家都知道他們確實是無罪的，但是偏偏有人控告他們縱火，所以就把他們關在了這裡。您知道的，她聽說我跟您認識。」瑪絲洛娃轉動著腦袋，看著他說：「她就說：『你跟他說說吧，』她說：『讓他找到我的兒子，我兒子會把事情一五一十地告訴他的。』她兒子姓敏紹夫。怎麼樣，您能幫幫她嗎。」

「好吧，我會去問問是怎麼一回事。」涅赫柳多夫說，對她這種大大咧咧的樣子，心中覺得詫異。「可是我想要跟您說說我自己的事情。您還記得上一次，我跟您講過的話嗎？」他說。

「您說過很多的話啊。上次您究竟說了些什麼啊？」她一面說著，一面不停地微笑，轉悠著腦袋，一會兒扭到這一邊，一會兒又扭到那一邊去。

「我說過的，我到這兒來是求您饒恕我的。」他說。

「唉，怎麼啦，總是饒恕呀饒恕的，一點兒也用不著說這些話……您最好還是……」

「我曾經說過我要彌補我過去犯下的錯誤，」涅赫柳多夫接著說道：「並且不只是嘴上說說而已，而是要用實際行動來補救，我決定要和您結婚。」

她的臉上突然露出了驚駭的神色。她的那對斜視的眼睛一下呆住了，好像是看著他，卻又彷彿不是在看他一樣。

「這究竟是為什麼呀？」她惡狠狠地蹙起眉毛說道。

「我覺得，我只有這樣做，才對得起上帝。」

「怎麼又把上帝搬出來了啊？您講的話完全就不是那麼回事嘛。上帝？什麼上帝啊？當時您如果想起上帝的話就好了。」她說著，便張大了嘴，但是又停下來不說了。

涅赫柳多夫直到此時才聞出從她嘴裡呼出來的很重的酒味，才知道她為什麼那麼高興了。

「您得冷靜一下。」他說。

「我沒什麼可冷靜的，你以為我喝醉了嗎？我是喝了些酒，可是我知道我自己在說什麼。」她忽然快速地說起來，滿臉漲得通紅，「我是一個苦役犯，原來是個窯姐兒……您是一位老爺，是一位公爵，你用不著來沾惹我，以免辱沒了你的身分。你還是去找您的那些公爵小姐好了，我的身價只不過是一張十盧布的紅鈔票。」

「不管你說得多麼難聽，你也說不出我的心裡是什麼滋味來。」涅赫柳多夫全身哆嗦著，低聲說道：「你想像不出，我覺得對不起你，心裡有多難受……」

「『我覺得我對不起你』……」她惡狠狠地學著他的腔調說道：「那個時候你怎麼不覺得有罪惡感啊，卻硬把一百盧布塞給我。瞧，那就是你出的價錢……」

「我知道了，可是現在到底該怎麼辦呢？」涅赫柳多夫說道：「現在我已經下定了決心，再也不會對你不管不顧了。」他又重複了一遍，「我說到就一定做到。」

「可是我敢說，你做不到的！」她一邊說一邊哈哈地大笑了起來。

「卡秋莎！」他說著就伸出手去摸了一下她的手。

「你給我走開，別挨我，我是個苦役犯，而你是個公爵，你沒必要到這裡來！」她氣得臉都變了色，尖聲叫了起來，一把把自己的手從他的手中抽了出來。「你是想用我來拯救你自己吧？」她繼續說道，迫不及待地想把湧到她心裡的一肚子怨氣一下子都給發洩出來。「你今生拿我尋歡作樂還不行，你還想要來世利用我來拯救你自己！我討厭你，也討厭你那副眼鏡，討厭你那張又肥又醜的嘴臉！你走開，給我走開！」她霍地站起身來，嚷道。

涅赫柳多夫站在她的旁邊，彎下身子靠近了她，不知道該怎麼辦才好。

「你懷疑我嗎？」他說。

「您說您要和我結婚，那根本就是不可能的，我寧願去上吊！這就是我要跟您說的。」

「我不管，反正我還是要為你效勞。」

「哼，那是您自己的事了，我可一點兒也用不著您。我這跟您講的都是實話，」她說。「唉，我當初為什麼沒有死掉呢？」她又說了一句，竟像訴苦似的傷心地哭了起來。

涅赫柳多夫再也說不出話來了，她這樣一哭，惹得他也哭了起來。

她抬起眼睛看了看他，好像感到十分驚奇一樣。並且她開始拿頭巾擦拭臉上流著的淚水。這時看守又一次走了過來，提醒他們時間到了，應當分手了。瑪絲洛娃便站起了身。

「您此時很激動，如果可能的話，我明天再過來一趟。不過，您最好還是考慮考慮吧！」涅赫柳多夫說。

她沒有回答，也沒有再看他，便跟隨看守走出去了。

「嘿，好閨女，這回你可要走運了！」柯拉布列娃等到瑪絲洛娃重新回到牢房裡來的時候，便對她說。「看得出來，他可是真的迷上你了。趁著他總是來看你，你可別錯過了好機會呀！他會救你出去的，有錢人是什麼都能辦得到的。」

「這倒是句實在話。」看道口的女人用唱歌般的聲音說：「窮人想要幹點兒什麼，那比登天還難，富人想什麼就有什麼，想怎樣就怎樣，好閨女，我們那兒就有一個有身分的人，他就是……」

「怎麼樣，我的事情你跟他說了沒啊？」那個老太婆又問她。

可是瑪絲洛娃此時並沒有回答自己同伴們的問話，卻躺在板床上，一雙斜視的眼睛呆呆地盯著一個角落，她就這樣一直躺到了黃昏。

她的內心在激烈的翻騰著。涅赫柳多夫對她所說的那番話，又將她帶到她滿懷仇恨的那個天地去了，可她卻無法理解那個天地，並憎恨著它，她早就離開了那裡。現在她已經和過去告別，在渾渾噩噩的過活。可是要清醒地記著往事而生活下去，那太苦惱了。到了黃昏的時候，她就又去買了一些酒，與她的同伴們一起暢飲了起來。

chapter 49 慘狀

「哎，竟然會是這樣，竟然是這樣啊。」涅赫柳多夫從監獄裡走出來的時候，心裡面這樣想著，直到眼下才徹底瞭解自己的罪孽。如果不是他下定決心贖罪以彌補自己的過錯，那他永遠也不會意識到自己的罪孽是那麼的沉重。而且，她也不會意識到她所受到的傷害到了什麼樣的程度。事到如今，這一切才暴露出其真正的慘狀。

直到現在，他才看見他對那個女人心靈的傷害，她也才看見並且懂得她究竟受到了多麼大的摧殘。以前涅赫柳多夫還始終在做感情遊戲，欣賞自己，在自我懺悔中孤芳自賞，現在他覺得十分害怕。他覺得現在讓他拋開她不管，無論如何他是做不到的，可是與此同時，他又難以想像他對她的種種做法會有什麼樣的結果。

涅赫柳多夫剛剛走到大門口，就有一個看守向他走過來，這個守衛胸前還佩戴著十字章和獎章，臉上露出了一副使人討厭的阿諛奉承的模樣，很神秘地塞給了他一封信。

「這是一個女人給大人您的信……」他一邊說著一邊把信遞給了涅赫柳多夫。

「哪一個女人？」

「您看看就知道了，是名女犯人，政治犯。我在她們那兒當差。這是她托我辦的，雖然這樣的事是犯禁的，可是總不能不通人情……」看守很不自然地說著。

涅赫柳多夫感到很奇怪，他不明白一個奉命看管政治犯的看守，怎麼就能夠在監獄裡，幾乎是在大庭廣眾之下傳遞信件。

他那個時候還不知道這人既是看守，還是密探。只是接過信，一邊從監獄往外走，一邊把信看了一遍。這封信是用鉛筆寫成的，字跡瀟灑，沒有用舊體字母。信的內容是這樣的：

我聽說您對一名犯刑事犯很感興趣，並且經常到監獄裡來看她，所以我想要和您見一面。請您請求監獄當局能夠准許您和我見面。若是得到准許，我可以向您提供許多重要的情況，有助於您的斡旋和瞭解我們的小組。向您表示感謝的薇拉·博戈杜霍夫斯卡婭。

薇拉·博戈杜霍夫斯卡婭原本是下諾夫哥羅德一個偏僻地方的女教師。有一回涅赫柳多夫和幾個同伴曾一起到那裡去獵熊。這個女教師曾經請求過涅赫柳多夫給她一點錢，以此幫她進入高等女校去學習。涅赫柳多夫就給了她一筆錢，後來就把她忘記了。誰曾想這位小姐現在成了政治犯，被關在監獄裡。也許她在監獄裡聽說了他的事情，才提出願意為他盡力。

那個時候，一切都是如此的簡單，如此的容易啊。可如今一切卻都是那麼的困難，那麼的複雜。涅赫柳多夫歷歷在目，激動並愉快地回憶起了那時的情景，回憶起了他和博戈杜霍夫斯卡婭認識的經過。那是在謝肉節[74]的前夕，在離鐵路六十俄里的一個比較偏僻的地方。狩獵手氣很好，打死

74基督教節日，在大齋前的一個星期內。

了兩頭熊。吃過飯就準備要出發回去了，這時他們借宿的人家的主人走了過來，說當地教堂的助祭的女兒來了，她想見見涅赫柳多夫公爵。

「她長得漂亮嗎？」有人問道。

「哎，別胡說！」涅赫柳多夫說著便板起了臉來，一本正經地從桌子旁邊站起身來，一面拿餐巾擦著嘴，心裡面覺得很奇怪，猜測著助祭的女兒為什麼要見他一面朝主人的房裡走去。

那個屋子裡有一位姑娘，她頭戴一頂氈帽，身上穿著小皮襖，非常健壯，一張臉盤瘦削，青筋暴露，並不太漂亮的臉，好看的只有一雙眼睛和眼睛上面那揚起的兩道眉毛。

「好啦，薇拉，你就和他談一談吧。」上了年紀的女主人說著，「這位便是公爵，我先出去了。」

「您找我有何貴幹？」涅赫柳多夫說。

「我……我……您看，您十分有錢，您把錢都用在了無聊的事情上，用在了狩獵這些方面，這個我知道。」那位姑娘非常不好意思地張開嘴說道：「可是我只有一個希望，希望成為一個對人類有用的人。可是這根本不可能，因為我什麼也不懂。」

她的那雙眼睛真摯又善良，她那一副果敢而羞怯的神色是那樣感人，所以涅赫柳多夫像他往常有的情形那樣，一下子設身處地為她來考慮，瞭解她，同情她了。

「但是我又能為您做點什麼呢？」

「我是一名女教師，但我很想到高等女校去讀書，卻進不了。倒也不是他們不讓我進去，他們是願意讓我進去的，不過要交一筆錢。請您借給我一筆錢，等到我一畢業，就還給您。我認為到有錢人獵熊，並和農民酒喝，這都不太好。有錢人為什麼不做點兒有意義的事情呢？我只是需要八十盧布。倘若您要是不願意借，那也沒關係。」她氣沖沖地說。

「正好相反，我十分感謝您給我這個好機會……我這就把錢給您拿來。」涅赫柳多夫說。

他走到門道裡，在那兒看到了他的一個同伴正在這裡偷聽他們的談話。他也沒有理會夥伴的取笑，就從錢袋中掏出了錢，拿給了她。

「請您收下吧，您用不著要謝我。我倒是應當感謝您才對。」

顯然，薇拉・博戈杜霍夫斯卡婭是一個革命者，如今她因為革命活動而被囚禁在了監獄裡。應該見見她，尤其是因為她許諾幫他出主意來改善瑪絲洛娃目前的處境。

chapter 50 許可證

第二天早上涅赫柳多夫醒來，回憶起昨天所發生的種種情形，心裡不禁感到了一絲懼怕。可是，他害怕歸害怕，卻又比之前任何時刻下的決心更大，必須要把已經開了頭的事情做下去。

他懷著這種強烈的責任感從家中走了出來，乘著馬車去找麥斯連尼科夫，請求他准許他探監，除了探望瑪絲洛娃，還有瑪絲洛娃要他關照的那個敏紹夫母子。除此之外，他還想要求准許他去探視一下博戈杜霍夫斯卡婭，她可能對瑪絲洛娃的事提出有益的意見。

很久以前，涅赫柳多夫還在軍團裡服役的時候，認識了麥斯連尼科夫，那時他在軍團中擔任團裡的司庫。他倒是一個非常和善並且工作十分勤勉的軍官，世上除了軍團與皇室之外他對什麼事都不知道，而且也不想知道。現在涅赫柳多夫見他的時候，他已經當了行政長官，已經把將軍團換成了一個省和省政府了。他娶了一位有錢而又精明的女人，正是她逼著他脫離了軍隊而改任了文職官員。

涅赫柳多夫去年冬天到他們家去過一次，但他感覺這一對夫妻非常乏味，之後就再也沒去過。

麥斯連尼科夫一看到涅赫柳多夫，就滿面春風迎上來。他仍然像在軍隊時那樣，他的臉仍然是那樣肉嘟嘟的，而且紅紅的，身材也是那個臃腫的樣子，衣服還是像在軍中那樣講究。今天他穿著一身文官制服。雖然他們年齡相差了很多（麥斯連尼科夫快到四十歲了），可他們彼此還是你我相稱。

「哦，你來了，太感謝了，我們一起上我妻子那裡去吧。這會兒我恰好有十分鐘的閒置時間，等會兒就要去開會了。你要知道，省長外出了，省裡的所有事務都是我在管。」他帶著掩飾不住的得意之色說。

「我找你有件事。」

「什麼事啊？」麥斯連尼科夫好像一下子警覺起來，用驚愕的、有點兒嚴肅的聲調說道。

「監獄裡有個我非常關心的人（麥斯連尼科夫聽到「監獄」這個詞兒，臉色變得越發嚴肅了），我很想要去探視她一下，並不是在公共的探監室裡而是想要在辦公室裡見一面。我也希望不限在規定的日期，而是要多去幾次。他們跟我說，這事得需要你來決定。」

「當然了，**mon cher**[75]，我樂意為你做任何事情。」麥斯連尼科夫說著，伸出雙手來拍拍涅赫柳多夫的膝蓋，好像想要表示自己沒有官架子。「這件事可以辦到，可是你知道的，我只不過也是一個臨時皇帝而已。」

「就是說，那你可以給我開一張許可證嗎，好讓我去跟她見見面？」

「這是個女人嗎？」

「對的。」

「那她究竟為什麼會被關在監獄裡的？」

75法語：我親愛的。

「因為投毒害死人，可是，她是被錯判了的啊。」

「是的，你瞧瞧，這就算是公正的審判了，**ils n'en font point d'autres**[76]。」他說著，不知道他為什麼說起了法語。「我知道的，你一定不會贊同我的看法，可是有什麼辦法呢，**c'est mon opinion bien arrétée**[77]。」他補充道，說的是他這一年來在頑固的保守派的報紙上的各種各樣的文章當中所看到的一種觀點。「我知道你是自由派。」

「我連我自己都不知道究竟是自由派還是其他的什麼派。」涅赫柳多夫笑呵呵地說道。他常常覺得很奇怪：不知道為什麼所有的人都把他歸到某種派別裡，稱他為自由主義者，其實無非就是因為他主張在審判一個人時，首先要聽完本人講的話，主張在法律面前人人平等，而且主張在任何情況下都不要折磨人、打人，特別是對於那些還未判刑的人尤其應該如此。「我也不知道我到底是不是自由派。但是我知道現在的審判制度不管怎麼差勁，總體上看還是比過去要強一些。」

「那麼你請了誰當律師呢？」

「我找了法納林來。」

「哎呀，法納林呀！」麥斯連尼科夫緊皺著眉頭，因為他回想起了就在前一年他在法庭上當見證人時，就是這個法納林向他問話，並且十分恭敬地戲弄了他半個小時引得觀眾們哈哈大笑。「我勸你還是不要與他打交道為好，法納林 **est un homme taré**[78]。」

76 法語：他們幹不出別的事情來。
77 法語：這就是我堅持的見解。
78 法語：是一個壞人。

「我還有一件事情想要求您，」涅赫柳多夫沒理他的話，又說道：「我在很久之前認識一位姑娘，她之前是個教師。她是一個非常可憐的人，現在也在坐牢，她很想和我見一面。你可不可以再給我開一張探望她的許可證呢？」

麥斯連尼科夫稍稍側頭思考著。

「她是一個政治犯吧？」

「是的，我聽說她是政治犯。」

「你要搞清楚，政治犯是只允許跟他們的親屬見面的，不過，我可以給你開一張通用的許可證。**Je sais que vous n'abuserez pas.**[79]她，你關心的那個女子，她叫什麼名字呢？……博戈杜霍夫斯卡婭吧？**·Elleest jolie?**[80]」

「**Hideuse**。[81]」

麥斯連尼科夫不以為然地搖了搖頭，便來到桌子跟前，在一張印著頭銜的公文紙上面飛快地寫下了：「茲特別准許來人涅赫柳多夫公爵在監獄辦公室中會見在押的小市民瑪絲洛娃以及醫士博戈杜霍夫斯卡婭見面。」他寫完信，又以瀟灑的花體字簽上了名字。

「你將會看到他們在那兒過得很不錯的，他們都很滿意，只不過就是必須要善於對付他們才行，要一面關愛他們，一面還要對他們嚴加管理。」他緊緊握著雪白、筆挺、帶金鈕扣的襯衫袖

---

79 法語：我知道你不會濫用它。
80 法語：她長得好看嗎？
81 法語：醜得很。

子裡露出的又白又胖並且手指帶著綠松石戒指的拳頭，說著：「必須又要關心，而且也還要嚴加管理。」

「啊，這樣的事情我的確不懂。」涅赫柳多夫說道：「我到那兒只去過兩回，心裡便覺得難受得不得了。」

「你聽我說，你應該和巴賽克伯爵夫人交往交往。」越說越帶勁兒的麥斯連尼科夫又繼續說道：「她已經把她自己的全部心血都用在了這方面。Elle fait beaucoup de bien[82]，幸虧有她，而且我也毫不謙虛地說一聲，也幸虧有我，那裡的一切才得以煥然一新，這種變化是如此大呀，以前種種可怕的情形現在都消失了，他們在那兒過得簡直好極了。這些你都會看到的。至於法納林嗎，我和他沒有私交，再說依我的社會地位來看，我跟他幹的事情毫不相干，可是他確確實實是個壞蛋，而且竟然在法庭上說出那種話來，竟然說出那種話來……」

「那麼，非常感謝您。」涅赫柳多夫說著，接過了那張許可證，沒有把他的話聽完就跟他這位過去的老同事告別了。

「那你不到我妻子那兒去了嗎？」

「很抱歉，不去了，我現在沒時間。」

「哦，說實話，我妻子絕不會原諒我的。」麥斯連尼科夫一邊說著，一邊將他這位老同事送到樓梯第一個平臺上。通常他要去送的客人，如果不是頭等重要而是二等重要的客人，他總是送到此為止，他將涅赫柳多夫歸屬到了二等重要的這一類的客人當中。「不，請你最好還是去一趟吧，哪

82 法語：她做了很多好事。

怕是坐一分鐘也好。」

可是涅赫柳多夫仍然堅持己見，不肯去。等到聽差跟看門人都走到了涅赫柳多夫面前，把他的大衣和手杖遞過來，並且打開有警察在外面站崗的大門時，他又說此時的他真是沒有時間。

「那好吧，那您星期四務必過來。那天是她的接待日，我一定會告訴她你要來的！」麥斯連尼科夫站在樓梯上向他大聲地說道。

chapter 51

典獄長家

那天涅赫柳多夫從麥斯連尼科夫家裡出來以後，就直接乘著車趕往監獄了。向他已經熟悉的典獄長家裡走去。還和上次一樣，那架聲腳的鋼琴的聲音在響著，可是這次彈的不是狂想曲，而是克列門蒂[83]的練習曲，也是異常雄渾有力，節奏異常清晰、快速。

過來開門的侍女，是那個一隻眼睛上面依舊蒙著紗布的女子，她表示上尉在家，便把涅赫柳多夫帶到了一個不大的會客室。會客室那兒放著一張長沙發，一張桌子與一盞大燈，那盞大燈放在下面墊著一塊用毛線編織成的小方巾的上面，桃紅色的燈罩已經有半邊被烤焦了，典獄長帶著疲憊和憂鬱的臉色走了出來。

「請坐，您有何貴幹呀？」他一面說著，一面扣著制服中間的一個鈕扣。

「我剛剛去找過副省長了，這就是他給我開出來的許可證。」涅赫柳多夫說著把那張證件交給了他，說：「我希望能夠和瑪絲洛娃見一面。」

「瑪絲洛娃嗎？」典獄長又問了一次，可能是因為琴聲太大沒聽清楚。

「是瑪絲洛娃。」

83克列門蒂（一七五二—一八三二），義大利鋼琴家和作曲家。

「哦，是的！哦，是的！」

典獄長站起身來，走到門口，這時克列門蒂的華彩樂章[84]從那道門中傳了過來。

「瑪露霞，你稍微停一下也可以啊？」他說，從他說話的語氣中可以聽出來，這音樂聲很明顯已經成了他生活中的一大苦惱了，「簡直什麼都聽不清了。」

琴聲停止了，從那兒又傳來不滿意的腳步聲，有一個人在門口張望了一下。

典獄長好像因為琴聲的中斷而感到非常輕鬆，他點燃了一支粗粗的、淡味的香煙，並且向涅赫柳多夫敬一支，可是被涅赫柳多夫給婉言拒絕了。

「就是說，我現在很想見一下瑪絲洛娃。」

「可是今天瑪絲洛娃並不方便見客。」典獄長說著。

「為什麼呀？」

「哦，是這個樣子的，這都拜您所賜啦，」典獄長微微一笑說道：「公爵，您不應該把錢直接交給她。若是您願意的話，請您將錢放在我這裡就好了，以後她的錢都會如數奉還給她的。要不，像昨天那樣，您給了她錢，所以她就弄到了酒，這是一種怎麼也戒不掉的惡習啊，所以今天她喝得爛醉如泥，甚至還發起了酒瘋。」

「哦，真的嗎？」

涅赫柳多夫清清楚楚地想起了昨天的情形，心中又感到懼怕了起來。

「那麼，可以跟政治犯博戈杜霍夫斯卡婭見一見嗎？」涅赫柳多夫沉默了一會兒之後，問道。

84 音樂術語，也可譯作「急奏」。

「嗯，這沒什麼不可以的。」典獄長說：「哦，你進來做什麼呢？」他轉身向一個大約五六歲的小女孩說道，她扭過頭看著在涅赫柳多夫，朝她父親跑來。

「那要是可以的話，我這就去看她了。」

「請吧，可以。」典獄長說著一把抱起一直盯著涅赫柳多夫的小女孩，又溫和地把小女孩放到地上，自己則向前室走去。

典獄長接過蒙著紗布的那個侍女遞給他的一件大衣，還沒等典獄長穿好大衣走出去，克列門蒂的清楚的華彩樂章便又鏗鏘有力地響了起來。

「她原本是在音樂學院學琴的，可是學院裡很亂。她倒是很有天賦，」典獄長走下樓梯的時候說：「她想要在音樂會上進行表演呢。」

典獄長與涅赫柳多夫一塊兒來到監獄門口。典獄長一到，那個小門就立即打開了，幾名看守舉著手行禮，目送典獄長走過去。在前室裡，他們碰上了四個剃著陰陽頭的人，抬著滿滿的便桶，一看見獄長就都嚇得瑟縮起身子。這當中有一個人將腰彎得特別低，陰沉沉的皺著眉頭，忽閃著一雙烏黑的眼睛。

「當然，有天賦就應該加以培養的，不該被埋沒起來，可是在這樣一個不大的宅院中練琴，您也知道夠嗆，那是非常令人煩惱的。」典獄長繼續往下說著，壓根就沒有注意到那幾個犯人的表現。他邁著疲憊的步子往前走，帶著涅赫柳多夫走進聚會室。

「您打算看哪一個來著？」典獄長問。

「博戈杜霍夫斯卡婭。」

「哦，她被關在塔樓中，您需要等一會兒才行。」他對涅赫柳多夫說。

「那麼，我可不可以借這個空檔先看看犯人敏紹夫母子？他們是被指控犯了縱火罪。」

「他在二十一號牢房裡，好吧，可以把他們帶到這兒來。」

「我能不能到敏紹夫的牢房裡去見見他？」

「可是，在聚會室裡面見面會比較安靜一些。」

「不，我覺得到牢房裡去更有意思。」

這個時候，從側門走過來了一個衣著講究的軍官，那便是副典獄長。

「那好吧，您把公爵帶到牢房裡去探視敏紹夫吧。」典獄長對副典獄長說：「結束以後再把公爵領到辦公室裡來，我去把她叫過來。她叫什麼名字來著？」

「薇拉・博戈杜霍夫斯卡婭。」涅赫柳多夫回答。

副典獄長是一個年輕的軍官，他的頭髮呈淺黃色，唇髭上面塗了不少油，全身都散發出花露水的香味兒。

「您請吧。」他露出快活的微笑對著涅赫柳多夫說：「您對我們這個地方非常感興趣了吧？」

「對的，再說我對這個人也很感興趣，據說他是無罪而被關在這裡的。」

副典獄長聳了聳肩。

牢房的大門都是打開著的，有幾名男犯待在走廊裡。副典獄長一面對著看守們輕輕地點了點頭，一面用眼瞟著那些男犯們，他們有的順著牆根朝自己的牢房裡走，有的便站在門口，雙手貼在褲縫上，好像士兵那樣目送著長官經過。副典獄長領著涅赫柳多夫從這道走廊穿過，把他帶到左側另一道用鐵門堵死的走廊裡。

這道走廊比剛走過的那一道走廊更加狹窄昏暗，而且更臭。走廊的兩旁是一扇扇牢門，都上著鎖。牢門上都有個小洞口，這便是所謂的小「眼睛」，直徑大概有半俄寸。走廊中除了一個滿臉皺紋、愁眉苦臉的老看守外，再沒什麼人了。

「敏紹夫在哪一間牢房裡？」副典獄長向老看守問道。

「左邊的第八個。」

chapter 52 敏紹夫

「請吧。」副典獄長笑容可掬地說過這話，就開始向老看守打聽一些什麼事。涅赫柳多夫便朝一個小洞裡看去，裡邊有一個高個的年輕男人，他的身上只穿著一套襯衣和襯褲，留著一小撮黑色的小鬍子，在屋子裡快速地踱來踱去，這時他聽到門口有沙沙的響聲，便抬眼看了看，就又皺著眉頭繼續走起來。

涅赫柳多夫朝另外一個小洞口裡面望去，沒想到他的眼睛剛好與另一隻往外看的恐懼的大眼睛對視，於是涅赫柳多夫趕緊閃開了。他又朝第三個小洞裡望，看到了一個個子矮小的男人蜷縮著身子用囚服蒙住頭，躺在床上睡大覺，第四間牢房當中坐著個寬臉膛的男人，他的臉色慘白，將兩個胳膊肘支在膝頭上低垂著頭。

這個人聽到外邊的腳步聲便抬起頭來看了看。他的那一張臉上，尤其是他那雙大眼睛裡，閃著萬念俱灰的神情。他顯然並沒有心思弄清楚到底是誰朝他的牢房裡張望，很明顯，不管是誰在張望，他都不指望會有什麼好事。涅赫柳多夫心裡也不禁感到了一陣恐懼，便不再張望其他的牢房了，直接走到敏紹夫的第二十一號牢房。

看守解開了鐵鎖，推開了牢門。一位肌肉發達、脖子很長，留著一小撮鬍子的年輕男子站在一張小床鋪邊，瞪著一雙善良的圓圓的眼睛，神色慌張地急忙穿上了長囚衣，看著走過來的人。尤其讓涅赫柳多夫震驚的是，他的那一雙善良的圓圓的眼睛，帶著困惑和驚懼的表情先看了看他，然後又看了看看守，再看了看副典獄長，然後又轉過頭來看著他。

「這位先生想要瞭解一下你的案情。」

「非常感謝您，先生。」

「是的，有人跟我說過了您的案子。」涅赫柳多夫一面說，一面往牢房的最裡面走去，在裝著鐵柵欄、骯髒的窗戶前站住，「我很想聽您本人談一談。」

敏紹夫也走到了窗前，立刻開始講起了他的案子，他先是怯生生地瞧著副典獄長，後來越來越膽大了，等副典獄長走出牢房，到走廊裡去做些什麼指示的時候，他便毫無顧慮了，膽子也就完全放開了。

涅赫柳多夫一邊聽他說著，一邊朝四周打量著，看看鋪著草墊子的矮床，看看釘著粗鐵柵的窗戶，又看看塗得一塌糊塗，而且又潮濕又骯髒的牆壁，看看這個身穿長囚衣和棉靴子的被折磨得不成樣子的可憐的農民，看看他那可憐巴巴的面孔和身子，心裡越來越難受了。

他真不願相信這個極其和善的人所講的都是事實，他一想到一個人平白無故，只不過因為受到屈辱就被逮起來，強迫他穿上囚衣，並關在這個讓人可怕的地方，就忍不住感到膽戰心驚。可是他隨即又想到這帶著善良面孔的人所說的真實故事有可能是矇騙和虛構，就越發感到可怕了。

他講的事情原本是這樣的：他結婚以後沒幾天，一位酒店掌櫃奪走了他的妻子。他到處去申訴去告狀。可酒店掌櫃卻到處都收買了當官的，因此當官的就偏袒他，他總是被宣判無罪。有一回他強行把他妻子拖回家，可是第二天她就又跑掉了，於是他就上門去討他的妻子。酒店掌櫃竟然說沒看見他的妻子（其實他進去的時候，就看見她了），並且喝令他出去，他不走，酒店掌櫃便領著幾個工人將他打得頭破血流。

第二天酒店掌櫃的院子就著了火，他與他母親被指控縱火，可是他根本沒有縱火，那時他正在他教父的家中。

「那麼你真的沒有放過火嗎？」

「老爺，我連這種念頭都不曾有過，這一定是他，是那個壞傢伙自己放的火。聽說他剛為他的房屋上過保險，可他們一口咬定我和我母親去過他那兒，還嚇唬過他。去是去過，可我那時因為心裡氣不過，就去把他大罵了一通。可是說到放火，我根本就沒有放過，並且著火的時候，我人也不在那兒，可是他卻硬說當時我和我老母親都到過那裡，他是為了得到保險費才自己放的火的，倒說是我們放的，把罪名硬安到了我們身上。」

「真是這樣的嗎？」

「千真萬確啊，我這是對著上帝說的，老爺。求求您，您就當我的親爹吧！」他說完就想跪下叩頭，涅赫柳多夫好不容易才把他攔住。「求求您救救我吧，不然我就會白白地死在這裡了。」他繼續說道。

忽然，他的兩腮哆嗦著便痛哭起來。接著他挽起了長囚衣的袖子，用骯髒的襯衫的袖子擦了擦眼睛。

「你們談完了沒有呀？」副典獄長問。

「談完了。那您別這樣灰心喪氣，我們會竭盡全力去幫您的。」涅赫柳多夫說著便走了出去。

敏紹夫站在牢房的門口，因此看守關門的時候，那門正好碰在他身上。當看守鎖上門時，敏紹夫便從門上的小洞口裡往外張望著。

chapter 53 複雜感情

涅赫柳多夫順著著寬大的長廊往回走（正是吃午飯時間，牢房門都開著）。長廊裡全是人，他們都穿著淡黃色長囚衣和又短又寬的褲子，腳上面套著棉靴子，都眼巴巴望著涅赫柳多夫。他置身於其中時，心裡產生各種奇怪的感覺：既同情這些關在這裡的人，又對那幫將他們關在這裡的人感到害怕、惶惑和不解，然後又想到他自己對這一切冷眼旁觀，就不知道為何感到有些羞愧。

在一道長廊中，有一個人啪嗒啪嗒的拖著棉靴子跑進一間牢房，接著就有一幫人從牢房裡跑出來，攔住涅赫柳多夫，對他鞠躬行禮。

「勞駕，老爺，不知道該怎麼稱呼您，請您將無論如何要給我們做主啊！」

「我並不是長官，我對這些都一無所知。」

「那還不都一樣，您跟他們，跟那些當官的打聲招呼也行啊。」一個氣沖沖的聲音說道：「我們根本就沒有罪，可是卻被關在這兒一個多月了。」

「這是怎麼一回事啊？為什麼會這樣啊？」涅赫柳多夫問道。

「他們就這樣把我們關進來了唄，我們已經蹲了有一個多月了的牢房了，就連我們自己都不知道這是怎麼回事。」

「是這個樣子的，這也是事有湊巧啊。」副典獄長開口說道：「這些人都是因為沒有身分證而被抓進來的，本來應當把他們遣送回原籍的，可是他們那裡的監獄被火燒了，所以他們的省政府就跟我們打過招呼，請求我們先不要遣送他們回去。就這樣，其他省分的人我們已經遣送回去了，只有他們這批人還在我們這留著。」

「什麼，就因為這麼一點兒小事情嗎？」涅赫柳多夫在門口停下來問道。

這群人一共有四十個左右，全部都穿著長囚衣，把涅赫柳多夫同典副獄長圍在了中間，好幾個人一齊說了起來。副典獄長制止他們說道：

「你們當中派一個代表來說好嗎？」

人群當中走出了一個五十歲左右相貌端莊的高個子農民，他同涅赫柳多夫解釋說，他們大夥兒都是因為沒有身分證被驅逐回家和關在監獄裡。事實上他們都是有身分證的，只不過過期兩個禮拜了，這類身分證過期的事件每年都會發生，從來也沒有受到任何的處分，可是現在他們卻把人當作罪犯抓起來，在這裡關了一個多月。

「我們都是做砌磚行業的，都是同一個作坊裡的工人。聽說我們自己省裡的監獄被燒毀了。可這又不能怪我們，求您行行好幫幫我們吧！」

涅赫柳多夫確確實實是在聽，可是卻幾乎沒有聽到這個相貌端莊的老者說的是什麼，因為他一直在盯著一隻很大的、長了很多條腿的暗灰色的蝨子，牠此時正在那個相貌端正的泥瓦匠的面頰上的鬍子上爬動，他的注意力完全被牠給吸引了過去。

「怎麼會這樣啊？難道就因為這麼一丁點兒的小事嗎？」涅赫柳多夫向副典獄長問道。

「是這個樣子的，這是由於長官們的疏忽吧，本該把他們遣送回去的，讓他們回到他們自己的原居住地去才對。」副典獄長說。

副典獄長的話剛剛說過，從人群中又走出一個個子很矮小的人，他也是穿著長囚衣，怪模怪樣地撅著嘴巴，開始講述起他們平白無故地在這裡受盡折磨。

「我們過得還不如一條狗呢……」他說道。

「哼，哼，你也別在說這些廢話了。閉起你的臭嘴巴吧，要不然，你知道……」

「要我知道什麼呀？」那個小矮個兒的人不顧死活地說了起來，「難道我們有什麼罪嗎？」

「住嘴！」當官的一聲吆喝。個子矮小的人便不再做聲了。

「這到底是怎麼回事啊？」涅赫柳多夫從牢房中走出來時在心裡自言自語道。那些從牢門中向外張望的犯人和從對面走過來的犯人用上百雙眼睛死死地盯著他看，他就像在穿過一排棒陣[85]一樣。

「難道真的就是這樣把這些無辜的人都給關押了起來嗎？」涅赫柳多夫與副典獄長走出長廊時問道。

「可是請問，又有什麼比較好的辦法嗎？不過，剛才他們說的話中有許多都是胡說的。要是任憑他們說，那所有的人都沒什麼罪了。」副典獄長說道。

「可是要知道，剛才的這些人的確是一點罪也沒有呀！」

「關於這些人嘛，就暫時先這樣說吧！不過這裡的人都挺壞的。不嚴加管制是萬萬不行的。這當中有的人膽大包天、不顧死活，不能馬虎對待。瞧，昨天就有兩個人，我們不得不對他們進行嚴

85 帝俄軍隊中的懲罰方法，讓受罰人穿過一個舉棒亂打的隊形。

厲的處罰。」

「怎麼處罰的呢？」涅赫柳多夫問道。

「按照上面的規定用樹條子抽打了一頓……」

「可是要知道，體罰不是已經被廢除了嗎？」

「那並不包括剝奪了公權的人，對他們這樣的人依然是可以施行體罰的。」

涅赫柳多夫想起了昨天他在前室等候時所看到的種種情形，這時才明白，那時候正是在施行體罰。於是，他心中湧起那股好奇、感傷、惶惑的複雜感情，這些幾乎要引起生理上的噁心感和精神上的厭惡感，這種混雜的感覺從前雖然也曾經有過，但是卻從來沒有像現在這麼強烈過。

他沒有再聽副獄長講的話，也不再四下裡張望了，匆匆忙忙地從走廊裡走出來，就朝辦公室走去。典獄長剛才在長廊裡忙著其他的事情，忘記了派人去把博戈杜霍夫斯卡婭給叫過來。等到涅赫柳多夫走進辦公室裡以後，他才想起了他答應過派人叫她的。

「我這就打發人去叫她，您請坐一會兒吧。」他說道。

chapter 54 政治犯

這間辦公室一共有兩間屋子。第一間裡面有一個灰泥剝落、露在外面的大壁爐跟兩扇落滿灰塵很骯髒的窗戶。在一個角落裡豎著一根用來測量犯人身高的一個黑尺，而另外一個角落裡掛著一幅巨大的基督像，所有折磨人的地方總都會有這樣的物品，彷彿專門為了嘲笑基督的教義用的。在這第一間屋子裡站著幾名看守。另外的那個屋子裡靠牆坐著二十來個男人和女人，有的是兩人在一起，有的則是幾個人一堆，他們在竊竊私語。靠窗放著一張寫字檯。

典獄長坐在寫字檯的旁邊，請涅赫柳多夫坐到旁邊的一張椅子上，涅赫柳多夫於是便坐下來，開始打量起了待在屋裡的這些人。

最先引起他注意的是一位青年，他穿著很短的上裝，相貌甚是招人喜歡，他站在一個上了年紀、眉毛烏黑的女人面前，比著手勢情緒激動地在對她述說著什麼。他們旁邊坐了一個戴藍眼鏡的老人，這個老人握著一個穿囚衣的年輕姑娘的手，一動不動地聽她對他講的事情。還有一位念實科中學[86]的男孩子，他的臉上現出嚇得發呆的神色，目不轉睛地盯著那位老人。

在離他們不遠的角落裡坐著一對情侶，女的是個非常年輕的姑娘，穿著很時尚的連衣裙，留著

86 這種學校不教拉丁語和希臘語，主要教授自然科學、現代語言和繪畫。

淺黃色的短髮，相貌可人，臉上透露著青春活力。男的則是個很英俊的小夥子，長得眉目清秀的，頭髮鬈曲，穿著一件古塔膠製的短上衣，他們兩個人坐在角落裡說著悄悄話，完全陶醉在他們的愛情裡。

最靠近寫字檯的地方坐著一個身穿黑色連衣裙的白髮女人，顯然是一位母親。她瞪大眼睛望著像是患了肺癆病的一位青年，他也穿著同樣的短上衣。她想說話，可是因為有淚水說不出來，就說停停。那青年手裡握著一小張紙，顯然能看得出他不知道該怎麼做才好，於是就帶著憤怒的表情不停地折疊著那張紙，然後又揉搓了起來。

他們身旁坐著一位漂亮姑娘，她身材豐盈，面色紅潤，一雙鼓鼓的大眼睛，穿著一件灰色的連衣裙，外面還罩了一件短披肩。她坐在那個正傷心哭泣的母親身邊，溫和地撫摸著母親的肩背。這個姑娘處處都很美麗：那兩隻白皙的手、那頭鬈曲的短髮、那線條清楚的鼻子與嘴唇兒。可是她那一雙和善而又誠摯像雙羔羊一樣的深褐色的眼睛，是她臉上最為迷人的地方。就在剛才正當涅赫柳多夫進來的那一刻，她那雙好看的大眼睛從她母親的臉上移開，正好與他的目光相撞。不過她立即扭過頭去，又開始跟她的母親說著什麼話去了。

距那一對戀人不遠的地方坐著一位皮膚黝黑的男人，他頭髮蓬亂，面色陰鬱，正在怒氣衝衝地對一個沒有鬍子、很像閹割派教徒的探視者說著什麼話。涅赫柳多夫與典獄長肩並肩地坐在那兒，帶著強烈的好奇心打量著他四周的這一切。忽然有一個剃光頭的小男孩兒走到了他跟前，一下子就分散了他的注意力。

這個小男孩兒用尖尖的聲音問他說：「您在等誰呀？」

涅赫柳多夫看到他那一本正經、懂事的小臉，便也一本正經地回答他說，在等一個他熟識的女人。

「怎麼，她是您的妹妹嗎？」男孩問道。

「不是，她不是我的妹妹。」涅赫柳多夫驚訝地回答說：「你是跟誰一起到這裡來的呀？」

「跟我媽媽一起，她是一個政治犯。」小男孩自豪地說。

「瑪麗婭・帕甫羅芙娜，您把柯利亞領走吧！」典獄長說道，大概是覺得涅赫柳多夫和那個小男孩兒談話是不合時宜的。

瑪麗婭・帕甫羅芙娜就是剛才引起涅赫柳多夫注意的、長著羔羊一樣的眼睛的那漂亮姑娘。這時她亭亭玉立地站起身來，邁著矯健有力，簡直如同男人一樣的大步，朝涅赫柳多夫和小男孩兒這邊走了過來。

「他問了您什麼來著嗎？」她朝涅赫柳多夫微微一笑問道：「他什麼事都想知道。」她對這小男孩笑了笑，笑得如此甜蜜而可親，讓那個小男孩和涅赫柳多夫倆人也情不自禁地報以微笑。

「是的，他問我在等誰。」

「瑪麗婭・帕甫羅芙娜，不准隨便和外人說話。這一點您應該是知道的。」典獄長說。

「好的，好的。」她說著，伸出她那白皙的大手握住柯利亞的小手，回到那個患肺癆病青年的母親身邊去了。

「這是誰家的小孩？」涅赫柳多夫問典獄長道。

「他是一個女政治犯的孩子，在監獄裡出生的。」典獄長說，語氣裡還帶了幾分得意，彷彿是在誇耀這才是本監獄的可貴之處。

「真的嗎？」

「真的，不過他很快就要和他的母親一起到西伯利亞去了。」

「那麼，這個姑娘呢？」

「您這個問題請恕我無可奉告，」典獄長聳了聳肩說道：「喏，薇拉・博戈杜霍夫斯卡婭過來啦。」

chapter 55 薇拉

薇拉・博戈杜霍夫斯卡婭睜著和善的大眼睛步履蹣跚地從後門走了過來，她的個子矮小，留著短髮，面黃肌瘦的。

「噢，您來了，謝謝。」她握著涅赫柳多夫的手說道：「您還記得我嗎？我們坐下來談談吧。」

涅赫柳多夫一開口便問到她是怎麼落到現在這步田地的，她在回答他問話的時候，津津樂道地講起了她自己所從事的事業。她的談話中還摻雜著很多外來語，比如說宣傳、解散、團體、小組、分支等等，很顯然她完全相信人人都知道這些外來語的，可是涅赫柳多夫從來聽都沒聽到過。

她跟他就這樣說個沒完沒了，看上去十分堅信他對這些會很感興趣，並且也很樂意知道民意黨[87]的所有秘密，可是涅赫柳多夫卻盯著她那可憐兮兮的脖子，她那稀少而蓬鬆的頭髮，非常疑惑不解地在想她為什麼要做這種事，要說這種事。

他同情她，覺得她可憐，可這和對敏紹夫的同情是完全不同的，敏紹夫是平白無故地被關在了惡臭無比的監獄中的。她最讓人可憐的地方，便是她的腦子裡充滿了顯而易見的糊塗思想。顯然，她自以為是一名女英雄，為了她事業的成功不惜犧牲自己的生命，而事實上，她也不見得能解釋清

87俄國民粹為了向沙皇專制制度進行革命鬥爭而在一八七九年成立的秘密團體。

楚他們所從事的事業究竟是怎麼一回事，究竟怎麼樣才能算得上成功。

薇拉本來想對涅赫柳多夫說的第一件事，她有一位女朋友，叫舒絲托娃，據她說，舒絲托娃甚至還不屬於她們組織所謂的分支，可是卻在五個月以前和她一起被抓了起來，關在彼得保羅要塞裡，只是因為在她的家裡搜出了一些別人交給她保管的書籍和文件。薇拉認為舒絲托娃被拘禁，在某些方面要怪自己，所以要求交遊廣泛的涅赫柳多夫能夠想方設法地把她救出去，涅赫柳多夫答應了她，說等以後他到彼得堡時，一定盡一切可能去辦。

薇拉講了講她自己的經歷，說她從助產學校畢業以後，就與民意黨人聯繫上了，並且還參加了他們組織的活動。剛開始的時候一切都很順手，他們寫傳單並且到各地工廠裡去進行宣傳，可是後來有一個重要的成員被抓了，文件被查抄了，就開始了大搜捕。

「於是我也就被逮捕了，可能過不了多久，我就要被流放出去了……」她說完了自己的經歷又說：「可是，這也沒有什麼大不了的。我倒覺得這樣挺好，自己感覺泰然自若。」她說著，輕輕的一笑，這是一種淒慘的笑。

涅赫柳多夫打聽起了那個長著羔羊一樣眼睛鼓鼓的姑娘。薇拉說她是一位將軍的女兒，很早便參加了革命，她被抓入獄，是因為她主動承擔了槍擊憲兵的罪名。她居住在進行秘密活動的寓所中，那裡有一台印刷機。有一天夜間，發現警察來搜查時，在這個寓所中的人便下定決心要自衛，於是她熄滅了燈火，開始動手銷毀掉了文件。警察和憲兵闖了進來，於是在那些密謀者中，就有一人開了槍，導致一個憲兵受了致命傷。當審問是哪一個開的槍的時候，她說是她自己開的，事實上她從來就不曾拿過槍，她甚至連一隻蜘蛛都沒有打死過呢，可結果就是這樣，現在她也要去服苦役了。

而薇拉打算說的第三件事，就是關於瑪絲洛娃的。正像監獄中的所有事情她都會知道一樣，她也知道了瑪絲洛娃的事以及涅赫柳多夫對她的態度，就建議他為她去周旋周旋，把她給轉到政治犯的牢房裡來，或者起碼讓她到醫院去當一名看護，現在那裡的病人非常多，十分需要女看護。涅赫柳多夫對於她出的主意表示了感謝，並表示他會竭力照她的意思去做的。

chapter 56

到底是怎麼了

他們的交談是被典獄長打斷的，因為典獄長站起身來宣布道，探視的時間已經結束了，應該要就此分別了。涅赫柳多夫同薇拉告過別，便朝門口走去，走到門口又站住，打量了一下眼前的情景。

「各位先生，到時間了。」典獄長一會兒站起來說，一會兒坐著說。

典獄長的命令反而使得待在屋裡的犯人以及探視犯人的人們更加緊張了，他們誰也不願離開。有些人站起身來，就那樣站著又說了起來，有些人依然坐在那裡說話，有的已經開始告別了，同時流下了不捨的眼淚。

「各位先生！請吧，請吧！請你們不要逼我採取嚴厲的措施。」典獄長說，並將這些話一連重複說了好幾遍。「你們這是怎麼回事啊？時間可早就到了呀，要知道這樣做是不行的，我這是最後一次提醒了。」他重複著說道，時而點起他的馬里蘭香煙，時而又把它熄滅掉。

終於，犯人和探監的人們開始分手了，犯人從裡面的門口朝回走，探監的人們朝外面的門口走去。男人們，包括那兩位穿古塔膠製短上衣的，那個患了肺癆病的，那位頭髮蓬亂的黑臉膛男子，也都一個個地走出去了。瑪麗婭・帕甫羅芙娜帶著在監獄中誕生的那小男孩兒也走了。

探監的人們也都開始往外走，戴著藍眼鏡的老人邁著沉甸甸的步子朝外走，涅赫柳多夫也跟在他身後往外走。

「是啊，這種場景真叫人驚訝啊，」那個愛講話的男子一面和涅赫柳多夫一起下樓，一面似乎要接著說他剛才被中斷了的話一樣又說道：「還多虧了上尉是個好心人，總算沒有死掰著規章制度做事。讓大家能夠快快樂樂地聊上一聊，心裡也就舒服得多了。」

「難道在別的監獄裡面不是這樣探監的嗎？」

「唉！可沒有這樣的事，不管高興不高興，都必須得一個一個的見，而且還必須隔著一道鐵絲網說話呢！」

涅赫柳多夫同這個說自己姓梅丁澤夫的、愛說話的青年一起走到過道裡，這時，典獄長帶著一臉疲憊的神色走到他們跟前。

「如果您還想和瑪絲洛娃見面，就請您明天來吧！」他說道，顯然是想對涅赫柳多夫獻獻殷勤。

「那太好了！」涅赫柳多夫說過這話，便匆匆忙忙往外走。

顯而易見，敏紹夫無罪卻在飽受煎熬，這種事顯然是很可怕的，可是可怕的倒不是肉體受盡折騰，而是他看到人們那麼殘酷而又無緣無故地虐待他的時候，就困惑絕望，對善良以及對上帝產生懷疑。可怕的是那上百個人連一點罪都沒有，只不過就是因為身分證上的幾個字有錯，可他們卻必須要受盡屈辱，受盡折磨。可怕的是，那些麻木不仁的看守們儘管天天在做著折磨自己同胞弟兄的事情，卻還以為他們是在幹一件很重要且有益的事情。不過他覺得最可怕的是，那個年老體弱、心地善良的典獄長卻必須被迫拆散母子，拆散父女，而那些人純粹就和他自己跟他的兒女一樣，都是人啊！

「這到底是怎麼了呢？」涅赫柳多夫自問道，這時他的心中又出現了他每次到監獄裡去總會感受到的那種從精神上發展成為生理上的厭惡感，卻不知道這是怎麼一回事。

chapter 57 顯赫人物

第二天，涅赫柳多夫坐著馬車又去找律師，把敏紹夫母子的案件告訴了他，要求他來為他們進行辯護。律師聽完了他的話後，說他要查看一下那些案卷。如果事情當真像涅赫柳多夫所講的那樣，這種事是非常有可能的，他可以無償為他進行辯護。涅赫柳多夫又順便對律師說到那一百三十個人因為互相推諉而被關押的事，並且問他此事由誰負責，這是誰的過錯，律師沉默了一陣子，顯然是想做出一個準確的回答。

「這是誰的過錯嗎？其實誰都沒有錯。」他斷然地說道：「您去跟檢察官說，他一定會說這是省長的過錯。您去告訴省長呢，他一定會說這是檢察官的錯。總之，誰都沒有錯。」

「現在我就去找麥斯連尼科夫，跟他說說這個。」

「行了吧，這是沒有用的。」律師微微笑著反對說：「他這個人簡直就是個……他不是您的親戚或者朋友吧？……他是一個，恕我直言，他簡直就是個笨蛋，並且還是一個狡黠的畜生。」

涅赫柳多夫記起麥斯連尼科夫也曾經說過的關於這個律師的壞話，就沒有再說什麼，站起身來跟他告過別，便乘上馬車去找麥斯連尼科夫了。

涅赫柳多夫有兩件事情想要請求麥斯連尼科夫幫忙：第一件是把瑪絲洛娃轉到醫院裡去，第二件就是那一百三十個因為身分證的問題被關押的事。儘管向他並不尊重的人去請求幫助，對他來說這是十分彆扭的事，可這卻是要達到目的的唯一途徑，因此，他只好硬著頭皮這樣去做。

涅赫柳多夫坐著馬車來到麥斯連尼科夫的家門前，看見門廊旁邊還停著好幾輛馬車，其中有四輪輕便馬車，也有帶著彈簧的四輪馬車，還有四輪轎式馬車等等，他這才想起了今天正好是麥斯連尼科夫的妻子接待客人的日子，而且麥斯連尼科夫曾經邀請過他今天務必要到他家來。

就在涅赫柳多夫乘著馬車快到這座房子的門前時，剛好有一輛四輪轎式馬車停在大門口，一個帽子上帶著帽徽的、身披短披肩的聽差扶著一位太太從臺階上往下走，正要上車，她稍微拉起了衣襟，淺口鞋裡露出又黑又瘦小的腳踝。

他在停在那兒的馬車當中認出了柯察金家拉下篷蓋的四輪馬車，那個頭髮灰白、面色紅潤的車夫畢恭畢敬並且十分熱情地摘下了帽子，向這位特別熟識的老爺致意。涅赫柳多夫還沒來得及跟看門人問一聲米哈依爾・伊凡內奇（即瑪斯連尼科夫）在哪裡，他自己便已經出現在了鋪著地毯的那樓梯上，他正在把一位非常重要的客人送下樓來，這樣的客人他已經不是送到樓梯平臺上，而是一直送到了樓下來。那位非常重要的軍界貴客，一邊下樓一邊用法語說起了本市為幾所孤兒院舉辦的摸彩會，他發表看法說，這對於女士們來說不啻是一份非常有意義的工作：「這份工作既能夠讓她們開心，又能夠募捐到資金。」

「Qu'elles s'amusent et que le bon Dieu les bénisse……[88]哦，涅赫柳多夫，您好！怎麼好久都沒

88法語：讓她們快樂一下吧，求上帝賜福於她們。

有看到您了呀？」那個客人跟涅赫柳多夫打著招呼說。「Allez presenter vos devoirs à madame.[89]，柯察金家的人也在這裡。Et Nadine Bukshevden. Toutes le8 jolies fermmes de laville[90]，他一面說，一面微微聳著穿軍服的肩膀湊過去，讓身穿鑲著金絲條制服的聽差給他穿上了軍大衣。「Au revoir,mon cher！[91]」然後他又和麥斯連尼科夫握了握手。

「好了，我們上樓吧，我實在太高興了！」麥斯連尼科夫很興奮地說道，挽住涅赫柳多夫的胳膊，雖然他的身體很肥胖，可是還是帶著涅赫柳多夫敏捷地往上走去。

麥斯連尼科夫正處在一種格外興奮和歡喜的狀態當中，就是因為剛才那個顯赫的人物表示了對他的關注。按理說麥斯連尼科夫過去曾經在近衛軍中供職，原本就接近皇室，好像對與皇親國戚們的交往早已習以為常了，可是看起來，不斷的交往反倒是越來越增強他的卑賤本性，所以每次得到這種垂青，都會使麥斯連尼科夫欣喜若狂。他不管涅赫柳多夫那嚴厲的神色，也沒有聽他說的話，只是拚命地將他拖到了客廳裡，簡直使人無法謝絕，涅赫柳多夫不得不隨著他走。

「正經事等會兒再說，只要是你的事情，我一律會照辦不誤的。」麥斯連尼科夫一面說，一面帶著涅赫柳多夫穿過大廳。「快去通報將軍夫人，就說涅赫柳多夫公爵駕到。」他一面走一面吩咐著一個聽差。那聽差就小跑著搶到他們前頭，趕著去通報。「Vous n'avez qu'à dordonner[92]可是你一定要

89 法語：您去向女主人致敬吧。
90 法語：還有娜津·布克舍夫登也來了，全城的美女都來了。
91 法語：再見，我親愛的！
92 法語：你只要吩咐一聲就好。

去見一見我妻子。上次我沒有帶你去，就被她痛罵了一頓。」

當他們走進客廳，聽差已經通報過了。所以那個以將軍夫人自居的副省長夫人安娜・依戈那捷耶芙娜，此時正坐在她的長沙發周圍很多的帽子與腦袋中間，滿面春風地向涅赫柳多夫鞠躬致意。客廳的另一端擺了一張桌子，上面放著茶具，有幾位女士坐在那裡喝茶，旁邊還站立了幾位軍界的和文職的男人。男人和女人們嘰嘰喳喳的說話聲傳了出來，沒完沒了的。

「Enfin[93]！您怎麼不願意和我們交往了？我們有什麼地方冒犯您了嗎？」

安娜・依戈那捷耶芙娜用這種話迎接來客，是想要表示她和涅赫柳多夫的關係非常親密，可實際上根本就不是那麼回事。

「你們認識嗎？這位是別利亞夫斯卡婭太太，這位是米哈依爾・伊凡內奇・契爾諾夫。請您往這邊兒坐坐啊。」

「米西，**venez done à notretable.Ou vous apportera votre'tha**[94]……還有您……」她轉過身對正在和米西說話的那位軍官說著，顯然她已經不記得他叫什麼了，「請到這邊來。公爵，您要用茶嗎？」

「我才不這樣認為呢，她就是不愛他嘛！」一個女人的聲音在說著。

「那她愛的是油煎包子。」

「您總是說一些無聊的笑話。」另外一位戴著高筒帽子的太太微笑著插了進來說道，她全身都是珠光寶氣。

93 法語：終於來了！
94 法語：到我們桌子這邊來吧。您的茶，他們一會兒會給您送到這兒來的。

「C'est excellent[95]，這些小餅乾還是那麼薄，那麼鬆，請您再給我拿一些過來好嗎？」

「怎麼，您很快就要動身了嗎？」

「是的，今天已經是最後一天了，因此我們跑到這兒來了。春天如此美好，現在去鄉下肯定好極了！」

米西非常漂亮，她的頭上戴著帽子，身上則穿著暗條的花連衣裙，包裹著她那苗條的腰肢，沒有一點兒的褶痕，倒好像她本來就是穿著這件衣裳出生的一樣，顯得十分標緻。她一看到涅赫柳多夫，臉便漲得紅紅的。

「我還以為您已經離開了呢！」她跟他說。

「差點兒就走了，」涅赫柳多夫說：「因為有些事情耽擱了。我到這兒來也是因為有些事要辦。」

「您到我家去看看我媽媽吧！她很想見見您。」她說著，可是她也覺得她自己在撒謊，並且覺得他也知道這一點，她的臉便更加的紅了。

「我恐怕抽不出時間來了。」涅赫柳多夫憂鬱地回答她，竭力裝作沒有發覺她臉紅的模樣。

米西不高興地皺起了眉頭，聳了聳肩膀，便轉過身去與一位風度翩翩的軍官談起話來。那軍官接過她手裡的一隻空杯子，軍刀在圈椅上碰了幾下，就雄赳赳地把茶杯端到另外一張桌子上去了。

「您也應該為孤兒院捐點兒款才對呀！」

「我也沒說不捐呀，不過，我打算把我的慷慨解囊統統都留到摸彩會上去表現出來，到那個時候，我可要好好地露一手了。」

95 法語：這東西真好。

「哦，到時候見分曉吧！」緊接著傳來了很明顯是裝腔作勢的笑聲。

這個接客日辦得非常熱鬧，安娜・依戈那捷耶芙娜感到興奮不已。

「我家米卡跟我說過，您在忙監獄裡的事，我十分理解您這一點，」她對涅赫柳多夫說道，米卡指的就是她那肥胖的丈夫麥斯連尼科夫。「米卡可能有其他不少的毛病，可是您也知道，他的心地很好。所有的那些不幸的囚犯，都好比是他關愛的孩子，他一向就是用這種眼光看待他們的。**Il est d'lillebonté**[96]。」

她停下來不再說話了，因為實在是想不出來更恰當的詞來表達她那個下令抽打犯人的丈夫的**bonté**[97]。就馬上回轉過身去，微笑著招呼一個剛進來的、年邁的、滿臉皺紋、頭上紮著紫色花結的老太婆。

涅赫柳多夫為了不至於失禮而講了一些客套的話，然後便站起來，走到麥斯連尼科夫跟前。

「實在很抱歉，你可以聽我講幾句話嗎？」

「哦，可以啊！好，有什麼事情嗎？」

「我們到這兒來吧。」

他們便走進一個小小的日本式的書房裡，在窗前坐了下來。

---

96 法語：他是多麼善良啊。

97 法語：善良。

chapter 58 骯髒職務

「嗯，那請吧，je suis à vous[98]，你想要抽煙嗎？可是，等一等，我們最好還是不要把這裡搞得髒兮兮的，」他一邊說著一邊拿過一個煙灰缸來。「好了，有什麼事啊？」

「我主要有兩件事想要再麻煩一下你。」

「原來是這樣啊。」

麥斯連尼科夫的面色變得陰沉而灰暗了起來。之前他像一隻狗被主人撓著耳朵時那種興高采烈的神情已經消失到爪哇國去了。可以聽到客廳裡的交談聲。有一個女人在說：「Jamais,jamais je ne croirais[99]。」客廳裡的另一端又有一個男人在說著一件什麼事，反覆提到：「La comtesse Voronzoff和Victor Apraksine[100]。」從另一個方向傳過來的只不過是一片聽不清楚的鬧哄哄的說笑聲。麥斯連尼科夫一邊傾聽著客廳裡發生的一切變化，一邊傾聽著涅赫柳多夫的述說。

「我說的還是那個女人的事。」涅赫柳多夫說道。

98 法語：我願意為您效勞。
99 法語：我絕不相信，絕不相信。
100 法語：沃龍佐夫公爵夫人和維克多・阿普拉克辛。

「噢，就是那個被無辜判罪的女人。我知道的，我知道的。」

「我想要請求您把她轉到醫院裡面去當一名女看護，我聽他們說這是可以辦到的。」

麥斯連尼科夫緊閉了雙唇，開始沉思起來。

「不一定能夠辦得到，」他說：「不過我可以跟他們商量商量，明天打電報告訴你吧！」

「別人跟我說，現在醫院裡面有很多的病人，他們急需護士。」

「是嗎，是這樣嗎？好吧，那不管結果如何，我一定會跟你回話的。」

「那麼就勞你費神了。」涅赫柳多夫說道。

這時從客廳那兒傳過來了一陣哄堂大笑聲，聽起來那似乎不是做作出來的。

「這都是維克托多在開玩笑呢，」麥斯連尼科夫微笑著說道：「等他上了勁兒，說起話來那簡直就要逗死人了。」

「還有一件事，」涅赫柳多夫說：「現在監獄裡正關押著一百三十名犯人，只是因為他們的身分證過了期，可他們已經在那裡被關了一個多月了。」

接著，他就又說了一下他們被關押的原因。

「這事你是怎麼知道的呢？」麥斯連尼科夫問，並且他的臉上忽然現出了焦急不安和不滿的神情。

「我去探視一個被告，那一群人卻在走廊裡把我給圍住了，他們請求我……」

「你去探視的是哪個被告啊？」

「是一個農民，他無罪卻被控告了，我已經請人為他辯護了。可是，我要說的不是這件事。」

「難道那些人一點兒罪都沒有，只是因為他們的身分證過期了就被關押在監獄裡，而且……」

「這是檢察官負責的事，」麥斯連尼科夫很惱火地打斷了涅赫柳多夫說的話。「這便是所說的快速而又公證的審判制度。副檢察官有責任去視察監獄，查明犯人關押在監是不是合乎法律手續的，可他們卻什麼事都不去做，就只知道玩文特牌[101]。」

「那麼你就毫無辦法了嗎？」涅赫柳多夫想起了律師曾經說過省長會向檢察官身上推卸責任，就沉下臉問道。

「不，我會管管的，我馬上就去查一查。」

「可是對她來說，這樣會更加糟糕的。**C'est un souffer-douleur**[102]。」從客廳中又傳來了一個女人的叫聲，顯然，她對所說的那件事情沒有多大興趣。

「這樣最好，我也把這個拿走。」從另一個方向又傳來了一個男人戲謔的鬧聲，另外一個女人卻好像不願把一件什麼東西交給他，也發出了嘻嘻哈哈的笑聲。

「不行，不行，說什麼都不行。」女人說道。

「那就這樣吧，這件事情就交給我去辦吧。」麥斯連尼科夫又重複了一道，用戴著綠松石戒指的白手把香煙捻滅，「那現在我們就去太太們那兒吧！」

「對了，還有這一件事情，」涅赫柳多夫並沒有走進客廳，站在門口說道：「有人跟我說，前一天監獄裡有些人受了體罰，真的是這個樣子嗎？」

101 一種賭博的紙牌遊戲。
102 法語：她是個倒楣的女人。

此時麥斯連尼科夫的臉漲得通紅。

「哦，你問這事啊，不，moa cher[103]，以後真不能再讓你到監獄裡去了，你幾乎什麼閒事都要過問。我們走吧，走吧，Annette（安奈特，法國人名，相當於俄國人名）安娜在叫我們呢！」他一面說一面拉住了涅赫柳多夫的手，又露出十分激動的樣子，就像是那位身分顯赫的人物垂青了他以後那樣，可這次卻不是高興的激動，而是因為有些惶恐不安了。

涅赫柳多夫從他的手裡抽出自己的手，他既沒有向誰鞠躬行禮，也沒有向任何人告別，也沒說什麼話，臉色陰沉地穿過客廳和大廳，經過一個個趕緊站起來的聽差進入前廳，又來到了大街上。

「他這又是怎麼了呀？你又有什麼地方冒犯他啦？」Annette問她丈夫說。

「這是à la francaise[104]。」有人說。

「這哪裡是à la francaise啊，這是à la zoulon[105]。」

「嗯，可是他向來就是這個樣子的啊。」

有人站起了身要告辭，有人剛剛來到，嘰嘰喳喳的談話聲依然進行著。這一夥人乾脆就將涅赫柳多夫的這個插曲順理成章地當成了今天jourfixe'a[106]的一個有趣的話題。

涅赫柳多夫在走訪麥斯連尼科夫之後的第二天，便收到了他的來信。麥斯連尼科夫在一張很滑

103 法語：老兄。
104 法語：法國人的派頭。
105 法語：蘇魯人的派頭。（蘇魯是非洲的一個民族，在此諷喻為野蠻人。）
106 法語：晝會，白天裡的聚會。

的、上面有官銜的、打有火漆印的厚信紙上面，用蒼勁奔放的筆跡寫道：有關將瑪絲洛娃轉到醫院裡去的事，我已經給醫師寫過了信，估計她應該會如願以償的。信的落款是「愛你的老同事」，簽名則是「麥斯連尼科夫」，還在最後一筆順手寫了一筆極其花哨的粗大剛勁的花筆道。

「渾蛋！」涅赫柳多夫忍不住罵道，尤其是因為他從「同事」這個詞中感覺到，麥斯連尼科夫大對他有一種屈尊俯就的意味，即麥斯連尼科夫雖然擔任著在道德上最為傷天害理的骯髒的職務，卻還自以為自己是個很了不起的人物，現在他自稱為他的同事，就算不是在奉承涅赫柳多夫，滿足一下自尊心，起碼也足以表現出了他到底沒有因為自己地位顯赫而目中無人。

chapter 59

宿命論

有一種十分常見並且流傳廣泛的宿命論點，認為任何一個人都有他特定的、固定的天性，認為人有善良的，有兇狠的，有機靈的，有愚笨的，有熱情似火的，有冷若冰霜的，等等。事實上人也並非如此。我們提起一個人，可以說他善良的時候總比兇惡的時候要多，機靈的時候總比愚笨的時候要多，熱情似火的時候總比冷若冰霜的時候多，或者正好相反。倘若我們說到一個人，說他是善良的或者是機靈的，又說到了另外一個人，說他是兇惡的或者是愚笨的，這樣是不對的。

每個人的身上都具有各種各樣人的本性胚胎，有時表現出了這一種本性，有時又會表現出另外一種本性。他有時會變得面目皆非，但與此同時還是原來那個人。在有些人身上，這種變化尤其的厲害，涅赫柳多夫就是屬於這一種人。在他身上發生這樣的變化，有時是出於生理方面原因，有時是出於精神方面的緣由，現在他正處在這種激烈變化之中。

之前，他在出庭審判後，在第一次探視過卡秋莎後，心中出現了一種獲得新生的勝利感和歡樂感，可是如今那種感覺已經完全消逝了，在最近的一次見面後，上述感覺已經轉化成了一種恐懼感，甚至是對她的厭惡感。他已經下定了決心不再離開她，只要她願意，也不會改變就跟她結婚的決定，不過現在這對他來說卻是一種負擔和痛苦。

他在走訪麥斯連尼科夫之後的第二天，又乘上了馬車到監獄去，為的就是想要和她再見上一面。典獄長也准許了他的探視，不過不是在辦公室裡，也不是在律師辦事室裡，而是改到了女犯人的探監室裡。儘管典獄長也是個心地善良的人，可他這一次對待涅赫柳多夫的態度卻比上次冷淡了。看得出來涅赫柳多夫和麥斯連尼科夫的兩次交談確實是產生了效果：上面有了指示，要對這個探視者多加提防。

「見面是准許的，」他說：「但是要是給錢的話，請您務必要按我要求的那樣去做……至於按照大人信上所寫的，將她轉到醫院裡去，這個是可以的，醫生也已經同意了。只是她本人卻不願意去，說：『要我去給那些病鬼端尿盆，我才不稀罕呢……』您瞧，公爵，她們就是這種人。」他補充說道。

涅赫柳多夫什麼都沒回答，只是請求讓他去見一見她，因此，典獄長就派了一個看守帶他去，涅赫柳多夫跟著這個看守走進了那空蕩蕩的女犯探監室。

瑪絲洛娃已經在那裡等著了，這時靜靜地、很不好意思地從鐵絲網的後面走出來。她走到涅赫柳多夫的跟前，眼睛也不看他，低聲說著：

「請您原諒我吧，前天我說了一些很不好聽的話。」

「這不是我原諒不原諒你……」涅赫柳多夫本想說下去，可是沒有說。

「但是，反正您最好還是別管我的事了。」她加上了這麼一句，於是涅赫柳多夫又從她的眼中看到了那種緊張而憤恨的神色。

「可是到底為什麼讓我別管您的事了呢？」

「這是我應該做的。」

「為什麼是你應該做的？」
她又看了他一眼，他覺得那是一種憤恨的目光在看著他。
「嗯，就這樣吧，」她說：「您別再管我的事了，這是我真心實意跟您說的，我受不了了，您也乾脆放棄那個念頭好了！」她哆嗦著嘴唇說道，接著沉默了好一會兒。「這是真的，我寧可上吊。」
涅赫柳多夫覺得她這種斷然拒絕中隱含著她對他的憎恨與她不能饒恕的憤恨，可是這其中也還有其他的什麼東西在內，也就是又美好又重要的因素。此時她是在完全心平氣和的狀態下再一次表示拒絕，這立即就清除了涅赫柳多夫心中的所有疑慮，驅使他又恢復到了先前的那種嚴厲、歡愉和深受感動的心態中去了。
「卡秋莎，我之前說過，我現在還是要這樣說，」他鄭重其事地說：「我請求你與我結婚。如果你不想結婚，暫時還不想，那麼，我就跟先前一樣始終跟你在一塊兒，你被流放到哪兒，我就跟著你去哪兒。」
「那是您自己的事了，我沒什麼別的話要說了。」她說著，雙唇便又開始哆嗦了起來。
「我現在要去鄉下一趟，然後再去彼得堡，」他終於鼓起勁兒說道：「我要為您的事情……為我們的事去走動走動；但願上帝保佑，撤銷原判。」
「撤不撤銷都一樣，就是不為這件事，那我為別的事情也得受這種……」她說道，他看出她好不容易方才忍住了哭泣。「哦，怎麼樣，您見過敏紹夫了嗎？」她為了掩飾自己內心的激動，忽然問道：「他們是無罪的，不是嗎？」
「我看，是這樣的。」他就把他從敏紹夫那兒瞭解到的情況統統告訴了她，然後又問她是否還需要什麼東西，她回答說什麼也不需要。他們兩人又相對無言了一會兒。

「哦，還有去醫院的事，」她忽然用斜視的目光瞧了他一眼說：「若是您想要我去的話，那我就去，而且我以後也不再喝酒了……」

涅赫柳多夫默默地看著她的雙眼，她的眼中流露出了一絲微笑。

「那太好啦！」他只能講出這麼一句話來，然後就跟她告別了。

「是的，是的，她完全變成另外一個人了。」涅赫柳多夫暗自思忖著，不但打消了他之前的各種疑慮，而且心中產生了一種嶄新的、他從未有過的那種感覺。那就是堅信愛的力量是不可戰勝的。

在這次會面之後，瑪絲洛娃又回到那臭氣熏天的牢房中，她脫下長囚衣，在自己的床上坐下來，兩手放在膝蓋上。這時牢房裡只有幾個人：原籍弗拉基米爾省的患肺癆病的女人和她那吃奶的孩子；梅尼紹娃老太婆；看道口的女人和兩個孩子。教堂執事的女兒在前一天經過診斷，確定患有精神病，已經被送往醫院了，其他的那幾個女人又都洗衣裳去了。老太婆躺在板床上已經睡著了。孩子們都在走廊裡，牢房的門敞開著。弗拉基米爾省的女人手上抱著孩子，看道口的女人用靈活的手指頭編織著襪子，同時走到朝瑪絲洛娃跟前。

「喂，怎麼樣了，見沒見著啊？」她們問道。

瑪絲洛娃沒有回答，她坐在高高的板床上，晃悠著自己那兩條搆不到地板的腿。

「你這哭哭啼啼的是幹什麼啊？」看道口的女人說：「可別灰心喪氣。喂，卡秋莎！振作點兒吧！」她一面說，一面敏捷地撥動她的手指編織襪子。

瑪絲洛娃依舊沒有回答。

這時長廊裡響起了一陣雜亂的腳步聲與女人的說話聲。在這個牢房中的幾個女人，赤腳穿著棉靴子走了進來，她們每個人手裡都拿著一個麵包，有的還拿了兩個。菲多霞立即走到瑪絲洛娃跟前。

「怎麼了，難道有什麼不如意的事嗎？」菲多霞用她那明亮的藍眼睛親熱地看著瑪絲洛娃，問道：「瞧，這是給咱們當點心吃的。」她說完，便把麵包放到了擱板上。

「怎麼，難道他改變主意，又不想跟你結婚了嗎？」柯拉布列娃問道。

「不是，他倒是沒有改變主意，可是我不願意。」瑪絲洛娃說：「我就是這樣跟他說的。」

「你看你這個大傻瓜啊！」柯拉布列娃用粗喉嚨大嗓門說道。

「那有什麼呀，既然不能住在一起，結婚又能有什麼意思呢？」菲多霞說道。

「可是，你的丈夫不是也要跟你一起去嗎？」看道口的女人說。

「那又怎麼樣，我跟他是正式結過婚的。」菲多霞說：「可是他們，既然沒有辦法住在一起，那又何必非得結婚呢？」

「你這個傻瓜呀！何必非得結婚？如果他娶了她，那她可就發大財了。」

「他說：『不管他們把你流放到哪兒，我都要跟著你一起去。』」瑪絲洛娃說：「他想要去就去，不想要去就不去，隨便他怎樣都可以。我絕不會乞求他的，現在他馬上就要到彼得堡奔走去了，那裡所有當官的人全都是他的親戚。」她繼續說道：「反正我是不依仗他。」

「那當然了！」柯拉布列娃忽然贊同地說道，一邊翻著自己的口袋，顯然還在思考著其他的事。「怎麼樣，要不我們喝點兒酒吧？」

「我不想再喝了。」瑪絲洛娃回答道：「你們喝吧。」

第二部

chapter 1

地主和農奴

瑪絲洛娃的案件再過兩個星期就有可能會在樞密院裡進行再次審理。涅赫柳多夫打算在審理開始之前到達彼得堡，並打算如果在樞密院裡敗訴之後，就按照寫訴狀的律師的主意，向皇帝告御狀。律師預計，這次上訴可能不會有任何結果，並讓他對此定要有所準備，因為上訴的理由是很不充分的，假如事情果真是這樣的話，那包括瑪絲洛娃在內的一批苦役犯可能會在六月初就出發。涅赫柳多夫已經下定決心要和瑪絲洛娃一起去西伯利亞了，那就必須在出發前做好一切準備，所以如今他必須得先去鄉下一趟，把他在那裡的所有事情都安排好才行。

涅赫柳多夫先乘火車到離得最近的莊園庫茲明斯科耶去，那是一個黑土地的大莊園，他的主要收入就來源於此。他的童年和少年時期都是在這裡度過的，在他成年後，又到那裡去住過兩次。一次是奉他母親之命，把一個日耳曼籍管家送到了那裡，並和他一道檢查農莊的經營狀況，這樣他便很早就熟悉莊園的情況，瞭解農民和帳房的關係，即農民和地主之間的關係。

農民和地主的關係，說得斯文一點兒，農民是完全依附著帳房的，而說得乾脆一點兒，就是農民受帳房的奴役。這不是像在一八六一年[1]時廢除的那種赤裸的奴役，也就是很多人受到一個主人的

1 指一八六一年俄國沙皇政府頒佈的農奴解放令，這次進行了自上而下的、掠奪性的農奴制改革。

奴役，而是所有沒有土地的或有很少土地的農民共同受奴役，總的來說，主要是受到更大地主們的共同奴役，有時也例外地受到生活在農民中間的一些地主的奴役。

要是在一個月之前，涅赫柳多夫就會告訴自己，他是無力改變現存制度的，並且又不是他在管理莊園，這樣他遠離莊園卻花著從莊園匯來的錢，或多或少還能心安理得一些。但是眼下他可是下定了決心：儘管他馬上就要出發前往西伯利亞了，儘管同監獄方面還要有一些複雜而艱難的交道要打，而這一切都是及其需要錢的，但是他卻還是不能再維持現狀了，必須要克制自己的私心，改變現狀。所以他下定決心不再自己管理土地，而是以不高的代價把土地租給農民去耕種，使農民有可能在一般情況下不再依附於地主。

涅赫柳多夫不止一次地把地主和農奴主的地位進行比較，覺得地主不再雇工耕種土地而把土地租給農民，相當於奴隸主把農民的勞役制改成代役租制。這樣並未解決問題，但是終於是向解決問題的方向邁出了一大步：這就是壓榨方式從比較粗暴的方式向不太粗暴的方式過渡了。他現在就決定這樣做。

中午時分，涅赫柳多夫乘火車到達了庫茲明斯科耶。他想讓他的生活各個方面都力求簡樸，事先也沒給他們發個電報，這時就在火車站雇了一輛由兩匹馬拉著的四輪馬車。

車夫是一個年輕的小夥子，身穿著農民穿的那種土黃色粗布的長外套，在長長的腰身下面打褶的地方束了根皮帶。他照趕車人的習慣側歪著身子坐在駕車座上。他很樂意和車上的老爺聊天，車夫提起庫茲明斯科耶的總管，卻根本不知道他的車子裡坐著的，就是莊園的主人，涅赫柳多夫有意不告訴他。

涅赫柳多夫到達庫茲明斯科耶莊園，把帳本查看了一遍，和總管談了話。總管直言不諱地說幸好農民沒有太多的土地，幸好他們的土地大多被地主的土地所包圍，地主可以占到很多便宜。這卻讓涅赫柳多夫就更加堅定地要實現自己的打算：他不再繼續經營他的農莊了，而是要把所有的土地都分給農民。

通過查帳，以及他和總管的交談中，他知道現在的情況還是和過去一樣，三分之二的最好的耕地是自己的雇工使用改良過的工具耕作的，餘下的三分之一的土地則是雇傭農民來耕作，每俄畝付五個盧布的工錢，即農民們為了得到這五個盧布，就不得不把一俄畝土地犁三遍，耙三遍，播下種子，然後收割，打捆或者壓實，送到打穀場上；而同樣的，這些農活如果是雇用自由的和廉價的零工來完成，每一俄畝土地至少要花十個盧布。而農民如果有什麼需要，和帳房打交道，他們都必須按照昂貴的價格折成工役來抵錢。他們如果要使用牧場，要到草地上割草，要到樹林裡砍柴，要得到馬鈴薯的葉和莖，都必須用勞動來抵錢，因此幾乎所有農民都欠帳房的錢。這樣一來，離村落較遠的那些土地，雇傭農民來耕種，每俄畝的所得就比每俄畝地的地價按照五分息計算的所得高出了整整四倍。

這些事情涅赫柳多夫之前也是知道的，但是如今他卻像是在聽一件新鮮事一樣，而且驚訝不已，他不明白為什麼他自己以及所有處於他這個地位的人從來沒看到過這種種情況，這是多麼不正常的啊。

總管提出了各種理由，說一旦把土地分給農民，那些農具就等於白白地丟掉了，那將連原價的四分之一都賣不到，還說農民會把土地給糟蹋掉，又說從整體上來算，把土地交出去的話，涅赫柳多夫會有很大的損失，但是這些理由反倒使涅赫柳多夫更加確信他把土地分給農民，使自己失去大部分的收入，正是一件有意義的事。他暗自決定趁此次來到這裡，要立刻把這件事辦好。至於收穫和出售的那些已經種下的作物，賣了農具和不必要的房子，這些可以等他離開之後再由總管去解決。至於現在，他就吩咐總管把庫茲明斯科耶田地所包圍著的三個村子的農民都召集起來，第二天開個會，向農民說明自己的來意，並且和農民商定出租土地的租金。

涅赫柳多夫想到自己無比堅決地反駁了總管的各種意見，甘心為農民的利益而犧牲一切，心裡不禁覺得非常快樂，他正是懷著這樣的心情從帳房裡走了出來，一邊想著當前要辦的事，一邊在房子周圍閒庭信步，來到一個如今已經荒廢了的花圃邊，總管房前卻新闢了一個花圃，又來到長滿蒲公英的lawn-tennis[2]，沿著椴樹林中的林蔭路慢慢走去，以前他就常到這裡來走走，抽根雪茄，並且在三年前漂亮的基里莫娃到母親這裡來做客時，還在這裡和他調過情。

等到涅赫柳多夫把明天要對農民們講的話大致上想了想之後，就又去找總管了，同他一面喝茶，一面商議了一下要如何處理所有田產的問題，直至在這方面徹底放了心，這才走進這座大房子裡為他準備的一個房間，這房間平時是接待客人用的。

這個房間不大，卻十分乾淨，牆上掛著幾幅威尼斯的風景畫，兩扇窗子中間掛了一面鏡子。屋子裡放著一張整潔的彈簧床和一張小桌子，桌上放著一個盛著水的玻璃瓶，有一盒火柴和滅燭家什。鏡子旁邊的大桌子上邊放著他那個打開了的皮箱，甚至可以看到他的化妝用品盒以及他隨身攜帶的幾本書：一本是研究刑法的俄文書，還有一本德文書的和一本英文書，他打算在這次下鄉的閒

2 英語：網球場。

置時間裡讀讀這幾本書，但是今天已經沒有時間了，他只想上床睡覺，因為明天還得早點兒起床梳洗，去和農民們好好談一談。

「我是不應該佔有這些土地的，不佔有這些土地，也就不必維持這整個家業了。再說，我現在即將要到西伯利亞去了，因此，不管是這房子或是這莊園，我都用不著了。」他心裡有一個聲音在說。

「話是這麼說沒錯。」可他心裡另外一個聲音又接著說：「但是，首先，你不可能在西伯利亞生活一輩子的。要是你結婚了，你就會有孩子需要養活。你接收的是一個很好的莊園，就必須得把它完整無缺地傳給你的子孫們。你要對土地負責。把土地交出去，把一切都弄得精光，這都是輕而易舉的事，但是如果要再重新創立現在的局面，那就非常困難了。最重要的是，你應該好好考慮考慮你自己的生活，考慮好今後該怎麼生活，再依據這些來處理你自己的產業。你現在的決心是否堅定不移？還有就是，你是憑著你的良心在做這些？還是僅僅是為了做給別人看，向別人炫耀你自己呢？」涅赫柳多夫這樣自己問自己。

他不得不承認：別人若是對他所做的一切有什麼議論，這些議論也會影響他的決心的。他反覆思考得越多，提出的疑問也就越來越多，也越來越難解決。他為了擺脫這些擾人的想法，就在那張整潔的床上躺了下來，想好好地睡一覺，打算到明天用清醒的頭腦好好想想現在他怎麼也想不出頭緒的這些問題。

然而他久久無法入眠。青蛙的呱呱聲伴隨著清新的空氣與皎潔的月光一起湧入敞開的窗戶裡，其中蛙聲中還夾雜著夜鶯的鳴聲和啼聲。在遠處的花園裡有幾隻夜鶯在囀鳴，有一隻卻就在窗前那盛放的丁香花叢裡。

涅赫柳多夫靜靜地傾聽著夜鶯和青蛙的鳴叫聲，想起了典獄長女兒的琴聲。他想到典獄長，也就想起了瑪絲洛娃，想起她曾說過的「您別再管我的事了」，她這樣說的時候，她的唇哆嗦著，就像青蛙鳴叫時那樣。之後是那個日耳曼總管下坡去抓青蛙，應該要阻止他下去才對，但是他不僅下去了，而且一下子變成了瑪絲洛娃，責怪地說道：「我是個苦役犯，而您是位公爵。」

「不，我不能輕易退縮。」涅赫柳多夫心裡想道，又自己問自己：「我所做的這一切到底是好還是不好呢？我自己也不知道啊。反正對我而言無所謂。是啊，不過我該睡了。」於是他也順著剛才總管和瑪絲洛娃下去的路滑了下去，然後一切就在那裡消失了。

chapter 2 舌戰

第二天上午九點，涅赫柳多夫醒來。前來伺候老爺的年輕的帳房管事一聽到主人有動靜，就迅速給他拿來一雙從來未曾擦得那麼閃亮的皮鞋，又端來一杯純淨冰涼的礦泉水，還通報說農民們已經來一些了。涅赫柳多夫很快下了床，頭腦也清醒了。

昨天他對交出土地和丟掉家業感到惋惜的心情已經無影無蹤了，現在再想起那種心情，反倒覺得很奇怪。現在他想到自己將要做的事就打心眼裡高興，甚至還為它感到驕傲。他從這房間的窗戶望去，便可以看到一個長滿蒲公英的網球場，農民們便是按照總管的吩咐在那裡集合的。

總管是一個豐滿、肌肉結實、身強力壯的年輕人，他走過來向涅赫柳多夫通報說人已到齊了，不過可以讓他們等一下，涅赫柳多夫完全可以先喝點咖啡或者紅茶再過去，況且這兩樣東西現在都已經準備好了。

「不用了，我還是先去見見他們好些！」涅赫柳多夫說。他一想到就要和農民們交談了，竟完全出乎意料地生出一種膽怯又羞澀的心情。

他馬上就可以實現農民們的願望了，甚至這種心願是他們連做夢都不敢想會成真的，以低價把土地租給他們。換句話說，他是去向他們施恩行善，但是不知為何，他卻反而有些害臊了。等到涅赫柳多夫來到早已集合好的農民們面前，那些淡黃色頭髮的、捲髮的、禿頂的、頭髮灰白的農民，就紛紛摘下了頭上的帽子，可他卻感到十分窘迫，窘得很長時間都沒有說出一個字來。

天空中雨還在淅淅瀝瀝地下著，小小的雨珠兒落到了農民們的頭上，鬍鬚上，長袍的絨毛上。農民們全都望著他們的主人，等著他開口講話，而他卻難堪得什麼話都講不出來。

這種令人尷尬的沉默，最終被那個以鎮定沉著和自信著稱的日耳曼總管給打破了，他覺得自己非常瞭解俄國農民的脾性，並且他說得一口漂亮的俄國話。他這個身強力壯、肥頭大耳、錦衣玉食的人，就像涅赫柳多夫一樣，與農民們那滿是皺紋的瘦削的臉孔和在他們的長衣服裡凸起的瘦削的肩胛骨比起來，形成了很鮮明的對比。

「公爵現在要施恩於你們，要把土地以低價租給你們，但是說實話，你們根本沒有這個資格。」總管說。

「我們怎麼就沒有資格了，瓦西里・卡爾雷奇？難道我們沒有給你幹過活嗎？我們每個人都對已經過世的女主人心懷感激，都祈禱她的靈魂在天堂康寧。也感謝公爵少爺，他也沒有拋下我們不管不問。」一個喜歡饒舌的紅頭髮農民說道。

「我就是因為這個才把你們請過來的，如果你們願意的話，我想把我所擁有的全部土地都以低價交給你們。」涅赫柳多夫總算是開口說話了。

聽到這裡，農民們反而都不做聲了，好像是不懂，或者是根本就不敢相信他的話一樣。

「把土地交給我們，那是什麼意思？」一個穿著緊腰長外衣的中年農民問道。

「就是租給你們，你們只要稍稍付些租金，就有土地可以自己耕種。」

「這可真是件求之不得的事啊！」一位年長的農民高興地說。

「可是這個租金也要我們付得起才行啊！」另外一位老人不無憂慮地說道。

「給我們土地為什麼不要呢！」

「這對我們來說，是每天都在幹的活兒啊，我們就是靠土地來糊口的！」

「這麼一來，您也省事了，只管坐在家裡等著收錢就行了，要不然那得有多少麻煩事啊！」有些人說。

「麻煩事還不都是你們惹出來的！」日耳曼總管說：「要是你們全都老老實實地幹活兒，又都能守規矩的話……」

「這我們可做不到，瓦西里・卡爾雷奇，」一個尖鼻子的瘦老頭說：「你問我為什麼要把馬放到莊稼地裡去，可是誰又會存心把牠放到莊稼地裡去呢？我一天到晚掄鐮刀，一天漫長的就跟一年一樣，那麼累，可晚上我還要去放馬，難免就會打一會兒瞌睡，那馬就自己跑進你的燕麥地裡去了。可你呢，恨不得要活剝了我的皮。」

「你們本來就應該要遵守規矩啊。」

「你說得倒輕巧：守規矩！可是我們也是沒法子啊！」一個人高馬大、頭髮烏黑、滿臉鬍鬚的中年農民駁斥道。

「我早就跟你們說過了，叫你們豎柵欄。」

「那你也得給我們點兒木材呀。」後面一個矮個子的、長得其貌不揚的農民插了一句。「我去年夏天就想豎柵欄來著，可是你卻無緣無故把我關到牢裡去了，叫我整整餵了三個月的蝨子。哼，這就是你說的豎柵欄?」

「他說的那究竟是怎麼一回事啊?」涅赫柳多夫又問總管。

「Der erste Dieb im Dorfe，[3]」總管用德語說道:「他每年都在樹林裡偷偷砍樹，被人抓住了。你們應該學會尊重別人的財產才對。」總管對那人說。

「難道我們不尊重你嗎?」有一個老人說:「我們沒法子不尊重你呢，因為我們被你緊緊地攥在手心裡啊，你想讓我們怎樣就怎樣。」

顯而易見的，這裡正進行著一場舌戰，而參戰雙方都不太清楚自己到底為的是什麼，說的是什麼，但是可以看得很清楚的是，舌戰中的一方滿腔怨恨，卻由於害怕而不敢發洩，在竭力控制著;另一方卻依仗自己優越的地位和權勢。涅赫柳多夫聽著這一場爭吵，心情更加沉重了，他努力地把話題再拉回到正題上來，想要確定租金和付款日期。

「那有關土地的事究竟該怎麼辦呢?你們到底願不願意租啊?要是把全部的土地都交給你們，你們可以出個什麼價碼呢?」

「土地是您的，你說了才算。」

於是涅赫柳多夫就報了一個價，雖然涅赫柳多夫所出的價比周圍一帶莊園的租金要低很多，可農民們還是又習慣性地開始討價還價了，嫌價錢過高。涅赫柳多夫原本以為他出的這個價會被他們高高興興地接受呢，但是他卻一點兒也看不出他們有絲毫滿意的表情。

最後，還好有總管出來幫忙，才最終商定價格和付款的期限，農民們便一邊亂哄哄地談論著，

3 德語:這人是村子裡的頭號賊。

一邊陸續地走下山坡，向村子裡走去了。這時涅赫柳多夫便去帳房，和總管在一起擬定租約。

所有的事情都如涅赫柳多夫所期望和所預計的那樣安排妥當了，農民得到土地後所支付的租金比附近土地的租地費用大約要低三成，他在土地上所獲得的收益卻減少了將近一半，但是剩下的收入在涅赫柳多夫看來依然還是綽綽有餘的，畢竟他賣掉樹林、出售農具，都會有一筆進款。

似乎一切都辦得非常順利，但是涅赫柳多夫又不知道為什麼，總是還感到有點羞愧。他看得出來，雖然有些農民對他說了些感激的話，但是農民們還是不滿足，希望得到更多的好處，於是，最終的結果居然是這樣：他自己吃了大虧，卻沒有滿足農民們的期望。

第二天，在家裡寫好了合同並簽了名字，涅赫柳多夫在幾個從租地的農民中推選出來而專門到這裡來的老人護送下，走到帳房外，帶著事情沒有辦妥的不愉快的心情，坐上總管的三駕馬車，先前火車站上那車夫說起過的總管的那輛豪華四輪馬車，和那些仍面帶困惑莫解的神情和不滿地搖著頭的農民們道別，便動身往火車站奔去了。

涅赫柳多夫對自己感到很不滿意，可他所不滿的到底是什麼，連他自己都不清楚，不過他一直都覺得悶悶不樂，有點兒慚愧。

chapter 3

惆悵

涅赫柳多夫離開庫茲明斯科耶後，就乘車前往從姑姑們那裡繼承來的莊園，也就是他和卡秋莎初次結識的地方。對於這座莊園裡的土地，他打算用在庫茲明斯科耶所採取的那些措施來處理。除此之外，他還想要盡可能打聽一下與卡秋莎有關的往事，尤其是與她和他的孩子有關的事情：那個孩子是不是真的已經死了？他又是怎麼死的？

他一大早就到了帕諾沃。他乘坐的馬車一進莊園，首先讓他感到觸目驚心的第一件事，就是所有的房屋，尤其是正房，看起來是那麼的破敗而荒涼。當年的綠色鐵皮屋頂，由於許久沒有上漆了，如今已鏽得發了紅，有幾塊鐵皮的邊都捲起來了，看樣子是狂風暴雨吹打的結果吧。

房子裡的兩個門廊，一個是前邊的那個門廊，一個是他記得很清楚的位於後面的那個門廊，而今都已經坍塌朽爛，只剩下橫樑了。有幾扇窗戶缺了玻璃，只釘著幾塊木板。不論是管家住的廂房、不論是廚房、馬棚，都已經破敗不堪，色澤灰暗了。只有那花園，不僅沒有凋敝，反而花木叢生，枝葉更加繁茂了，現在正是百花爭豔的時候，在圍牆外就能看到盛開的櫻桃花、蘋果花和李花，宛如一朵朵白雲。

做籬笆用的丁香花叢也開滿了花，還跟十四年以前一樣，那一年，涅赫柳多夫就是和十八歲的卡秋莎一起在這丁香花叢中玩捉人遊戲[4]，還跌了一跤，被蕁麻刺破了手。那時索菲婭・伊萬諾夫娜在正房前面栽的一株落葉松，當年矮得就像個木樁子，而現在卻已長成大樹，可以做材了。

管家是個宗教學校的肄業生，他站在院子裡笑嘻嘻地迎接涅赫柳多夫，又笑嘻嘻地請他到帳房裡去，隨後依舊笑嘻嘻地到隔板後面去了，他這種笑似乎在預示著將有一件什麼特殊的事情要發生一樣，隔板後邊有悄悄說話的聲音，說了一會兒，然後就不說了。

馬車夫拿到車錢後，便駕車駛出了院子，馬鈴叮叮噹噹響過一陣子之後，便完全沉寂了下來。又過了一會兒，有一個身著繡花襯衫，耳朵上裝飾著小絨毛球的姑娘光著腳從窗前跑了過去。在姑娘後面又跑過一個成年男子，他那雙大靴子的鞋釘在那條早已被踩實的小徑上發出叮叮的響聲。

涅赫柳多夫在窗前坐了下來，朝花園裡望著，聞著，清爽的春風攜帶著剛剛翻耕過土地的泥土氣息吹進雙扉的小窗裡來，輕輕拂動著他汗涔涔的前額上的頭髮，輕輕吹動著刀痕累累的窗臺上擱著的一摞信紙。河上傳來「劈哩啪啦」的聲音，那是農婦們在用洗衣棒捶打衣服，那響聲此起彼伏，在迎著陽光而熠熠發光的河面上四散開去。磨坊那兒傳來均勻的流水下瀉聲音，一隻蒼蠅驚惶而響亮地發出嗡嗡的聲音，從他耳邊飛了過去。

涅赫柳多夫想起很久以前，他還年輕純潔的時候，也是在這裡，在磨坊的那均勻的流水聲中，聆聽著來自河上的那些敲打衣服的聲音，春風也就是這樣輕拂他汗涔涔的前額上的頭髮，輕輕地吹拂著那刀痕累累的窗臺上擱著的一摞信紙，恰巧有一隻蒼蠅也是這樣惶恐地從他耳邊飛過去。於是他不僅回憶起了當他是個十八歲的男孩子的那種情景，而且還感到了他如今仍依然和當初一樣地富

4 此處有差錯。那一年卡秋莎是十六歲，這時是二十七歲，應為十一年前。

有朝氣、純潔無暇、胸懷遠大，可是同時，猶如夢裡一樣，他知道這一切都不可能會重現了，於是他感到無比惆悵。

「請問，您什麼時候吃飯啊？」管家笑嘻嘻地問道。

「隨您的便吧，我還不餓，我要到村子裡轉轉。」

「可是，您能否到房子裡去看看？房子裡我已經打掃得乾乾淨淨的了，請您費神去看一眼吧，假如這座房屋的外觀……」

「不，以後再看吧。現在，麻煩您告訴我，你們這裡是不是有個女人叫馬特廖娜・哈林娜的？」

他問的是卡秋莎的姨媽。

「當然有啦！她就住在村子裡呢，我可是拿她真是一點兒辦法都沒有，她總是販賣私酒，我得知了這事後，曾揭發過她，也訓斥過她，還罵過她，但就是狠不下心寫狀子到官府那裡去告她，畢竟她也是老太婆了，又還有孫子孫女需要她來撫養。」

「她住在哪裡？我想到她家去看看。」

「她就住在村子的盡頭，從村邊開始數第三座房子就是她家。左側是一座磚砌的房子，磚瓦房過去就是她的草屋了。不過，最好還是我陪您去吧。」管家興高采烈地說著。

「不用麻煩了，多謝您啦，我自己可以找到的，倒是麻煩您去通知一下所有的農民們，叫他們來開個會，我要和他們談談有關土地的事。」涅赫柳多夫說，他打算在這裡按照在庫茲明斯科耶的那種做法，跟農民們把土地的事情處理處理，要是有可能的話，最好能在今天晚上就把事情辦妥。

chapter 4

巡視

涅赫柳多夫出了大門，又遇見了那個農家姑娘，耳朵上墜著絨毛球，身上圍著五顏六色的圍裙，迅速地倒換著著兩隻粗大的光腳丫，在長滿車前草和獨行菜的牧場上跑著，沿著一條早已踩實的小路往回跑。那隻左胳膊在胸前輕快地來回晃悠著，右胳膊緊緊地抓著一隻大紅公雞，並把牠緊緊地貼在自己的肚子上。

涅赫柳多夫在下坡朝水井邊走的時候，又遇到一個彎腰駝背的老太婆，身上穿著髒兮兮的粗布襯衫，背上橫著一根扁擔，扁擔的兩端挑著沉甸甸的、裝滿了水的大木桶。老太婆小心翼翼地把兩隻水桶放下來，也像姑娘那樣把頭髮向後一甩，向他鞠了一個躬。

走過這口水井就到村子裡了，涅赫柳多夫正走過各家院子敞開的大門前。

有幾個趕著大車上坡的漢子光著腳，穿著濺滿糞汁的布衫和褲子；他們還時不時地轉過頭來看看這個高大又壯實的老爺，看見他頭上戴著一頂灰色禮帽，帽子上的絲帶在陽光的照耀下閃閃發光，看著他在村子裡往坡上走，每邁開兩步，就用他閃亮的銀頭曲節手杖在地面上點一點。還有些從地裡駕著空車回來的農民，顛顛晃晃地坐在空車的馭座上，驚愕地注視著這個走在他們的街道上很不尋常的人，村婦們紛紛走到大門外或者就站在屋外的臺階上，朝他指指點點，目送他走過。

涅赫柳多夫剛剛走到第四戶人家的門口時，有一輛大車吱吱嘎嘎地從院子裡駛出來，擋住了他的去路。大車上裝的是堆得很高的乾畜糞塊，上面鋪著一張供人坐的椴皮席子。一個五六歲左右的小男孩跟在大車的後面走出來，興高采烈地等待著坐車。

一個年輕漢子邁著大步趕著大車出門，還有一匹長腿的藍灰色小馬駒也很快地出了大門，但牠一看到涅赫柳多夫就嚇了一跳，身子趕忙縮回到那大車上，雙蹄不停地蹬著車輪，一下子蹦到已經拉著沉甸甸的大車出了門的母馬那裡去了，那母馬也受了驚，顯得有些心神不寧，發出低低的嘶鳴。後面還有一匹馬，由一個面容清瘦卻神采奕奕的老人牽著，他也光著腳，身上穿著帶花紋的褲子和骯髒的長布衫，背上凸現出那尖尖的極瘦的肩胛骨。

等到幾匹馬沿著這散落著灰黑色的，好像燒糊的小糞堆的平坦道路向上爬著的時候，那個老人又轉身走回到大門口，向涅赫柳多夫深鞠了一個躬。

「你就是我們那兩位老小姐的侄子吧？」

「是的，我是她們的侄子。」

「歡迎您的到來。怎麼，您是來看望我們的嗎？」老人饒有興致地和他聊了起來。

「是的，怎麼樣，你們過得還好嗎？」涅赫柳多夫也不知道應該說些什麼才好，就這樣問道。

「我們過的這叫什麼日子呀！糟透了。」健談的老人好像感到很興奮，用唱歌般的拖長著調子說。

「怎麼會很糟糕呢？」涅赫柳多夫一邊說著，一邊跟著進了大門。

「除了這樣，還有什麼樣的好日子呢？永遠只有這種糟糕的日子。你看，我家裡大大小小一共有十二口人，」老人指著兩個女人接著說道，她們手中抓著大木叉，站在還沒有清理出去的糞堆上面，大汗淋漓，頭巾滑落在一邊，她們把裙擺掖在腰裡，露出的小腿有一半都沾滿了糞汁。「家裡哪個月不得要買進六普特糧食，但是錢又從哪裡來呀？」

「難道，你們自己收的糧食還不夠吃嗎？」

「自己收的糧食？」老人帶著冷笑說：「我擁有的田地只能養活三口人，今年我們一共收穫了八垛糧食，可能都吃不到耶誕節。」

「那你們該怎麼辦呢？」

「我們只好湊合唄，這不，打發一個孩子出去做長工，除此之外，還要向您府上借點兒錢，可那點兒錢沒到大齋節就已經花完了，但是稅款還沒有著落呢。」

「稅款要繳多少？」

「像我這樣一戶，每四個月要交十七個盧布。唉，上帝呀，這是什麼日子嘛！我自己也不知道該怎麼過了！」

「我可以到你們的房子裡去看一看嗎？」涅赫柳多夫一邊說著，一邊就從院子裡向前走去，穿過那個小庭院，從清掃畜糞的地方，走到了那些還沒有動過的和剛剛用叉子翻動過正在冒著強烈氣味的土黃色的畜糞上。

「當然可以了，來吧。」老人說著，便快步朝前走去，那光著腳丫的腳趾縫裡不住地擠出糞汁來。他跑到涅赫柳多夫的前面，給他打開了小房子的門。

那兩個女人整理了一下頭巾，把毛織裙子的裙裾也拉了下來，好奇而又恐懼看著這個衣著整潔、袖口上釘著金鈕扣的老爺走進了她們的小屋。

從小屋裡跑出兩個穿著粗布衫的小女孩，涅赫柳多夫微躬下身子，摘下帽子，走進門廊，接著走進一個骯髒又狹小的屋子，屋裡放著兩台織布機，還瀰漫著食物的酸味。小屋裡有一個老太婆站在爐灶的一邊，挽著袖子，裸露著兩條黑瘦的、青筋暴露的胳膊。

「東家到我們家裡來看望我們了。」老人說。

「好啊，承蒙您賞光。」老太婆一面放開捲起的衣袖，一面和氣地說。

「我想看看你們的日子過得怎麼樣。」涅赫柳多夫說。

「哎，我們日子過得怎樣，您現在也看到啦，這個小屋子眼看快要塌了，說不準哪天就會砸死人的，可是我們家老頭子卻說這個房子很好。我們就這樣勉強過著，看，這就是我們的天地！」很俐落的老太婆神經質地顫動著腦袋說：「我這馬上要做飯了，必須得給幹活的人弄點吃的填飽肚子。」

「你們的午飯吃些什麼呀？」

「吃什麼嗎？我們吃得挺好的，第一道菜是麵包加克瓦斯[5]，第二道是克瓦斯加麵包。」老太婆齜著蛀掉了一半的牙齒說。

「不，您別再開玩笑了，還是讓我看看你們今天都吃的什麼吧。」

「你想見識一下我們莊稼人的伙食嗎？老爺，你什麼事都想要刨根問底，我已經說過了，我們吃的是麵包加克瓦斯，還有一點菜湯，這個羊角芹是昨天娘們兒挖來的。瞧，這就是菜湯。除了這，還有土豆。」

5俄國的一種清涼的飲料，用麵包或水果發酵而成。

「再沒有別的了嗎？」

「還能有什麼呀，最多就是在湯裡稍稍加點牛奶。」老太婆笑著並且望著門口說。門是開著的，門廊裡擠滿了人，男孩兒、女孩兒、懷抱嬰兒的娘兒們都擠在門口，想要看看這個來視察莊稼人伙食的古怪的老爺，老太婆顯然是因為自己有本事應付老爺而感到很得意。

「是啊，我們日子真的很糟糕呀，這還有什麼說的啊。」老人說道：「你們跑來這裡幹什麼呀！」他對那些站在屋門口的人大聲嚷道。

「好吧，我知道了，再見。」涅赫柳多夫說，他心裡覺得很窘迫，很慚愧，至於為什麼，他也不知道。

「非常謝謝您來看望我們。」老人說。

過道中的人彼此推搡著，讓出一條道來好讓他走過去。他走出去之後，就又來到了街道上，繼續沿著斜坡向上走，有兩個男孩赤著腳跟著他從過道裡走出來。其中一個年紀稍微大點兒的，穿著一件又髒又舊的白襯衫，另外一個則穿著窄小的、褪了色的桃紅襯衫，涅赫柳多夫回過頭去看了看他們。

「你現在想去哪裡？」穿白襯衫的男孩壯著膽子問道。

「我想去看看馬特廖娜・哈林娜。」他說：「你們知道她住在哪裡嗎？」

穿著桃紅小襯衫的小男孩沒來由的突然笑了起來，而一旁的稍大些的男孩則一本正經地反問道：

「哪一個馬特廖娜？是那個年紀大一些的嗎？」

「是的，是年紀大的那位。」

「哦，哦，」他拉長聲調說：「那就是謝苗尼哈，她家在村頭上，我們可以帶你去。走吧，費季卡，咱們一起領他去。」

「但是那些馬要怎麼辦呢？」

「沒事的！」

費季卡同意了，於是他們三人就一起朝村子的上頭走去。

chapter 5

誰家最窮

涅赫柳多夫覺得和孩子們在一起要比和大人們在一起心裡輕鬆些，於是他們就在路上隨意聊著天。穿粉紅襯衣的小男孩這時候也不笑了，說起話來則又像那個大孩子似的又懂事又機靈。

「喂，你們這個村子裡，數誰家最窮呀？」涅赫柳多夫問兩個小男孩。

「誰的家裡最窮？米哈伊爾窮，謝苗・馬卡羅夫也窮，還有馬爾法也窮得要命。」

「還有阿尼西婭，她家更窮，阿尼西婭家連一頭奶牛都沒有，她家的人還在到處討飯呢！」小費季卡說。

「雖然她家沒有奶牛，但是他們總共才三個人，馬爾法家可有五個人呢！」大孩子表示強烈反對說道。

「可阿尼西婭是個寡婦啊。」穿粉紅襯衣的男孩兒辯駁道。

「雖然阿尼西婭是個寡婦了，但是馬爾法也和寡婦沒什麼區別啊，」大男孩繼續說：「丈夫不在家，跟寡婦也沒什麼兩樣啊。」

「她丈夫去哪裡了呢？」涅赫柳多夫問。

「蹲在監獄裡餵蝨子呢！」大男孩套用了大人們通常說的用語。

「去年夏天，他只是在老爺家的林子裡砍了兩棵小白樺樹，就被扔進監獄裡去了。」穿粉紅襯衣的小男孩搶先說道：「到現在他已經被關了快五個月了，他女人只好到外面討飯，她家裡還有三個小孩和一個可憐的婆婆要養活。」他很認真地說著。

「她住在哪裡？」涅赫柳多夫問。

「前面的這個院子就是她家。」小男孩兒指著一座房子說。那房屋的前面有個瘦削的、淺黃頭髮的男孩就站在涅赫柳多夫所走的那條小路上，他的一雙羅圈腿搖搖晃晃地支撐著他的身體，站都站不穩。

「瓦西卡，你這淘氣鬼，跑哪兒去了？」一個身穿灰土色，像是沾滿爐灰似的骯髒襯衣的婦人從房子裡衝出來，高聲嚷嚷著。

她帶著一臉的驚惶，直衝到涅赫柳多夫的前面，一把抱起那個小孩就朝房子裡跑，似乎很怕涅赫柳多夫會欺負她的孩子似的。她就是剛才小男孩提到的那個女人，她丈夫因為砍伐涅赫柳多夫的樹林裡的白樺樹被關進了監獄。

「那麼，還有馬特廖娜，她窮嗎？」當他們快走到馬特廖娜的房子附近的時候，涅赫柳多夫問。

「她怎麼窮啊？她在偷偷地賣酒呢！」穿粉紅襯衣的瘦削的男孩果斷地答道。

涅赫柳多夫來到馬特廖娜的小房子跟前，就把兩個孩子打發走了，他獨自走進門廊，隨後又走進小屋。馬特廖娜老太婆的小屋只有六俄尺長，要是有個高個子的傢伙躺到爐子後面的那張床上，肯定連腿都伸不開。

「卡秋莎就是在這張床上生的孩子，」他心裡想，「後來又是在這張床上病倒的。」整個屋子幾乎被一架織布機給占滿了，涅赫柳多夫走進屋裡的時候，他的頭碰到了低低的門楣，屋裡的老太婆和她的大孫女剛剛一起調理過織布機。還有兩個孫子則尾隨著主人，飛快地衝進小屋裡，雙手抓住門框，在門口站住。

「您找誰？」老太婆因織布機出了毛病，情緒很壞，氣沖沖地問道，況且因為她販賣私酒是秘密的，所以她一向怕任何陌生人。

「我是這裡土地的主人，希望可以和您談談。」

老太婆凝神望著他，有一會兒沒做聲，而後她的臉色突然就變了。

「哎呦，原來是您來啦啊，我親愛的主人！我這個老傻瓜竟然沒有認出來呢，還以為是個過路的呢！」她裝出很殷勤的腔調說：「哎呦，我的好老爺啊……」

「我想跟您單獨談談可以嗎，最好是沒有外人在場。」涅赫柳多夫望著敞開的門說，那裡站著兩個孩子，他們的背後站著一個抱娃娃的很瘦很瘦的女人，那娃娃戴著碎步縫成的小圓帽，因為有病面色顯得蒼白，雖然病懨懨的，但卻一直在笑著。

「這裡有什麼可看的？再看我就揍你們。把我的拐杖給我拿來！」老太婆對站在門口的孩子喝道：「快點兒把門關上，聽到了沒有？」

兩個孩子們一下子就走開了，抱著娃娃的女人順從地把門關了起來。

「我正尋思呢，進來的到底是誰啊？原來是老爺您啊！」老太婆說：「您怎麼賞光到我們這兒來啦，還不嫌我們這裡髒啊。哎呀，老爺，您坐在這個矮櫃上吧這兒吧。」她邊說邊用圍裙賣力地擦了一下那櫃子。「我還以為是哪個討厭鬼跑到我這裡來了呢，沒想到來的卻是老爺您，我的好老爺，我的大恩人，我的衣食父母，你千萬不要跟我這個老糊塗計較啊，我真是瞎眼了啊。」

涅赫柳多夫坐下來，老太婆就站在他的跟前，右手托著腮，左手抱住尖細的右肘，像唱頌歌似的開始說了起來。

「我來是想問您一件事，你還記得那個卡秋莎・瑪絲洛娃？」

「你是說葉卡捷琳娜吧？那我怎麼會忘呢，她可是我的親外甥女兒……哪能忘呀，我為她哭了多少次，流了多少淚啊，那些事我全都知道。我的老爺，誰沒有做過對不起上帝，對不起皇帝的事啊？做出那樣的事全都是因為年輕嘛，再加上喝喝茶，喝喝咖啡什麼的，就很容易鬼迷心竅了。要知道，魔鬼可是很厲害的，那能怎麼辦呢！你又不是棄她不顧，你還給了她不少錢，一下子就給了一百盧布呢，可她都幹什麼了呀？她真是太傻了，要是她肯聽我的話，現在肯定過得很舒服。雖說她是我的外甥女，但是我得直說：這個姑娘太沒出息了。後來，我給她找了一個多麼好的活兒呀。可她就是不聽話，不好好幹，竟敢耍起脾氣，罵起老爺來了。難道我們這等人是可以罵老爺的嗎？那之後，人家就把她給解雇了，後來她還去一個林務官的家幹活兒，原本還是可以過得下去的，但是不久她又不願意幹了。」

「我想知道那個孩子的事，她是不是在你家生過一個孩子？那個孩子現在去哪兒了呢？」

「我的老爺，當時那孩子可真是讓我操碎了心啊，那時她病得很厲害，我料想她再也下不了床了，於是我就照規矩，自己為那個孩子做了洗禮，又把他送進了育嬰堂。實在是沒辦法啊，當娘的都快死了，何必再讓這個小寶貝跟著遭罪呢？要是換做其他人，可能就會扔下那個孩子不管的，也不會給他吃的，任由他去死，可是我是有良心的人，我怎麼能這樣做呢，寧可多操操心，就算自己花點力氣吃點兒苦，也要把他送進育嬰堂去，所幸還有幾個錢，於是就找人把他送去了。」

「在那兒有登記的號碼嗎？」

「號碼是有的，可是孩子當時就死了，她說剛送到那裡，他就夭折了。」

「她是誰？」

「就是住在斯柯洛德諾耶村的那個女人啊，她專門幹這行，她叫馬拉尼婭，可現在她也已經去世了。這個女人很精明，她幹得可巧妙了！別人把孩子送給她，她就自己留下來，放在家裡，好好餵著。她一邊餵著這些孩子，我的老爺，一邊又等著再多找幾個娃娃，為的就是多湊幾個過去，等湊到三四個，她立刻就把他們送出去。她想的辦法可妙啦，先做好一個大竹籃子，就像一張雙層床一樣，上層下層都裝著孩子，籃子上還安裝了手柄，這樣她就可以把四個孩子同時裝進去，讓孩子腳和腳對著，這樣腦袋在兩頭，也就不會碰著了，她這樣一次就可以送走四個。她還把奶嘴塞到孩子嘴裡，那群小娃娃就不哭也不鬧了。」

「哦，那後來呢？」

「唉，後來葉卡捷琳娜的孩子也是這樣被送出去的。哦，對了，她好像還把他養了兩個多禮拜之後才送走的，據說那孩子在她家裡時就生病了。」

「那孩子長得好看嗎？」涅赫柳多夫問。

「他可好看了，比他好看的恐怕是再也找不出來了，跟你長得一模一樣。」老太婆還不忘擠擠眼補充了一句。

「可他的身體為什麼會那麼虛弱呢？恐怕是餵得不夠好吧？」

「哪兒能算得上餵呀！不過是做做樣子罷了。那還用說嗎，又不是她自己的孩子，只要讓孩子有口氣能活著送到那裡就得了。她說剛把他送到莫斯科，他就斷氣了，她還帶回一張證明，手續都很齊備，她可真是個機靈的女人啊。」

關於孩子，涅赫柳多夫能夠打聽出來的也就是這麼多了。

chapter 6

土地的安排

涅赫柳多夫的頭在小屋和門廊的兩個門楣上又各碰了一下，才來到大街上。一群孩子已經在那裡等著他了：一個穿白襯衣的，一個穿煙色襯衣的，一個穿粉紅色襯衣的。另有一些新來的孩子也加入了他們這一夥。還有幾個抱著孩子的女人也在等著他，其中就有那個瘦削的女人，輕飄飄地抱著那個臉色發白、頭戴碎布小圓帽的娃娃。那娃娃的一張老頭子般的小臉上還在很奇怪笑著，他那有些痙攣的大手指頭不住的哆嗦著，涅赫柳多夫明白這是一種痛苦的微笑，他就打聽了一下這個女人是誰。

「她就是我向你提起過的那個阿尼西婭。」那稍大些的男孩說。

涅赫柳多夫掏出錢包來，給了那女人十個盧布。可他還沒走出兩步，另一個抱著孩子的女人就追了上來，接著又過來一個老太婆，然後又過來另外一個女人。每個人都訴說著自己如何的貧困，乞求他幫幫她們。涅赫柳多夫把他錢包裡所有的六十盧布的零錢全都散發給她們了，自己則帶著極為沉重的心情回到家裡，也就是回到管家的廂房裡。管家依然笑嘻嘻地迎接了涅赫柳多夫，還告訴他農民們將在今天傍晚來集合開會。涅赫柳多夫對此向他表示了感謝，卻沒有走進屋裡，回過頭來去了花園裡，在落滿白色蘋果花和青草萋萋的小路上徘徊，思索著他剛才看到的那一切。

起初，廂房的四周是靜悄悄的，但不一會兒，涅赫柳多夫就聽到管家的廂房中有兩個女人憤怒的爭吵聲，在這些聲音中，時不時地還能聽到那位總是笑嘻嘻的管家那平靜的聲音，涅赫柳多夫便留神聽了聽。

「我已經筋疲力盡了，可你幹嘛還要扯下我的十字架？[6]」一個女人滿腔憤怒地說。

「其實我家的牛也就剛跑進去一會兒嘛。」另一個聲音說：「我說，你行行好，就把牠還給我吧。你何必要折磨那隻牲畜呢，弄得我家孩子沒有奶吃？」

「你們要麼就罰款，要麼就用做工來抵償吧。」管家心平氣和地回答道。

聽到這兒，涅赫柳多夫就從花園裡走了出來，來到廂房的門廊前，看見那裡站著兩個披頭散髮的女人，其中有一個明顯是懷了孕的，而且看樣子很快就要分娩了。

管家站在門廊的臺階上，雙手插在帆布大衣口袋的兜裡。那兩個女人一看見東家，就不做聲了，不知該放在哪兒的雙手開始調整起從頭上滑落的頭巾，管家把手從口袋裡抽出來，朝著自己的東家笑了起來。

事情是這樣的：據管家說，農民們總是故意把他們的小牛以至奶牛趕到老爺的草場上去，現在就是這兩個農婦家的奶牛在草場上被人逮著了，還趕進來了。管家要她們兩人為每頭牛出罰金三十個戈比，或者用兩天的工時來做抵償。但是這兩個村婦卻始終認為，第一，她們的奶牛只是闖進了草場一下子；第二，她們沒錢；第三，就算讓她們用做工來做抵償，她們也要求立刻放還兩頭牛，因為牛在太陽底下毒曬了大半天了，一點兒草料都沒吃，現在正可憐巴巴地哀叫呢。

6 意為：你為什麼還要逼死我啊？基督徒通常會戴著十字架，直到死時才會脫下來。

涅赫柳多夫叫管家先把奶牛放了，自己又走到花園繼續思索著，不過這時候已經沒什麼可思索的了。對他來說，現在這一切都是一清二楚的了，甚至禁不住感到驚訝，不知道像這樣顯而易見的事為什麼許多人看不到，為什麼他自己長久以來也一直沒看到。

「我必須要想出辦法。」他一面在臨近的白樺樹林裡的一條小徑上久久地徘徊著，一面思索著。「土地是不能成為私有財產的，它也不能成為商品。就像水、空氣、陽光一樣，所有的人都同樣有權享有土地和土地為人類提供的財富。」

如今他算是真正明白了，這也就是他一想到在庫茲明斯科耶對土地的安排，就覺得羞愧的原因。他這是在自欺欺人，明知自己無權佔有土地，而卻又偏偏認定自己擁有這項權利。他送給農民的只是他內心深處知道無權享用的收益的一部分，如今他決不能再像之前那麼做了，並且一定要改變他在庫茲明斯科耶的那套做法，於是，他在自己頭腦裡擬定了一套完整的方案，大意就是把土地交給農民，只收取地租，承認租金是那些交租農民自己的財產，目的是為了讓農民拿出這些錢，用於繳納稅款和公益事業。這還不是Singletax[7]，但這至少是在現行制度下，最有可能實行的最接近單一稅的辦法，而最主要的一點就是他放棄了他擁有的土地所有權。

等他走進屋子的時候，管家特別高興地邀請他去吃飯，還無比擔心地說，他的妻子在那個戴絨毛球姑娘的幫助下燒的菜沒有掌握好火候。

桌上鋪著一塊粗布，上面擱著一塊繡花毛巾，算是當餐巾用的，桌上擺了一隻斷了耳的vieux-

7 英語：單一稅，即美國小資產階級經濟學家亨利·喬治為反對大規模土地所有制而實行的土地稅，好讓地租歸到資本主義國家手中。

saxe[8]湯盆，盛著土豆雞湯。這是那隻時而伸出這隻黑腿、時而又伸出另一隻黑腿的公雞，如今已被殺掉，甚至還切成了碎塊，很多地方還殘留著雞毛。喝完湯後，下一道菜仍是那隻公雞，帶著烤焦的雞毛，接下來是加了很多奶油和糖的煎奶渣餅。雖然這些菜都不怎麼可口，可涅赫柳多夫還是毫不在意地吃了，他甚至沒留意自己吃的是什麼，因為他一心在思考著他的想法，這一想法倒是一下子把他從村子裡帶回來的苦悶心情給徹底消除了。

飯後，涅赫柳多夫費了很大的勁才讓管家坐下來。為了想要驗證一下自己的念頭是否對頭，同時也想把自己想得入迷的問題說給別人聽聽，於是就對管家說了「他要把土地交還給農民」的想法，還問他對此有什麼看法。

管家只是笑嘻嘻地裝著樣子，似乎這事他早就想過，現在聽到這話又很高興，但實際上他壓根就沒聽懂。這顯然不是因為涅赫柳多夫說得不清楚，而是在管家的頭腦裡，早已經有了一個根深蒂固的觀念，那就是人人都巴不得損人利己，所以當聽到涅赫柳多夫說要把所有土地的收益作為農民的公積金，管家就覺得有些話他沒有聽懂。

「我知道了。也就是說，您可以得到這些公積金的利息，是吧？」管家滿面春風地說。

「絕對不是的，您要知道，土地不應該成為任何個人的私有財產。」

「您說得很對！」

「所以土地所給予的一切都是屬於大家的。」

「那麼，如此一來，您不就沒有收益了嗎？」管家收斂起了他的笑容問道。

8 法語：撒克遜古瓷。

「我就是不要了嘛。」

管家深深地嘆了口氣，但立馬又笑了起來。現在他明白了，他知道了，涅赫柳多夫其實是一個不太正常的人，於是他立馬就在涅赫柳多夫的這個放棄土地的方案裡開始尋找對自己有利的可能性，一心想是否能從中撈到些許的好處，並一心把這個方案理解為他一定能謀到私利的交出土地的方案。

不過，當他發現沒有這種可能的時候，他就開始難受了起來，對改革的方案也不感興趣了，他臉上的笑容也只不過是在向東家獻殷勤而已。涅赫柳多夫看出管家對他的不理解，便讓管家走了，獨自坐在一張佈滿刀痕和染滿墨水污漬的桌子旁，著手起草他的方案。

太陽已經落到剛剛長出新葉的菩提樹後面去了，蚊子成群結隊地飛進小屋裡，瘋狂地叮咬著涅赫柳多夫。等他打好底稿時，就聽到村裡傳來的牲口叫聲、吱嘎吱嘎的開門聲，以及來開會的農民們的說話聲。涅赫柳多夫便告訴管家，不必叫農民到帳房裡來，他自己要親自去村裡，去他們所集合的庭院裡。

涅赫柳多夫匆匆喝完管家端過來的一杯茶，便向村裡走去了。

村長家的院子裡熙熙攘攘，人聲嘈雜，可涅赫柳多夫一到，所有聲音都戛然而止了，那些農民就像在庫茲明科耶那樣，紛紛摘下帽子。

涅赫柳多夫鎮定了一下，就開始說話，一開口就向農民宣布了他要把土地全部交給農民的打算。農民們全都默不作聲，臉上的神情也毫無變化。

「因為我認為，」涅赫柳多夫紅著臉說：「土地不應該屬於不種地的人，我認為人人都有權使用土地。」

「這不明擺著的嘛，這話算說到節骨眼上了！」有幾個農民附和說。

涅赫柳多夫接著說土地的收益應當由大家共同分享，所以他提議他們把土地接收下來，然後交付由他們自己規定的價錢，以此作為一筆公積金，以後歸他們自己享用。這時候，人群中還接二連三地傳出一些表示贊成或同意的聲音，可農民們那一張張板著的面孔卻板得越來越緊了，他們原本還在看著東家的眼睛，而此時卻不自覺地垂了下去，似乎大家已經看穿了他的詭計，誰也不願上當，同時又不想說出來讓他難堪。

涅赫柳多夫說得非常清楚，而農民們也大都是善於聽話的人，可是他們沒有聽明白他的話，也明白不了，這與管家許久沒有聽明白是一個原因。他們也堅信：堅守自身的利益，這是人與生俱來的本性，而地主嘛，他們通過祖祖輩輩的經驗早就知道了，地主向來是千方百計地從農民身上撈好處。所以，如果地主把他們集合起來，還對他們提出某個新玩意，那顯然是想要用更加狡猾的手段來欺騙他們。

「好吧，那麼，你們認為使用土地的價錢定多少合適呢？」涅赫柳多夫問。

「為什麼要由我們來定價呢？我們才不可能這樣做呢。土地都是您的，全憑您做主。」人群中有人大膽地答道。

「你們要知道，」跟著涅赫柳多夫來到這裡的管家，想把事情解釋得更清楚些，就笑著說：「現在公爵想把土地交給你們，只要你們交付一些錢，可這些錢還是你們自己的，算是你們的資金，以後供村社使用。」

「這事我們可都明白了，」一個牙齒掉光的老頭兒連眼皮都沒抬一下，說著：「這和銀行路徑一樣，總之，就是我們到時候必須交錢。我們可不想這樣，因為我們本來就已經夠困難的了，再這樣做的話，我們就要全完了。」

「用不著這一套，我們還是照著原來的辦法就好。」有的人很不滿地，甚至是很不客氣地說。

而當涅赫柳多夫提及要立契約，他本人先在上面簽字，他們同樣也要簽字時，農民們的反對情緒便越發強烈了。

「簽什麼字？我們才不簽呢。過去我們怎麼幹活，今後我們還怎麼幹，來這一套到底想幹什麼呀？我們可都是些沒文化的大老粗呀。」

「我們不會答應的，這一套我們沒見過，過去怎麼做的，今後還怎麼做吧，只要不出種子就行啦。」另幾個人說。所謂不出種子就是說：依照現有的規矩，在對分制的土地上種莊稼，種子是本應由農民出，如今他們提出要地主出種子。

「這麼說，你們不願意，不想要得到土地了？」涅赫柳多夫問一個年紀不大、容光煥發的赤腳農民。

「是的，老爺。」這個顯然還沒有擺脫軍營魔力的農民說道。

「難道說你們的土地已經夠用了？」涅赫柳多夫又問。

「不，遠遠不夠，老爺。」這個早已退役的士兵裝著愉快的神氣答道。

「那麼，你們還是把我講的話好好地考慮一下吧。」無比驚訝的涅赫柳多夫說過這話，又把他的提議重說了一遍。

「我們沒什麼可考慮的了，我們怎麼說，就怎麼辦吧。」那位面色陰鬱、沒有牙齒的老人怒氣衝衝地說。

「我還會在這裡繼續待一天的，要是你們改變主意了，就讓人來告訴我一聲。」

農民們什麼也沒回答。

涅赫柳多夫差不多就這樣沒得到任何結果，便轉身朝帳房走去了。

「容我奉告您幾句，公爵，」管家在他們回到家的時候說：「您和他們是不會談攏的，他們都頑固得要命。只要開會，他們總是一意孤行，抱定他們那一套不放，誰也別想說服他們，就因為他們對任何事都會害怕。要知道這些莊稼人，比如不同意您這方案的那個白髮和黑髮的莊稼漢，都是很精明的莊稼人，他們有時到帳房裡來，若是請他們坐下來喝杯茶的話，」管家笑呵呵地說道：「只要一聊起來，您就如同走進了智慧的殿堂，無所不知，無所不曉，就像個高官大臣，談什麼都談得頭頭是道。不過一開會，他就徹底地變成另外一個人，拚命地高唱那些死不改口的調子……」

「那麼，能不能找幾個最通情達理的農民到這兒來呢？」涅赫柳多夫說：「我想更詳細地和他們談一談。」

「這沒問題，我明天就把他們找來。」管家說著，笑得更痛快了。

chapter 8 舊地重遊

涅赫柳多夫回到屋裡，發現帳房裡已經收拾妥當以便讓他過夜，屋裡有一張很高的床鋪，上面鋪著鴨絨褥子，放著兩個枕頭和一條縫得密密麻麻的厚得疊都疊不起來的雙人大紅綢被，顯然是管家妻子的嫁妝了。管家請涅赫柳多夫去吃午飯剩下的那些菜肴，涅赫柳多夫謝絕了。管家為伙食和住宿招待不周表示歉意之後就離開了，只留下涅赫柳多夫一個人待在屋裡。

農民們的回絕沒有讓涅赫柳多夫覺得有絲毫的難堪，恰好相反，雖然在庫茲明斯科耶，農民們都欣然接受了他的提議，還一再向他表示感謝，而這兒的農民們卻不相信他，甚至對他抱有敵意，可他心裡卻又平靜又高興。

帳房裡很悶熱，而且不是很潔淨，涅赫柳多夫就來到院子裡，想去花園，但是他想到了那個夜晚，那個女僕房間的窗戶，以及那個後面的門廊，就覺得重遊那些曾經被犯罪的往事玷污過的舊地實在是讓人高興不起來，於是他就在臺階上席地而坐，呼吸著彌漫在溫潤的空氣中白樺樹葉的濃郁香氣，久久地眺望著那霧氣籠罩夜色蒼茫的花園，靜靜地聆聽著磨坊的流水聲和夜鶯的歌聲，還有一隻不知名的小鳥在門廊旁邊的灌木叢裡發出的孤單的呼喚聲。

管家屋裡的燈已經熄滅了。東方，在倉房的後面，迸射出初升月亮的光芒，而天空中的閃電則愈來愈明亮，照亮了那鮮花怒放、鬱鬱蔥蔥的花園和那些破舊的房屋，還可以聽到遠處傳來的雷聲，三分之一的天空已是烏雲密佈，夜鶯和其他一些鳥兒的鳴叫也都戛然而止了。

一輪近乎圓滿的明月從倉房後面升起來了，烏黑的陰影鋪滿了整個院子，破敗房屋的鐵皮房頂開始閃閃發光。

沉默了一陣子的夜鶯似乎也不願辜負明月的情意，又在花園裡鳴叫幾聲，婉轉地歌唱起來。

涅赫柳多夫想到他曾在庫茲明斯科耶時，怎樣開始考慮自己今後的生活，考慮今後他要做些什麼，以及怎樣去做的問題，想到自己怎樣被那樣的問題困住，怎麼也找不出答案，因為他對每一件事都是顧慮重重的。此刻他重新問自己這幾個問題，卻覺得這一切都再簡單不過了，為此他不禁感到非常驚訝。答案之所以變得簡單，是因為他現在不去想自己今後會怎樣，甚至對此沒有絲毫的興趣，只是在想他應該去幹什麼。

說也奇怪，需要為自己做點什麼事，他是一點兒頭緒都沒有，至於需要為他人做些什麼，他可是清楚的很。現在他就清楚地知道他應當把土地交還給農民，因為霸佔土地是罪惡的，他清楚地知道，不能棄卡秋莎不顧，而應該幫助她，盡一切可能補償他對她犯下的罪過。他深切地知道他必須要研究、分析、弄清、理解一切關於審判和刑罰方面的種種情況，因為他覺得他看出了一些其他人沒有看到的一些問題。至於這樣做會有什麼後果，他並沒有太多的考慮，但他知道無論是第一件事，第二件事，還是第三件事，都是他非做不可的，他滿心喜悅的正是有了這種堅定的信念。

涅赫柳多夫走進屋裡。

「是啊，是啊，」他心裡想：「我們生活中所發生的一切事情，這所有的一切，這些事情的全部意義，是我想不明白，也不可能徹底明白的：我為什麼會有兩個姑姑呢？為什麼尼古連卡・伊爾捷涅夫死了，而我卻還活著？為什麼會有一個卡秋莎呢？為什麼我會對她神魂顛倒？為什麼會發生那場戰爭？為什麼我後來會過上那種墮落放蕩的生活？要理解這一切，理解主安排的這一切事情，我是做不到的。可是，履行那銘刻在我良心上的主的意志，卻是我能做到的，這一點我是毫無疑問知道的，我這樣做的時候，毫無疑問心裡也是坦然的。」

淅淅瀝瀝的小雨漸漸變成了瓢潑大雨，雨水從房頂上流下來，嘩嘩地流進屋簷下的一個小木桶裡，閃電不再那樣頻頻照亮院子和破房子了。涅赫柳多夫回到了屋裡，脫下衣服，躺在床上，免不了有點兒擔心被臭蟲咬，因為他看到那破爛而骯髒的壁紙，就覺得那裡藏著臭蟲。

「對了，要把自己當成僕人而不是東家。」他心裡這樣想著，並且為此感到欣喜。

他的擔心不是多餘的，剛剛熄滅蠟燭，那些蟲子就紛紛爬到他身上，開始叮咬他了。

「一旦把土地交出去，去了西伯利亞，必然會有跳蚤、臭蟲、污穢……哼，那又算得了什麼，既然要忍受這些，那我就一定能忍受得住。」不過，雖然他有這樣的志願，但還是無法忍受那些臭蟲，於是他就到敞開的窗邊坐了下來，欣賞著那漸漸消散的烏雲和重新露面的明月。

chapter 9

亨利・喬治的方案

涅赫柳多夫到凌晨的時候才睡著，因此第二天他就醒得很晚。

中午，七個被推選出來的農民應管家之邀，都已經來到蘋果園裡的蘋果樹下了。管家讓人在那裡把木樁打進土裡，然後在上面鋪上木板，又安置了一張小桌和幾條小長凳。他們花了老半天的時間才勸說那些農民把帽子戴上，並在長凳上坐下來。

他們當中有一位令人肅然起敬的老人戴好他的大帽子，掩了掩嶄新的土布外衣，走到長凳跟前坐下來，其餘的人才都跟著落了坐。這位老人儀表堂堂，膀大腰圓，花白鬍子微微捲曲，就像米開蘭基羅[9]畫中的摩西[10]，那曬成棕色的光禿禿的前額四周，都是一些密密的花白的鬈髮。

等所有人都坐定了之後，涅赫柳多夫才在他們對面坐了下來，胳膊肘抵在桌上鋪著的一張紙上，那紙上寫的是他的方案執行大綱，接著他就開始向來人解說這個方案。

不知是因為今天來的農民不多，還是因為涅赫柳多夫想著的並不是他的得失，而是一心想把事情辦好，總之，這一回他一點兒也不感到心慌意亂了。他不由自主地對著那個肩膀寬闊、鬍鬚捲

9 米開蘭基羅（一四七五—一五六四），義大利畫家、雕刻家、建築家。
10《舊約全書》中的先知。

曲的老農說起來，看他是贊同還是反對，但涅赫柳多夫對老農的估計恰是錯的。這位令人肅然起敬的老漢雖然也偶爾贊同地點點他那很有風度的、帶有族長氣派的頭，或在別人出聲反對時也皺眉搖頭，可是很顯然他是費很大的勁才能明白涅赫柳多夫所講的話，而且是在其他農民用本地語言轉述一遍後，他才能夠聽得懂。

倒是坐在族長氣派的老漢旁邊的一個小老頭兒聽起涅赫柳多夫的話靈敏得多，這小老頭有一隻眼睛失明了，幾乎沒有鬍子，穿著一件打過很多補丁的黃土布長外衣，腳上穿著一雙鞋底已經磨歪了的厚厚的舊皮靴。後來涅赫柳多夫才得知，他是一個砌爐匠。這個人不住地聳動著眉毛，全神貫注地在傾聽，每當涅赫柳多夫說完，他就立刻用自己的話轉述一遍。另一個白鬍子的兩眼炯炯有神的身材矮壯的老漢領會得也很快，利用各種機會在涅赫柳多夫的話裡插上一兩句戲謔或者諷刺的話，想借此炫耀一下自己的小聰明。

涅赫柳多夫首先講述了他對土地所有制的看法。

「依我看，」他說：「土地是既不能買，也不能賣的，因為，如果可以出售土地的話，那些有錢的人就可以把土地全都買走。到那時，他們就會憑著土地使用權向沒有土地的人進行任意剝奪，就算你往土地上一站，他們也會收錢的。」他又引用斯賓塞的理論補充道。

「只有一個辦法，那就是把翅膀捆起來，看他還能不能飛。」白鬍子老漢笑瞇瞇地說。

「說得一點兒沒錯。」說話甕聲甕氣的長鼻子老漢說。

「是這樣的，老爺。」老兵也跟著說道。

「一個娘兒們只是給她的奶牛割了點兒草，就被抓去坐了牢。」那和藹的瘸腿老漢說。

「我們的土地全都在五俄里之外，想要租地呢，又沒有錢：付了租錢吧，壓根連本錢都撈不回來。」沒有牙齒、氣呼呼的老漢補充了一句，「想怎樣擺弄我們就怎樣擺弄我們。這比勞役租制還要糟糕啊。」

「我的想法和你們一樣，」涅赫柳多夫說道：「我也認為霸佔土地是一種罪過，所以我才想把土地交給你們。」

「哦，那可真是好事啊！」蓄著摩西式卷毛大鬍子的老漢贊同道。顯然他以為涅赫柳多夫是想把土地租給他們。

「我就是為了這件事才到這裡來的，我不想再霸佔著這些土地了，所以，現在我們應該認真地考慮一下，土地要怎麼分配才好。」

「你只要把土地交給莊稼人就行了！」沒有牙齒、怒氣衝衝的老漢說。

涅赫柳多夫覺得這話裡面帶有懷疑他的誠意的意味，起初覺得很尷尬。可是他立馬就鎮定了下來，利用老人的那句插話，把他想說的話趕緊全說了出來。

「我是很樂意把土地交出來的啊，」他說：「可是交給誰呢？又該怎麼交？我應該交給哪些莊稼人呢？再說，為什麼要交給你們村社，而不是交給傑明斯科村社呢？」（那是鄰近的一個村子，分地很少。）

所有人都沉默了。只有那個老兵說：「對啊，老爺。」

「嗯，那好，」涅赫柳多夫說：「請你們告訴我，如果沙皇說要把地主的土地都收起來，分給農民……」

「真的會有這種事嗎？」沒有牙齒的老漢疑惑地問道。

「沒有，沙皇什麼也沒有說，這只是我的假設而已，如果沙皇說了，把地主的土地收起來，再分給農民，那你們會怎麼辦呢？」

「怎麼辦嗎？那就把所有的土地按照人口平均分給大夥兒，不論是莊稼人，還是地主都一樣可以分到。」砌爐匠忽上忽下地迅速抖動著眉毛說。

「要不然還能有什麼更好的辦法嗎？我覺得按人頭平均分是最好不過的了。」和藹的、裹著雪白的包腳布的瘸腿老漢也說。

大家都很贊成這個辦法，覺得這是讓大家都很滿意的辦法。

「那究竟怎麼按人頭分呢？」涅赫柳多夫問：「也算上地主家的僕人嗎？」

「那當然不行，老爺。」老兵努力在臉上擠出快樂的勇敢神情說道。

但是那個通情達理的高個子老漢就不贊成了。

「既然要分，那當然就是所有的人都應該要分到。」他又考慮了一會兒，甕聲甕氣地回答說。

「那不行，」涅赫柳多夫說出他早已預備好的反駁的說辭。「要是所有的人都參與分配，那麼那些自己不幹活也不耕種的人，像那些老爺、僕人、廚師、官吏、文書、和所有的城裡人，也都能得到一份土地，然後他們就可以再把土地賣到有錢人的手上。土地又會重新集中到財主的手裡了，而那些靠著自己的那份地生活的人，他們繁衍子孫，增加了人口，就得把土地分出去，財主們就可以再一次把那些缺少土地的人攥在手裡了。」

「應該禁止賣土地，誰有地只能自己耕種！」砌爐匠怒氣衝衝地打斷老兵的話。

督的。

對此，涅赫柳多夫又反駁道，一個人到底是在給自己勞動還是在替他人做工，那是沒辦法監督的。

此時，通情達理的高個子農民提出了一個辦法，主張大夥兒按合作社的方式耕種土地。

「誰種地誰就能分到收成，誰不種地就什麼也分不到。」他用無比堅定的粗喉嚨大嗓門兒說。

「再說了，土地也有好有壞，那該怎麼分才好呢？」涅赫柳多夫說：「為什麼一些人就可以分到上好的黑土地，而另一些人就只能分到黏土和沙地呢？」

「那就把所有的土地全都劃成一小塊一小塊的，讓大家都分得均勻。」砌爐匠說。

對於這一點，涅赫柳多夫再一次反駁說，問題在於現在說的僅僅只是在某一個村社內劃分，要是廣泛地在各個省分都要進行劃分的話，那怎麼辦？要是土地是無償分給農民的話，那麼憑什麼有些人就能分到好地，有些人就只能分到薄地呢？每個人可都是希望得到好地的呀。

「是啊，老爺。」那個老兵答道。

其餘的人都沉默不語。

「所以這件事情並非想像的那麼簡單，」涅赫柳多夫說：「對於這個問題，不僅是我們，還有很多人在考慮。有個叫喬治的美國人，他倒是想出來一個辦法。我很贊同他的辦法。」

「反正你是東家嘛，你想怎樣分就怎樣分唄，誰又能把您怎麼樣啊？一切由你做主。」滿面怒容的老漢譏諷地說。

這樣的插話讓涅赫柳多夫感到非常窘迫，可讓他暗自高興的是不止他一人對這段插話感到不滿。

「別急，謝苗大爺，讓他接著說。」通情達理的老漢又用他那深沉的粗嗓門說道。

這句話給了涅赫柳多夫極大的鼓勵，他就耐心地向他們說起了亨利・喬治所提出的單一稅方案。

「土地並不屬於任何個人，它是上帝的。」他開頭這樣說。

「是啊，這話沒錯。」好幾個人附和道。

「所有的土地都應該歸大家所有，每個人都擁有使用土地的權利，可土地是有厚有薄的，人人都想要分到好地，因此，到底怎麼做才是最公平的分法呢？那就這樣做：得到好地的人，要依照既定的價格付些錢給那些沒有得到土地的人，」涅赫柳多夫自問自答地說道：「但是，那是很難確定誰要付給誰錢的，再說，還需要籌一些錢作公積金，那這件事就該這麼辦：凡是得到土地的人，都要把他們的土地依照相應的價格付錢給村社供各種各樣的用項，如此一來，大夥就算是平等了。你想要土地，好地那就必須多付點兒錢，壞地那就少付點兒錢。不要土地，那自然就不用出錢，由擁有土地的人替你交公積金。」

「聽起來是滿合理的，」砌爐匠抖動著眉毛說：「誰的地好，誰就多付錢。」

「這個喬治倒還挺有頭腦。」儀表堂堂、大鬍子鬈曲的老漢說。

「只是，付錢要付得起才行。」身材高大的老漢顯然已經預見到了下面將要出現的問題，就甕聲甕氣地說。

「價錢要定得適中些，既不能過高，也不能太低……如果過高，大多數人支付不起，一切也就泡湯了。而如果太低，大家很容易會相互買賣，做起土地生意，我在這裡也就是想把這件事處理好。」

「這樣才對，這樣合理，沒什麼可說的，這麼做還是可以的。」農民們紛紛說道。

「嗯，這個人還挺聰明。」肩膀寬闊的鬍子捲曲的那老漢重複說：「好個喬治！他想出了一個多好的法子呀！」

「哦，那麼如果我也想要一塊地，該怎麼辦呢？」管家笑呵呵地說。

「如果還有空地，你就拿去種吧！」涅赫柳多夫說。

「你要地幹什麼用啊？你就是分不到土地也不會餓著肚子的。」眼睛笑瞇瞇的老漢說。

這次的會議到這兒就宣告結束了。

涅赫柳多夫把他的方案又複述了一遍，卻不要求他們立即給出答案，而是勸他們回去與村社裡的人再商量商量，然後來給他答覆。

第二天，農民們都沒出門幹活兒，都在討論東家的那個提議，全村人分成了兩派：一派覺得東家的提議是很好的，沒有什麼危險；另一派則認定其中一定有圈套，實在弄不清這個提議到底是怎麼回事，因此仍然疑慮重重，特別害怕。

不過到第三天，大家就都同意接受東家所提出的建議；前來向涅赫柳多夫說明整個村社的決定了。對能最終達成一致起最決定性作用的，是一個老太婆解釋了關於東家行為的一段話，她說現在的東家已經開始在救贖自己的靈魂了，他這麼做的目的就是想要拯救自己的靈魂。這種解釋得到了那些老頭子們的認可，也因此消除了認為其中有詐的種種顧慮，涅赫柳多夫待在帕諾沃的期間，施捨過很多錢，這也證實了老太婆的解釋是有道理的。

實際上，涅赫柳多夫在這裡施捨很多錢財的真正原因，卻是因為這是他這輩子第一次身臨其境地看到農民們的生活貧窮和艱辛到如此程度。他被這種貧困震撼了，雖然他也知道施捨並不能解決問題，但卻覺得自己還是不能不把錢散發出去，而如今，他收到的錢特別多，因為他收到了一年前出售庫茲明斯科耶的一片林子的錢，此外還收到了出售一批農具的訂金。

附近一帶一聽說這位東家對向他乞討的人都給了錢，就成群結隊地從鄰近村莊趕過來，其中大多是女人，來向他尋求幫助。此時他突然有點兒不知所措，不知道該怎麼應付他們了，能擺脫這種局面的唯一方法就是一走了之，而事實上，他也正抓緊時間準備離開此地。

停留在帕諾沃的最後一天裡，涅赫柳多夫去正屋清理一下留在這裡的東西。在清理時，他在姑姑的那架配著獅頭銅環的紅木舊衣櫃的下層抽屜裡找到了很多信件，裡面夾有一張是幾個人的合影，照片上面有索菲婭，瑪麗婭，自然還有大學時代的他，還有卡秋莎，卡秋莎是那樣純真、嬌豔、漂亮、朝氣蓬勃。在正屋所有留下的東西裡，他只拿走了那些信件以及這張照片。其餘的一切他全留給了磨坊主，磨坊主已經通過那個始終笑呵呵的管家的仲介，按原價的十分之一，買下正房和全部傢俱，準備拆掉正房，好連同所有的傢俱一起運走。

現在，涅赫柳多夫又想起他在庫茲明斯科耶經歷過的那種留戀不捨的心情，不禁仍覺得奇怪：不知道自己為什麼會有那樣的心情。他現在體驗到的可是一種無窮無盡的、毫無牽絆的輕鬆和愉快感，還有一種新鮮感，就像是一個旅行者發現新大陸時那樣的心情。

chapter 10 以前的我

涅赫柳多夫這次進城，覺得這座城市怪異而新鮮，覺得和以前不一樣了。

他是在華燈初上的黃昏時候從火車站坐馬車回到自己寓所的。各個房間裡都彌漫著樟腦的氣味，阿格拉費娜和科爾涅伊也都疲憊不堪，一致滿腹抱怨，甚至還為該誰整理衣服而大吵了起來，而那些衣服的用處也好像只是要掛出來曬一曬，然後再收藏起來就行了。

涅赫柳多夫的屋子雖然未被佔用，但也沒收拾好。許多箱子堵在通道裡，這樣一來，要進出屋子就十分不方便了，所以涅赫柳多夫選擇這個時候回來，很顯然是妨礙了由於某些奇怪的慣性在這個住宅裡所進行的事情。那類事情涅赫柳多夫過去也曾參與過，但是自從在他親眼見識過農村的種種貧困景象之後，他覺得那種事情十分荒唐，讓他大為反感。所以他打算第二天就搬到旅館去住，聽任阿格拉費娜隨意清理那些東西好了，等他的姐姐來最後料理這座寓所裡的所有東西吧。

第二天的清早，涅赫柳多夫就走出了這座屋子，然後在離監獄不遠的地方隨便找了一家簡陋而且骯髒的、帶有幾件簡單傢俱的公寓，訂了兩間房，再吩咐僕人把他從家裡挑選出來的一些東西搬到這裡來，自己就去找律師了。

外面的風很大，冷颼颼的，雷雨過後，出現了極為常見的倒春寒。北風凜冽，寒氣刺骨，涅赫柳多夫身上只穿了一件薄大衣，凍得瑟瑟發抖，他只好一再地加快腳步，想讓身上暖和一點。

他現在腦子裡想到的還都是在農村遇到的人：女人、小孩兒、老人，以及幾乎是到目前為止他第一次真正見到的他們的貧困和艱難，特別是那個亂蹬著兩隻瘦腿，一直在笑的小老頭般的孩子。他不由自主地把農村和城裡的情形做了些系統的比較。

當他經過肉鋪、魚店、服裝店時，看到那麼多衣帽整潔，肥頭大耳的小店老闆等，每個人都是酒足飯飽的模樣，竟不禁暗自驚訝，就像是第一次看到這些似的，因為這樣的人在農村卻是一個都找不出來的。這些人顯然都堅定不移地相信，他們想方設法欺騙那些不識貨的人的行為並不是什麼壞事，反而是一項非常有益的事。

再看那些膀大腰圓、後背上釘有幾排鈕扣的私人馬車夫；那些戴著帽子、帽檐上還飾著繁麗絲邊的看門人；那些頭髮捲捲、身上繫著圍裙的女僕；尤其是那些把後腦勺的頭髮剃光、懶散地坐在四輪輕便馬車上、用鄙夷而輕佻的目光打量著過路人的出租馬車車夫，也都是一副酒足飯飽的模樣。涅赫柳多夫現在不由得看出這些人實際上都是失去土地的鄉下人，正因為沒有土地被逼無奈才進了城。

在這些人中，有一部分善於利用城裡的種種條件，躋身於上等人之間，甚至暗地裡為自己的地位洋洋得意。可另外一部分人在城裡的生活過得還不如鄉下，也就顯得更加可憐了。涅赫柳多夫曾透過地下室的窗口看到幾個鞋匠，他覺得他們就是這樣可憐的人；那些瘦弱的、面色慘白、披頭散髮、用裸露著瘦得只剩骨頭的胳膊，在冒著肥皂水蒸汽的窗口邊熨衣服的洗衣女工，也同樣是可憐的人。

涅赫柳多夫又路過一家小餐館，從敞開的窗子看到裡面有些人也是這樣的臉色。那裡擺了幾張骯髒的小桌子，小桌上擺放著酒瓶和茶具，身穿白色工服的小夥計在客人中間搖搖晃晃地跑來跑去，小桌旁坐著幾個滿頭大汗、面色潮紅的人，他們神情呆滯，大叫大喊，還扯著嗓門在唱歌。有一個人坐在窗前，揚起眉毛，撅著嘴，望著前方發呆，好像在聚精會神回想什麼事情。

「他們都聚在這兒幹什麼呢？」涅赫柳多夫心想，不由自主地吸進幾口寒風送來的塵埃和處處彌漫著的新油漆的刺鼻氣味。

在另一條街上，一輛運載著鐵器的大貨車和他走齊了，大車走在石子路上，那些鐵器在凹凸不平的路上被顛簸得轟隆作響，震得他頭昏腦脹。他不由得加快腳步，想趕快走到這輛車子的前面，可這時，在鐵器的震響聲中他似乎聽到有人在喚自己的名字。於是他停住腳步，就看到前邊不遠的地方，停著一輛輕便的四輪馬車，馬車上坐著一位軍官，鬍子上塗了香蠟，兩撇尖尖地向上翹起，閃閃發亮，臉色紅潤而容光煥發。他正很親熱地向他招手致意，微笑著，露出兩排雪白的牙齒。

「涅赫柳多夫！是你嗎？」

涅赫柳多夫一時間感到非常開心。

「啊！申博克！」他禁不住歡快地叫著，但是他立刻又醒悟了，這其實沒什麼可高興的。

車上的那個人就是當年去過他姑姑家的申博克。涅赫柳多夫已經有很長時間沒見到他了，只是聽到過他的情形，聽說他儘管滿身是債，離開了原來的兵團卻還在騎兵部隊，不知他憑什麼能耐可以一直待在有錢人的圈子裡。看他那得意而快活的神情也證明了這一點。

「遇見你可真是太好了！要不然我現在在這城裡連一個熟人都沒有了。啊，老兄，你可是有點兒老了啊。」他一面下馬車，一面舒展著肩膀著說：「我憑你走路的姿勢就認出你了。啊，咱們一起去吃飯怎麼樣？你們這裡哪家店裡的菜最好呀？」

「我恐怕沒時間奉陪了。」涅赫柳多夫只想著該怎樣才能擺脫這個朋友還不至於得罪他，就這樣回答說。

「你來這兒幹什麼呀？」他問道。

「辦事呢，哥們兒。是一些與監護有關的事，我現在當監護人了，在管理薩馬諾夫的產業。要知道，他可是個大財主呢，他沒什麼本事，只可惜得了癡呆症，不過他擁有五萬四千俄畝的土地呢！」他帶著極為得意的口氣說著，就彷彿這麼多土地都是他一手置辦的。

「現在那份產業被搞得亂七八糟。還將所有土地都交給了農民。可他們卻分文不交，光欠債就有八萬多盧布。我在一年之內就徹底改變了這種局面，讓東家的收益一下子就增加了百分之七十。你看怎麼樣？」他無比驕傲地問道。

涅赫柳多夫想起來了，他曾經聽說過這個申博克正是因為把自己的家產揮霍一空，而且還欠下了一大筆無法還清的債務，後來才通過某種特殊的關係，當上了一個揮霍家業成性的老財主的財產監護人，顯然他現在肯定就是憑藉這份工作在過日子。

「怎麼才能擺脫他而又不得罪他呢？」涅赫柳多夫心裡想著，一面看著他那張容光煥發的肥臉和塗著香蠟的小鬍子，聽他在溫和親熱地數說哪家飯店的飯菜好吃，吹噓他在監護工作上的成就。

「啊，那咱們到底該去哪兒吃飯呢？」

「可惜我沒時間啊。」涅赫柳多夫假裝看了看他的錶說道。

「那好吧，最後再聽我說一件事，今晚賽馬。你去不去？」

「不，我還是去不了。」

「你去吧，現在我自己沒有馬了，但是我總是賭格里沙的馬，你不會忘了吧？他有幾匹漂亮的馬。你就去吧，到時我們一起去吃晚飯。」

「吃晚飯我也沒時間啊。」涅赫柳多夫帶著一點兒歉意的微笑說。

「嘿，你到底怎麼回事啊？你現在準備上哪兒去啊？如果你願意的話，我可以用這馬車送你過去。」

「我要去找一位律師，他的家離這兒不遠，在前面拐個彎兒就到。」涅赫柳多夫說。

「哦，對了，你是在忙監獄裡的事吧？你給犯人說起情來啦，是嗎？柯察金家的人跟我說了，」申博克微笑著說：「他們現在已經離開這兒了，這到底是怎麼一回事？你快跟我說說啊！」

「是的，這都是真的，」涅赫柳多夫回答道：「但是在大街上怎麼方便說這些事情呢！」

「哦，對的，對的，你一直都是個怪人嘛，那你還會去看賽馬嗎？」

「不去，我去不了，也沒那個心情去看，請你別生氣。」

「好啦，那就這樣吧，再見。碰到你，我是真的很開心。」申博克說過這話，用力地握了握涅赫柳多夫的手，便跳回到那輛四輪輕便馬車上去了，還把一隻戴著白色麂皮新手套的大手抬到他容光煥發的臉前，揮動著，像過去一樣齜著雪白的牙齒笑了笑。

「難道以前的我也是這樣的嗎？」涅赫柳多夫一邊繼續朝律師的家走去，一邊在心裡想著。「是啊，即使我不完全是那樣，可是我很想成為那樣的人，而且我還曾打算就那樣過一輩子。」

chapter 11 哲學問題

律師沒有嚴格按照秩序，立即接待了涅赫柳多夫，並且，他們馬上談到了敏紹夫母子的案子。他已經翻看過案卷了，對於他們毫無根據地遭到指控很是憤慨。

「這件案子太讓人氣憤了，」他說：「那場火很可能是房主自己放的，為的就是想得到一筆保險金，敏紹夫母子一丁點兒罪證都沒有，這全都是偵訊官太過賣勁，而副檢察官卻太過疏忽大意了。只要這個案件不是在縣裡，而是在這裡審理，我可以保證他們肯定能贏，並且不要任何報酬。再說另一件案子：菲多霞的御狀已經準備好了。您要是上彼得堡去，就把它隨身帶上，親自呈上去，再托個人打點打點，不然他們就只會隨便問一下司法部，對方也就隨便地給一個答覆，好把事情了結，然後立馬再把這個案件給推出去，也就是把訴訟駁回來，這樣官司可就徹底完了。所以您要想方設法把案子弄到最高層。」

「弄到皇上手裡嗎？」涅赫柳多夫問。

律師笑了笑。

「那就真是最高一級了，高得再也不能更高了，我所說的『最高』，只是指上訴委員會的秘書長或者委員長。那麼，現在沒別的什麼事了吧？」

「不，還有，還有一些教派的信徒寫給我的信，」涅赫柳多夫邊說邊從衣兜裡掏出教派信徒的信。「倘若他們所說的都是實情的話，那可真是件怪事了，我今天一定得想個辦法和他們見個面，好瞭解一下這究竟是怎麼一回事。我看，您已經成了一個漏斗或者瓶口了，監獄裡的一切冤案都要從您這裡流出來了，」律師微笑著說：「可是這樣的事未免太多了吧，您可是管不了的。」

「不，這真是件奇怪的事。」涅赫柳多夫便把這宗案件的情況簡略地說了一遍。

有一個村子裡的人們聚在一起讀《福音書》，可是一位官員將他們驅散了。下一個禮拜天，那群人又聚在一起，於是那官員就把鄉村警察派來，擬了個公文，結果他們就被送交法庭受審了。副檢察官對他們起訴，桌子上擺著物證《福音書》，於是他們就被判處流放。

「這事的什麼地方讓您覺得奇怪呢？」

「這事的每個地方都奇怪。嗯，譬如，鄉村警察是受命前去抓人的，這我可以理解，可是擬起訴書的是副檢察官，他總是接受過教育的人吧。」

「這就是問題所在。我們總是認為檢察官和那些法院的工作人員都是什麼新人、自由派的人。他們就算原本是這種人，但是現在他們卻完全不是了。他們是官，所關心的只是每個月的二十號，他們領薪水的日子，甚至還盼望著能多拿一點，他們的全部準則也就是這些，他們想控告誰就控告誰，想審判誰就審判誰，想判誰的刑就判誰的刑。」

「可是難道真有那種法律：一個人僅是因為與其他人一起讀《福音書》，就要被判流放嗎？」

「只要可以證實這些人在讀《福音書》時膽敢不按規定地向別人講解《福音書》，也就是一些反對教會的講解，那麼他不僅會被流放到很遠的地方，而且還可能被判去服苦役。要是當眾詆毀東正教，根據刑法第一百九十六條，那就要被判處流放，而且是終身流放。」

「這不可能啊。」

「我對您說的都是實話，我曾經常對那些法官老爺們說，」律師繼續往下說：「只要一看到他們，我就會無比感激，因為我和您，還有我們大家都沒被關進監獄，這都多虧他們手下留情。至於要剝奪我們每個人的特權，被流放到不太遠的地方，那可是再容易不過的事了。」

「如果真是這樣，所有的判決都聽憑檢察官或那些能夠應用法律也能夠不應用法律的人為所欲為，那還要法院幹什麼？」

律師聞言哈哈大笑起來。

「瞧您這問的都是什麼呀！喂，老兄，這可算是個哲學問題了。好的，就算是哲學問題我們也可以討論一下嘛。那麼，請您這週六到我家去吧，在那裡您可以見到很多學者、文學家和畫家。那時我們可以繼續談論一下一般性問題了。」律師又用滿含嘲諷的口氣說出「一般性問題」幾個字。

「您跟我妻子是認識的，所以就請您來吧。」

「好的，我會爭取來的。」涅赫柳多夫答道。他立刻覺得自己是在撒謊。如果他真的要力爭去的話，那也只是力爭不去律師家參與晚間聚會，不跟聚集在他家的那些學者、文學家和畫家打交道。

chapter 12 好生意

這裡離監獄還很遠，天色也有些晚了，於是涅赫柳多夫就租了一輛馬車朝監獄奔去。馬車夫是一個中年人，面容溫和而機智。馬車轉到一條街上後，他扭頭看向涅赫柳多夫，指了指一幢正在建設中的大樓。

「看啊，這樓房建得多闊氣呀！」他感嘆著，好像或多或少地也算得上是這個房子的擁有者，因此感到無比驕傲。

「他們啊，無論是那些幹活的還是那些強迫他們幹活的，都堅持認為這是理所當然的。即使他們的妻子在家裡懷著孕，還要幹那些難以勝任的勞累活兒，頭戴碎布拼成的小圓帽的孩子們在快要餓死之前，亂踢著如柴的瘦腿，他們卻還在為一個剝削他們和迫使他們傾家蕩產的人，建造像這樣一棟奢侈卻毫無用處的大樓。」涅赫柳多夫凝望著這棟大樓，心中暗想。

「是啊，造這樣的樓房簡直是豈有此理！」他把他的心思說了出來。

「為什麼說是豈有此理？」馬車夫憤怒地說：「還好有它，這樣大夥才有事可做呀，它可不能說是豈有此理。」

「但是要明白，這種活兒是沒有實質性的意義的。」

「既然有人在建它，那它就肯定是有用的啊。」馬車夫反駁道：「窮人們還要靠它吃飯呢！」

涅赫柳多夫不說話了，特別是車輪軲轆的隆隆響聲，讓人說話十分費勁。快到監獄時，這輛馬車從一條卵石路上轉了個彎兒，上了一條平坦大路，這樣一來，說話就容易多了，馬車夫就又與涅赫柳多夫聊了起來。

「今年湧進城裡的老百姓，太多太多了。」他邊說邊在趕車位子上扭過身子，用手指著一大群正朝這兒走來的來自農村的工人，他們的背上背著鋸子、斧子、短皮襖和口袋。

「難道比往年還要多嗎？」涅赫柳多夫問道。

「多得很吶！如今可是到處都擠滿了人，那些老闆把鄉下人當刨花似的，扔來扔去。每個地方都被擠得滿滿的。」

「唉，他們為什麼不願意在農村好好待著了呢？」

「留在農村無事可做啊，農民沒有土地嘛！」

涅赫柳多夫這時體會到一種只有傷痛的人才會有的那種感覺，這種人總是覺得其他人總是存心去觸碰他的痛處，而之所以會出現這樣的感覺，是因為觸碰痛的地方最容易感覺得到。

「難道每個地方都是這樣嗎？」他在心裡想著。於是就問車夫，他們村裡一共有多少土地，馬車夫自己擁有的土地又有多少，他為什麼要待在城裡。

「我們那兒啊，老爺，每個人大約只有一俄畝土地，我們家有三口人的地。」馬車夫興致勃勃地說：「我家裡有個老父親，一個弟弟，還有一個弟弟當兵去了，他們在種地。可就那一點兒地很容易就種完了，所以現在我那個在家的弟弟也打算到莫斯科來呢！」

「那你們為什麼不再租點地來種呢？」

「現在還能去哪裡租地呢？先前的那些東家把家產都揮霍光了，一些商人們把地全都握在手裡，你休想從他們手上租到土地，他們都自己雇人種。我們那裡就有一個法國佬，他獨霸一方，把我們老東家的土地全買了下來，可是他就是不出租，我們也沒辦法。」

「那是個什麼樣的法國人呢？」

「那個法國人應該是姓杜法爾，也許您聽說過。他在一家大劇院裡給演員們做假髮，那可真是個好生意呀，他賺了許多錢，於是就把我們女東家的地產全給買了。現在他倒是騎到我們頭上去了，他想怎麼擺弄我們就怎麼擺弄我們。感謝上帝，他本人倒還算可以。只是他那個俄國老婆卻是一條碰不得的惡狗。天啊！她剝削我們老百姓，可真不得了。喏，監獄馬上就要到了。您準備在哪兒下車呀？要在大門口嗎？我看，恐怕不讓我們進去。」

chapter 13 聯結

涅赫柳多夫一想著見到瑪絲洛娃，不知她今天的情緒怎樣，就不禁有點兒提心吊膽，戰戰兢兢，他就是懷著這樣的心情按下了大門口的門鈴。

一位看守出來開門，他就借機打聽了一下關於瑪絲洛娃的情況。那看守走進去問了一下，回來就告訴他，她現在在醫院裡呢。涅赫柳多夫於是又去了醫院。醫院的看門人是個很和藹的小老頭，立刻就讓他進去了，問明他要找誰後，就領著他向兒科病房走去。

過了一會兒，有位年輕的醫生走出來，在走廊裡厲聲問他有什麼事。這位醫師總是想方設法寬待犯人，因此常常和監獄當局，甚至是主任醫師鬧矛盾。他怕涅赫柳多夫會對他提出什麼違反規定的要求，此外，他想表現出對誰都一視同仁，因此裝出一副怒氣衝衝的樣子。

「這裡沒有女人，這兒是兒科病房。」他說。

「這兒不是有一個從監獄調過來打雜的女助理護士嗎？」

「是的，這樣的人在這裡有兩個。可是您到底有什麼事？」

「我和其中的一個叫瑪絲洛娃的是熟識，我想見見她，因為我馬上就要到彼得堡去為她的案子申訴了。看，我只是想把這個東西交給她，這裡面只是一張照片。」涅赫柳多夫說著，就從衣兜裡掏出一個信封。

「嗯，這是可以的。」年輕的醫師換成和善的口氣說，接著轉過身，讓一個繫著白圍裙的老太婆把瑪絲洛娃找來。「您要不要到候診室裡去坐坐。」

「謝謝您了。」涅赫柳多夫說過這話，趁醫師對他的態度有所好轉，就向他打聽瑪絲洛娃在醫院裡的一些情況。

「挺好的，如果考慮到她以前的生活環境，應該說她已經幹得很好了。」醫師說：「看，那不是，她來了。」

那個年老的女助理護士從一扇門裡走出來，後面跟著瑪絲洛娃。她穿了一件帶條紋的連衣裙，外邊圍著白色的圍裙，頭上紮著三角頭巾，蒙住了頭髮。她一看見涅赫柳多夫，臉色霎時變得通紅。她走到涅赫柳多夫的跟前以後，她的兩頰更紅了。自從那次他們交談，她為自己發脾氣而深表歉意以後，涅赫柳多夫還沒有和她見過面，現在他料想她的心情還和那時一樣，可是今天她卻徹底地變了一個人，臉上出現了一種不一樣的表情：拘謹，羞怯，而且涅赫柳多夫覺得她好像對他一點兒好感都沒有。他把剛才對醫師說過的話又對她說了一遍，告訴她他要上彼得堡去，並且把一個信封交給她，裡面裝的是他從帕諾沃帶回來的那張照片。

「這是我在帕諾沃找到的，是一張很早的照片了。說不定您會喜歡它的。您就留著吧。」

她稍微聳了聳眉毛，帶著驚訝的神氣用她那斜睨的看了看他，似乎在問這是為什麼，然後她就默不作聲地接過那個信封，把它塞進了圍裙的口袋裡。

「我去拜訪您的姨媽了。」涅赫柳多夫說。

「是嗎，您見到她啦？」她很是平靜地說。

「您在這裡過得還好吧？」涅赫柳多夫又問。

「沒什麼，挺好的！」她說。

「活兒什麼的，不會很累吧？」

「不，還好，不太累。只是我還有點兒不大習慣。」

「敏紹夫家的案子我已經找過人了，但願他們能被釋放。」涅赫柳多夫說。

「願上帝保佑他們，這當然是最好的了，她可是一個非常好的好老太太呀！」她微微笑了笑。

「今天我就啟程上彼得堡去，您的案子可能不久就可以被受理了，我希望能撤銷原判。」

「撤銷不撤銷，現在對我來說反正都一樣。」她說。

「我不知道為什麼您覺得都一樣，對我來說，您宣判無罪也好，有罪也罷，確實都一樣了，無論發生什麼，我都會照我說的去做的。」他毅然決然地說。

她抬起了頭，那雙斜睨的黑眼睛像是在凝視著他的臉，可又像是在看別的什麼地方，她的臉上洋溢著歡快的神采。可是她說出的話卻和她眼睛表達出來的截然不同。

病房裡不知為什麼吵鬧了起來，又聽到孩子的哭鬧聲。

「好像是他們在叫我呢。」她很不放心地扭頭看了看，說。

「好吧，那就再見吧。」他說。

她轉過身子，竭力掩飾自己得意的神氣，順著走廊上的長條紋地毯匆匆地離開了。

「她究竟是怎麼了？她到底怎麼想的啊？她是想要考驗我呢，還是真的無法原諒我？」涅赫柳多夫這樣自己問自己，可不管怎樣就是找不到答案。他能確定的只有一點，那就是她變了，而且她的心靈正在發生無比巨大的變化。這種變化不僅把他和她聯結起來，而且把他和那個促成這種變化的人[11]也聯結了起來，這種聯結使他激動而快樂，深深地被這感動了。

瑪絲洛娃回到病房，那裡設有八張兒童的小病床。她按照護士的囑咐，開始收拾床鋪，她在鋪床單時把腰彎得太低了，以至於腳底一滑，差點兒摔一跤。

一個從病中逐漸康復、脖子上還纏著繃帶的男孩子看著她笑了起來，瑪絲洛娃再也憋不住了，就順勢往床沿上一坐，哈哈大笑起來，笑得是那麼的響亮，那麼的富有感染力，惹得好幾個孩子也都跟著哈哈大笑起來。

那個護士非常生氣地對她吼道：

「笑什麼？你以為你還是在原來的那個地方啊！快去打飯。」

瑪絲洛娃止住了笑，拿起飯盒就去打飯了。

可她在出門前，和那個纏著繃帶、因病痛不能笑的男孩對視了一眼，又忍不住噗嗤一聲笑了出來。到傍晚下班以後，等回到她和另外一個助理護士合住的那間房裡，並且一個人待在那裡時，她才把照片從信封裡抽出來，認真地將他和她的臉、兩位姑姑的臉、他們的衣著、灑滿陽光的臺階以及充當背景的灌木叢看了老半天。

她盯著這張褪色發黃的老照片，百看不厭，尤其是看著自己那張曾經年輕、漂亮、前額上垂著鬈髮的臉，她看得那麼的專注，竟然沒發覺和她同住的那個助理護士這時已經進了屋。

11 指上帝。

「這是什麼？是他帶給你的嗎？」心地善良的助理護士俯下身來，看著那張照片問道：「怎麼，這個人就是你嗎？」

「不是我是誰呢？」瑪絲洛娃笑盈盈地看著同屋助理護士的臉說。

「那這個是誰呢？就是他嗎？還有這個，是他的母親嗎？」

「這是他的姑姑，難道你沒認出來我嗎？」瑪絲洛娃問。

「怎麼可能認得出來呢？模樣全變了，再說，從那時算起到現在，恐怕有十來年了吧！」

「不是十來年，而是一輩子。」瑪絲洛娃說，她先前的那種興奮勁兒忽然消失殆盡了，她的臉色又陰沉了下來，兩道眉毛之間出現了一條深深的皺紋。

「那有什麼？那裡面的日子一定是挺輕鬆的吧。」

「哼，輕鬆，」瑪絲洛娃閉上眼睛，搖著頭說：「還不如服苦役呢！」

「怎麼可能呢？」

「事實就是如此唄，每天從晚上八點開始一直做到凌晨四點，從不間斷。」瑪絲洛娃說完，霍地站起來，把照片扔進抽屜裡，強忍著悲憤的淚水，跑到走廊上，砰地一聲把宿舍的門關上了。

剛才，她看著那張照片，覺得自己肯定還是照片上的那種樣子，想像著她當年是多麼的幸福，幻想著如果現在還能和他在一起又將是多麼幸福啊，同屋助理護士的話卻讓她不得不想起自己目前的處境。

她非常瞭解他是一個怎樣的人，也絕對不再上他的當，更絕對不允許他再像以前在肉體上利用她那樣在精神上再次利用她，她絕對不會讓他再把她變成表示自己仁義的工具。她既顧影自憐，又覺得憤然斥責他也於事無補，因此，她的心裡特別不是滋味，為了消除這種難受的心情而很想喝酒。要是此刻她是在獄中，她就不會遵守她的諾言，而會痛快地喝一頓。可是，在這裡是找不到酒的，只有醫生那才有，可是她很怕那個醫生，因為他總是騷擾她。現在她很厭惡跟男人有什麼關係。

她哀傷起自己那坎坷的身世，哭了很長時間。

chapter 14 三件事

涅赫柳多夫在彼得堡需要辦三件事：向樞密院為瑪絲洛娃提出上訴，要求重新審理瑪絲洛娃一案；把菲多霞的案子呈交到上訴委員會；受薇拉委託，到憲兵司令部或者第三廳去要求釋放舒斯托娃，以及為一位母親請求准許她見見被關在要塞裡的兒子，這也是薇拉給他寫信提出來的。他把這兩件事合在一起，算作第三件事了。再就是那些教派信徒們的案件，他們只是誦讀和講解了《福音書》，就將要被流放到高加索，他一定要盡一切可能把這個案子弄個水落石出。

涅赫柳多夫到了彼得堡之後，住在他的姨媽察爾斯基伯爵夫人的家裡，他姨父過去是個大臣。這樣涅赫柳多夫一下子就進入了他十分反感的貴族社會的核心。這讓他很不高興，可他又不得不這樣做，如果他不住在姨媽的家裡而去住旅館，那就會得罪她，更何況他的姨媽交際圈很廣泛，可能對他將要奔走操辦的每宗案件會有極大的幫助呢！

「你猜，我又聽說一些關於你的什麼事啦！真是太令人驚訝了！」察爾斯基伯爵夫人在他剛進她的家門，就對他說道：「**Vous posez pour un Howard**[12]！你在幫助罪犯，察訪監獄，甚至還在平反冤案。」

12 法語：你真像霍華德！（約翰·霍華德（一七二六—一七九〇），英國慈善家，曾為改良監獄制度進行鬥爭。）

「沒有啊，我連想都沒有這樣想過。」

「這怎麼啦，這不是很好的事嗎，可是，聽說其中似乎還藏著什麼風流韻事哩。好吧，那你就說說吧！」

涅赫柳多夫就把他和瑪絲洛娃的事一五一十地講了一遍。

「我想起來了，可憐的艾倫[13]告訴過我這樣一件事：當年你住在那兩個老婆子家裡的時候，她們似乎想要你跟她們的養女結婚（伯爵夫人一向瞧不起涅赫柳多夫的兩位姑媽）……你說的就是她嗎？**Elle est encore jolie**？[14]」

他的姨媽察爾斯基伯爵夫人是邁入六十歲的女人了，身體有些肥胖但很健康，興趣頗多，精力充沛，而且極愛聊天。她個頭很高，可以看到她的嘴唇上有一圈黑黑的汗毛。涅赫柳多夫很喜歡她，從小就受她那生機勃勃和樂觀性格的感染。

「不，**ma tante**[15]，那都是過去的事了，現在我只是想幫幫她罷了，因為首先，她沒罪而卻被錯判了刑，我在這件事上是有責任的。再說，對於她這一生所有的遭遇，我也是難辭其咎的，我覺得我有義務盡我所能去幫她。」

「可是，我怎麼聽人說你還準備和她結婚呀？」

「是的，我的確有這種想法，只是她不願意。」

---

13 聶赫留道夫的母親的名字（法語的艾倫相當於俄語的葉連娜）。
14 法語：她仍舊漂亮嗎？
15 法語：我的姨媽。

察爾斯基伯爵夫人愕然而沉默地看著這個外甥，突然她的臉色變了，臉上露出很高興的神情。

「哦，她比你聰明的多了，哎呀！你是真的願意和她結婚嗎？」

「那當然了。」

「她變成那種人之後，你還願意娶她？」

「那就更要這樣了，要知道一切都是我造成的。」

「不，你可真的太傻了！」他的姨媽強忍著笑說：「你是個十足的傻冒兒！不過，我倒很喜歡你的這一點。」她反覆說著，顯然她特別喜歡「傻冒兒」這個詞，因為在她眼裡，這個詞真實準確地表達了她外甥的智力水準和思想狀態。

「說起來，還真湊巧，」她接著說：「阿林辦了一個很棒的收容所，我去過一回，她們真叫人噁心。回來後，我不得不把全身上下好好地洗了一遍，可是阿林全心全意做這件事，所以我們可以把你的那個女人交給她。要是論誰最能改造人，那就非阿林莫屬了。」

「可是她已經被判服苦役了，我到這兒來正是要想辦法撤銷對她的判決，這也是我要求您的第一件事。」

「原來是這樣啊！那她的案子究竟歸哪兒管呢？」

「樞密院。」

「樞密院？對了，我那個還不錯的表弟列奧什卡就在樞密院工作呢。唉，可惜他被分在了那裡的傻瓜局，也就是在貴族管理局裡工作。嗯，至於那些握有實權的樞密官，我可是一個也不認識。天知道他們都是些什麼人！他什麼人都認識。我會轉告他的，可是你必須親自去把事情跟他說清楚，因為不管我說什麼，他總是會說一點兒也聽不懂。這已經成了他的規矩了，大家都能聽懂，只有他老裝聽不懂。」

這時，有一個穿長筒襪的聽差用一隻銀托盤托著送來一封信。

「這封信剛好是阿林寫來的，這一下子你有耳福聽到基澤維傑爾的講話了。」

「基澤維傑爾是什麼人啊？」

「基澤維傑爾啊？今天晚上你過來吧，到那時你就會知道他是什麼人了。他講得很動聽的，就連最頑固的罪犯聽了之後也會跪下來，痛哭流涕地懺悔自己的罪過並下定決心悔改。」

不論這事有多麼的奇怪，也不管這和察爾斯基伯爵夫人的性格多麼不相符，可她卻一直狂熱地信奉一種學說，這種學說覺得基督教的精神本質就是相信贖罪，她經常坐車去那些宣講當時很流行的這種學說的場所參加聚會，有時還把信徒召集到自己的家裡來。

雖然這種風行一時的學說不僅否定一切宗教儀式和聖像，而且還反對聖禮，可是察爾斯基伯爵夫人還是在每間屋子裡都掛上了聖像，就連她的床頭上都掛了一幅，而且她還嚴格執行教會規定的任何要求，她從不覺得這其中有什麼衝突。

「我對這種事沒什麼興趣。」

「可是這是很有趣的，你必須來啊。對了，你說還有什麼事要我幫忙？把所有的要求都提出來吧。」

「還有一件關於要塞的事。」

「要塞嗎？好的，我可以給你寫一封信，你帶著信到那兒去找克里格斯穆特男爵就可以了，他是個德高望重的人。哦，你也認識他的，他和你父親過去是同事。他愛好招魂術。不過，這也沒什麼關係，畢竟他是個善良的人。可是你要去那裡辦什麼事呀？」

「我想請求他們准許一位母親跟關在那裡的兒子見見面，可我聽說這種事不歸克裡格斯穆特管，而是由契爾維亞斯基具體負責的。」

「契爾維亞斯基這人我可不大喜歡，不過，他是瑪麗葉特的丈夫，我們可以託她來幫這個忙，她會樂意給我辦這事的。」

「另外，我還要為一個女人求情，她在獄中已經被關了幾個月了，卻沒人知道究竟是為什麼。」

「不可能吧，她自己肯定知道原因吧。他們都心知肚明，這都是他們罪有應得，那些剃光頭的罪犯們。」

「我們不能確定他們是不是真的罪有應得，可是她們正在遭受苦難，您是個虔誠的基督徒，肯定相信《福音書》，可是像這樣沒有同情心……」

「這可一點兒都不相干，《福音書》是《福音書》，令人討厭的仍是令人討厭的。譬如，我最不喜歡那些虛無主義者，尤其是那些被剃光頭髮的女虛無主義者，要是我裝著喜歡她們，那就更不好了。」

「可您究竟為什麼這麼不喜歡她們呢？」

「都發生三月一日事件[16]了，你還有必要問為什麼嗎？」

「可是要知道，她們可不是個個都參加了三月一日事件啊。」

16指沙皇被民意黨人殺死。

「那橫豎都是一樣的，那她們為什麼要去參與那些和她們毫無關係的事呢，那根本就不是女人家應該做的事啊。」

「可是您要知道，農民們可是窮得要命呀。看，我就是才從農村回來的，難道這樣的事是應該的嗎：農民們幹活累得半死，卻連最基本的溫飽問題都無法解決，為的是讓我們過窮奢極欲的日子，這難道應該嗎？」涅赫柳多夫想到姨媽的好心腸，就不由得想把心裡話對她和盤托出。

「那你想怎樣呀，是不是也想讓我去幹活不吃飯？」

「不是的，我並不是想要您不吃飯，」涅赫柳多夫不由自主地笑著回答，「我只是希望大家都去幹活兒，大家都有飯吃。」

他的姨媽又皺緊眉頭，垂下了眼簾，好奇地盯著他。

「我親愛的，你會落到不好的下場。」她說。

這時，一位身高馬大、虎背熊腰的將軍走進了房間，他就是察爾斯基伯爵夫人的丈夫，早已退休的那個大臣。

「哦，德米特里，你好呀。」他說著，便把他那剛刮完鬍子的臉湊上來，讓涅赫柳多夫吻了一下。「你什麼時候到的？」

他又一聲不響地吻了一下妻子的前額。

「是啊，他這個人真是不像話，」察爾斯基伯爵夫人轉過身子對她的丈夫說：「他想讓我去河邊洗衣服，還只能吃土豆過日子呢。他是一個十足的笨蛋，不過他請求你給他辦點事，你還是幫他辦一下吧。好吧，你去和他談談吧，我得寫信去了。」

涅赫柳多夫剛剛走進挨著客廳的一間房裡時，她突然又把他叫回來。

「那麼是要給瑪麗葉特寫信對嗎？」

「麻煩您了，ma tante。」

「那我在信上留下一塊空白，你把那個女人的事寫上去，她會請求她丈夫去處理的，他肯定能辦好的，你不要覺得我的心狠，她們，那些受保護的人，真的很可惡，不過我並不希望他們遭殃。願上帝保佑她們！好了，你快去吧。只是今晚你一定得待在家裡喲，你可以聽聽基澤維傑爾講的話，我們還要一起祈禱呢。」

chapter 15

察爾斯基伯爵

察爾斯基伯爵是一名退休的大臣，而且是一個有堅定信念的人。

這位伯爵在青年時代就堅決相信，他生來就是要吃由高薪聘來的廚師烹製的美味佳餚、就是要穿最舒適最華貴的服飾、就是要坐最舒適最快捷的馬車，而所有的這一切都必須為他準備的妥妥當當的。

此外，察爾斯基伯爵還認為，他從國庫裡領取的錢越多，他獲得的動章甚至是鑽石獎章就會越多，和皇親國戚們見面攀談的機會越頻繁越好。此外的一切東西和這些基本的信條比起來，察爾斯基伯爵認為全都是微不足道，毫無意義的，察爾斯基伯爵就本著這樣的信念為人處事，在彼得堡過了四十年，直到四十年期滿時做了大臣。

察爾斯基伯爵謀得這一官位的主要能力在於，第一，他很善於領會公文和法規的內涵，還可以撰寫出雖然不太順暢卻很容易讓人明白的公文，並且還沒什麼拼寫錯誤；第二，他長得不賴，而且在必要的場所可以打扮得十分的華貴，還能擺出高高在上、盛氣凌人的架勢，而在另一些必要的場合，他又能卑躬屈膝到恬不知恥的地步；第三，不管是個人道德方面還是公務活動方面，他從來沒有任何固定不變的原則或標準，所以只要在需要的情況下，他能夠贊成所有意見，而在另外一些需要的情形下，他又可以全盤否定所有的意見，至於他行為的本身到底是不是符合道德規範，以及他的這些行為對俄羅斯帝國乃至整個世界究竟是會產生極大的好處還是駭人的危害，他毫不在乎。

等他當上了大臣，不只那些所有依靠他的人（依靠他的人和他的親信是很多的），連一些局外的人士以至他自己，都深信他是一個絕頂聰明的治國之才。

可是過了一段時間後，他卻毫無作為，毫無建樹，於是根據「適者生存」的法則，又有很多和他一樣的、同樣會起草和讀懂公文的、儀表堂堂、沒有原則的官僚則會將他排擠出局，他也只好退居二線。

可是，他仍然覺得他應該每年從國庫領到許多公款，每年都能得到新的勳章來裝飾他講究的服裝。這樣的信念非常頑強，以至於誰都不敢拒絕他的這種要求，於是他依舊每年都能領到好幾萬盧布，一部分算是養老金，一部分算是酬勞費，因為他還在最高政府機關裡掛了個名，又在各種會議和委員會裡擔任些什麼主席之類的職務。此外，他每年都要獲得他極度重視的新的權利，那就是把那些新絲條縫在他上衣的肩上或長褲上，將新的綬帶和琺瑯星章佩戴在他的禮服上。這樣一來，察爾斯基伯爵就有了廣泛的交際圈。

察爾斯基伯爵聽涅赫柳多夫說話，就像是往常聽各個主管部門的官員彙報工作那樣。他聽完後，就說他會寫兩封信，其中一封是呈交給上訴部的樞密官沃爾夫的。

「關於這個人，大家有各種各樣的說法，不過，無論如何他都是一個十分正派的人，」他說：「他很感激我，肯定會盡力去辦的。」

察爾斯基伯爵要寫的另一封信，是給上訴委員會另一個有影響力的人的。涅赫柳多夫說他想把這個案子寫個呈文遞給皇后，察爾斯基伯爵就說，這的確是一宗非常動人的案件呀，如果有機會，他會在那兒提一提的，不過現在他還不能確定，上訴的事還是按部就班的來吧。他想，如果有機會，如果他們讓他去參加禮拜四的官內懇談會[17]，他也許會提一下這宗案件的。

涅赫柳多夫拿到伯爵寫的兩封信以及姨媽給瑪麗葉特寫的信之後，立刻趕往那三個地方去了。他先去了瑪麗葉特家。

一個英俊、彬彬有禮的馬車夫為他驅車，穿過一條條被沖洗得非常乾淨的街道，經過一座座美麗整潔的房子，終於到了臨河的瑪麗葉特住房的門前。

一個穿著一套很整潔的制服的看門人，為他打開了通往前廳的門。

「將軍沒時間會客，將軍夫人也不會客。夫人馬上就要乘車外出了。」

涅赫柳多夫遞過伯爵夫人的信，又掏出自己的名片，走到一張放著來客記錄的小桌旁，開始寫道：來訪未晤，非常遺憾。

他剛剛寫到了這兒，聽差就朝樓梯口走了過去，看門人也走到大門口，大喊道：「趕車的快過來！」勤務兵則挺直身子，立正站定，兩手垂在身側，紋絲不動，目光跟隨著從樓上邁著快得跟她的氣派不相稱的步子從樓上下來的瘦瘦的、個頭兒不高的貴婦人。

瑪麗葉特頭戴一頂插羽毛的大帽子，身穿黑色的連衣裙，外面披了一件黑色斗篷，手上戴著嶄新的黑手套，臉被面紗遮著。她一看到涅赫柳多夫，就掀起面紗，露出她那張非常可愛嬌豔的臉和一雙明亮的大眼睛，用探詢的目光看了看他。

17 法語：一種非正式的小型會議。

「哦，德米特里・伊萬諾維奇公爵！」她用歡快而悅耳的聲音說道：「我差點兒沒認出你來……」

「哦，您竟然還記得我叫什麼。」

「那當然啦，當年我和我妹妹都曾暗戀過您呢，」她用法語說：「只是，您的樣子可變太多了。哎呀，真的很抱歉，我馬上要出門了。要不，我們還是先去樓上吧。」

她說著，看了看牆上的掛鐘。

「不行，我還是必須要去一下才好，您能明天或今天晚上來嗎？」她說過這話，便踏著輕快的腳步朝大門口走去。

「今天晚上我可能來不了，」他答道，跟她一起向門廊走去。「其實，我是有事有求於您的。」他說著，眼睛看著那兩匹栗色馬向門廊走來。

「什麼事呀？」

「這裡有我姨媽寫的一封信，信上說的就是需要辦的事，」涅赫柳多夫把印有很大的花體字母的狹長信封遞給她。「您看了信就明白了。」

「我知道葉伯爵夫人認為我能在所有的事情上左右我的丈夫，可她想錯了，我是毫無辦法的，而且我也不想過問他的那些事。不過，當然啦，為了伯爵夫人和您，我準備破一次例，可到底是什麼事啊？」她說著，用一隻戴著黑手套的小手在口袋裡摸索了一會兒，卻什麼也沒摸到。

「有一個姑娘被關在要塞裡了，不幸的是她正生著病，而且她與那個案件沒有絲毫的關係。」

「她叫什麼？」

「利季婭，信上都寫著呢。」

「嗯，那好吧，讓我試試吧！」她說著，輕盈地坐進四輪馬車裡，撐開一把陽傘。聽差在趕車的位子上坐下，做了一個漂亮的手勢，讓馬車夫快趕車。那輛四輪馬車就緩緩動了起來。

涅赫柳多夫不停地揮動帽子致意。

那兩匹純種的栗色母馬打起響鼻，撒歡地跑了起來，牠們的蹄子在街道上踏出一串有節奏的響亮的聲音，輕便馬車就奔馳離去了。

chapter 16 等待答覆

涅赫柳多夫想了想他現在應該先去哪裡，再去哪裡，免得走重路，於是決定先去樞密院。他被人領進辦公室，在那個富麗堂皇的房間裡他看到了很多彬彬有禮、衣帽整齊的文官。

那幾個文官告訴涅赫柳多夫說，瑪絲洛娃的訴狀已經收到了，並且剛好已經交給樞密官沃爾夫審閱和呈報。涅赫柳多夫隨身帶著的他姨父寫的那封信，正是想要交給這位樞密官的。

「這個星期樞密院有一次會，不過瑪絲洛娃的案子卻未必能在這次會上審理，不過要是您能託人，請求一下，那有可能會安排在這週三進行審理。」一個文官說。

涅赫柳多夫離開了樞密院的辦公室，又坐車前往上訴委員會，去拜訪一位有權勢的官員沃洛比奧夫男爵。

他的住所是一座富麗堂皇的官邸，看門人和聽差都板著面孔告訴涅赫柳多夫，除了會客日，平常要見男爵那是不可能的，還說今天男爵在皇上那兒呢，明天還要去做彙報。涅赫柳多夫把信遞了過去，就乘車去拜訪樞密官沃爾夫了。

沃爾夫剛吃完早飯，於是他一面像平時一樣抽著雪茄煙，在屋裡來回走著，借此來促進消化，一面接見了涅赫柳多夫。

沃爾夫的確是一個十分正派的人，他把自己的這一品質看得無比高尚，並且總是按這個標準來看待其他一切人。而且他也不能不看重這一品質，因為他就是靠著它才有了如今輝煌的成就，獲得了他朝思暮想的官位，也就是說，通過婚姻他獲得一大筆財產，使得他每年有一萬八千盧布的收益，而且憑藉著自己的勤奮得到了樞密官的職位。

他覺得自己不僅是一個十分正派的人，而且是一個擁有騎士般廉潔品質的人。他所說的廉潔就是不在暗地裡接受私人賄賂，可他卻向國庫領取各種各樣的外出費、旅費、房租費，車馬費，無論政府讓他幹什麼，他都會像奴隸一樣地照辦，可他不會把這一切看成不正直。

沃爾夫在書房裡站定後，露出溫和而又帶點兒嘲弄的微笑，和涅赫柳多夫寒暄了幾句，順便把交給他的信草草地讀了一遍。

「請坐，不過很抱歉，如果您不介意的話，我想要走動一下。」他說著，把雙手插進上衣的口袋裡，踏著輕盈而從容的步調在這個格調古雅的大書房裡，沿著對角線來回踱著。「認識您真的非常高興。當然了，我也很樂意為伯爵效力的。」他一面說著，一面吐出了一圈淡藍色的煙霧，小心翼翼地從嘴裡取出雪茄煙，免得煙灰掉在地上。

「我只希望能儘快地審理此案，因為如果被告非得去西伯利亞的話，那還是早點兒行動比較好。」涅赫柳多夫說。

「是啊，是啊，那就應該可以搭上頭幾班輪船出發了。我知道。」沃爾夫露出他那自認為體恤下情的微笑說。

「被告是？」

「瑪絲洛娃……」

沃爾夫來到書桌前，看了看放在公文夾上的一份公文。

「對，瑪絲洛娃，好吧，我會和我的同事們再商量一下的。我們就定在禮拜三審理此案。」

「我可以就這件事給律師發個電報嗎？」

「您還請了律師？這又是何必呢？不過，如果您堅持的話，那就隨您的便吧！」

「上訴的理由可能有些不足，」涅赫柳多夫說：「不過，我覺得，只憑案卷就可以看得出來，這個判決是因為誤解導致的。」

「是的，是的，很有可能是這樣的，不過，樞密院不會根據實質來審查案件的，」沃爾夫看著煙灰，板著臉說：「樞密院只是負責審查在法律的運用和解釋上是否恰當。」

「在我看來，這個案子很特殊。」

「我知道，這我知道，每個案件都是特殊的，我們一定會照章辦事的，就這樣吧。」煙灰仍舊留在雪茄頂上，但已經出現了一道裂縫，眼看就要掉下來了。

「哦，您很難得來一趟彼得堡吧？」沃爾夫說著，小心翼翼地豎起那雪茄，謹防煙灰落下來。可是那煙灰還是開始搖搖欲墜了，於是沃爾夫就謹慎地把它伸到煙灰缸上，煙灰一下子就掉進了煙灰缸裡。

「啊，卡緬斯基那件事是多麼可怕啊！」他說：「他是一個很棒的年輕人呢，又是他母親唯一的兒子。特別是做母親的遇到這種事，肯定非常傷心。」

沃爾夫還談到了伯爵夫人，談到了她熱衷的新的宗教派別，說完這番話後，他按了按鈴。涅赫柳多夫站起來向他告辭。

「如果您有空的話，請過來吃頓飯吧。」沃爾夫說著，並把手伸了過來，「最好是在禮拜三。那時候我也許就可以給您一個明確的答覆了。」

夜深了，涅赫柳多夫乘上馬車回家去了，實際上也就是要回他姨媽的家。

chapter 17 毀滅

察爾斯基伯爵夫人家裡七點半吃晚餐。吃飯的共有六個人：伯爵和伯爵夫人，他們的兒子，那是一個愁眉苦臉，胳膊肘支在桌上的近衛軍軍官，另外還有涅赫柳多夫，一位法國女教師，以及伯爵家裡的總管。

吃完飯之後，在大廳裡就像聽講演那樣特地擺了幾排雕花高背椅，一張桌子旁邊放著一把圈椅和一張茶几，茶几上面擺著一個盛著水的玻璃瓶，這是給傳教士準備的。過了一會兒，一些人紛紛聚了過來，這個來自國外的基澤維傑爾將在這兒講道。

大門口停放著一輛輛華貴的輕便馬車，在陳設華貴的大廳裡，有一群女人已經落座，她們身穿綢緞、絲絨、花邊，頭戴假髮，束緊了腰肢，襯得高高的。女人們中間還坐著一些男人，有軍人，有文官，此外還有五個普通老百姓：兩個掃院子的僕人、一個小店的老闆、一個聽差以及一個馬車夫。

基澤維傑爾是一位身體強健、頭髮花白的人，說著英語，由一個年輕瘦削的、戴夾鼻眼鏡的姑娘極其流利地翻譯著。

「親愛的兄弟姊妹們，只要我們想一想我們自己，想一想自己的生活處境，想一想自己的所作所為，想一想我們是怎樣生活的，我們為什麼會觸怒仁慈的上帝，我們是怎樣導致基督受難的，我們就會懂得我們是不可能得到寬恕的，也不可能有出路的，更不可能會得救的，我們大家都註定了要遭到毀滅。恐怖的滅亡，永恆的苦難正等著我們啊！」他用顫抖的哭腔說：「那麼如何才能被拯救啊？兄弟們，我們怎樣才能逃出這恐怖的火海啊[18]？烈火已經把這屋子包圍了，沒有出路了。」

他沉默了片刻，淚水沿著他的臉頰撲簌簌往下流。七八年來，每當他演說這篇他的得意之作時，只要講到這兒，那麼無一例外，他立刻就會感到喉嚨發哽，鼻子發酸，眼眶裡也會立刻蓄滿淚水，撲簌簌往下掉，而這眼淚就使他更加感動了，屋子裡也跟著響起了嚶嚶的哭聲。

講道人忽然又精神煥發，用極其溫柔甜蜜的聲音說起來：

「不過，現在有拯救的辦法了，這種拯救是如此輕鬆，如此愉快，這種拯救就是上帝唯一的兒子為我們流的血，他心甘情願替我們受難。他的災難，他的鮮血拯救了我們，各位兄弟姊妹呀，讓我們一起來感謝上帝吧，他為了給人類贖罪而奉獻出了自己唯一的兒子，他的血液是神聖的……」

涅赫柳多夫聽得想吐，就悄悄地站了起來，強忍著羞愧難受的呻吟，踮著腳輕巧地離開大廳，回自己的房間去了。

18 按基督教的教義，罪孽深重的人在死後在地獄裡受到永不熄滅的烈火的焚燒。

chapter 18 沃洛比奧夫男爵

第二天，涅赫柳多夫剛剛穿戴整齊，正準備下樓，一個聽差就給他送來莫斯科律師的名片。律師是為處理自己的事情來的，而且如果樞密院很快就能審理瑪絲洛娃的案子的話，他也順便可以出庭。涅赫柳多夫發給他的電報，他因為剛好在路上而錯過了。他聽到涅赫柳多夫說了瑪絲洛娃的案子什麼時候審理，以及是由哪幾個樞密官審理，就笑了笑。

「他們正好是三個個性不一樣的樞密官，」他說：「沃爾夫是道地的彼得堡官僚，斯科沃羅德尼科夫是個學究式的法學家，貝則是個務實的法學家，所以他是這三個人中最能實事求是的一個，」律師說：「希望多半就寄附於他身上了。哦，上訴委員會那邊的事進展如何？」

「嗯，今天我就要去拜見沃洛比奧夫男爵，昨天我沒有機會見到他。」

「您知道那個沃洛比奧夫男爵是怎麼來的嗎？」律師聽到涅赫柳多夫用滑稽的口吻說出那個純正俄羅斯姓氏時，便說：「大概是沙皇保羅一世[19]出於某種原因，把這個封號賜予他祖父的。他祖父原本是宮裡的一個聽差，不知什麼原因博得了皇上的歡心，皇上就說：『封他為男爵吧，這是我的旨意，誰都不能違抗御旨。』於是就有了沃洛比奧夫男爵。他還為此而深感自豪呢，其實是一個十足

19 指俄皇保羅一世（一七五四—一八〇一），在為期（一七九六—一八〇一）。

的老滑頭。」

在他們出門之前，有一個聽差從前廳走了過來，把瑪麗葉特的來信交給他，信上寫道：「為了讓您滿意，我做了完全違背我原則的事情，為您庇護的人向我丈夫求情。那人不久即可獲釋，我丈夫已給要塞司令官寫了信，所以請您務必來看看我吧。我等著您。瑪。」

「竟有這種事！」涅赫柳多夫訝異地對律師說：「這多麼可怕呀！他們把一個無罪的女人在單身牢房監禁了整整七個月，而為了釋放她，卻只需要說一句話。」

「事情向來如此，這樣也好，至少您辦成了想辦的事啊。」

「是啊，不過，辦是辦成了，可我反而覺得心裡不是滋味。這樣一來，那裡面到底是怎麼一回事啊？他們到底因為什麼把她關起來呢？」

「算了吧，這種事最好還是別再刨根問底的好。那麼，我送您過去吧。」言談間，他們已經走到了門外，律師雇的那輛華麗的四輪轎式馬車也停在門廊前。

律師對馬車夫說過把車趕到什麼地方去，那幾匹駿馬不一會兒就把涅赫柳多夫送到了男爵住宅的大門前。

這個時候男爵剛好在家，進門的第一間房裡有一個穿著制服的年輕文官，他的脖子格外長，喉結也很突出，走路時的步子總是特別輕快。另外還有兩個太太。

「您貴姓？」長著大喉結的年輕文官從兩位太太那兒輕快瀟灑地走到涅赫柳多夫跟前，問道。

涅赫柳多夫說了自己的姓名。

「男爵提起過您。請稍等，我這就去為您通報一下！」

年輕的文官走進一扇掩著門的房間裡，從那兒領出一個滿面淚痕、身穿喪服的婦人。這個婦人正用枯瘦的手指抻展她那亂成一團的面紗來掩蓋她的淚痕。

「請進去吧！」年輕的文官走到書房門前，把門推開，轉身對涅赫柳多夫說。

涅赫柳多夫獨自走進書房，看見對面有一個敦實的中等個兒的人，這人穿著正式的禮服，留著短短的頭髮，在大寫字檯後的一張圈椅裡坐著，他一看到涅赫柳多夫進來，臉上就堆起了親切的微笑。

「很高興見到您。我跟令堂可算是舊識，而且是老朋友了。您小的時候，和之後您當了軍官時，我都見到過您。好了，請坐吧，請您說說有什麼事要我為您效力。」

他一邊聽涅赫柳多夫說菲多霞的事，一邊晃著他的白頭說：「我都聽明白了，這件事的確叫人很感動。您是已經交了訴狀了嗎？」

「我已經準備好訴狀了，」涅赫柳多夫從衣兜裡取出訴狀。「可是我想請求您，希望您能多多關照一下這個案子。」

「您做的這是大好事啊，我一定會親自到宮裡奏明此案的。」男爵說著，他那張快樂的臉上露出了一絲完全不像憐憫的表情。「這個案子真的很感人。很明顯，她還只是個孩子嘛，她的丈夫對她那麼粗暴，這讓她很反感，不過後來過了一段時間，他們就又和好了……當然，我會向上奏明此案的。」

「伯爵說，他想去奏明皇后呢。」

涅赫柳多夫還沒有講完這句話，男爵就立即變了神色。

「我會盡力而為的，我會和司法部接洽一下，他們應該會給我們一個答覆的，到那時，咱們就可以盡力來辦了。」

涅赫柳多夫走出書房，來到辦公室。像在樞密院一樣，他在這棟華麗的房子裡又看見了許多體面氣派的文官，衣著整潔，彬彬有禮，端莊大方，說話清楚而嚴謹，從服裝到談吐都很得體。

「他們這樣的人到底有多少啊，真是多得不能再多了。他們都保養得這麼好，他們的襯衣和手都洗得那麼乾淨，所有的人的皮靴都擦得閃亮，這一切又到底依靠的誰呢？他們這些人，別說跟囚犯們比較，即使是和農村人比起來也顯得是那麼的舒服啊！」涅赫柳多夫又禁不住地暗自感嘆道。

chapter 19 老將軍

那個掌握彼得堡所有囚犯命運，的是個祖籍日耳曼的男爵，一生功勳卓越，但據說是已經昏聵的老將軍。他曾得過各種各樣的勳章，但他平時一個也不佩戴，只在上衣的鈕扣孔裡掛一個白色的十字章。他曾經在高加索軍中時，獲得了那個讓他非常引以為傲的十字章，因為當時他帶領著頭髮剪得很短、身穿軍服、手持步槍加軍刀的俄羅斯農民，屠殺了上千名捍衛自己的自由、家園、親朋好友的人[20]。打那以後他就率軍駐波蘭，在那裡也曾迫使俄羅斯農民犯下了種種不可饒恕的罪行[21]，因此他又獲得了勳章以及軍服上的新飾物。那之後他還到過一些別的地方供過職，現在他已經是一個老態龍鍾的傢伙，卻得到他眼下擔任的這個重要的職位，這讓他得到了一座好住所、一筆豐厚的年俸以及人們的尊重。

他認真嚴格地執行著上面下達的各種指示，而且對這些指示特別看重。他認為上面的這些指示意義非凡，覺得世界上的一切都是可以改變的，除了這些從上面下達的指示。他的責任就是要把那些男女政治犯關入特別地牢和單人牢房裡，並且把這些人折磨得不到十年就會死去一大半，裡面還

20 十九世紀上半葉高加索山區少數民族多次起義反抗沙皇統治，遭到殘酷鎮壓。
21 波蘭當時是帝俄屬地。一八三零年波蘭人民起義，遭到殘酷鎮壓。

有一部分人精神失常，一部分人因肺癆病而死去，一部分人自殺，有人因為絕食死去，有人則用玻璃片割斷血管，有人上吊，有人把自己活活燒死。

所有這一切，老將軍全都知道，因為這一切就在他的眼皮子底下做出來的，可這一切事件都不能觸發他內心的良知，這一切事件都是為了執行以帝國皇帝的名義下達的指令造成的後果。而這些指令都是以皇上的名義發佈的，非執行不可的，所以考慮這些指令的後果那是完全無益的。

老將軍始終遵守自己的職務規定，每週都要去所有囚室巡視一遍，順便詢問一下犯人有什麼需求，犯人就趁機向他提出各種各樣的請求。他心平氣和地聽他們講完，然後緊閉著嘴巴一聲不吭，卻從來都把那些要求置之不理，因為在他看來，那些所謂的要求都是不符合法律規定的。

涅赫柳多夫坐著馬車來到老將軍的住所時，塔樓上的那精緻的自鳴鐘正用尖細的聲音演奏著《上帝多麼榮耀》，接著又響了兩下。涅赫柳多夫一聽到這鐘聲，就不由得想到了他在十二月黨人的筆記中看到過的這種每個小時響一次的優美動聽的音樂，那是怎樣震撼那些終生被監禁的犯人的心的。

在涅赫柳多夫乘車到達他門口時，老將軍正在他那昏暗的會客室裡靠著一張嵌花小桌坐著，與一個年輕人在一張紙上轉動一個茶碟。那個年輕人是他一個下屬的弟弟，也是個畫家。畫家那汗涔涔的潤滑且非常細弱的手指頭，正插在老將軍那僵硬而且乾瘦的手指頭當中，這兩隻合在一起的手推動著一個倒扣著的茶碟，在那張寫滿了字母的紙上繞來繞去。那個茶碟是在解答將軍所提出的一個問題：人們死後，他們的靈魂怎樣才能彼此認識？

一個充當聽差的傳令士兵，拿著涅赫柳多夫的名片走進客廳，那時貞德[22]的靈魂正在通過茶碟和他們說話。貞德的靈魂經由一個個的字母說出：「他們彼此認識」幾個詞，並且這些剛剛記錄在了這張紙上，當傳令兵進來時，茶碟剛好又拼出「是因為」這樣的詞兒，就停在這兒，還來回繞著。

老將軍陰沉地鎖緊了濃密的白眉毛，凝視著茶碟上的那雙手，把茶碟往他希望的地方推，想像著這是茶碟自己在移動。而那臉色蒼白的年輕畫家，把稀疏的頭髮理到耳後，一雙黯淡無光的淺藍色眼球盯著會客室裡的一個幽暗的角落，嘴唇不安地抽搐著，把茶碟往另一處推。將軍見自己的工作被打擾，於是皺緊了眉頭，思索了片刻，還是勉強接過名片，戴上夾鼻眼鏡，那寬闊的腰部疼得使他哼哧了一聲，這才挺直了他那高大的身軀，站起身來，揉了揉有些發麻的手指。

「把他請去書房吧。」

「大人，您就放心地讓我獨自把它完成吧，」畫家恭維地說道：「我覺得招來的靈魂還在。」

「好吧，那您就自己弄出個結果吧！」老將軍果決而鄭重地說過這話，便邁開兩條僵直的腿，大步向書房走去。

「見到您真高興啊，歡迎，歡迎！」將軍用粗大的嗓門對涅赫柳多夫說出了這句無比親切的話，並且向他指了一下寫字檯旁的圈椅。「您已經到彼得堡很久了嗎？」

涅赫柳多夫回答說來這裡還沒多久。

「我來這兒是有件事要求您，將軍。」涅赫柳多夫說。

「我很樂意為您效勞，什麼事要我為您效力呢？」

22貞德（一四一二—一四三一），法國女英雄。

「要是我的請求不恰當，還請您一定要原諒我。可是我不能不轉述這個請求。」

「是什麼事啊？」

「在您這兒囚禁著一個姓古爾凱維奇的人，他的母親請求您可以准許她來見見自己的兒子，或者至少可以把一些書籍轉交給他。」

將軍對涅赫柳多夫所提的要求既沒有表示贊同，也沒有表示絲毫的高興，只是歪著腦袋，瞇縫著眼睛，似乎是在認真考慮著什麼。實際上他什麼也沒想，甚至對涅赫柳多夫提出的請求完全不感興趣，因為他心裡很清楚自己將會按照規定給他回覆的，這會兒只不過是養養神而已，什麼也不想。

「關於這件事，您要清楚，不是由我說了算的。」他稍稍停頓之後才說：「關於探監，自有最高當局批准的法令明文規定，凡是那些法令規定准許的，都能准許。至於書籍嘛，我們這兒就有一個圖書館啊，只要是准許他們閱讀的書，全都可以給他們看的。」

「是這樣啊，可是他需要的是一些學術性的著作。他想搞學術研究。」

「您最好不要相信這些話。」將軍沉默了片刻。「他根本不是想要研究什麼學術。實際上，他不過是不安分罷了。」

「可是有什麼辦法呢，要清楚他們的日子也是很難熬的，總得想些辦法來打發時間啊？」涅赫柳多夫說。

「他們總是四處訴苦，」將軍說：「實際上，我們是非常瞭解他們這些人的。」他簡單地說了說他們，就像是說到某些低等的特殊人種。「可是，這裡面給他們提供的條件是很舒服的，像這樣的條件，在其他任何監獄裡都是很難見到的。」

他就像要證實自己的話似的，開始詳盡地描述起為犯人提供的各種舒適的條件，好像這個機構的宗旨就是要為被監禁於此的人們安排舒適的處所。

涅赫柳多夫聽著他有些沙啞而蒼老的聲音，看著他僵硬的身體，那白色的眉毛下面那雙暗淡無光的眼睛，那耷拉在軍服領子上衰老的、刮得精光的、皮肉鬆弛的顴骨，看著這個人因為無比殘酷和屠殺眾多無辜的人而得到的並讓他無比自豪的白十字章，心裡就徹底清楚了：反駁或是意圖揭穿他那番話的含義，都是沒有一點兒用的。不過，他還是勉強打起精神來，又問詢起另一個案件，也就是舒斯托娃的案子，說今天他得到關於她的消息了，上面下令要釋放她了。

「舒斯托娃？舒斯托娃……我根本沒法記住每一個犯人的名字。因為他們人那麼多。」他顯然是在抱怨他們的人太多了。他按了按鈴，派人把辦事員叫來。

將軍趁辦事員還沒到，就開始勸說涅赫柳多夫去機關供職，說凡是正派崇高的人，並且暗指自己也在此列，都是沙皇……「和祖國」迫切需要的；他加上後邊那三個字，當然只是為了把話說得更好聽點兒。

「現在我是老了，可是只要我的精力還允許，我還是會竭盡全力把事情做好的。」

叫來的辦事員進來彙報說，舒斯托娃被關在一個看管森嚴的特別的地方，而且說還沒有收到要釋放她的公文。

「一旦拿到公文，我們肯定會當日就把她釋放的，我們決不會延押他們的，我們並不特別喜歡他們的光顧。」將軍說著，又做出個俏皮的笑容，這麼一來卻反使他那張蒼老的面孔更醜陋了。

涅赫柳多夫儘量控制住自己，以免流露出他對這個可怕的老傢伙產生的那種又厭惡又同情的複雜心情。涅赫柳多夫長長地嘆了口氣，深深鞠上一躬，握了握屈尊向他伸過來的那隻瘦骨嶙峋的大手，然後轉身向屋外走去。

將軍不以為意地搖搖頭，揉了揉腰，又回到了會客室。這時畫家已經寫出了那個貞德的靈魂給他的答覆，正站在那兒等著將軍呢。

此時涅赫柳多夫坐的馬車很快駛離了大門。

「這地方可真讓人難受呀，老爺，」馬車夫轉過頭對涅赫柳多夫說：「連我都不想等您，直接就離開的。」

「是啊，這兒真是讓人難受。」涅赫柳多夫深表贊同地說，一面敞開胸膛深深地吸了一口新鮮空氣，一面帶著輕鬆下來的心情出神地凝望著猶如輕煙的浮雲，望著涅瓦河[23]上那些木船和輪船掀起的波光閃閃的漣漪。

23 在彼得堡穿城而過的一條河。

chapter 20

樞密院

第二天，瑪絲洛娃的案子就要開庭審理了，於是涅赫柳多夫就坐著馬車又去了趟樞密院。他在樞密院大廈森嚴而氣派的大門口恰巧遇到也坐著馬車趕來的法納林律師。他們沿著華麗而寬敞的樓梯上了二樓。非常熟悉這裡所有通道的律師，熟練地拐進了左邊的一扇門，門上刻著訴訟條例制定的年分。

法納林在第一個長方形的房間裡脫去大衣，並從門房那裡獲悉樞密官們都已經到齊了，連最後一個也剛剛走過去了。於是，他穿著燕尾服，白胸襯上繫了個白領帶，心情歡快、信心十足地走進第二個房間。

在這個房間的右側放著一個大櫥，再過去是一張桌子，左邊是一座旋梯，這時正好有一位風度翩翩的穿著制服且很文雅的官員，腋下還夾了個皮包，他正從扶梯上往下走。房間裡有一位看上去像個族長模樣的小老頭非常引人注目，他一頭長長的銀髮，上身穿著短款的上衣，下身穿著灰色的長褲，身邊還站著兩名畢恭畢敬的跟班。

那白頭髮的小老頭兒進入大櫥[24]，並關好櫥門。就在這時，法納林看到了一位同行，一個和他一

24 更衣室。

樣穿著燕尾服、繫著白領帶的律師，就立馬走過去跟他饒有興致地攀談起來。

涅赫柳多夫借機仔細觀察了一下這個房間裡的人們。來旁聽的人有十五六個，其中有兩位夫人和一個年紀稍輕的女人，戴著一副夾鼻眼鏡，另一個則是滿頭的銀髮了。今天要審理一起報紙誹謗案，所以在這兒旁聽的人比平常要多得多，而且主要是報界人士。

一個面色紅潤的法警，手裡拿著一張紙，走到法納林跟前，問他是承辦哪一宗案子的，聽說是辦瑪絲洛娃的案子後，就在紙上寫了點什麼，就走開了。這時大櫥的門被打開了，那個族長模樣的小老頭從那裡面走了出來，不過已經不穿短上衣了，而是換了一套鑲著絲條的制服，胸前掛滿亮閃閃的動章，那模樣看起來活像一隻大鳥兒。

這身惹人發笑的服裝顯然讓小老頭本人也覺得有點不大好意思，於是他就邁著比往常更快的步子，急匆匆地走進了入口處對面的一扇門裡。

「他就是貝，是一個德高望重的人。」法納林向涅赫柳多夫介紹道，並介紹他的同行給涅赫柳多夫認識，然後就說起了馬上要審理的那宗案件，在他看來那樁案子是非常有趣的。

沒過多久，這樁案子的審理就開始了，於是涅赫柳多夫與旁聽者一起從左邊走進法庭。他們這些人，包括法納林，都走到柵欄後面的旁聽席上。只有那個彼得堡的律師走到柵欄前面的斜面寫字檯旁。

樞密院的法庭比地方法院的法庭要小些，佈置也簡單些，唯一的區別就是樞密官們面前桌子上鋪的不是綠呢子，而是鑲有金色絲帶的深紅絲絨。不過，所有進行審判的地方按慣例該有的象徵物，如鏡子、聖像、皇帝的御像等等，在這裡當然也是一應俱全的。庭警也是那樣隆重地宣布：

「現在開庭。」同樣是全體起立，身穿制服的樞密官們也同樣魚貫而入，也在一樣的高背扶手椅上坐下，也都是一樣把手肘支在桌子上，竭力擺出泰然自若的樣子。

樞密官一共有四個。首席樞密官尼基京是一個臉型狹長，沒留鬍子，一雙銀灰色眼睛的男人；沃爾夫意味深長地緊閉雙唇，正用他那白淨的小手反覆翻閱著案卷。接著就是斯科沃羅德尼科夫，一位肥胖、粗大、滿臉麻子的人，是個學究式的法學家。第四位是貝，也就是那個樣子長得像族長的小老頭兒，他是最後一個走進來的。和樞密官們一同走進來的還有書記長和副檢察長等人。副檢察長是一個很年輕的人，中等身材，非常瘦削，鬍子被剃得光光的，面色有些發暗，長著一雙黑色且陰鬱的眼睛。雖然這人穿著一身與以往不同的制服，雖然涅赫柳多夫已經有六年多沒有和他見過面了，不過他仍然可以一眼就認出他是自己大學時期最親密的朋友之一。

「那位副檢察長是叫謝列寧嗎？」涅赫柳多夫向律師問道。

「是的，您問這個幹什麼啊？」

「我認識他，他人還挺好的……」

「而且還是個很棒的副檢察長，辦事幹練。嗯，您倒是應該托他幫幫忙。」法納林說道。

「他不論在任何情況下都會憑自己的良心辦事的。」涅赫柳多夫一面說著，一面想著他和謝列寧的親密關係和深厚友誼，還有謝列寧的那種種優秀的品德，比如純真，忠誠和真正的正派等。

「可是現在想託他也已經晚了。」法納林輕聲說過這話，就聚精會神地傾聽著正在宣讀的案情報告了。

現在要審理的這起案件是針對高等法院的判決所提出的上訴，上訴原因是高等法院裁定沒有改變地方法院的判決。

涅赫柳多夫用心傾聽著，並盡力想弄明白眼前正在審理的案件到底是怎麼回事。涅赫柳多夫只聽明白了一點點，那就是：陳述案情的沃爾夫雖然昨天是如此聲色俱厲地跟他強調說，樞密院是不會審查案件的實質的，可此時討論這一案情的時候，卻很顯然是有意偏袒一方的，以便撤銷高等法院的裁決，可謝列寧卻一反以前一貫的穩重作風，以出乎意料的激烈言辭發表了他截然不同的見解。

一向穩重的謝列寧突然變得這樣情緒化，讓涅赫柳多夫非常驚訝。實際上這是有原因的，謝列寧很清楚那家股份公司的董事長原本在金錢方面就是個很有問題的人，而且又在無意中聽說沃爾夫幾乎是在開庭的前夕，還去參加了那個商人舉辦的豪華宴會。現在，沃爾夫正在報告案情，雖然措辭非常的嚴謹，但卻明顯是在偏袒那個商人，於是謝列寧非常生氣，就用對於一件普通案子來說異常激憤的態度來發表他自己的見解。

他的話顯然讓沃爾夫覺得受到了很大的侮辱，沃爾夫一時間面紅耳赤，身子不停地哆嗦，一聲不響地做了個驚愕地姿態，便帶著傲慢卻又受辱的神情跟其他幾位樞密官一起走進了議事室。

「請問一下，您是來承辦哪一起案件的？」庭警在樞密官們剛離開，就走了過來，又問了法納林一次。

「我不是都已經告訴過您了嗎，我是來辦瑪絲洛娃的案件的。」法納林回答說。

「是，您是說過，今天是要審理這個案子的，不過……」

「不過什麼？」律師問。

「實話告訴您說吧，這個案子不進行公開審理了，所以樞密官先生們在宣布案子的判決之後，未必會再出庭了。不過，我還是可以去通報的……」

「這到底是怎麼回事？」

「我去通報一下。」庭警又在那張紙上寫了些什麼。

樞密官們真的打算宣布誹謗案的判決之後，就不再離開那個議事室了，他們只是一面在喝茶，一面處理一下包括瑪絲洛娃一案在內的其他幾件案子。

chapter 21 上訴駁回

樞密官們剛在議事室裡的桌子旁邊坐下，沃爾夫就開始滔滔不絕地擺起一定要撤銷那件案子原判的若干理由。

首席樞密官一貫是對人對事都不懷好意的人，而今天的情緒更是格外的糟糕。在法庭開庭審案的時候，他聽著案件的陳述，就已經擬定了自己的意見，所以現在坐在這兒，並沒有聽進沃爾夫說的話，只是在專心致志想自己的心思。他想的是昨天在自己的回憶錄上寫下的那件事，就是有個肥缺，是他早已垂涎的，卻沒有委派給他，反而委任了維梁諾夫。

首席樞密官尼基京堅信不疑，任何在他任職期間接觸過的、形形色色的、最高兩個等級的文官所作的評述，將來會成為極為重要的歷史文獻。昨天他就完成了一個章節，在那一章裡，他猛烈地抨擊幾個最高兩個等級的文官，因為他們阻撓他，按他的說法是他們阻撓了他拯救俄國，讓俄國擺脫當今執政者所造成的瀕臨毀滅的局面，而事實上只是因為他們妨礙他得到比現在更多的薪俸罷了，此刻他卻在暗自思忖，怎樣才能讓後代子孫對這些情況有個全新的認識。

「是啊，當然啦！」他對沃爾夫說的那番話回應道，其實他壓根就沒有聽一個字。

不過貝卻在聽沃爾夫的高談闊論，他面色陰沉，並一直在那張攤開在面前的紙上畫著花環。貝是一個地地道道的自由派。他忠心不二地守衛著六十年代[25]的傳統，就算有時偏離嚴格的公正和無私的立場，那也是為了維護自由派。所以眼下這種情況，貝就站在了駁回上訴一邊，除了因為那個提出控訴、控告他人誹謗的股份公司商人是一個不乾淨的人以外，還因為控告報館人員誹謗更是在壓制新聞自由。

當沃爾夫的理由陳述完了之後，貝就放下那個還未畫好的花環，皺著眉頭（他之所以皺眉頭，是因為這樣簡單的道理還不得不進行說明），用溫柔動聽的聲音，簡明扼要而又鑿鑿有據地說明那上訴是缺少根據的，說完他又低下那滿是白髮的頭，繼續畫他的花環。

斯科沃羅德尼科夫和沃爾夫兩人相對坐著，不住地用他那粗粗的手指把鬍子與唇髭塞到嘴裡去。貝的話音剛落，他也就立馬停止了嚼鬍子，用尖厲刺耳的聲音說，雖然那個股份公司的董事長是個大混蛋，可是如果能找到法律依據的話，那他是可以撤銷原判的，只是現在沒有這樣的法律依據，那他就依然贊成斯科沃羅德尼科夫的意見。他說完後又暗自非常高興，因為他借機把沃爾夫狠狠地嘲諷了一番，首席樞密官表示很同意斯科沃羅德尼科夫的意見，於是這一案件就這樣被否決了。

沃爾夫當然非常不高興，尤其是因為他那居心不良的袒護行為，就像被人當眾揭穿了一樣。不過他還是裝出一副心平氣和的樣子，打開下一本由他報告的瑪絲洛娃案的案卷，非常認真地翻閱起來。這時，樞密官們按了按鈴讓人送點兒茶進來，並且聊起了在那個時候與卡緬斯基的決鬥同樣轟動整個彼得堡的另一件事情。

25 指十九世紀六十年代。當時，俄國資產階級自由派主張實行資產階級的改革，但是由於害怕群眾運動而與沙皇制度妥協。

這是一個與司長有關的案件，此人遭到揭發檢舉，他觸犯了刑法第九百九十五條所列的罪行。

「多無恥啊！」貝無比厭惡地說。

「不過這到底有什麼不好呢？我可以在我們的資料中找出一位德國作家所提出的方案來給您看看，他直截了當地表明，這種事並算不上犯罪，還覺得男人和男人也是可以結婚的。」斯科沃羅德尼科夫說著，帶著嘶嘶響的聲音津津有味地抽著一支夾在指頭中間的皺巴巴的香煙，並放聲大笑了起來。

「這不可能吧？」貝懷疑地說。

「我可以翻出來給您看看。」斯科沃羅德尼科夫說，並且還說出了那本著作的全名，甚至說出了出版的時間和地點。

此時庭警走進來通報說，律師和涅赫柳多夫希望能在審理瑪絲洛娃的案子時出庭作證。

「哦，說到這個案子嗎，」沃爾夫說：「那可真是一件風流韻事啊。」於是他把自己所知道的涅赫柳多夫與瑪絲洛娃之間的關係說了一番。

樞密官們談完這個案子後，抽過煙，喝過茶之後，就回到了法庭，向人們宣布他們對上一個案件的前後裁決，接著就開始審理瑪絲洛娃的案件了。

沃爾夫用他那尖細的聲音將瑪絲洛娃撤銷原判的申訴詳盡地陳述了一下，當然不是完全的不偏不倚，是帶有明顯的希望撤銷法庭的原判的意味。

「您還有想要補充的嗎？」首席樞密官轉過身去問法納林。

法納林站起來，挺直他那白白的、寬闊的胸膛，用十分婉轉而準確的言辭，逐條說明原判決有六處是背離法律的準確含義的，此外，他還斗膽簡要地說了一下案情真正的實質問題，和本案原判的極其不公正。

法納林的發言結束後，臉上露出了一絲得意的笑容。涅赫柳多夫看了看自己的律師，看到這樣的笑容，也暗自認定這場官司準贏了，但是當他又看了看樞密官們之後，才看出來只有法納林一個人在得意，在微笑。

樞密官們與副檢察長既沒有笑容，也沒有得意的神情，反倒流露出一副極為不耐煩的神態，好像在說：「你們這些人說的話我們都聽夠了，這全是一些廢話。」很顯然，一直到律師陳述完畢，不再白白地耽誤他們的時間了，他們才流露出滿意的神氣。

律師發言一結束，首席樞密官就立刻轉過身去請副檢察長發表講話。謝列寧的發言很簡潔，而且明瞭、準確，他認為申請撤銷原判的理由並不充足，主張維持原判不予更正。在這之後，樞密官們紛紛站起身來出去開會商議。

在議事室裡，大家的意見產生了分歧，沃爾夫堅持主張撤銷原判，且瞭解事情的原委之後，也就強烈地支持撤銷原判，並依據自己正確理解到的，向同事們十分生動地描述了開庭時的種種情景以及陪審員們發生誤會的經過。尼基京一如往常，主張嚴格遵守法令辦事，主張嚴格遵循訴訟程序，從而反對撤銷原判。於是整個案件都取決於斯科沃羅德尼科夫的意見了。不幸的是他也主張駁回上訴，維持原判，主要是因為涅赫柳多夫出於道德的緣由竟然決定娶那個姑娘，這讓他反感至極。

這個上訴就這樣被駁回了。

chapter 22 告御狀

「真是可怕啊！」涅赫柳多夫一面和整理好自己行李包的律師往接待室裡走，一面說：「這樣一樁清清楚楚的案子，他們卻非要在形式上吹毛求疵，駁回上訴，這簡直太可怕了！」

「這件案子是被先前的法庭搞壞的啊。」律師說。

「竟然連謝列寧都堅持駁回上訴。可怕，太可怕了！」涅赫柳多夫一個勁兒地反覆著說：「那麼現在該怎麼辦呢？」

「那我們就只能告御狀了，趁您還在這兒，您就親自遞上去。我可以為您起草狀子。」

就在此時，穿著制服，佩著星章的矮小沃爾夫，傲慢地走進接待室，走到涅赫柳多夫跟前。

「能怎麼辦呢，敬愛的公爵，缺乏足夠的理由啊！」沃爾夫無奈地聳了聳他那窄窄的肩膀，閉著眼睛說。然後就轉身一走了之了。

沃爾夫走後，謝列寧也緊跟著過來了，他已經從樞密官們那兒得知自己昔日的老朋友涅赫柳多夫在這兒。

「哦，我怎麼也沒有想到能在這兒見到你，」他說著，來到涅赫柳多夫的跟前，嘴角還掛著笑容，可是眼睛卻仍然那麼陰鬱。「我竟然不知道你來彼得堡了呢！」

「我也不知道你已經當上檢察官了……」

「只是個副檢察官。」謝列寧糾正道：「你怎麼到樞密院來了？」他目光極為陰鬱、無比頹喪地看著老朋友，問道。「我後來才聽說你到了彼得堡，可是你怎麼會來這裡呢？」

「我來這裡是因為我渴望能伸張正義，拯救一個無辜被囚的女人。」

「啊，瑪絲洛娃，」謝列寧想起來了，接著說：「但是那個上訴理由是極不充分的啊。」

「問題不在於上訴理由，而在於那個女人的確是無辜的，可卻被判了很重的刑。」

謝列寧重重地嘆息一聲。

「你是怎麼知道的？」

「因為我就是那個案子的陪審員啊，我知道我們在哪兒出了錯。」

謝列寧開始沉思起來。

「當時你就應該出來說明一下呀！」他說。

「我已經說過了。」

「那就應該記錄在案，要是把那份記錄連同撤銷原判的上訴一起送上來那就好了……」

謝列寧平時工作非常繁忙，很少參加上流社會的社交活動，很明顯對涅赫柳多夫的那些風流韻事毫無所聞。涅赫柳多夫覺察到了這些，就決意不向他說起自己和瑪絲洛娃的那層關係。

「是呀，不過就是這樣，也是一目了然的呀，原判是非常荒謬的。」他說。

「樞密院無權說這種話，如果樞密院竟然按照自己對原判是否公正的看法來撤銷原判，那麼樞密院會失去任何立足點，這樣不僅不能伸張正義，反而有破壞正義的危險。」謝列寧一面回想剛才的案件，一面說：「現在即使不說這一點，至少陪審員們的裁決會使其變得毫無意義。」

「我現在只知道一點，就是那個女人真是無辜的，是不應當受懲罰的，可是將她拯救出來的最後一絲希望也就此破滅了，最高機構竟然批准了完全非法的事。」

「樞密院那不是批准，因為它根本就沒有審查，也無權審查任何案件本身。」謝列寧瞇縫著小眼睛說：「想必你是在你姨媽家住著吧？」他又加了一句，顯然是想要轉移話題。

「我昨天才從她那裡得知你來這裡了。伯爵夫人昨天還盛情邀約我同你一起去參加一個外國傳教士傳教會。」謝列寧咧嘴笑著說。

「是的，我聽過了，不過很無聊，我聽了不到一半就離開了。」涅赫柳多夫很氣憤地說，因為謝列寧刻意轉換話題而氣惱。

「好吧，我們還是以後再說吧。」謝列寧說：「我馬上就過去，」他轉身對一個朝他走來畢恭畢敬的庭警說道。

「我們一定要找個機會好好聊聊才行，」他嘆著氣說：「不過你經常在家嗎？我一般晚上七點鐘吃飯之前都會在家，我家就在納傑日津斯卡雅街。」他說了說自家的門牌號。「從上次分開後，我們已經很多年沒見了。」他走的時候又補充了一句，還露出一絲微笑。

「如果我有空的話，肯定會去拜訪你的。」涅赫柳多夫說，突然覺得這個原本很親近、他很喜歡的謝列寧，在經過這次簡短的交談後，如果說還沒有變成冤家對頭的話，那至少也已經變得格格不入、生疏、隔膜、難以琢磨的了。

chapter 23 謝列寧

謝列寧還是個大學生的時候，涅赫柳多夫就已經認識他了，那時候的謝列寧是個心地善良的公子，非常孝順的兒子，十分講義氣的朋友，而且從年齡上來說，應該是上流社會裡極有教養的年輕人，為人處世非常有分寸，而且總是斯斯文文、風度翩翩、長相俊美，同時又非常正直、忠厚和誠懇。他那時不是特別用功卻學習相當出色，他所寫的論文還好幾次獲得了金質獎章，而他本人卻沒有一丁點兒的書呆子氣。

他不但在口頭上，而且在實際行動中，也總是把為人民服務當成自己青春年華的一個重要生活目標。他認為這種服務沒有別的什麼方式，只能選擇進政府機關工作，所以他一畢業，就將他可以為之效力的各種工作做了一次系統的分析，最後斷定他在主管制定法律的某部大臣辦公廳二處工作最好，於是就進了那個機關。

然而儘管他兢兢業業，努力地完成各種交給他處理的事情，可是他仍然感覺到這樣的工作不能滿足他想成為有益於人民的要求，也不再認為他所做的是應該做的事了，因為他和他們那位吹毛求疵、極其淺薄、虛榮心重的頂頭上司經常發生矛盾，那種不滿足感就更強烈了，於是他調離了第二處，來到了樞密院。在樞密院裡他覺得情況好一點兒，只是那種不滿足的感覺仍是寸步不離地跟著他。

他無時無刻都感覺到，一切都和他所期望的和應有的情形截然不同。在這裡，在樞密院任職期間，他的親友們為他奔波，總算是謀得了一個少年侍從的職稱[26]，於是他只好穿上繡花的制服，戴上白麻布的胸襯，坐上四輪的轎式馬車去向各種各樣的人登門道謝，感謝他們的抬舉，為他謀得了聽差的工作。

不論他怎麼冥思苦想，仍是不能對這種差事的意義做出合理的解釋，所以他覺得這比在機關供職的時候更加「不對頭」，但是從一方面來說，他已經不能拒絕這一委任了，免得讓那些熱心幫他的親戚們傷心，因為那些人堅信他們為他做了一件值得高興的大好事；而從另一方面來說，這一委任又恰好迎合了他的劣根性，因此當他在鏡子裡看到自己穿著用金絲絛繡花的制服時，當他因為這一任命受到別人尊敬時，他又沾沾自喜。

關於婚姻，他也遇到了同樣的情況。親友們為他操辦了一樁從上流社會的角度來看非常美滿的婚姻，只是這門親事沒過多久就顯露出了比他的機關任職和宮廷掛差更加的「不對頭」了。他的妻子在生完第一個孩子後，就不想再生育子女了，並開始過起了豪華的上流社會的生活，並且不管他是否願意都必須得參加。

不過，最「不對頭」的卻是他對宗教的態度。他是在東正教的影響下出生和成長起來的，身邊所有的人都要他信仰東正教，並且他倘若不承認這個東正教，那將無法繼續進行他的那些對眾人有益的活動，因此等他對自己提出東正教是不是正確的這個問題時，他在心中其實已經有了答案。因

26 少年侍從是帝俄宮廷的一種低級職稱，不是職務。

此為了把這個問題弄清，他不讀伏爾泰、叔本華、斯賓塞、孔德[27]的著作，卻轉而拜讀了黑格爾的哲學書和維奈、霍密雅可夫[28]的宗教著作。毫無疑問的，他也就在這些著作裡找到了他想要的東西：某種類似精神上安慰的話和對宗教教義辯護詞的東西。

從那個時候開始，他也就可以心安理得地去參加祈禱式、安魂祭、禮拜，守齋，對著聖像畫十字，而不感到是在作假，也就繼續留在機關裡任職，而在機關任職能讓他覺得自己在做有益的事，還可以給他那沒有歡樂的家庭生活中帶去絲毫的安慰。他覺得自己信仰了東正教，但同時，他卻又虔誠地、空前強烈地感受到，他的這種信教根本是「不對頭」的。

就因為這些，他的眼睛才總是那麼陰鬱。也就因為這些，他一看到當年他認識的涅赫柳多夫，就想起當年，他還沒有染上這些虛偽習氣時是個什麼樣的人啊。特別是在他迫不及待地向涅赫柳多夫暗示了他的宗教觀之後，他比任何時候都強烈地感覺到這所有一切的「不對頭」了，於是他的心情更陰鬱了。涅赫柳多夫看到這個昔日的老朋友，在剛開始的那陣高興過後，也有了這樣的感覺。

正是因為如此，雖然兩人都許諾日後會再見的，可兩人都沒有再找機會相見了，所以在涅赫柳多夫這次來彼得堡期間，他們兩人也就再也沒有見過面。

27伏爾泰是十八世紀法國啟蒙思想家，叔本華是十九世紀德國哲學家，斯賓塞是十九世紀英國社會學家，孔德是十九世紀法國哲學家，都在不同程度上批判過基督教。

28黑格爾是十九世紀德國哲學家，維奈是十九世紀瑞士神學家，霍密雅可夫是十九世紀俄國斯拉夫派理論家，都從不同角度出發肯定基督教義。

chapter 24 迷惑

涅赫柳多夫和律師一起從樞密院裡走了出來，涅赫柳多夫的心情非常憂鬱。他之所以憂鬱，多半是因為樞密院駁回了上訴，也就等於是確定了本來無罪的瑪絲洛娃肯定要承受不應有的苦刑，更因這一駁回，他要實現跟她一起同生死、共患難的決心變得更加艱難了。此外，他聽到律師那麼興奮地講述那些駭人聽聞的為非作歹的故事，就更加憂鬱了。另外，他還不停地想起當年的謝列寧是那麼的可愛、開朗、正直，而現在他卻流露出那樣的兇惡、冷漠、疏遠、甚至令人厭惡的眼神，這些全都讓他悶悶不樂。

涅赫柳多夫到家後，看門人帶著某種蔑視的神情把一張紙條遞給了他，看門人說，這張紙條是一個女人在門房裡寫下的。原來這張字條是舒斯托娃的母親寫的。她說，她是特地來感謝她女兒的恩人和拯救者的，此外她還請他，是懇請他到瓦西里島第五條街某某住宅去找她們。她還說，這對薇拉・葉夫列莫夫娜[29]來說那是非常重要的，如果可以的話，希望他第二天一早就可以過去。

另外還有一封信是涅赫柳多夫的老同事，現在成了宮廷侍從武官的博加特廖夫寫來的，涅赫柳多夫曾準備請他將自己替那些教派信徒寫的狀子呈遞給皇帝的。博加特廖夫用剛勁有力的大號字寫

29 不是她的女兒，而是上文說過的托聶赫留道夫營救舒斯托娃的女革命者博戈杜霍夫斯卡雅。

道，他會按照諾言，將狀子親自呈交給皇帝的，只是他突然想到，在那之前，涅赫柳多夫最好還是去拜訪一下那個可以左右本案的人，當面向他求情，那樣是不是會更好些。

他打算明天先去一趟博加特廖夫家裡，就按照他的意見去做，去拜訪那位能夠左右教派信徒們案件的官員。

這時，他從皮包裡拿出教派信徒們的上訴書，打算要重新翻看一下時，不料葉卡捷琳娜・伊萬諾夫娜伯爵夫人的一名聽差敲響了他的門，走了進來，說要請他去樓上用茶。

涅赫柳多夫只好說他立刻就去，於是他把狀子放進皮包裡，出了房門，去了他姨媽那裡。在上樓的時候，他無意間瞟了窗外一眼，一眼就看到了瑪麗葉特的那對栗色馬，突然一下子就高興起來，情不自禁地想笑。

瑪麗葉特戴了一頂女帽，不過身上穿的已經不是黑色連衣裙了，而是穿了一件很花哨的淺色連衣裙。她坐在伯爵夫人的圈椅旁邊，手裡端著一茶杯，嘴裡正在嬌聲細氣地說著什麼，說話時，她那雙漂亮而且笑盈盈的眼睛忽閃忽閃的。

當涅赫柳多夫進屋時，瑪麗葉特剛剛說了一句逗樂的話，並且是一句不成體統卻又很引人發笑的話，這是涅赫柳多夫從她的笑聲中推測出來的，那句話逗得伯爵夫人放聲大笑，她那胖胖的身子直打哆嗦。瑪麗葉特卻顯出非常輕佻的神氣，稍稍撇了撇含笑的嘴，把那張神采奕奕、興高采烈、洋溢著青春氣息的臉蛋兒轉過去，靜靜地看著和她說話的女主人。

涅赫柳多夫從他聽到的幾句話裡，就知道她們正在談論那時彼得堡的第二號新聞，也就是關於那位西伯利亞新省長的趣聞軼事，瑪麗葉特正是在這事上講了一句什麼逗樂的話，這才引得伯爵夫人笑得停不下來。

「你快讓我笑死了！」她笑得連連咳嗽了好幾聲之後，說道。

涅赫柳多夫簡單地打過招呼，就在她們的身邊坐了下來。他剛想指責瑪麗葉特言行輕佻，她就已經察覺他那嚴肅的神情，以及些許不高興的神色，於是她立即改變了自己臉上的表情，甚至連她的整個的情緒也突然轉變了，目的就是想要討他歡心。

她問他的事情辦得怎麼樣了，他就說了說樞密院駁回上訴的情形，還說起他遇見謝列寧的情形。

「哦！他是一個多麼純潔的人啊！他可真是十全十美的騎士。高尚的靈魂呀！」這兩個女人一齊用上了社交場上人們對謝列寧的慣用稱號。

「他妻子是一個怎樣的人呢？」涅赫柳多夫問道。

「她嘛？哼，不過，我才不想指責她呢，反正也不是特別瞭解她。」

「怎麼，難道他也主張駁回上訴嗎？」瑪麗葉特懷著油然而生的同情問道：「那真是太糟糕了，我真替她難過！」

他皺緊雙眉，想換一個話題，就開始說起那個舒斯托娃的案件來，她本來是被關在要塞裡的，後來通過她說情才被釋放出來的，於是他向她表達了感激之情，感謝她在她丈夫面前說的情。接著他就想說這件事回想起來有多麼恐怖，那個女人和她全家所受到的苦難，只是因為沒有人過問，不過，她沒有讓他把話說下去，就率先表達了自己的憤怒。

「您不用對我講這些話了，」她說道：「我丈夫剛告訴我，她是可以釋放的，我聽到這種說法就感到十分震驚。既然她是無辜的，那當初為什麼又要關她呢？」她剛好說出了涅赫柳多夫想說的話。「真是太可惡，太可惡了！」

伯爵夫人看到瑪麗葉特對自己的外甥如此殷勤，暗自覺得好玩。

「你聽我說，」她趁他們兩個都不說話時說道：「你明天晚上到阿林家去一趟，基澤維傑爾要在她家裡佈道，你也去吧！」她轉過身來對瑪麗葉特說。

「他注意到你了，」她對外甥說：「我把你說過的話全部告訴他了，他說那是吉兆，你一定會來到基督身旁的，你一定要去阿林家。瑪麗葉特，你應該對他說，讓他去。你自己也去吧。」

「我啊，伯爵夫人，首先呢，我無權要求公爵做什麼，」瑪麗葉特看著涅赫柳多夫說道：「其次，您也知道，我是不太喜歡這個……」

「你總是喜歡唱反調，總是有自己的主張。」

「我怎麼會有自己的主張呢？我就像是個普通的鄉下女人那樣信教呢。」她笑嘻嘻地說：「還有第三點，」她繼續說：「明天我準備去看法國戲呢……」

「哎呀！那個你不是已經看過了嘛……可是，她叫什麼來著？」伯爵夫人說道。

瑪麗葉特說了說那個著名的法國女演員的名字。

「你一定要去看一看，她演得太好了。」

「那我到底該去看誰好呢，我的姨媽，是先去看女演員呢，還是先去傳教士那兒呢？」涅赫柳多夫笑呵呵地問道。

「請你不要抓我的話柄。」

「我覺得最好還是先去傳教士那裡的好，然後再去看那法國女演員的表演，要不然只怕會完全失去聽佈道的興致了。」涅赫柳多夫說。

「不，還是先去看戲的好，看完後再去懺悔。」瑪麗葉特說。

「行了，你們別拿我取笑了，講道是講道，看戲是看戲，要拯救自己的靈魂，一點兒也不需要把臉拉得二尺長，整天抱怨個沒完。一個人只要有信仰，那他心裡也就暢快多了。」

「您呀，我的姨媽要是傳起教來，肯定不會比任何一個傳教士差。」

「那您看這樣行不行，」瑪麗葉特沉思了一下又說，「您明天到我的包廂去找我吧！」

「我恐怕去不了……」

一個聽差走過來通報說有客人來訪。來者是某個慈善協會的秘書，也就是伯爵夫人主持的那個慈善協會。

「哎，那位先生是個最沒意思的人。我看我還是到那邊去接待他吧，待會兒我再過來找你們。麻煩您給他倒杯茶，瑪麗葉特。」伯爵夫人說過，便已經邁開她那輕快卻有點兒搖擺的步子向大廳走去了。

瑪麗葉特脫下手套，露出嫩生生、滑溜溜的手，無名指上還戴著一枚戒指。

涅赫柳多夫靜靜地看著她，一雙眼睛再也沒離開她的臉。

「您覺得我不瞭解您，也不清楚您心裡所想的一切，可事實上，您的所作所為是眾所周知的。這是公開的秘密．我很欣賞您的所作所為，也很欽佩您。」

「老實說，這並不值得讚賞，我做得還遠遠不夠。」

「那有什麼關係呢，反正我懂您的想法，也同樣懂她……嗯，算了，算了，我們不要再談這些了。」她察覺他臉上有不愉快的神氣，就立馬收住了自己的話鋒。

「不過我還能理解另一些事，」瑪麗葉特一心只想能把他吸引住，並且憑著她女性的敏感已經猜出他看重和珍視的是什麼，就這樣說道：「您親眼見過監獄裡的種種苦難和種種可怕的情景之後，努力想要幫助那些正在受苦受難的人們，他們那些人正在被某些人管制著，遭受著殘酷無情的折磨，因為無人問津，因為有人非常殘忍，那些人吃盡了各種苦頭，真是吃盡了苦頭呀……我知道，可以為救人獻出自己寶貴的生命，換成我，我也甘願獻出來，不過每個人有每個人的命運啊……」

「難道您對自己的命運還不滿意嗎？」

「我啊？」她問道，就好像她感到非常詫異，想不到有人會問這種問題。「我應該滿足，而事實上也是相當滿足的。只是，我心裡貌似有一條蟲子正在蘇醒30……」

「那就不要再讓它繼續昏睡了，應該相信它的呼聲才對。」涅赫柳多夫說，因為他已經徹底被她那花言巧語給迷惑住了。

後來，涅赫柳多夫不止一次地懷著羞愧的心情回想起自己和她的談話，想起她那些算不上虛偽而只是在故意迎合他的心理的話，以及當她聽他說到監獄裡的慘狀和他對農村的貧困景象時，她那副悲天憫人的神情。

等到伯爵夫人回來，他們已經談得十分投機了，不但像兩個久別重逢的故友，而且是兩個心照不宣的朋友，好像周圍的人都不瞭解他們，只有他們能彼此瞭解。他們還說起了當權者的不公平，說起了那些不幸人們的痛苦，說起了人民的那窮困，可事實上，在嘈雜的交談聲中，他們卻不斷地

30 意思是：「我心神不寧。」

在眉目傳情，不停地問：「你愛我嗎？」對方的回答是：「我愛你。」來自異性的吸引力用最出乎意料的、最迷人的方式讓他們相互吸引了。

她準備離開前又對他說，她永遠願意盡她所能為他效力，並且還請他第二天晚上一定要去劇院找她，哪怕只待上一分鐘也好，因為她說還有一件非常要緊的事情想與他談談。

「哎，不然我什麼時候才能再和您見面呢？」她嘆了一口氣，又說。然後再無比小心地把手套戴回她那戴滿大戒指的手上。「請您就答應來吧。」

涅赫柳多夫答應了。

chapter 25 舒斯托娃的家人

涅赫柳多夫第二天早晨一睜開眼睛，第一個感覺就是前一天自己做了一件很卑劣的事情。他開始回想，其實沒幹什麼卑劣的事情，也沒有什麼真正的不端的行為。可他萌生的那些念頭，那些非常糟糕的念頭，也就是認為自己現在的各種想法，例如和卡秋莎結婚，把土地交給農民等等，都是不切合實際的空想，覺得這些他都不能再繼續堅持下去了，覺得這些都是脫離實際、矯揉造作，極不正常的，他還是應該要像以前那樣生活下去。

今天是他留在彼得堡的最後一天，他一大早就上瓦西里島去看舒斯托娃了。

舒斯托娃的家在二樓。涅赫柳多夫按照打掃院子的僕人所說的，從後門進去，登上陡峭的樓梯，徑直走進溫暖的廚房，可以聞見一股香濃的食物的味道。有一個年老的女人戴著夾鼻眼鏡，繫著圍裙，挽著袖子，站在爐邊，不停地在一個熱氣騰騰的鍋裡攪拌著什麼。

「您找誰呀？」她從眼鏡架上面望著來客，板著臉問道。

沒等涅赫柳多夫說出自己的姓名，那個女人的臉上就已經露出了無比興奮的神色。

「哎呀，親愛的公爵！」那個女人一面拿起圍裙擦了擦手，一面叫了起來。「哎呀，可是您怎麼會從後門的扶梯上來呀？您可是我們家的大恩人呀！我就是她母親，他們本來是想要把這個姑娘毀掉的啊，您可是我們的大救星呀。」她邊說著，邊拉起涅赫柳多夫的手，拚命地吻著。

「昨天我特意到您那兒去了一趟，是我妹妹特地囑咐我去的，她也住在這裡。這邊走，這邊走，請跟我來，往這兒來。」

舒斯托娃的母親一面說，一面領著涅赫柳多夫穿過一道狹窄的小門和一條昏暗的小走廊，一路上時而整理一下自己塞在腰間的裙擺，時而又整一下自己的頭髮。

「我妹妹叫科爾尼洛娃，想必您聽人說起過她吧，」她在房門口頓住了腳步，又悄悄說了一句。「她也捲入了政治事件，她可是一個絕頂聰明的女人呀。」

舒斯托娃的母親推開走廊的門，把涅赫柳多夫帶進了一個小小的房間，房間裡放著一張桌子，桌子旁邊的一個小小的長沙發上，坐著一個個子不高、稍微有點兒豐滿的姑娘，身上穿著一件有條紋的上衣，一頭淡黃的鬈曲頭髮；散佈在她那張十分蒼白的圓臉的周圍，她的臉型很像她母親。在她對面的圈椅上還坐著一位年輕的男子，腰彎得很低，嘴上留著黑唇髭和稀疏的大鬍子，穿著一件俄國傳統樣式的繡花領襯衫。他們兩個正談得投入，直到涅赫柳多夫走進房間時，才回頭看了看。

「麗達[31]，這位是涅赫柳多夫公爵，也就是那個……」

臉色蒼白的姑娘騰地跳了起來，一面把一縷耷拉下來的頭髮掖回耳後，一面睜著一雙灰色的大眼睛盯著來客。

「那麼您就是薇拉請我幫忙的那個危險的女人咯？」涅赫柳多夫一面微笑著說，一面向她伸出手來。

31 利季婭是她的本名，麗達是小名。

「是的，就是我。」利季婭說著，露出滿口潔白的很好看的牙齒，像孩子般純真地笑了笑。「是我的姨媽很希望能見見您。姨媽！」她用動聽悅耳的聲音朝門口喊了一聲。

「薇拉・因為您被捕而十分難過。」涅赫柳多夫說。

「請您這邊坐，要不還是在這兒坐會舒服些。」利季婭用手指著那把破爛的圈椅說，那個年輕男子剛從那裡站起來。

「這位是我的表哥扎哈羅夫。」她覺察到涅赫柳多夫打量那個年輕的男子的目光，便說道。

年輕男子也像利季婭一樣非常善良純真地微笑著，向客人握手問好，等涅赫柳多夫在他原來的位置上坐下來後，他就從窗戶那兒搬過來一把椅子，坐在旁邊。這時從另一個門裡又走進來一個十五六歲的淺黃色頭髮的中學生，靜靜地坐在窗臺上。

「薇拉和我姨媽是很好的朋友，不過，我基本上可以說是不認識她。」利季婭說。

這時從隔壁房間裡走進來一個女人，長著非常惹人喜愛的、伶俐的臉，身穿白色的短上衣，腰上束著皮帶。

「您好，謝謝您特地到這兒來。」她剛在利季婭身邊的長沙發上坐下，就開口說道。

「哦，我們的薇羅琪卡過得怎麼樣？您見過她沒有？她經受得了那種情況嗎？」

「她很好，沒有訴苦，」涅赫柳多夫回答說：「她說她感覺還好。」

「唉，我親愛的薇羅琪卡，我很瞭解她的，」姨媽笑著搖搖頭說：「應該算是瞭解她吧，她是一個非常了不起的人呢，滿心只為他人著想，從來不會替自己著想。」

「是的，她從來不為自己要求什麼，只是很擔心您的外甥女。她非常難過，多半是因為如她所說，您的外甥女是平白無故被抓的。」

「誰說不是呢，」姨媽說：「這真是件可怕的事！說實在的，她其實是在代我受苦。」

「根本不是這樣的，姨媽！」利季婭說：「就算您不來來拜託我，我也會保管那些文件的。」

「你不能不承認在這件事上我比你知道的更多一些，」姨媽轉向涅赫柳多夫，繼續說：「事情是這樣的，這一切都是因為一個人請我暫時保管一些文件，而我因為沒有自己的住處，就把那些文件送到她這裡來了。沒料到那天晚上，就有人來這裡搜查了，還把那些文件和她一起帶走了。她一直被監禁到現在，他們還堅持要她說出這些文件是從哪兒弄來的。」

「不過我一直都沒說。」利季婭緊張地說道，還神經質地攏了一下自己的那綹頭髮，實際上那綹頭髮一點兒也不礙事。

「我又沒說你說出來了呀。」姨媽辯白道。

「至於他們抓了米京，那也肯定不是我說出來的。」利季婭滿臉通紅，忐忑不安地打量著四周說道。

「不要再提這事了，麗朵琪卡。」母親說。

「為什麼不能說呢？可我就是想說嘛。」利季婭說，臉上的笑容突然一下子消失不見了，而是紅著臉。

「別忘了，你昨天說起這些，可就不是很不痛快嗎？」

「根本就沒出什麼問題……您別管我，媽。我真的什麼都沒有說，一直都是保持沉默的。他審問了我兩次，還問到了姨媽，問到了米京，我什麼都沒有說。而且我對他說，不管什麼問題我都是不會回答的，接著那個人……那個彼得羅夫……」

「彼得羅夫是個暗探，是個憲兵，是一個大壞蛋。」姨媽插了一句話，向涅赫柳多夫解釋她外甥女的話。

「於是他，」利季婭神情激動，語速也加快很多，說道：「他就來勸我，他說：『不管您告訴我什麼，都不可能會對誰有害處的，而且恰恰相反……要是您說了出來，倒是能讓那些被我們冤枉的、或許我們不應當折磨的人獲得自由。』哼，就這樣，我還是說我不會說的，於是他就說：『唉，那好吧，那您不說就不說吧，不過等我說出來，您也不要否認就行了。』於是他就開始說起一些人名來，還說到了米京。真想不到，第二天我忽然聽說米京被抓了，是有人敲牆告訴我的。唉，我就想，肯定是我把他出賣了，所以這件事情讓我難過極了，難過得都要發了瘋。」

「結果證明，他的被捕和你沒有絲毫的關係。」姨媽說。

「可是那時我根本不知道啊，我還以為是我把他供出去的呢，我在牢房裡不停地走來走去，腦子裡不住地在想。我躺倒鋪上，把頭蒙上，卻聽到不知是誰湊到我的耳邊小聲說：『就是你出賣了米京，是你把米京給出賣了。』我知道這是幻覺，可是我又無法克制它。我想睡卻一直無法睡著。想不去想，卻無論如何都辦不到。那多麼可怕啊！」利季婭愈說愈激動，把那綹頭髮纏在自己的手指頭上，又將它鬆開，不時地朝四周張望著。

「利季婭，別難過了，你休息一會兒吧。」母親推了推她的肩膀說。

可是利季婭已經無法控制自己了。

「這種事情很嚇人，是因為……」她又開始想說點兒什麼，可是還沒等她說出來，就哇地一聲大哭了起來，一下子從長沙發上跳起來，衣服在那圈椅上掛了一下，就衝出了房間。她的母親也追了出去。

「最好是把那些壞蛋全都絞死。」在窗臺上坐著的中學生說道。

「你說什麼？」母親問。

「我沒說什麼……我只是隨口說著玩哩。」中學生回答過，便抓起桌上的一根香煙，點著，抽了起來。

chapter 26 坐牢經歷

「是啊，對青年人來說，這樣的單獨監禁是很恐怖的。」姨媽搖著頭說過這話，點了一根香煙，抽了起來。

「我覺得，對任何人來說都是很恐怖的。」涅赫柳多夫說。

「不然，並不是所有的人都覺得恐怖的，」姨媽說：「據我所知，對於真正的革命者來說，這反倒是一種休息，一種靜養。有人告訴我說，被抓住的時候他簡直高興極了。對呀，可是對於那些無辜的年輕人來說，對這些人來說，第一次的打擊確實是很恐怖的，這倒不是因為失去了自由，受到那麼殘暴的虐待，伙食也那麼差勁，空氣一點都不流通，總之，不管條件多麼惡劣，所有的這些都算不上什麼，只要沒有第一次被抓時所感受到的那種精神上的打擊，那麼這樣艱苦的條件即使是再艱苦兩倍，也仍是可以忍受的。」

「難道您也有過這樣的經歷嗎？」

「我？我已經坐過兩次牢了呢，」姨媽有些淒苦而又可愛地笑道：「我第一次被抓是無緣無故的，那時我才二十二歲，已經有了一個孩子，而且當時正懷著孕呢。儘管當時被奪去了自由，不得不和自己的孩子、丈夫分離，當時這些事讓我無比痛苦，可是相比之下，這一切也都算不上什麼了。最痛苦的是，當我感覺到我不再是人，而是成了什麼東西的時候，我想和我的小女兒告別，可他們卻強行把我押走，叫我坐到雇來的馬車裡。我問他們要把我帶到哪兒去，他們只說，等到地方了我就知道了，我問他們我犯了什麼罪，他們就不再答理我了。受過審問之後，他們強迫我脫光自己的衣服，給我換上一套帶號碼的囚衣，又把我帶回拱頂走廊上，打開一扇門，粗魯地把我推入牢房，把門鎖好就走了，只留下一個持槍的哨兵，默不作聲地踱來踱去，偶爾還從我房門上的一道縫裡瞅一瞅，那時候，我覺得難過極了。

「我記得那時候最讓我震驚的是，有個憲兵軍官在審問我的時候，竟然還給了我一根煙，讓我抽煙，可見他知道人都是愛抽煙的，可見他也明白人對自由和光明的渴望，明白母子間那難以割捨的親情，既然如此，他們為什麼還要那麼毫不留情地把我和我所愛的一切分開呢，把我當野獸似的關起來呢？一個人受到這樣遭遇肯定會留下痕跡的，如果一個人原本是相信上帝和人類的，相信人們彼此之間是相互友愛的，可是在他遭遇了這些事情之後就會喪失掉某些信念了，我也就是從那個時候開始不再相信其他人了，才產生了恨，心腸也變硬了。」她說完之後，嫣然一笑。

利季婭的母親從利季婭跑出去的那扇門裡又走了進來，說利季婭心情很不好，不過來了。

「為什麼要毀掉這樣一個年輕的生命呀？」姨媽說：「我真的特別傷心，因為我居然是這件事的禍根。」

「但願上帝保佑，她呼吸一下鄉間的清新空氣應該就應該能復原了，她會好起來的，」母親說：「我們準備把她送到她父親那兒去。」

「是呀，要是沒有你幫忙的話，她就徹底毀了，」姨媽說：「謝謝你。不過，我想和你見面，是因為有一封信想請你轉交給薇拉，」她從口袋裡掏出一封信。「這封信沒有封口，你可以把信上的內容看一遍，然後你要麼把它撕掉，要麼轉交他人都行，總之，你認為怎樣合適就怎麼處理吧，這封信裡沒有任何會招致麻煩的話。」

涅赫柳多夫接過信來，並答應轉交，然後站起身來告辭，走了出來。

他沒有看那封信，就把信口封上，決定依照託付，把那封信轉交給薇拉・葉夫列莫夫娜。

chapter 27 訴狀

涅赫柳多夫停留在彼得堡要處理的最後的一件事，就是那些教派信徒的案子。他就是打算托一位過去在軍隊裡的同事、宮廷裡的侍從博加特廖夫把這一案子的上訴狀呈交給皇上。

這天早晨，他坐車來到博加特廖夫家，剛好碰上他還在家裡，可是一吃過早飯就要出門了。博加特廖夫長得不算高、但他具有與生俱來的過人體力，可以空手把馬蹄鐵捏彎。他為人善良、誠實、直率，甚至有點自由主義的傾向。儘管他擁有這些品質，但他卻和宮廷裡的官吏關係很親密，並且非常熱愛沙皇和皇族。而且他還具有一種非常驚人的本領，那就是他生活在最高層的圈子裡，卻只看到他好的一面，並且他自己也從不參與任何壞事和不正經的事。他也從來不批評任何人，也不指責任何政策，要麼默不作聲，要麼就是用大膽的、超出常規的響亮的聲音說出自己想說的話來，而且總是在這個時候配合著同樣響亮的笑聲。他這麼做，其實並不是在裝模作樣，而是他本來就是如此。

「哦，你來了，真是太好啦，要不要吃些早點？或者，你可以先坐一會兒，這煎牛排真的很不錯。我吃飯習慣如此，開始和結尾都要吃些主食。哈，哈，哈！那麼這樣吧，你就喝點兒紅酒吧，」他指向一瓶紅葡萄酒，爽朗地說道：「我正在想著你的事呢。那份訴狀，我一定會呈上去的，我會親自交給皇帝的，這一點問題都沒有，只是我突然想到了，你最好還是先去找找托波羅夫。」

涅赫柳多夫一聽他提起托波羅夫，突然就蹙緊了眉頭。

「這一切全都得由他說了算，無論如何，這件事都是要徵求他的意見的，說不定他立馬就會答應你的請求的。」

「既然你都這麼說了，那我就去一趟吧。」

「那可真是太好啦，喏，你對彼得堡的印象如何？」博加特廖夫大聲地問道：「說來聽聽，怎樣？」

「我覺得我好像是被催眠了一樣。」涅赫柳多夫說。

「被催眠？」博加特廖夫重複了一遍他的話，然後哈哈大笑起來。他拿起餐巾擦了擦唇髭。

「那你就去找他唄？嗯？如果他不肯辦的話，你就把訴狀再交給我，我明天就替你呈上去。」他大聲說道，便從飯桌旁站起身來，並在胸前畫了一個大大的十字，很顯然，他這些動作是無意識的，就像剛才擦嘴一樣，然後他又佩戴上自己的軍刀。

「那好吧，現在再見吧，我該走了。」

涅赫柳多夫雖然估計自己去了那兒也不會有什麼好的結果，可他還是按照博加特廖夫的勸告前去拜訪托波羅夫，也就是去拜訪那個能夠左右教派信徒案件的人。

就托波羅夫所擔任的職責來說，本身似乎就存在著某種矛盾，只有那些麻木不仁和缺失道德感的人才看不出來。托波羅夫剛好就具備這兩種看不出矛盾的性能。他擔任職務所包含的矛盾，就在於這一職務的使命是不擇手段，甚至是使用暴力、法律來支持和保護教會。而按照教會本身宣揚的教義來說，教會是由上帝親自建立的，而且絕對不會被地獄之門或人類的力量動搖的。

涅赫柳多夫進到托波羅夫的接待室的時候，托波羅夫正在他的辦公室裡和一個女修道院的院長談話。那位女院長是一個很活躍的貴婦人，在俄國的西部邊疆那些被迫改信了東正教的合併派信徒們[32]中間進行傳播和維護東正教。

有一個負責處理特別事務的文官在接待室裡值班，便問涅赫柳多夫有什麼事情要辦。他聽到涅赫柳多夫說想把教派信徒們的訴狀呈交給皇帝時，就問是否可以先讓他看一看狀子，涅赫柳多夫把訴狀遞給了他，文官接過訴狀就走進了辦公室。

女修道院院長頭上戴著一頂修女帽，臉上還遮著一塊輕盈飄動著的面紗，拖著長長的黑裙，雪白的、手指甲乾乾淨淨的雙手交疊在胸前，手裡拿著一串黃晶色的念珠，走出辦公室，逕自朝門外走去。可是，過了好久，還是沒人來請涅赫柳多夫進辦公室。原來托波羅夫在看訴狀，還不停地搖頭。他看著那份陳述清楚、說理有力又懇切的訴狀，心裡感到愕然不快。

「萬一這訴狀被送到了皇帝手裡，就很可能讓皇帝問起一些不愉快的事情，還會引起一定的誤解。」他看完訴狀，心裡暗自思量，然後將那份訴狀放在桌上，按了按鈴，吩咐讓涅赫柳多夫進來。

他記得這個教派信徒的案件，之前就已經收到過他們的訴狀了。案情是這樣的：原本那些脫離東正教的基督徒多次被給予告誡，後來又把他們送交到法院受審，而法院卻判決他們無罪釋放。如此一來，主教連同省長就決定以他們的婚姻不合法為理由，強行把丈夫、妻子和他們的孩子拆散，

32 十六世紀末波蘭某些地方東正教和天主教合併，十九世紀波蘭被瓜分，在俄國所取得的烏克蘭和白俄羅斯土地上廢止教會合併，重新建立東正教，強迫合併派信徒改信東正教。

分別送到不同的地方流放去了，於是那些丈夫和妻子就請求當局不要把他們拆散。

托波羅夫想起當時這個案子第一次交給他處理時的情景。那時他也曾猶豫過，不知道是不是應該要制止這種事情。但是，肯定原來的措施，就是把那些農民家庭的老老少少強行拆散，流放到不同的地方去，那就不會再產生任何的害處了，而如果把他們留在原處，那就會對其他居民產生不良的影響，使他們也脫離東正教。再說這件事也表現出了主教們熱心教務，所以他就讓這個案子順其自然地按原來的辦法處理了。但是現在，又突然冒出了涅赫柳多夫這麼一個在彼得堡人脈廣闊的辯護人再次過問這個案子，那麼這案子真的有可能會被皇帝知道，成為一宗暴行案件，或者是被刊登在某份外國報紙上，因此他立馬做出了一個意想不到的決定。

「您好，」他裝出非常繁忙的樣子，一面親自起身來迎接涅赫柳多夫，「這個案子我是知道的。我一看到這些人的名字，就立刻想到了那個不幸的事件，」他邊說著邊伸出手拿過訴狀，給涅赫柳多夫看。「這事您提醒了我，非常謝謝您，這是省裡當局對這件事過於熱心了……」

涅赫柳多夫什麼話都沒說，用毫無好感的眼睛盯著那張沒有血色，毫無感情的紋絲不動的假面具。「我馬上下令取消這種做法，並把這些人送回原籍去。」

「那就這樣，我也不用再把這份訴狀呈交上去了？」涅赫柳多夫說。

「根本沒必要，這事我已經給過您承諾了，」他把「我」字說得尤其響亮，顯然充分自信，他的誠意，他說的話就是最有用的保證。「嗯，不過最好還是我現在就把這個手諭寫出來吧。有勞您坐下稍等片刻。」

他回到桌子前，坐下開始寫了起來。涅赫柳多夫依舊是站著，俯視那個狹長的禿頂，看著那隻青筋暴起、飛快地揮動著鋼筆的手，暗暗覺得很詫異，想不明白像他這樣一個漠不關心的人為什麼會做目前的這件事，而且還做得這麼上心，這到底是為什麼呢？

「好了，寫完啦，」托波羅夫說著，又封好信封口，「就請您帶著這個命令去通知您的那些當事人吧。」他又補充了一句，還撇著嘴勉強擠出一點笑容。

「那麼，那些人究竟是為什麼而遭罪的呢？」涅赫柳多夫一面接信，一面問道。

「這一點我就無可奉告了，我只能說：最重要的是我們要維護老百姓的利益，因此對宗教信仰問題也格外關注，總不及現在流行的對宗教問題過分冷漠那樣恐怖和有害吧。」

「可那也不能以宗教的名義來破壞最基本的行善要求，讓人家妻離子散呀？」

托波羅夫仍然保持原來的樣子帶著寬厚的笑容，很顯然他認為涅赫柳多夫的話很有趣，托波羅夫自以為是站在廣闊國家的立場和高度來看待所有的事的，所以不管涅赫柳多夫說了些什麼，他都覺得又可愛又偏頗。

「從個人的角度來說，事情也許就是這樣的，」他說：「可是從國家的角度來看，那可就有些不一樣了。可是，很抱歉，我要失陪了。」托波羅夫邊說邊低下頭，彎了彎腰，伸過一隻手來。

涅赫柳多夫握了握伸過來的那隻手，便一言不發地匆匆離開了，而且很後悔和他握了手。

「老百姓的利益，」他在心裡重複著托波羅夫說的話。「根本上還是你的利益罷了！」他離開托波羅夫的官邸時，心裡暗想。

涅赫柳多夫的腦子裡逐一回想這些維持正義、保護宗教信仰、教育人民的機構關照過的那些人，他又想到了因為賣私酒而被監禁的農婦、因盜竊而被監禁的年輕人、因流浪街頭而被監禁的流浪漢、因指控放火被監禁的縱火犯、因貪污公款被監禁的銀行家。他還想起了不幸的利季婭，她被關押只是因為有可能從她身上得到重要情報，此外還有那些因為反對東正教而受害的教派信徒們、還有因為希望國家制訂憲法而被監禁的古爾凱維奇。

涅赫柳多夫反覆思考著，最終頭腦裡出現了一個非常明確的想法：所有這些人被捕、被關進監獄，或是被放逐，完全不是因為這些人破壞了正義，或者具有違法的行為，而僅是因為他們妨礙那些官員和富豪們佔有他們從老百姓身上搜刮來的財富罷了。

不論是販賣私酒的農婦，不論是在城內閒逛的小偷兒，隱藏文件的利季婭，還是破壞迷信的教派信徒，希望國家制訂憲法的古爾凱維奇，他們全都從不同程度上妨礙了他們幹那種剝削人的勾當。所以涅赫柳多夫就徹底明白了：所有那些官員，從他的姨父、樞密官們、托波羅夫開始，到那些坐在各個部裡的辦公室裡，衣冠楚楚、道貌岸然的先生們為止，他們壓根就不會擔心有很多無辜的人遭殃，他們一心只想著怎樣清除一切危險分子。

因此他們不僅不會去遵守「為了不冤枉一個好人，寧可放過十個壞人」這一信條，完全相反，為了除掉一個真正的危險分子，他們寧可除掉十個完全沒有危險的人，就像是為了挖掉一點腐肉，不惜連好肉也一起剜下。

這樣來解釋自己的所見所聞，涅赫柳多夫覺得既簡單又明瞭，可就是因為是這麼簡單，這麼明瞭，涅赫柳多夫反而猶豫不決，不敢確定。這樣複雜的情況怎麼也不可能只有這麼個簡單而可怕的解釋吧。那所有一切與正義、善良、法律、信仰、上帝等等有關的話，總不可能全都是一句空話吧，不可能只是為了掩蓋著最無恥的貪欲和殘忍吧。

chapter 28

獸性

涅赫柳多夫原計劃當天晚上就要離開彼得堡的，可是他已經答應過瑪麗葉特要去劇院找她，雖然他明知道不應該這樣做，但他還是以不能食言為由，昧著良心去了。

「我可以抵擋住這種誘惑嗎？」他不完全誠懇地想道：「那我就最後一次試試吧。」

他換好禮服，坐車來到劇院。這個時候，多年不下舞臺的《茶花女》正好演到第二幕，那個國外來的女演員正在運用新的演技來表現一個患有癆病女人的垂死狀態。

劇院裡賓客滿座，涅赫柳多夫打聽了一下瑪麗葉特的包廂在什麼地方，立刻就有人過來恭敬地給他指路。

在走廊裡站著的另一個穿號衣的聽差，就像見到熟人一樣對涅赫柳多夫鞠了個躬，禮貌地為他打開包廂的門。

包廂裡坐著瑪麗葉特和一個披著紅色披肩，頭上盤著粗大髮髻的陌生女人。另外還有兩個男人：一個是瑪麗葉特的丈夫，他是一位儀表堂堂、身材魁梧的將軍，長著鷹鉤鼻，板著臉，一副高深莫測的神氣。那墊了用棉花和土布做成的胸襯的軍人胸脯挺得高高的。另一個男人是淺黃頭髮，有點兒禿頂，兩邊很神氣的絡腮鬍子的中間露出一小塊剃光的下巴。

瑪麗葉特風度優雅，穿著袒胸露肩的晚禮服，露出兩個從脖子那兒斜溜下來的豐滿圓潤的雙肩，在脖子和肩膀相連處還有一個明顯的黑痣。

涅赫柳多夫剛剛進入包廂，她就立刻轉過頭來看了看，用扇子指了指自己身後的一把椅子，並且朝他嫣然一笑，以此表示歡迎和感謝，可他卻堅持認為這微笑裡還另有一番情意隱藏其中。她的丈夫像平時處理所有事情一樣，很平靜地看了一眼涅赫柳多夫，點了點頭。通過他的姿態，他和妻子交換的眼神，誰都能清楚地看出他就是那位漂亮女人的主人和佔有者。

等女演員的獨白念完後，劇院裡頓時響起了一陣雷鳴般的掌聲。瑪麗葉特站起身來，提起窸窣作響的絲綢裙子，來到包廂的後半邊，介紹涅赫柳多夫和她丈夫認識。將軍的眼裡始終都飽含著笑意，只說了一句「很高興見到你」，就帶著心平氣和而高深莫測的神氣沉默了。

「我本來打算今天離開的，可是我曾向您承諾過的。」涅赫柳多夫轉身對瑪麗葉特說道。

「您要是不願意來看我，那您也應該要來看一下這位出色的女演員吧。」瑪麗葉特針對他說的那句話中隱含的意思回答道：「她在剛才那一幕戲裡表演得真是太精彩啦，不是嗎？」她回過身去對丈夫說道。

她丈夫點了點頭。

「這戲並不能打動我，」涅赫柳多夫說道：「因為我這些天已經看了太多生活中真實的不幸的事了，所以……」

「那就請您坐下來，慢慢地說說吧。」

她的丈夫留神聽著，眼裡流露出的諷刺的笑意是越來越明顯了。

涅赫柳多夫已感覺到就連他的小鬍子底下也流露出明顯的嘲諷的笑意。

「我要去抽煙了。」

涅赫柳多夫就坐了下來，等著瑪麗葉特告訴他她原本想要告訴他的一件什麼要緊事，可是她卻什麼都沒有說，甚至根本就沒有打算說的意思，只是一直在開玩笑，談論這一齣戲，她認為這齣戲想必特別能打動涅赫柳多夫的心[33]。

涅赫柳多夫看出來了她壓根就沒有什麼事要和他說，只不過是想讓他看看自己今天穿著的晚禮服，裸露的肩膀和那顆黑痣有多麼嬌豔迷人罷了。這一切既讓他感到快樂又感到厭惡。

她姣好的容貌掩蓋了一切，現在對於涅赫柳多夫來說，雖然還沒有徹底揭開，但是他已經看到了她外表掩蓋下的真實本性。

他看著瑪麗葉特，飽覽了她的美色，可他心裡清楚她本來就是個虛偽的女人，清楚她和她的丈夫生活在一起，眼看著他是通過成百上千人的眼淚和生命來換取高官厚祿的，卻仍然不為所動，清楚了她昨天對他說的那一切都只是謊言，清楚了她是單純地想要迷住他，要他愛她，至於這又是為什麼，他就無從知曉了，更何況可能連她自己都不知道為什麼。

他是又迷戀又憎惡，好幾次試圖離開，拿起帽子，卻又不由自主地坐了下來。最後，等她的丈夫在他那濃密的小鬍子裡散發出濃濃的煙草味回到包廂裡，他用居高臨下的鄙夷的眼神看了看涅赫柳多夫，就像不認得他一樣。

涅赫柳多夫沒等包廂的門關好就來到了走廊上，找到自己的外套，離開了劇院。

33《茶花女》敘述的是一個妓女的愛情故事。瑪麗葉特認為這和聶赫留道夫與馬斯洛娃的關係有相似之處。

他順著涅瓦大街步行回家，無意間發現前面有個個子高高的、身段很美、衣著華麗妖豔，引人注目的女子，在寬闊的瀝青人行道上優雅地走著。從她的面部表情和她整個身姿上，可以看出她知道自己具有一種很銷魂的吸引力的，每一個朝她走去的或從她後面走到前面去的人，都要頻頻回過頭看她一眼。

涅赫柳多夫的腳步比她快，也不由自主地看了看她的臉。那張臉真的很好看，大概是擦過些脂粉吧。那個女人眨了眨亮晶晶的眼睛看了看他，朝他笑了笑。

說來也奇怪，涅赫柳多夫馬上就想到了瑪麗葉特，因為他又產生了在戲院裡經歷過的那種既著迷又讓人厭惡的感覺。

涅赫柳多夫不禁又生起自己的悶氣來，便迅速走到她前面，拐到莫爾斯卡雅大街，轉而又來到一條濱河大街，便在那裡來回走著，連一名警察都對此覺得很詫異。

「剛剛在劇院裡，當我走進包廂時，那個女人也是這樣對我笑的，」他心裡想著，「不論是那個女人的笑容還是這個女人的笑容，它們都有相同的含意。差別只是在於一個是直截了當地說：『如果你需要我，我就可任由你擺佈。如果你不需要，那就只管走你的吧。』而那一個女人卻裝腔作勢，好像她的生活情趣高尚而風雅，根本就沒有想過這種事，然而實際上都是一樣的。這個女人至少還真誠些，而那一個卻是虛偽的。更何況，這個女人是因生活所迫才落得如此田地，而那一個卻是在拿這種美好而可惡又可怕的情欲來尋歡作樂。這個街頭女郎就像一杯骯髒的臭水，是給那些乾渴得絲毫顧不上噁心的人喝的；而劇院的那一個則如同一劑毒藥，所有喝過它的人，都會毫無知覺地被毒死。」

涅赫柳多夫想到他跟首席貴族妻子的關係，種種可恥的往事突然又湧上了他的心頭。

「人身上存在著的獸性真是非常令人厭惡，」他又想到，「可是這種獸性以真實的一面赤裸裸出現時，你可以站在精神生活的高度去審視它，看清它，進而蔑視它，所以，不論你有沒有上它的圈套，你本質上是沒有受影響的，可是當這種獸性穿起一層虛偽的詩意盎然的華麗的外衣，擺出一副令人景仰的姿態時，你就會對這種獸性無比崇拜，就會完全深陷其中，再也分不出好壞，這才可怕呢。」

chapter 29 惡與善的鬥爭

涅赫柳多夫回到莫斯科後，第一件要做的事就是去監獄醫院，把樞密院裁定維持法庭原判這一不幸的消息告訴瑪絲洛娃，並讓她做好啟程去西伯利亞的準備。

律師已經替他起草好了要呈交給皇上的狀子，現在他也帶著它到監獄裡來讓瑪絲洛娃簽字，不過，他對告御狀抱著極小的希望。還有，說來也奇怪，他現在反而不想讓這事成功，他已經做好了去西伯利亞，和流放犯、苦役犯一起生活的思想準備了，甚至如果瑪絲洛娃被無罪釋放了，他反而無法去想像，他應該如何安排自己和她的生活了。

他想起了美國作家托羅[34]的話，托羅在美國還沒有廢除奴隸制的時候曾經說過，在奴隸制取得合法化並得到法律庇護的國家裡，對於一個正直的公民而言，唯一體面的地方那就是監獄。涅赫柳多夫也是這樣想的，特別是在他去了一趟彼得堡，在那裡見識了各色各樣的人，也經歷了各種事情之後。

「是的，眼下的俄國，對正直的人而言，唯一體面的地方就是監獄！」他想道。當他坐著馬車來到監獄，往監獄的高牆裡面走的時候，他更深刻地體會到了這一點。

34 托羅（一八一七—一八六二），美國作家，發對奴隸制度和資產階級國家。代表作《論公民的違抗》。

醫院的看門人一認出涅赫柳多夫，就立刻告訴他，瑪絲洛娃已經不在這裡了。

「那麼她去哪兒了呢？」

「好像又回牢房去了。」

「為什麼又把她調回去了呢？」涅赫柳多夫問道。

「您也知道她本來就是那號兒人嘛，老爺，」看門人鄙夷地笑著說：「她和一位醫士私混，主任醫師就把她打發走了。」

聽到這一消息後，他霎時怔住了，他心想，以前她那些不願意接受他的犧牲的話，還有她的苛責、眼淚，總之那所有的一切，全都只是一個已經變壞了的女人的狡猾的手段，是想盡最大可能地從他這裡得到更多的好處罷了。現在他覺得，上次探監的時候，從她身上看到的種種跡象已表明她無藥可救了，如今表現得更是再清楚不過了。當他下意識地戴上帽子，從醫院裡走出來的時候，他的腦海閃過這種種想法。

「可是現在究竟該怎麼辦呢？」他問自己道：「我還有必要跟她共進退、同甘苦嗎？現在她既然做出這樣的事，我不是剛好可以拋下她不顧了嗎？」

可是當他剛向自己提出這個問題時，就又馬上明白了，他覺得可以丟開她不管，可這樣並不能懲罰他希望懲罰的她，懲罰的反倒是他本人。於是他就又畏懼了。

「不行！即使她做出了這樣的事情，那也不能動搖我的決心，反而只會更增強我的決心。她自己的精神狀態決定她要做什麼，就隨她去吧，她想和醫士鬼混就由她去和醫士鬼混好了，那都是她的事……我應該做的只是我的良心要我去做的事。」他以誓不甘休的執拗的心態自言自語道，等他走出醫院，並邁著堅定的步子朝監獄大門口走去。

他走到監獄大門的值班室，並請值班看守去通報典獄長，說他希望可以見一見瑪絲洛娃。值班看守認識涅赫柳多夫，於是就像見到熟人一樣，告訴了他監獄裡一個重大新聞：之前的那個上尉已經被革職了，現在他的職位由另一位非常嚴厲的長官接替。

「現在辦事的規矩嚴多了，真的非常嚴，」看守說：「現在他就在裡面，我立刻就去通報。」果然，典獄長就在監獄裡，不多久就出來會見了涅赫柳多夫。新典獄長長得很高，瘦骨嶙峋，兩頰的顴骨很凸出，動作有些遲緩，而且臉色也很憂鬱。

「只有在規定的時間裡才准許來客在探監室裡和犯人會面，」他這樣說著，都不情願抬眼看看涅赫柳多夫。

「可是我急著需要她在一份將要送呈皇上的訴狀上簽字。」

「您可以放心地把它交給我。」

「我一定要親自見一下這位女犯人。之前，我都是可以獲得准許見她的。」

「之前是之前。」典獄長匆匆瞟了涅赫柳多夫一眼，說道。

「我這裡有省長發給我的許可證。」涅赫柳多夫一面不妥協地說，一面把皮夾子掏了出來。

「請拿給我看一下，」典獄長依然沒有正眼看涅赫柳多夫的眼睛，接過涅赫柳多夫遞給他的許可證，慢吞吞地看了一遍，就說：「請您到辦公室來吧。」

這一次辦公室裡空空的，沒有什麼人。典獄長在辦公桌子邊坐下來，翻看著桌面上放著的公文，顯然是想在他們見面時留在這裡的。涅赫柳多夫問他是否可以見一見女政治犯薇拉・博戈杜霍夫斯卡婭，典獄長簡潔乾脆地拒絕了他的請求。

「政治犯是不可以被探視的。」他說過，又埋頭翻閱桌上的公文。

涅赫柳多夫因為口袋裡裝著那封要轉交給薇拉的信，這時感到自己的處境就像一個企圖犯罪的人，自己的陰謀出乎意料地被戳穿和粉碎了。

等瑪絲洛娃走進辦公室，典獄長就抬起頭來，眼睛既不看瑪絲洛娃，也不去看涅赫柳多夫，只隨口說了句：「你們現在可以談話了！」接著，他就又埋頭去看他的公文了。

瑪絲洛娃的穿著還是和以前一樣，一身白色的上衣、白色的裙子，頭上還包著一塊白頭巾。她走到涅赫柳多夫跟前，看到他冷漠、有些憤怒的臉，她的臉霎時就漲得通紅，不住地用手摸著上衣的下擺，垂下了眼睛。

那窘迫的神態，在涅赫柳多夫看來，無疑只是進一步證明了醫院看門人的話。涅赫柳多夫很希望能像上次那樣對她，可是他卻無法如他所想的那樣主動地去和她握手，因為此時此刻他對她真的反感至極。

「我給您帶來了一個很不好的消息，」他既沒有抬眼看她，也沒有向她伸出手去，只是用平穩的聲音說：「樞密院把你的上訴駁回了。」

「我早就已經料到了。」她用有些奇怪的聲音說，就好像憋得喘不上氣來。如果換做在以前，涅赫柳多夫肯定會問一聲，為什麼她會說她已經料到這樣的結果了，可現在他卻僅僅看了她一眼，她的眼睛裡蓄滿了淚水，可是這非但沒有讓他的心腸變柔軟，卻反而使他對她更惱火了。

典獄長站了起來，並開始在辦公室裡來回走動。

雖然涅赫柳多夫此時對瑪絲洛娃十分的厭惡，可是他仍然覺得，他有必要向她表示一下他對樞密院駁回上訴這件事的深切遺憾。

「您不必灰心喪氣，」他說：「我們還可以去告御狀啊，還是有希望的，我希望……」

「我並沒在想這件事情……」她用噙滿淚水的雙眼淒苦地斜睨著他說。

「那您想的又是什麼呢？」

「您應該已經去過醫院了，關於我的那些事，想必已經有人告訴過您了……」

「哦，那有什麼，那是您的私事，」涅赫柳多夫皺緊眉頭，無比冷淡地說。

他那種強烈的自尊心受辱感，本來已經平息下去了，可現在她一提起醫院，那種受辱感又以嶄新的力量復活了。「像他這樣一個上流社會的人，不管是哪一個上等人家的姑娘都會認為嫁給他是一種福氣，他卻想要娶這樣的一個女人，而她卻等不及跟一個醫士勾勾搭搭。」他滿眼憤怒地看著她，心裡這樣想著。

「那還是請您在這份訴狀上簽個名吧，」他邊說邊從口袋裡掏出一個大信封，把信封內的狀子抽出來放在桌上。她掀起頭巾的一角擦了擦眼淚，在桌子邊坐下來，並問他自己該寫什麼，要寫在哪裡。

他告訴她該寫些什麼，寫在哪裡。她就用左手捋著右邊的袖子，在桌邊坐下來。他就站在她身後；沉默不語地看著她那伏在桌上，因為努力忍著哭泣不時在顫動的脊背。這時在他的心裡，有兩種感情在鬥爭，惡與善的感情，也就是自尊心受辱感和對這個無辜受苦的女人的憐憫之情，最終還是後者佔據了優勢。

他已經記不清楚最開始是怎樣的一種心情了：這究竟是先打心底裡同情她呢，還是先考慮到了自己，想起他自己的罪惡，想起他自己幹的下流事，現在他竟然在指責她幹這種事。無論如何，他突然覺得自己又犯了罪，於是又開始同情起她來了。

她在訴狀上簽好名之後，把沾上墨水的手指頭在裙子上擦了擦，便站起身來，抬眼又看了看他。

「不管結果會如何，也不管會發生什麼事情，我的決心是不管怎樣都不會動搖的。」涅赫柳多夫說。

他一想到自己應該原諒她，對她的同情和憐惜也就更加強烈了，於是他滿心想要安慰安慰她。

「放心吧，我以前是怎麼說的，我以後也就會怎麼做。無論他們將把您流放到哪裡，我都會陪著您一起去的。」

「這可完全沒必要。」她立刻打斷他的話。

「您想想看，在路上還會需要些什麼東西。」

「好像不缺什麼了，謝謝您了。」

典獄長走到他們跟前。於是涅赫柳多夫沒等他開口說一個字，就已經開口和她告別，走了出來。涅赫柳多夫突然意識到，不管瑪絲洛娃做了些什麼，都無法改變他對她的愛的，這樣的想法讓涅赫柳多夫非常高興，他的這種思想境界已昇華到了他從未有過的高度。隨她和那個醫士鬼混去吧，那是她的事，他愛她並不是為了他自己，而是真心為了她，為了上帝。

「鬼混」，涅赫柳多夫信以為真的所謂的瑪絲洛娃因為和一個醫士鬼混而被逐出醫院的事情，而事情的真實情況卻是這樣的：那是有一天，瑪絲洛娃遵照女醫士的吩咐，去走廊一端的藥房裡去拿潤滑湯藥[35]，在那兒她碰到了那個身材高大、臉上長滿粉刺的男醫士烏斯季諾夫，這個人從開始就一直糾纏著她，這已經讓她非常反感了。這一次，瑪絲洛娃為了擺脫他不斷的糾纏，就猛地使勁推了他一把，他一下子就撞在了藥架子上，有兩個藥瓶從架子上掉下來摔破了。

就在這個時候，主任醫師恰巧從走廊上經過，聽見摔碎瓶子的聲音，又看到瑪絲洛娃滿臉通紅地跑了出來，於是就非常生氣地衝她吼道：「哼，騷娘兒們，要是你膽敢在這裡和人鬼混，我就把你打發走。這到底是怎麼一會兒事？」他從眼鏡框的上方無比嚴厲地盯著那個醫士，向他問道。

醫士就嬉皮笑臉地為自己辯白，就告訴典獄長說，請他重新指派一個自尊自愛一些的女助手來接替這個瑪絲洛娃；所謂瑪絲洛娃同醫士的私通鬼混，實際上也不過就是這麼回事。

瑪絲洛娃這次被加上和男人私混的罪名而被趕出醫院，這讓她感到非常難過，因為她早就厭煩了跟男人發生什麼關係，而自打她和涅赫柳多夫重逢之後，就更加無法接受跟男人發生那種關係了。不管是哪一個男人，包括那個滿臉粉刺的醫士在內，都依據她過去和現在的處境來衡量，都認為他們可以理所當然地侮辱她，可是現在竟然被她那樣堅決地拒絕了，不免覺得非常驚訝。

她一想到這就覺得自己極其懊惱和委屈，也就打心底裡不自覺地可憐起自己來，忍不住要落淚了。這次她出來見涅赫柳多夫，就想向他辯白一下，至少說明他大概已經聽到的事不是真實的，在這件事裡她是被冤枉的。可就在她剛準備開口解釋的時候，她卻突然覺得他是不會相信的，她的辯解反而更加讓他懷疑，所以淚水就不自覺地湧到了她的眼睛裡，哽住了她的喉嚨，讓她一個字也說不出口。

35一種治咳嗽氣喘的草藥。

chapter 30

五種人

瑪絲洛娃有可能要和頭一批發配的犯人一起出發，所以涅赫柳多夫也在做著一些出發前的準備。可是需要他辦的事情實在是太多了，他深切感受到不論他有多少時間，都還是無法辦完。

眼下的情況和以前是截然不同的了，之前他只需想出什麼事來做，而且他所做的一切都是一樣的，只是為了一個人，為了他涅赫柳多夫。所有的事情都是枯燥乏味的，而現在，任何一件事都關係到他身邊的其他人，而不僅僅是他自己，所以，每件事情也變得有意思多了，而且頗具魅力了，此外這類事情多得難以數計。不光這樣，以前辦他自己的事，總是讓得他覺得煩惱和不滿，而現在為別人去辦這些事反而多半情況下都會讓他覺得很愉快。

在目前這段時間裡，涅赫柳多夫需要辦好三類事，他按自己一貫嚴謹的作風把這些事情分了類，並且據此分類把相關的資料分別放進了三個皮包裡。

第一類事情是關於瑪絲洛娃以及要怎樣幫助她的。這方面現在能做的，就是為告御狀奔走，四處爭取支持，再者就是為啟程到西伯利亞做好一切準備。

第二類事情就是對他田產的安排。在帕諾沃，土地之前就已經分給了農民，條件是由他們上交一定數量地租，作為他們在農業生產方面的公共基金使用，可是為了讓這件已經計畫好的事情能夠得到法律的認證，就不得不擬定相關的契約和遺囑，並且還要在這些字據上面簽字。在庫茲明斯科耶的事情還是依照起初他親自安排的那樣，也就是說，他還是要收取地租。可是現在還需要確定一下交租的期限，確定他該從這些裡面拿出多少來用作生活費，留多少給農民們當作福利。還不知道他這次到西伯利亞去需要花多少錢，所以他還不能貿然取消這筆收入，只是把它減少了一半。

第三類事情就是幫助那些囚犯們，因為他們中有愈來愈多的人求助於他。

起初，他一接觸那些向他求助的犯人，就立刻為他們四處奔走，希望能盡可能地減少他們的痛苦。可是後來，求助於他的犯人越來越多了，他發現自己無法一一給予他們幫助，所以就不由得肩負起了第四類事，最近使他花費精力最多的就是這類事。

第四類事情就是要弄清楚這樣一個問題：其中一部分的犯人，他們莫名其妙地成了那些刑法的犧牲品並且仍然在遭受著苦難。這都是所謂的刑事法庭產生的結果，那麼這樣一個奇怪的機關究竟是個什麼樣的東西？它有存在的必要嗎？它又到底是如何產生的呢？

涅赫柳多夫通過和那些囚犯的親自接觸，通過和律師、監獄教士、典獄長的談話；並且根據那些囚犯的經歷，最終得出了這樣的一個結論，他覺得這些囚犯，也就是這些所謂的罪犯，大致可以分為五種人。

第一種是完全無罪的人，根本就是法庭誤判的受害者，例如被誣告的縱火犯敏紹夫，例如瑪絲洛娃和其他類似的人們。這一種人人數不是太多，根據教士的估計，大約占總數的百分之七，可是這些人的遭遇卻是最讓人同情的。

第二種人是在狂怒、嫉妒、酗酒等特殊的情況下做出錯誤行為而被判了刑的。他們做的那些行為，其實換做是那些負責審判和懲罰他們的人，在相同的情況下，大概也會做出那樣的事情來的。這樣的人，據涅赫柳多夫估計，可能占所有犯人總數的一半還要多。

第三種人也是因為做了在他們自己看來是非常平常、甚至是很好的事而被判了刑的，而那樣的行為，按照法律以及和他們持不同看法的人看來，就是犯罪。例如那些販賣私酒者，走私者，在地主和官家的大樹林裡割草砍柴的人，以及經常打家劫舍的山民和不信教的、甚至是搶劫教堂的人，都屬於這一種人。

第四種人僅僅是因為他們的精神境界比社會上的一般水準要高，而被列入犯罪行列的人。那些教派信徒就屬於這種人。那些為了爭取獨立而暴動的波蘭人[36]和契爾克斯人[37]就屬於這種人。那些由於反抗當局政府而被判刑的政治犯、社會主義者和罷工工人，也都是屬於這種人。這些人，實際上是社會上的精英分子，涅赫柳多夫估計，他們占了極大的百分比。

最後是第五種人，則是這樣的一群人：社會對他們所犯的罪過其實要比他們對社會所犯的罪過嚴重得多。他們都是一些被社會拋棄的人，因為長期受到壓迫和誘惑而變得渾渾噩噩，例如那個偷舊地毯的男孩兒。

像這樣的人，涅赫柳多夫在監獄裡和監獄外已經看到過幾百人了，生活的壓力重重地壓迫著他們，好像在有步驟地引導他們不得不去做那些所謂犯罪的事情。根據涅赫柳多夫的觀察，很多的小偷和凶手都是屬於這種人，最近他就和他們中的一些人有過一些接觸。至於那些道德敗壞、誤入歧

36 當時波蘭被俄、奧、普三國瓜分。
37 在俄國高加索的阿第蓋和契爾克斯克居住的一個部族，在十九世紀上半葉他們的國家被俄國征服和吞併。

途的人，新的犯罪學派卻稱他們為「犯罪型」，認為這些人在社會上的存在便是刑法和懲罰的有力證據。但是經涅赫柳多夫切實瞭解一番以後，覺得也可以將其歸到這一種人當中。他認為這些所謂誤入歧途的、犯罪的、不正常的類型，追根究底，也都是社會對他們犯的罪比他們對社會犯的罪要嚴重，但是並不是社會現在對他們本人犯了什麼罪，而是在很久以前的那個時代對他們的父母先人犯了罪。

這些人裡，因為這一原因尤其讓他驚訝的是那個慣偷奧霍津。他是一個私生子，母親是個妓女，打小他就在夜店裡生活，活到三十歲從未遇見過一個在道德方面比警察更高尚的人。打小他就掉進了一夥慣賊當中，但是他卻具備異乎尋常的滑稽天賦，非常招人喜愛。

另外一個讓他驚訝的是費多羅夫，長得非常英俊，他曾經帶領一幫匪徒搶劫過一個年老的官吏，還把他給殺了。費多羅夫本是一個老實的農民，他父親的房子無故被人非法強佔了，後來他去當了兵，在部隊的時候因為愛上了一個軍官的情婦而受盡了折磨。

涅赫柳多夫看得很清楚，這兩個人的天資都還是不錯的，只是因為沒有人關心、栽培而最終畸形發展，就像那些無人照料的花草一樣，所以，研究所有這些各種各樣的人究竟為什麼會被監禁在牢裡，而另外一些和他們一樣的人，卻可以逍遙法外甚至還來審判他們的這個問題，就成了涅赫柳多夫那段時間最為關心的第四類事情了。

最開始，涅赫柳多夫希望能從書本上找到這個問題的答案，於是就把涉及這一問題的書全部買了回來。他買了龍布羅梭、嘉羅法洛、費利、李斯特、摩德斯萊、塔爾德等人的著作[38]，並且開始潛心研讀，可是他讀得越多卻越感到失望。有些人研究學問的目的並不是為了在學術方面有所建樹，諸如寫作、辯論、教書等，而是為了弄清那些直接而簡單的現實問題，這些人常常遇到的情形，現在涅赫柳多夫也遇到了，那就是：學術替他解決了數千個關於刑法的各種各樣的繁難而深奧的問題，可唯獨沒解決他最迫切想要搞清楚的問題，實際上他的問題非常容易的。

他想問：有的人可以利用一些權力把另外一些人關起來，並施以殘酷的折磨、流放、鞭笞、甚至是殺害，可他們本身和那些人是沒有什麼區別的，這是為什麼，憑什麼呢？可是他得到的卻是更多不同的疑問：人可不可以隨心所欲？可不可以通過測量某個人頭蓋骨之類的方法來判斷一個人是否屬於犯罪型？遺傳究竟在犯罪中起什麼作用？是不是有人生下來就註定是道德敗壞的人？道德又是什麼？什麼可以被稱為是瘋狂？退化又是什麼？氣質又該如何定義？氣候、食物、愚蠢、效仿、催眠術、情欲對犯罪會產生什麼樣的影響？社會是什麼？社會的責任又有哪些？諸如此類的問題數不勝數。

涅赫柳多夫從那些學術著作中，為他的一個根本問題尋找到的答案，恰好也是這種反問式的答案。那些著作當中有很多睿智、深奧、有見地的見解，可它們卻沒有對根本問題作出回答：有的人到底是依據什麼權利去懲罰另外一些人？不但沒有這樣的解答，而且那所有的疑問都導向一點，即對懲罰作出合理的解釋，為懲罰辯護，認為懲罰是這個社會不可缺少的，把其存在的必要性看作是

38 嘉羅法洛（生於一八五二年）和費利（一八五六—一九二九），都是義大利犯罪學家龍布羅梭的信徒。李斯特（一七八九—一八四六），德國經濟學家。摩德斯萊（一八三五—一九一八），英國心理學家。

不可辯駁的公理。

涅赫柳多夫讀了許多書，卻都是斷斷續續地讀，這樣他就可以將找不出答案的原因歸結為自己的研究做得太膚淺，並希望以後有機會能找到答案。也正是因為這樣，他不敢相信最近越來越頻繁地出現在他頭腦裡的那個答案[39]就是正確的。

39 指前面第二十七章結尾所提到的答案。

chapter 31 姐姐和姐夫

包括瑪絲洛娃在內的那批罪犯，初步定於七月五號動身前往西伯利亞，涅赫柳多夫也準備在那一天跟她一塊兒啟程。在臨出發的前一天，涅赫柳多夫的姐姐和姐夫一起來到城裡，想要和她的弟弟見上一面。

涅赫柳多夫的姐姐娜塔莉婭比他大十歲，他從某種程度上來說應該是在她的影響下長大的。他小時候，她非常疼愛他，後來到她快出嫁的時候，他們就像同齡人一般非常投合，儘管那個時候她已經是個二十五歲的大姑娘了，而他還只是個十五歲的毛頭少年。那時候她一度愛上了他的夥伴尼古連卡・伊爾捷涅夫，只是後來他死了。

他們姐弟倆都很喜歡尼古連卡，喜歡的是他和他們身上都有很好的和那種善於將周圍人全部團結在一起的優良品質。可漸漸地，他們兩個人都逐漸墮落了：他自己是因為在軍隊裡供職期間習得了一些花天酒地等不良習氣，而她則是因為嫁了人，她僅僅在肉欲上愛上自己的丈夫，而那個人不僅不喜歡她和德米特里認為最神聖最寶貴的每一樣東西，甚至完全不理解那是怎麼一回事，卻按照他的理解，把她以前的生活目標，在道德的高度上追求完美和為人們鞠躬盡瘁的志向，當成是簡單的虛榮心在作祟，以及是想在眾人面前出出風頭，只是為了解悶。

拉戈仁斯基是個既沒聲望也沒財富的人，但卻是一個極其世故的官場老手，他可以巧妙地周旋在自由派與保守派之間，充分利用兩派之中在某段時期或某種情況下可以給自己的生活帶來好處的那一派，而更主要的是，他還可以利用自己能討得女人心歡的某種特殊的本事，在司法界裡獲得相當顯赫的官位。

他在國外和涅赫柳多夫一家子認識的時候，年紀已經不小了，可他的確讓那時也不算太年輕的姑娘娜塔莉婭愛上了自己，並且幾乎是違拗著她母親的意願堅持和她結了婚，母親認為這樁婚事是門不當戶不對的婚姻。涅赫柳多夫非常厭惡這位姐夫，雖然他自己不願意承認這一點，一直在努力抑制這種情緒，可事實就是他的確很討厭他。

這一次是拉戈仁斯基夫婦一同前來的，沒有帶上他們的孩子；他們有兩個小孩，一個兒子一個女兒。他們兩人在城裡一家上等的旅館裡租了一套上等的房間。娜塔莉婭就立馬坐馬車前往她母親原來住的房子裡去了，可是她在那裡沒有見到自己的弟弟，從阿格拉費娜那裡得知，弟弟很久以前就已經搬到一家帶傢俱的小公寓裡去了，於是她又坐上馬車去公寓。在一個光線昏暗、充滿惡臭、白天都必須點燈的過道裡，一個骯髒的雜役向她走過來，告訴她公爵沒有在家。娜塔莉婭想去她弟弟的房間，給他留下一張便條。雜役就帶路領著她去了。

娜塔莉婭來到弟弟的那個小房間裡仔細地打量了一番，她處處都看到她所熟知的那種乾淨整潔、井然有序，只是屋子四周的擺設卻簡單得讓她非常震驚，在她看來這是他不曾有過的。她看到寫字檯上放著一個她非常熟悉的吸墨紙床，它的頂端雕刻著一隻銅製的小狗。桌面上還放著皮包，一些紙張、若干文具、幾部《刑法典》、一本亨利・喬治的英文原著、一本塔爾德的法文原著，一柄她熟悉的彎曲的大象牙刀夾在塔爾德的書裡。

她在桌子旁邊坐下，給他寫了一張便條，請他務必去她那裡一趟，而且最好是今天就去找她。然後她對所看到的這一切無比驚訝地搖搖頭，便折回自己住的旅館去了。

現在娜塔莉婭只對弟弟的兩件事擔心：一件是他堅持要和卡秋莎結婚，這是她在自己居住的那座城裡聽說的，因為大家都在議論這件事；另一件就是他把土地交給農民，這事也是盡人皆知了，而且有很多人都認為這是一種政治性的極其危險的行為。至於他想和卡秋莎結婚這事，從某個方面來說，反倒讓娜塔莉婭覺得高興。

她很佩服這種毅然決然的精神，從這一點，她看到了他和自己在她結婚前的那些幸福歲月裡的真實面目。可是她只要一想到自己的弟弟竟然要和這樣一個下賤的女人結婚，還是會覺得很可怕。而後一種感情相對前者來說更加強烈，於是她就下定決心要想盡一切辦法說服他，阻止他，儘管她心裡也清楚地知道，要想做到這點將會是多麼的不容易。

而至於另外一件事，他把土地交給農民，並不使她多麼操心，不過她的丈夫卻為此大為光火。

「不僅把土地全都交給農民，而且租金還歸農民自己使用，這究竟是什麼意思？」他說：「要是他真想這樣做的話，本可以通過農民銀行把土地拍賣給農民呀。這樣做才勉強算有點兒意思可言。總而言之，這樣的行為多少是有點兒精神失常了。」拉戈仁斯基說，並開始思考涅赫柳多夫田產的監護人的問題了，他讓妻子一定要和她的弟弟認真嚴肅地談談他這種奇怪的打算。

chapter 32

顛撲不滅的論調

涅赫柳多夫一回到家，便看到了留在桌上的他姐姐寫的那張便條，就立即坐馬車去了她那兒。那時候已是黃昏了。拉戈仁斯基在另外一個房間裡休息，只有娜塔莉婭一個人接待弟弟。她穿著一件束腰的黑色絲綢連衣裙，胸前紮著紅色花結，一頭蓬鬆烏黑的長髮梳成了時下最流行的樣式，很顯然，她努力讓自己打扮得年輕而好看，好讓那個和她年紀相仿的丈夫高興。

她一看到弟弟進來，就急忙從長沙發上站起來，快步上前迎他，絲綢裙擺隨著她腳步的移動而發出窸窣的響聲。他們相互擁抱彼此親吻之後，便笑盈盈地對視了一下。

他們原本有很多話想說的，可此時卻什麼都說不出來，反而是他們的眼神說出了對方想說卻又沒能說出來的那些話。

「我去過你住的地方了。」

「是的，我已經知道了。我之前從家裡搬出來住了，我嫌那棟房子太大了，一個人住在那裡總會覺得孤獨寂寞，並且住在那裡太單調、乏味了。那裡的東西我一點兒都用不著，所以你盡可能地把那些東西全拿去吧，也就是那些傢俱……所有的東西。」

「是的，阿格拉費娜已經跟我說過了，我也去過那裡了。我太謝謝你了，可是……」

這時候，旅館裡的僕役端來了一組漂亮的銀製茶具。僕役在擺放茶具的時候，他們兩個人都選擇了沉默。娜塔莉婭坐到茶几後面的一把圈椅上，默不作聲地斟茶，涅赫柳多夫也沒有說話。

「哎，我說，德米特里，我什麼都知道了。」娜塔莉婭看了看他，很乾脆地說道。

「啊，你已經知道了，我很高興。」

「可是你該清楚，她已經過了多年那種放蕩墮落的生活了，難道你還希望她可以改過自新嗎？」娜塔莉婭說。

他端直著身子坐在一把小椅子上，也不用胳膊肘支撐身子，聚精會神地聽她說話，盡可能好好領會她的意思，並準備好好回答她。

「我沒想過要她改過自新，而是想要我來改過自新。」他回答道。

娜塔莉婭長嘆了一聲。

「總之，除了娶她之外，應該還有別的辦法啊。」

「可我覺得這是最好的辦法了，再說，這樣做，也可以把我帶入到另外一個天地裡去，在那兒，我可以成為一個真正有用的人。」

「可是我覺得，」娜塔莉婭說：「你這樣做是不會幸福的。」

「但問題並不在於我是否會幸福，人生除了讓我們做應該要做的事情之外，再沒有其他的要求了。」涅赫柳多夫一面說，一面看著她那張依然很漂亮的，只是眼角和嘴邊已經不滿了絲絲細紋的臉龐。

「我真不明白。」她嘆息了一聲，說道。

「我可憐的、親愛的姐姐！她怎麼會變成這個樣子呢？」涅赫柳多夫心想著，想起了娜塔莉婭結婚前的樣子，對她產生了無數童年回憶編織而成的某種親切之情。

而就在這時候，拉戈仁斯基像平常一樣高高地抬著頭，挺著寬闊的胸脯，邁著悄無聲息的步子，面帶笑容走進房裡來。他的眼鏡、禿頂、黑色的鬍鬚全都在閃閃發光。

「您好。」他用矯揉造作的口吻說道。（儘管在婚後最初一段時間裡他們儘量表示親熱，相互稱「你」，但後來還是相互稱「您」。）

他們兩人彼此握了握手，拉戈仁斯基就輕輕地坐進了一把圈椅裡。

「我不會打擾到你們之間交談吧？」

「不會，我說話做事從來都不隱瞞任何人。」

涅赫柳多夫一看到他那張臉，一看到那雙長滿汗毛的手，一聽見那種居高臨下、自以為是的語氣，他那丁點兒親切之情霎時一掃而光了。

「是啊，我們正在討論關於他的那些打算呢，」娜塔莉婭說：「要給你倒杯茶嗎？」她端起茶壺，說。

「好的，謝謝。那麼，究竟是什麼打算呀？」

「我打算和一批犯人一起去西伯利亞，因為在那批犯人裡有一個我認識的女人，我覺得我對不起她。」涅赫柳多夫說道。

「可我聽說您不單單是想陪她去，您還另有打算呢。」

「是的，我還打算娶她做我的妻子，只要她願意。」

「原來是這樣啊！要是您不覺得心煩的話，請您向我詳細地解釋一下您的理由唄，我不清楚您的理由究竟是什麼。」

「理由就是這個女人……她走上墮落之路的第一步……」涅赫柳多夫由於找不到合適的措辭來表達自己的意思，不禁跟自己生起氣來。「我的理由就是我犯了罪，但是受到懲罰的卻是她。」

「既然她受到懲罰，那恐怕她也並不是完全清白的吧。」

「她完全沒有罪。」

於是涅赫柳多夫帶著不必要的無比激動的情緒，說完了整個案情的經過。

「對啊，這是審判長的疏忽大意，所以使得陪審員的答覆很不周全，可是這樣的情況，還有樞密院復審嘛。」

「樞密院已經把上訴駁回了。」

「它們把上訴駁回，那大概是上訴的理由不夠充分吧，」拉戈仁斯基說道，顯然他非常贊成那些以訛傳訛的說法，認為法庭判決的結果就是真理。「樞密院不可能深入審查和審理案子的真實情況。如果法庭審判的確有錯，那就應該請皇上聖裁。」

「訴狀已經呈上去了，不過看起來也好像沒什麼成功的希望。皇家要問司法部，而司法部又會向樞密院查問，樞密院只會重複一遍自己的裁定，這樣一來，無罪的人依然會接受本不該有的懲罰。」

「第一，司法部是不會去詢問樞密院的，」拉戈仁斯基帶著自視甚高的笑容說：「而會直接從法庭調閱原來的卷宗，如果發現有錯誤的呢，就會據此加以糾正。第二就是，無罪的人從來不會無端被懲罰的，如果有的話，那也只是極少見的例外，但凡那些受到懲罰的人肯定都是有罪的。」

「但是我的看法卻與此截然相反，」涅赫柳多夫懷著對他姐夫滿腹不滿的心情說：「我反倒認為那些被法庭判刑的人，多半都是無辜的。」

「您這話是什麼意思呀？」

「我所說的無辜就是指這兩個詞的字面上的意思，也就是他們根本沒有犯罪。例如這個被指控謀害人命的女人就是無辜的，他們根本是沒有罪的；還有我最近認識的一個被指控犯了殺人罪的農民也沒有罪，他的確沒殺過人，他是清白的；還有母子兩人被控犯了縱火罪，而實際上也是無辜的，其實是他們的主人自己放的火，他們卻險些被判了刑。」

「很抱歉，我覺得這樣說可就真的很沒有道理了，每一個做賊的都知道盜竊不是件好事，不應該偷盜，偷竊是不道德的。」拉戈仁斯基說，並露出他慣用的那種心安理得、自以為是、有一絲輕蔑意味兒的笑容，這就更讓涅赫柳多夫怒火中燒了。

「不是這樣的，他們並不清楚，別人對他們說：你不要偷東西。可是他們卻親眼看見別人這樣做了，並且知道工廠老闆通過剋扣工錢的辦法來偷取他們的勞動成果。他親眼看著，政府和所有政府的官員，通過收稅的方法源源不斷地在偷盜他們的財物。」

「這可真是變成了一個徹底的無政府主義的理論了。」拉戈仁斯基心平氣和地給內弟所說的話下了一個結論。

「我不清楚這到底屬於哪種主義，可我說的都是現實生活中擺在那兒的事實，」涅赫柳多夫接著說：「他們知道政府在盜取本該是他們的財物，他們知道我們這幫地主老爺早就從他們的手裡奪走了原本應該成為公有財產的土地，即已經把他們偷光了，可是後來，他們在被偷走的土地上撿了一點兒樹枝草葉，只想把它們拿回家當柴燒的時候，我們反而把他們關進了監獄，還要強迫他們承認自己是賊，可他們知道做賊的從來就不是他們，而是盜竊他們土地的那群人，這樣說來，把他們被偷的東西物歸原主，恰好是他們對自己的家庭本該要盡的責任。」

「我真不理解，可就算我理解了，我也不會贊同的。私有權是人與生俱來的，沒有了私有權，人們也就會失去耕種土地的興趣，一旦消滅了私有權，我們就會退回到野蠻時代。」拉戈仁斯基擲地有聲地說道。他是在重複那種維護私有財產權的陳腔濫調，這種論調被認為是顛撲不滅的，而這一論調所強調的中心思想，就是土地私有的欲望便是土地必須私有的標誌。

「剛好相反，只有那樣，土地才不會像現在這樣被荒廢掉，現在的那些地主就好像是狗霸佔了馬槽一樣，既不想讓懂得種地的人來耕種土地，自己也不願更不會耕種。」

「夠了，德米特里，您要知道這完全是在發瘋！難道您覺得在我們這個時代，消滅土地私有制是有可能實現的嗎？我明白這個話題是您一直以來特別愛談的話題，可是，請恕我坦誠相告……」拉戈仁斯基說到這裡，突然面色蒼白，聲音也發抖起來，很顯然這個問題深深地擊中了他的痛處。「我要奉勸您在著手處理這個問題之前，先把這個問題再反覆地考慮一番才行。」

「您說的是我的私人問題嗎？」

「是的，我認為像我們這樣有一定社會地位的人，就必須承擔這一社會地位賦予我們的職責，必須維繫我們賴以生存的生活條件，因為我們生來就是這樣的生活條件，這是我們從祖先那裡繼承而來的，將來有一天還必須要傳給我們的子孫後代。」

「我認為我的職責是……」

「請允許我把話說完吧，」拉戈仁斯基不讓人打斷他的話，又繼續說下去，「我說這些話完全不是為了我自己，也不僅僅是為了我的孩子們。我的孩子們的生活是絕對有保障的，我賺的錢足夠我們生活得很好了，而且我覺得我的孩子以後也不可能會過那樣的窮日子的，所以，恕我直言，我對您那樣沒有經過周密思考的行為表示強烈的反對，這並不是在計較我個人的利益得失，而是我從原則上來說就不能贊成您的做法，我要勸您再好好考慮考慮，多讀些書……」

「行了，那就請您允許我來處理我自己的事情吧，讓我自己去搞清楚我該讀些什麼書和不該讀什麼書。」涅赫柳多夫滿臉慘白，並且感覺雙手冰涼，簡直無法控制自己了，於是就閉口沒再說一句話，悶悶地喝起茶來。

chapter 33 新鮮的觀點

一場令人不快的談話到此總算是結束了，娜塔莉婭放下心來，可是她不想在丈夫面前說一些只有她弟弟才懂的話，於是為了能讓大家都參與到談話裡，就說起了一件已經流傳到這兒的彼得堡的新聞：卡緬斯基決鬥身亡之後，失去獨生子的母親是怎樣傷心欲絕的。

拉戈仁斯基堅持認為他很不贊成現今這樣在決鬥中致死卻不列入刑事犯罪的情形，他的這個意見又遭到了涅赫柳多夫的強烈反駁，並且他們再次就原來沒有爭論清楚的話題爭論了起來，結果兩人都沒有把話完全說出來，依然各執己見，誰也不服氣誰。

「那按你說的那樣，法院到底該怎麼解決這些問題呢？」涅赫柳多夫問。

「法院應該像對待普通殺人犯一樣，判處決鬥的一方服苦役。」

涅赫柳多夫的雙手再次冰涼，他火氣十足地說道。

「哦，那又能如何呢？」他問道。

「那樣就算伸張正義了。」

「這麼說，好像伸張正義是法院的宗旨囉。」涅赫柳多夫說。

「可是除了這個難道還有其他的嗎？」

「是維護階級利益，法院，在我看來，只不過是維護現行制度的一種行政手段，是對我們這個階級有利的現行制度罷了。」

「這還真是一種非常新鮮的觀點，」拉戈仁斯基的臉上露出鎮定的笑容說：「通常情況下，人們會認為法院具有某種與眾不同的使命。」

「理論上是這樣，可實際上，從我看到的現實情況來說，卻根本不是這樣的，法院唯一的宗旨就是保持社會現狀，為此盡可能地迫害和殘酷地折磨那些站在普通標準之上並企圖提高這個標準的人們，也就是所謂的政治犯，同時還迫害和折磨那些位於普通標準之下的人們，也就是你們所說的那種犯罪型的人。」

「首先，我絕不贊成您這樣的說法，那些犯人，也就是那些政治犯，他們遭到懲罰是因為他們站在普通標準之上，但他們大部分都是社會渣滓，和您認為處於一般標準之下的犯罪型一樣墮落，只是在表現形式上有所不同罷了。」

「可是我認識一些人，他們的立足點比那些審判他們的法官要高得多，那些教派信徒每一個都是品德高尚、意志堅定、很有見解的人……」

可是拉戈仁斯基有一個習慣，就是他在說話時不容許別人打斷，所以他根本就沒有聽涅赫柳多夫說了些什麼，尤其讓人惱火的是，他在涅赫柳多夫說話時，一直在試圖接著說他未完的話。

「我也不能同意您說的，您覺得法院的宗旨是要維持現有的制度，法院肯定有它自己的宗旨：要麼是改造……」

「關在監牢裡的改造可真是好啊。」涅赫柳多夫插進來說道。

「……要麼是清除那些道德敗壞對社會無用的人，」拉戈仁斯基固執地接著說：「還有那些威脅社會安全穩定的危險分子。」

「問題剛好就在於法院既辦不到這一點，也無法辦到那一點，這是這個社會沒法辦到的。」

「這話是什麼意思？我不太明白。」拉戈仁斯基勉強擠出一點笑容問道。

「我想說的是，嚴格說起來，合情合理的刑罰只有兩種，也就是古代施行常常使用的那兩種刑罰：體罰和死刑，可是，隨著社會風尚的好轉，這兩種刑罰也就用得愈來愈少了。」涅赫柳多夫說。

「這話從您的嘴裡說出來，聽上去既新鮮又叫人震驚。」

「是的，把一個人痛打一頓，好讓他以後不再做那些為此挨打的事情，這也是合理的；把一個對社會有害無益而且十分恐怖的人的頭砍下來，那也是非常合乎情理的嘛。這兩種刑罰都有合情合理的意義，可是把一個遊手好閒和品行不正的墮落的傢伙關進監牢裡，放在有生活保障的和非常閒散的環境中，與極端墮落的人為伍，這究竟又有什麼意義呢？或者出於某種原因而把一個人從圖拉省押解到伊爾庫茨克省，或者是從爾斯克省押解到別的什麼地方去，這些都要從國庫裡支取大量的經費，每個人至少需要花五百多個盧布，這又有什麼意義呢？……」

「可是，懲罰制度的缺陷，不管怎樣也不是法院本身的缺陷。」拉戈仁斯基再次不聽他內弟說的話，繼續自說自話。

「這些缺陷是無法克服的。」涅赫柳多夫提高嗓門說。

「那該怎麼辦呢？乾脆把犯人全都殺了？還是按某位國家要人提出的那樣，把他們的雙眼挖出來？」拉戈仁斯基自以為得理地笑著說。

「是的，如果這樣做，那是很殘酷的，不過多少會有那麼一點兒成效的吧。可是現在的做法，也同樣是殘酷的，可不僅沒有達到應有的成效，而且十分愚蠢，簡直讓人難以理解，那些精神正常的人怎麼會參與像刑事法庭幹的那種荒唐而殘酷的事情。」

「可我剛好就參與這種事情了。」拉戈仁斯基臉色煞白地說著。

「那是您的事，只是我無法理解。」

「我覺得您無法理解的事還多著呢。」拉戈仁斯基聲音有些顫抖地說。

拉戈仁斯基返回到長沙發旁邊，點燃了一根雪茄煙，就再也沒說什麼了。涅赫柳多夫覺得自己把姐夫和姐姐搞得如此傷心，心裡既難受又慚愧，尤其是因為他第二天就要啟程了，也許以後就再也見不到他們了。他懷著愧疚的心情向他們告辭，坐車回家去了。

「很可能我說的話都是對的，至少他沒有駁倒我的理由，不過我實在不該用那樣的態度和他說話的，如果我可以這樣意氣用事，這樣侮辱他，使可憐的娜塔莉婭姐姐那樣傷心，由此可見我的改變還是很小。」他心裡想道。

chapter 34 出發

瑪絲洛娃在內的那批犯人，要在當天下午三點鐘從火車站出發。所以，涅赫柳多夫為了能親眼看那些犯人從監獄裡走出來，並隨他們一起去火車站，於是他打算在十二點之前趕到監獄。

涅赫柳多夫在整理行李和文件的時候，看見了自己的日記本，便停了下來，重新翻看了裡面的那幾個地方，看了看最近寫的一篇日記。

那篇日記是他在去彼得堡之前寫的：「卡秋莎不願接受我的犧牲，而情願犧牲她自己，她成功了，我也成功了。她讓我高興的是她內心的變化，我覺得她的內心在變化，連我自己都不敢相信。我不敢相信，但是我的確覺得她就是在復活。」緊跟著還有這樣一段話：

「我遇到了一件讓我很痛心卻又很快樂的事，我聽說她在醫院裡的行為不規矩，我立刻就感到萬分痛苦，我沒料到我會如此痛不欲生。我帶著厭惡和憎恨的心情與她交談，後來我忽然想到了我自己，想起她做的那些讓我憤恨的事，我自己早就已經幹過很多回了，直到現在，也還有那種念頭，於是剎那間，我討厭自己，又憐惜起她來，這樣一來，我的心情也隨之好起來了，只要我們能常常及時地看到自己眼中的梁木[40]，我們就會變得更善良些。」

40見《新約全書・馬太福音》第七章第三節：「為什麼看見你弟兄眼中有刺，卻不想自己眼中有梁木呢？」

接下來他開始寫今天的日記，寫道：「我去看過娜塔莉婭了，正因為自以為是而很不和善，十分兇惡，直到此刻我的心還覺得沉甸甸的。唉，可這又能怎麼辦呢？從明天起，我就要過全新的生活了，再見吧，舊生活，從今以後永別了。真是百感交集啊，可我還是無法把它們梳理成一個有機的整體。」

涅赫柳多夫第二天早晨醒過來的第一個感覺，就是後悔昨晚和姐夫發生那場爭論。

「我不能就這樣離開，」他心裡想：「應該先去他們那兒賠個不是才對。」

可是他看了看懷錶，卻發現時間已經來不及了，他得趕緊動身，免得錯過那批犯人離開監獄的時間。他匆忙收拾好自己的行李，就打發公寓的看門人和隨他一起走的菲多霞的丈夫塔拉斯把他的行李直接送去火車站，然後涅赫柳多夫自己出門，一見馬車就跳了上去，往監獄奔去。囚犯乘坐的那趟列車比涅赫柳多夫坐的那趟郵車提前整整兩個小時離站，所以他把公寓的房錢全都付清了，也不準備再回來了。

涅赫柳多夫乘車到監獄大門口時，那批罪犯還沒有走出來。在監獄裡，從凌晨四點就開始緊張地準備在押犯人的交接工作，一直到現在都還沒有結束。這批流放的罪犯中有六百二十三名男犯和六十四名女犯，這些人都要按照花名冊一一進行核對，還要把有病的和身體虛弱的挑出來，然後再悉數交給負責押解的人員。

剛上任的典獄長和兩個副典獄長、一個醫師、一個醫士、一個押解官和一個文書，全都坐在院子裡靠牆的背陰處放著的那張桌子旁，桌上放著公文表冊和辦公用品。他們逐一喊著罪犯的姓名，罪犯們就一個接一個朝他們走過去，讓他們進行審查，問話，造冊登記。

「這究竟是怎麼了，還真是沒完沒了了！」押解官邊抽著煙邊說道，這個人很高很胖，臉色紅潤，兩肩高高聳起，胳膊很短，那遮住嘴巴的小鬍子裡不停地吐出一圈圈的煙霧。「這真是要把人給累死啊，你們到底從哪兒弄來這麼多犯人哪？還有很多啊？」

文書翻看了一下冊子，說：「還有二十四個男的和幾個女的。」

「唉，你們為何站在那兒一動也不動，往前走……」押解官衝著那些還沒有核對身分的擠在一塊兒的犯人喝道。犯人們排成整齊的隊列等候交接已有三個多小時了，而且不是站在背陰處，是活生生被曝曬在太陽底下的。

他在那兒站了一個小時左右，一個小時之後，大門裡面才響起鐵鍊的嘩啦聲、走路聲、監管人員盛氣凌人的吆喝聲、咳嗽聲以及人群裡不高的談話聲。就這樣一直持續了五六分鐘，在這段時間裡，有幾名看守在一個小門裡不斷的進進出出，最後，終於響起了口令聲。

大門轟隆一聲就打開了，鐵鍊的嘩啦聲變得更加響亮了，一大群身穿白色軍服、佩著槍的押解兵走了出來，在大門外排列成一個很整齊的大弧形，很顯然這是他們所熟悉的、慣用的訓練動作。等他們排好陣勢之後，就響起了另一道口令聲，於是犯人們兩人一排的列著隊開始往外走，一個個剃光了的頭頂上戴著薄餅一樣的囚帽，背上背著一個背包，腳上帶著鐐銬，用力地一步步慢慢走著；他們一隻手托著背上的背包，另外一隻空著的手前後晃動著。

率先走出來的是男苦役犯，統一穿著灰色的長褲和囚袍，後背上都縫著方形的苦役犯標誌。他們中有年輕的、年老的，有瘦的、胖的，有臉色蒼白的、紅潤的、曬得黑黝黝的，有留小鬍子的、留絡腮鬍子的、沒留鬍子的，有俄羅斯人、韃靼人、猶太人，每個人都拖著嘩啦作響的鐐銬往外走著，神采奕奕地晃動著一條胳膊，好像做好了往很遠的地方走的準備，可是他們才走出十來步就停了下來，順從地依次排成每四人一排。緊接著他們，又有一群男犯人走了出來，穿著同樣的服裝，同樣的都剃了光頭，卻沒有戴腳鐐，可是每兩個人的手和手被一副手銬鎖在了一起，他們也是即將被流放的犯人……這些人也是那樣起勁地走了出來，也是那樣停了下來，同樣地每四人排成一排。

隨後走出來的，是來自各個村社被判處流放的農民，然後才是女犯人，也是按照同樣的次序，首先是女苦役犯，身上穿著監獄裡灰色囚服，頭上包著灰色頭巾，緊隨其後是女流放犯，以及一些心甘情願地想要陪自己的丈夫一塊兒離開的女人們，仍然穿著形形色色的城裡和鄉下。有幾個女犯懷裡還抱著小嬰兒，用她們灰色囚服的衣襟緊緊地包裹著。跟女犯一起走的還有一些孩子，有男孩也有女孩。

雖然所有的犯人在監獄的圍牆裡面都已經被清點過一次了，但是現在押解兵又依照原來的名單重新清點了一次。這次清點花了相當長的時間，尤其是因為有些犯人一直在走來走去，不斷變換地方，這極大地影響了押解兵的核查工作，押解兵因此對著那些順從而憤恨地蠕動著的犯人放聲大罵，還把他們推來搡去的，押解兵一再地重新清點著。直到全都重新清點完畢，押解官便發出一道口令，於是人群裡又出現了一陣不小的騷動。

那些身體虛弱的男人、女人和孩子們爭先恐後地一起朝大車那邊擁過去，先把他們的背包全扔到車上，然後自己就開始往車上爬，爬到車上坐下來的有懷裡抱著啼哭嬰兒的女人、有興高采烈地搶座位的孩子，有垂頭喪氣、愁眉苦臉的男犯人。

有幾個男犯人脫下帽子，走到押解官面前，想求他辦點什麼事。涅赫柳多夫後來才知道，他們是請求被准許去大車上坐著。那時候涅赫柳多夫只看到那個押解官一聲不響，眼睛瞟都不瞟那幾個提出請求的犯人，只顧抽煙，後來突然朝一個男犯人掄起自己的短胳膊，那個犯人怕被揍，慌忙縮起剃光的頭，從押解官跟前跑開了。

「我會讓你嘗一嘗當貴族老爺的滋味的，好讓你用心記住了！給我老老實實地走你的路去吧！」那個押解官大聲喝道。

這個押解官只准許一個戴著腳鐐的搖搖晃晃的瘦長老頭坐到大車上去，涅赫柳多夫看著這個老人脫下自己頭上薄餅似的帽子，在胸前虔誠地畫了個十字，然後朝大車那邊走去，可是他因為那沉重的腳鐐怎麼也抬不起那衰老無力的腿，花了很長時間都爬不上那輛車，還好車上有一個女人抓住他的手，把他給拉了上去。

等到所有的大車全都裝上了背包，那些被准許坐在車上的人全都在背包上面坐好了，押解官才摘下軍帽，用手帕擦了一下自己的前額、禿頭和又粗又紅的脖子，接著在胸前畫一個十字。

「全體犯人，齊步走！」他下達了命令。

那些士兵用力地把手中的步槍弄得喀嚓作響，犯人們也都脫下帽子，有些人甚至用左手在胸前虔誠地劃著十字。送行的人吵吵嚷嚷的，在那大聲喊話，犯人們也在大聲喊著回答，女人們中間還有人號哭起來，於是這批流放犯人的隊伍就在身穿白色軍服士兵的包圍下向前緩緩動了起來。

chapter 35 讓人畏懼的隊伍

這支隊伍特別長，直到前面的人已經走得看不見了，後面那些裝著背袋和身體虛弱的人的大車才剛剛啟動。等大車一起動，涅赫柳多夫就坐上那輛一直在等著他的街頭馬車，他告訴馬車夫趕到這批犯人前面去，為的就是要看看在這批男犯人中有沒有他熟識的人，並且要在女犯人中找到瑪絲洛娃，問問她是否已經收到了他送來的東西。

這時天氣已經變得非常炎熱了，空中沒有一丁點兒風，成千隻腳掀起的塵土一直飄浮在沿著道路中央前進的犯人們的頭頂上。犯人們倒是在快步走著，涅赫柳多夫所坐的那輛馬車套的不是快馬，只能一點一點地往犯人們的前面趕。

幾乎所有的犯人都回過頭來，斜睨那輛趕到他們前面去的四輪輕便馬車和坐在車上不住地在他們中間打量著的那位老爺。費多羅夫向上昂了昂頭，表示他認出了涅赫柳多夫；奧霍津只是簡單地朝他擠了擠眼睛。可是他們倆誰也沒有行鞠躬禮，認為這是不被允許的，等涅赫柳多夫的馬車跟女犯人走齊了，他一眼就看到了瑪絲洛娃，她走在女犯隊伍的第二排裡。

這一排走在最邊上的那個女犯人滿臉通紅、眼睛黑黑的、短腿的、不是很漂亮，把囚袍下擺塞進腰間，這就是「美人兒」。在她旁邊的是那個孕婦，費勁地拖著笨拙的兩腿向前移動著。第三個便是瑪絲洛娃，她背著一個背包，眼睛直直地盯著正前方，神情平靜而堅毅。她這一排的第四個人是一個年輕而且漂亮的女人，她步履矯健，只穿著很短的囚衣，紮著農婦樣式的頭巾，這就是菲多霞。

涅赫柳多夫從馬車上跳下來，走到行進中的女犯人隊伍跟前，想問問瑪絲洛娃有沒有收到他送的那些東西，還有她的身體怎麼樣。可是在隊伍這邊走著的一個押隊軍士一發現有人走近隊伍，就趕緊向他跑了過來。

「不可以，老爺，不能靠近犯人隊伍。」他一邊往前走，一邊喊叫著。

這名軍士來到他跟前，認出是涅赫柳多夫時（監獄裡的人都已經認識涅赫柳多夫了），把手高舉到帽檐上恭敬地敬了一個軍禮，就在涅赫柳多夫身邊站住，說：

「現在還不行，到了火車站您就可以和她見面了，在這裡是不准許的；不要掉隊，快點兒跟上去！」

涅赫柳多夫只好轉過身返回到人行道上，告訴馬車夫趕著馬車跟在自己的身後。他就隨同犯人隊伍向前行進。

那支隊伍不管經過哪裡，都會引起路人們的注視，路人都停下腳步，驚訝而畏懼地看著這一幕駭人的景象。有些人走上前來，向犯人施捨點兒錢，押解兵卻把施捨的錢全部收了去。有些人就像著了魔一樣跟著隊伍向前走，不過走一陣子就站下來，只是搖搖頭，目送那批犯人離開。也有些人相互呼喚著，從大門和門洞裡跑出來，彼此說著些什麼；有些人從窗戶裡探出頭來看著，他們都直直地呆呆地盯著這支讓人畏懼的隊伍，沉默不語。

chapter 36 出事

涅赫柳多夫走路的速度和犯人們差不多快，他雖然穿得很單薄，只穿了一件薄大衣，可仍熱得要命，主要是因為整個街道上塵土飛揚，空氣凝固而炙熱，把人悶得喘不過氣來。

他走了一段路後，就又坐上馬車繼續向前走，可是坐馬車走在街道中央，他就覺得更加燥熱。他試著回想昨天和他姐夫的談話，但是現在想起來，卻怎麼也不像今天早晨那樣讓他覺得不安了，那件事情早已經被犯人走出監獄和列隊出行的種種景象埋沒了。

馬無精打采地在街上小步跑著，用馬掌有節奏地敲打著塵土飛揚、崎嶇不平的石子馬路，艱難地穿過一條條街道，馬車夫一直在打瞌睡。

涅赫柳多夫呆呆地坐在車廂裡，大腦裡什麼都沒想，眼睛漠然地望著前方。

在街邊的一個傾斜的下坡處，一幢大房子的門前，站著一堆人和一名持槍的押解兵，涅赫柳多夫讓車夫把馬車停住。

「這兒發生什麼事了？」他問那個正在打掃庭院的人道。

「有個犯人出事了。」

涅赫柳多夫立刻從馬車上跳下來，朝那堆人走了過去。

在靠近人行道的坎坷不平的石子馬路下坡處，頭朝坡下腳朝坡上躺著一個不算年輕的犯人，寬肩膀，留著棕紅的大鬍子，通紅的臉膛，扁平的鼻子，穿著灰色長囚衣和灰色長褲。他仰面朝天地躺著，攤開滿是雀斑的雙手，手掌朝下，他大睜著兩隻呆滯無神且佈滿血絲的眼睛望著天空，他那寬闊的胸脯均勻地抽動著，口中發出呼哧呼哧聲，間隔的時間很長。

他旁邊站著一個愁眉苦臉的警察、一個小販、一個郵差、一個店夥計、一個撐著陽傘的老婆婆，還有一個剃著光頭、手中提著一個空籃子的小男孩。

「坐牢把身子坐壞了，實在是太虛弱了，而現在又把他們帶到這麼毒的日頭底下暴曬。」那個店夥計對走到他跟前的涅赫柳多夫說，就像是在抱怨什麼人一樣。

「他恐怕不行了。」撐著陽傘的老婆婆哭喪著臉說。

「或許我們應該把他的襯衣給解開。」郵差說。

警察就用哆哆嗦嗦的粗手，很笨拙地解起犯人那暴露著一根根青筋的紅脖子上的一根帶子，好不容易解開那個犯人襯衣上的帶子後，便站直了身子，向周圍環視了一圈。

「我說，你們都走開點，這和你們一點關係也沒有，有什麼好看的？」他說著，還轉過臉向涅赫柳多夫尋求支持，可是他卻沒能在涅赫柳多夫的目光裡看到支持的神氣，就又看了看押解兵。可是押解兵站在一旁，只顧看著自己那只磨歪了的靴子跟，毫不理會警察的窘迫處境。

「都圍在這兒幹什麼呢？」突然傳來一個堅決而威嚴的聲音，於是一位穿著十分潔白而耀眼的制服和亮得非常惹眼的高筒皮靴的警官，快步走近圍在犯人旁邊的這堆人跟前。

「都趕緊走開！不要圍在這裡了！」他衝著人群使勁地吆喝道，其實他還根本不知道這裡為什麼會圍這麼一堆人。

他走到跟前，看到了那個奄奄一息的犯人，就堅定地點點頭表示知道了，似乎他早就預料到會發生這樣的事情一樣，便轉過頭去問那個警察：

「這是怎麼搞的啊？」

警察就報告說，剛才有一批犯人經過這裡時，這個犯人倒在了地上，押解人員吩咐把他留在這兒了。

「這有什麼大不了的？你們應該把他送到警察分局去嘛。趕緊去找輛馬車過來。」

「一個看院子的人找車去了。」警察把手舉到帽檐邊敬了個禮，說。

店夥計剛剛開口，本要說說天氣太熱之類的話。

「這事你管得著嗎？嗯？趕快走你的路去吧。」警官說著，惡狠狠地瞪了那個店夥計一眼，店夥計就不再做聲了。

「應該給他喝點兒水。」涅赫柳多夫說。

警官又惡狠狠地瞪了涅赫柳多夫一眼，只是什麼話都沒說。等那個看院子的人端來了一杯水後，警官就叫那個警察去給犯人灌水，警察粗魯地托起犯人那耷拉著的頭，試著把水灌進他的嘴裡，可是犯人沒能喝下去，水反而順著他的鬍子流了出來，把整個上衣的前襟和滿是灰塵的麻布襯衣全都弄濕了。

「直接把水澆到他頭上！」警官吩咐道。於是警察就摘下犯人頭上的那頂薄餅一般的帽子，把水倒在了他那棕紅色的鬈髮和禿頂上。

犯人就像突然感受到了恐懼一樣，眼睛睜得更大了，可是他卻一點也沒有改變自己的姿勢，順著他的臉流下了和著灰塵的髒水，可是他的嘴裡還在均勻地呼哧著，整個身子也在不停地顫抖。

「這不是有輛現成的馬車嗎？就用這輛吧，」警官指著涅赫柳多夫雇來的那馬車對警察說：「把馬車拉過來！哎，就是你，我在跟你說話呢！」

「可我已經有客人了。」馬車夫也不抬眼，滿不高興地說道。

「這輛車是我雇來的，」涅赫柳多夫說：「可是你們儘管用吧，錢由我來付就好。」他轉回身朝馬車夫說了一句。

「嗯，那你們都還傻站著幹什麼？」警官喝道：「都趕緊動手呀！」

警察、看院子的，和押解兵就七手八腳地把那個奄奄一息的犯人抬起來，抬上馬車，放到座位上，可是他自己根本就坐不住，頭總是往後耷拉，然後整個身子往下溜。

「讓他平躺著吧！」警官說道。

「沒關係的，長官，我就這樣能把他送到。」警察一面說，一面緊挨著那個奄奄一息的犯人穩當地坐在座位上，用自己強勁有力的右胳膊挾在那個犯人的胳肢窩下。

押解兵抬起犯人那沒有裹包腳布而只穿著一雙囚鞋的腳，放到馭座底下，好讓他的兩條腿可以伸開。

警官向四周環顧了一遍，發現犯人那頂薄餅一般的帽子掉在馬路上了，就把它撿起來，戴在犯人那往後耷拉著的濕淋淋的頭上。

「出發吧！」他吩咐道。

馬車夫滿懷怨氣地轉過頭看了看，搖了搖頭，便在押解兵護送下，調轉馬頭，趕著車慢悠悠地朝警察分局那兒駛去。跟犯人坐在一起的警察不停地往上拖起犯人那往下直溜的身子和上下左右直晃蕩的腦袋。押解兵就在馬車的一旁跟著走，時不時地還要把犯人的兩條腿給放好，涅赫柳多夫也跟在他們身後走著。

chapter 37 瘋子

馬車運著犯人，來到警察分局的門前，從站崗的消防隊員[41]身旁駛過，進了警察分局的院子裡，停在了一個門前。院子裡有一些消防隊員擼著袖子，一面大聲說笑，一面在沖洗幾輛不知幹什麼用的大車。

馬車剛停穩，就有幾個警察圍上前來，摟住犯人腋下，抓住兩條腿，從馬車上把已經斷了氣的軀體抬了下來，這輛馬車被他們弄得吱嘎吱嘎作響。

那名送犯人來到這裡的警察也緊隨著跳下馬車，活動了兩下發麻的胳膊，把帽子摘下，在胸前畫了一個十字。他們就把那個死者抬進門裡，往樓上抬去。

涅赫柳多夫跟在他們的後面。那死者被他們抬到一個不大的髒兮兮的房間裡，那屋裡擺放著四張單人病床。有兩張床上，坐著兩個穿長睡衣的病人：一個嘴巴歪著，脖子上纏著繃帶；另外一個害了癆病。另外兩張床是空著的。他們就把那個犯人放在其中一張床上。這時候一個個子不高的男人，只穿著襯衫和襪子，不停地忽閃著眼睛，活動著眉毛，輕手輕腳地走到剛剛被抬到屋裡來的犯人跟前，瞅瞅他，然後又瞅瞅涅赫柳多夫，隨後便忍不住放聲大笑起來。這是留在候診室裡的一個

41在莫斯科，消防隊和員警機構通常設在一起。

瘋子。

「他們想嚇我，」他說道：「但這肯定行不通，我是不會被他們嚇唬住的。」

警官和一名醫士緊跟著抬死者的警察走了進來。

醫士走到死者跟前，摸了摸犯人那長滿雀斑的發黃的手，雖然還是柔軟的，但已經呈現出了死白色。他把那隻手抓了一會兒，便放下了，那手便軟搭搭地落在了死者的肚子上。

「他已經死了。」醫士搖了搖頭說，但顯然他還是需要按照程序來辦事，就把死者濕漉漉的粗布襯衣解開，之後把自己的鬈髮往耳朵後面撩了撩，俯下身子把耳朵緊貼在犯人的那發黃且紋絲不動的高胸膛上。

大家都不發聲。醫士站起身來，又把頭搖了一下，最後用手指頭撥了撥一隻眼的眼皮，又撥了撥另一隻眼的眼皮，只見那雙撐開的、木然無神的天藍色的眼睛自然合上了。

「你們嚇不倒我，我不會被你們嚇唬住的。」那個瘋子嚷著，並不停地朝醫士身上吐唾沫。

「怎麼樣？」警官問道。

「怎麼樣？」醫士重複了一遍。「送停屍房。」

警官說：「那你來我辦公室簽個字。」他又對那個自始至終沒有離開犯人的押解兵說。

「好的。」押解兵答道。

那幾個警察抬起死者，又朝樓下抬去。涅赫柳多夫準備跟著他們出去，但是被那瘋子攔住了。

「您跟他們不是一夥兒的，那就給我一支煙抽吧。」他說。

涅赫柳多夫掏出一盒煙，送給了他。瘋子就抖動著眉毛，快速地說起話來，說到是他們如何用暗示法折磨他。

「你要知道，他們每個人都跟我作對，用他們那種裝神弄鬼的方式折磨我，虐待我……」

「對不起。」涅赫柳多夫說過，不等聽他把話說完就走了出來，打算看看他們準備把死者抬到哪裡去。

抬著死者的那幾個警察已穿過院子，正要進地下室的大門。涅赫柳多夫想走到他們那邊去看看，卻被警官攔住了。

「您有什麼事？」

「沒什麼事。」涅赫柳多夫答道。

「沒什麼事，那您就趕快離開這裡吧。」

涅赫柳多夫聽從了，便走向他雇用的那輛馬車。車夫正在打盹，涅赫柳多夫把他喊醒，便又上了車趕往火車站。

馬車還沒走出一百步，他又碰到另一輛大車，同樣是在持槍的押解兵押解下，車上也躺著一個犯人，很顯然已經死了。那犯人仰面躺在車裡，留著黑色下巴鬍，剃得光光的頭上戴著一頂薄餅般的帽子，但帽子已經歪倒了臉上，一直抵到鼻子。大車每顛簸一下，他的頭就緊隨著晃動一下，跳動一下。趕大車的馬車夫穿一雙寬大的靴子，在大車一旁邊走邊趕著牲口。在他後邊緊跟著一名警察，涅赫柳多夫捅了捅自己車夫的肩膀。

「他們在搞什麼鬼呢！」馬車夫一面勒住馬，一面說。

涅赫柳多夫從馬車上跳下來，跟著那輛大車再次經過那個站崗的消防隊員身邊，進了警察分局的院子，之前院子裡的那幾個消防隊員已經把車子沖洗乾淨走了，此時站在那裡的是一個身材高大又很瘦削的消防隊長，他戴著鑲藍圈的帽子，雙手插在衣服口袋裡，一絲不苟地在察看被一個消防隊員牽著的一匹頸部膘很厚的淺黃色的公馬，在他面前來回地挪動著。那公馬的一條前腿稍微有點兒瘸，因此消防隊長還對站在旁邊的一個獸醫憤怒地嚷嚷著什麼。

警官也站在那兒，他看到又一個死人被送來，就走到大車旁邊。

「從哪兒拉來的？」他很不以為然地搖了搖頭，問道。

「從老戈爾巴托夫斯卡婭街那兒拉過來的。」警察答道。

「是犯人嗎？」消防隊長問。

「是的，長官。」

「這是今天的第二個了。」警官說。

「唉，這真是胡鬧啊，但是，天氣實在是太熱了。」消防隊長說過這話便轉過身對那個牽著淺黃色瘸馬要走的消防隊員喝道：「把牠牽到拐角那個單馬棚裡去吧！你這個兔崽子，不給你點兒顏色看看，讓你知道不能把馬給弄殘廢了，那些馬要比你這混蛋值錢的多！」

這個死者同第一個死者一樣，也是被幾個警察從大車上抬下來，送進急診室。涅赫柳多夫如同中了魔法似的，又跟隨他們進去了。

「您有什麼事嗎？」有一個警察問他。

他沒有回答，徑直走向他們送死屍的地方。

這時那個瘋子正坐在一張病床上，貪婪地吸著涅赫柳多夫送給他的煙。

「哈，您回來啦！」他說著，哈哈大笑起來。

他看到死人之後，不由地皺起了雙眉。「又一個，」他說：「我都看膩了，我又不是小孩子了，不是嗎？」他帶著詢問的神氣笑著對涅赫柳多夫說道。

這時涅赫柳多夫走過去看著死者，現在再沒人遮擋著死者了。死者的臉之前是用帽子蓋著的，現在卻完全露出來了。前面那個犯人相貌醜陋，但是這個犯人，相貌英俊，身材也很好看，這是一個正當盛年且體格強壯的人，雖然他的頭髮半邊被剃光了，看起來有些怪模怪樣，但他那不高而飽滿凸起的額頭下面卻配了一雙看起來顯得很美的黑黑的眼睛，雖然現在它們已了無生氣，同他那個不太大的鷹鉤鼻子以及下面短短的小黑鬍子一樣好看，如今已經發了青的雙唇做出笑的姿態。

醫師帶領醫生，在警察分局局長的陪同下，來到了候診室。醫師是一個矮墩墩的人，身穿繭綢上衣和一條很瘦的繭綢長褲，褲子很窄，把那肌肉強健的大腿裹得緊緊的。

警察分局局長同樣也是個矮胖子，他的紅潤的臉蛋如同一個圓球，由於他有個先把吸進去的空氣留在腮幫子裡，之後再慢慢地吐出來的習慣，因此他的臉就顯得更加圓了。醫師在病床邊靠著死者坐了下來，像醫士那樣摸了摸死者的雙手，聽了聽他的心跳，便站起身，最後扯一扯自己的褲子。

「這人已經完全停止呼吸啦。」他說。

警察分局局長吸進了滿口的空氣，又慢慢悠悠地吐了出來。

「他被關在哪個監獄裡？」他回過頭問押解兵。

押解兵回答他，並且向他提出要收回死者所戴的鐐銬。

「我會叫他們把鐐銬都取下來。謝謝上帝，幸好我們這裡還有個鐵匠。」警察分局局長說過這話，又把臉頰鼓起來，然後一面慢慢吐氣，朝門那邊走去。

「怎麼會發生這種事？」涅赫柳多夫向醫師問道。

醫師透過眼鏡瞧了瞧他。

「什麼是『怎麼會發生這種事』？怎麼會因中暑死去呢？是這樣的：他們本來是被關押在監獄裡，一個冬季基本上不活動，沒見過陽光，而現在一下子來到強烈的陽光下，況且還是在今天這樣的大熱天裡，還是如此多的人擠在一塊兒走路，空氣也不流通。因此就會中暑了。」

「那為什麼要帶他們走呢？」

「這您就要去問他們了。但是，坦白說，您究竟是誰？」

「我是路過的。」

「哦！……那再會，我沒有時間了。」醫師說過，便帶著不耐煩的眼神把他的褲腿向下拽了拽，向病人床前走了過去。

此時，瘋子坐回自己的床鋪上，不再抽煙，而是朝醫師那邊不停地吐唾沫。

涅赫柳多夫來到樓下，走進院子裡，從消防隊的馬匹、母雞和帶銅盔的崗哨旁邊走過，出了大門，喚醒在打盹的馬車夫，上了馬車，便向火車站奔去。

chapter 38

車廂動靜

涅赫柳多夫到達火車站時，犯人們都已經坐進圍著鐵柵窗的火車車廂裡了。月臺上僅剩下幾個送行的人，因為押解人員禁止他們靠近車廂。那些押解人員今天特別憂心忡忡。從監獄到火車站的路上，因為中暑死去的，除了涅赫柳多夫看到的那兩個人之外，還有三個人：一個也像前面兩名一樣被送進了附近的警察分局，剩下兩個就倒在了這裡，在火車站上暈死過去的[42]。

押解人員憂心忡忡，倒不是在他們的押解下死了五個本來能夠存活的人。這點事他們毫不在意，他們憂慮的只是必須要在這種情況下按照規定辦好應當要辦的各種事情，例如把死者以及他們的文件和物品送到有關的地方去，把他們的名字一定要從送往下諾夫哥羅德的犯人的花名冊中刪除，而這些事，特別是在這樣的大熱天裡，辦起來是相當繁瑣和令人勞累的。

押解人員現在正忙著辦理這些事，因此在這些事還沒有辦完之前，他們就禁止涅赫柳多夫和其他請求見犯人一面的人靠近火車車廂。然而涅赫柳多夫最終還是得到許可走過去了，因為他給了一個押解犯人的軍士一點錢。那個軍士就准許涅赫柳多夫走過去，但要求他快點談完就離開，以免被

42 八十年代初期，某一天，在犯人從布特爾斯基監獄被押送到下城火車站取得路上，有五名犯人因中暑而死。——作者注

長官發現。

這列火車總共有十八節車廂，除去長官乘坐的那一節外，所有的車廂全都塞滿了犯人。涅赫柳多夫從一節節車廂的窗口走過，留神聽著車廂裡面的動靜，每節車廂裡都傳出鐐銬的叮噹聲、慌亂聲、說話聲，其中還夾雜著毫無意義的髒話，但是沒有任何一節車廂裡，議論他們那死在途中的難友，這和涅赫柳多夫料想中的不大一樣。

涅赫柳多夫朝一節車廂的窗口裡面張望著，看到押解兵在車廂中央的通道裡正為犯人卸下手銬。犯人個個都把手伸出來等著，一個押解兵用鑰匙把手銬上的鎖打開，將手銬卸下來。另外一個押解兵把手銬一一收集起來。

涅赫柳多夫走過所有男犯人的車廂，來到女犯車廂跟前。這時，從第二節女犯車廂裡傳出一個女人的均勻的呻吟聲，夾雜著呼喊聲：「哎呀，哎呀！天啊，哎呀，哎呀！天啊！」

涅赫柳多夫走過這節車廂時，便依照一個押解兵的指示，一直走到第三節車廂的一個窗口那兒。他剛把頭湊到窗口上，就感到有一股熱氣迎面撲來，熱氣中充滿人身上的濃重的汗臭味，並且清楚地聽到女人那種尖嗓門兒的說話聲。當涅赫柳多夫把臉貼近鐵柵欄時，引起了她們的注意。離他最近的幾個女人都閉口不言了，朝他湊過來。

瑪絲洛娃只穿一件短上衣，沒有紮頭巾，坐在對面的窗戶下。面色白淨、滿面笑容的菲多霞坐得離這邊近一點。她一看到涅赫柳多夫，就捅了捅瑪絲洛娃，伸手給她指了指這邊窗口。瑪絲洛娃急忙站起身，把頭巾披到烏黑的頭髮上，帶著一張興奮的、紅撲撲的的笑臉，來到窗戶跟前，雙手抓住柵欄。

「天氣實在是太熱了。」她愉悅地笑著說。

「東西收到了嗎？」

「收到啦，多謝了。」

「還想要點兒別的什麼嗎？」涅赫柳多夫問道，他覺得從灼熱的車廂裡冒出來的熱氣，就如同靠著一個石砌的火爐[43]一般。

「什麼都不需要了，謝謝。」

「能弄點兒水喝就好了。」菲多霞說。

「是啊，能弄點兒水喝就好了。」瑪絲洛娃重複了一遍。

「難道你們沒有水喝嗎？」

「他們有送來過，但是都喝光了。」

「我馬上就去，」涅赫柳多夫說：「我去向押解兵要點兒水來，現在咱們只有到下諾夫哥羅德後再見面了。」

「難道您也真去那兒？」瑪絲洛娃彷彿不知道這事似的，高興地瞅了涅赫柳多夫一眼，說。

「我坐下一趟火車去。」

瑪絲洛娃一言不發，只是幾秒鐘之後，她才深深地嘆息了一聲。

「這是怎麼弄的啊，老爺，難道真有十二個犯人被折磨死了嗎？」一個陰沉著臉的老年女犯人帶著男人般的濃重的口音問道。

---

43 俄國農村中提供蒸氣浴用的火爐。

這個女人正是柯拉布列娃。

「我沒聽說有十二個，我只看到了兩個。」涅赫柳多夫回答道。

「聽他們說有十二個人呢。他們幹出了這樣的事情，難道就不應該受到懲罰嗎？真是一幫惡魔！」

「婦女當中沒有任何人生病吧？」涅赫柳多夫問。

「娘兒們身子骨硬朗點，」另外一個個子矮小的女犯人微笑著說道：「不過，有一個偏偏要生小孩了。聽啊，她在那裡正叫喚著呢。」她邊說邊用手指了指旁邊的一節車廂，剛才的呻吟聲還在那裡面響著。

「您剛才問我們還想要點什麼，」瑪絲洛娃：「那麼能否讓這個女人留下來呢，她實在是太痛苦了，您最好去找那些當官的說一說。」

「行，我會去說的。」

「哦，還有一件事情，是否能讓她和她丈夫塔拉斯見見面。」她用眼睛瞟著笑盈盈的菲多霞，又說道：「要知道，他是跟您一塊兒出發的呀。」

「老爺，不能和她們說話。」這時一個押解的軍士過來說道。

涅赫柳多夫悄悄走開，去尋找他們的長官，準備為那個要生產的女人和塔拉斯求個情，但是找了好半天也沒有找到他，問押解兵，他們也不回答。他們都很緊張地在忙碌著：一些人正帶著一名犯人不知往哪裡去，另外一些人正跑著為自己買些吃喝的食物，或是把自己的行李往車廂裡裝，還有一些人在侍候跟隨押解官一起起程的太太，所以他們都不樂意回答涅赫柳多夫的問話。

一直等到第二遍鈴聲響過之後，涅赫柳多夫才找到押解官。這個軍官一面用自己粗短的手擦了一下蓋住嘴的小鬍子，一面聳著肩膀，不知為什麼事在訓斥司務長。

「您究竟有什麼事情？」他向涅赫柳多夫問道。

「車上有一個女人就要在火車上分娩了，所以我想，應該……」

「哦，那就讓她生去吧，等生完之後再說。」押解官說著，便朝自己的車廂走去，使勁地晃動著他那兩條短胳膊。

此時列車長手裡拿著哨子走過去，緊跟著便傳來了最後一遍鈴聲和哨聲，月臺上送行的人堆裡和女犯人的車廂裡響起一片哭號聲和呼喊聲。

涅赫柳多夫與塔拉斯肩並著肩地站在月臺上，眼瞅著一節節帶鐵柵欄的車廂和車窗裡露出來的一個個剃光了頭髮的男人腦袋從他們面前掠過。緊跟著，女犯人的頭一節車廂也駛了過來，可以從窗口裡看到那些女犯人的頭，有的露著頭髮，有的紮著頭巾。之後是第二節開了過來，車廂裡仍迴響著那個女犯人的呻吟聲。再後來就是瑪絲洛娃乘坐的那節車廂了，她和另外一些女犯人一起站在車窗邊，望著涅赫柳多夫，對他流露出悲戚的笑容。

chapter 39

丈夫的奴隸

涅赫柳多夫要乘坐的那班列車，還有兩個小時才發車。涅赫柳多夫起初想趁這個空隙再去他姐姐那兒一趟，然而如今，他腦袋裡再次浮現今天上午看到的種種場景後，心中感到很不平靜，一坐到頭等車候車室裡的一張極小的長沙發上，就出乎意料地感到異常困倦，因此他側過身子躺下，把一隻手墊到面頰的下面，馬上就睡熟了。

一個身穿燕尾服、胸前佩戴著徽章、肩上搭著食巾的奴僕把他喊醒了。

「老爺，您是涅赫柳多夫公爵嗎？有位太太在到處找您呢。」

涅赫柳多夫趕快坐起來，揉了揉眼睛，想起他現在在哪裡，想起今天上午遇見的各種情況。

涅赫柳多夫剛剛把躺姿改成了坐姿，漸漸清醒過來，卻發現候車室裡所有的人都在好奇地朝門外張望著，想要知道到底出了什麼事。他也向那邊望過去，就看到一夥人抬著一把圈椅，圈椅上坐著一位太太，頭上裹著很薄的紗巾。

在前面抬圈椅的那個聽差，涅赫柳多夫覺得好像在哪兒見過他。後面的同樣也是個他熟悉的看門人，帽子上鑲有金絲條。圈椅後面跟著一個舉止優雅的捲髮的女僕，腰繫小圍裙，手拿包袱、陽傘和裝在皮套子裡的一件圓圓的東西。緊跟著後面的便是兩片厚厚的嘴唇和一個很容易中風的脖子，頭上戴著旅行帽，挺著胸脯的柯察金公爵。再後面便是米西與她表哥米沙，還有那個涅赫柳多夫非常熟悉的那個姓奧斯登，脖子長長的，喉結突出，精神狀態一直都非常愉悅的外交官。他邊走邊用有些嚴肅認真，但顯然是用打趣的語氣與笑瞇瞇的米西說著一件什麼事的結局，說的是那麼的眉飛色舞。最後面的是那個醫生，正在怒氣沖沖地抽著香煙。

柯察金一家子要從他們在城市郊區的莊園搬到公爵夫人的姐姐的莊園裡去住，姐姐家的那個莊園就聳立在到下諾夫哥羅德去的那條鐵路沿線上。

抬圈椅的聽差、女僕和醫生等形成的隊伍，魚貫進入女客們的候車室裡，引起在場所有人的好奇和尊敬。

老公爵剛在桌子跟前坐下來，便馬上把僕役叫到身邊，安排他送點兒酒菜。米西和奧斯登也在餐廳裡停住了腳步，正準備入座，卻看到門口有一個她熟識的女人，便迎上前去。

那個她熟識的女人原來是娜塔莉婭。娜塔莉婭在阿格拉費娜・彼得羅夫娜的陪伴下，一面往餐廳走，一面不住地向周圍張望著。她幾乎在同一時刻看到了米西和弟弟，她只是對涅赫柳多夫點頭示意，便先走到米西跟前，她跟米西相互親吻之後，就立即轉過身與弟弟說話。

「我終於找到你了。」她說。

涅赫柳多夫站起身來，與米西、米沙、奧斯登打過招呼，便站在那裡一起閒聊起來。米西告訴他，他們在鄉下的那房子著火了，他們不得不搬到姨媽的家裡去住。奧斯登趁機也開始說起了一個與火災有關的笑話。

涅赫柳多夫根本沒聽奧斯登講的笑話，而是轉過身與姐姐說話。

「你來了，我實在是太高興了。」他說道。

「我早就到了，」她說：「我是和阿格拉費娜一起來這裡的。」她用手指了指阿格拉費娜，那個女管家頭上戴著帽子，穿著薄薄的大衣，帶著一種和藹而穩重的神氣站在遠處很不好意思地向涅赫柳多夫鞠了一躬，不想到跟前打擾他們說話。「我們兩個在到處找你。」

「我偏偏躺在這裡睡著了，你來了，我實在是高興。」涅赫柳多夫說。

米西和她的兩位男伴發現姐弟兩個人在談私事，就避開到一邊去了。涅赫柳多夫和姐姐在靠著窗口的小絲絨長沙發上背靠著人們的行李、方格毛毯、帽盒坐了下來。

「昨天我從你們那裡出來以後，本想回去道個歉的，但我不知道他究竟會怎樣看待這件事情，」涅赫柳多夫說：「我和姐夫交談得很不好，這令我非常傷心。」

「我知道，」姐姐說：「我知道你不是故意那樣做的，你要知道……」

「謝謝，……哦，你知道我今天都看見了一些什麼事，」他忽然想起第二個死去的犯人，就說道：「有兩名罪犯都被害死了。」

「怎麼可能會被害死呢？」

「就這樣把他們害死了，在如此酷熱的天氣裡，把他們帶出來。就有兩個人因中暑死掉了。」

「不會的！怎麼可能呢？是今天嗎？剛才嗎？」

「對的，就剛剛。我看到了那兩個人的屍首，就是那些強行押著他們出來的人害死的。」涅赫柳多夫憤怒地說道，他覺得她是在用丈夫的眼光看待這件事的。

「哦，我的上帝！」阿格拉費娜來到他們跟前說道。

「沒錯，我們一點兒也不理解這些不幸的人的遭遇，但是我們應該知道他們的遭遇。」涅赫柳多夫繼續說著，瞅了瞅那老公爵，老公爵已經繫好餐巾，坐在放著一瓶混合酒的桌旁，此時剛好扭過頭來看著涅赫柳多夫。

「涅赫柳多夫！」他大聲叫道：「要不要喝點兒冷飲？在出發前喝點兒冷飲是最好不過的了！」

涅赫柳多夫委婉地謝絕了，並且轉過身來。

「那麼你究竟準備怎麼辦呢？」娜塔莉婭接著問道。

「我要不遺餘力地去辦，可我還不知道應該怎麼做，但我覺得總應該做點什麼才行。我會竭盡全力去做的，一定要做到。」

「哦，哦，我懂你的意思。不過，你跟這一家子，」她用眼睛瞄了一眼柯察金，笑著說：「難道真的完全一刀兩斷了？」

「徹底一刀兩斷了，並且我認為這麼做，雙方都不會覺得有任何的遺憾。」

「我覺得遺憾。我喜歡她，然而即使如此，你又為何要和另外一個人一起生活，從而把自己捆住呢？」她又怯怯地地補充了一句。「你何苦非要跟隨著一塊去呢？」

「我跟著去是因為我必須這麼做。」涅赫柳多夫義正詞嚴地說道，好像是不希望再談這件事。但是他馬上意識到對姐姐這麼冷漠實在是於心不忍了。「我為何不把我心裡所想的事情都告訴她呢？」他思索著。「乾脆讓阿格拉費娜也順便聽聽好了。」他瞧了瞧那個老女僕。

「你所指的是我想要娶卡秋莎為妻這事嗎？你要知道，我是下定決心要這麼做的，但她卻明確地毅然拒絕了我。她不想讓我付出任何代價，反而寧願自己付出代價，而從她的處境來看，對她來說她要付出的代價，那可實在是太大了。所以我也不願意接受她這樣的代價，如果這可以避免的話。因此我要跟著她一塊去，她到哪裡我就跟到哪裡，而且我還要盡可能地去協助她，減輕她的痛苦。」

娜塔莉婭一句話也沒說。阿格拉費娜只是用困惑的眼光望著娜塔莉婭，搖了搖頭。

此時，原來那夥人又從女客候車室裡走了出來，依然是那個一表人才的聽差菲力浦和看門人抬著公爵夫人。她吩咐抬著她的人們停下腳步，招了招手讓涅赫柳多夫走過去之後，流露出可憐而疲倦的神情，伸給他一隻戴滿戒指的白嫩的手，並顯露出一副害怕的表情，等待著他前來緊緊地握住她的手。

「真是要命啊！」她說的是酷熱的天氣。「這天氣實在是讓我無法忍受，這種天氣快要把我折磨死了。」之後，她說了一會兒俄國惡劣的天氣，又邀請涅赫柳多夫去她家做客，然後她給那些抬圈椅的人示意讓他們繼續趕路。

「那您可一定要來呀。」等抬圈椅的人已經走動了，她又把她張長長的臉轉過來對涅赫柳多夫說。

涅赫柳多夫來到外面，站在月臺上。公爵夫人那一夥人已經往右邊拐了個彎，向頭等車廂那邊走去了，涅赫柳多夫卻和一個運行李的搬運工人以及背著自己行李袋子的塔拉斯一起向左邊走過去。

「這就是我的同伴。」涅赫柳多夫指著塔拉斯，對他的姐姐說，關於塔拉斯的事，他之前已經跟她講過了。

「難道你要坐三等車嗎？」娜塔莉婭看到涅赫柳多夫在三等客車的一節車廂旁邊停住，看到運行李的搬運工人和塔拉斯走進那節車廂，便又問道。

「對，這樣方便些，我和塔拉斯在一起。」他說：「哦，還有一件事必須要告訴你，我到現在為止還沒有把庫斯明斯基的土地分給農民們，所以萬一我死了，那就由你的孩子們繼承吧。」

「德米特利，別說這些不吉利的話。」娜塔莉婭說道。

「但即使我把那些土地全都交給了農民，那麼我還需要說明一點：我留下的所有財產到時都歸你的孩子們，因為我未必結婚，即使結婚了，也不會有什麼小孩的，所以……」

「德米特利，我求你了，別說這些話好嗎？」娜塔莉婭說道，但是涅赫柳多夫看得出來她聽到這些話很興奮。

涅赫柳多夫走進被太陽曬得滾熱的臭味熏天的車廂裡，但很快離開那兒，來到車尾的一個小平臺上。

娜塔莉婭戴著她那時尚女帽，披著披肩，和阿格拉費娜一塊兒肩並肩地站在車廂的一邊，很顯然是想說點兒什麼，但又不知說什麼好。她連「寫信來呀」都說不出口，由於她和弟弟在很早之前就一塊兒諷刺過離別的人這種老套話。方才那個簡短的關於遺產和繼承問題的談話，一下子破壞了他們之間原本建立起來的手足之情，此刻他們覺得彼此疏遠了，所以等這班火車一開動，娜塔莉婭也只能點點頭，帶著惆悵和親切的臉色說：「再見了，啊，再見了，德米特利！」

涅赫柳多夫雖然一向對姐姐懷有一片純潔無暇的手足之情，從未有任何討厭的感覺，也從未欺騙過她任何事情，但是現在與她待在一起，卻覺到不痛快、彆扭，心中也巴不得快點兒離開她。他覺得曾經與他那麼親密無間的娜塔莉婭如今已經完全不見了，現在有的不過是一個與涅赫柳多夫話不投機、令人討厭、皮膚黑黑的、鬍子濃密的丈夫的奴隸而已。

他真真切切的察覺到這一點，因為只有在涅赫柳多夫談到令她的丈夫感興趣的事情時，也就是講到關於把土地分給農民的問題和遺產繼承的問題時，她的臉才放起光來，顯然特別興奮。這令他很痛心。

chapter 40 同情心

三等客車的大車廂被太陽曬了整整一天，車廂裡又載了不少人，裡面熱得叫人喘不過氣來，所以涅赫柳多夫就沒到車廂裡去坐，仍然站在車尾的那小平臺上。但是就連這兒也覺得很悶，直到列車從密集的房屋中穿出去，車廂裡才能吹進一陣穿堂風，此時涅赫柳多夫才張開整個胸膛深深地吸了口涼氣。

「沒錯，他們都是被害死的，最可怕的就是他被人折磨死了，但誰也不知道究竟是誰把他害死的，可他又確實是被人害死的。他也和所有的犯人一樣，是按照麥斯連尼科夫的命令被押解出來的。麥斯連尼科夫只不過是下了一道例行指示，用他那醜陋的花體字在一份印有命令的公文紙上簽了個名字，然而，他無論如何也不會覺得自己應該負什麼責任。那個負責為犯人檢查身體的監獄醫生，更不會認為自己得負什麼責任。他只不過是認真履行了自己的職責，已經把身體虛弱的人分開來管，無論如何，他也沒有料到天氣竟然會酷熱得如此可怕，也不曾料到他們竟會這麼晚才被押解出來，況且隊伍又是如此緊緊地擠成一堆。那典獄長呢……那典獄長也只不過是執行命令，在一天當中把若干名男女苦役犯和流放犯打發出去而已。甚至連押解官也不能負責，因為，他的職責不過是按照名冊在某地接收一些犯人，然後到一個地方再將這些犯人一個不少地交接出去。那兩個如此身強體壯的人竟然經不住折騰而死去，誰都沒有責任，可人卻被活活害死了，而且歸根結底，就是被那些對死去的人沒有任何責任的人共同謀害死去的。

「之所以會出現這樣的事，完全是因為那些人，如省長、典獄長、警官、警察，都覺得世上有這樣的現狀，在這樣的現狀下，不必那人當人。說句實在話，所有的這些人，不管是麥斯連尼科夫也好，典獄長也好，押解官也好，如果他們沒有做了省長、典獄長和軍官，他們就會反覆思考二十遍：在如此炙熱的天氣是否能夠讓人們排成如此密不透風的隊伍遠行？他們即使是上路了，也會中途休息二十次吧，看到有人身體虛弱支撐不住呼吸困難，就會把他從隊伍裡帶出來，帶到蔭涼的空地，給他喝點兒涼水，讓他休息一會兒。即使出了不幸的事故，他們也會表示同情。他們之所以沒有這麼做，甚至也不讓別人這麼做，完全是因為他們沒把在他們面前經過的這些人當作人，他們看到的不是他們應當對人負的責任，而是工作以及這種工作的規章制度，他們認為這種要求凌駕於人與人之間的關係之上。這就是問題的關鍵。」涅赫柳多夫在心裡想道。

「只要承認有那麼一種情況，不管是任何東西，比起同情心還要更重要，即使這種情況只存在一小時，而且只是在一種不尋常的特殊場景下承認，只有這樣：才會存在一種罪行在損人的同時，又覺得自己沒有犯罪的場合下幹出來的勾當。」

涅赫柳多夫一心一意地思索起來，甚至都沒有注意到天氣已經發生了變化。太陽已被向前飄動的低雲給遮住了，從西方天邊湧來一大片濃密的淡灰色烏雲。在遠處，一陣傾盆大雨已經灑落在了森林和田野裡了，從烏雲那邊吹過來一陣潮濕且夾雜著雨氣的風。時而有閃電把烏雲劃破，轟隆隆的雷鳴聲也越來越頻繁地與火車的咚咚聲交織在一起。烏雲越來越近了，風吹著斜斜的雨點開始落到車尾的小平臺和涅赫柳多夫的衣服上。

「雨啊，下得再大一點兒吧，下得再大點兒吧！」涅赫柳多夫望著被豐沛的雨水澆灌後又顯出勃勃生機的田野、果園和菜園，非常高興地說道。

這場大雨下的時間不長。烏雲一部分變成雨水落了下來，一部分就隨風飄走了。最後只留下一陣垂直而下的濛濛細雨，籠罩在潮濕的地面上了。太陽再次探出頭來，大地萬物都在太陽光的照射下閃閃發光。在東方天邊上出現了一道彎彎的彩虹，彩虹不高，但十分鮮豔而美麗，特別是那紫色顯得格外耀眼，只有一端是若斷若續的。

「唉，剛才我在想什麼來著？」等到大自然的各種變化全部消失，火車正駛進兩邊高坡夾峙的一道凸溝，涅赫柳多夫自己問自己。

「對，我在想：所有那些人，像典獄長、押解官、所有這些當官的人們，他們多數本來也都是友好善良的，由於做了官才變得兇神惡煞。很顯然，這些人個個都是鐵石心腸，他們的內心連最基本的同情心都沒有了，無非是因為他們做了官。他們一旦做了官，愛心就滲不到他們的心裡了，就像這些地面鋪著的石塊，雨水滲不進去一樣。」涅赫柳多夫望著兩邊鋪著彩色石塊的山溝斜坡上面的雨水沒有滲進去，而是形成一道道水流流了下來。

「問題的關鍵在於，」涅赫柳多夫心裡想，「那些人把不是準則的東西當作準則，卻不認可上帝親自銘刻在人們心中的那種永久的、不可改變的、時刻不能捨棄的準則。正是因為如此，我和這些人在一起，就覺得受不了。」涅赫柳多夫思忖。「我簡直是害怕他們了，那些人實在是太可怕了，比強盜還恐怖。強盜終歸還可以憐惜人，但是這群人卻連一點兒惻隱之心都沒有。如同這些石頭寸草不生一樣，這就是他們可怕的地方。都說普加喬夫和拉辛[44]這一類的人很可怕，可這些人卻比他們恐怖千倍。」

「這實在是太好了，太好了！」他在心裡對自己反覆地說道，感到雙重的愉悅：一是在他難以忍受的酷熱過後，吹來一陣涼爽的風，讓他全身感到了舒適；另一個是他意識到在他心中存居久已的問題，此時已經完全清晰的弄明白了。

44十七世紀和十八世紀俄國農民起義的著名領袖。

chapter 41

聰明人

涅赫柳多夫所在的那節車廂裡只坐了一半旅客。這裡有僕役、作坊工人、工廠工人、屠宰工、猶太人、店夥計，婦女、工人家屬。另外還有個士兵，兩位太太：其中一位還很年輕，另外一位已經老了，裸露在外面的手腕上戴著幾個鐲子。車廂裡還坐著一位板著面孔的老爺，頭戴一頂黑制帽，上面還鑲著一個帽徽。這些人都已經各就各位，有的在吃瓜子兒，有的在抽煙，有的在很起勁兒地和鄰座聊天。

塔拉斯帶著很快活的表情坐在過道右側的長椅上，並為涅赫柳多夫留了一個位置。他正跟對面座位上的乘客談得火熱，那個人筋肉健壯，穿著一件敞著的粗呢外套，涅赫柳多夫後來才聽說他是一個花匠，這是要去某處工作。

涅赫柳多夫返回車廂時並沒有到塔拉斯那裡，他剛走到一半時，就在走道上挨著一位令人肅然起敬的白鬍子老頭兒站住了，這老頭兒身穿一件土布外套，正在和一個鄉下打扮的年輕女人說話兒。那個女人旁邊坐著一個六七歲的小女孩，身穿一件嶄新的無袖長衫，淡淡的近乎白色的頭髮紮成一根小辮兒，坐在長椅上的兩腳遠遠搆不到地面，嘴裡在不停地吃瓜子。老頭兒轉過頭看了看涅赫柳多夫，把長外衣的前擺收起來，把自己一個人獨坐的閃閃發亮的長椅讓出了一個位子，很和藹地說：

「請坐吧。」

涅赫柳多夫表達了謝意，便在讓出來的位置上坐下了。剛坐好，那個女人就繼續說起被打斷了的話，她正在講述的是自己的丈夫在城裡是怎麼招待她，現在她正是從丈夫那兒返回鄉下去。

「之前在謝肉節我去過他那裡一次，感謝上帝，現在我又到他那兒去了一次，」她說：「求上帝保佑，等到耶誕節我還能再去他那兒一次。」

「這是好事啊，」老頭兒說：「你應該常常去看望他才對，否則一個年輕人獨自居住在城裡是很容易變壞的。」

「不會的，老大爺，我的丈夫可不是那種人，他安分守己得如同個大姑娘一樣，才不會去幹那些亂七八糟的事呢。他把自己賺的錢都寄回到家裡來，一分錢都不捨得給自己留下。」那女人笑瞇瞇地說。

「他是個聰明人，那就最好了，」老人說：「哦，他不愛這個嗎？」他用眼睛瞅著坐在過道另外一邊的夫妻倆，顯然那是工廠裡的工人。

那個男的正拿起一瓶酒，把瓶口對著嘴，仰起頭，喝了起來。女的手裡拿著個裝酒瓶的布袋，正全神貫注地注視著丈夫。

「不，我丈夫既不喝酒，也不吸煙。」和老頭兒說話的那個女人趁此機會再次炫耀了一下自己的丈夫。「像他那樣的人，老大爺，是世界上罕見的。他就是那樣的人。」

「那再好不過了。」一直在看著那工人喝酒的老人又說了一遍。

涅赫柳多夫陪老人坐了一會兒，老頭兒對他講了講自己的身世。他說他是一個砌爐匠，已工作五十三年了，一生當中砌出來的爐子真是數也數不清，現在準備休息了，但總是忙得沒空。他是在城裡住的，幫他的孩子們找了份工作，現在要回鄉去看看家裡人。涅赫柳多夫聽完老人說的話之後，便站起身來，向塔拉斯為他保留的那位子走了過去。

「哦，老爺，您請坐下吧，我們把背袋都搬到這裡來就行了。」正對著塔拉斯坐著的那花匠，抬起頭看了看涅赫柳多夫，親熱地說。

「寧可挨擠，不願受氣，」笑呵呵的塔拉斯像唱歌般地說道，然後伸出兩條強壯有力的胳膊把他那兩普特重的背袋像掂一片小羽毛一樣拎起來，放到窗口。「地方多著哩，要不然站一會兒也沒事，鑽到椅子底下也可以。這裡實在是再舒適不過了。吵架都吵不起來！」他滿面春風地說道。

塔拉斯說到了他自己，一直都說：他只要不喝酒就無話可說了，一旦喝起酒來就滔滔不絕、沒完沒了，並且什麼話都敢說，今天他就處在這種精神狀態中，他見涅赫柳多夫來到他跟前，暫時住了口。當他把背袋放置好之後，又像之前那樣坐了下來，把一雙經常勞動的、強壯有力的手放在了膝蓋上，對直地看著花匠，接著講述他的事情。他向這位新朋友詳詳細細地講述了自己妻子的故事，說她為何被判了流放罪，說他如今為什麼要跟隨她一起去西伯利亞。

這件事情的詳細經過，涅赫柳多夫從來沒有聽說過，所以此時他在聚精會神地傾聽著。他開始聽的時候，塔拉斯剛好講到投毒的事情，他家裡的人已經知道了這件事情是菲多霞幹的。

「我這是在講述自己最痛苦的事情呀，」塔拉斯像對待好朋友一樣很親切、友善地對涅赫柳多夫說：「我剛好遇到這位有愛心的朋友，便聊了起來。」

「是的，是的。」涅赫柳多夫說。

「哦，兄弟，這事就這樣，知道是怎麼回事了嗎？我媽手裡當時拿著張餅，她說：『我必須去找警察。』我爹是一個通情達理的老頭兒，他說：『等一下吧，老婆子，這小娘兒們還是一個孩子，自己都不知道做了什麼事情，我們要多擔待。說不定她會明白過來的。』可這有什麼用嗎？我媽一句話也聽不進去。她說：『要是我們把她留下來，她就會把我們當成蟑螂一樣全都毒死。』她說完之後，兄弟，她就去找警察了，警察馬上衝到我們家來……很快他就找見證人了。」

「可是，你當時怎樣呢？」花匠問。

「我，兄弟，肚子疼得一直在地上打滾，不停地嘔吐。我的五臟六腑簡直都要翻騰出來了，一句話也不能說，我爹馬上套好一輛大車，讓菲多霞坐好，趕著車去了警察局，又從那裡去法院的偵訊官那裡。而她呢，兄弟，從剛開始就全部招供了，見了法官，也是那樣從頭到尾一五一十地都說了，說了她從哪兒找來的砒霜，又如何把它和進了麵餅中。法官問：『你為何這麼做呢？』她說：『因為我憎恨他，我寧願去西伯利亞，也不想和他生活在一起。』她說的是不想和我生活在一起。」

塔拉斯笑著說：

「一句話她全都招認了。就這樣，她被關進了監獄，我爹就獨自一人返回家中。可這時農忙時節要到了，但是我們家卻只剩下我媽一個女人，而且她身體也不太好。我們就琢磨著，這如何是好，能否把她保釋出來呢。我爹就去找了一個當官的，找了一個，不行；就又換另一個。他一連這樣找了五個當官的。我們正想放棄不再找了時，沒想到碰上一名衙門裡的小官員，他是一個天下難找的機靈傢伙，他說：『你只要給我五個盧布，我就能把她保釋出來。』後來談了談價錢，以三個盧布成交。好吧，兄弟，我就將她編織的粗麻布抵了出去，把錢交給了他。他飛快地寫好公文。」

塔拉斯拉長語調說道，如同他在說開槍一樣，「一眨眼就寫好了。我當時已經完全好了，就親自趕著車去城裡接她。就這樣，兄弟，我來到了城裡。我在旅館裡把那匹母馬安置好以後，拿著那個公文直接去了監獄。問我：『你有何事？』我就從頭到尾地把事情敘述了一遍，說我老婆被囚禁在這裡。他問：『有公文嗎？』我立刻把手裡的公文遞給他。那人瞅了一眼。說：『稍等一下吧。』我就在那裡的一條長凳上坐了下來。那時晌午已經過了。有個當官的走出來，他問：『你是那個瓦爾古肖夫嗎？』我說：『是我。』他說：『好吧，你先把她帶回家吧。』大門馬上被打開了，把她帶了出來，她還穿著自己的衣裳，非常整潔。『好啦，我們走吧。』我說。我們就來到旅館，結清了帳，將那匹母馬套好後，把馬吃剩的乾草鋪到車上，上面又鋪了一塊麻布。她在車上坐穩後，紮好頭巾。我就趕著大車離開了。她安安靜靜的，我也一聲不吭。直到快到家時，她才開口說：『塔拉斯，請您原諒我做的傻事吧，當時我不知道自己在做什麼。』我就說：『這話不用說了，反正我早就原諒你了。』等我們回到家裡，她馬上就在我媽面前跪了下來。我媽說：『願上帝饒恕你吧。』我爹和她打過招呼以後，就說：『過去的事情就讓它過去吧，你們安安穩穩地過日子吧，眼下也沒時間說這些。田裡的莊稼要收割了，就是那塊肥沃的黑麥地上，上帝保佑，長得太好啦，現在應該去收割了，明天你就和塔拉斯一起去割吧。』從那時候起，兄弟，她就開始勞動了。而且她幹起活來那股勁兒，簡直叫人吃驚，她簡直完全變了一個人！」

「怎麼樣，她對你也好起來了嗎？」花匠問。

「那還用說！她跟我如膠似漆，簡直就像一個人似的。我心中想什麼，她都瞭若指掌。我媽本來一肚子氣，但是連她都說：『我們的菲多霞準是被人偷偷地調換了，完全變成另一個人了。』」塔拉斯高興地笑了起來，又驚訝地搖了搖頭。

他沉默了一會兒，繼續說道：「剛收完地裡的莊稼，我們回到家裡一看，傳票來了，說要開庭審理呢。然而我們早把這件事情忘了，根本記不起她是因為何事要受審了。」

「準是中了邪了。」花匠說：「要不然一個人怎麼會想起去害人呢？對了，我們那裡就有一個這樣的人……」

花匠本來想繼續敘述自己的事，但是火車漸漸停了下來。

「肯定是到站了，」他說：「咱們到外面喝點兒東西吧。」

談話至此中斷了。於是涅赫柳多夫就跟著花匠走出車廂，來到濕漉漉的木板月臺上。

chapter 42

上流社會

涅赫柳多夫還沒有走出車廂，就看到有幾輛豪華的輕便馬車停放在車站外邊的廣場上，車上有套四匹馬的，也有套三匹馬的，個個都是膘肥體壯的好馬，馬脖子上掛著的小鈴鐺蕩蕩作響。等他離開車廂，來到雨後潮濕得發了黑的月臺上時，一眼就望到頭等車廂旁邊站了一堆人。

這堆人中最引人注目的，是個頭戴插著珍貴羽毛的帽子，身穿一件雨衣的高大肥胖的太太，還有一個長著兩條細長腿的高個子年輕男人，穿著一身自行車服，牽著一隻肥胖的大狗，狗脖子上套著一個貴重的頸圈。在他們後面站著幾個，手裡拿著雨衣和雨傘的聽差，還有一個車夫，全都是來迎接這位客人的。

這一堆人，從胖太太到手提長外衣衣襟的馬車夫，個個都帶著自命不凡和生活富裕的神情。在這堆人的周圍，頓時聚集了一群好奇成性和拜金主義的馬屁精：有戴一頂紅制帽的站長，有一名憲兵，一個身穿俄羅斯式服裝、戴著項鍊、夏天裡只要火車一經過就趕來迎接的瘦女孩，還有電報員和幾個男女旅客等等。

涅赫柳多夫認出那個手裡牽著狗的年輕男子，正是上中學的柯察金家的少爺。胖太太就是公爵夫人的姐姐，柯察金一家人就是上她的莊園裡來的。穿著佩戴著閃閃發亮的絲條制服、腳蹬閃亮的皮靴的列車長把車廂的門打開，而且為了表示敬意，至始至終都用手扶著車門，好讓菲力浦和圍著白圍裙的腳夫用那把能折疊的圈椅小心謹慎地抬著長臉的公爵夫人下車。姐妹兩個見了面，相互問好，又說起法語，意思是問公爵夫人是乘轎式馬車呢，還是乘敞篷馬車，然後這支隊伍以卷頭髮、手裡拿著陽傘與帽盒的侍女走在最後，一路向車站出口走了過去。

涅赫柳多夫不願與他們再次遇見，免得再次道別，所以沒走到車站出口就站了下來，等著這支氣勢非凡的隊伍走過去。公爵夫人和她的兒子、米西、醫生以及一個女僕在前面走出去，老公爵和他的妻姐在後面站了下來。涅赫柳多夫沒走到他們跟前，只聽到他們用法語談話中的一些隻言片語。在那些談話裡，公爵所說的每一句話，如同經常發生的情況一樣，不知道是何原因，連同他那種聲調和聲音都深深地刻在了涅赫柳多夫的腦海中。

「哦！他出身於真正的上流社會，真正的上流社會。」公爵用響亮的充滿信心的聲音在評論過什麼人，便與他的妻姐一塊在畢恭畢敬的列車員和腳夫的簇擁下走出車站。

就在這時候，不知道是從何處進來的一群腳穿樹皮鞋、背著小皮襖和背包的工人從車站的拐彎處來到月臺上。工人們邁著矯健而輕快地步子走到距離他們最近的車廂跟前，就想進去，但是很快就被列車員轟走了。工人們沒有止步，接著又急匆匆的，相互踩著腳地往前走，來到旁邊一邊車廂跟前，並開始往上爬，他們的背袋在拐角和車門上亂撞，這時在車站門口的另一個列車員看到他們要上車，就惡狠狠地衝他們叫嚷。已經上車的工人連忙又下了車，又邁著同樣輕快矯健的步子向下一節車廂走去，那正是涅赫柳多夫所在的那節車廂。

他們又被列車員攔住。這時他們就沒有上，準備繼續向前走，但涅赫柳多夫對他們說車廂還有空位置，他們只管上車好了。他們聽了他的話，於是涅赫柳多夫也跟在他們身後走進了車廂。

當工人們正準備各自找座位坐下來時，那個戴著一頂鑲著帽徽的帽子的老爺和兩位太太認為他們膽敢到這節車廂裡來坐，這是對他們的侮辱，於是表示強烈抗議，並且開始把他們向外轟趕。工人一共有二十多人，其中有老人，也有年輕的，個個都曬得黝黑黝黑的、瘦骨嶙峋的，都已筋疲力盡了，很顯然他們認為自己完全是錯誤的，就馬上穿過車廂繼續向前走，那背袋不停地撞在車座、壁板和車門上，很顯然他們準備走向天涯海角，坐到別人讓他們坐的任何地方，即使是坐在釘子上也好。

「你們往哪兒闖，死東西！就在這裡找個座位坐下來吧，」另外一個列車員向他們走過來，大聲嚷道。

「這可真是新鮮事啊！」說話的是那位年輕的太太，信心滿滿的認為自己那口流暢的法語會引起涅赫柳多夫的注意。另外那位戴著手鐲的太太卻只是一個勁兒聞著，眉頭緊皺，嘴裡咕咕叨叨著，說什麼與這批髒兮兮的鄉巴佬坐在一起有多麼快活。

但是工人們卻覺得像躲過了重大危險似的，輕鬆和快樂，放下心來，停下腳步，各自找位子坐下，動動肩膀把沉甸甸的背袋從肩頭卸了下來，接著把它們塞進座位下面。

跟塔拉斯談話的花匠並未坐在他自己的原座位上，此時就回到自己的座位上去了。如此一來，塔拉斯的身邊和對面就一下子空出了三個座位。有三個工人就坐到了這些座位上，但是當涅赫柳多夫走到他們跟前時，他們一看到他那身上等人的裝扮，頓時手足無措起來，趕忙站起身來想馬上走開，涅赫柳多夫卻請他們不要動，自己卻坐在了挨著過道的長椅扶手上。

那幾個工人之中有一個五十歲左右的老頭兒帶著困惑不解甚至擔心的神色，跟另外一個年紀輕輕的工人交換了一下眼神。他們看到涅赫柳多夫不但沒有像一般的老爺們那樣訓斥他們，趕他們走，反倒給他們騰出座位，禁不住感到非常吃驚而且有點摸不著頭腦，甚至十分擔心這樣下去他們會惹出什麼禍事，但是等他們看出來這其中並沒有什麼陷阱，又看到涅赫柳多夫同塔拉斯聊天也很隨便，這才安下心來，讓那個半大孩子拿出背袋並讓他坐在那上面，請涅赫柳多夫坐到自己的位子上。

在涅赫柳多夫對面坐著的那個上了歲數的工人，一開始還總是蜷縮著身子，拚命地把自己穿著樹皮鞋的腳往回收縮，唯恐碰到老爺，但後來他卻非常親熱地跟涅赫柳多夫以及塔拉斯聊起天來，談到他們本是在那泥炭的沼澤地裡的工作，在那裡已幹了兩個半月的活兒，現在每個人大概掙了有十個盧布，因為有一部分工錢在出工時已經預支過了，眼下正是把賺來的工錢帶回家去。他們的工作，據他說的，就是天天在沒過膝蓋深的水裡幹的，從太陽升起一直要幹到太陽下山，只能在吃午飯的時候歇息兩個小時。

「不用說，那些沒幹習慣的人，自然會覺得這個活很苦，」他說：「可是只要幹慣了，也就不覺得苦了，不過伙食一定要好才行，起初伙食非常糟糕，於是大夥兒都在埋怨，後來伙食才有了些改善，大家幹起活來也就輕鬆了一點兒。」

他還談起男人出門在外面幹活兒時，女人是怎樣頂替男人在家裡操持家務的，又談起了今天出發前那包工頭是如何邀請他們喝了半桶白酒的，還談起他們當中有一個人死了，另外有一個人生了病，此刻要由他們來送回家去。他說到的那個病人就坐在這節車廂的角落裡，那是一個還不算太大的孩子，面色蒼白，嘴唇發青。他顯然是發瘧子，而且正在發作。

涅赫柳多夫來到他跟前，但是那男孩卻用一種異常緊張而痛苦的眼神瞅了一眼涅赫柳多夫，使得他不好問他什麼，免得打擾他，只是勸那個老頭兒買點兒奎寧給他吃，還把藥的名字寫在小紙片上交給他。涅赫柳多夫想拿點兒錢給他，但是那個老工人說這不需要，他自己會出錢去買的。

「哦，雖然我出過那麼多回門了，但是像這樣的老爺卻還沒有遇見過呢，他不但不攆你走，反而還給你讓座。可見老爺也是各不相同的。」他對著塔拉斯下結論說。

「沒錯，這可真是一個全新的截然不同的世界呀，一個嶄新的世界。」涅赫柳多夫望著這些人那筋骨結實卻乾瘦如柴的四肢，那自己織的粗布衣服，以及那些黝黑的、親切而疲憊的面孔，覺得自己置身於這些全新的人以及他們那種真正的勞動者的生活的正當情趣和苦樂之中，禁不住這樣想道。

「看啊，這才是真正的上流社會。」涅赫柳多夫想起了柯察金公爵講過的這一句話，同時也想起了柯察金之流那種百無聊賴、窮奢極侈的世界以及他們那些猥瑣無聊的生活情趣，不禁這樣想道。

他感受到了那種歡欣鼓舞的心情，就像旅行家發覺了一個未知的絢麗多彩的新世界。

第三部

chapter 1

政治犯的隊伍

有瑪絲洛娃在內的那批犯人，已經走了大約五千俄里的路程了。在到達彼爾姆[1]之前，瑪絲洛娃都是和刑事犯一起乘坐火車和輪船。到了彼爾姆，涅赫柳多夫才和有關方面溝通好，把瑪絲洛娃轉移到政治犯的隊伍當中來，這個主意也是這批犯人中的博戈杜霍夫斯卡婭給他想出來的。

至於瑪絲洛娃，在到達比爾姆之前的那段行程中，不管在身體上還是在精神上，都感到非常痛苦。她肉體上的苦，是由於所處的環境太擁擠，骯髒不堪，還有那些不讓人安寧的各種各樣的小蟲子在不停地叮咬；她精神上的痛苦，是由於有很多跟那些蟲一樣讓人厭惡的男人也時時刻刻盯著她。儘管他們在每一個旅站都會更換一批，但是無論哪兒來的男人都一樣死纏爛打，緊追不放，使她不能得到片刻安寧。在女犯人和男犯人、男看守、男押解人員之間形成了一種厚顏無恥的淫亂之風，使所有的女人，特別是年輕的，如果不肯出賣色相，就必須得時時刻刻小心防備著。

經常處於這種驚恐和警戒的狀態中是很痛苦的，因為瑪絲洛娃不但有迷人的相貌，而且她的身世又眾人皆知，所以她就更容易遭受到這種騷擾了。她現在一見到男人糾纏就堅決反抗，這就又使他們覺得受了侮辱，往往惱羞成怒。這種狀況，直到她在跟菲多霞、塔拉斯接近以後，才使她的處

1 西伯利亞西部的一個城市。

境有所好轉。自從塔拉斯得知自己的妻子經常遭受這種騷擾之後，就自願加入囚犯的隊伍之中來保護她。所以他從下諾夫哥羅德開始，就像犯人一樣跟他們一起趕路了。

瑪絲洛娃轉到政治犯隊伍裡之後，她的情況在各個方面都有所改善。先不說政治犯的膳宿都比較好些，所受到的待遇也不那麼粗暴，其一，瑪絲洛娃自轉到政治犯隊伍裡之後，不再有男人糾纏她了，這樣就可以安安心心地過日子了，不再有人時時刻刻叫她想起她現在極想忘卻的那些事情。然而這一次調動的主要好處還是，她新認識了幾個人，並且這幾個人對她的前途起到了決定性的而且是極其良好的影響。

雖然瑪絲洛娃獲准在旅途中和政治犯住在一起，但她是一個身體健康的女犯，在趕路時還是要跟刑事犯一塊兒步行。從托木斯克開始她就一直這麼走著。還有兩名政治犯也和她一起步行：一名是瑪麗婭·帕甫羅芙娜，就是那個涅赫柳多夫在監獄裡探望博戈杜霍夫斯卡婭時，驚訝地看到的那個長著羔羊般眼睛的美麗少女，另一個人的名字叫希蒙森，他要被流放到亞庫次克區去，也就是涅赫柳多夫在那次探視時看到過的那個皮膚黑黑的、頭髮蓬亂、一雙眼睛深陷在額頭下邊的人。瑪麗婭·帕甫羅芙娜之所以走路，是因為她把自己在大車上的位置讓給了一個懷孕的女刑事犯；希蒙森也步行走路，則是因為他認為享受階級特權[2]是不公平的。這三個人和其他的政治犯不一樣，他們一大清早就和刑事犯們一起上路，其他的政治犯卻要稍晚一點才坐大車出發。這種情形一直持續到最後一站，走過這站就到了個大城市，就會有新的押解官來接管這批犯人。

這是九月裡一個陰雨連綿的早晨，天色尚早。天空中時而飄著雪花，時而落著雨滴，有時還夾

2俄國民粹派革命者大都出身于貴族，在流放中享有坐車的權利。

雜著陣陣的冷風。這批犯人一共有四百名男子和五十來名女子。他們都已經走了出來，集中在旅站的院子裡，有一部分聚集在押解官的身邊，押解官正在把兩天的伙食費分發到犯人的頭兒手裡，還有一部分人在向那些走入旅站院子裡的小販們購買食物，都忙著數錢買東西的犯人們的說話聲嗡嗡響成一片，小販們也在尖聲叫賣。

卡秋莎和瑪麗婭都穿著一樣的高筒皮靴和很短的羊皮襖，紮著頭巾，一起從旅站的房間裡走到院子裡，向小販們走去。小販們都坐在北邊牆腳背風的地方，競相叫賣著她們的各種貨物：有新鮮的麵包、餡餅、魚、麵條、麥粥、牛肝、牛肉、雞蛋、牛奶等，甚至還有一個小販帶來一頭已經烤好的乳豬來出售。

希蒙森穿著橡膠短大衣，腳穿羊毛襪，外套膠鞋，還用帶子紮得緊緊的（他是個素食主義者，也不使用動物的皮革製品）。他也到了院裡，在等著這批犯人出發。

瑪絲洛娃已經買好了幾隻雞蛋、一串麵包圈、幾條魚和幾個新鮮的白麵包，正把它們裝入一個袋子裡，瑪麗婭正在給小販付錢。這時犯人們全都動了起來，大家都安靜了下來，紛紛排好隊。押解官走了出來，做了出發前的最後指示。

所有的一切都像往常一樣進行著：清點人數，查看囚犯的鐐銬是否完好，把站成兩排步行的囚犯們用手銬鎖在一塊兒。但是突然響起押解官嚴肅而又憤怒地喊叫聲、打人的聲音和小孩子的哭喊聲。頓時所有的人都安靜下來，可隨後一陣低沉的抱怨聲從人群中傳了出來。瑪絲洛娃和瑪麗婭・帕甫羅芙娜一起朝喧鬧的地方走去。

chapter 2 犯人們的怨聲

瑪麗婭和卡秋莎來到喧鬧的地方，看見如下的情形：一個身強體壯、留著濃密的淡黃色小鬍子的押解官皺著雙眉，正用左手揉搓著扇犯人耳光扇痛了的右手，嘴裡還不停地罵著不堪入耳的髒話。

他面前站著一個個子高挑而瘦削的男犯，這個剃了陰陽頭的犯人，上身穿件短短的長袍，下身卻穿著一條更短的褲子，一隻手在擦拭著被打得流血的臉，另一隻手裡抱著一個裹在頭巾裡的小女孩，她正在尖聲地哭叫著。

「我要教訓一下你這個（不便寫出的罵人話）……」押解官又謾罵了一句難聽的話，「讓你（又是罵人話）嘗一嘗頂嘴的滋味……」他繼續罵了一句。「把孩子給那娘兒們，」押解官吆喝道。「快給他戴上手銬。」

那是一個被村社判處流放罪的農民，他的妻子得了傷寒死在托木斯克了，單單留下這個小女孩。他一路上抱著孩子走，押解官非得給他戴手銬。那犯人聲稱他戴上手銬的話就不能抱孩子了，這話惹得當時心情不好的押解官更加憤怒了，於是便動手狠狠地打了這個當面反抗的犯人。

在這個遭到痛打的人旁邊，站著一個押解兵和一個留著黑色大鬍子的男犯，一隻手上戴著手銬，雙眼陰鬱地皺著眉頭一會兒瞅瞅押解官，一會兒看看抱著小女孩的那個挨打的犯人。[3] 押解官再次對押解兵發出命令叫他趕快把小女孩抱走。犯人當中的埋怨聲愈演愈烈了。

「從托木斯克一路走來，從沒讓他戴過一天手銬。」一個嘶啞的聲音從人群的後排傳了過來。

「她又不是什麼小狗，那是一個孩子呀。」

「讓他怎麼處理這小姑娘呀？」

「這麼做事可是違法的。」又有一個人說。

「這是誰說的？」押解官好像讓蛇給咬了一口似的，衝進人群裡，叫嚷道。

「我倒要讓你看看什麼是法律！誰說的？是不是你？是不是你？」

「大家都在說，因為……」一個寬臉盤、矮身材的男犯人嚷道。

還沒等他把話說完，押解官就掄起雙手，扇了他一耳光。

「你們想造反啦！我得給你們點厲害看看，看你們還敢不敢再謀反，我把你們像狗一樣統統槍斃，上司要是知道了，只會對我說一聲謝謝。快點兒把小妞兒抱走！」

大家都靜了下來。一個押解兵奪過那個拚命在啼哭的小女孩，另一個押解兵給犯人順從地伸出來的手上帶上了手銬。

「把小妞兒帶到娘兒們那兒去。」押解官一面整理自己那條掛軍刀的皮帶，一面朝那個押解兵吆喝道。

小女孩的小手拚命從頭巾裡面往外掙，不停地尖聲哭喊著，小臉漲得通紅。瑪麗婭走出人群，

3 這是在德・亞・李涅夫的《在旅站上》一書裡描寫過的一件事。——作者注

走到那個押解兵跟前。

「軍官先生，請您讓我抱抱這個小姑娘吧。」

懷裡抱著小姑娘的押解兵便止住了腳步。

「你是誰？」押解官問道。

「我是一個政治犯。」

很顯然，瑪麗婭漂亮的長相和她那雙有神的金魚似的眼睛（他在接收時已經見過她），對他起了作用，他默然無語地看著她，好像在對什麼事情權衡利弊似的。

「我無所謂，您要抱她，那就抱去吧。您可憐他們倒沒什麼錯，但是他要是跑了，那誰來負責？」

「他還有這個小女孩怎能跑掉呢？」瑪麗婭說。

「我可沒時間和您閒扯。您要是願意，就把她抱去吧。」

「請問，要交給她嗎？」押解兵問。

「給她吧。」

「來我這裡。」瑪麗婭說，並想方設法把那個小女孩哄到自己的身邊。

但是，小女孩在押解兵的懷中卻朝她父親那兒探出身子，仍然在不停地尖聲啼哭著，不肯去瑪麗婭的身旁。

「您等一會兒，瑪麗婭，她會來我這兒的。」瑪絲洛娃說，從兜裡掏出一個麵包。

那小女孩原本就認識瑪絲洛娃，這時看到她的臉和麵包，就朝她走來。

一切都沉靜了下來。大門已經被打開了，那些囚犯走到大門外，排成一長隊，押解兵重新清點人數。大家把背袋裝上大車，綁在一塊兒，又讓那些身體脆弱的人坐到車上。

瑪絲洛娃抱著小女孩，向婦女的隊伍中走了過去，又和菲多霞站在了一塊兒。希蒙森始終都在一邊凝視著先前發生的事情，這時他邁開堅定的步子走到押解官跟前。押解官早已安排好一切，正準備鑽進他自己的四輪馬車裡。

「您這麼做可是太不對了，軍官先生。」希蒙森說道。

「您回您的隊伍中吧，這不是您該管的事。」

「我覺得應該告訴您一聲，我也已經告訴過您了，您這樣做很不好。」希蒙森說著，那兩道濃密的眉毛下面的雙眼直盯著押解官的臉。

「都安排好了嗎?全體注意:起步走!」押解官沒理會希蒙森的話，大叫了一嗓子，接著就抓住趕車士兵的雙肩，鑽入他自己的四輪馬車裡了。

犯人的隊列開始行進起來，延伸得長長的，在兩條水溝之間沿著滿是泥巴坎坷不平的道路上，朝茂盛的森林裡走去。

chapter 3 瑪麗婭

卡秋莎在城裡過了六年那種放蕩、奢華、無所用心的日子，又在監獄裡和刑事犯們共同度過了兩個月之後，如今和這些政治犯生活在一塊，儘管他們的處境都非常惡劣，但是她卻覺得這種生活很好。每天走二三十俄里的路程，伙食也還好，走兩天之後還休息一天，這使她的身體也逐漸強壯了起來。而且，她和新夥伴們的結識，帶給她過去從不曾想到的種種生活樂趣。現在和她在一起的這些人，如她說的是「好得很的」人，她之前不僅從沒遇到過，而且還無法想像。

「對啊，我剛被判刑時，還哭了呢，」她說：「其實我應當永生永世感激上帝，如今我懂得的事，按我以前的那種生活方式，是一生都不會懂的。」

她佩服她的每一個新夥伴，但是她最佩服的要屬瑪麗婭。她不僅佩服她，而且愛上了她，這是一種奇特的、帶有敬仰的和激烈的愛。令她驚訝的是這個漂亮的姑娘出生於富有的將軍之家，會講三種語言，但卻過著如普通女工一樣的生活，她那闊綽的哥哥郵給她的所有東西，她全都贈送給了別人，自己穿得樸素，甚至有些寒磣，對自己的外表也始終不在意。

瑪麗婭根本就不賣弄風情，這一點又使得瑪絲洛娃極其驚訝，所以對她佩服得五體投地。瑪絲洛娃可以看出瑪麗婭知道自己長得漂亮，甚至由於知道自己的美而覺得很高興，但是她不僅不為她的相貌能吸引男人感到興奮，反倒對此有些恐懼，她力氣非常大，這是她格外驕傲的一點。聽她說幸虧她有勁兒，才幫了她許多忙。「有一次，」她笑著說：「有個上等人在大街上糾纏我，怎麼也不肯甘休，於是我就揪住了他，用力地搖晃了幾下，嚇得他拔腳就從我眼前消失了。」

她之所以成了一名革命者，照她自己說的，是因為她從小就討厭過上層人的日子，而對平民的生活很感興趣。那時她總是挨批評，因為她常常待在侍女們的臥室裡，廚房裡、馬房裡，而不願意待在豪華的客廳裡。

「我跟廚娘和車夫們待在一塊兒，覺得很快樂，跟那些老爺和太太們在一起，感到很無聊。」她說道：「後來，等我開始懂事了，我就看出我們的生活簡直糟糕透了。我的母親已經離開了人世，我又厭惡我的父親，因此我在十九歲那年就離家出走，跟一個女友一起去工廠裡當女工了。」

離開工廠之後，就在鄉下生活，後來她又回到城裡，在一個設有秘密印刷機的住所裡被逮捕，判處苦役。她被判服苦役，是由於那個寓所在被搜查時，有個革命者在暗處開了一槍，她卻把這一罪狀搬到了自己的身上。這事瑪麗婭自己是緘口不談的，但是瑪絲洛娃從別人嘴裡聽說了。

卡秋莎從認識她的那天開始就看出來了，不管在哪兒，也不管在怎樣的情況下，她從來都不考慮自己，不管遇到大事小事，總是一心考慮怎樣給他人幫助，為別人出力。

瑪絲洛娃剛來到他們這裡時，瑪麗婭對她很反感和厭惡。卡秋莎曾覺察到了這一點，但是後來又覺察到瑪麗婭竭力克制自己的感情，對卡秋莎格外親熱平易和和善。這種感情來自於一個非同尋常的人，使瑪絲洛娃很受感動，她終於把自己的整個身心都託付給了她，潛移默化地接受她的觀點，不由自主地處處效仿她。卡秋莎這種真誠的愛也打動了瑪麗婭，她也開始對卡秋莎產生了好感。

chapter 4 影響

瑪麗婭的影響只是瑪絲洛娃受到的一種影響。之所以會這樣，是由於瑪絲洛娃喜歡瑪麗婭。另外一種影響是來源於希蒙森。這種影響的產生，是由於希蒙森暗暗愛上了瑪絲洛娃。

瑪絲洛娃憑著女人的敏感，很快就感覺到他愛上了她，她想到竟然這樣一個不同凡響的人對自己產生了愛慕之情，就提高了自己在自己心目中的地位。涅赫柳多夫之所以要跟她結婚，是因為寬宏大量，還因為過去出現過的各種事，但是希蒙森愛的卻是現在這個樣子的她，他這完全是因為喜歡她才愛她的。

除此之外，她還感覺到希蒙森也把她看作是一個與眾不同的不平凡的女人，具備獨特的和高尚的品德。她卻不太明白他到底認為她具有哪些高尚品質，但不管怎樣，為了不讓他失望，她一直在想辦法，竭盡全力把她覺得自己能具有的各種最優秀的品德完全地展現出來。這就使得她在努力做一個她能夠做到的最善良的好人。

這一情況在監獄裡就已經出現了，那是在探視政治犯的日子，她就開始注意到他那雙純真和善的深藍色的眼睛，在隆起的前額和眉毛底下，用十分執拗的眼神盯著她，那眼神還顯得特深沉。在那時，她就已經發現這個人很奇特，並且看她的目光也與眾不同。即使他們倆之間都沒進行過意味深長的談話，可是瑪絲洛娃感覺出來，有她在場，他說的話總是講給她聽的，是為了她才說的，所以儘量把話說得通俗易懂。尤其從他和刑事犯一起步行上路時，他們兩人就開始接近起來了。

chapter 5

變化

從下諾夫哥羅德到彼爾姆的這段路上，涅赫柳多夫只見過卡秋莎兩次：一次是在下諾夫哥羅德，在犯人們就要登上一條四周安著鐵絲網的駁船之時；另一次是在彼爾姆的監獄辦公室裡。這兩次見面的時候，他都發覺她不露心思，對人態度也不很和善。他問她身體如何，是否還需要些什麼東西，她回答起來支支吾吾，神色慌張，而且，他覺得還帶有她過去也曾表露過的那種敵視的責難心情。

她這種陰鬱情緒的出現，只是由於當時常常受到男犯人的糾纏，然而卻使涅赫柳多夫很苦惱。他擔心的是，她在旅途中處在艱苦而又容易令人消沉的氛圍下，可能會把持不住，又重新陷入之前那種自暴自棄和對生活徹底絕望的精神世界裡，那樣她就會厭煩他，就會拚命抽煙喝酒來麻痹自己。然而他又無能為力，因為旅途中最初的一段時間裡，他一直沒有機會與她相見。直到她調到政治犯的隊伍後，他這才看出自己的擔憂沒有任何依據，而且剛好相反，每一次跟她見面，他都在她身上看到更明顯的內心變化，而這正好是他那麼強烈地期望從她身上看到的。

在托木斯克第一次和她見面時，她又變得像出發之前那樣了。她看到他，既沒有皺眉頭，也沒表現出慌張，相反，倒是高高興興、泰然自若地迎接他，向他表示感謝，感謝他為她做的一切，特別是感謝他把她調到政治犯中來。

在押解下，她跟著隊伍長途跋涉了兩個月之後，她的變化也在外表上顯現出來了。她瘦了，黝黑，也好像有些老相了。她的鬢角和嘴邊出現了皺紋，她不再讓一綹頭髮披散在額頭上，而是用頭巾紮了起來。就這樣，不論在裝束上，髮型上，以及在對人的態度上，再也看不到原先那種賣俏的味道了。涅赫柳多夫看到她這種已經發生並且正在進行的變化，總是感到特別高興。

他現在對她產生了另一種從未有過的感情。這種感情不同於那種詩意的初戀，也不同於後來那種肉體的誘惑，甚至也不同於他在法庭判決之後決定和她結婚而引起的那種履行責任的感覺以及其中夾雜著的自我欣賞的心情。這種感情純粹是最純真的憐惜心和同情心，也就是第一次在監獄裡跟她見面時，他心中出現的那種感覺，後來他去過一次醫院之後，戰勝了厭惡心，原諒了她同醫士之間那個虛假的曖昧故事（後來他知道她是冤枉的了）的時候，更強烈地出現那種感覺。這種感情就是曾有過的那種感情，只不過僅有一點兒區別，那就是以前那種感情只是暫時的，現在卻是經常性的了。現在不管他在想些什麼，也不管他在幹些什麼，他總的心情就是這種同情心和感謝心，這不僅是對她一個人，而是對所有的人都如此。

這種感情打開了涅赫柳多夫的心門，先前這種找不到出路的愛的洪流現在湧了出來，向著他遇見的一切人湧去。

涅赫柳多夫在這次整個旅行的過程中一直情緒高漲，所以他對每個人，從押解兵和馬車夫起，一直到跟他來往過的典獄長官和省長為止，都不由自主地表示出了關懷和同情。

在這段時間裡，由於瑪絲洛娃調到了政治犯隊伍中去了，涅赫柳多夫有機會結識了很多的政治犯，先是在葉卡捷琳娜堡相識，因為政治犯們在那兒特別靈活地共同住在一間大牢房裡，後來他又在途中認識了跟瑪絲洛娃同行的五個男犯人和四個女犯人。涅赫柳多夫跟流放的政治犯結識了之後，也徹底改變了他對他們的看法。

自俄國革命運動起[4]，特別是在三月一日事件[5]之後，涅赫柳多夫對革命者始終沒有好感，甚至蔑視他們。他對他們反感的原因是：其一，他們在反對政府的鬥爭中所採取的無情而又秘密的方式，尤其是他們那慘絕人寰的暗殺手段，使他產生過抵觸。其二，他們一直存在著強烈的自以為是的優越感，這也使他反感。但是，進一步瞭解了他們之後，知道他們往往無故地遭到政府莫名的迫害，他才意識到他們這麼做是身不由己的。

不管通常情況下所說到的刑事犯受到的磨難多荒誕，但是在他們判刑之前和之後，對待他們終歸多少能看到一些依照法律辦事的痕跡，可是在政治犯們的案件中就連做樣子也不做，就像涅赫柳多夫在舒絲托娃的案子裡和後來在很多他的新朋友的案件中所看到的一樣。政府對待這些人如同大網捕撈魚一樣：把所有落網的魚全都要拖上岸，然後把他們所需要的大魚挑出來，至於那些小魚，就不聞不問了，任牠們在岸邊活活地被乾死。

涅赫柳多夫對他們有了更深層次的瞭解之後，便看出他們並不像某些人所想像的那樣全都是壞蛋，也不像另外一部分人所想像的那樣全都是真正的英雄，而都是些普通人。和各個地方的人都一樣，在他們當中同樣有好人、壞人和不好不壞的人。他們中間有些人之所以成了革命者，是由於他

4 指俄國六七十年代的民粹派革命運動。
5 指民意黨一八八一年三月一日刺殺沙皇亞歷山大二世事件。

們真心實意地認為自己有責任與現存的兇惡勢力作鬥爭。但也還是有一部分人，他們選擇革命活動的目的是出於利己主義和虛榮心。

不過多數人參加革命，卻像涅赫柳多夫在戰爭中常常見到的，是想冒冒風險，闖闖生死關，嘗嘗玩命的快樂，這種心情一般是精力十足的青年人所共同具有的。他們區別於一般人，勝過一般人的地方就是他們之間的道德標準要高於一般人當中所公認的道德標準。在他們之中，不僅認為必須清心寡欲、艱苦樸素、忠誠老實、大公無私這些必備的品德，而且認為必須時時刻刻準備為他們共同的事業犧牲一切，甚至獻出他們寶貴的生命，這就是他們的本分。

只因為如此，在這些人的中間，只要是高於一般水準的人，會遠遠地超過一般水準，成為罕見的德行高超的典範；而只要是在一般水準之下的人，會大大低於一般水準，往往會成為弄虛作假的、嬌柔造作的、同時又自命不凡的、目空一切的人。所以涅赫柳多夫對他新近結識的這些朋友除了滿懷尊敬之意外，還衷心熱愛，而對別的那些新朋友，則依然十分冷淡。

chapter 6 革命者

涅赫柳多夫特別喜愛的是一個年輕的、得了肺癆病的男子克雷里佐夫，他和卡秋莎在同一個隊裡，被流放去服苦役。涅赫柳多夫在葉卡捷琳娜堡就跟他認識了，後來在路上又與他見過幾次面，還與他交談過。

有一次，在旅站上，那恰巧是個休息的日子，涅赫柳多夫跟他在一起幾乎打發了整整一天的時光，克雷里佐夫暢快地跟他聊天，對他講了自己的身世，講了自己如何成為革命者的。

他入獄之前的經歷很簡單。他父親是南方一個省裡的富裕的地主，在他還很小的時候就已死了。他是個獨生子，母親把他撫養成人。他大學畢業時榮獲了數學系第一名碩士學位。學校要他留校，並派到國外去深造，但是他猶豫不定。他當時愛上了一個姑娘，想和她結婚，想到地方自治會工作，他想做任何事，反倒不知該做哪件才對，以至於什麼都確定不下來。

這時，有幾個大學同學讓他捐助些錢給公共事業。他知道這所謂的公共事業就是革命事業，當時他對這事還沒有任何興趣，但是出於同學的情誼和尊嚴，也怕別人說他膽小怕事，便捐助了錢。接受捐錢的人被抓走了，從那裡搜出一張字條，從那張字條上看出來是克雷里佐夫捐的錢，他也被逮捕了，起初被關在警察分局裡，後來便進了監獄。

「在我蹲的那所監獄裡，」克雷里佐夫對涅赫柳多夫說道：「在那所監獄裡管得還不是很嚴，我們不僅可以敲牆互通資訊，甚至還可在過道裡來回走動，說說話，交換食品和煙草，到了晚上甚至能一起唱歌。我有一副好嗓子。是啊！要不是由於我母親傷心，那麼被關在監獄裡，我覺得也挺好的，甚至覺得心情愉悅，非常有趣。而且我在那裡認識了許多人，其中有赫赫有名的彼得洛夫（他後來在要塞裡用玻璃割破喉嚨自殺了）。另外還認識了一些其他的人。但是我當時還並不是一個革命者。我跟在我隔壁牢房裡關著兩個人也認識了，他們都是由於攜帶波蘭宣言案件[6]的傳單被捕的，並且因為在被押往火車站途中企圖逃脫而受審。一個是波蘭人，姓羅欽斯基，另外一個是猶太人，姓洛佐夫斯基。

「那個洛佐夫斯基還是一個孩子，他說他十七歲，但是從外表看，最多也就十五歲。瘦瘦的，小小的，兩隻黑眼睛亮晶晶的，十分機靈，而且同所有的猶太人一樣很有音樂天賦。他還在變嗓子，可是唱起歌來很優美動聽。是的！我親眼看到把他們帶出去審訊。他們是在某一天的一個大早晨被帶走的，直到傍晚他們才被押送了回來，說他們被判了死罪。誰都沒想到竟發生了這種事，他們的案子那麼輕，只是意欲從押解兵手裡逃脫，基本沒有傷害一個人，而且，竟然把洛佐夫斯基這樣的一個小孩子給判處死刑，實在太不公平了，所以我們這些關在牢裡的人都認為這只不過是想嚇唬嚇唬他們而已，以為這樣的判決是不會批准的。

「起初大家不安了一陣子，後來就平靜了，日子依舊，然而有一天晚上，有一名看守來到我的牢門前面，詭秘地對我說，過來幾個木匠，正在支搭絞架。我開始還不懂這是怎麼回事，但是老看

6 十九世紀六十年代起波蘭王國進步的資產階級和小貴族集團反對沙皇專制統治的起義運動。

守非常慌張，所以我瞧了他一眼，才明白這實際上是為那兩個人準備的。我想敲敲牆壁，把這事告訴我的夥伴們，但又擔心被那兩個人聽到，夥伴們也都一聲不吭，顯然大家都知道了。整整一個晚上，過道裡和每個牢房裡都像是死亡般的寂靜。

「十點鐘左右，老看守又來到我這裡，對我說已經從莫斯科那邊調過來了一個執行絞刑的劊子手。那天夜裡真是太恐怖了，一整夜我都聚精會神地聽著各種各樣的聲音。快到早晨的時候，我忽然聽到過道的門打開了，有許多人走了進來。我站到牢門的小孔旁。過道上亮著一盞燈。第一個走來的是典獄長。他是個胖子，彷彿是個很有見解、辦事果斷的傢伙。但是他神情恍惚，面色蒼白，垂頭喪氣，像是受了什麼驚嚇。他後面是副典獄長，緊皺雙眉，帶著果斷的神氣。再後面便是一個衛兵。他們從我的牢房門前走過去，在旁邊的牢房門口停了下來。我聽到副典獄長叫喊道：『羅欽斯基，站起來，穿上你的潔淨衣服。』隨後我就聽到羅欽斯基的腳步聲，他正在走向過道的另一端。我只能看到典獄長一人，他站在那裡，面色慘白，把衣服的扣子解開又扣上，不停地聳著他的肩膀，他好像害怕什麼東西一樣，往旁邊閃了閃。原來羅欽斯基從他身邊經過，來到我的門口。

「他站在我的牢門小孔前，所以我看得到他的整個臉龐。那是一張很恐怖的、瘦削的、慘白的臉。他問：『克雷里佐夫，有香煙嗎？』我剛想遞給他一支煙，但是副典獄長如同怕耽誤了時間一樣，掏出自己的煙盒遞給他。他抽出一支煙來，副典獄長又幫他點上。他吸起煙來，好像在思索什麼問題。我的雙眼一直盯著他那白嫩的脖子，這時，我聽見洛佐夫斯基在過道上用尖細的猶太人嗓子嚷嚷著什麼，羅欽斯基扔掉他手中的煙頭，離開了我的門口。於是，洛佐夫斯基又出現在我的牢門小孔裡。他也穿上了整潔的襯衫，但長褲卻是太鬆了，兩隻手不停地把褲子往上提，渾身上下直打顫。

「他把他那張可憐巴巴的小臉湊到我的小窗洞來，說：『我身體不舒服，還要再喝些潤肺湯藥。』誰都沒有理他，於是他就以徵詢的目光，一會兒看看我，一會兒看看典獄長。他到底想說什麼呢，我始終都沒有弄清楚。突然，副獄長立刻沉下臉來，又用一種刺耳的尖嗓門兒厲聲叫喊道：『逗什麼樂子？快走吧！』洛佐夫斯基很顯然弄不懂等待他的究竟是什麼。他好像要搶先似的順著過道走去，幾乎跑在所有人的前邊。但後來，他又突然停了下來，我聽到他的尖叫聲和哭喊聲。那邊就傳來一片喧鬧和腳步聲。

「他尖厲地叫喊，哭叫。後來，聲音就漸行漸遠了，過道的門匡啷響了一下，接下來一切都沉靜了下來……啊！他們就這樣被絞死了。另外有一個看守目睹了這一場面，對我說羅欽斯基沒有任何反抗，但是洛佐夫斯基卻掙扎了好半天，他們只好強迫著把他拽上了絞架，硬把他的頭套進繩套裡。「從那時開始，我就成了一個真正的革命者。是的。」他冷靜下來說，然後又簡短地講了講後來的經歷。

他加入了民意黨，甚至還當上了破壞小組的頭頭兒，專門對政府採取恐怖手段，迫使政府放棄行使權力，把權力交給人民掌握。他懷著這個目的到處奔波，有時去彼得堡，有時去國外，有時去基輔，有時去奧德薩，並一次又一次地獲取了勝利。後來，有一個人，他原本以為是完全信得過的，卻出賣了他。就這樣他也被逮捕了，受到審訊，在獄中關了整兩年，結果也要被處死，後來改為終身服苦役。

他在監獄裡得了肺癆。現在，他在這樣的環境下，顯然只剩下幾個月的光景了。這一點他自己心裡非常清楚，但是他並不懊悔自己的所作所為，而且還說，如果他能再有一次生命，他還會用它來幹那些事情的，那就是破壞這種萬惡的社會制度，杜絕他所看到的那些事情再次發生。

這個人的經歷和涅赫柳多夫與他的來往，使涅赫柳多夫懂得了許多以前一直沒弄懂的事。

chapter 7 夜霧

在押解官和犯人離開旅站之前，恰好是那一個孩子和押解官發生矛盾的當天，歇在客店裡的涅赫柳多夫醒得很晚，起床後又坐下來寫了幾封信，準備拿到省城去寄，因此他從客店動身比平時晚了一些，也沒有像往常那樣在路上追趕隊伍，而是直接來到犯人過夜的村子，這時已是黃昏了。

村莊裡有一家客店，開店的是個年邁的、身體肥胖、長著特別粗的白脖子的老寡婦，涅赫柳多夫在這裡烤乾衣服後，又在一間掛著很多聖像和圖畫的乾淨房間裡喝足了茶，便趕緊去旅站找押解官，請他准許他去見瑪絲洛娃一面。

在過去的六處旅站上，雖然押解官不斷更換，但是一律禁止涅赫柳多夫進入旅站的房間裡，因此，他已經有一個多星期沒有再見到卡秋莎了。之所以弄得這麼嚴格，是由於有一個主管監獄的大官要從這裡路過。但是此時，那個長官已經從這兒走過去了，對這些不起眼兒的旅站連看都沒看一眼，因此涅赫柳多夫就希望今天早上接管這批犯人的押解官也像以前那些軍官們一樣，能批准他和犯人見面。

客店的女老闆勸涅赫柳多夫還是乘坐一輛四輪馬車去村尾的小旅站，然而涅赫柳多夫情願步行去。一個年輕的茶房給他領路。

涅赫柳多夫跟在領路人的後面穿過教堂前的廣場，來到一條長長的街道上，街道兩邊房屋的窗戶裡燈火通明，穿過長街，來到黑漆漆的村邊。但很快，在這片黑暗中就出現了亮光，那是旅站周圍點的一些燈籠透過濃濃的霧氣照射出來的。這些淡紅色的光點越來越大，也愈來愈亮。漸漸地，圍欄的木柱和來回走動的哨兵的黑影、漆成斜條紋的木柱和亭子，都隱隱約約地看得見了。

哨兵看到有人走了過來，就用往常的聲音叫喊一聲：「誰？」當他發現來的不是自己人時，就變得十分嚴厲了，堅決不許他們在柵欄跟前逗留。但是給涅赫柳多夫領路的人看到哨兵如此嚴酷的態度，也不怎麼惶恐。

「哎，你這小子呀，脾氣還挺大！」他對那個哨兵說：「把你們的頭兒叫出來，我們在這裡等他。」

那哨兵沒吱聲，只是朝柵欄門裡面喊了幾聲，過了三分鐘光景，傳來了鐵板的聲音，柵欄的門噹啷一聲被打開了，哨兵隊長身披軍大衣從黑暗中走到燈光下，問他們有何事。涅赫柳多夫交給他一張之前準備好的名片，還附上了一張字條，上面寫清楚了有私事求見，並且請求他把它們轉交給押解官。隊長不像哨兵那樣嚴厲，但特別喜歡刨根問底，他非得要知道涅赫柳多夫有何事要見押解官，涅赫柳多夫到底是個怎樣的人，顯然，他是聞到有甜頭兒，不肯錯失良機。

涅赫柳多夫說他有一件特殊的事情，又說會表示感謝的，請求他把字條給轉交上去，隊長於是就接過字條，點點頭就走了。他走後不一會兒，柵欄門又噹啷響了，從裡面走出來幾個女人，手裡拿著籃子、牛奶壺和背袋。

她們一邊跨過柵欄門的門檻兒往外走，一邊用她們西伯利亞的地方方言在大聲說著話。她們都不是農村人的打扮，而是像城裡人那樣，身穿大衣和皮襖。她們把裙裾掖得老高，頭上裹著頭巾，她們借著路燈的亮光，好奇地看著涅赫柳多夫和為他領路的人。其中一個女人看到這個肩膀寬闊的小夥子，顯然很開心，立即用西伯利亞的話語親切地罵起他來。

「你這林妖，來這兒幹什麼，該死的！」她對他說道。

「我是送一個客人到這兒來的。」小夥子回答道。

「你送什麼東西來了？」

「牛奶做的吃食，他們要我們明天早上再送來一些呢。」

「那，他們沒讓你留下來過夜嗎？」小夥子問。

「讓你死於無常，胡亂瞎扯的狗東西！」她笑著罵道。

那領路人又對她說了兩句挑逗的話，不僅引得女人們都笑起來，連哨兵也樂了。接著，他轉過身子對涅赫柳多夫說道：

「怎麼樣，您一個人回去行嗎？不會迷路吧？」

「行的，我能找得到，認識路。」

「您穿過教堂，從那座兩層樓房開始算，右側的第二家就是了。嗯，您帶上這個長棍子吧。」他說著，便把他拄著走路的一根高過他的長棍子遞給了涅赫柳多夫，之後，他便和那幾個女人一同消失在黑暗中。

柵欄門又響了，隊長從門裡走出來，請涅赫柳多夫跟他一塊兒去見押解官。這時還能聽見小夥子在夜霧之中的說話聲，其間還夾雜著女人的談話聲。

chapter 8 坦白

這個小旅站的佈局與西伯利亞沿途每一個大大小小的旅站相同：在一個院子裡，院子周圍用很多尖頭圓木柱圍著，裡面有三座平房。最大的一座裝有鐵格窗戶，是住犯人的。另外一座裡面住著押解對的成員。第三座裡面住著押解官，並且還設有一間辦公室。此刻這三座房子裡都燈火通明。這種景象，特別是在這個旅站裡，往往讓人產生一種錯覺，以為這是什麼好現象，在這些明亮的房間裡面一定既漂亮又舒服。每座房子的門廊前都還亮著路燈，牆邊還有五盞路燈，把整個院子照得分外明亮。

一個軍士帶著涅赫柳多夫穿過用木板鋪的一條路，來到最小的一座房子的臺階前。登上三級臺階，便讓涅赫柳多夫走到自己的前面，進入點著一盞小燈、彌漫著木炭煙味兒的前室。一個士兵穿著粗布襯衣和黑色的長褲，還繫著領帶。彎著腰站在火爐邊，一隻腳穿著黃靴腰的高筒靴子，拿著另一隻靴筒子給茶炊扇風。那士兵看到涅赫柳多夫後，便丟下茶炊，幫涅赫柳多夫脫下他的皮革製大衣，就走進內室。

「他到了，長官。」

「嗯，讓他進來吧！」一個怒氣十足的聲音說道。

「請您進來吧。」那士兵說完，就又扇茶炊去了。

在點著一盞吊燈的內室裡，坐著一個軍官，面色通紅，長長的淡黃色唇髭，身上穿一件奧地利式的短大衣，緊緊地裹住他那寬大的胸膛和肩膀。跟前鋪著桌布的桌子上，還放著吃剩的飯菜和兩個空酒瓶。在這個暖和的內室裡，除了煙草味之外，還彌漫著一種濃烈的難聞的劣質香水的氣味。押解官看到涅赫柳多夫進來，欠了欠身子，帶著好像諷刺而困惑的神色盯著這個進來的人。

「您有什麼事嗎？」他問過，卻不等對方回答，就衝門外叫嚷了起來：「別爾諾夫！茶炊到底何時才能給生好哇？」

「馬上就好。」

「我這就給你點顏色看看，好讓你記住！」押解官翻了翻眼睛，喝道。

「來了！」那士兵嘴裡喊著，手裡端著茶炊走了進來。

涅赫柳多夫等著士兵把茶炊擺放好（押解官一直在用惡狠狠的小眼睛盯著士兵，好像要瞅準什麼地方好打他）。等擺放好後，押解官就開始煮茶。然後從旅行食品箱裡拿出一瓶方形玻璃瓶裝的白蘭地和一些阿爾伯特的夾心餅乾。他把這些東西全都放到桌上之後，才轉過身來對涅赫柳多夫說道：

「有什麼事要我為您效力呢？」

「我請求您批准我去見一個女犯人。」涅赫柳多夫還沒坐下來，就說。

「是政治犯嗎？這是法律禁止的呀。」押解官說。

「我已經獲准去過不止一次了，或者可以說，如果您怕我通過她來給政治犯轉交過去什麼東西的話，那麼我可以不去。」

「哦，那不可以，她要被我們搜身的。」押解官說過，發出一陣叫人不愉快的笑聲。

「那麼，您可以先搜查我一下嘛。」

「嗯，不搜也行。」押解官說著，拿起開了瓶塞的酒瓶，送到涅赫柳多夫的茶杯上。「喝一點，怎麼樣？哦，隨您便。不管是誰，只要是長年住在西伯利亞這個地方的人，若能見到一個有教養的人，就會興奮不已的。老實說，幹我們這一行，您也知道，實在是太苦了。你知道嗎，人家對我們這些人還有很大的看法，一提到押解官什麼的，不用說，那肯定是一個粗魯、沒有教養的人，但是他們也不想想：也許有人天生不是幹這個的呢。」

這個押解官那通紅的臉、難聞的香水味、戒指，尤其是他那令人討厭的笑聲，令涅赫柳多夫非常厭煩。但就在此時，他不敢用任何傲慢輕蔑的態度對待任何一個人，而且認為同任何人說話都一定「把心掏出來」，這是他給自己確定的對待人的態度標準。涅赫柳多夫聽了押解官的此番話，並見識了押解官的精神狀態，以為他是由於參與折磨他手下的犯人而心情不好，就鄭重地說：

「我認為，憑您的職位，可以減輕犯人的痛苦，並從中得到安慰。」

「他們有什麼痛苦？他們本來就是這樣的人。」

「他們沒有什麼與眾不同的地方，」涅赫柳多夫說：「他們和我們都一樣。當中也有被冤枉的人呢。」

「當然，他們當中存在各式各樣的人，自然很可憐，我只要能做到的，總是儘量降低他們的苦楚，情願自己受罪，也不想讓他們多受苦。還要再為您倒些茶嗎？」他說著，又為他倒上茶。

「她，您想要見的那個女人，到底是個怎麼樣的人呢？」他問。

「她是個可憐的女人，淪落到一家妓院，後來在那裡受到了指控，說她犯了投毒害人的罪。事實上她是個挺好的女人。」涅赫柳多夫說道。

押解官搖了搖頭。

「我認為，趁他們現在還歸您管，您可以寬鬆一下那些人的處境。毫無疑問，您要是這麼做了，肯定會很高興的。」涅赫柳多夫盡可能把話說得清楚易懂一些，就像跟外國人或小孩兒說話似的。

押解官用一雙閃閃發光的眼睛一直盯著涅赫柳多夫，顯然急不可待地等著他把話講完。

「對，確實是這樣的，你說的完全正確的，」他說：「我確實很可憐他們。但是我很想和您說說那個愛瑪的事。您猜她做了何事？……」

「我對這些事情不感興趣，」涅赫柳多夫說：「我坦白告訴您說，雖然我自己以前也是另一類人，但是現在我可是厭惡這種對待女人的態度。」

押解官吃驚地看了看涅赫柳多夫。

「那您再喝些茶吧？」他說。

「不用了，多謝。」

「別爾諾夫！」押解官又叫喊道：「你領這位先生去見瓦庫羅夫，你就對他說，讓這位先生去那個單獨囚禁著政治犯的牢房裡，可以讓他在那裡一直待到點名為止。」

chapter 9 五號牢房

涅赫柳多夫在傳令兵的帶領下走了出去，又來到幾盞路燈發出來的微弱的紅光照射著的昏暗的院子裡。

「上哪去？」一個押解兵迎面走了過來，問帶領涅赫柳多夫的傳令兵。

「去隔離室，五號牢房。」

「這不能過去，早鎖上了，要走那個門廳。」

「為什麼要上鎖呢？」

「隊長鎖的，他自己去村子裡了。」

「好吧，那您就走這邊吧。」

傳令帶著涅赫柳多夫走向另外一個門廊，踩著木板，來到另一個臺階前。剛才他們在院子裡，就聽到了嗡嗡的說話聲和人們走動的聲音，像是一窩十分興旺、正準備分群的蜜蜂。等涅赫柳多夫走近了，門一開，這嗡嗡聲自然就更大了，一下子變成了叫嚷、謾罵、喧鬧。還聽見鐐銬的匡噹聲，空中彌漫著他熟悉的那種濃濃的糞便和焦油的惡臭味道。

這兩樣感受在涅赫柳多夫身上往往聚集成一種精神上的噁心的難受的感覺，並且正慢慢變成生理上的噁心感。這兩樣感受混雜在一起，還在相互促進。

此刻涅赫柳多夫走進了這個小旅站的門廊，那兒放著一個臭氣熏天的大木桶，即「馬桶」。涅赫柳多夫頭一眼看見的就是一個女人坐在這個木桶上面。她的對面還站著個剃了半邊頭的男子，歪戴著那頂薄餅般的帽子，他們正聊得很起勁兒呢。男犯人一看到涅赫柳多夫過來，就擠了擠一隻眼兒，說道：

「即便是沙皇也管不住人屎尿啊！」

而那個女人則放下長囚衣的下擺來，並且垂下了頭。

從前堂向裡面走是條過道，過道兩邊的牢房門都開著，第一間是帶著家眷犯人的牢房，第二間是單身犯人的大牢房。過道頂頭還有兩間小牢房，是專門提供給政治犯住的。旅站裡的這個住房原來限定人數為一百五十人，但現在卻住進去四百五十個人，所以異常的擁擠，犯人在牢房裡住不下，甚至把過道也擠滿了。有些人坐在地上或躺著，有些人提著空茶壺或者裝滿水的茶壺進進出出。塔拉斯就夾在這群人中間。他追上涅赫柳多夫，熱情地同他打招呼。塔拉斯那張友善的臉變得更難看了，由於他鼻子上和眼睛下面添了好幾處烏青塊。

「你這是怎麼了？」涅赫柳多夫問。

「出了點事。」塔拉斯笑著說道。

「他們經常打架鬥毆。」押解兵不屑一顧地說。

「全都是因為那些娘兒們，」一個跟在他們後邊的男犯人加上了一句，「他曾和瞎了一隻眼的菲特卡打了一架。」

「菲多霞如何呢？」涅赫柳多夫問道。

「她沒事，身體挺好的。瞧，我這就是拿開水給她沏茶的。」塔拉斯說完，便走進帶家屬的牢房裡。

涅赫柳多夫朝這個牢房的門裡探望了一下。整間牢房，在板鋪的上上下下，全都擠滿了男男女女。牢房裡充斥著水蒸氣，那是晾著的濕衣服散發出來的。女人的叫嚷聲永不停歇。再過去一個門便是單身犯人的牢房。這個牢房裡更加擁擠，連房門前和門外的過道上也擠滿了一群群吵鬧不休的穿著潮濕的囚衣服的犯人，在分配什麼東西，也許是在算什麼。押解兵就對涅赫柳多夫解釋道，這是犯人的頭兒在數著開支帳目或輸掉的錢，原來監獄裡面有個開設賭場的犯人，借給其他犯人的錢，其他犯人欠他的錢，都是用紙牌剪成紙片做借據的，現在頭兒依據紙片從犯人們的伙食費中扣出錢來償還賭債。

那些站得比較近的犯人一看見押解兵和一位老爺走了過來，便默不做聲了，很反感地打量著那兩個經過這兒的人。

「他們倒挺舒服的，這些寄生蟲們！」涅赫柳多夫已經快要走到政治犯的牢房門口，卻聽到身後有人這樣說：「這些鬼東西，他們能做些什麼事呢？不管怎樣，他們的肚子是絕不會疼的。」另一個嘶啞的聲音緊接著又罵了一句更加不堪入耳的話。

隨即便從人群中傳出一陣不友好的、帶有嘲弄意味的哄笑聲。

chapter 10 秘密

陪著涅赫柳多夫的押解兵，在過了單身犯人的牢房時，就對他說會在點名之前再過來接他，說過之後就轉身走了。那押解兵剛離開，就有一個男犯人光著腳，拿著鐐銬上的鏈子，快步來到涅赫柳多夫跟前，給他帶來一股濃濃的汗臭味，然後壓低嗓門，偷偷地對他說道：

「您出面管管吧，老爺。那個小夥子已經上當了，人家已把他灌得不省人事了。今天早上交接犯人的時候，他已經冒名頂替，自稱是卡爾馬諾夫。您出面管管他吧，我們管不了的，否則他們會把我們都打死。」那男犯人一面心神不定地向四周張望了一下，說完就立馬從涅赫柳多夫身旁溜走了。

事情是這樣的：有個苦役犯姓卡爾馬諾夫，慫恿一個和他面貌很相近的、被判處終身流放的小夥子與他調換了姓名，這麼一來，這個苦役犯就可以改成流放犯了，而那小夥子卻要代他去做苦役。

涅赫柳多夫已經知道了這件事情，因為之前那個犯人在一個星期以前就把這種交換的事跟他說過了。涅赫柳多夫只點了點頭，說他已經聽明白了，他會竭盡全力去辦的。接著他頭也不回就徑直朝前走了去。

在葉卡捷琳娜堡時，涅赫柳多夫就認識這個犯人了，那時他曾請他為他去說情，請上級准許他的妻子跟他一起去，涅赫柳多夫對他的要求感到驚訝。

這人中等身材，從相貌上看是個最普通的農民，三十歲光景，因為犯圖財害命罪被判服苦役。他的名字叫馬卡爾•捷弗金。他犯罪的過程很奇怪，據他本人對涅赫柳多夫講的，這個罪與他馬卡爾無關，而是他，魔鬼幹的。依照他的說法，開始是有個過路人找到馬卡爾的父親，願意出兩個盧布要他父親用雪橇把他給送到四十俄里外的某個村子裡。馬卡爾的父親就囑咐他趕車去送這個過路人。馬卡爾套好雪橇，穿上外衣，就和過路人一塊兒喝起茶來。過路人在喝茶時聊起來，說他是回家結婚的，身上還帶著從莫斯科掙到的五百個盧布。馬卡爾聽完這些話後，便來到外面的院子裡，找來一柄斧子，藏到雪橇的草墊底下。

「連我自己都不明白為何要帶上那把斧頭，」他說道：「好像有一個聲音在對我說：『你拿上那斧子吧，』於是我就拿上它了。我們坐在那輛雪橇上，就出發了。我們一路走去，什麼事也沒有發生。我本來已忘記了那把斧頭。就在我們快要到那個村莊，只剩下六俄里路時，我們的雪橇從鄉間土路上轉彎，行駛在了大路上，向山坡上爬去。我就下了雪橇，跟在後面走，可是他又低聲說道：『你到底還在遲疑什麼啊？等上了坡，大路上到處都有人，前邊就是村莊了，他就會帶著錢離開的，你要幹，必須此時快下手，不能再等了。』我便彎下了身子裝作要收拾一下雪橇上的草墊，而那把斧子如同自動跳到我手中一樣。那人回頭瞅了我一眼。『你想幹什麼呀？』他說。我掄起斧子，就想劈下去。但他卻是一個機靈人，霍地跳下了雪橇，抓住了我的雙手。『你這混蛋到底要幹什麼？……』他說。他把我推倒在雪地上，我也不反抗了，任他擺佈。他用一條寬腰帶綁住我的雙手，把我丟到雪橇上。很快就把我送到了區警察局。之後我就被關進了監獄，受審。我的村社來幫我說話，說我是一個好人，從來沒有做過任何壞事，雇我做事的東家也替我在說好話，但是我沒有錢去請律師，」馬卡爾說：「因此法庭就判我去服四年的苦役。」

現在就是此人想要解救他的一個同鄉，雖然他很清楚自己一旦說出那件事情來，就會危及到生命，可他還是把這個犯人中的告訴了涅赫柳多夫，要是他們知道了這件事是他幹的，一定會就此把他活生生地勒死。

chapter 11 老本行

政治犯的住所是兩間小小的牢房，門朝著被隔開的那一截過道。涅赫柳多夫一走進這一截過道，所看到的第一個人就是希蒙森了。希蒙森身上穿著短外衣，手中攥著一段松木劈柴，蹲在生著火的火爐旁，爐門被熱氣抽進去，不住地顫動著。

希蒙森看到涅赫柳多夫，沒有站起身來。他那兩道突起的濃濃的眉毛下面的雙眼從下朝上望著他，並把手伸出去和他握了握手。

「我很高興您到這裡來，剛好很想見見您。」他對直地看著涅赫柳多夫的眼睛，帶著意味深長的神情說。

「究竟有何事啊？」涅赫柳多夫問道。

「等一會兒我再告訴您吧，我現在挺忙的。」

於是希蒙森繼續生他的爐子，他是按照自己那套盡可能減少熱能消耗的特殊原理來生爐子。

涅赫柳多夫剛要進一扇門，瑪絲洛娃卻從另外一扇門裡出來了，她手裡拿著掃帚，彎著腰，正把一大堆的垃圾和塵土朝爐子那兒掃去。她身上穿著白色的短上衣，把裙子的下襟塞進腰裡去，腳穿長筒襪。為了遮蓋灰塵，她頭上還紮了一塊白頭巾，一直包到眼眉那裡。她一看見涅赫柳多夫，就站直了身子，臉漲得紅通通的，神態可人。她放下掃帚，在裙子上擦了一下手，紅著臉，很高興地挺直身子在他面前站好。

「您是在打掃房間嗎？」涅赫柳多夫說著，便把手伸過去跟她握手。

「是的，這是我的老本行了。」她說著，又微微笑了起來。「這裡髒得實在無法忍受。我們一遍遍地在打掃。如何，那條方格毛毯烤乾了沒有啊？」她轉過身子問希蒙森。

「就快乾了。」希蒙森用一種特別的目光在看著她說，這令涅赫柳多夫不由得感到吃驚。

「哦，那麼我等會兒再來取吧，我乾脆把皮襖也帶來一起烤乾，我們的人全在這裡面呢。」她指著近處的一扇門對涅赫柳多夫說道，她自己卻走向遠些的那一扇門。

涅赫柳多夫推開房門，走進了一個不大的牢房。很低的板鋪上面點著一盞小小的鐵皮油燈，光線很微弱。牢房陰暗、寒冷，空中還瀰漫著塵埃未定的氣味，以及潮氣和煙草的味道。鐵皮燈只照亮了周圍的一小圈地方，板鋪依舊處在陰暗之中，牆上遊動著有些晃動的影子。

在這個不大的牢房裡，除了負責管理伙食的兩個男犯人到外面去打開水和買食物之外，其餘的人都在。這裡有涅赫柳多夫老早就認識的薇拉，她顯得愈發又瘦又黃了。她穿著灰色上衣，頭髮剪得短短的，額頭上露出一根粗粗的青筋，一雙大眼睛流露著驚慌的神氣。她端坐在一張攤開的報紙對面，報紙上撒了不少煙草，她正麻利地把那煙屑塞入帶嘴紙煙的紙筒裡面。

這裡還有一個女政治犯，她是涅赫柳多夫有好感的其中一個。她的名字叫愛米莉・蘭采娃，負責管理內務，她給他的印象是，即使在最艱苦的條件下，她也能從內務上展現出這個女性的持家本領和魅力。她這會兒坐在油燈前，挽起袖筒，用她那曬得黑黑的、漂亮的、靈活的雙手擦拭著帶柄的杯子和茶盅，然後把它們一一放在鋪著一個手巾的板鋪上。

蘭采娃是個長得並不算太漂亮動人的年輕女人，但臉上卻透著聰慧而又溫柔的表情，並且有一個特徵：她每次微笑的時候，那張臉就猛地改變了模樣，變得又高興、又可愛，又迷人，如今她就是用這樣的笑來迎接涅赫柳多夫的。

「我們還以為您回俄羅斯，不再來了呢。」她說。

瑪麗婭也在這裡，坐在較遠的一個陰暗的角落裡，正為那個淡黃頭髮的小女孩忙著手裡的事，那女孩用她那可愛的童音咿咿呀呀不停地說著什麼。

「您來了，這實在是太好了。」您看過卡秋莎了吧？」瑪麗婭問涅赫柳多夫。「您看，我們這裡來了個多好的小客人呀。」她指指小女孩說。

這兒還有阿納托里・克雷里佐夫。他就盤腿坐在遠處一個角落裡的板鋪上，佝僂著身子，穿著氈鞋，把雙手插在皮襖的袖管裡面，臉色慘白且消瘦，渾身打著哆嗦，用那雙得了熱病的眼睛凝視著涅赫柳多夫。

涅赫柳多夫正要朝他這邊走過來，可是他看見房門的右側，坐著一個長著淺棕捲髮的男犯人，戴著眼鏡，身上穿著橡膠上衣，那人一邊在背包裡翻著什麼東西，一邊和相貌英俊的、笑嘻嘻的戈拉別茨說著話。這個人就是赫赫有名的革命家諾弗德沃洛夫。涅赫柳多夫連忙同他打起招呼。他之所以特別急著跟他打招呼，是因為在這批政治犯中，他唯一厭惡的就是這個人。諾弗德沃洛夫閃動著淺藍的眼睛，從眼鏡裡瞧著涅赫柳多夫，便緊蹙著雙眉，向他伸出瘦長的手來。

「怎樣，旅行還算愉快嗎？」他分明是帶著嘲弄的口吻在說。

「是的，是有很多有意思的事情。」涅赫柳多夫裝作沒聽出他的什麼諷刺來，只是把它當作一句客套話。他說完之後，就向克雷里佐夫那兒走了過去。

「怎樣，您的身體好些沒呀？」他握著克雷里佐夫伸來的那隻冰冰的、顫抖的手說。

「沒事，只是身上發冷而已，我身上的衣服全都濕了。」克雷里佐夫說著，趕緊又把手揣進了皮襖的袖管裡。「這兒也冷得要死。看，窗戶上的玻璃都碎了。」他指著鐵格裡邊的那兩處打壞的玻璃窗。

「您是來找卡秋莎的吧？」他對涅赫柳多夫說道：「她一直在幹活兒，打掃這間屋子、我們男犯人的屋子，她都給打掃乾淨了，此刻去打掃女犯的房間了，但就是那些跳蚤掃不掉，咬得人心裡惶惶的。瑪麗婭在那邊幹什麼呢？」

他用頭示意瑪麗婭所在的那個角落，問道。

「她正在給她收養的那小女孩梳頭呢。」蘭采娃說。

「她不會把蝨子招引到我們的身上來吧？」克雷里佐夫說。

「不會的，我很細心的，她現在可乾淨多了，」瑪麗婭說：「您帶她去吧，」她轉過身子去對蘭采娃說：「我去給卡秋莎幫忙去。還要把那條方格毛毯給他帶回來。」

蘭采娃把小女孩抱了過去，用母性的慈愛把孩子的兩隻胖嘟嘟的小胳膊都緊貼在自己的胸口上，讓她坐在自己的膝蓋上，又給了她一塊糖吃。

瑪麗婭離開了。她一離開，那兩名管生活的男犯人拎著開水和食物，就回到牢房裡來了。

chapter 12
重新分配

進來的兩個人之中的一位，是個頭不高、骨瘦如柴，穿著一件羊皮襖，腳蹬一雙高筒靴子的年輕人。他手裡拎著兩壺熱氣騰騰的開水，腋下夾著一塊用頭巾包起來的大麵包，很輕快地走了進來。

「哎呀，原來是我們的公爵來啦。」他說過，把茶壺放在那些茶杯的中間，把麵包遞給了瑪絲洛娃[7]。「我們買了一些很好的東西，」他說著，把皮襖脫掉，從大家的頭頂上扔到板床的角落裡。「馬克爾買了牛奶和雞蛋。今天簡直可以開個舞會了。啊，基里洛芙娜[8]總是把屋子收拾得那麼的乾淨整潔，那麼的漂亮。」他笑呵呵地看著蘭采娃說道：「來，現在你來沏茶吧。」

此人的整個的外貌，不論是舉動、說話的腔調、還是眼神，都透露著勃勃生機和愉悅的氣氛。進來的另外一人卻是剛好相反，一副憂鬱而低沉的樣子。他身穿一件舊棉大衣，皮靴外邊還穿了一雙雨鞋。他手裡拎著兩個瓦罐和兩隻樹皮籃子，他把所有的東西都放到了蘭采娃跟前，就朝涅赫柳多夫彎了彎脖子，就這樣對涅赫柳多夫點了一下頭，但眼睛卻一直在打量著涅赫柳多夫。然後，慢悠悠地從籃子裡取出吃的食物，並把它們整齊的擺放好。

7 英文中譯為「蘭采娃」。
8 蘭采娃的父名。

這兩個政治犯都是農民背景。前一個是納巴托夫，後一個是工廠工人馬克爾。馬克爾三十五歲時才參加的革命活動，而納巴托夫十八歲時就已經成為其中的一員了。納巴托夫原本畢業於鄉村學校，由於智慧卓越而考上了中學，後來一直靠當家教維持生計，中學畢業時，榮獲金質獎章，但是他沒去上大學，因為他還在念七年級時，就已經下定決心，回到他出身的民眾當中去，去教他們那些被遺忘的弟兄。

他真的這麼去做了。剛開始他曾在一個大村子裡當文書，但是沒過多久就被捕了，因為他給農民們朗讀宣傳小冊子聽，還在農民中間創立了一個生產消費合作社。第一次被捕，他在獄中待了八個月，後來被放出來，仍受暗中監視。他獲得自由以後，馬上就跑到另一個省的村子裡，在那兒當了鄉村教員，繼續幹他之前從事的活動。他再次被捕入獄，這次在獄中待了一年零兩個月，然而他在獄中更加堅定了他的革命理念。

第二次出獄之後，他被流放到彼爾姆省。他從那裡逃了出來，後來他又被逮住，關押了七個月，然後被流放到阿爾漢格爾斯克省。在那兒，他又因為拒絕向新沙皇宣誓效忠，所以就被判處流放到亞庫次克區，因此他長大成人後的日子有一半是在監獄和流放中度過的。這所有的境遇並沒有使他的性子變得暴躁，甚至也沒有磨滅過他的毅力，反倒更激發了他的鬥志。

他是一個活潑好動的人，不管什麼時候，他總是幹這幹那、精力十足，他從不後悔他過去的所作所為，也從不去預測未知的明天，而是盡自己的智慧和才能以及辦事能力辦好當前的事。他每次重獲自由的時候，總是依照他給自己確定的目標去努力工作，也就是教育和團結以農村平民為主體的勞動者。要是坐了牢，他也仍然是精力十足、腳踏實地工作著，便於與外界進行聯繫，在現有的條件下不僅為他自己，也為自己的集體把生活都安排好。

他的母親依然健在，是一個不認識字的寡婦，並特別迷信。納巴托夫還要照顧她，只要他被放出來，他就常常回去看望她。他每次回到家，總是細心地噓寒問暖，幫她幹活，並且和他過去的夥伴，農村的青年互相溝通，和他們一起抽低劣煙草捲成的狗腿煙[9]，和他們比試一下拳腳，並且向他們講解，他們是怎樣上當受騙的，怎樣從他們遭受的騙局裡解放出來。每當他想到或者宣傳說到革命將會帶給人民什麼益處的時候，總認為像他那樣出身的老百姓將會在差不多保持原樣的條件下生活，只是他們擁有了土地，沒有了地主和官僚。

他認為，革命不應當改變人民最基本的生活方式。在這一點上，他和諾弗德沃洛夫以及諾弗德沃洛夫的信徒馬克爾則看法不一，對他來說，革命不應該摧毀整座大廈，只是應該把這個美麗、牢固、雄偉、為他所熱愛的古老大廈那裡面的房間重新分配一下就可以了。

在宗教方面，他也表現出典型的農民態度，他從不考慮各種虛幻的問題，不考慮萬事萬物的根源，不考慮陰間裡的生活。上帝，對他來說也好像是在阿拉戈[10]的心中一樣，是他到現在為止都認為那是一種不必要的假設，這個世界究竟是如何創造的，到底摩西說的是正確的呢，還是達爾文說的是正確的，他從來不關心。在他的同志們看來，達爾文學說是非常重要的，但他認為，這一學說卻和六天之內開創世界的說法是完全相同的，只不過是一種思想遊戲而已。

在這批犯人中，另一個出身於平民的政治犯馬克爾則是另外一種氣質的人。他從十五歲開始就

9俄國農民自捲的煙捲，形似狗腿。
10阿拉哥（一七八六—一八五三），法國物理學家，天文學家。

當上工人，為了忘記那些在他心中時而浮現的羞辱感而開始抽煙酗酒。他第一次感受到這種羞辱的痛楚，那是在過基督耶誕節時，那時他們這些童工被領到一棵由廠主太太裝飾起來的聖誕樹前，他和他的夥伴們獲得的禮品是一個蘋果、一個只值一戈比的小木笛子、一個用金紙包起來的核桃和一個乾的無花果，但是廠主的孩子們獲得的卻是很好的玩具，他覺得那好像是仙女的恩賜，後來他聽人說那是需要花費五十盧布以上才買得到的。

他二十歲的時候，有一位著名的女革命者來到他們的工廠裡當女工，發現昆德拉吉耶夫有卓越的才能，便開始給他送一些書和小冊子看，和他談話，給他講解他所處的地位、處在這種悲慘境地的原因和改善這種處境的方法。等到他清楚地認識到有可能把他自己和他人從現有的受壓迫的處境中解放出來時，這種不合理的處境在他的心目中就變得比之前更嚴酷、更恐怖了，於是他不僅急切地渴望能得到解放，而且要嚴懲那些建立和維護這種殘酷的不合理制度的人們。

他過慣了清心寡欲的生活，只要很少的一點物質就感到心滿意足。如同所有從小勞動慣了的、身強力壯的人一樣，一切體力勞動他都可勝任，活兒幹得又多又迅速，又得心應手。可是他最珍惜閒置時間，為的是在獄中和旅站上繼續學習，現在他正在讀馬克思著作的開頭那一卷[11]。他小心翼翼地把這部書保藏在自己的背包裡，當作無價之寶。他對所有的同志們都保持著一定的距離，孤僻且冷淡，只有諾弗德沃洛夫例外，他特別信賴他，只要是諾弗德沃洛夫對種種事情所提出來的各種見解，他都覺得是顛撲不滅的真理。

他對女人持有難以抑制的蔑視的態度，把女人看作是所有正當工作的阻礙，然而他卻非常同

---

11 指《資本論》第一卷，俄譯本在一八七二年出版。

情瑪絲洛娃，對她很友好，因為他把她視為下層階級受到上層階級剝削壓迫的典型。也正是這個原因，他便憎惡涅赫柳多夫，不和他說話，也不同他握手，除非涅赫柳多夫先和他打招呼，他才勉強伸出自己的一隻手來，與涅赫柳多夫握一握。

chapter 13

複雜的戀愛關係

爐子已點燃了，屋子裡也變暖了。茶煮好之後，分別倒在玻璃杯和帶把的杯子裡，加上牛奶，顏色變白。那些新鮮的麵包、煮熟的雞蛋、牛油、燒牛頭、牛蹄全都擺好了。所有的人都聚集到了那個當臨時飯桌的板鋪上，各自品茶，吃東西，閒聊。蘭采娃坐在木箱子的上面，為大家一一斟茶，其他的人都圍在她的身邊，只有克雷里佐夫除外，他脫下了濕淋淋的皮襖，圍起那條已經烘乾的方格毛毯，躺在了自己的床鋪上，和涅赫柳多夫在說著話。

在冷風、苦雨中跋涉了一天之後，又來到如此髒兮兮、亂糟糟的地方，因此不辭辛勞地又把這兒給收拾乾淨，到現在又吃到好吃的東西，喝了熱茶，這時大家的心情自然也就變得特別愉悅高興了。

從隔壁傳來刑事犯們跺腳、叫嚷、咒罵人的聲音，這似乎在叫他們記著，他們周圍是什麼，但是這反而增強了這裡的這種舒適的氛圍。這些人如同處在海洋中的一個孤島之上，一時間感覺到不再遭受他們周圍的各種欺辱和苦難的侵擾了，因此情緒激昂、精神抖擻。

他們無所不談，唯獨不談他們的處境和等待著他們的是什麼。此外，就如青年男女那樣，特別是他們這些人天天被強行聚集在一起時，他們之間正在產生著縱橫交錯的和情投意合的、由於各種不同的原因交織在一起的愛戀。

幾乎所有人都在戀愛著。諾弗德沃洛夫戀上了容貌姣好、笑臉盈盈的戈拉別茨。戈拉別茨本是一個年紀很輕的高等女校學生，思想純潔，對革命問題非常毫無興趣可言，但是她也受到了時代潮流的感染，捲入其中，被判處了流放。她在入獄之前的主要生活興趣便是贏得男人們的歡心，後來她不論是在受審階段，監禁階段，還是在流放階段，這個興趣從未改變。現在在流放旅途中，諾弗德沃洛夫愛上了她，這就使她感到了一絲欣慰，並且她自己也對他產生了愛意。

薇拉是個多情的女子，卻沒能使人家對她產生愛戀，然而，她有時愛納巴托夫，有時愛諾弗德沃洛夫，並且總是指望有相應的回報。克雷里佐夫對瑪麗婭的態度也有點像戀愛，他愛她，就像男人愛女人那樣，可是當他知道了她的戀愛觀，就十分巧妙地把自己的感情掩蓋在了友誼和感激的外衣之下，他感激她對他體貼入微的照顧。納巴托夫和蘭采娃之間也產生了較為複雜的戀愛關係，如同瑪麗婭是個非常貞潔的處女那樣，蘭采娃也是個完全忠於丈夫的貞潔的妻子。

她在十六歲那年，還在念中學的時候，就愛上了彼得堡大學的學生蘭采夫。她在十九歲那年，他還正在讀大學時就和他結了婚。她的丈夫在上大學四年級時，捲入大學裡的學潮，後被驅逐出彼得堡，從那之後就成了一個革命者，於是她就放棄了她正在學習的醫學課程，跟隨著丈夫一起出走了，她也成了革命者。

離開丈夫，離開孩子，孩子由她母親領去，這對她來說是十分痛苦的，但是她在離別時非常堅強和鎮定，因為她知道自己承受的這一切完全是為了她的丈夫，為了這一事業，而這一事業不容置疑是正義的，因為他就正在為這一事業奮鬥。她的心永遠和她丈夫在一起，如同她過去沒有愛過任何人，如今她除了愛她丈夫之外也不可能再愛其他的任何人了。

可是納巴托夫對她的真誠和他那純真的愛慕卻打動了她的心，使她的心久久不能平靜。他是一個為人正直的、堅強不屈的男子漢，又是她丈夫的好朋友，竭力像對待姐妹一樣來保護她，可是在他對她的態度卻超過了這種感情，這使他們兩個都感到了不安，但是同時這倒也為他們目前的艱難生活增添了不少的色彩。

因此，在這個小小的集體裡，唯獨瑪麗婭和昆德拉吉耶夫兩人與戀愛毫無關係。

chapter 14 白日做夢

涅赫柳多夫平常總是在大家都喝完茶，吃過晚飯之後才跟卡秋莎單獨交談，這次他也指望這樣，於是就坐在了克雷里佐夫跟前，跟他們聊天，涅赫柳多夫順便告訴他馬卡爾向他提出的要求，還談論起馬卡爾犯罪的經過。克雷里佐夫用心地聽著，並且他那炯炯有神的目光一直在盯著涅赫柳多夫的臉。

「是的，」他突然說道：「我常常會產生這樣的一種想法：我們跟他們一塊兒走，同他們並肩前進，但是『他們』到底是何人呢？他們就是我們為之奮鬥的那些人。但是現實中，我們不但不瞭解他們，而且也不想瞭解他們。而他們，比這更要糟糕的是，他們還在憎惡我們，還把我們視為敵人。那才恐怖呢。」

「這也沒什麼恐怖的，」一直在聽他們說話的諾弗德沃洛夫說道：「群眾永遠是一心一意崇拜權力的，」他用他那尖銳刺耳的聲音說道：「政府控制著權力，他們便崇拜起政府，憎恨我們。明天我們執掌了政權，他們就又會崇拜我們……」

這時突然從隔壁傳來了一陣謾罵聲、碰撞聲、鐵鍊的嘩啦聲、尖叫聲和呼喊聲，有人挨打，有人叫喊道：「救命呀！」

「看看他們這群野獸吧！我們和他們之間根本無法進行溝通。」諾弗德沃洛夫坦然自若地說。

「你說他們是野獸，但是剛才涅赫柳多夫就講了一件很了不起的事，」克雷里佐夫憤怒地說道：於是他又講了馬卡爾如何甘冒生命危險營救同鄉的故事。「這可不是野獸能做出來的，而是英雄之舉動。」

「你真是多情善感啊！」諾弗德沃洛夫挖苦說：「我們無法領悟這些人的心思和他們行為的動機。你認為這是捨己為人，可這或許還是他忌妒那個苦役犯呢。」

「你為何總不願意從人家的身上看到好的特質呢？」瑪麗婭一下子發起火來，說道（他對任何人都稱「你」）。

「虛無縹緲的東西，是不可能看到的。」

「一個人奮不顧身，怎麼能說是沒有的事呢？」

「照我看來，」諾弗德沃洛夫說：「如果我們想幹自己的一番大事業，那麼，實現這個願望的最要緊的條件（瑪爾凱本來在燈下看書，這時放下書，留神聽他的老師講話）就是，第一不可胡亂猜想，而要如實地看待事物。應該盡我們的全力為人民群眾服務，卻不能對他們有什麼更大的指望。人民群眾是我們服務的對象，但只要他們像現在這樣不爭氣，就不能成為我們的同志，」他開口說道，如同在發表一個演說。「就是由於這個原因，在我們還沒有推動他們完成發展過程之前，就指望他們來協助我們的工作，那純粹是白日做夢。」

「那發展過程又是如何呢？」克雷里佐夫滿臉通紅地說：「我們常說我們要反對暴政以及專橫，然而難道這也是最恐怖的專橫嗎？」

「這根本不是什麼專橫，」諾弗德沃洛夫平和地回答道：「我只不過是說，我明白人民應當走哪條道路，而且我可以給他們指引路線。」

「但是你憑什麼證明你指的那條路就是對的呢？難道這不正是產生過的宗教裁判所[12]和大革命的屠殺[13]的那種專橫嗎？他們也是憑書本知道那是唯一正確的道路。」

「他們錯了並不代表我也錯了，而且，在思想家的空想同真正的經濟學的實際資料之間，還存在著天壤之別呢。」

諾弗德沃洛夫那有力的嗓音回蕩在整個牢房，只有他一人在講話，其他的人卻都沉默不語。

「總是爭論的沒有盡頭。」瑪麗婭・帕甫羅芙娜在他剛停頓了片刻之後說。

「那您怎麼看待這事？」涅赫柳多夫問瑪麗婭・帕甫羅芙娜。

「我認為阿納托里說的是正確的，不該把我們自己的觀點強制性地加在人民的頭上。」

「哦，那您呢，卡秋莎？」涅赫柳多夫笑著問她，卻又很膽怯地等她回答，怕她會講出一些什麼不恰當的話來。

「我認為老百姓總是受欺負的，」她臉漲得紅撲撲的，說：「老百姓太受欺負了。」

「說得對，」納巴托夫大聲說：「老百姓受的欺壓太多了，應該不讓他們再受欺壓才對。我們的全部事業就是為了實現這個目標。」

「這是關於革命職責的一個奇怪的概念。」諾弗德沃洛夫說過這話，便一言不發了，憤慨地抽

12 十三世紀天主教教廷設立的機構，殘酷地鎮壓異教徒，同時也迫害進步的思想家和科學家。

13 指法國資產階級革命時期雅各賓派實行的革命恐怖手段。

起紙煙來。

「我沒法和他交談。」克雷里佐夫小聲說過這話，也不再吱聲了。

「最好不要談了。」涅赫柳多夫說。

chapter 15

混帳的思維方式

雖然諾弗德沃洛夫得到了每一個革命者的敬重，雖然他知識淵博，也算是特別聰明，涅赫柳多夫卻把他歸入大大低於一般水準的這類革命者的隊伍中，因為他的道德品質低於一般的水準，而且非常的低。

這個人在精神上與希蒙森比起來，具有一種截然不同的傾向。像希蒙森這類人，主要是具有男子漢的氣魄和膽識，他們的行動由自己的思想活動來指導，取決於思想活動。但是諾弗德沃洛夫屬於另一類人，這類人主要具有女性的氣質，他們的思想活動一部分是由感情所決定，另一部分則取決於證明通過感情所引發出的行為是正確無誤的。

諾弗德沃洛夫的所有革命活動，雖然他擅長用各種各樣令人信服的理由說得繪聲繪色，然而涅赫柳多夫卻認為，這只不過是出於虛榮心，是想展示高人一等而已。起初，由於他很善於讀懂他人的思想和正確地表達他人的思想，他在求學期間，在學生和教員當中，在他那種能力得到賞識的地方（在中學、大學、碩士學位班），果然能做到名列前茅，他也便心滿意足了。

但是等他拿到畢業證書，離開學校，他的這種出人頭地的狀況也不復存在了，正如討厭諾弗德沃洛夫的克雷里佐夫對涅赫柳多夫說的，他為了在新的環境裡再得到卓越的地位而突然完全改變了他的思想，從一個漸進主義的自由派分子馬上轉變成一個紅色的民意黨人。

由於他的天性中缺乏那種足以使人引起懷疑和搖擺的道德品質與審美特質，他很快就在革命者的圈子裡躍為領導人物，這滿足了他的虛榮心。他一旦選定方向，就不再懷疑，不再搖擺不定，因此他也就相信自己從未犯過錯誤。他認為一切都極其簡單明瞭，毋庸置疑，正是由於他的見解狹隘和片面，所有的事情確實顯得非常簡單明瞭了。

他的同志們由於他的勇敢堅決而尊重他，但並不喜歡他。他也不喜歡任何人，他把所有傑出的人物看成是自己的競爭對手，如果他能做得到的話，倒很想像老公猴對待小猴子的辦法來對待他們。他恨不得搶取別人的所有智謀和才能，以免他們妨礙他展現自己的才能，他只對敬重他的人好意相待。如今，在流放途中，他就是這樣對待贊成他的宣傳的工人昆德拉吉耶夫，還有那兩個都傾心於他的女人，薇拉和相貌漂亮的戈拉別茨。他嘴上雖然也贊成有關婦女問題的原則，但內心深處卻認為所有的婦女都是愚蠢的，猥褻的，除了他常常自作多情愛上的那些女人之外，比如，現在他就是這樣迷戀戈拉別茨的。此時，他才覺得這樣的女人是不尋常的女人，只有他才能清楚的看到她們的優點。

男女關係的問題，他認為，同其餘的問題一樣非常簡單明瞭，只要認可戀愛自由，就徹底解決了。他曾有過一個假妻子[14]，還有一個正式妻子，但是他已經和那個正式的妻子離婚了，因為他認為他們之間沒有真正的愛情。現在他正準備和戈拉別茨締結新的自由婚姻。

他輕視涅赫柳多夫，按他的話來講，涅赫柳多夫對瑪絲洛娃在「裝模作樣」，特別是在思考現

14 指和他姘居的女人。

存制度的缺陷及其修正辦法時，不僅不是一字不差地按照他諾弗德沃洛夫的想法想，而且涅赫柳多夫竟然也還有他個人的想法，公爵的思想，也就是混帳的思維方式。

涅赫柳多夫知道諾弗德沃洛夫對他一直抱著這種態度，而且令他覺得難過的是，即使他一路上一直保持著愉悅的心情，但是對諾弗德沃洛夫卻只得採取以其人之道還治其人之身的辦法，不管如何都壓制不住他對這人的極度憎惡之情。

chapter 16

好事

從隔壁的牢房裡傳出了長官們交談的聲音，大家都安靜了下來。

一會兒，有一個隊長領著兩個押解兵走了進來，這是點名的時刻了。隊長用手依次指了指每一個犯人，計算著人數。

當他點到涅赫柳多夫時，便和顏悅色地對他說道：

「公爵，現在點完名之後就不准許待在此地了，您得走了。」

涅赫柳多夫知道這話的意思，便走到他跟前，把之前準備好的一張三盧布的鈔票塞到他的手裡。

「哎，實在拿您沒辦法呀！那您就再坐會兒吧。」

隊長剛想往外走，另一位軍士走了進來，後邊跟著一個高大瘦削的男犯人，那個人留著一把稀稀落落的鬍子，他的一隻眼睛還被打傷了。

「我是來看看那個小女孩的。」那個男犯說。

「啊，爸爸來了！」突然傳來孩子清脆的童音，一個長著淡黃色頭髮的小腦瓜兒從蘭采娃的後面探了出來。

蘭采娃正和瑪麗婭、卡秋莎一塊兒用蘭采娃捐獻出來的一條裙子給小女孩縫製一件新衣裳。

「是的，好孩子，是我，爸爸。」犯人布索夫津熱切地說。

「她在這裡非常好，」瑪麗婭很難受地盯著布索夫津那張傷痕累累的臉，說：「您就讓她待在這兒吧。」

「這幾位小姐在為我縫新衣服呢，」小女孩向她的父親指了一下蘭采娃手中的那針線活兒，說道：「可好看啦，實在是太好看了。」

「您想住在我們這裡嗎？」蘭采娃愛撫著小女孩的頭說。

「想，讓爸爸也住下吧。」

蘭采娃臉上露出了笑容。

「你爸爸可不能留在這裡，」她說道：「那您就讓她與我們待在一起好了。」她轉過身來對小女孩的父親說。

「那好吧，就讓她留在這裡吧。」站在門口的隊長說過這話，就跟那另一個軍士走了出去。

等押解人員一踏出房門，納巴托夫就走到布索夫津跟前，拍了拍他的肩膀說：

「怎麼樣，大哥，你們那裡的卡爾馬諾夫真的是要和別人相互調換嗎？」

布索夫津那溫和可親的臉馬上變得憂鬱了起來，他的眼睛也好像蒙上了一層薄紗。

「我們沒聽說過，恐怕不會吧，」他說過這話，似乎還在用那塊薄紗蒙著眼睛，接著又說道：「好吧，阿克修特卡，看來，你就在小姐們這裡享享福吧。」他說完，就匆匆忙忙地走開了。

「他完全知道這件事，他們真的調換了，」納巴托夫說：「那您現在打算怎麼辦呢？」

「到了城裡，我就告訴那當官的，他們兩個人的長相我都能認得出來。」涅赫柳多夫說。

大家都一聲不吭了，顯然是在擔心會再次爭論起來。

希蒙森本來用手抱著後腦勺，躺在角落裡的板鋪上，一直緘默不言，此時卻毅然決然坐起身來，下了床，小心翼翼地從那些坐著的人們身邊走過去，來到涅赫柳多夫的身邊。

「您現在是否能聽我說幾句話？」

「當然可以。」涅赫柳多夫說著站起來，就要跟著他一起走出去。

卡秋莎看了一下站起來的涅赫柳多夫，正和他的目光相撞，她一下子就漲得滿臉通紅，並且好像摸不著頭腦似的搖了搖頭。

「我有一件事情要和您說一下。」等他們一起來到過道裡，希蒙森就開始說話了。

在過道裡可以清晰地聽到刑事犯那邊的嗡嗡聲和一陣陣的喧鬧聲，涅赫柳多夫雙眉緊縮，希蒙森卻很顯然對這種熟悉的雜亂聲毫不在意。

「我知道您和卡秋莎的關係，」他繼續說下去，一面用他那友善的眼睛直率地盯著涅赫柳多夫的臉，「所以我覺得我有義務……」他說到這裡，不得不停下來，因為牢房門口有兩個聲音同時在叫喊，在為什麼事情而爭吵不休。

「我告訴你吧，你這個傻瓜，這並不是我的！」一個聲音叫嚷著。

「巴不得嗆死你呢，你這渾蛋！」另一個嘶啞的聲音說道。

此刻瑪麗婭來到了過道裡。

「你們怎麼在這兒談話呢？」她說：「你們上這兒來吧，這裡只有薇蘿奇卡一個人。」說完，她就走在前邊帶路，把他們帶到旁邊一個小小的房間裡，很顯然那原本是個單人牢房，現在分給女政治犯們住。薇拉蒙著頭躺在板鋪上。

「她得了偏頭痛，睡熟了，什麼也聽不到，我這就走！」瑪麗婭說。

「別走了，你就待在這裡吧，」希蒙森說：「我本來就沒有什麼秘密可隱藏的，更不要說隱瞞你了。」

「嗯，那好吧。」瑪麗婭往板鋪裡面坐了坐，準備好聽他們的談話，她那一雙漂亮的眼睛卻凝視著遠方。

「我想說的事是這樣，」希蒙森又重複一遍，「我知道您和葉卡捷琳娜・米哈伊羅芙娜關係，所以我感到我有義務向您道明我對她的態度。」

「到底是何事啊？」涅赫柳多夫問道。

「也就是我準備和卡秋莎結婚……」

「真是太奇怪了！」瑪麗婭注視著希蒙森說。

「……並且我已經決定向她提出這個要求，請她同意當我的妻子。」希蒙森接著說。

「然而我能幫你什麼呢？這種事得讓她自己來決定。」涅赫柳多夫說。

「是的，不過這事不經過您的同意，她也決定不下來啊。」

「那是為何呢？」

「因為在您和她的關係還沒有明確解決之前，她不能做出任何別的選擇。」

「對我來說，這個問題已經明確解決了，我願意幹的是我覺得應當幹的事情。此外，我就是想減輕她的痛苦，但我怎麼也不想約束她。」

「是的，但是她不想接受您做出的任何犧牲。」

「這根本算不上是什麼犧牲。」

「但是我知道她這個主意是不可改變的。」

「哦，既然是這樣，那您找我究竟談些什麼呢？」涅赫柳多夫說。

「在她看來，這事也需要得到您的認可。」

「可是，我怎麼能認可我不必幹我應當幹的事情呢。我要說明的只有一點，那就是我沒有選擇的自由，而她是可以自由選擇的。」

希蒙森不再吱聲，陷入了沉思。

「那好吧，我就按你說的跟她說吧，您別以為是我迷上她了，」他接著說：「我愛她，是因為她是一個善良的、承受多重災難的、極其少見的很好的人，我對她無任何奢求，只是很想幫助她，減輕她的苦難……」

涅赫柳多夫聽到希蒙森的聲音在發顫，也不由自主地暗自驚訝。

希蒙森說：「既然她不願意接受您給予的幫助，那就讓她接受我的幫助吧，如果她同意的話，那我就會請求上邊把我流放到她監禁的那個地方去。四年也算不上太長，我願意待在她的身邊生活，或許可以減輕她的苦難……」他再次激動得說不下去。

「那，我還能說什麼呢？」涅赫柳多夫說：「她能找到您這樣的保護人，我很高興……」

「喏，我就是想知道這個。」希蒙森繼續說道：「我是希望知道：既然您愛她，願她得到幸福，那您覺得她要是和我結婚，對她來說會是一件好的事情嗎？」

「哦，那當然是好事了。」涅赫柳多夫堅定地說道。

「這事完全取決於她怎麼看，無論如何，我只是希望讓這個歷經磨難的靈魂能舒緩些。」希蒙森一面說，一面露出孩子般的親切的神情望著涅赫柳多夫，這個一向臉色陰沉的人會有這種表情，那完全是意想不到的。

希蒙森站起來，抓住涅赫柳多夫的一隻胳膊，把臉向他湊過來，靦腆地笑了笑，又吻了吻他。

「那我現在就去告訴她。」他說完之後，就走了出去。

chapter 17 與眾不同的愛情

「哦，您覺得這是怎麼一回事呀？」瑪麗婭說：「他戀愛了，絕對是在戀愛，這可是怎麼都不會想像到的事，希蒙森竟然用這種最傻、最純真的方式戀愛了，像小孩子一樣，這簡直太奇怪了，說實在的，這太讓人痛心了！」她又嘆了一口氣，下了個結論。

「可是，卡秋莎她怎樣呢？您覺得她會如何對待這件事情呢？」涅赫柳多夫問道。

「她呀？」瑪麗婭停了一下，顯然是想盡可能比較恰當地來回答這一問題。「您要知道，儘管她以前是那個樣子，但是論本性，她確實是一個最厚道的人……而且她很重感情……她愛您，並且愛得很純真，只要她能為您做一件好事，哪怕像拒絕好意的事，讓您不用再受她的拖累，她就非常高興了。對她而言，要和您結婚是一種可怕的墮落，比過去的一切墮落都要可怕，因此她是永遠不會同意的。而且，有您在，她就感到不安。」

「那該怎麼辦呢，我該離開這兒嗎？」涅赫柳多夫說

瑪麗婭．帕甫羅芙娜孩子般地嫣然一笑。

「是的，要消失一部分。」

「但是，人怎麼能消失一部分呢？」

「我這是在瞎扯的，但是我想跟您說說有關她的事情。她大概看出了他那種荒唐而狂熱的愛（他還什麼都沒有對她說過），所以她又是興奮又是害怕。不瞞您說，這種事我可並不擅長，但是我認為，從他的那個角度來看，他那種感情是最普通的男人感情，雖然加了偽裝。他說這種愛情致使他在精神上變得更高尚，還說這是柏拉圖式的愛情呢，但是我知道，即便這種愛情是與眾不同的，可它的基礎肯定也還是那骯髒的玩意兒……」

瑪麗婭一談到她喜歡的話題，就離開了本題。

「但是，我到底該怎麼辦呢？」涅赫柳多夫又問。

「我認為，您應該跟她把所有的事情都說清了，沒錯。您就和她談談吧，我去喊她過來，好不好？」瑪麗婭說。

「那就只好麻煩您了。」涅赫柳多夫說過，瑪麗婭・帕甫羅芙娜便走開了。

這時只有涅赫柳多夫一人在這小牢房裡面待著，他傾聽著薇拉那細微的喘息聲，這聲音偶爾還摻雜著一點兒呻吟，還聽到隔著兩個門口從刑事犯們那兒傳來的一刻不停的嗡嗡的說話聲，一股十分奇怪的感覺油然而生。

希蒙森對他說出的那些話，解除了他自願承擔的責任，而這種責任，他在意志薄弱的時候，覺得沉重而且彆扭。但此刻解除了這種責任，他不但不輕鬆，而且還很痛苦。這種內心還帶著這樣一種成分，就是希蒙森一求婚，他的舉動也就不是獨一無二的了，使他所承受的自我犧牲的價值在他和別人的眼中也就降低了。如果這樣的一個人，並且是那麼友善的一個人，本來和她什麼關係也沒有的人，都願意跟她結合，那他做出的犧牲也就顯得太微不足道了，也許這裡面還有一種平常的妒意呢。

她是愛他的，他已經習慣了，以至於無法容忍她去愛別人。另外，這樣的話就破壞了他原定的計畫，他本打算在她解除刑罰之前一直同她生活在一起的，如果她和希蒙森結了婚，他待在這裡就顯得太沒有必要了，那他又得重新考慮自己的人生規劃。

他還沒來得及弄清自己的心情，房間的門就開了，刑事犯那兒更響的嗡嗡的說話聲衝了進來（今天他們那裡出了一樁很特別的事情），緊接著卡秋莎走進了牢房。

她快步來到了他的跟前。

「瑪麗婭叫我來這兒的。」她在離他身邊很近的地方停住腳步，說。

「是的，我有話要對您說，您先坐下來好吧，希蒙森方才與我談過話了。」

她把雙手放在膝蓋上，坐了下來，看樣子還很鎮定。但是涅赫柳多夫剛剛一提到希蒙森的名字，她的臉就立刻漲得通紅。

「他跟您說了些什麼？」她問。

「他對我說，他想娶您。」

她的臉頓時皺了起來，顯露出了很痛苦的神色，低下了眼睛。

「他想經過我的同意，或者聽聽我的看法，我說這一切必須由您自己來決定，應該讓您決定。」

「哦，這算什麼呀？怎麼都會是這樣呢？」她用一種古怪的斜睨的目光看了看涅赫柳多夫的眼睛，而那種目光總能使他特別動情，他們就緘默不言地對視了幾秒鐘，這種四目對視的目光卻向雙方道出了千言萬語。

「您必須得做個決定。」涅赫柳多夫又說了一遍。

「我決定什麼呀？」她說：「所有的事情不都早就決定好了。」

「不，您應當決定接不接受希蒙森的求婚。」涅赫柳多夫說。

「像我這樣一個苦役犯，有什麼資格當人家的妻子呢？我又何苦再把希蒙森也給搭上呢？」她緊蹙起雙眉說。

「嗯，不過，要是您能得到特赦呢？」涅赫柳多夫說道。

「唉，您就不要再管我的事了，我無話可說了。」她說過，就站起來，離開了牢房。

chapter 18

吃驚的消息

涅赫柳多夫跟在卡秋莎後面又回到了男犯人的牢房裡，這時所有的人都萬分激動。一個喜歡四處晃動、跟所有的人都打交道、對所有事情都留心觀察的納巴托夫，剛帶回來一個令眾人都吃驚的消息，那消息就是：他在一面牆壁上發現了一張字條，是一個被判服苦役的革命者彼特林寫的。大家都以為彼特林早已到了卡拉河附近了，這時才猛然發覺他不久前才一個人和刑事犯們一塊兒從這條路過去。他在字條上寫的是：

「八月十七日，我一個人和刑事犯們一塊兒上的路。原本涅維洛夫是和我在一起的，但是他在喀山的瘋人院裡上吊死了。我身體還好，精力還很充沛，希望一切都順心。」

大家都在談論彼特林的境況和涅維洛夫自殺的原因呢，但是克雷里佐夫卻又露出專注的模樣，一句話也不說，用他那雙炯炯有神的眼睛死死地看著前方。

「我丈夫跟我講過的，涅維洛夫以前被關押在彼得保羅要塞時，就已經精神混亂了，他常常會看到幽靈。」蘭采娃說。

「是啊，他是一個詩人，一個幻想家。這種人是受不了單身監禁的，」諾弗德沃洛夫說道：「我在被關進單身牢房時，就不是聽憑頭腦胡思亂想，而是有條有理地安排我的所有時間。就因為這樣，我才總是能夠很好地熬過去。」

「有什麼難熬的？每當我被關進監獄，我都是很興奮的。」納巴托夫用很振奮的口吻說著，很明顯是存心要驅散陰鬱的氣氛。「原來什麼都怕，唯恐自己被逮捕，唯恐連累別人，唯恐這個事業被破壞，但是一旦被關進了監獄，那一切義務就都統統結束了，倒可以歇上口氣，只管踏踏實實地坐在那裡，吸幾口煙好啦。」

「你很瞭解他嗎？」瑪麗婭六神無主地打量著克雷里佐夫那張猛然變色的日漸消瘦的臉相，問道。

「幻想家涅維洛夫嗎？」克雷里佐夫突然問道，一面呼哧呼哧喘著粗氣，就好像他剛才呼喊或唱了好長時間的歌一樣。

「涅維洛夫是這樣一個人，如我們的看門人所說的，這樣的人是世間罕見的……對啊……這是個水晶般的人，渾身都是透明的。對啊……他不但不會說謊，甚至連假裝都不會的，他不僅臉皮很薄，而且渾身上下的肉皮簡直都像被剝過了似的，每一根神經都暴露在了外面。對啊……是一個生性複雜而又豐富的人，可不是那種淺顯的人……唉，還說什麼呢！……」

「我們老是爭論，該怎麼辦才好呀？」他惡狠狠地皺著眉頭說道：「首先，我們到底是先教育人民，再改變生活習慣呢，還是先改變生活習慣，在教育人民；其次，我們爭論到底如何進行鬥爭才對：是依靠和平宣傳呢，還是依靠可怕的武力解決呢？是啊，我們總是沒完沒了地爭論來爭論去。

但是他們並不老爭執，而知道他們自己應當如何做事。幾十人乃至幾百人，並且都是那樣善良的人，死亡或沒有死去，他們是一點兒都不放在心上，對此根本就是置之不理。恰恰相反，他們就是要傑出的人都死掉。對啊，赫爾岑曾經說過的，十二月黨人的活動被取締了，整個社會的水準就趨於下降了[15]。怎麼不下降呢？後來，連赫爾岑本人和他那些同輩人的活動也都被取締了，現在又該輪到涅維洛夫這些人了……」

「他們是殺不完的，」納巴托夫激憤地說道：「總還會有傳宗接代的人。」

「不！如果我們對他們手軟，那就不會有人留下來的。」克雷里佐夫為了不讓他人打斷他的話，就提高了嗓門兒說：「給我一根煙抽抽。」

「但要知道，阿納托里，吸煙對你是有害的。」瑪麗婭說：「請你最好還是不要再吸煙了。」

「唉，你就別管我了。」他怒氣衝衝地說，並且點上了根煙，抽了起來，可是馬上就咳嗽起來，難受得好像要吐了。他啐了兩口唾沫，接著說：「我們的做法是錯的，是啊，就是不對頭，不該只是發表議論，而是大家應當團結起來……並且去消滅他們。就是這樣的。」

「可是話又說回來，他們也都是人啊。」涅赫柳多夫說。

「不對，他們並不是人，他們能做出那種壞事來就不算是人，就不能算是人了……哦，據說有人製造了炸彈和飛艇。對，但願能坐著飛艇上飛向天空，向他們扔炸彈，把他們如同臭蟲一樣全部都給消滅掉……對，因為……」他正要繼續說下去，然而忽然滿臉紅彤彤的，咳嗽得更加厲害了，然後竟從嘴中唾出鮮血來。

15 赫爾岑（一八一二—一八七〇），俄國革命民主主義者。

納巴托夫跑到外邊去取雪。瑪麗婭給他帶來了纈草酊喝，但是他合上了眼睛，伸出慘白而瘦削的手把她推搡開，呼吸深沉而又極速。等濕雪和涼水促使他漸漸安靜下來後，人們便讓他躺下睡了，涅赫柳多夫就跟大家告辭，跟著那個早就來接他的、已經等了許久的軍士回去了。

現在刑事犯都已經安靜了下來，大多數人都已睡著了。儘管牢房裡面的板鋪上和板鋪底下都睡了人，各處走路的通道上也睡了人，但是牢房裡依然容不下所有的犯人，所以有些人只好睡在房外走廊的地板上，把包裹放在頭下，身上遮蓋著潮濕的囚服。

從牢房裡面和門外的走廊上，傳出打鼾聲、呻吟聲和夢囈聲等，隨處可見一堆又一堆的人，密集地簇擁在一塊兒，上面蓋著囚服。只有在刑事犯的單人牢房裡，還有幾人沒有睡著，坐在一個旮旯裡圍在一個蠟燭旁，但是他們一見有士兵走過來，就很快把蠟燭頭給熄滅了。

另外，在牢房外面走廊上的吊燈下面，有個老頭赤裸著身子坐在那兒，正在逮襯衣上的蝨子。政治犯的牢房裡那種籠罩著細菌的空氣，與這裡充斥著的令人窒息的臭氣比較起來，就顯得清新多了。

那盞冒黑煙的油燈好像是在霧氣中，人在這兒呼吸都很困難。要想從過道上走過又不至於讓腳踩到或絆著那些沉睡的人們，就必須先看清前邊什麼地方可以放上腳，接著再找下一個落腳之處。有三個人很顯然在過道上也沒有找到地方，乾脆在前堂裡一個臭氣熏天的、從縫隙處滲出糞汁來的便桶的邊上睡起覺來。其中，有個是呆癡老頭兒，是涅赫柳多夫在路上常常看到的。另外一個是十歲左右的男孩，睡在兩個男犯人中間，頭枕在一個男犯人的腿上，一隻手托著腮幫。

涅赫柳多夫一走出大門，就停住腳步，張開胸膛，用勁盡情地呼吸著冰涼新鮮的空氣，這樣呼吸了老半天。

chapter 19

必然結果

天空中群星燦爛，涅赫柳多夫沿著已經凍硬的、只有少數幾處還有泥巴的路回到了客店，敲了幾下沒有燈光的黑糊糊的窗戶，那個寬肩膀的茶房光著腳出來給他開了門，他走進前堂裡。從前堂右邊一間沒有窗戶的小屋子裡傳來馬車夫那響亮的鼾聲。

前邊，門外的院子裡，傳來很多匹馬咀嚼燕麥的聲音。左邊有一個門，便是通向乾淨的正房的。這個潔淨的房間裡彌漫著苦艾和汗臭的味道，房子正中央直立著一塊隔板，隔板的後邊傳出某人強壯的肺裡發出的打鼾聲，鼾聲呼哧呼哧的，很均勻。聖像前面還點著一盞紅玻璃罩的長明油燈。涅赫柳多夫脫下衣服，在遮著漆布的長沙發上鋪了一塊方格毛毯，擺放好他自己的皮枕頭，躺下來，他又在腦海中回顧了一下今天的所見所聞。在涅赫柳多夫這一天所見的種種景象之中，他覺得最可怕的是那個男孩子，頭枕在男犯的大腿上，在從便桶裡面滲透出來的尿液中睡覺的情景。

儘管今天晚上他跟希蒙森和卡秋莎的交談出乎他的意料，而且也很重要，然而他沒再思考這件事，因為他跟這件事之間存在著錯綜複雜的關係，再說也不清楚該怎樣對待才好，因此乾脆就不想它。可是這樣，他卻越來越清楚地想到那些不幸的犯人在惡濁的空氣中喘息，睡在臭氣熏天的便桶流出來的糞汁中的情景，尤其是那個天真樣子的男孩子，他把頭枕在苦役犯腿上的那副令人憐憫的模樣，怎麼也不能從涅赫柳多夫的頭腦中抹去。

涅赫柳多夫接連三個月所看到的各種各樣的景象，使他產生了這樣的看法：人們通過法院和行政機構，從一切自由的人當中挑選出那些最性急、最激進、最覺醒、最有智慧、最堅強而不如別人狡猾和謹慎的人。這些人與監外那些人比較起來，絕不是罪過更大或者對社會的危害更大，首先，把這些人關進監獄，判處流放，或者判處服苦役，讓他們成年累月無所事事，不操心衣食，脫離自然，遠離家庭，遠離勞動，也就是完全處在人類的自然生活和精神生活環境之外，這是其一。

其二，他們在這些機構裡要遭受到各種莫須有的羞辱，譬如戴鐐銬，剃陰陽頭，穿侮辱人的囚服，這樣就使這些懦弱的人失去了爭取過上良好日子的不可或缺的動力，也就是不再在乎別人的看法，失去羞恥心和人的自尊心。

第三，他們經常有生命危險，因為在關押的地方經常流行著疫病，犯人過度的勞累，獄吏時常的打罵，至於中暑、溺水、火災一類的特殊實情，那就更不用多說了。這些人時常處在這樣的境況中，就連心地最善良、品性最高尚的人，只要落到這般境地，也會源於自衛的心理而做出一些殘忍得極其恐怖的事情來，並且還會諒解比人幹這類事情。

第四，這些人被迫跟那些在現實中（尤其是在這些機構中）結識淫棍、凶手和歹徒等，在這裡面生活，特別是在這種機構體系中受到極度的侵蝕的人，那些已經墮落的人對這些還未經過某種方式完全墮落的人的影響，就像是酵母對麵團所產生的影響一樣。

最後，第五，只要是受到如此影響的人，沒有一個不通過最富有說服力的方式，也就是通過人家強行加在他們身上的那慘無人道的行為，通過虐待兒童、婦女、老人，通過樹條子或者是皮鞭毒打，通過獎勵那些抓獲活的或是擊斃逃犯的人，通過拆散夫妻間的感情，促使有夫之婦與有婦之夫通姦；通過槍殺，絞刑等方法，總之，通過最具有說服力的那些方法使人懂得一個道理：各種各樣的暴行、冷酷的行徑、獸性，只要對政府是有益的，就不僅不會受到政府的有效制止，並且還會得到政府的許可，而這些行為要是施之於那些失去自由的、貧窮而不幸的人，那就更是准許的了。

這似乎都是一些精心發明的機構，為的是製造在其他任何情況下都無法做到的極度墮落腐敗和罪惡，接著再把這種極端腐敗和罪惡大規模地擴散到全民之中去。「這恰好像是佈置過一種任務，要使用一個最有效和最安全的辦法讓更多的人走向墮落一樣。」涅赫柳多夫留心觀察牢裡和流放途中發生的各種事情之後，心中就這樣思忖著。每年都有成千上萬的人遭到嚴重的腐蝕，等他們徹底墮落了之後，便讓他們重獲自由，為的是讓他們在獄中染上的惡習再傳播到全民中去。

在秋明、葉卡捷琳娜堡和托木斯克等地的監獄裡，在各個流放的旅站上，涅赫柳多夫看到這個彷彿是由社會本身提出的目標正在順利地實現著。有一些十分樸實平凡的人，本來還具有俄羅斯的社會道德、農民道德和基督教道德準則的，現在卻拋棄了這些念頭，而接受了監獄中盛行的那些觀念，這觀念主要就是對人的種種侮辱、暴行，以至於殺戮，只要是有利可圖的，都是能容許的。

只要是在獄中生活過的人都會切身體會到：按照他們遭受的各種情況來進行判斷，所有那些有關尊重人和同情人的道德準則，雖然由教堂的教士和道德的導師廣泛地宣傳，其實在實際生活中都已經被棄之無用了，因此他們就不必再遵循那些準則了。涅赫柳多夫在他所認識的那些犯人身上都看到了這點，他和犯人生活了近兩個月之後，他的許多觀點就變得那樣不合乎道德了，這讓涅赫柳多夫暗自吃驚。涅赫柳多夫在途中聽人說，有些亡命徒在逃往原始森林裡的時候，慫恿自己的夥伴和他一塊兒逃跑，然後卻把同伴殺死，吃他們的肉生存。他就親眼目睹過一個活生生的人，被控告犯了這種罪，並且自己也招了供。最可怕的是，這類吃人的事件並非絕無僅有，而是經常出現。只有在這些機構培養的惡習的特別薰陶下，一個俄羅斯人才會淪落為無法無天的亡命徒這種狀態。這種亡命徒已超越了尼采的最新學說，他們不僅認為什麼事都可以做，什麼都不受限制，並且把這種理論先是傳播到犯人們當中，之後再擴散到全民中間去。

對現在正在出現的各種事情的唯一的說明，若遵照書中的解釋，就是為了制止犯罪，震懾警戒，改造罪犯，依法懲辦。但實際上，第一種作用也好，第二種作用也罷，第三種作用，第四種作用都一樣，連一點兒影子都沒有了。這麼做不僅不能遏制罪行，反倒大大鼓勵了惡行。這麼做不但起不到震懾的作用，反而更鼓舞了犯罪；有很多犯人，比如那些亡命徒，就是自願到獄中來的。這麼做不但沒有改造了罪犯，反倒在把各種惡行有步驟地傳染給了別人。要說那懲處的必要，不僅沒因為政府的懲辦而有所減少，反而在眾人當中，在本來沒這種必要的地方，都在培養著這種必要。

「那麼，他們到底為何非要這麼做呢？」涅赫柳多夫一再這樣問自己，卻總是找不到準確的答案。最讓他覺得驚愕的是，這一切不是出於偶然，也不是出於誤解，更不是一次兩次，而是長期如此，是接連幾百年都司空見慣的現象，差別僅在於先前是削鼻和割耳，後來是在犯人身上打烙印，綁在鐵柵欄之上，如今是給犯人戴上鐐銬，並不是開大車而是使用火車和輪船來運送他們。

有一些當官的對他說，之所以會出現那些使他憤慨的事情，是由於羈押和流放地的設備不完善，一旦新的監獄修建起來，這些情況就會獲得很好的改善，但是這種論調不能使涅赫柳多夫滿意，因為他認為，之所以會發生那些讓他所憤慨的事情，並不是因為關押地的設施是否完善。他在塔爾德的書中看到過有關改建監獄的內容，提出在那裡安上電鈴，用電刑，但是這種改良的暴力更使他憤慨了。

讓涅赫柳多夫更憤慨的，主要是有些人坐在法院裡和政府的各個部門裡，獲得了從人民那兒剝削來的高薪，卻傾向於查看由同種官僚出於同樣目的所編寫的法典，把人們違犯他們所制定的法律的種種行徑歸結到各種法律的規定之下，再遵照這些條文把那些人送往他們今後再也看不到的地方，把那些人交給那些慘無人道的典獄長、看守和押解人員。讓他們成千上萬地在思想上和肉體上遭到摧殘以至死亡。

涅赫柳多夫進一步瞭解了監獄和旅站的所有情況之後，就看出來在犯人中間日益發展的那些惡行，譬如酗酒、賭博、暴行和囚犯們幹出的一切駭人聽聞的罪行，甚至人吃人的事情，全都不是偶然發生的，也不像那些麻木不仁的學者為迎合政府心意而解釋的那樣，說什麼是退化、犯罪型或者畸形發展的現象，事實上卻是一些人能夠懲治另外一些人這種謬論造成的必然結果。

「難道這所有的一切都是由於偶然性的錯誤嗎？應當想出個辦法，向這些官僚們保證，只要他們不幹他們正在幹的那些事情，照樣發薪金，甚至還附加一份獎金！」涅赫柳多夫暗暗想道。他想到這裡時，外邊的公雞早已打過第二遍鳴了，雖然他的身子略微動了動，那些跳蚤就像噴泉一般在他身子周圍亂竄，但他還是安然入睡了。

chapter 20 三個天體

當涅赫柳多夫醒來時，所有的馬車早就上路了，老闆娘喝足了茶，用手帕擦著汗淋淋的粗大脖子，走進房間裡說，旅站那邊有個士兵送來一封信。這封信是一個叫瑪麗婭的寫的，她在信中寫道，克雷里佐夫這次發病比他們原先預料的更厲害。

「我們都打算把他留下，並且我們也留下來陪著他，但是這個請求沒有獲得批准。我們只好帶他一起上路了，但總擔心他在路上會出事，所以麻煩您到城裡設法疏通一下，如果能讓他留下的話，最好也能讓我們留下一人陪他。要是這事需要我嫁給他才行，那我自然也願意。」

涅赫柳多夫打發茶房去驛站叫馬車，他自己趕緊收拾行李。他還沒有喝完第二杯茶，就有一輛響著鈴鐺三套馬的驛車搖晃著，車輪在冰凍的泥地上滾動如同在石子路上一樣，轟隆隆作響，駛到大門前停了下來。涅赫柳多夫給粗脖子的老闆娘付清了店錢，就急匆匆地出了門，在大馬車的軟座上一坐下來，就囑咐車夫把車盡可能地趕得快點兒，希望能追上那批犯人。他的馬車離牧場的大門沒多遠時，就真的追趕上了犯人的大車。

那些大車上載著行李袋子和一些病人，轆轆作響並把冰凍的、開始打滑的泥土路軋出兩道車轍來。押解官沒在這裡，他的馬車跑前面去了。士兵們一面在後邊或者在道路的兩邊走著，一面樂呵呵地在胡亂扯著，很明顯都喝了不少酒。車輛很多，前面的那些大車上每輛都坐著六個病弱的刑事犯，非常的擁擠。後邊的三輛大車上坐著的都是政治犯，每輛車坐三人。最後一輛大車上坐著諾弗德沃洛夫、戈拉別茨和昆德拉吉耶夫。倒數第二輛的上面，坐著蘭采娃、納巴托夫和一個患了風濕病的體弱的女人，是瑪麗婭・帕甫羅芙娜把自己的座位讓給了她。克雷里佐夫躺在鋪了乾草，放了枕頭的倒數第三輛車上。

瑪麗婭坐在他旁邊的馭者位置上，涅赫柳多夫吩咐他的車夫在克雷里佐夫的大車旁邊停下之後，自己便直接向克雷里佐夫走了過去。一個醉醺醺的押解兵向涅赫柳多夫搖了搖手，然而涅赫柳多夫沒有理他，直接走到大車跟前，抓住大車上的護欄，跟大車一起往前走。

克雷里佐夫穿著羊皮襖，頭上戴著一頂羊羔皮的帽子，嘴上包著手帕，看上去更加清瘦和慘白了，他那雙清秀的眼睛看起來更大更亮了。他的身子隨著那輛大車的顛簸微微搖晃著，目不轉睛地看著涅赫柳多夫，涅赫柳多夫詢問起他的身體狀況來，他只是閉上雙眼，憤怒地搖著頭，顯然他所有的精力已經被大車的顛簸得消耗殆盡了。瑪麗婭・帕甫羅芙娜坐在大車的另一邊。她向涅赫柳多夫拋出了個意味深長的眼色，說明她對克雷里佐夫的身體狀況很憂慮，然後便用愉快的語調說起話來。

「看樣子，押解官覺得不好意思了，」她大聲嚷起來，好讓涅赫柳多夫在車輪的軲轆聲中能夠聽清她的話。「布索夫津的手銬被摘下來了，此刻他正自己摟著小女兒，卡秋莎和希蒙森跟他們一起趕路，薇蘿奇卡也跟他們在一起。」

克雷里佐夫用手指了指瑪麗婭，說了一句話，然而誰也沒聽清楚，接著他皺起雙眉，很明顯是在強忍著咳嗽，之後又搖了搖頭。涅赫柳多夫把頭湊上前去，想聽清楚他到底在說什麼，於是克雷里佐夫把嘴從手絹中露了出來，喃喃說道：

「這會兒好多了。只要不著涼就行了。」

涅赫柳多夫點點頭以示知道了，並同瑪麗婭・帕甫羅芙娜相互交換了一個眼色。

「哦，三個天體的問題進展得如何了？」克雷里佐夫又喃喃地說道，很吃力地苦笑了一聲。「不是很容易解決吧？」

涅赫柳多夫不明白，於是瑪麗婭就給他解釋說，這是一道確定三個天體，也就是日、月、地球三個天體相互關係的非常有名的數學問題。克雷里佐夫開玩笑，把涅赫柳多夫、卡秋莎和希蒙森之間的關係比作這個問題了，克雷里佐夫點點頭，表示感謝瑪麗婭正確地解釋了他玩笑話裡的意思。

「這個問題不該由我解決。」涅赫柳多夫說。

「您收到我的信了嗎？您肯照著辦理嗎？」瑪麗婭・帕甫羅芙娜問道。

「我一定會去辦的。」涅赫柳多夫說過，察覺克雷里佐夫的臉上有不以為然的神氣，便離開了那裡，朝自己的馬車走去，爬上車，在凹陷的車座上坐了下來。因為在坎坷不平的道路上馬車顛簸得很厲害，所以他又用雙手抓住兩邊的欄杆，就讓馬車往前趕，要超越都身穿灰色長囚衣和短皮襖，腳上戴著腳鐐和雙人手銬，伸展出來成為一支足有一俄里長的隊伍。涅赫柳多夫在大路對面認出了卡秋莎的藍頭巾，和薇拉的黑色大衣，以及希蒙森的短上衣、針織帽子、跟涼鞋一樣紮著帶子的白羊毛襪子。希蒙森和那些女人並肩走著，正在熱火朝天地談論著什麼事情。

那些女人們一看到涅赫柳多夫，便向他點頭致意，希蒙森卻彬彬有禮地舉起帽子。涅赫柳多夫同他們無話可說，因此就沒吩咐車夫停車，一直超過了他們。他的馬車來到堅硬的有車轍的大道上之後，走得更快了，但是為了繞過在大路上來來往往的車隊，常常不得不離開車轍。

馬車夫揮舞起鞭子抽打右面拉邊套的馬，緊了緊韁繩，側著身體坐在駕馭者座位，以便把韁繩向右側拉緊，很明顯是想展示一下他的本事，所以驅趕著馬車在寬敞的大街上一路飛奔了起來，一直跑到河邊，都未曾放慢速度。

那條河是必需搭配渡船才能過去的，渡船恰巧從對岸那邊開了過來，很快就來到水流湍急的河流的中央。這邊岸上差不多有二十輛大車等著渡過此河。涅赫柳多夫沒等太長時間，渡船逆水而上，就到達了上游，受到急流的衝擊力，很快就靠在這邊用木板搭成的碼頭上了。

渡船上的工人們都身材高大，肩膀寬闊，身體強壯，靜默無語，身穿羊皮襖，腳蹬長筒靴。他們靈活而嫻熟地甩出纜索，拴在木樁上，之後放開船門，把停泊在渡船上的貨車推到岸上，讓岸上候船的車輛上船，讓車輛和見了水直蹦直躥的馬匹在船上一一排好，貨車和馬匹裝了滿滿一船。寬闊而湍急的河水拍打著渡船兩邊的船舷，使纜索繃得緊緊的。渡船裝滿以後，涅赫柳多夫的馬車和卸了套的三匹馬被周圍的車輛擁擠著，停在渡船的一個邊上，渡船工人們就把船門關上，也不理睬沒有上船的人們的懇求，鬆開纜索，就開船了。

渡船上一片寂靜，只能聽到渡船工人們重重的腳步聲和那些馬匹交替換腿站立時馬蹄踏在船板上的響聲。

chapter 21

上帝在哪兒

涅赫柳多夫站在渡船的邊上，望著寬闊湍急的河水。兩個形象在他的腦海中交替浮現：一個是滿臉怒容生命垂危的克雷里佐夫，他的腦袋被大車顛簸得一直搖來晃去，另一個是，她精神抖擻地和希蒙森一起在路上走著。克雷里佐夫的形象，瀕臨死亡而又不願馬上離去，那是令人難受且悲傷的。卡秋莎形象，朝氣蓬勃的她得到希蒙森這個人的愛，從此走上了一條安全穩定的幸福之路，這原本是件讓人喜悅的事，但是涅赫柳多夫卻感到很痛苦，並且無法克服這種痛苦的情緒。

一口奧霍特尼茨克大鐘敲響了，響亮且顫動的鐘聲蕩漾在河面上。在涅赫柳多夫身邊站著的馬車夫和所有趕大車的一個個都摘下帽子，在胸前畫起十字。只有一個個子不高、頭髮亂蓬蓬的老人例外。他站在離欄杆最近的位置，涅赫柳多夫起初並沒有注意到他，這老人昂著頭，直盯著涅赫柳多夫。

「老頭子，你為何不禱告？」涅赫柳多夫的馬車夫把帽子戴上，戴端正了之後，問道：「難道你不是基督徒？」

「你叫我向誰禱告？」頭髮蓬亂的老人生硬地回了他一句，他的話說得很快，但是吐字清楚。

「當然是向上帝禱告了。」馬車夫含嘲帶諷地回答。

「那你指給我看看，他在哪？這上帝到底在哪啊？」

老人的神情看上去如此嚴肅堅決，以至於馬車夫覺得自己在和一個剛強的人打交道，不由得有些心慌了。但是他表面上卻不動聲色，竭力不能讓自己無言以對，在這麼多人的面前丟臉，就急忙回答道：

「在哪？當然是在天上。」

「那你去過嗎？」

「無論是不是去過，反正大家都知道應向上帝禱告的。」

「誰也沒在任何地方看到過上帝，他是活在上帝心中的獨生子宣告的[16]。」老人板著臉，皺緊了眉頭，又是那樣快速地說。

「看來，你不是基督徒，是個洞穴教徒。那你就向洞穴禱告好了。」馬車夫說著，便把馬鞭杆子插進腰裡，扶正了拉馬的皮套。

有一個人笑起來了。

「那你信什麼教呀，老大爺？」站在船旁的一輛大車邊上的一位不算年輕的人問道，

「我什麼教都不信，我只信我自己，誰都不信！」老人依然既快又肯定地答道。

「但是一個人怎能只相信自己呢？」涅赫柳多夫也加入到這場爭論中，說道：「這樣的話自己會錯的。」

「我這輩子從來還沒有犯過錯。」老人揚起了頭，斷然回答道。

16「父親」指上帝，「獨生子」指耶穌。

「那世上為何存在不同的宗教呢？」涅赫柳多夫問。

「世上有各種各樣的信仰，就是因為相信他人而不相信自己。我以前也相信他人，但最後就像走入了原始森林似的迷失了方向，把自己弄得暈頭轉向的，找不到出路。有信老教的，有信新教的，有信安息會的，有信鞭身派的，有信教堂派的，有信奧地利教派的，有信摩洛坎教派的，有信閹割派的。每個教派都誇耀自己好，自己是唯一正宗的教派。事實上，他們都像瞎眼的『庫佳塔』[17]在地面上亂爬亂折騰。信仰有很多，但靈魂卻只有一個，你也有，我也有，他也有。就是說，每個人只要信任自己的靈魂，就會同舟共濟，只要每個人都相信自己，就會齊心協力。」

這老人說話的聲音很響亮，而且不時地打量著周圍，顯然是想讓更多的人來聽他說話。

「那麼，您有這種主張已經很久了嗎？」涅赫柳多夫問他。

「我呀？是好久了。因此我遭受了整整二十三年的迫害。」

「他們是如何迫害您的？」

「之前他們是如何迫害基督的，現在就是怎樣迫害我的。他們逮捕了我，把我送上法庭，送往教士那裡，送往讀書人那裡，送往法利賽人那裡。他們還把我關入了瘋人院，但是他們拿我毫無辦法，因為我不聽他們那一套。他們問我：『你叫什麼？』他們以為我總有個名字的，事實上我什麼名字都沒有。我什麼都不要：不要名字，不要住所，不要祖國，說到底我就是一無所有，我就是我自己。我叫什麼？我就叫人。『那你多大歲數了？』我就說，從來沒算過，而且也無法計算，因為我本來就一直活著，今後我也要永遠地活著。他們說：『你父母是誰？』我說，我無父無母，在我心

17 即「小狗」。——作者注

中只有上帝和大地，上帝是我父親，大地是我母親。他們問我：『你是否承認沙皇？』怎麼不承認他呢？因為他是他自己的沙皇，我是我自己的沙皇。他們說：『哎，真是無法與你溝通。』我說：我又沒請你來和我說話。他們就是這樣來折磨我的。」

「那您現在去哪呀？」涅赫柳多夫問。

「到哪兒算哪兒，有活兒就幹，沒活兒就要飯。」老人看到渡船就快要靠岸了，於是停止了他的高談闊論，得意洋洋地掃視了周圍所有聽他講話的人。

渡船就在對岸靠住了，用纜索綁緊了。涅赫柳多夫掏出了錢夾，想給老人一些錢。老人謝絕了。

「我不要這玩意兒，我想要麵包。」他說。

「哦，對不起。」

「沒什麼對不起的，你又沒有欺負我，另外，也沒有辦法惹我生氣。」老人說過，便俯身把之前放下的背袋又扛到了肩上。

此刻，涅赫柳多夫的驛車早已套上了馬，上了岸。

「您何苦和他廢話呢，老爺，」馬車夫等涅赫柳多夫把茶錢付給了那些強壯有力的渡船工人們後，坐在驛車上，對涅赫柳多夫說道：「哼，他只不過就是一個糊裡糊塗的流浪漢。」

chapter 22 小沙皇

等馬車爬上了斜坡，馬車夫轉過身子來問道。

「送您去哪家旅館呢？」

「哪家好點兒？」

「西伯利亞旅館是最好的了，不過久柯夫旅館也還行。」

「那就隨你的便吧。」

馬車夫又側身坐在了駕馭座上，把馬車趕快了。這座城市和俄國的其他城市都非常相似，也有那種帶著閣樓的房子和綠色的屋頂，也有那樣的大教堂和小鋪子什麼的，街道上也有些商店，甚至還有警察，不一樣的是房子幾乎全是用木頭蓋起來的，馬路上沒有鋪設小石子。馬車夫把那輛三套馬的馬車趕往一條最繁華的街道，在一家旅館的門口停了下來，然而不湊巧的是這家旅館沒有空餘的房間，因此只好趕著車去了另一家，另一家旅館恰巧空餘一個房間。

這是經過兩個月的舟車勞頓之後，涅赫柳多夫第一次來到比較清潔舒適的習慣環境之中。雖然涅赫柳多夫住的房間算不上闊氣，但是他親身經歷了驛車、客店、旅站的生活之後，就感到這裡十分舒適了。最要緊的是他必須要把他身上的那些蝨子清除乾淨，自從他常常出入於旅站以來，他就從來沒有把它們徹底清乾淨過。

他把行李一安置好，就立刻坐車去澡堂裡洗澡，之後在那兒換上城裡人的裝束，上身穿起上漿的襯衣、壓出褶的長褲子、禮服、大衣，就去拜會當地的長官。

旅館的看門人又喚來了一輛街頭馬車，那是輛馬車四輪的吱嘎吱嘎作響的馬車，套著一匹膘肥力壯吉爾吉斯種的駿馬，馬車夫把涅赫柳多夫送到了當地一幢雄偉的大廈前面，那裡站著幾個衛兵和警察。宅子前後都是花園，園裡種著白楊和樺樹，它們的葉子也都早就全部凋零了，光禿禿的樹枝露在外面，其間還混雜著枝葉繁茂樅樹、松樹、冷杉，色彩蒼綠可愛。

將軍身體欠佳，不會客。涅赫柳多夫還是要求聽差把他的名片遞進裡面去。聽差返回來時，帶來了令人愉快的答覆：

「將軍請您進去。」

這裡的前廳、聽差、傳令兵、樓梯、大廳和擦拭得閃亮的鑲木地板，都同彼得堡的裝飾差不多，只不過有些骯髒，在這地方更顯得氣派些。涅赫柳多夫被人帶到了一間書房裡。

將軍面孔浮腫，鼻子有點兒像土豆兒，額頭上有幾個疙瘩，頭頂上光禿禿的，眼眶下面耷拉著眼袋，是一個多血質的人。他坐在那裡，穿著一件韃靼式的綢料袍子，手裡拿著一根香煙，正在用一個帶銀托盤的玻璃杯喝茶。

「您好，先生！請您原諒，我穿著睡袍來接見您，然而還是比不見的要好，」他說著，扯了扯長袍來遮掩脖子的後邊堆起幾道皺褶的粗脖子。「我身體欠佳，在家中待著沒有出門。哦，是什麼風把您吹到我們這座偏僻的小城裡來了呢？」

「我是跟著一批犯人到這兒裡的，其中有一個人和我交往甚密。」涅赫柳多夫說道：「我此行來拜訪閣下，一是為這人的事來請求您給予幫助，二是還想談談其他的事情。」

將軍深吸了一口煙後，呷了口茶，把香煙在孔雀石的煙灰碟上摁滅了，用他那細細的、浮腫的、有神的眼睛一直盯著涅赫柳多夫，一本正經地聽他繼續說著。他僅僅有一次打斷了涅赫柳多夫的話，並問他要不要抽煙。

將軍是屬於有學問的一類軍人，這類軍人總是認為自由主義和人道主義思想是與他們的事業能夠調和的。但是他生來就是一個智慧且友善的人，很快他就又感到這兩者之間的調和是不可能的了，於是，他為了擺脫時常陷於這種內心矛盾的困擾，就越來越深地沉溺於在軍人當中非常盛行的喝酒惡習之中，到後來嗜酒成癖，以至於在擔任三十五年的軍職之後，便成了醫師們所稱的酒精中毒者。

他渾身浸透了酒精，他只要任意喝上些什麼酒，就會感到醺醺然。但是喝酒已經成了他的絕對需求，不喝酒就活不下去，每天一到晚上他總喝得爛醉如泥，然而他也已經習慣了這種狀態，因此走路時身體並不晃悠，也不說過於不合場合的話，即使說了那些話也沒什麼太大的事，畢竟他在本地處在顯赫而最高的位置上，不管說出任何愚蠢的話，別人都會把它當成是至理名言的，只有在上午，也就是涅赫柳多夫來拜見他的時候，他的頭腦才清晰，才能聽明白別人與他說的話，才能或多或少地在現實中驗證他那句心愛的諺語：「喝酒不醉心，格外有精神。」

最高當局知道他是一個酒鬼，不過他畢竟還是比其他人受過更多的教育，另外還為人勇敢、精幹、嚴厲，即使在爛醉如泥時也不會喪失身分，因此還讓他做著官員，讓他一直擔任著他現在擔任的這個顯赫而重要的職位。

涅赫柳多夫告訴他，他所在意的是個女人，還說她因為受冤枉而被判了刑，關於她的事已經向皇上遞了御狀。

「哦，那又如何？」將軍說。

「彼得堡方面答應我，最遲在這個月內通知我關於這個女人的命運的消息，而且把通知書寄到此地……」

將軍依舊盯住涅赫柳多夫，並伸出他那短指頭的手，按了按桌子上的電鈴，仍然一言不發地聽著，嘴裡吐出煙霧又格外響亮地咳嗽了幾下，清了清喉嚨。

「那麼，我有個請求：倘若有可能的話，就允許這個女人暫時留在這裡，等收到那個呈訴狀的批覆再說。」

此時走進來一個穿軍服的聽差。

「你去問問，安娜・瓦西里耶芙娜起床了嗎？」將軍對傳令兵說道：「另外，再送點茶來。」

哦，此外還有何事來著，先生？」將軍問涅赫柳多夫。

「我還有件事要請您幫忙，」涅赫柳多夫繼續說道：「是關於同這批犯人一同前來的一個政治犯。」

「原來是這樣呀！」將軍意味深長地點頭說。

「這個人患了很嚴重的病，是一個快要死的人了。恐怕要把他留在這兒的醫院裡。另外有一個女政治犯自願留下來照顧他。」

「她不是他的親戚嗎？」

「不是的，不過她願意嫁給他，如果只有這樣才能讓她留下來照看他的話。」

將軍用一雙炯炯有神的眼睛始終盯著涅赫柳多夫，緘口不言地聽他說著，顯然他是想用此時的目光來令對方感到局促不安，並且他不停地在抽煙。

等涅赫柳多夫把話說完，便從桌子上拿起了一本書，手指頭很快地沾著唾沫，翻起書頁，找到有關婚姻的條款來，看了一遍。

「她被判的是什麼刑？」他抬起了雙眼，問道。

「是服苦役。」

「哦，要是被判處這種刑，即使結了婚，也改善不了待遇呀，即使有一個自由的人跟她結婚，她同樣得服滿她的刑期。另外還有一個問題：誰判的刑更重一些，他，還是她？」

「他們兩個判的都是服苦役。」

「嗯，那倒是挺般配的，」將軍笑著說：「他是什麼待遇，她也會得到同樣的待遇，他既然有病，那是可以讓他留在這兒的，而且會改善他的情況，能做的當然要做到；不過，她即使嫁給他了，也還是不能留在這裡……不過，讓我再考慮一下，他們叫什麼名字，請您在這裡寫一下吧。」

涅赫柳多夫寫下了他們的名字。

「這事我也愛莫能助，」將軍聽到涅赫柳多夫希望能與病人相見的請求，對他這樣說道：「我，當然，並不是對您有什麼不放心的，我明白您關心他以及其他人，而且您又有錢，在我們這兒，只要掏錢，任何事情都能辦得到。有人對我說，應該完全根除賄賂才對，然而所有人都在收受賄賂，怎麼能徹底根除呢？官位越小，收受得賄賂就越多，他在五千俄里之外接受賄賂，誰能看得住呢？

他在那兒就是一個小沙皇，就像我在這裡也算得上是一個不大的沙皇一樣，換句話說，您大概經常和那些政治犯們來往，對吧？他們把您的錢收了，然後放您進去？是這麼回事吧？」

「對的，確實是這樣。」

「我瞭解您是非要這樣做不可的，您想見一見政治犯，您憐憫他，可是看守或押解兵就要收受你的賄賂，因為他的工資只有那麼幾個錢，而他需要養活他的全家人，他就不得不收受賄賂。如果我位居他的地位或者您的職位，我也一樣會那麼做的。但是對於我現在的職位來說，就不准許我自己違反最嚴厲的法律條文，畢竟我也是個人，也會有惻隱之心，但我仍然還是個執行命令的官員，是在一定條件下得到信賴的，我就不應該辜負這種信任。好了，這個事就這樣吧，那麼，現在請您來給我講一講，你們京城裡的情形怎麼樣？」

於是將軍就問起來，同時他自己也發表了一些意見，很明顯他既想打探一些消息，又想要展示一下自己的重要性和人道主義精神。

chapter 23 回信

「哦，順便再問一下，您住在什麼地方？是在久柯夫旅館嗎？哎，那裡的條件也真是太糟糕了，那您就到我這裡來吃飯吧。」將軍邊起身送涅赫柳多夫，邊說：「下午五點。您會講英語嗎？」

「會，我會講。」

「哦，那實在是太好了。您也知道，這裡剛來了一個英國人，是個旅行家，他在研究西伯利亞的流放和監獄的情況。喏，今天他要到我們這兒來吃飯，您也一塊兒來吧。我們五點就開始聚餐了，我妻子嚴格要求準時開飯，到時，關於如何處理那個女人的事，以及有關那個病人的問題，我全都給您一個答覆，或許可以留下一個人來照顧他。」

涅赫柳多夫辭別了將軍以後，覺得心情格外的振奮，便乘坐馬車到郵局去了。

郵局設在一座低低的拱頂的房子裡，裡面擺放著一張辦公桌，幾個官員坐在桌子後面，把郵件發給擁擁擠擠的一些人。一個郵務員歪著頭，熟練地把一摞摞信封拉到自己的面前，便不停地在上邊蓋郵戳，涅赫柳多夫沒有等太久，他一說出自己的名字後，就立即把很多郵件轉交給了他。這裡邊有匯款、幾封信、幾本書，還放著最近一期《祖國紀事》[18]。涅赫柳多夫接過這些信件之後，就在一

18指一八三九至一八八四年間在彼得堡出版的政治、學術、文學綜合性月刊。

個長木凳子的旁邊停下了。

長凳上坐著個士兵，手中拿著本小冊子，正等著領什麼東西，涅赫柳多夫在他的身邊坐了下來，翻閱著收到的信件。其中有封是掛號信，還套著漂亮的信封，用鮮亮的紅色火漆扣了個字跡清晰的印章。他拆開信，看到是謝列寧寄來的信，同時還附著一份公文，頓時感到熱血湧到了臉上，心也一下子抽緊了。這是關於卡秋莎那案子的批覆，結果會是什麼樣的呢？難道是被駁回了嗎？

涅赫柳多夫趕緊看了看那些寫得細小、難以辨認、字體剛勁有力而又歪斜的信，這才高興地舒了一口長氣，原來這是份讓人很滿意的批覆。

「親愛的朋友！」謝列寧寫道：「我們上一次的談話給我留下很深刻的印象，有關瑪絲洛娃的案子，你說的意見全都是正確的。我仔細翻閱了這一案件的全部卷宗，發現她確實是蒙受了讓人憤慨的不白之冤。這個案子只能通過你遞送訴狀的上訴委員會來糾正了，我想辦法協同他們對這一案件做出裁決，如今隨信一起附上有關減刑公文的副本，這一公文的正本已經送往她起初受審時的監禁地了，應該很快就會轉送到西伯利亞總局去的。我這是想儘快把這個喜訊告訴你。緊緊握住你的手。你的謝列寧。」

公文的內容是這樣的：

「皇帝陛下親自受理上告御狀辦公廳。案由某某，案卷某字某號，某某科，某年某月某日。遵照皇帝陛下受理上告狀辦公廳主任之指示，茲通知小市民葉卡捷琳娜・瑪絲洛娃，皇帝陛下已經披閱了瑪絲洛娃的御狀，特體恤下情，恩准所請，下旨將此人的苦役刑改為流放，就在西伯利亞鄰近一帶執行。」

這是個讓人興奮的消息，並且意義重大：涅赫柳多夫自願為卡秋莎和自己所期望辦到的事情，現在真的都實現了。是的，她的狀況發生了這樣的一個變化，就使他同她的關係更加複雜了。之前她是一個苦役犯，他還提出要和她結婚，不過是徒具於形式而已，其意義僅僅在於改善她的處境。如今卻再也沒有什麼來阻礙他們一起生活了，但是涅赫柳多夫還沒有為此做好一切準備。另外，她和希蒙森之間的關係又該如何處理呢？她昨天說的那番話究竟是何用意呀？假如她同意與希蒙森結婚，那這到底是一件喜事，還是一件悲事呢？他怎麼也弄不明白這些問題了，如今就索性不去思考它們了。

「到時一切都會清楚的，」他心裡想著，「目前首先要做的是儘快和她見個面，把這個喜訊轉告給她，快把她釋放出來。」他以為，憑藉他手中拿著的這個公文副本，就完全能夠把這件事情辦好。於是他很快從郵局走出來，吩咐馬車夫送他去監獄。

雖然在今天上午，將軍沒有批准他去監獄裡探監，但是涅赫柳多夫憑藉自己長期的經驗已得知，在高級長官那兒往往難以辦到的事情，在低級屬員那兒倒是能輕而易舉地辦到，因此還是決定現在就去試試，看能不能進監獄，好把這個令人興奮的消息告訴卡秋莎，也許說不準還可以把她釋放出來，同時他也想打聽一下克雷里佐夫的健康狀況，並且把將軍說過的話都轉告給他和瑪麗婭・帕甫羅芙娜聽。

這兒的典獄長是個身材魁偉，威風凜凜的傢伙。他相貌嚴肅，蓄著唇髭和一直長到嘴角的大絡腮鬍鬚。他非常嚴肅地接待了涅赫柳多夫，直截了當地說道：除非經過長官的批准，否則他不能讓任何人去裡面探監的。涅赫柳多夫說到在京城他都經常能獲准去探監，典獄長聽了便回答道：「這完全是有可能的，但是我是不容許這麼做的。」他說這話的語氣彷彿還在說：「你們這些京城裡的老爺們，總以為能嚇唬住我們，叫我們摸不著頭腦，可是我們雖然遠在西伯利亞的東部，但還是嚴守法紀的，並且還會給你們一點兒顏色瞧瞧的。」

即使是皇帝陛下的辦公廳頒發的公文的副本，對典獄長都起不了任何作用。他堅決拒絕放涅赫柳多夫進監獄裡去探視。涅赫柳多夫本來天真地以為他只要一拿出這個公文的副本來，瑪絲洛娃就能夠當場被釋放的，哪知典獄長明白了他這一想法，只是輕蔑地笑了笑，聲稱，要釋放某個人，必須得有他頂頭上司的指令才行。他能夠答應的只有一件事情，那就是他可以通知瑪絲洛娃說她的減刑公文已得到批准，並且他只要收到上司的命令之後，就會馬上放她的，一刻也不會耽擱。

至於克雷里佐夫的身體情況，他也拒絕提供任何消息。並且他說他根本不清楚是否有這麼個犯人，因此涅赫柳多夫一無所獲，只得坐上自己的馬車，返回旅館。

chapter 24 家宴

雖然在監獄那兒遭受到了挫折，涅赫柳多夫卻依舊保持著先前那種興奮的心情，又坐上馬車前往省長的辦公廳，詢問他們那兒有沒有收到瑪絲洛娃的減刑公文，那個公文還沒有送到。因此涅赫柳多夫一回到旅館，就刻不容緩的寫信，把這事告訴謝列寧和律師。他寫好了信之後，看看懷錶，已經到了赴將軍宴會的時間了。

在途中他又想到不知卡秋莎怎樣看待自己減刑這件事。他們又會規定她居住在什麼地方呢？他將來會如何和她一起生活呢？希蒙森將又會怎麼辦呢？她究竟對他持有什麼態度呢？他想到了她思想上所發生的轉變。與此同時他還想到了她的往事。

「必須把那些事情全部抹去才好。」他暗暗地想著，又趕緊把各種有關她的念頭從自己的腦子裡驅散開去。「到時候一切都會見分曉。」他自言自語地說，接著就思考起應當與那將軍談些什麼。

將軍家的宴會場面佈置得非常豪華，顯示出闊綽人和大官們的那種生活排場。他很久以來不僅見不到這種富華的氣派的場面，而且連最基本的舒適條件都沒有，因此他見到這場面非常愉快。

女主人是彼得堡老派的貴婦，過去在沙皇尼古拉的宮廷裡當過女官，說一口流利的法語，說俄語反倒有些彆扭了。她總是把身體挺得筆直筆直的，而且無論她兩手做什麼樣的動作，臂肘總是貼在腰部。她對她的丈夫顯現出尊敬的、稍微帶些抑鬱的恭順態度。她對客人們則異常親切，儘管親切的程度因人而異。她把涅赫柳多夫看作是自家人，對他表現出一種特別微妙的、細膩的、讓人不易察覺的奉承態度，這就使涅赫柳多夫重新意識到自己原本的尊貴，從而感到愜意和滿足。一句話，她覺得他是個與眾不同的人。這種細微的恭迎和將軍府裡的那種美麗奢華的生活排場，使得涅赫柳多夫完全陶醉於華美陳設的舒適，美味可口的飯菜，以及與他早已習慣的那個圈子裡有教養的人們愉悅地交往周旋著，又完全沉迷於一種飄渺的舒適氛圍之中，彷彿近來這段日子的所見所聞，不過僅僅是一個夢而已，他剛剛從這個夢中清醒了過來，又回到了實際生活中。

將在宴席上就坐的，除去將軍的女兒、女婿和將軍的副官等家裡人之外，還有一個英國人，一個開採金礦的商人和一個從西伯利亞遙遠邊城來的省長。涅赫柳多夫覺得這些人都非常的和藹可親。

那個英國人是個身強力壯、面色紅潤的人，法語講得很蹩腳，但是講起英語來就像演說一樣委婉動聽、繪聲繪色。他見多識廣，講了很多有關美洲、印度、日本、西伯利亞的見聞，非常有意思。

開採金礦的商人還很年輕，原本是一個農民家的兒子，現在穿著一身在倫敦定制的燕尾服，襯衣上帶著鑽石的鈕扣。他家裡還有很多的藏書，還為慈善機構捐贈了許多錢，信奉歐洲的自由主義思想，因此給涅赫柳多夫留下了既活潑又有趣的印象。

那個邊遠城市來的省長，原本就是當年涅赫柳多夫在彼得堡時滿城的人議論紛紛的那某司的前任司長。他長得胖乎乎的，一頭稀稀落落的捲髮，閃著柔和的淺藍色眼睛，一雙保養得很好的光滑白嫩的手上戴著幾枚大戒指，下身尤其肥胖。他的臉上堆著愉悅的笑容。省長頗受這家男主人的賞識，因為在慣於受賄的人們中間，只有他不收賄賂。熱愛音樂，彈得一手好鋼琴的女主人也很看重那個省長，因為他是一個出眾的音樂家，常常和他進行四手聯彈。剛好涅赫柳多夫今天的心情也特別的愉快，這個人也就沒有引起他的反感。

那位情緒極好、精力充沛、下巴刮得發青的副官願意處處為他人效力，他那種忠厚善良的好心腸非常招人喜愛。

但是最令涅赫柳多夫感到興奮的，卻是那兩個活潑可愛的年輕夫婦，就是將軍的女兒和女婿。將軍的女兒不過是個相貌平平、生性忠厚的年輕女子，她的全部身心完全投入到了她的前兩個孩子的身上。她與她丈夫是通過自由戀愛而結合在一起的，並且還是在和她的父母經過長時間的鬥爭之後才得以結合的。她丈夫畢業於莫斯科大學，並榮獲了副博士的學位，具有自由主義的思想，為人謙虛，天資聰穎，在政府機關裡供職，從事社會統計的工作，特別是有關非俄羅斯人的統計工作。他研究異族人，喜愛他們，竭力要把他們從絕種的危險中拯救出來。

所有的人不僅對涅赫柳多夫都很親切和熱誠，並且顯然由於見到他這個新相識和風雅的人覺得很高興。將軍身穿軍服出席宴會，脖子上掛著一枚白色的十字章，來到宴會廳，見到涅赫柳多夫就像見到老朋友那樣打了個招呼，接著馬上就邀請客人們去一張小桌上享用白酒和冷葷菜肴。將軍詢問起涅赫柳多夫，從他家走了之後又幹了什麼事情，涅赫柳多夫就說他去了一趟郵局，獲知他今天上午談到的那個女人得到減刑，此時他再次懇求將軍批准他進獄探監。

將軍很顯然在吃飯時談論公事感到不滿，於是皺了皺眉頭，緘口不言了。

「您想來些白酒嗎？」他回轉過身用法語招呼那個走來的英國人。英國人喝完了一杯白酒，就說了說他今天參觀了一座大教堂和一家工廠，但還是希望能參觀一所大型的解犯監獄。

「那剛好，」將軍對涅赫柳多夫說道：「您可以和他一起去，你就去給他們開一張許可證吧。」他對那副官說。

「您希望什麼時間去呀？」涅赫柳多夫向那英國人詢問道。

「我倒想傍晚去看看，」英國人說：「晚上所有的囚犯都在獄中，並且事先沒有準備，一切都保持原樣。」

「哦，他是想好好地看看那裡的各種奇妙的事情吧？那就讓他去看吧。我給上面寫過呈文了，可他們就是沒有採納我的意見。那就讓他們通過外國的報刊去領會吧。」將軍邊說邊向餐桌前走去，女主人正在餐桌旁指點客人們就座。

涅赫柳多夫在女主人和英國人之間坐了下來。他的對面坐的是將軍的女兒和那某司的前任司長。

宴席上，大家的談話自然是時斷時續的，一會兒是英國人談到的印度，一會兒談到法國人遠征東京[19]而遭受將軍的嚴厲譴責，一會兒又提到在西伯利亞流行的欺詐和受賄惡習。涅赫柳多夫對這些談到的話題，都沒有任何的興趣。

但是當飯後大家坐在客廳裡喝咖啡時，英國人和女主人談起戈賴斯頓[20]，卻聊得津津有味。涅赫柳多夫覺得他自己在這次交談中出色地發表了很多精闢的見解，引起交談者的重視。涅赫柳多夫吃過一頓豐盛的飯菜，喝了一點兒美酒，現在坐在軟綿綿的圈椅裡喝著咖啡，置身在熱誠的、教養有素的人們當中談話，他的心情變得越來越興奮了。而等女主人同意英國人的請求，和前任司長在一

19 指一八八二至一八九八年法國侵略越南北部的戰爭。「東京」是當時歐洲人對越南北部的稱呼。

20 當時的英國首相。執行殖民政策。一八八二年出兵佔領埃及。

架大鋼琴邊坐下，開始一起彈奏起他們彈得很熟練的貝多芬《第五交響曲》的時候，涅赫柳多夫產生了一種很久以來都不曾感受到的、自我陶醉的感覺。

涅赫柳多夫向女主人表達感謝之情，說他很久都沒有享受過這種歡樂了，之後他正準備辭別，沒想到女主人的女兒露出堅定的神態走到他的面前，臉紅彤彤地說道：

「您方才問過我的那兩個孩子，您願意看一看他們嗎？」

「她以為別人都有興趣看她的孩子呢。」見她女兒如此純真的不諳世事，母親微笑著說：「公爵根本不感興趣的。」

「恰恰相反，我很感興趣呢，很感興趣。」涅赫柳多夫被這種溢於言表的幸福的母愛而打動。「請您帶我去看一下他們吧。」

「她居然真領著公爵去看自己的小娃娃了。」將軍正在和他的女婿、開採金礦的商人、副官一同打牌，這時在牌桌上笑著叫起來，「您就去看看吧，盡一回您的義務吧。」

這時，那年輕的少婦一想到馬上就有人來評論她孩子們的好與壞了，情緒顯得特別激動，便邁開了大步子，把涅赫柳多夫領進了裡面的屋子裡。

他們在第三個房間門前停了下來，那間房子屋頂很高的，糊著雪白的牆紙，點著一盞不大的燈，上邊還罩著一個深色的燈罩，裡面並列擺放著兩張小床，有一個奶媽坐在兩張床的中間，她上身披著白色的小披肩，長著西伯利亞人的那種高高的顴骨，相貌很慈善。奶媽站起身來，朝他們鞠躬行禮。那年輕母親在第一張小床上彎下了身子，床上安靜地躺著一個熟睡的兩歲小女孩，張開著小嘴巴兒，長長的捲曲的頭髮披散在枕頭上。

「這就是卡佳。」年輕母親說道，順手拉了一下帶淺藍色條紋的絨毯把她從絨毯底下露了出來的一隻雪白的小腳蓋好。「她長得好看嗎？要知道她才兩歲。」

「真的太漂亮了！」

「這一個叫瓦休克，是她姥爺給她起的名字，完全是另外一種模樣。他是西伯利亞人。對嗎？」

「多可愛的小男孩呀。」涅赫柳多夫打量著那趴著睡覺的胖娃娃說。

「真的嗎？」年輕母親意味深長地笑著說。

這令涅赫柳多夫又想起了那些腳鐐手銬和剃陰陽頭的腦袋，想到了毆打和種種道德敗壞的行徑，想起瀕臨死亡的克雷里佐夫，想起卡秋莎以及她的所有經歷。現在就覺得這種幸福是美好的和純真的，他羨慕起來，恨不得他自己也能享受到這種幸福。

他把那兩個孩子讚揚了一通，然而也只是部分地滿足了如饑似渴地靜聽著各種讚揚的那個母親的心意，之後就跟在她後面回到了客廳。英國人正在客廳裡等候著他呢，按他們先前約好的那樣一起乘車子去監獄，涅赫柳多夫於是與這一家老少告過別之後，和英國人一塊走出房間來到了將軍府的大門口。

天氣突然變了，漫天飛舞著鵝毛大雪，撒滿了道路，蓋沒了屋頂，淹沒了花園中的樹木，遮掩了門口的臺階，蓋住了車篷以及馬背。英國人自己有輛輕便馬車，涅赫柳多夫就叫英國人的馬車夫把車駛往監獄，然後他獨自爬上自己的那輛四輪馬車裡，心情沉重，就像自己正要去履行一個令人不快的任務似的。他就這樣坐進那輛軟綿綿的四輪馬車裡，跟在英國人的輕便馬車的後面，沿著被雪覆蓋的路面艱難向前行駛。

chapter 25 我們分手吧

門前有崗哨和燃著風燈的陰森森的監獄大廈，儘管門口、屋頂和牆壁都穿上了白色雪裝，雖然整個監獄正面排列著的一扇扇窗戶燈火通明，但所有的一切，反倒給涅赫柳多夫留下了比今天上午更加恐怖的印象。

威嚴的典獄長來到大門口，在路燈的照耀之下，看了一下涅赫柳多夫和英國人的許可證，困惑地聳了聳他那健壯的肩膀，但是他還是執行了命令，請這兩位參觀者跟著他往裡走。

他先是領他們來到了院子裡，接著從右側的一個房門走進去，沿著樓梯，走進了一間辦公室。他請他們坐下來之後，便問他們有什麼要他效勞的。他聽到涅赫柳多夫說希望現在就和瑪絲洛娃見面，於是就吩咐了一個看守去把她叫來，自己在準備回答英國人當場在涅赫柳多夫的翻譯下向他提出的各種問題。

「這座監獄按規定能容納多少人？」英國人問道：「如今關著多少人？男人、女人、兒童分別各有多少？苦役犯、流刑犯、情願跟隨而來的又各有多少人？還有多少個患了病的犯人？」

涅赫柳多夫為英國人和典獄長翻譯著他們各自所說的話，沒時間去思考他們話中的含義，因為他一想到很快要與卡秋莎相見了，就不由自主地緊張不安起來。他正在給英國人翻譯著一句話時，就聽到一陣愈來愈近的腳步聲，辦公室的門開了，同以前多次探監的情形一樣，先進來一個看守，緊接著進來的就是卡秋莎，頭上包著頭巾，穿著囚服，他一見到她，就感到心裡無比沉重。

「我想生活，我想要家庭和孩子，我想過普通人的生活。」就在她邁著輕快的步子，頭也沒抬走進房間時，這個念頭從他的頭腦中掠過。

他站起來，迎著她向前邁了幾步，在他看來她的臉是很冷峻而痛苦的。如同她過去責怪他時的樣子，臉色一陣紅一陣白，手痙攣的搓弄著衣邊，一會兒看看他，一會兒垂下眼皮。

「您知道減刑的事情被批准了嗎？」涅赫柳多夫問她說。

「知道了，看守已經告訴我了。」

「等公文一下來，您就解放了，可以住到您喜歡的地方去了，我們要想一下了……」

她趕緊打斷了他的話說：「我沒有什麼可想的，希蒙森到什麼地方，我就跟著他一起到什麼地方。」

儘管她心裡很忐忑，卻仍然抬起了眼睛瞧了瞧涅赫柳多夫，把這些話說得又快又清晰，就好像提前已經把她想說的話都準備好了。

「哦，是這樣呀！」涅赫柳多夫說。

「或者是她已愛上了希蒙森，根本不需要我再為她做任何的犧牲；或者是她還愛著我，為了我好而拒絕我，乾脆破釜沉舟，從此把她的命運和希蒙森連在一起。」涅赫柳多夫暗暗想著，不禁覺得很慚愧，他感到自己的臉緋紅。

「要是您愛他……」他說。

「沒有什麼愛不愛的?這類事我早已經毫不在乎了。不過,要知道,希蒙森他確實是個與眾不同的人。」

「是啊,當然了,」涅赫柳多夫說道:「他是個十分優秀的人,所以我覺得……」

她又一次打斷了他的話,好像擔心他會講出什麼不好聽的話來,或擔心她來不及說完她想說的那些話一樣。

「不必了,如果我沒有按您的意思去辦的話,還請您原諒我呀,」她用她那神秘的、斜視的目光瞅著他的眼睛說:「嗯,看來,也只好這麼辦了。您自己也是需要生活的啊。」

她正好說到了他之前所想到事,可是此刻他已經不這樣想了,他的思想和感情已經完全不同了,他不僅感到害臊,而且開始覺得惋惜,惋惜他和她失去的一切。

「我真的沒想到會是這樣的。」他說。

「您沒必要在這裡生活和受罪呢,您受的罪已經夠多的了。」她說著,奇怪地笑了笑。

「我並沒有受任何苦呀,我一直過得非常好,並且,假如有可能的話,我今後還願意為您再效勞。」

「我們……」當她在說到「我們」兩個字時,又瞧了涅赫柳多夫一眼,「……一無所求,您已經為我付出了那麼多的精力。要是沒有您……」她本想說些什麼話來著,但是她的聲音有些發抖了。

「您可不用感謝我。」涅赫柳多夫說。

「沒必要再計較什麼恩怨?我們之間的帳,上帝會來清算的。」她說過這話,那一雙烏黑的眼睛湧滿了淚水,亮閃閃的。

「您是個多麼出色的女人哪！」他說。

「我出色嗎？」她含著淚水說道，臉上閃過一絲淒婉的笑。

「您談好了嗎？」[21]這時英國人問。

「馬上就好。」[22]涅赫柳多夫回答過，便問起她關於克雷里佐夫的情況。

她強壓住自己激動的心情，鎮定下來，從容地把她所瞭解的有關克雷里佐夫事情一五一十地告訴了他，克雷里佐夫途中身體非常虛弱，一到這兒很快就被送進了醫院。瑪麗婭實在對他放心不下，請求去醫院裡照顧他，但是沒有獲得批准。

「那我應當離開了吧？」她發覺英國人在一邊等著他呢，於是說道。

「對不起。」她用勉強能聽得見的聲音說。

涅赫柳多夫聽了她的話後，說：「那麼我們就分手吧[23]。」

他從她淒婉的苦笑中，心中清楚地明白了，在他先前猜測她說的話的兩種原因中，第二種才是對的：她愛他，覺得如果和他結合，就會毀掉他的一生，而她和希蒙森一起走，就會使他完全解脫。如今她想到她已完成了自己的願望，不由自主地感到高興，但一想到她又要和他分別，又不禁感到惆悵。

她握了握他的手，慌忙轉回身子，離開了。

21 原文是英語。
22 原文是英語。
23 在俄語裡，這個不大通用的告別辭含有「請原諒我」的意思。

涅赫柳多夫回頭看了看那英國人，準備和他一起走出去，但是此刻英國人正在他的筆記本上不停地記著什麼。涅赫柳多夫不想打斷他，於是在貼著牆壁的那一張小木榻上坐下來，突然感到無比疲倦。他之所以疲倦，不是由於昨天晚上的失眠，也不是由於旅途中的辛苦，更不是由於心情激動不安，而是他感到對整個人生已經感到無比厭煩了。他靠在那張小木榻上，閉上眼睛，一會兒就沉沉地睡了過去，並且睡得又香又甜。

「怎麼樣，您現在是否還想去各個牢房裡看看？」典獄長問。

涅赫柳多夫一下子清醒了過來，發現自己竟在這種地方睡熟了，心中不免有些驚訝。英國人已經寫好了他的筆記，就很想去參觀一下各個牢房，於是涅赫柳多夫只好帶著疲憊而茫然地跟在他身後出去了。

chapter 26

分發福音書

英國人、典獄長和涅赫柳多夫在幾名看守的陪同下，穿過了前堂和一條臭得令人作嘔的走廊，在過道裡還碰到了兩名男犯人正對著地板小便，不禁感到吃驚。之後，他們走進第一間苦役犯牢房裡。牢房正中央放著板鋪，所有的犯人都已經睡下了。

他們大約七十個人。他們頭挨著頭和身子挨著身子擁擠得躺在那裡。參觀的人一進來，全體囚犯都戴著匡啷作響的鐵鍊從床上跳下來，在床邊站好，燈光照的他們那些剛剃過頭髮的陰陽頭閃著亮光。但有兩人仍躺在床上，其中一個是年輕人，紅彤彤的臉，很顯然是在發燒；另外一個是個老人，不住地在呻吟。

英國人問起那年輕犯人是否病了很長時間，典獄長卻回答說他只是今天早上才開始發病的，而那個老人患有胃病已經很久了，由於醫院裡早就住滿了病人所以又沒地方安頓他，英國人不以為然地搖了搖頭，說他想和這些人聊聊，請涅赫柳多夫給他做翻譯。原來這個英國人要通過這一次的旅行，不僅要把西伯利亞的流放和監禁地的一些事情寫成專題文章，還要宣揚傳播通過信仰和贖罪來拯救人們靈魂的道理，這就是他這次旅行的兩個目的。

「請您對他們說，基督可憐他們，愛他們，」他說：「而且他會為他們死去，如果他們相信這些話，他們就會解放的。」

在他講話時，所有的犯人全都站在板鋪前邊一言不發，昂首挺胸，雙手貼住褲縫。

「請您告訴他們，」他最後說道：「這番話都在這本書中。這裡有識字的嗎？」

結果這裡有二十多個識字的人。英國人從手提包裡掏出幾本精裝的《新約全書》，於是就有好幾隻肌肉發達的、長著生硬的黑指甲的手從麻布襯衫的袖口裡面向他伸了過來，爭先恐後來搶書。他在這間牢房裡發了兩本《福音書》，便走向下一間牢房。

下一間牢房裡的情況與剛才的差不多，那裡也是同樣的悶熱，同樣的惡臭。英國人又像前面那樣講了一遍道經，同樣也發給了他們兩本《福音書》。

一陣叫嚷聲和打鬧聲從第三間牢房裡傳了出來，典獄長敲了敲門，厲聲喊道：「立正！」房門一打開，全部的犯人也都挺直了身子站在板鋪旁邊，除了幾個病人和兩個打架的人之外。那兩個打架的人滿臉憤怒的神色，相互揪打著，其中一個抓住另一個的頭髮，另一個抓住這一個的鬍鬚。直到看守跑到他們的面前，他們才鬆開了手。有一個鼻子被打破了，流出了血，鼻涕直流，唾沫橫飛，不停地用外衣的袖口擦著，另外一個把被揪下來的鬍渣從鬍鬚裡一根根捻出。

「班長！」典獄長惡狠狠地喊叫道。

一個相貌端正、身強力壯的人便走了出來。

「我是怎麼都管不了他們，長官。」班長眼中露出歡快的笑意，說著。

「那就讓我來管管他們吧！」典獄長皺著眉頭說。

「他們為什麼打架？[24]」英國人問。

涅赫柳多夫就詢問起班長來，他們為何事打起來的。

「不過是為了一塊包腳布，拿錯了包腳布，」班長仍然笑著說：「這一個推搡了一下另一個，另一個就又打了他一拳。」

涅赫柳多夫把這番話翻譯後告訴了英國人。

「我想和他們說幾句話。」英國人回轉過身子來對典獄長說。

涅赫柳多夫把這話翻譯了過來。典獄長說：「可以。」於是英國人又掏出他自己的那本皮面精裝的《福音書》來。

「麻煩您幫我翻譯一下，」他對涅赫柳多夫說道：「你們吵鬧，打架，可是為我們而死的基督，教給我們的是另一種解決爭吵的好辦法。請您問問他們，是否知道根據基督的戒律，應當怎樣對待那些欺負我們的人嗎？」

涅赫柳多夫把英國人說的話和他問題翻譯了一遍。

「報告給長官，由他來判斷誰是誰非嗎？」有個人斜睨著威武的典獄長，用詢問的口氣說。

「應當把他狠狠地打一通，那樣他就不會再欺負人了。」另外一個說道。

頓時傳來幾個人表示贊同的笑聲，涅赫柳多夫就把他們的回答翻譯給了英國人。

「請您告訴他們，按照基督所定的戒律，正好相反，如果有人打你這邊臉，那你就應該把那半邊的臉也送到他的面前讓他打。」英國人邊說邊做出把他的臉送過去給人打的姿態。

24 原文是英語。

涅赫柳多夫又做了翻譯。

在這間牢房裡共有四個病人。英國人問，為何不把病人集中在一個牢房裡呢？典獄長答道，病人自己不願意，另外，這些病人得的都不是傳染病，而且還有一個醫士照看他們，為他們竭力治療。

「我們有一個多星期都沒有看到他了。」有個聲音說。

典獄長沒有回答，又領著他們去了下一間牢房裡。又是打開了門，又是眾犯人全體起立，寂靜無語，又是英國人送《福音書》。不管是在第五個牢房還是在第六個牢房，在右面的過道還是左面的過道，所有的牢房都是一模一樣。

他們從苦役犯的牢房轉到了流放犯的牢房，從流放犯的牢房又走到被村社判處流放的農民的牢房裡，之後又轉到自願跟著犯人的家屬的屋子裡。到處都是相同的情形，到處都是一些受凍、挨餓、無所事事、患上疾病、受盡欺辱、被關閉起來失去自由的人，簡直就像一群野獸那樣。

英國人發光他預計要發出去的那一定數量的《福音書》後，就不再發了，甚至也不再說什麼了。使人難受的景象，尤其是那叫人窒息的空氣，很顯然已耗盡了他所有的精力。

他從這間牢房走到那間牢房，傾聽著典獄長介紹每間牢房裡的具體情況，他也只是隨口說一句「好的」[25]而已。涅赫柳多夫如同夢遊一樣蹣跚地跟著他來回走著，同樣覺得筋疲力盡和心灰意冷，卻又沒有勇氣向他們告別從而離開這鬼地方。

25 原文是英語。

chapter 27 無解

在流放犯的一間牢房裡，涅赫柳多夫又看到了今天早上在渡船上見過的那個古怪的老頭，不由自主地感到非常驚訝。

這個老人頭髮亂蓬蓬的，滿臉皺紋，上身只穿著一件髒兮兮的灰色襯衫，肩頭已經被磨破了，下身穿著相同顏色的破長褲，光著腳，坐在靠近板鋪的地上，用冷冷而疑惑的眼光瞧著進來的這些人。他那瘦骨嶙峋的身子從髒襯衣的破口處露了出來，顯得既可憐又虛弱，但他的神情比在渡船上更加專注，更嚴肅而富有生氣了。

這裡的囚犯們，和別的牢房裡的犯人一樣，一看到長官們進來，就從床上快速地跳下來，挺直了腰板子站住，唯獨老人卻坐在那一動不動，他的眼睛炯炯有神，他的雙眉憤怒地皺在一起。

「站起來！」典獄長向他喝道。

老人卻一動不動，只是輕蔑地笑了笑。

「只有你的奴僕才會一看到你就站起來，我又不是你的奴僕。看你頭上還有烙印……」老人指著典獄長的額頭說道。

「說什麼？」典獄長向老人進逼一步，威嚇說。

「我認得這個人，」涅赫柳多夫趕緊對典獄長說：「為什麼要把他抓進來？」

「警察局由於他沒身分證，就把他送進來了，我們要求他們別把這類人都送來，但他們就是不聽。」典獄長怒氣衝衝地斜睨起眼睛看著那個老人，說。

「看起來，你也是反基督的成員中的一位吧？」老人轉過身子對涅赫柳多夫說道。

「不，我是來參觀的。」涅赫柳多夫說道。

「怎麼，你們是來找樂子的啊，想來見識一下反基督的傢伙是如何折騰人的嗎？那就看吧，反基督的人把人抓起來，把整整一大群人關進同一個鐵籠子裡。人應該靠辛勤的勞動來生活，但是反基督的人卻把那些人都鎖了起來，像豬一樣養著，不叫他們去勞動，弄得人都變得具有獸性了。」

「他究竟在說些什麼？」英國人便問。

涅赫柳多夫說道，老人在責備典獄長把人都囚禁起來。

「那，請您問問他，照他看來，應該如何對付那些不遵守法律的人呢？」英國人說。

涅赫柳多夫把這個問題翻譯了一遍。

老人露出一排整整齊齊的牙齒，詭異地笑起來。

「法律！」他鄙夷不屑地跟著重複了一遍，「那些反基督的人搶劫了人家，霸佔了人家所有的土地，奪取人家所有的財產，把這些東西統統據為己有，把凡是反對他的人全部殺死，接著他們再制定什麼法律，規定不准搶劫，不准殺人，要是他們先定出法律就好了。」

涅赫柳多夫把這番話又翻譯了一遍，英國人聽後笑了笑。

「那您說，究竟應當如何對付強盜和殺人凶手呢，請您再問問他吧。」

涅赫柳多夫又把這句問話翻譯了一遍，老人冷峻地皺起了雙眉。

「你對他說，讓他馬上去掉他身上那反基督的烙印，這樣他就不會再遇到盜賊，也不會再遇到殺手了，你就這樣告訴他。」

「他瘋了。」[26]英國人聽到涅赫柳多夫給他翻譯的老人說的話之後，就說了這樣一句，接著他聳了聳雙肩，走出了牢房。

「你就只做你的事，可別去管別人事情，自己管自己的事情。誰應該受到懲罰，誰應該給予寬恕，上帝會管的，這不歸我們管，」老人又說：「你就做你自己的上司吧，這樣就用不著什麼當官兒的了。你走吧，走吧！」

他生氣地皺著眉頭，用炯炯有神的雙眼盯著在牢房裡遲遲不肯走的涅赫柳多夫，又說：「你已經看夠了那些反基督的奴僕是如何拿人來餵蝨子的了。走吧，快走吧！」

等涅赫柳多夫離開房間，走到過道上的時候，英國人和典獄長正站在一間打開門的空牢房門口。英國人問這間牢房是做什麼用的，典獄長解釋道，這間是停屍房。

「哦。」英國人聽了涅赫柳多夫給他翻譯的話後，這樣說了一聲，就要求進去看一下。

這個停屍室一間普通的、不大的牢房。牆壁上掛著一盞小油燈，暗淡的燈光照著屋角的一堆行李和木柴，也照著右邊板床上的四具屍體。第一具死屍穿著麻布的襯衣和襯褲，高大魁梧，臉上蓄著一把很小的尖鬍子，剃的是陰陽頭。這個屍體已經僵硬了，原來在胸前交叉疊放的兩隻發青的手，現在已經分開了，赤裸著的雙腳也是分開著的，兩個腳掌向兩邊伸展開來，他的身邊躺著一個

26 原文是英語。

老年女人，身穿白衣和白裙，沒包頭巾，頭髮梳成了一條短短的稀疏的辮子，佈滿皺紋的瘦黃的臉上還長著一個尖尖的鼻子。

老婦人的身後還躺著一具男屍，穿著一件淡紫色的衣服。這顏色使涅赫柳多夫怔住了。

他走到跟前，仔細地打量那具死屍。那人長著小而尖、向上翹著的山羊鬍子，鼻子清秀而非常好看，前額突出白淨，頭髮稀少而捲曲。那些特徵是他熟悉的，他認出了這個人，簡直不敢相信自己的眼睛，昨天他還看到這張激憤和痛苦的臉，現在這張臉卻一動不動，顯得寧靜、安詳，而且出奇的好看。

沒錯，這人正是克雷里佐夫，這些起碼是他物質生命遺留下來的痕跡。

「他飽受苦難是為了什麼？他活在世上是為了什麼？這些問題他如今都明白了嗎？」涅赫柳多夫在暗暗地思忖著。他覺得這些問題無法解答，認為除了死亡以外一無所有，於是他感到頭暈目眩起來。

涅赫柳多夫沒再和英國人告別，便請求一名看守把他領回到外邊的院子裡。他覺得他要避開所有人，獨自好好思考一下今天親眼目睹的各種各樣情形，於是他便坐上馬車，回自己的旅館去了。

chapter 28

一生的事業

涅赫柳多夫回到旅館之後，沒有馬上上床睡覺，而是在房間裡來回踱步，走了許久。

他和卡秋莎之間的事情已經結束了，她不再需要他了，這讓他感到又傷心又慚愧，不過現在他並不是為這件事煩惱。他的另一件事情不僅沒有完結，而且比以前的任何時候都更猛烈地折磨著他，讓他必須有所行動。

他在這段時間裡，特別是今天在這座令人恐怖的監獄裡，親眼目睹和瞭解到的這種種駭人聽聞的罪惡，把親愛的克雷里佐夫置於死地的所有惡勢力，現在正在作威作福，十分囂張，氾濫成災，讓他不僅看不到戰勝它的可能性，甚至不知道如何才能戰勝它。

他的腦海裡浮現出成百上千人的身影，一個個被那些麻布不仁的將軍、檢察官、典獄長羈押了起來，生存在佈滿細菌的混濁的空氣中，備受羞辱；他不由自主地想起了那個古怪的、自由不羈的、痛罵長官的老人，但是他卻被人們看成是一個瘋子。

他還想到了含恨而死的克雷里佐夫，他那張英俊的、僵硬的、蠟黃的臉夾雜在其他的幾具屍體的中間。究竟是他瘋了呢，還是那些自以為神志清醒而幹出這各種罪惡的人瘋了呢？這個問題在過去已經提過很多次，此時又更加倔強地展現在了他的頭腦中，要求他來解答。

等走得有些累了，腦子思考得也有些累了時，他便坐在挨著燈光的一個長沙發上面，隨手打開了英國人贈送給他留作紀念的那本《福音書》，這是他之前在清理他口袋中的東西時扔在桌上的。

「據說，這本書中能夠找到所有的問題的答案。」他暗暗地想著，便把《福音書》翻了翻，就從他翻到的地方看起。那是《馬太福音》第十八章。他讀道：

一、當時門徒進前來，問耶穌說，天國裡誰是最大的？

二、耶穌便叫一個小孩子來，使他站在他們當中。

三、說：我實在告訴你們，你們若不回轉，變成小孩子的樣式，斷不得進天國。

四、所以凡自己謙卑像這小孩子的，他在天國裡就是最大的。

「對，對的，就是這樣。」他暗暗地思考著，想起自己只有在謙遜時才能感悟到生活中的寧靜和快樂。

五、凡為我的名，接待一個像這小孩子的，就是接待我。

六、凡使這信我的一個小子跌倒的，倒不如把大磨石拴在這人的頸項上，沉在深海裡。

「『凡為我的名，接待一個像這小孩子的』這話是什麼意思？而且怎樣接待？什麼是『凡為我的名』？」他覺得這句話一點兒也沒有向他說明什麼，就自言自語道。

「還有，為什麼要把大磨石拴在頸項上，還要投入深海中？不對，這有些不準確，說得不確切，不明白。」他心想，他生平多次讀過《福音書》，都是因為遇到這種莫名其妙的語段，讓他無法讀下去。

他又讀了第七節、第八節、第九節和第十節，這幾節講到有關絆倒的事，講到人必須進入永生，提到將人扔進地獄的火裡作為懲罰，提到孩子們的使者經常見到天父。

「可惜這番話沒有邏輯，」他暗想，「但是可以感覺出來，其間還是有好東西的。」

十一、人子來，為要拯救失喪的人。

十二、一個人若有一百隻羊，一隻走迷了路，你們的意思如何？他豈不撇下這九十九隻，往山裡去找那隻迷路的羊嗎？

十三、若是找著了，我實在告訴你們，他為這一隻羊歡喜，比為那沒有迷路的九十九隻歡喜還大呢。

十四、你們在天上的父，也是這樣不願意這小子裡失喪一個。

「是的，天父的意志並不是讓他們死去，但是在這裡，他們卻成百上千地死去。並且無法拯救他們。」涅赫柳多夫心想。

二十一、那時彼得進前來，對耶穌說：主啊，我弟兄得罪我，我當饒恕他幾次呢？到七次可以嗎？

二十二、耶穌說：我對你說，不是到七次，乃是到七十個七次。

二十三、天國好像一個王，要和他僕人算帳。

二十四、才算的時候，有人帶了一個欠一千萬銀子的來。

二十五、因為他沒有什麼償還之物，主人吩咐把他和他妻子兒女，並一切所有的都賣了償還。

二十六、那僕人就俯伏拜他，說：主啊！寬容我，將來我都要還清。

二十七、那僕人的主人就動了慈心，把他釋放了，並且免了他的債。

二十八、那僕人出來，遇見他的一個同伴，欠他十兩銀子，便揪著他，掐住他的喉嚨，說：你把所欠的還我。

二十九、他的同伴就俯伏懇請他，說：饒恕我吧，將來我必還清。

三十、他不肯，竟去把他下在監裡，等他還了所欠的債。

三十一、眾同伴看見他所做的事，非常憂愁，就去把這事都告訴了主人。

三十二、於是主人把他叫來，對他說：你這惡奴才！你央求我，我就把你所欠的都免了。

三十三、你不應當憐恤你的同伴，像我憐恤你嗎？

「難道不就是這麼一回事嗎？」涅赫柳多夫閱讀完了這些語句，忽然高聲叫嚷起來，而且他的心中有個聲音回答他說：「對，就是這麼一回事。」

於是涅赫柳多夫又遇到了所有追求精神生活豐富的人時常碰到的情形，也就是這樣的一種情形：某種想法，起初他覺得古怪，模糊不清，甚至荒誕可笑，卻沒料到它會越來越頻繁地被生活所證實，有朝一日，他會忽然發現這種想法在現實生活中是極其簡單的、毋庸置疑的真理。現在對他來說，就有一種思想如同上面所講的那樣變得更加清楚了，這就是要戰勝這種恐怖的、令人們飽受苦難的惡勢力，唯一可靠的辦法就是在上帝面前，承認自己是有罪過的，所以既無權懲治他人，也無權改造他人。

此時他才懂得，他在各個大小監獄中親眼目睹的一切駭人聽聞的罪行，還有人們製造那種罪行所暴露出來的坦然自若的神情，都是由於有些人渴望做不可能做到的事情：他們本身壞，卻想要去改造壞人。某些品行腐敗的人卻想去改造另外一些腐化墮落的人，並且想通過強硬的辦法達到目的，但結果卻是，缺錢的和貪財的人以這種無理強迫人們的懲治和改造作為自己高尚的職業之後，自己就墮落到無以復加的地步，而且還不斷地侵蝕受盡他們折磨的那些人。

現在他才明白，他親眼目睹的那一切慘象的根源是什麼，以及怎樣才能毀滅掉它。他始終找不到的那個答案，原來偏偏就是基督對彼得說的那番話，意思是要永遠饒恕所有的人，要饒恕他們無數次，因為世界上根本沒有本身無罪因而可以懲治或改造他人的人。

「但是事情總不會那麼簡單吧？」涅赫柳多夫在心裡思考，但同時他又不可否認地看到了。雖然這種相反的看法他已經習慣了，雖然起初覺得這種看法很古怪，然而這又是毋庸置疑的答案，對於那個問題不論是在理論上的解答，還是在實踐中都是最符合實際解決問題的最終方法。至於如何對待那些壞人，難道聽之任之，不給予任何的懲治嗎？遇到這種常見的反對意見，他現在也不覺得難以回答了。假如事實證明，懲治能減少罪行，改造罪犯，那這樣的反對意見倒還是有點兒道理的。但是既然事實已經證明情況正好相反，並且結果也很顯然，一些人無權改造另外一些人，那你們所能夠做到的唯一合理的做法，就是停止做這種不但無利，反而還有害的、甚至是荒誕的、殘忍的事情。

「幾百年以來，你們一直在懲治你們認為是犯過罪的人，但是結果如何呢，這些人是否滅絕了呢？他們非但沒滅絕，而且犯罪的人數反倒增加了，因為有一些人因受懲罰而墮落成罪犯，還有一些因審判和懲治別人而使自己墮落成罪犯的人，就是那些審判官、檢察官、偵訊官、獄吏們。」

涅赫柳多夫現在才真正感悟到，社會和社會秩序之所以能夠存在，並不是因為存在著那些受法律保護的罪犯在審訊和懲治別人，而是因為，儘管敗壞到如此地步，人與人還是互相憐惜、互相愛護的。

涅赫柳多夫想從這本《福音書》中找到能證實這一想法的具體語句，於是就從頭讀起來。他認真閱讀了一遍一向使他十分感動的《登山訓眾》[27]，今天才第一次看出這段訓誡並非難以理解的美好理想，所提的大部分要求也不是過分誇張而無法實現的，反而是一些簡單明瞭、切實可行的戒律。只要認真執行這些戒律（而這是完全可能的），人類就能建立嶄新的社會結構，到那時候，不僅使涅赫柳多夫所憤慨的各種暴行會自然消亡，而且人類所能達到的至高無上的幸福，人間天堂，同樣也會實現。

這種戒律一共有五條。

第一條戒律（《馬太福音書》第五章第二十一節到第二十六節）說的是：人不僅不該殺人，而且

27見《新約全書·馬太福音》第五章。

不該對弟兄們動怒，不該蔑視他人，罵他人為「拉加」[28]。如果和某人產生爭吵，就該在向上帝獻禮之前，即祈禱之前，和那人和解。

第二條戒律（《馬太福音書》第五章第二十七節到第三十二節）說的是：人不僅不該姦淫，而且不可貪戀美色。只要和一個婦女結為夫妻，就該至死不渝。

第三條戒律（《馬太福音書》第五章第三十三節到第三十七節）說的是：人不應當在允諾某件事時發誓。

第四條戒律（《馬太福音書》第五章第三十八節到第四十二節）說的是：人不僅不該以牙還牙，而且當有人打你的右臉時，把左臉也轉過去讓他打。應該寬恕他人對你的欺辱，順從地加以忍受。不管人家向你提什麼要求，都不可回絕。

第五條戒律（《馬太福音書》第五章第二十一節到第二十六節）說的是：人不僅不應當恨仇敵，跟仇敵打仗，而且應關愛仇敵，幫助仇敵，為仇敵效勞。

涅赫柳多夫凝視著那盞油燈的亮光，紋絲不動。他想起我們生活當中的各種醜惡現象，接著就清晰地想像到，假如人人都信守這些戒規，我們的生活將會變成什麼樣，於是他心中充滿了好久不曾有過的喜悅，就好像他經歷了長期的勞累和苦難之後忽然得到了安寧和自由。

他通宵沒有睡覺，他就像很多閱讀《福音書》的人經歷過的那樣，不停地讀啊，讀啊，第一次讀懂了那些語句的意義，而那些語句他之前已經看過無數遍卻輕易放過去了。他如同海綿吸水一樣，如饑似渴地吸收他在這本書中發現的有用的、重要的和令人高興的道理，他讀到的所有句子好

28 意即「廢物」。

像都是他熟悉的，彷彿領會了並且讓他重新加以證實了過去他已經知道，卻沒有好好領悟、也難以置信的道理。如今他徹底地領悟了，相信了。

不過他不僅僅是領悟和相信人人履行這些戒律就能得到他們想得到的至高無上的幸福，他如今還認清和確信，人人只要履行了這些戒律，無須再做別的，人類生活唯一合理的意義就在這兒，凡是背離這些戒律的行為統統是錯誤的，馬上會招致懲罰、得到報應的。

這是從全部教義中總結出來的道理，而有關葡萄園的那個比喻[29]，表現得最有說服力。園戶原本是被指派去葡萄園裡為園主勞動的，他們卻把那個葡萄園看作是他們的私有財產；好像葡萄園中的所有東西都是為他們置辦的，認為他們只管在那個葡萄園裡過舒服日子就是了，忘記了園主，並且誰提到他們對園主應盡的責任，他們就殺死誰。

「我們的所作所為也是這樣的，」涅赫柳多夫想：「就是由於我們帶著一種荒誕可笑的信念在生活，認為我們自己就是自己生活中的主人，人生在世就是為了享受歡樂。但是要知道，這顯然是非常荒謬的，要知道，既然我們是被派到這個世界上來的，那就是奉某某的旨意，有所為而來的。然而我們卻認定，我們活著只是為了我們自己快樂。那事情很明顯，我們將不會有好下場，就像那不依照園主意願做事的園戶一樣得到不好的結局，主人的意圖就表現在這些戒律當中。只要人們奉行

29《馬太福音》第二十一章第三十三節起到第四十一節止：「耶穌說：你們再聽一個比喻。有個家主，栽了一個葡萄園，周圍圈了籬笆，裡面挖了一個壓酒池，蓋了一座樓，租給園戶，就去國外了。收果子的時候近了，就打發僕人，到園戶那裡去收果子。園戶拿住僕人，打了一個，殺了一個，用石頭打死一個。主人又打發別的僕人，比先前更多。園戶還是照樣待他們。後來打發他的兒子到他們那裡去，意思說，他們必尊敬我的兒子。不料，園戶看見他的兒子，就彼此說，這是承受產業的。來吧，我們殺他，占他的產業。他們就拿住他，推到葡萄園外，殺了。園主來的時候，要怎樣處置這些園戶呢？他們說，要下毒手除滅那些惡人，將葡萄園另租給那按時交果子的園戶。」

這些戒律，人間就會建立起天堂，人們才會得到他們能夠得到的至高無上的幸福。

「你們要先求他的國和他的義，這些東西都加在你們身上了，[30]然而我們卻先要求這些東西，很顯然是求不到的。」

「看來這就是我一生的事業了。做完這一件，再開始做另一件。」

從這天夜裡起，涅赫柳多夫開始過起一種全新的生活，倒不是說他已經進入到了一種全新的生活環境裡，而是因為從這時開始，他所遭遇的一切，對他來說都有了一種與過去截然不同的意義。至於他一生中的這個嶄新的階段將如何結束，將來自見分曉。

30《馬太福音》第六章：「耶穌說：一個人不能侍奉兩個主。不是惡這個愛那個，就是重這個輕那個。你們不能又侍奉神，又事奉瑪門（指「財利」）。……所以不要憂慮，說吃什麼，喝什麼，穿什麼。這都是外邦人所求的。你們需要的這一切東西，你們的天父是知道的。你們要先求他的國和他的義，這些東西都要加給你們了。所以不要為明天擔憂。」

經典新版世界名著：35

復活【全新譯校】

作者：L・托爾斯泰
譯者：鄭君
發行人：陳曉林
出版所：風雲時代出版股份有限公司
地址：10576台北市民生東路五段178號7樓之3
電話：(02) 2756-0949
傳真：(02) 2765-3799
執行主編：朱墨菲
美術設計：吳宗潔
業務總監：張瑋鳳

初版日期：2025年4月
ISBN：978-626-7510-55-1
版權授權：鄭紅峰

風雲書網：http://www.eastbooks.com.tw
官方部落格：http://eastbooks.pixnet.net/blog
Facebook：http://www.facebook.com/h7560949
E-mail：h7560949@ms15.hinet.net
劃撥帳號：12043291
戶名：風雲時代出版股份有限公司

風雲發行所：33373桃園市龜山區公西村2鄰復興街304巷96號
電話：(03) 318-1378
傳真：(03) 318-1378
法律顧問：永然法律事務所 李永然律師
北辰著作權事務所 蕭雄淋律師

行政院新聞局局版台業字第3595號 營利事業統一編號22759935

定價：550元

國家圖書館出版品預行編目資料

復活 / 列夫.托爾斯泰著；鄭君譯. -- 初版. -- 臺北市：
風雲時代出版股份有限公司, 2025.02　面;　公分

ISBN 978-626-7510-55-1(平裝)

880.57　　113020635